時代的眼‧現實之花

《笠》詩刊1～120期景印本（一）

第1～13期

臺灣學生書局印行

國家圖書館出版品預行編目資料

時代的眼‧現實之花：《笠》詩刊一～一二〇期景印本

笠詩刊編輯委員會 編. －初版.－臺北市：臺灣學生，
民 89 [2000]　　冊；　公分

ISBN 957-15-1040-8 (一套：精裝)

1. 中國詩 － 期刊

851.05　　　　　　　　　　　　　　　　　　89014382

時代的眼‧現實之花

《笠》詩刊 1－120 期景印本（全十四冊）

編　　者：笠詩刊編輯委員會

出 版 者：臺灣學生書局

發 行 人：孫　善治

發 行 所：臺灣學生書局
臺北市和平東路一段一九八號
郵政劃撥戶：〇〇〇二四六六八號
電話：(〇二)二三六三四一五六
傳真：(〇二)二三六三六三三四

記證字號：行政院新聞局局版北市業字第捌玖壹號
本書局登

印刷所：宏輝彩色印刷公司
中和市永和路三六三巷四二號
電話：二二二六八八五三

定價：精裝新臺幣一五〇〇〇元

西元二〇〇〇年九月初版

時代的眼·現實之花

——《笠》詩刊一～一二〇期景印本

目錄

《笠》詩刊寫臺灣現代詩史

巫永福

二千年一月廿四日接獲陳鴻森教授來函，謂：「《笠》詩刊早年各期由於印數不多，兼以年湮歲久，國內外圖書館俱乏藏本，誠爲藝林憾事。晚前與臺北學生書局總經理鮑邦瑞君商量，擬將《笠》詩刊一至一二〇期各冊重印出版。（學生書局創立數十年，於國內外學術界極富盛名）全書將於九月十五日出版，並擬同時舉辦《笠》詩社學術研討會。目下已約請多位學者撰文」等語，甚爲欽佩。《笠》詩刊自一九六四年創刊以來，參加會員之多，在臺灣文學史上僅次於日治一九三〇年代臺灣文藝聯盟及《臺灣文學》雜誌的盟員。當時臺灣文藝聯盟的盛況引起日政當局的禁忌，一九三六年中日戰爭爆發前夕被日政當局壓制，被迫停刊解散。《臺灣文學》雜誌於一九四〇年代因日軍偷襲珍珠港引發第二次世界大戰，被迫停刊以致短命而終。但《笠》詩刊會員層次厚實，同仁從八十多歲以下，七十、六十、五十、三四十、至二十多歲均有；並且，各期不脫刊，至今發刊已二百十四期，人材輩出，成就尤大，値得

肯定。我於慶祝該刊二〇〇期有感，於一九九七、四、一四寫一首「祝」的詩，今錄之如下：

一嘴講三十年好像眞簡單
若講壹萬玖佰五十多日就感覺艱難
這樣長又久的歲月中毅然同步
笠仔同仁站在現代詩的同樣精神
愛鄉土 愛臺灣

臺灣新體詩的發展
自一九二〇年臺灣青年雜誌謝春木開始
經過《福爾摩沙》、《臺灣文藝》、《臺灣文學》雜誌
至今七十七年笠仔就占最重要的三十年
正是臺灣現代詩學的里程碑

詩刊的經營辛酸苦慘
在臺灣這樣不良的環境中獨步獨行
同仁共同所付出的力量終有代價

三十年不脫期屹立不移
這種優異的成績就表示笠仔是傑出的詩刊

——二〇〇〇、二、九

《笠》詩刊的使命

陳千武

於一九六四年六月發刊，迄今一九九九年六月屆滿三十五年，出版二百十期的《笠》詩刊，其創刊主旨，要建立臺灣本土詩文學的使命。其任務是否已經達成，而可以結束停刊？這是值得深入思考的問題。

《笠》詩刊出發時，是包括封面僅有二十四頁的小冊子。但有社論、詩創作、翻譯、作品合評等。全冊充滿著活氣熱情，期望傳達認清詩人與土地環境存在的意義性，表現眞摯追求詩思的情感，留下了令人懷念的精神軌轍。

至一九六九年滿五年出版第三十期時，《笠》詩刊編輯方針作第一次的階段性檢討。同仁陳明臺寫一篇〈笠詩誌五年記〉，而在結語說：「五年來《笠》詩誌本身之追求工作，似乎已爲其打下開創之局面，作了一番實際的準備工作。然而路遠知馬力，《笠》既屬於同仁詩誌，則更進一層樓，已從具備的共同立足點，再作一番積極的建設，似乎是迫不急待的

需求。……」

繼著冀望《笠》同仁，當緬昔懷今之際，切莫僅以此時之表現和成績自足，要求更長遠之傳遞和更賣力之建設。於是，《笠》詩刊在創作與評論互相配合之下，開始爲臺灣精神的崛起而衝刺。

然而，在一九七一年六月，亦即《笠》詩刊第八年的開端，發行第四十三期舉辦「詩的祭典」專號。除輯全體同仁的詩創作之外，刊登了同仁傅敏（李敏勇）的一篇論文〈招魂祭〉，副題是「從所謂的《一九七〇詩選》談洛夫的詩之認識」。這篇論文探討分析洛夫的詩觀及創作風格，竟惹起了洛夫爲首的《創世紀》詩刊主要同仁的憤怒，很自然地公然對立爭論起來了。

當《創世紀》自創刊經過十六年後的一九六九年一月，發行第二十九期之後便成爲停刊的狀態，而另發行《詩宗》及報紙型的《水星詩刊》，作爲其原有同仁的腳踏園地。爲了反駁傅敏的〈招魂祭〉，在一九七一年九月及十一月出版的《水星詩刊》，假以詩讀者的名義，攻訐「笠」同仁的詩創作，是「日本現代詩的翻版」，是屬於「日本詩壇的殖民地」。顯然暴露了自誇爲中國詩人的自卑心態，將八年抗戰，憤懣日本人的不平衡情感，改變目標指向臺灣詩人洩憤而自辱。那是被指摘了弱點的惱羞成怒。

依據詩創作風格的不同，表面上看起來似《笠》詩刊和《創世紀》詩刊的對立，可是，脫離詩創作理論的主題，而侮蔑一方爲日本詩壇的殖民地，這樣一來就不僅是詩刊的對立，

卻擴大到所謂中國詩人與臺灣詩人的對立了。

看傅敏的〈招魂祭〉，批評洛夫對詩持有錯誤的認識，主要有兩點。其一是「語言的彈性和有機性」，二是「散文基礎的重要性」的問題。前者指摘「詩的晦澀絕不會是語言上的問題，而在於詩想的問題」，以及「不能祇知道語言要講求新鮮，詩想也要能夠新鮮啊！甚至詩想的新鮮比語言的新鮮更重要，而不可忽視。」很明顯的，洛夫認爲現代詩的晦澀難懂在語言，也就是講求新鮮的語言，現代詩才容易晦澀難懂。其次指洛夫強調散文基礎，說「能寫一手通順的散文，該是寫詩的起碼條件」，這一點跟余光中曾經也說過「連散文都寫不好，怎能會寫詩？」有異曲同調的錯誤。傅敏對上述兩個問題，都強調「詩想」的重要性。看不慣洛夫他們忽略了「詩是精神的作業，現代詩是思考的詩，發揮詩想展現 image」的根本問題。這就可以知道，自誇爲中國詩人固執的詩觀，是不重視「詩想」，不重視詩主題的思考而表現，祇依靠表意文字的形式求新，像積木遊戲般，玩耍文字的疊羅漢而已。

其實像余光中、洛夫各自主宰一個詩刊的編輯發行，而受到全國上下階層看重的大牌詩人，沒有人會相信他們不懂「詩是甚麼？」的問題吧。那麼，傅敏列舉事實所批評的問題，卻沒有得到認眞的回覆，而仍然堅持不變的創作風格，更主張「爲藝術而藝術」的曖昧論法，繼續推動徒具形式，缺乏主題內容的文字遊戲當作詩的創作。

爲的是甚麼？

從傅敏的〈招魂祭〉爭議，又經過十年後，一九八一年十月出版的《笠》一〇五期，刊

登郭成義的一篇論文〈從抒情趣味到反藝術思想〉，並以「三十年來臺灣現代詩方法論的追求」爲副題，列舉《笠》詩刊中堅詩人的創作，與《創世紀》等其他詩刊的作品作比較，據實評述，說：

大抵生長於臺灣本土的詩人，儘管在習作初期也曾多少受誘惑於難解的西洋模式和混亂的形式主義，可是都能很快地回到本土氣質的路上，創造潔淨的感覺情懷。（中略）這裡，桓夫有一個確實的描述：「有些現代詩人對詩的意義性毫無重視，反而批評具有內容表現的詩說『忽略了藝術的一部份』，顯然就是指忽略了『做』的藝術的部份，而無法認清其經過詩的技術表現，思想已經像薔薇那樣芬芳出來的事實。」依附於詩的場合而能稱之爲「藝術」的東西，實際上並非隱藏於表面的造型，那些修辭文字與美學形式，不過是擔任傳達媒介的次元素而已，眞正的藝術性，非向由意義所喚醒的共感經驗索取不可。

這些論點與前述傅敏所提出的批評重點是異口同聲毫無差錯。

還有，在《笠》一一〇期誌上，主編岩上發表〈無岸的愛〉一篇論文，在其開端也提到：「戰後臺灣現代詩的發展受到現實環境、政治、經濟、社會等複雜層面的影響，以及西方思潮理論的衝擊，雖不致於波濤洶湧，卻顯得暗流伏動，詭譎多變。而任何現象均出之有源，因果相邊相生，脈絡可尋。現代詩的發展也可從錯綜複雜、恩怨相見中理出一絲頭緒來。」

如上所述，儘管傅敏、郭成義或岩上他們據實評論，也引用西歐像華滋渥斯（W. Wordsworth）、梵樂希（P. Varecy）、艾略特（T. S. Eliot）或日本詩人村野四郎等現代詩人創作論爲例評述，可是那些無詩內容，僅具形式卻強調虛無藝術的僞詩創作者們，迄今一直維持其創作方法。三十多年來不但毫無改變，反而更嚴厲地籠絡有關的媒體及政府文化機構，顯耀高金額的獎金誘惑人心舉辦文學獎，徵選小說、散文、現代詩等。而大多由那些與虛無主義有因緣的人士當評審，以美文當作唯一文學要件，以現代性的主義技巧看作詩，依據偏頗個人的主觀意見評定入選作品。多數作品的特徵，很容易看得出是屬於毫無意義與秩序的空虛美的文章，只有形式而無內容主題，晦澀而看不懂。換句話說，那是表意文字的積木堆砌，或說是文字的疊羅漢遊戲，毫無人性。

這種利用御用權勢強力跋扈，舉辦高金額文學獎，目的是要掌握臺灣文學的優勢地位，壟斷本土詩文學認清自我民主獨立的現代思想。以金權誘惑年輕愛好文學者，意欲得獎便不顧迷失自己盲目追隨模倣，寫些僞詩非詩的形式主義作品，參與競賽。說起來不無是自欺欺人的行爲。也使一般愛好文學的民眾抱持懷疑——爲什麼臺灣的現代詩，必須推砌毫無聯貫秩序的狂言，給人看不懂才會入選得獎？爲什麼？對！因爲看不懂才不會有思想產生，才不會影響任何有機的思想傳染，尤其民主獨立的思想不讓其在本土意識裏自由增長。

《笠》詩刊發行已滿三十五年，一直維持同仁雜誌的集團性力量，鼓勵推動臺灣本土詩的創作。爲了臺灣精神的崛起，採用世界性的現代藝術技巧，融合臺灣現實與寫實的手法，

鼓勵具有詩內容主題的創作。也經常與亞洲各國詩人交流，以期提昇詩作品的水準，期望把詩文學的創作與欣賞帶進家庭，讓人人能過著文學藝術優雅的生活。然而，《笠》詩刊同仁們這種努力與期待，建立本土詩文學詩想普及的工作，一直受到如前述不同創作風格的阻撓，壓抑臺灣文學正常的發展。於是，想到《笠》詩刊的使命仍然還沒有達成，必須繼續努力推動下去，絕不能有所挫折或停頓。不但如此，似乎也有必要把過去《笠》詩刊創作的歷程內容，從創刊逐期複印呈現給後輩理解，以利遵循建立豐碩的臺灣文學資產留傳下去。

——一九九九、六、一四

研究《笠》詩刊的基本原點

林亨泰

《笠》詩刊成立於一九六四年六月，共同決意起步的同仁有十二名，即：吳瀛濤、詹冰、陳千武、林亨泰、錦連、趙天儀、白萩、黃荷生、杜國清、薛柏谷、王憲陽、古貝等人。可能受到吳濁流創辦《臺灣文藝》的影響，當時「文學」冠上「臺灣」兩個字是一個禁忌，但吳濁流以最大的堅持，突破了這個禁忌。《笠》詩刊同仁遂在這種鼓舞下，決定開辦一新型詩刊，找到可象徵著臺灣本土而最平民化的頭戴東西，就以《笠》詩刊來稱呼這個詩刊。

創辦之初，便企劃了「笠下影」「詩史資料」「作品合評」三個專欄。「笠下影」這個專欄，主要是每一期評介一位詩人，其方式是依序順著「壹、作品」、「貳、詩的位置」、「參、詩的特徵」、「肆、結語」等四個項目進行。「詩史資料」這個專欄，是專向詩人們徵求有關詩人創作過程與親身經歷的資料。所要求的，並不在已經完成了的詩之好壞，而是在於所花費的苦心以及所嚐到的失敗滋味之記述。「作品合評」這個專欄，是將當期刊登在

《笠》詩刊上的詩作品，以座談會方式加以批評。對於詩的「瞭解」，採取集體討論的方式，我認爲是最適當不過的。因爲「詩作品」這東西，並非因「瞭解」而「寫」，乃是因「寫」而「瞭解」的。同時，要做到「瞭解」，「集體」又比「個人」要來得有效，即使不能達成所謂「集思廣益」的境地，至少也可以收到「大家談」的功效。後來這一「合評」的方式又分北、中、南三地各別同時進行，遂成爲《笠》詩刊最受歡迎且具有特色的一個專欄。

而今，把這些過去累積起來的《笠》詩刊放在桌子上，想到同仁們在長期間所投入的精力與時間，是多麼的龐大與驚人！這是令人欽佩的一樁偉大的文化力量，同時，也證明了來自民間的一股不屈不撓的創造力量是多麼的了不起。現在回想起來，《笠》詩刊的體驗確實是快樂的。幾年前，《文學臺灣》雜誌社曾經出版了《笠詩選——混聲合唱》，是一部將近一千頁的大鉅作，這是有關研究《笠》詩刊的最基本的原點。現在，學生書局有意將《笠》詩刊前二十年各期重印出版，這可以說又是以另一種研究《笠》詩刊的基本原點與世人重新見面，令人興奮，因此之故抱著感謝之意，誠懇地說出一份喜悅之情。

重刊《笠》前一百二十期序

李魁賢

1

在臺灣要經營一個營利事業三十六年已經很不容易，在同一個機構服務三十六年不但罕見，若有，也差不多應該退休了；而以民間力量持續不斷定期出版一個詩刊長達三十六年，更是預料不到的事。

進入西元二〇〇〇年，《笠》詩刊也將屆滿三十六週年。三十六歲的《笠》維持同一版型，出版二一六期，已經創下了臺灣詩史上的空前記錄。在《笠》之前創辦的詩刊，不是已停刊、曾經停刊，便是脫期、換手、改版過。《笠》不只表現了持續出版的耐力，而且展現長期的穩定性，這樣的詩刊即使在外國也不多見。

我曾經統計過《笠》發刊一百期時，共登載過詩五千五百首，譯詩一千八百二十首，各項評介文字（包括翻譯）達二百九十萬字，篇幅共七千五百頁。如今計算到二一六期止，篇幅已達二萬二千餘頁，疊起來高度約一百二十公分，與一百期相較，篇幅成長三倍，粗略估計其內容也應有三倍的增加，則發表的詩文份量確實不容小覷。

臺灣人的平均壽命，男性爲七十二歲，女性是七十四歲。那麼屆滿三十六歲將要邁入第三十七年的《笠》，可說正好到了「中」年期。《笠》初期在最困難的環境裡，沒有因耳語中傷而夭折，後來也沒有被層層封鎖而頹喪，而影響健康的體質。固然因團結的力量使《笠》可以突破重重難關而屹立不敗，但同仁大多受到刻意貶抑抵制的待遇，在許多資源的應用和分配上遭受冷落或漠視。儘管也有人耐不住寂寞，但大多數都能堅持不屈的詩人本性和立場，爲發揚臺灣精神而向藝術獻身。

《笠》和《臺灣文藝》姊妹刊物終於形成臺灣精神的二大文學標竿，而《笠》詩刊的專業性，更成爲臺灣詩人的精神指標，維持著詩人勇於向現實挑戰的毅力，不以語言修辭爲唯一或至高的寫作綱領，同仁皆養成不阿諛媚俗，不卑屈阿世，也不妄自尊大的格調。大局如此，間或有變調者，大抵會有所砥礪，有所導正，畢竟多數才是形成穩定的力量。

中年已算成熟年紀，但免不了相對保守和妥協。繼續維持客觀、前瞻、不隨俗、不附會，堅持剛正的精神，持續追求藝術的創造，展現心靈的青春活力，應是時時刻刻要自我惕勵的功課，而保持創作力的生機鮮活，更是作爲詩人品牌的不二途徑。

2

一九六四年《笠》創刊時，目前臺灣詩壇上活躍的年輕詩人，以及專注投入臺灣詩研究、評論的學者，不是還沒出生，便是尚在襁褓或幼年期，無緣親見《笠》的成長，加上許多圖書館當年對文學雜誌的訂購、收集、典藏，尚未重視，對一份是否能形成氣候的詩刊，更不會過早給予任何重視。

因此，目前有心人要去查閱早期的《笠》，常常是求索無門，只能向私人藏書商借，但首先必須要有熟識的管道，其次必須收藏者肯袒懷相助，因爲許多藏書癖者大多不肯輕易出借，而眞正有心的研究者，即使幸而能借到，必須定期或限期交還，更無法擁有，在研究或材料取用上諸多不便。

文學愛好者或研究者對許多業已絕版的書刊，都有寤寐以求，求之既得，愛不釋手的經驗。許多圖書館爲充實藏書，也莫不多方設法搜購典藏，但往往可遇不可求。早期書刊的難求，固不止《笠》而已。只是《笠》持續三十六年出版二一六期後，其代表臺灣詩文學精神的存在意義和美學樣相，已形成不可忽視的理解對象。

如今在各方期待下重刊《笠》前二十年一百二十期，正好可因應學界和愛詩者的需要，而最得便的可能就是圖書館和研究機構了，不必再爲廣肆收集卻難以求全而苦惱，也不需爲零零碎碎保存卻無端星散而傷神。特別是多年來國內圖書館對文學，尤其是詩刊的收藏日益

重視，而文學資料室、研究室、檔案室、工作室之類新設機構日增，國外大學的亞洲、東亞、臺灣研究也日漸抬頭，對早期《笠》的補齊，大多有迫切之感。

《笠》前一百二十期的重刊大大方便學者閱讀、研究、取材之便，若再與笠詩選《混聲合唱》（一九九二年）以及《笠詩刊三十年總目》（一九九五年）配合應用，對有心宏觀理解臺灣詩發展（尤其是《笠》的來龍去脈）的新秀，想必更能得心應手，得其所哉。

俗謂「工欲善其事，必先利其器」，史料應屬知識的公器，要先期其公開、普及，方能盡善學問的研究工作，從而釐清詩史的眞相。

出版者能著力於舊誌重刊，不但爲臺灣文學的研究提供一大福音，也展現了出版者對文化傳承、文獻整理的使命和力行實踐。有識者必爲此善舉額手稱慶，因爲這種替學界和詩壇造橋鋪路工作，誠爲一大功德，出版者的貢獻可與《笠》詩刊作者諸君等量齊觀，永誌史籍。

3

二次大戰後，臺灣詩在現代主義運動過程中，不幸導向了精神虛無和曖昧模式的偏差方向。詩本來就是精神文明的產物，精神文明蘊含著時代性和現實性，那必然是與人和土地結合的創作。然而，臺灣的現代主義卻患了異化的嚴重精神分裂症，崇尚語言雕琢，而輕忽

人文的精神意義，馴致淪爲極盡以「無意義」爲意義之能事，即使經過一九七六年鄉土文學論戰前暖身運動的現代詩論戰衝擊，體質仍然鮮有改變。

由於不重視詩的精神要素，連帶即不在乎語言表現上的精確計算，於是東敲西擊不知所云者有之，東拉西扯混成一團模糊黑白莫辨者有之，把準確、集中的詩表現原則拋諸腦後，這種病理現象在一九七〇年代至一九八〇年代達到高潮。這些大多是佔有媒體優勢地位的所謂主流詩人所主導，以致風行草偃，使臺灣詩壇東倒西歪，甚至到二十世紀末還有人在用遊戲的心情教導寫詩法，只重形式罔顧內容的精神涵養，形成本末倒置。

然而，在表面佈滿漂流物惡臭的污穢河流，仍有清澈的河水在底層流動，抵制虛無、虛幻、虛假、虛擬、虛僞等種種以無所表現爲藉口而大肆做作的流行，以現實精神作爲武裝的詩隊伍，已開始集結整裝出發。

《笠》前一百二十期跨越了一九六四年迄一九八四年，正好經歷了六〇年代下半葉到整個七〇年代，延至八〇年代上半葉的臺灣詩壇混沌期。《笠》在這股激流中形同砥柱，因緣際會擊出（或被擊出）一些浪花，噴濺所及，後來出現的有些詩刊才得以「捲起千堆雪」。回到歷史的脈絡中，才能看清其中相激相盪或相生相剋的互動關係。

重拾現實精神失落的甲冑，回到重視語言表現的機能，講求計算法則的精確性，《笠》可說是開啓先河，盡了不少的努力，而以「作品合評」的方式提供了充滿挑戰的評論模式，這是一種起死回生的策略，看似小小的手術，卻是改變體質尋回健康精神生活的密訣。

《笠》執著於實事求是的臺灣精神，在臺灣詩壇反而形成側翼邊緣的戰鬥兵地位，只有散兵坑為據點，毋寧是奇怪而矛盾的現象。研究臺灣新詩發展史或文學史的學者，大多忽略了《笠》走過腳印的痕跡和意義，其基本原因一部份在於未能掌握《笠》的材料，閱讀之不足，自然無從評析，甚至難以從中看出《笠》的全貌，及其在臺灣新詩發展過程中所扮演關鍵角色和發揮過的作用。

4

假如《笠》到一百期即停刊，其所扭轉詩壇觀念和風氣的努力也許只是斷代的，可是《笠》不但持續出刊超過二百期，而且向三百期的新目標穩定邁進，在歷史上足跡的加長加深，對《笠》存在的意義，勢必更加引人重視，並需重新加以評估和衡量。

《笠》三十六年的奮鬥歷程中，一再強調詩應兼顧現實精神（眞）、社會批判（善）和藝術追求（美），這種眞善美三位一體的融合是詩的崇高境界。如以金字塔型的結構來型塑，則「求眞」是廣闊厚實的基礎，「遷善」是向上歷練的過程，而「臻美」則是頂尖耀眼的光芒。

因此，眞摯性是詩創作的根本，其立足點在於土地的認同，而以同化於社群中一份子的心情去觀察，感受社會的脈動，才能使詩的抒情引起共鳴的感動，不流於虛情假意。而批判性是詩人素養的表現，詩人探索生命存在的意義，嘗試發揮本質的效用，才能彰顯出詩創

作的有爲有守，不流於虛無縹緲。至於藝術性則是展示詩人掌握語言工具的表達能力，重在自然率眞，而以精確的語言表現令人心動的意象張力，不流於虛華造作。

由此可見，眞摯性、批判性、藝術性的三合一，是詩的本體論、認識論和表現論的綜合體。誠然，《笠》成員中有跨越語言一代的前輩詩人，操作漢語或有難以得心應手之困擾，但即使語言運用尙缺完美，詩質卻是豐厚的，只是語言藝術的技巧未臻金字塔頂而已。反過來說，如果以文字雕琢爲能事，而忽略生活的基本態度，則失去眞實的基礎，所謂藝術只不過徒有其表的空中樓閣而已。

《笠》的整體表現當然不可能十全十美，然而詩的追求本身便是一直在追求、發現、塑造向十全十美更接近一點的努力過程。沒有人會自滿於已達成完美之境，若然，可能會就此投筆吧。而《笠》持續不斷的跋涉，代代相傳地接力向前，正顯示《笠》爲蓄積臺灣詩文學資產的自我期許和不懈的意志。

進入第三十七年的《笠》，完成第三個百期的歷程應是可以預期的事，三百期是由五十年的歲月所砌成的里程碑，疊起來將有一百八十公分以上的高度，那將是多麼驚人的記錄，預約那一刻的見證，將是詩人一生奮鬥難得遇到的盛事，屆時爲了參予見證那歷史性的燦爛，人人將會感到此刻以擁有《笠》前一百二十期重刊本，及持續下去的完整全套《笠》藏書，而引以爲傲吧。

二〇〇〇年二月一日

劃時代的詩文學軌跡

——《笠》前一百二十期的見證

李敏勇

《笠》與《臺灣文藝》的創刊，在戰後臺灣的文學史上具有劃時代意義。如果再與彭明敏發表〈臺灣人自救宣言〉相提並論，一九六四年將因而成爲充滿意涵的一年。

一九四五年八月十五日，第二次世界大戰結束，日本對臺殖民統治劃下句點。但是臺灣並沒有像其他亞洲殖民地，獲得獨立。終戰以後，國府據臺統治，形成另一種悲劇性的歷史開端。

臺灣特殊的歷史構造是一八九五年開始迄今的外來殖民統治與近現代化交織而成的。《笠》的文學與文化意義，在於臺灣一群成長於日治時期曾以日文展開文學活動的詩人們，在終戰後歷經震驚與壓抑後，再次以漢字中文發聲，而與新繼起各世代共同開創終戰後臺灣

現代詩文學的歷史。

《笠》的創刊，標榜「不戴皇冠戴草笠」。終戰後，國府據臺統治，來自中國的詩人們，在紀弦所謂帶來新詩火種的霸氣霸權心態下，形塑著附和官方國策機制的戰鬥文藝，也形塑著文化中國體制下的詩文學樣相。《笠》創刊之前，來自中國的詩人，領導組構「現代派」詩運動，並有《現代詩》、《藍星》、《創世紀》的所謂三大詩社。《笠》的創刊，某一意義上，是以「本土派」相對於「現代派」的集團運動。另外，《笠》的多元形貌也相異於三大詩社，結合在《笠》下的詩人群，吸納了曾參加《現代詩》、《藍星》、《創世紀》的臺灣詩人群。

《笠》象徵了臺灣在詩中的覺醒運動，也象徵臺灣精神的隱喻。相對於附和官方國策機制，《笠》是在野的、抵抗的；相對於中國體制，《笠》是臺灣的、本土的。

我在一九六〇年代末期參與了《笠》的活動，並且曾經主編《笠》詩刊，曾經活躍在《笠》的陣營。《笠》的精神帶給我臺灣意識的啓蒙，也帶給我現代意識、現實意識在詩藝的啓蒙。雖然我在參與《笠》的活動之前已在其他詩園地發表作品。《笠》的後期我已淡出，但我的詩之志業具有鮮明的《笠》性格。

我曾在《笠》的卷頭言，提出「寧愛臺灣草笠，不戴中國皇冠」的誓語，堅持詩人的人生立場和詩的創作態度應該與臺灣的土地緊密結合，與人民在一起，而非附和官方體制，在迷惘認同中背離立足之域。在《笠》的創作與評論氛圍薰陶之下，我慶幸自己能夠在許多詩

人前輩和同儕的勉勵裡，找尋到自己的位置和方向。

《笠》從第一期到一二〇期的軌跡，有著我積極參與的投影，有許多同仁們留下的見證。在那樣的時代，我們曾共同以詩的力量爲我們的土地，爲我們的時代劃下明晰的精神記號。

《笠》一二〇期，從一九六四年到一九八四年，是戰後臺灣意識和精神從廢墟復甦，從荒原覺醒的歷程。鄉土文學論戰、中壢事件、高雄美麗島事件……文化和政治的激盪在《笠》的歷程留下見證，這樣的詩歷史也是臺灣的精神史。

我自己在《笠》一二〇期的歷程，留下《鎮魂歌》和《野生思考》兩本詩集及《戒嚴風景》的一部份詩作，留下一冊捷克詩人巴茲謝克詩三十三首，留下一些坦米爾人詩抄，一些美國詩，一些韓國詩的譯介；也留下一些在卷頭言的篇章，收錄在《做爲一個臺灣作家》這本評論文集裡。

《笠》的前輩和不同世代的朋友，在《笠》留下的創作、評論和譯介，更爲豐富可觀。我珍惜這些劃時代的詩軌跡，並深信《笠》一二〇期的見證會是臺灣詩人重要的精神史篇章。

臺灣精神的回歸

——《笠》詩刊前一百二十期景印本後記

陳鴻森

一、

《臺灣文藝》和《笠》詩社於一九六四年春間相繼成立，這標示著臺灣文學精神，像不死的麥子，在二二八事件後，國民黨嚴酷的威權統治下，在寒冽的凍原裡復甦、再生了。一九六四年三月一日，吳濁流先生召集《臺灣文藝》創刊籌備會，這是國民黨政權「劫收」臺灣後，長期沈默和被壓抑的臺灣文學家首次公開集會，並以「臺灣」之名爲號召，自覺的聚合，吳濁流先生倡言：「我們要推動的是臺灣本土文藝，若非冠有『臺灣』二字，即

失去辦雜誌的意義。」

當日與會的詩人吳瀛濤、陳千武、白萩、趙天儀諸先生，會後在吳氏府上聚集。談次，吳瀛濤先生言及：

《臺灣文藝》要出刊了，是綜合性的文藝雜誌，值得慶賀，可是我們還要一本純詩刊。沒有一本臺灣人自己的詩刊，怎能建立獨特而完整的臺灣文藝？❶

懷著這份重建臺灣詩文學的使命與熱望，很快地，笠詩社在三月十六日正式宣告成立；同年六月，發行《笠》創刊號。集結了戰前已開始文學創作的吳瀛濤、詹冰、林亨泰、陳千武、錦連等，以及白萩、趙天儀、黃荷生、杜國清、李魁賢等戰後成長世代，共同開啓戰後臺灣詩文學的新紀元。

《臺灣文藝》與《笠》的創刊，顯示了幾個意義：一、臺灣文學工作者逐漸克服二二八的驚悸，重新聚合，再度發聲（同年九月，臺大教授彭明敏與其學生謝聰敏、魏廷朝共同起草〈臺灣人民自救宣言〉被捕）。二、所謂「臺灣本土文藝」、「臺灣人自己的詩刊」，這意味戰後臺灣文學「本土意識」的萌生，它是七〇年代鄉土文學思潮的根源。三、經過約莫二十年的時間，戰前世代逐漸跨越了語言障礙的困境；而戰後成長的世代，此時亦能自如地運用中文寫作。

❶ 參見陳千武先生〈談「笠」的創刊〉，一九八六年，《臺灣文藝》一〇二期。

他們開始有能力用新的表現工具建構屬於自己的文學。

《笠》成立第五年前後，又加入了戰後出生世代李敏勇、鄭炯明、陳明臺、拾虹、陳鴻森、郭成義等，以及前行代巫永福先生等的歸隊，在《笠》上大量發表作品❷。如今，巫先生以八八高齡，仍持續發表詩作，積極參與各項文學活動。鄭炯明在南部與文友先後創刊《文學界》、《文學臺灣》，其刊物的風格傾向是：扎根在臺灣歷史的、文化的、社會的、民眾的精神風土上，面對人生，面向社會；而尤致力於臺灣早期文學史料的挖掘與整理。李敏勇是戰後世代最具代表性的詩人之一，八〇年代以後並積極參與各項政治、社會運動，除文學評論外，亦從事社會、文化批評。陳明台則以深刻的臺灣詩史研究著稱，活躍於學術界。郭成義現為《自由時報》撰述委員，長於文學批評及政治評論。可以說，《笠》在成立十年之間，基本上已完成了臺灣詩文學香火三代（加上巫永福先生，亦可謂四代）傳衍的歷史意義，並且透過戰前詩史的整理與迻譯，迅速的填補了四、五〇年代本土文學的斷層。

---

❷ 據李魁賢先生〈笠的歷程〉一文所統計：《笠》第二個五年期當中，「發表五十首詩以上的同仁有傅敏（李敏勇）、非馬、羅杏、趙天儀、杜國清、陳鴻森、岩上；四十首以上的有桓夫（陳千武）、白萩、巫永福；三十首以上的有林宗源、李魁賢、鄭炯明、拾虹、陳明臺。」（一九八〇年，《笠》一百期）可以藉見當時新登場的戰後新生代活躍的景況。

二、

《笠》成立之際，紀弦所領導的《現代詩》，於一九六四年二月出版第四十五期後已宣告停刊。而五〇年代與《現代詩》成犄角之勢的藍星詩社，在六〇年代亦盛況不再，一九六四年出版《藍星一九六四》年刊後，便「月沉星散」；惟余光中猶在低吟《蓮的聯想》❸，試圖藉由傳統詩詞的華辭麗藻幻化「美」的意象與古典風情，雖然一時景從者眾，但那些詩充其量僅能表現余氏對中國古典文化景致的嚮往而已，完全缺乏當代意識和現實性的生活實感。

五〇年代三個主要詩社，至六〇年代中期尚積極運作的，僅剩下由洛夫等軍中詩人所組成的創世紀詩社，由原先提倡「新民族詩型」，轉而鼓吹「世界性、超現實性、獨創性、純粹性」的詩，主張「從感覺出發」，放逐理性，強調「唯有潛意識中的世界才是最眞實、最純粹的世界」。因而他們致力於表現技巧的創新：「在技巧上肯定潛意識之富饒與眞實，在語言上盡量擺脫邏輯與理則的約束，而服膺於心靈的自動表現」❹，即藉由「自動語言」的寫作，表現潛意識的幽奧世界。於是人人競言孤絕，極目所見盡是荒原、死亡。瘂弦甚至

❸ 余氏《蓮的聯想》，一九六四年六月，臺北：文星書店。

❹ 見洛夫《石室之死亡》自序〈詩人之鏡〉頁二十，一九六五年，創世紀詩社。

認爲「詩人全部的工作，似乎就在于『搜集不幸』的努力上。……是以我喜歡諦聽那一切的崩潰之聲，那連同我自己也在內的崩潰之聲。」❺

他們認爲詩之「基形」，乃在表現「矛盾語法的情境」、「遠征的情境」、「旅行者或『世界之民』的情境」，「現代詩的眞義之一，即在重新發掘自我，而且用前人未有過的近乎瘋狂的情操集中於這個自我的表現上」❻。易言之，他們詩中所致力表現的是「非現實」的情境；他們試圖超越一切藝術表現的界限，以創造一種對抗藝術或反藝術的效果❼。

事實上，六〇年代的臺灣社會，剛從小農經濟漸次向初階工業轉型之際，知識階層積極吸取爲現代主義所批判的西方文明猶恐不及，焉能遽而超前的體現西方現代科技所引發的實存危機意識，以及人間性失落、現實疏離、社會異化等哲學焦慮？究其實，「創世紀」旗下詩人所極力表現的「世界之荒誕」這一母題，其感情、經驗完全是「支借」或模仿來的，否則洛夫等怎麼解釋他們此後「餘生」的意義？

❺ 見瘂弦〈詩人手札〉，洛夫等編《中國現代詩論選》頁一四六，一九六九年，高雄：大業書店。

❻ 見洛夫、瘂弦、張默所編《七十年代詩選》葉維廉序〈詩的再認〉。洛夫等所撰〈後記〉肯定該文之觀點頗能代表彼等「對詩之認識」。

❼ 《創世紀》詩人管管曾自述：「我當初是加入藍星詩社，後來爲什麼參加創世紀詩社呢？那是因爲，創世紀詩社都是阿兵哥，跟我相同；而藍星則是教授，家世良好，生活的感覺無法配合。還有，創世紀不守章法，可以胡來；尤其重要的是我喜歡創世紀的意象的大膽、潑辣、怪異。」可以參證。

六〇年代臺灣的危機，是國家外交處境日益陷於被孤立的困局；臺灣的絕望，是國民黨統治當局逐漸體認到「反攻大陸」的無望；臺灣的荒漠，是統治當局長期以來文化政策的箝制所形成的思想匱乏。詩人不能正視這些現實處境，反而夸夸其談，專致力於表現西方文明的危機、人類全體命運之絕望、世界一切之荒漠，豈不悖戾？其尤可議者，則藉詩的「無意義性」來彰顯生命的矛盾和無意義，用荒謬的形式以揭露荒謬之現實：

祇偶然的昂首向鄰居的甬道，我便怔住
在早晨的虹裏，走著巨蛇的身子
黑色的髮並不在血液中糾結
宛如以你的不完整，你久久的慍怒
支撐著一條黑色支流❽

這是洛夫六〇年代名詩《石室之死亡》第一首的首節。李英豪〈論「石室之死亡」〉一文曾怒斥：「有人說如何用燈光去照，也『讀不懂』洛夫的詩，可能這是『老眼昏花』或本身『瞽盲』之故，否則，必然是缺乏心之靈視。」❾我們反覆尋索，終究不得不承認我們的「瞽盲」

---

❽ 洛夫〈石室之死亡〉，見洛夫等編《六十年代詩選》所收。一九六一年，高雄：大業書店。

❾ 李氏爲創世紀詩社最具代表性的詩評家。該文原載《好望角》第十一期（一九六四年），今收於洛夫詩集《石室之死亡》卷末，此處引文見頁九八。

和不慧。可是，我們比對一九六五年洛夫詩集《石室之死亡》定本，此節則改爲：

祇偶然昂首向鄰居的甬道，我便怔住
在清晨，那人以裸體去背叛死
任一條黑色支流咆哮橫過他的脈管
我便怔住，我以目光掃過那座石壁
上面即鑿成兩道血槽⑩

雖然我們還是無法領會它究竟在表現什麼，但兩相比較，二者除首句相同外，其餘文字、意象全異。我們將《詩選》所錄原作，與定本逐首比對，發覺這種改動的例子俯拾皆是，如第三首末節，《詩選》本作：

不是奇蹟，在臥榻下種植葡萄的人啦
當我的臂伸向地底，緊握冷僵的根鬚
我就會快樂地醉死在你的目光中
是你果實的表皮，是你莖幹的衣裳

⑩ 洛夫詩集《石室之死亡》頁三三。

為你服役，因我卑微

定本則作「在岩石上種植葡萄的人啦，太陽俯首向你／當我的臂伸向內層，緊握躍動的根鬚／我就如此樂意在你的血中溺死／為你果實的表皮，為你莖幹的服飾／我卑微亦如死囚背上的號碼」。由於「臥榻」、「岩石」本非種植葡萄的處所，所以我們如將它改為「梳妝台」、「戰場」似皆無不可；如何「醉死」或「溺死」，亦無關宏旨。而「冷僵的根鬚」與「躍動的根鬚」二者意思完全背反，亦無妨互易。甚至我們將此集六十四首詩前後二節任意調換、倒置，感覺亦無不同⓫。誠如李英豪氏所言：「《石室之死亡》在語字、組織及各方面，均非從傳統詩之『習慣性』；詩人所注視的，是如何從混亂中求出混亂的秩序。」（同前引文）但，如果一首詩的文句、意象完全缺乏緊密的內在關連性，而可隨興抽換、更易，那麼，詩人的工作也僅是「隨感覺出發」，一時性的將文字搬弄、組合、排列而已。文學的意義性，將「卑微亦如死囚背上的號碼」，則那些批評家斷斷辨解詮說，毋乃強為解人？

翻開洛夫等所編的《七十年代詩選》，除極少數作品外，大多此類不知所云的囈語，如碧果著名的〈齒號〉首節：

⓫ 如將第二首末節與第三首末節互易，則第三首前節末句「我乃在奴僕的呵責下完成了許多早晨」，與第二首末節首句「其後就是一個下午的激辯，諸般不潔的顯示」，在時間序次上反而更為銜接。

一肢肉雲。

沿途竟是蝶骸與魚屍
看月亮自一尾鏡中昇起
於是　我們焚臟
於是　大地龜裂⓬

張默所編《現代詩人書簡集》，收有張氏〈從「拜燈之物」到「齒號」〉一文，稱此詩為碧果極具代表性的「傑作」：

第一、它具有一種能背負整個宇宙情境的象徵性。……
第二、它具有一種堅實如城垣般的構成。……
第三、全然創造的語言所散射出來的喜悅。……⓭

⓬ 洛夫等編《七十年代詩選》頁二七五，一九六七年，高雄：大業書局。
⓭ 張默主編《現代詩人書簡集》頁三三五、六，一九六九年，臺中：普天出版社。
又，蕭蕭文學評論集《鏡中鏡》，中有〈辭尚體要論碧果〉一文，於碧果的「詩」頗多創解，可博一噱。（一九七七年，臺北：幼獅文化公司）

可惜我們缺乏慧性，完全無法體會張默所稱之神妙，僅見一團「血肉模糊」；甚至連什麼是「齒號」、「一肢肉雲」，迄今三十年猶莫能稍窺其義。這一類「莫名其妙」的「詩」，在《七十年代詩選》中觸目皆是。「創世紀」編的那幾本《年代詩選》塑造的「詩」的範式，影響所及，幾乎使整個詩壇完全陷於「無詩學狀態」的黑暗境地。

「笠」的結社，除了傳衍臺灣詩文學香火的使命外，更積極的意義，毋寧說是在遏制此種亞流現代主義「反智」的逆流，重建詩的意義機能和表現倫理。《笠》創刊號林亨泰所撰的發刊詞〈古剎的竹掃〉，強調：

> 我們所渴望的是：把呼吸在這一個時代的這一個「世代」（Generation）的詩，以適合於這個時代以及世代的感覺痛快地去談論。

正是要求具有時代性和現實感的人生體驗，以具有當代「感覺」的藝術形式痛快的去表現，回歸文學的常態。陳千武先生撰〈詩・詩人與歷史〉一文，則嚴斥那些「喪失了面對時代的自覺」，安易的以「新形式主義」、「新虛無主義」為訴求，以「無所表現」為前衛的詩風為「詩藝墮落的世代」：

> 逃避現實、逃避人生的藝術方法，可以說是違背了詩的本質行走的。以藝術的思考、

方法、感覺，注重「怎樣寫」詩，並非目前現代詩的重要課題。而從「寫甚麼」詩，具有其「主題」的側面攻入現代的核心，才是詩人的重要使命吧。⓮

「寫甚麼」和「怎樣寫」兩條路線的分歧，是笠詩社與「創世紀」對立的原點。洛夫曾論述超現實主義詩人的特色是：

他具有那設計及探求一種最精巧的表達技巧的能力，藉此技能他不但可以將他的瞭解與感覺形象化，並且由於他要在他所創造的形式內找出各種意義之間的關係，他更把這種感覺與瞭解擴展且予以修正……。當我們說「向日葵扭轉脖子尋太陽的回聲」，這組意象所代表的內含已超出象徵所能產生的效果而給予其本身原有屬性以新的意義與感覺。……超現實主義的口號「永遠更多的自覺」就是人類唯有在自覺中始能發現純粹之存在。試舉一最淺顯的例證：「星子點燃了夜」，這是邏輯的語法，……但如果我們倒置過來說「夜點燃了星子」，這雖與事理相悖，但這種關係的換位造成了一種更爲眞實的情境。……我們認爲唯有潛意識中的世界才是最眞實、最純粹的世界。……我們堅信只要是創造的藝術，不論它表現的是虛無、悲觀、反

⓮ 一九六六年，《笠》詩刊第十期，頁十一。

> 理性或無道德感，均可為繆斯所悅納，歷史所承認。⑮

對他的論說，我不想作更多的「言詮」。據洛夫自述，《石室之死亡》一詩，「歷經五年的錘煉，數月的修改，始克出版」⑯。從前引此詩前後修改的差異，我們可以看出超現實主義詩人所致力於「怎樣寫」的實態——他們努力在經營、開發一種語句重組的新感覺，他們稱之為「純粹之存在」，這是他們詩作目的之所在。

相對而言，笠詩社所重視的「寫甚麼」，則側重詩的意義內涵：

> 剖視民族存在與歷史的自覺，是一群所謂跨越中、日兩種語言的詩人們，注重詩的題材。在「橫的移植」盛行的時期，「笠」的詩人們也默默吸收了西歐知性的詩的技巧，放棄了傷感性無作為的情緒，然後站起來批判自己，認清血統，以暗喻或諷刺的高度技巧，表現民族性的提昇向上，表現純粹傳統的本土意識，冀求精神的革新。⑰

---

⑮ 洛夫《石室之死亡》自序〈詩人之鏡〉頁二四、二五。

⑯ 同上，頁三二。

⑰ 陳千武先生〈臺灣新詩的演變〉，一九八五年二月，《中央日報》副刊，收於氏著《臺灣新詩論集》頁三二，一九九七年，高雄：春暉出版社。

即以「民族性」、「現實性」、「批判性」、「社會性」抗衡創世紀所主張的「世界性」、「超現實性」、「獨創性」、「純粹性」，強調文學對生命的關愛、對現實的凝視，與民眾同其呼吸，與臺灣社會共其脈動，而逐步發展出具有土地屬性，以臺灣精神爲主體的新的詩潮。

我們之所以不憚其煩的對六、七〇年代詩壇風尚重加回顧，因爲只有回歸到當時的歷史脈絡，方能彰顯《笠》在戰後臺灣詩史的位置。

三、

三十多年來，《笠》在臺灣文學的每個歷史進程裡，始終稱職的扮演它的角色，發揮其無可取代的意義。

由於《臺灣文藝》和《笠》的崛起，六〇年代後期，臺灣「本土文學」意識逐漸強化，成爲後來鄉土文學思潮的底流。

一九七二年二月、九月，關傑明先後在《中國時報》〈人間〉副刊發表〈中國現代詩的困境〉、〈中國現代詩的幻境〉二文，對以「創世紀」爲代表，盲目模倣西方文學的頹廢詩風、嚴重與社會脫節等種種弊端，展開率直的批判。唐文標繼之，發表〈詩的沒落〉、〈什麼時代什麼地方什麼人〉諸文，對現代主義逃避現實、脫離社會與群眾、形式的崩潰、文字

遊戲等缺失大加撻伐。與此相呼應的，尉天驄所領導的《文季》季刊則對歐陽子、王文興等現代主義小說展開批判，成爲一九七七年鄉土文學論戰的先聲。《笠》雖未直接介入此一論爭，但《笠》的存在，則成爲唐文標等所批判的現代主義詩風之外的另一藝術參照系。

鄉土文學論戰，後來演變成爲一場深刻的文化批判運動，如同葉石濤先生所指出的：「它關係到戰後整個臺灣的經濟、政治、文化、教育各個層面，代表了人民在日趨孤立的環境下，企求創新和突破，民主與自由的革新思想。」⑱而在文學方面，則是本土意識和現實主義精神更形強固，「臺灣文學」漸次取代「鄉土文學」的意涵，切斷其與「中國文學」的從屬關係。而《笠》所提倡的「本土性、現實性、社會性、批判性」的詩風，則成爲八〇年代臺灣詩文學的主潮。

一九七九年十二月高雄美麗島事件，雖然暫時對於特定的「黨外」反對力量有所削弱；但它卻激起臺灣知識階層更廣泛參與社會、關心政治的積極態度，終於在八〇年代中期形成了全面要求加速政治改革的思潮。這種民主化思潮又帶動各種民眾自發性社會運動（自力救濟）的蔚興，迫使國民黨統治政權在一九八七年七月十五日取消長達三十八年的戒嚴措施，同時包括黨禁、報禁等各項管制亦告解除。

在解嚴之前那段破曉前的冷肅時刻，笠同仁則藉由詩的形象性，對臺灣政治、社會各

⑱ 葉石濤先生《臺灣文學史綱》，頁一五〇，一九八七年，高雄：文學界雜誌社。

個層面，作深入的挖掘與探索，爲八〇年代轉型期的臺灣作完整的顯影與錄像。

李敏勇曾論述：

《笠》詩刊創刊後，戰後臺灣的詩文學運動形成臺灣座標與中國座標兩條軸線在發展。臺灣座標這一軸線以《笠》爲主，其後也加入許多不屬於詩社的詩人；而中國座標以《藍星》和《創世紀》爲主。《創世紀》是從國際座標的遊蕩而回到中國座標的，其返回的因素，除了文學性的詩觀變化外，另有政治原因：那就是相對於《笠》臺灣座標的本土意識而產生的反本土意識。從這個觀點而言，《創世紀》是逐漸向《藍星》靠攏，摒除了過去的對抗。⑲

爲了抗衡本土意識，在中國座標軸上的《創世紀》、《葡萄園》、《秋水》等詩刊，乃大量引入大陸詩人的詩作（其刊登大陸詩人作品的篇幅經常超過當期之半），《創世紀》甚至擁有多位大陸的社務委員。

另外，八〇年代之季、九〇年代興起的「後現代主義」詩風，以「反形式」、「反敘述」的表現，顚覆文學的既定形式、意義與隱喻，以「無目的功能」解除文學的價值，以無序的組合，即興、遊戲的演出，解構文學的創造性意涵。

⑲ 笠詩選《混聲合唱》李敏勇序〈臺灣在詩中覺醒〉，頁七、八。一九九二年，高雄：文學臺灣雜誌社。

相對於此，《笠》仍堅持其鮮明的土地屬性，努力建構新的國家認同的國民文學。《笠》三十多年來由「鄉土」→「本土」→「臺灣」的發展軌跡，即由現實的凝視，漸次深入到歷史的反思與覺醒，而逐步實現自己的民族化之歷程，正是臺灣人民尋求國家認同、定位的精神史脈之側影。

這使我想起「笠」的命名。陳千武先生曾經追憶，一九六四年三月八日在詹冰先生府上「討論創辦詩刊的細節」：

首先是詩刊的名銜。從各人提出的詩刊名稱，如「臺灣詩刊」、「華麗島詩刊」；還有具有臺灣特色的植物「相思樹」、「榕樹」、「鳳凰木」這些容易看到的名字，不無嫌通俗了一點。林亨泰提出了「笠」一個字，令人想到與「皇冠」的對比。臺灣斗笠的純樸、篤實、原始美與普遍性，不怕日曬雨打的堅忍性，也就是表示島上人民勤奮耐勞、自由與不屈不撓的意志的象徵，隨即獲得了大家一致的贊同，決定出版《笠》詩刊，雙月發行。[20]

「笠」的命名，鮮明、生動的標示了它生活的、在野的、民眾的文學屬性，以及體現臺灣人民在風雨烈日下堅毅不屈的民族性格。

---

[20] 陳千武先生〈談「笠」的創刊〉，同註[1]。

但「笠」與「臺」字在語義上其實另有某種相依的關連性。《詩經・小雅・都人士》：「彼都人士，臺笠緇撮。」可知「臺笠」一詞，先秦時代已有之。根據漢代經學大師鄭玄的注釋：「臺，夫須也，都人之士以臺皮爲笠。」㉑原來「臺」即「夫須」，是一種多年生草本的莎草科植物（學名 Carex dispalata Boott），其葉即編織笠的材料㉒，因而「笠」亦稱「臺笠」。但，現存最早的《詩經》注解《毛傳》則認爲「臺」、「笠」是兩物：「臺，所以禦暑；笠，所以禦雨。」㉓，似二者功用不同；但《詩經・周頌・良耜》「其笠伊糾」，《毛傳》又認爲「笠，所以禦暑雨也。」㉔則「笠」兼能禦暑、禦雨，與「臺」實無不同。毛、鄭兩家的解釋雖然略異，但二說均體現了「笠」與「臺」意義密切的關連性。這種歷史語言學的語義考證，固然不是林亨泰先生等當初命名時所預想的，但二者古義的連帶性，確實是饒富興味的。甚至我們還可以進一步想像，隸寫的「台」字，恰似帶著笠的形象符號。然則「笠」作爲臺灣意象的表徵，似頗具深意的，而非僅是風物性的意義而已。

㉑《毛詩注疏》卷十五之二，頁三，臺北：藝文印書館景印嘉慶二十年南昌府學本。

㉒參陸文郁《詩草木今釋》頁九六，一九五七年，天津人民出版社。

㉓同註㉑。但根據清代學者汪龍《毛詩異義》卷二、胡承珙《毛詩後箋》卷十七、陳奐《詩毛氏傳疏》卷二十二等之考證，認爲毛傳古本應是「臺，所以禦雨；笠，所以禦暑。」今《注疏》本係後來傳刻之誤，唐孔穎達《正義》所據本尚不誤。

㉔《毛詩注疏》卷十九之四，頁九。

四、

時間是文學藝術虛實、眞僞最大的顯像劑。最近，爲撰寫此文，我重新翻閱當年洛夫等所編的幾本《年代詩選》，由於那些詩大多只是一時性的情緒發洩，或文字的搬弄、布置而已，因此，如今視之，十九皆成毫無價値的時代漂流物。這些選集剩下的惟一作用，便是在彰顯那個年代國民黨專制統治對文學掌控的負面效應而已。

長期以來，由於國民黨統治政權的中國屬性，藉著政治力及文化掌控，意圖主導文學的發展，致使臺灣文學的主體性模糊不清。大學院校文學系對於臺灣文學的研究，更是從未給予應有的重視。這種情況，一直到解嚴以後始稍有改善。但已出現的相關研究，大致上皆以小說爲主，臺灣詩文學的研究仍然極度缺乏。

詩社是一定時期文學主張或創作風格近似的詩人自覺形成的組織，詩刊則是詩作品以及文學觀念、詩學主張最主要的載體。因此，要研究戰後臺灣詩文學的發展，詩刊自然是最信實可靠的客觀依據。根據統計，臺灣「五〇年代創辦的詩刊計有二十三種；六〇年代則有三十四種；七〇年代有三十九種；而八〇年代則達到空前的五十種」㉕。惟這些詩刊大多數

㉕ 林于弘〈在變與不變之間：解嚴後詩刊的困境與轉進〉，二〇〇〇年一月，臺灣師範大學國文系主辦「解嚴以來臺灣文學國際學術研討會」論文。

像蜉蝣群落，旋起旋滅。時至今日，僅有極少數的詩刊尚能穩定發行。然像《笠》三、四十年間從未停刊、脫期者，更是絕無僅有。

一九九六、九七年間，我曾指導東海大學中文研究所研究生阮美慧君以《笠詩社跨越語言一代詩人研究》爲題，撰寫學位論文。伊跑遍國內公私圖書館，竟然未見有收藏《笠》詩刊前一百期者，我只好將自己所藏的一部付伊保管。而近年中國大陸所出版的幾本臺灣文學史著作，對於笠詩社的論述，大抵皆根據二手資料展轉引述，並非《笠》的實像。當然，最主要的關鍵還是由於資料的匱乏。

去年春間，我與學生書局總經理鮑邦瑞兄偶然言及此事，承其好意，慨然允諾將《笠》前一二〇期重新景印出版，以供研究之需。

《笠》前一二〇期，含括一九六四～八四共二十年。其間，臺灣無論在政治、社會、文化、經濟各方面，均有長足的發展。八〇年代上半，尤其是一個「變革」的關鍵點。在文學上同樣體現了這種要求「變革」的社會動向，比如一九八四年一月十九日，臺灣文學之父賴和先生（一八九四～一九四三）在逝世多年之後，終於獲得平反，入祀忠烈祠，即是臺灣文學精神漸獲彰顯的一個具體表徵。

由於《笠》與戰後臺灣詩文學的發展息息相關，因而，作爲文學史料，《笠》前一百二十期的重印，有關此二十年間臺灣現代詩發展的動向、文學思潮的遷移，詩社的集團意志與文學主張、文學事件和論爭，與乎詩人風格的形成與變化，作品創作的動因等，莫不藉此而

再現，這對臺灣文學史的闡述與建構，其重要性固不待言。然而，更重要的是，它爲這個時代臺灣人民的精神史作了完整的錄像，將永遠成爲我們歷史證言的一部份。

值此書印行之際，倉卒命筆，爰述一時所見以爲之記。

二〇〇〇年九月十日，庚辰中秋前二日識於
中央研究院歷史語言研究所七一六研究室

笠

月十五日出版
誌字第一四九一號 陽光文藝
登記為第一類新聞紙類

1

目錄

古剎的竹掃

本社

茫然地去談論「詩是什麼?」這是沒有意思的;對於詩,我們所能够說的只是「某某人的詩是什麼」而已。儘管集古今中外著名學說的菁粹而成的也吧,這種所謂「詩學概論」,(事實上,其大多數都只是慣於以剪刀剪去了它的公約數,再用連接詞這個漿糊將它連結起來的而已),假使不是由凝視作品開始而寫成的,那同樣地也是沒有什麼意思的了。我們所渴望的是:把呼吸在這一個時代的這一個「世代」(Generation)的詩,以適合於這個時代以及世代的感覺痛快地去談論。

記得曾有人說:要掃除現代式建築的車站,何以要揮用着數百年前深山古剎的和尚所使用的竹掃帚呢?這句話是相當耐人尋味的,老實說,對於某一種人,與其說是他要批評作品,不如說他是利用這個作品來展示一下他的身邊物,他認爲這才是最重要的,甚至於認爲這是批評的正統;但我們認爲這只不過是一種「非批評」的現象而已,難道就不能像「從墨水瓶中取出墨水」來寫作那麼地,從詩作品裡取出批評來嗎?

雖然就某種人來說,做爲一個學者是他的目標和終身的理想,但有「只能當學者」的這種人,實在是很糟的,因爲他們在會應用思考以前,卽已學會了讀與寫;因爲他們慣於常常寫論文以代替思索,因爲他們並不想打開箱子看看其中所裝有的是什麼東西,就想把它拿在手中加以玩弄;有時候,他們更由於包裝或出產地的原故,盲目地加以讚嘆,或盲目地加以蔑視,因爲他們只要求「嚐一嚐」就感到滿足,而用不着再談論其他的了。但是我們應該知道,亞朗(Alain)曾經也說過:「不是嚐一嚐就够,而要吃的啊!」(亞朗『文學論』。)

任何時代的任何國家,像這樣所謂「趣味的人」到處都有,所以梵樂希(Paul Valery)也說了如下的話:「雖然有相當的學識,與富於鑑賞的眼光,對值得讚美的,都能够給予讚美的男人(或女人),可是對於詩與藝術並不抱有一種本質的要求,」「嚴密地說,沒有它他也可以過得去,也可以活下去的,」「雖然他的精神是在賞味着藝術,但它並不專靠這個而生活的,」「他將所謂詩的這種特殊的糧食,並不當作一種本質的直接的糧食。」(均見梵樂希在亞奈爾大學的講演『詩的必要』。)

這些話就是梵樂希在說明小資產階級是什麼的場合中所說的,不過,我們認爲我們的「只能當學者的」也具有這種特質。也許甚至於更壞,因爲「學者」這種職業往往使他們採取一種更有自信的態度,他們雖然是站在外邊,但却自認爲是對內裡最清楚的人,甚至於比當事者更爲清楚,對於這一點,我們只要稍看一下他們的文章就可以知道,那種脫口

而出的教訓的口吻，實在能淸楚地說明其中的作風。

對每月由各地發行的刊物上，所刊載的很多的詩從來不去看，而硬說沒有詩的，也就是這一班人。就另一方面來說，他們旣已具有一種「只要有知識就能瞭解」的這種相當不錯的趣味，那當然更不需辛辛苦苦去讀那種「因有知識反而妨礙瞭解」的現代詩，不過，因爲有很多的現代詩散在各種刊物上，縱然你不想去看它，但却也有一種偶然的機會去看到它，而由於他們的知識對現代詩是毫無用處，並且這畢竟出乎他們預料之外地超出了他們的瞭解領域，所以他們就覺得非常生氣，那麼，他們的各種有來歷的有源流的但却一致地都非常陳舊的掃帚，就於此時此刻全部出籠了。

由於交通工具的發達，我們的肌肉漸漸地就成爲不重要的了，同樣地，知識若能增加到以知識可以說明一切時，也許思索也就成爲不重要的了。有些人爲了免除肌肉被退化爲廢物，所以，就耽溺於高爾夫球或網球等的運動，但是，思索力之低落是在不知不覺中發生的，並不如體力之衰弱現象那樣容易被感覺到症狀的發生。這種思索力低落的現象爲時一久，就形成爲一種不思索的習慣，這種不思索的習慣一旦養成久了，就漸漸覺得思索之不再需要了，對詩的本質或詩的作品也不再加以思索，（卽不去思索「某某的詩是什麼」這一點，）只盲然地在腦中找尋關於「詩是什麼」的知識。

不過，惟恐他的肌肉被退化爲廢物，而去做各種運動的人，他們只要求肌肉的運動就已達到了他的目的，而不必去做到氣喘不已的地步，只要注意使姿態及服裝美化就够了。前面所說那種「趣味的人」對於詩的態度，畢竟也可以說與這個現象相同，因爲他們只在於能嚐一下就够了，所以，他們滿足於玩弄措辭法，及看着穿尼龍絲襪的韻脚的美而發呆。是故，大學中文系之不能比軍隊培養出更多的詩人或小說家，其原因卽在此。

已經解決了的事情，已經決定了的事情，才形成了所謂「知識」，但像這樣一切解決了，一切都決定了，那麼，怎麼能以這種有限的東西，去衡量詩那種幾乎無限的創作呢？這是我們所無法想像得到的。雖然，已經解決了、決定了的事情，當然都是已被證明爲「確實無誤」的，但這種確信只是對過去的事物，卽「已經解決了或決定了的事情」而言；因爲，創作是被「與任何事物的不一致性」（卽獨創性）所限定着，所以，不能受到會與過去事物一致過的知識所限定。

當然，這並不是說會由偉大古人的頭腦所生產出來的那些龐大文化財產是沒有用的，我們只是說：所謂金言名句這種東西是作者本身體驗的所得，而惟有對這種所得之能本質地去運用的，才是有用的；否則，這種金言名句不但成爲無用，反而是有害的，這是我們所要特別强調的一點。換句話說，也就是强調出只有在於凝視或思索作品本身的過程中，倘且能够發現到的本質上的類似或一致，才可容許它的存在。同時，可能的話，我們希望能打破那些迄今猶安居於死知識的倉庫中貪求安眠的「只能當學者」的這種人的甜夢。

本社啓事

現在，我們可以清楚地意識到，五四對我們來說，已不再意味着什麼意義了。我們可以將五四看成過去的，正如同我們將唐、宋視為過去的一樣；這是我們敢斷言的，因為我們已有了與前時代完全相異的詩的原故。在詩的「場」上，這時代已於不知不覺中形成了「隔絕」的現象，這個「隔絕」現象，雖然意味着對前時代的詩的一種痛烈的訂正乃至於否定；但是由於這個原故，更顯示出年青的一代有着旺盛活潑的創作力。不論如何，這個世代終於有了屬於這個時代的詩，這是比任何事情都値得慶賀的，這是不必再說明的吧！

那麼，所謂屬於這個時代的詩是什麼呢？換句話說，這個時代有了怎樣的詩呢？其位置如何？其特徵又如何？這種檢討與整理的工作，在保存民族文化與幫助讀者之鑑賞方面都是非常重要而且必須的；可是却很少有人肯從事這一工作。本誌有鑒及此，遂不顧自身能力之微薄，毅然地起來從事這件工作。因此，特闢下列三個專欄，以促成這一工作的有益進展。

1.「笠下影」這個專欄，我們將於每一期評介一位詩人。為了瞭解時代的連結起見，似乎應該從長者先行推介，但因為本誌資料室剛剛成立，所以資料甚為貧弱，因此將資料較為齊全的詩人先行評介，相信大家是會諒解的。至於本誌之最終理想，是在於將全國詩人逐一加以鑑賞，不論其人數之多寡，我們勢將不辭辛勞地推介下去。可是，最令我們感到遺憾的，莫過於資料之不全了，因此，本誌特鄭重地呼籲全國敬愛的詩人們，請將您們的著作（手抄本亦可）或您們所編撰的雜誌寄給我們，以期資料室之充實。

2.「詩史資料」—我們所要求的並不在於現成的料理，而是在於廚房對這一道料理在製作上所花費的苦心與所嚐到的失敗的滋味。所以，我們在這一個專欄中，就是要刊登這製作過程中的種種經歷。本誌資料室，竭誠歡迎有關這一類的稿件。

3.「作品合評」將當期刊登在『笠』上的詩作品，以座談會方式加以批評是我們開這一個專欄最主要的目的。不過，本誌是不能刊登太多的詩作品的，這固然是由於篇幅之有限，但其最大的原因却是在於冀企給予每一首創作的詩以最大的最有餘裕的空間；基於這一個理想，所以，我們對於每一位詩人將僅能刊登一首作品，因為，我們認為空白之於詩正如同休止符之於音樂，是必要而不可或缺的。這也就是我們最大的一個編輯方針。我們常常可以看到很多雜誌刊物，將許多作者的作品擠在同一頁上，或同一位作者同時刊登了許多首作品，這種雜燴方式的編輯，是我們所不取的。因此，我們希望各位敬愛的詩人於惠稿之前先加以一番謹慎的選擇，而僅寄下最好的一首來；雖然未免會被譏為本誌之孤高，但這種編輯上的要求，諒必是大家所贊同的吧！

除了以上三個專欄之外，本誌更歡迎下列的稿件：

1.對此一世代中國詩人之評介文章。但始於詩人之戶籍調查，而止於著作目錄乃至於解說的文章是本誌所不取的。

2.對屬於此一時代的詩之評論文章。但本誌絕不刊載對詩人不體貼的漫罵性文章，因為我們感到某大報主編對詩有必須偷偷地塞進去的看法，及書店老闆對於寄售詩集或詩誌的冷漠態度，我們已不忍再給詩人以無謂的折磨了。

3.批評內容之再批評的文章。這是我們所最歡迎的，因為即使是「壞的」詩也一向是不害人的，但沒有比壞的批評更害人的了，因此，批評之再如何慎重，也不致於過份的。本誌特別歡迎這種文章，尤其是對本誌所刊載的批評之再批評，即使是反對的意見，也在所不論。

笠下影

詹冰

1. 詩人如小鳥任憑自然流露的情緒來歌唱的時代已過去；現代的詩人應將情緒予以解體分析後，再以新的秩序和型態構成詩，創造獨特的世界。因之詩人該習得現代各部門的學識和教養，傾注其所有的知性來寫詩……。

2. 我的詩作可以說是一種知性的活動。簡言之，我的詩法是『計算』。我計算心象的鮮度。計算語言的重量。計算詩感的濃度。計算造型的效率。以及計算秩序的完美。最後的目標是要創造前人未踏的詩的美的世界。

壹、作品

五月

五月，
透明的血管中，
綠血球在游泳着——。
五月就是這樣的生物。

五月是以裸體走路。
在丘陵，以金毛呼吸。
在曠野，以銀光歌唱。
然而，五月不眠地走路。

七彩的時間

新的季節孵化了。
植物的衣裳開始呼吸。
振響玻璃質的氣層，
諸伐里斯的青花開了。
好像樂曲的音符，
花冠滴下燦爛的光子。
好像太陽的光譜，
花蕊流下七彩的時間。
啊，現在，
詩人要調節手錶的秒針了。

液體的早晨

瞬間，
初生態的感覺
游泳在透明體中，
毫無阻力——。

現在，
讀新詩般我要讀
被玻璃紙包着的
新鮮的風景。

例如，
水藻似的相思樹下，
成了魚類的少女
搖着扇子的魚翅。

於是，
早晨的Poesie，
好像CO_2的氣泡，
向着雲的世界上昇。

金屬性的雨

銀白色的雲
發射白金線的雨，
於是少女的胸裏，
就呈七色焰色反應。

鳥類的交響曲是
沸騰的高錳酸鉀溶液。
心臟型的荔枝是
燦爛的血紅色結晶體。

並列的檳榔樹是
綠色的三角漏斗，
啊，過濾的詩感
水銀般點滴下來……。

充滿Ozone的花圃就是
新式化學實驗室。
太陽脫下雲的口罩，
顯出科學家的嚴肅。

貳、詩的位置

於民國十年代至二十年代裡，日本詩壇由於春山行夫主編的「詩與詩論」對詩之現代化的鼓吹，給與了日本詩壇的現代化有着決定性的影響，其後，日本詩壇卽形成了兩個發展的主流，其一爲所謂「前衞的」（卽不與日常生活妥協的），其二爲所謂「現代的」（卽與日常生活妥協的）。

但所謂「現代的」詩人之中，並非全部屬於「詩與詩論」，一些是環繞在另一股（並不算一派）獨立的勢力——堀口大學的周圍，而在這一些詩人中，詹冰卽是比較傑出的一人（註）。在我們的詩壇上，由於葉泥有系統地介紹了岩佐東一郎的作品，我們對此一詩風，當不致於感到陌生吧！

（註）「五月」一詩爲堀口大學推薦作品，於一九四三年七月刊登在日本東京「若草」雜誌上，並曾引起日本詩壇的注目，一時成爲日本詩壇評論的對象。

參、詩的特徵

這是相當摩登的風景，猶之於絹上的畫，雖有其燦爛的光澤，但卻是相當靜謐的；一方面看來是相當穩當的，但另一方面卻能給人以一種華麗的印象，他同時將其表現帶到快樂、怡悅的境界。所以，他的詩是不大難懂的，可以說是非常容易被親近的。

他的詩是「知性的」，當然，所謂「知性的」並不同於「知識的」，一般致力於「知性的」寫作者，往往於不知不覺中容易流於「炫學」的（Pedantic）傾向——卽是始終陷於知識之玩弄，認爲除知識之外，再沒有其他東西存在。但是，詹冰並沒有這種傾向。

重視「機智」（Wit）的詩，也就是智識份子的詩，前面所說「容易被親近的」只是對於智識份子而言，並非指的大衆，因此他的詩並非每一個人都能懂的，只有勤於讀書，同時各方面的智識都非常豐富的智識份子，始能透澈地瞭解。

由於他的詩並不是以知識寫的，所以，雖然有了豐富的知識，也不可能立刻瞭解，必須要有攝涵豐富知識的能力——譬如對於含蘊在詩中特有的季節的感受，抑或香味的靈敏的感應，除此之外，是不能充份地瞭解詹冰的詩。這就是詹冰並非以知識寫詩的一種明確的證據。

肆、結語

最高之山，在於最深奧之中，往往非大衆所能踏及的。詹冰的詩之於目前吾國吾民中，猶之最高之山，猶之衆人未踏之地。我們能於此時此地加以介紹，實令人感到由衷的喜悅。同時，我們願意順便向以將文化由古代收藏到現代，由西方搬運到東方爲已任的掮客的代表們——大學教授提醒一下，希望不要忽略了詹冰在詩方面的成就。

行列的焦點

杜國清

夜　　一道黝黑的
墜洞　　那盞淡銀的
馬燈　　已經西斜了
鐵蹄　　不斷地啄出
閃亮　　即滅的星芒
爲　　夜診斷寂寞

夜的寂寞　夜的寂寞　夜的寂寞

我走着像最後一節的車廂　永遠的機械裡的一枚齒輪　老是跟在不盡的路上拖磨
一邊回憶曾被遺忘的悲歡　走過齊植的尤佳利的行列　走過修剪了的月橘的籬墻
走過公園周圍的手扶欄杆　以及堆砌的瓦礫冷眼的窗　以及阡陌和城垜上的壁壘
無話可說的毫無主意的我　嚼着無味的將軍牌泡泡糖　認定駝鈴原伴頸上的沈默

夜　　黝黑的墜洞
蹄聲　　探測寂寞的
礦苗　　麻木的脚跟
似乎　　隱藏着什麼
黎明　　之前我回顧
在　　霧中消逝的

星的烱爍　星的烱爍　星的烱爍

論詩的語言底純粹性

柳文哲

所謂韻文，是歌謠時代的遺蹟，那時代，連說理的文字也用韻文寫成，因此，詩有些是用韻文表現了的，但韻文不就是詩，詩如果是文學中最精純的部份的話，很顯然地，韻文的表現方式，已經老遠老遠地成為過去的了。

在印刷術時代，散文是通行的表現方式，自然語言，就是指非科學的語言，要使它成為文學上的所謂散文，亦得經過一番鍛鍊的工夫。嚴格地說，散文如果說要配稱為文學，配稱為藝術作品，亦必須是充滿了詩的精神底產品，而詩的表現方式，從韻文到散文，只是詩的工具的革命，而非詩的精神的革命。採用散文的工具，企圖表現詩的本質，則仍然需將散文的語言錘鍊為詩的語言。

梵樂希（Paul Valéry）認為詩與散文，好比舞步與散步，而散文只是當作一種工具。因此，我認為詩的語言，即不跟韻文的語言相對立，也不跟散文的語言相對立，詩的語言必須是把握了詩的精神，也就是捕捉詩底本質的剎那才告成立，在此意義上，韻文與詩不相干，散文與詩亦不相干。

當諷刺新詩者說：「那不過是分行了的散文！」這時候，我們並不為新詩辯護，我們可以這樣地反問：「什麼是散文」？不成為詩，就是散文嗎？這樣貶低了散文，將使散文失去了在文學上的莊嚴的地位。一首詩，不管用韻文的工具，或是用散文的工具，只要是詩，就有它的藝術價值。一篇散文，如果只因為不是詩，而就告成立的話，散文未免太簡單了，克羅齊（Benedetto Croce）說：「詩可離散文，散文不能離詩」。在文學的本質上，在藝術作品的價值上，散文與詩，同樣地，是屬於文學的一種，是屬於藝術作品的一類，只因為感受的相異，題材的不同，而採取的表現方式不同罷了。

詩採用韻文的工具底成就，在歌謠與格律詩上，曾經有過其長久的輝煌的歷史，無疑地，因其詩的音樂性底追求，使可憐的愛好者，捨本逐末，只嚐到脚韻的過瘾，而忘了詩的本質，詩的創造精神。

詩採用散文的工具底成就，在自由詩與現代詩上，正在嘗試，正在摸索，雖未必立刻超越韻文的工具，却已表現了它高度的彈性。所謂散文詩，嚴格地說，該是詩的一種，像波特萊爾（Baudelaire）、屠格涅夫（Ivan Turgenev）的散文詩，乃是掙脫格律的枷鎖底一種過度時期的產物。

那麼，什麼才是詩的語言呢？詩的語言底純粹性又如何呢？詩的語言，有音樂性，亦有繪畫性；可以沒有音樂性，亦可以沒有繪畫性，當直覺到詩的本質底瞬間，即樂，即畫，非樂，非畫；可以包容一切，亦可以不包容一切，詩底純粹性，必須首先濾清詩的語言底純粹性，方能讓詩顯示出較為可會意的輪廓，可直覺的意境。

我們試舉一首林亨泰的詩「農舍」爲例：

門
被打開着的
正廳
神明
被打開着的
門

這一首詩發表的時候，被橫排着，但從一個農家的意象着想，還是讓它豎立罷。就詩的語言底純粹性來講，它表現得相當地經濟，幾乎把語言的字眼當作一支畫筆上的色料似地直接塗上！在這一個立足點上，作者的嘗試是一個極端，一個冒險，他要擺脫語言的手銬，洗清字眼的習俗的意義，包括從書本上得來的典故等等。這種冒險的精神，意味着詩底創造的嘗試，乃是一種對流行的反抗，對濫調的揚棄，也許他的嘗試未必是成功的表現。

當我們讀到桑德堡（Carl Sandburg）那首有名的小詩「霧」的時候，把霧比喻作小貓一樣的脚步，的確，頗爲清新可喜；可是，曾幾何時，小貓的脚步接二連三地出現的時候，我竟因乏味而深感厭倦！當我們讀到鄭愁予「山居小簡」的時候，他說山是凝固的波浪，確實是相當妥貼的比喻，可是，凝固的波浪再度出現的時候，那個字眼眞正被凝固了。

也許像打靶一樣，我並非神鎗手，沒有立刻命中紅心，我已試着瞄準，可能中靶不中環，詩的語言底純粹性，乃是把握詩的本質底一必經的途徑，詩人要學習做神鎗手，當他的子彈在紅心上出現的時候，他的詩亦將爆出生命的火花。

論聽覺的想像

T.S.Eliot原作
杜國清節譯

我所謂「聽覺的想像」是指：對音節和韻律的感覺，這種感覺具有較之意識的思考和感觸更遜一籌的透視力，且能感到每個字躍躍生動。這種「聽覺的想像」深入最源始最忘然的境界，重返太初似乎又帶回了什麼，如此追尋着始與終。誠然，它透過某些底意而得進展，或者一般而言，某些底意是不可或缺的；它交融了陳舊的、殘缺的、腐敗的、流行的、新奇的，最古老的以及最文明的心智。

沉淪

桓夫

既已向你賠罪說：
做錯了　做錯了　請原諒
你竟不肯
竟光火了　發出詬誶的雷鳴。
那麼　就用你的雷鳴
打死那些小小的螞蟻群罷
好讓天昏地暗……

——這些瑣事
只像同在這地球上呼吸的一顆樹木
的移植而已
這些瑣事
你却像被盜去了太空的機密似地
想用核子爆炸來消滅無辜的盆蟲
你光禿的頭上昇起了原子雲
想把這世界的一切毀滅

好罷！　那麼
我就從你眼前消逝　到宇宙
的另一端探險去

——起初我浮現在空中
然後　加速地下沉
　沉淪……　沉淪……
哦哦！——那是誰在沉淪哪……

小鎭紀行

趙天儀

依稀是親暱的臉譜
以及熟稔的田園，以及土地公的小廟
客居小鎭，在冰菓店的桌角
在電影院的廣告欄前
我底草綠色的軍帽出現的時候
嘸，好一個流浪漢

常蹓躂於柏油路上
聽播音器放送的流行小調
我愛遊逛
也好聊天
只因我隱藏着一股深深的情熱與思念

說有綠衣姑娘的黑影
於黃昏的巷子，靠在幽牆上
微笑地等候着
且塗着血色的指甲
猛吸着濃濃的香煙

落霞像是紫色的殘花
一輪明月昇起，掛在枯樹的枝椏間
我伸出揷在口袋裡的手
暖暖地，却觸着冰冷的風
一種晚冬的蕭瑟

客居小鎭，我熟悉每一個角落
每一樣生靈的躍動
我是個流浪漢
到處爲家，且肩負着世紀的創傷
曾踏過烽火的邊緣上
曾夜宿過墓地的林子裡

詩史資料

瀛濤詩記

吳瀛濤

前言

今題為「瀛濤詩記」，擬將作者從事創作以來這三十多年間的，有關詩作方面的各種資料、生活記錄、感想等，作一瑣記，以資日後印刊專冊。

一、關於未問世的「第二詩集」及其序文

拙著中文第一本詩集「生活詩集」（收錄民國四十二年以前作品），已於民國四十二年九月一日發行。此後，原定民國四十三年五月發行第二本詩集「第二詩集」，以便收錄「生活詩集」發行前後未收錄的作品，同時並擬於「第二詩集」中，重新併印「生活詩集」的全部作品（因「生活詩集」係油印，也僅印兩百本，發行後已存書無多，故有附印於「第二詩集」的計劃）。

但，結果，「第二詩集」不但不能按照所定的計劃出版，作者的第二本詩集，一直擱置，及至民國四十七年六月始出版，而題為「瀛濤詩集」。這第二本詩集「瀛濤詩集」，雖係收錄「生活詩集」以後到民國四十七年間的作品，惟因這五年間，作者所發表於各詩誌報刊的作品，其量甚多，幾達兩百多篇，當時既覺不易出一本包含全部作品的份量較厚的詩集（出版一本薄薄的詩集，倘可勉之，較厚的，實在是負擔不起出版費用），經考慮的結果，別出心裁，另創一種方式，即將原來的詩盡量壓縮為最多不過五行、十行的短詩而出版。作者用這種縮短的方式出版這一本詩集，其實並不僅因出版費用的負擔不起，最主要的原因，乃在於作者對短詩有另一種看法，以為它最適合詩的精煉的表達，於是毅然以原來發表的詩為原型，而去精煉出了作者認為不能再短的短詩。當時作者為這種嘗試所花費的苦心，有如古代煉金者的艱難，因作者曾發表「原子詩論」，則借此「瀛濤詩集」為其實驗於詩作上的嘗試。

次說，「第二詩集」，原有序文三篇（舉後），即：

紀弦序「第二詩集」

覃子豪序「生活詩集」

覃子豪序「第二詩集」

這三篇序文，均於四十三年三、四月間前後執筆的，當然要錄於同年預定出版的「第二詩集」內，然因「第二詩集」既不出版（其遲遲不出的主要原因，一為作者當時生活情

緒的惡劣，二爲當時正爲藍星詩派與現代詩派鬧意見最熾烈的時候，以致作者遂未便將這兩位先生的序文同時刊錄。），序文也就同時擱置下來，至今尙存在作者手邊，一直沒有發表（因五年後出版的第二本詩集「瀛濤詩集」，輯錄的詩既如上述已有改變，序文也不便刊用）。

今執筆詩記，關於這三篇序文，其中兩篇係由覃子豪先生賜寫，而覃先生已於去歲逝亡，於先生在世之日未能發表遺憾莫甚。於玆將之謹先錄於此文中以資紀念，並表謝忱與致敬，而對於此一未問世的「第二詩集」，作者深望將來能够有出版的機會（那時序文當然要刊在一起）。

又，序文之外，另有作者寫的後記一篇，也一併發表於後。

生活詩集序

覃子豪

生活詩集是吳瀛濤君第一本詩集，也是本省詩人出版第一本中文詩集，本省詩人在臺灣光復前，多以日文寫詩，（我所知道的有林亨泰、騰輝、謝東壁等人）；吳瀛濤君寫詩多年，在日據時代，不但以日文寫詩，也以中文寫詩，在光復以後，以中文寫詩更多，這就是以中文寫的第一本集子。

瀛濤君的作品，有近代詩風的傾向，都市的色彩甚濃，他讚美都市，熱愛着近代的生活；抒寫他在都市生活中的哀愁和希望。他理想着要把濟慈（Keats）那種詩和科學背道而馳的觀念，予以糾正，他要把詩的原理和科學的原理符合。因此，他以開拓者的精神，來提倡符合科學精神的原子詩。他以原子（Atom）希臘語的原義來闡明原子和詩的關聯，他說：原子的意義就是不能再分開的，「最初而也是最後，最渺小而也是最龐大的，物質中之物質，生命中之生命，人工的最高峯，人類智慧的極深奥——這就是原子；原子的領域，同時也就是新世紀的詩的領域。」

以詩的本質和形體來論，詩需要純粹，精鍊，一如原子，詩是使人類的精神走向一個最美，最眞，最善的境界，它是建設性的；而原子是建設性的，同時也具有一種絕大的破壞的威力，它會毁滅人類。詩的所要求的，是要根絕原子毁滅人類的悲劇，而用原子來創造最美，最眞，最善的詩的世界的，瀛濤君這種認識，這種理想，這種希望是好的。但詩和科學精神符合，該以哲學爲其符合的橋樑。瀛濤君的作品，正在向着他所理想的方向發展。「神話」一詩，便是他這種傾向的代表作。他在這首詩裡，表現了他對世紀的認識，原子時代凶兆的預感，以及對宇宙的新觀點，但作者在這首詩裡，所表現的意識，極其糢糊，如作者自已所說：

偉大的孤獨啊
我將願永遠徘徊——

我始終認爲，詩永遠是離不開生活，而作者正和我所想的一樣，所以將這本集子題名爲「生活詩集」的原故。因此，這集子裡許多抒情短詩，使我感到親切，如「生活短章」「回憶」「來往」「疾向」等詩，都是現實給予詩人的深刻

的感觸，是熱淚和心血所凝成的作品。

瀛濤君對於詩有認識，亦有素養，也寫了不少的純粹的詩。我相信以瀛濤君對詩創造的熱誠，他的詩將更趨於完美的領域。如同原子，無論在內容上和形式上，更趨純淨。

「第二詩集」序

覃子豪

在瀛濤君「生活詩集」的序裏，我曾說：作者的作品，有近代詩風的傾向，都市色彩甚濃；在讀「第二詩集」裡的作品，更有如是的感覺，是大部份抒寫都市生活的感覺和情緒。

寫都市生活最出色的，有比利時象徵派詩人愛彌兒•凡爾哈崙（Emil Verhaoren），他的詩集「觸覺的城市」，便是寫城市，銀行，交易所，車站，地下鐵道，酒吧間等，凡爾哈崙以他精細的象徵手法，表現了都市生活的特徵，寫出了那複雜的都市社會生活的情緒，故其作品有着一種簇新的風格，和時代的精神，他和美國歌頌民主的詩人惠特曼（Walt Whitman）同樣有着驚人的成就，被評論家認爲廿世紀的先驅詩人。

在中國，以都市生活爲題材的極少，偶爾有發現的，那就是偶然的一種嘗試，讀了「第二詩集」的作品，深深感覺都市生活的氣氛，極爲濃郁。如「音樂」「畫室」「沈淪」「光景」「都市」等詩。（我想：作者不曾讀過凡爾哈崙的作品，因爲，在他的詩裡，沒有凡爾哈崙的氣息）。在（第二詩集）裡作者所抒寫的，是作者都市生活的個人情緒，而不是像凡爾哈崙抒寫了整個的都市社會生活，和每一個階層人的情緒。

在這本集子裡，個人的情緒極濃，幾乎每一篇詩，都是在抒寫自己，抒寫着作者的憂愁，失望和嘆息。他雖然讚美都市，擁有文化和藝術，寄予都市無窮的希望，預期着都市繁榮的未來和明天的歌聲。然而，作者的心情是悲哀的，是由都市生活的重壓和理想的幻滅，在萬花筒般的都市生活裡，他像失掉了自己，音樂和繪畫雖然能給他一種慰藉，然而，卻不能抹去留在作者心裡「莫名的悲劇」。於是，作者憧憬着清晨第一隻鳥的「鵬程」。拂落一切舊夢，在「嚴冬海角」「荒野天邊」去尋找眞正的「我」。

作者有着深刻的憂鬱，在「呼喚」一詩裡，作者呼喊出他沒有被愛過，他懷疑這沒有愛的世界，更從心裡喊出了「連神亦從未垂憐」的一種絕望的喊叫。因此，這深刻憂鬱使作者想到死，「死」這個字是作者常常提到的，在「鄉愁」中「直至死的日子，同歸故鄉黃土」，在「懸崖」中「生死之間不短不長的行途」，「不問何故的生，何故的死」，在「詩法」中「死之後，猶能保存之生」。在「白鳥」中「我呢，像隻瀕死的白鳥，傷重昏迷」等，因爲，「死」可以擺脫一切希望和煩惱。作者所尋找的「我」，所提到的「死」，是一種超脫的願望。愛都市的生活，而又感到深深地倦厭，作爲詩人的瀛濤君是必然的。

在這本集子裡，作者在藝術上的造就，是更進了一步。如「鵬程」，「興感」，「逆旅」，「心靈」，「詩法」，「白鳥」，「呼喚」，「成熟」等，都是有着深長意味的作品。

作者寫詩的傾向是新的，是發現，不是因襲，是創造，不是模仿，我十分欽佩作者在「心靈」裡的一句詩：「詩人的心靈在開向未見的世界」。這是每一個詩人應有的精神。

第二詩集序

紀弦

去年夏天，有一位本省的中年人，帶着一束詩稿和葛賢寧先生的介紹信來看我。我看了信，又把他的作品翻閱一遍，立刻留下了好印象；情緒微妙，感覺銳敏，意象鮮活，境

孤獨的詩章

吳瀛濤

1.

找覓着
沉默的心靈
遠遠地
風浪的聲音
詩在天邊

2.

都市裡
灰塵的詩
都市裡
騷音的詩
都市裡
乾燥的詩
都市裡

界高遠，現代化的手法，日本風的句子，若干詞彙和詩行，在我的眼前閃耀着虹與金屬的光芒，使我爲之心折。不押韻，無格律，以散文爲表現工具，而有其自然的聲調，他的詩是自由詩的一種，特別是在這一點上說來，他是我的同志，我很高興，當即和他作了一小時左右的談話，而成爲極要好的朋友。隨後不久，秋季號的「現代詩」上，開始發表了他的詩與詩論。我又把幾位常在一起的詩人介紹與他相識。他的創作的才能，他的批評的眼光，朋友們都很欽佩。尤其是他那謙虛、誠懇的態度，格外令人尊嚴。

這位中年的本省人便是吳瀛濤先生。

吳先生的詩路，不是自唐詩、宋詞、元曲……經由五四初期的「白話詩」、「小詩」、「新月派」等等而來；他是憑着他的外國語文的造詣，直間接從世界詩壇接受現代詩的教育，理解現代詩的本質，認識現代詩的發展趨向，然後拿起筆來寫的。因而他的詩形，不是小脚放大，而是天足，他的詩質，亦非舊詩的意境之換穿了口語的外套，而是詩的新大陸的追求與發見，一片廣大的新墾地之耕耘與收穫。正是由於這個緣故，他的詩裏才沒有「歌」的混跡，沒有「歌」的噪音，而指向着「純粹」之遙遠的地平線，他的前進的每一個脚印，都清清楚楚地留在那從來沒有被人踐踏的泥土上。他是孤獨的，他是寂寞的，他是憂鬱的。然而，他是滿足的，他是堅强的。而在他的天地裏，響徹着的，波動着的，全是他自己的聲音。他的聲音，證實他的存在。他是他的詩的宇宙的耶和華。他的詩是不可以朗誦的。而不可以朗誦這一點，正是現代詩之主要的標誌，他的詩的意境却是新派繪畫一般地强烈，鮮明，怪異，新奇，誇張而又正確。他帶着點象徵派與超現實派的色彩，但是他的神秘與朦朧並不是全然不可以理解的。他也帶着點意象派的傾向，但是他並不把情緒整個地放逐，整個地否定。他是吸收了一切「現代的」養料使成爲他自己的東西從而組織並構成一全新的畫面或樂

窒息的詩
都市裡
倦厭的詩
都市裡
孤獨的詩

3.

寫詩的人
他寫憤怒的詩
他寫堅忍的詩
他站在太陽
他站在冰雪
他是千萬年的化石
他是億萬年的核子
他位於虛默
他位於空無
寫詩的人

曲；在這裏，有他的氣質，有他的個性。他的詩是主觀與客觀之綜合，理智與感情之合金。他是我們的隊伍裏的傑出者之一。他的詩句，往往在文法上似乎有一些不順處，但就全般說來，這還是小疵不掩大瑜的。須知文法上的小毛病，在某種場合，甚至於反而可以收到更大的詩的效果哩。

關於他的「生活詩集」和「第二詩集」的內容，以及前後的比較，覃子豪先生的兩篇序文，已經說得十分詳盡，並且和我的看法沒有什麼出入，為了避免重複，不是避重就輕，我想，我還是省一點筆墨，而讓讀者們去細細地咀嚼吳先生的作品和領略他的詩的眞味吧！

中華民國四十三年四月於臺北

第二詩集後記

吳瀛濤

寫詩幾近二十年，更覺其困難。

精鍊各種不同的因素，使純粹如寶石，偉大如原子的詩——現代詩，甚至如作者既稱的「原子詩」。關於它的發展需要，人類科學精神的力量。

詩是困難的，正如人類的前程，然而，它是値得去爭取的，同樣地，悲哀亦未會是終局。的要從行盡的地方再出發，與「死」，或與「我」對峙。始有更堅强的生之發現，更眞正的我之誕生。

今出「第二詩集」，深謝紀弦先生，覃子豪先生的序文。紀弦先生主編的「現代詩」季刊，覃子豪先生主編的「新詩」週刊，給予詩界不少貢獻。作者的詩，又多發表於「現代詩」季刊上。

記得，作者曾寫在「第一詩集」自序：「這是荒土上鮮彩的開花」；那麼，在這「第二詩集」後記，再讓作者寫吧：「這是一顆成熟的果實。」

跨在駱駝瘤上

三好達治作
陳千武譯

幌蕩在莫可名狀的駱駝背上
我是從地球的彼方踱過來的旅人
剛病癒的蛾眉月將墮落於砂丘上
從那麽樣的帳篷之間　我是搖搖幌幌而來的夥件的一個
不為甚麽目的
慢條斯理地盤桓過來的無教養的流浪漢
是個孤兒呀
從事贗造鑰匙開始
扒手詐欺小偸賭博樣樣做過
我的來歷
可說像影戲般從沒有下幕的一場呵
固然我到了這種年紀還是行方不定的流浪漢
國籍不明的有名的壞種
可是以我的思想來講
有時是早晨的雄鷄　有時是正午的向日葵
或是笛音　是噴水
我的思想像熱鬧的祭典般絢爛華麗而快活冒險
請不要見怪　哲學是完全沒學過的
但我也會臨機應變，要把戲　並且有彩有規模
假面、痲藥、錘子、匕首、整個材料都齊備着
就是較沒有耐性
反正是紙牌的城　容易構築也容易崩塌
月夜深更有繩梯子
早上就被銬上手銬呀
到處都不是樂園
東西南北　世男祇是一個噘

啊啊沒趣呵　眞討厭
那些你瞧是不是有什麽興趣才用得吹噓呢
在荒風的寒天裡吹着孩子氣的喇叭我該到哪兒去
跨在駱駝瘤上　包着一張窮苦的毡子
這樣萬里迢迢地來了　在遠方的各國
究竟我看過什麽呢
啊啊那個時候我是活潑的勞働者
常從近郊洗好臉就跑去跳乘公共馬車
在工廠街很有勢力　拿起鐵錘也覺得很輕
淸潔的工作衣　眉間的傷痕和紋身也相當華麗而被讚揚着
錢囊裝的是骰子　酒吧MANON……
常哼着酒脫的小調而去
我的性格祇會微微的傾心戀慕而已
因而我也表演過一場像巫士把水晶的煙變成灰或像薔薇的
Kiss
可是世間仍是冷寞的
無論如何　那邊的十字路口是常吹着不景氣的風
是滾落着煤渣者寒酸陰鬱的地方
有的是沒遺漏的　奴輩們以那奴輩們的敏捷的歪性情和竹
的歪節子
在那樣下界的天上
星流逝的　瞬間
年輕時不得不强硬
好歹總是雨後送傘
獃傻的驢馬做夢了
啊啊沒趣呵　眞是討厭呢

——從此家業一直就不振呢
穿煙囱孔爬棟樑　小偸雙鈎偸牛的技術却失去了巧能
心術也喪了
這樣一來眞會叫你耻笑呀
這可能是無學的緣故吧
現在比起這些國家的大臣程度的能力也沒有
一概都是這種狀態咧
——然而大家不必匆匆忙忙　憐憫這個人物呀
在大家面前又這樣被捕綑縛着
雖然幕下了但還有後段呢　出醜慣了也就不必心慌
喜劇是七幕　七顚　七面鳥也有主體性
——以今日時髦的話這麼說

我自己雖然這樣　還有辦法　也有覺悟
過去的老早的老早　我也有被遺棄的殘餘的榮耀
今夜星星隕落的時候
祇是告訴大家好了
裏在不中用的毡子
這個人物又是
從世間的奴輩們所依靠的悲愁的含有教訓意味的鐵格子之間
從牢獄的窗口搖搖擺擺地
失禮吧失禮再見喲
跨在駱駝瘤上而逃脫出來的智慧尙有啊
——然而鮮新的早晨又來了　第七節的幕開了
再見吧另期再相逢吧……

關於三好達治

陳千武

三好達治（Miyoshi Tatsuji），一九〇〇年生於日本大阪。

最初以軍人爲其終身理想，而考入士官學校，但中途輟學，畢業於第三高等學校後，進入東大法文科。在學中即加入爲詩誌「青空」同人，並親近荻原朔太郎，室生犀星，頗受其影響。初爲「詩與詩論」的同人，銳意推行現代主義精神的新詩運動。於一九三四年與堀辰雄，丸山薰等創辦詩誌「四季」，形成了新抒情詩的牙城。——這種新的抒情詩，已不像昔時那一般將發生在內心的情緒照原形的言語單純地廻響出來，那是依據各種主知的經驗予以冷却和壓縮，或與其他的精神要素複雜地化合，經過了曲折的途徑而反響回來的，他說：「於是今日的抒情詩，已脫出了過去的『情緒的decadence』，除了自己的問題以外，又被要求具備面臨於廣大的經驗世界應有的批評文學的要素」。「四季」續刊至一九四三年，三好的詩於「內在的」和「方法上」均趨於現代派的尖端，

他曾憑他的纖細的lyricism，試作了許多新手法的作品。但一般說來，由於他極端地傾向於回顧的韻律和耽於傳統的世界，故在當時的衆多的新詩人之中，他被認爲是首屈一指的古典主義的詩人。一九三〇年刊行的處女詩集「測量船」，殊表現了其唯一的獨特的詩風。其他詩集有「南窗集」「閒花集」「山菓集」「春岬」「艸千里」「一點鐘」「朝菜集」「花筐」「故鄉的花」等。至戰後的詩集「跨在駱駝瘤上」就脫離了從前的抒情的世界，而強烈地以批評的現代詩人姿態出現。「跨在駱駝瘤上」於一九五三年榮獲藝術院獎。上月（一九六四年四月五日）病歿於東京，享年六十三歲。此一病歿消息曾由日本各電台向全世界廣播。

作品合評

前言

林亭泰　目下一般詩刊雜誌的編者，大都把稿編完付印就算了事，這似乎對自己，對讀者都不能有一個好的交代，最起碼編輯者對於所選刊的作品或者在編選過程中，多多少少總有自己的看法或感想，這是非常重要的一點。我們編完這一期，總不能不說出一點感想來，所以，我想我們趁這個機會提出來談談。

錦連　當然，這用意很好，不過，我們談的並不在於說好說壞這一方面，那是很無聊的。

古貝　是麼！我們只能說某一首詩，它創造出了什麼東西而已，至於好壞，那是註釋家的事，我們只能止於那首詩在我們的感覺上佔了什麼位置，它給了我們些什麼東西這一點的研討而已。假使有誰肯定地說出某一首詩屬於好的，某一首詩是壞的，那麼，這個人一定是一個狂妄的。

杜國清作品

林亭泰　「行列的焦點」這首詩是一種實驗性的作品吧！你們的看法怎樣？

古貝　是的，這是大膽的嘗試。

錦連　中國舊詩時代已經過去了，五四時代以來，新的東西一天天發展起來，但至目前為止，新詩仍然是在摸索的階段，在這一摸索的情況下，實驗性的作品應該會很多才對吧！

古貝　是的，這是不可置疑的，因為這是過渡時期必然會有的現象。

林亭泰　當然，這種實驗性的作品，在詩發展的過程上是具有它的歷史價值，但是話雖然這什麼，這畢竟還是一種實驗性的東西而已。

古貝　那是當然的。不過，假使沒有這種實驗性的作品出現，詩壇怎麼能向前進一步呢？我認為這種實驗雖然不能列為詩的唯一的主流，但也不可抹殺它的價值。

錦連　它的價值當然是存在的，就以目前詩壇來說，我們經常讀慣了一般性的詩以後，偶而讀到這種富於實驗性的東西，好像有一種吸引力促使我們產生一份興趣去研究它，這一種吸引力的產生當然就是它存在的價值了。

林亭泰　剛才談到「存在的價值」這一點，我忽然想到目下很多雜誌常常刊載有將我們這個時代與五四時代相比較，而强調我們這一個時代的進步這種文章；依我的看法，這根本是不能比較的，假使硬要把它相比較的話，那麼，我們這個時代就變成了五四運動的末流了。

錦連　關於比較這一點，應該是用與前一時代的相異點做為比較的基準，才能決定出它的進步程度。應該找出我們這個時代與五四時代有些什麼不同的地方，然後研究出這一個不同的地方是進步還是退步，這樣才對。

林亭泰　做為末流者，當然其技術的圓熟是不用說了，它的成就當然是優於其前了，所以，目前所謂詩壇的進步，並不能算是一種眞正的進步。

古貝　這種進步的說法就變成為一種可笑的莫明其妙的說法了，因為從詩史上來說，並沒有什麼意義，所謂進步，是要能給詩史上留下一些眞正的東西。

錦連　我認為我們這一個時代的新詩運動應該是一個新時代的發端；不應該僅僅以做為五四的末流者而感到滿足。

古貝　是的，假使我們詩壇眞正能撐開這種「比較」的觀念，那麼，我們這個時代將是可喜的了。

林亭泰　杜國清的這首實驗性的作品之所以成功，就在於它不能與一般的詩或五四時代的詩互相比較的。他已看到應該如何給詩壇一些東西這一點了。

錦連　這種寫法的詩，好像很重視精神狀態的平衡（Balance）。

林亭泰　不，不如說是對秩序的一種追求吧！

錦　連　唔！這樣也許正確一點。

古　貝　我認為這是在摸索過程中小心行事的一種必然現象，它雖然重視秩序的追求，但未免有一種疲憊於巔坡之後而力求秩序表現的感覺。

錦　連　拿一個譬喻來說吧！好像當有很多人在大路上搖搖擺擺大踏步地走的時候，却另外有一種人，在羊腸小道上暗中摸索巔坡；當我們看到這種坎坷的背影時，使我們有着永不能忘懷的感覺。

古　貝　那是一種即可憫又可愛的感覺，是嗎？

錦　連　是的，就好像有一種又甘又苦，不太容易說出來的感覺。（笑）

林亭泰　可是偏偏詩壇有很多人特別喜愛作弄這種在摸索之中的人，甚至於譏笑這種人為標新立異之輩。

古　貝　這是目前詩壇上最悲哀的一種現象了。

林亭泰　甚至於有人以這種作弄為維護固有文化的藉口。

錦　連　當然在黑暗的崎嶇的小路上行走是不能與在光明平坦的大路上行走相比的。由於小路是獨創的，僅由一個人開出來的路，所以就好像在一片野草叢生的山上走路是非常困難的，非常巔坡疲憊的；而大路是很多人走出來的，當然就可以放心大踏步地走。

古　貝　就是嘛，詩人貴在獨創，自己走出來的路雖然崎嶇不堪，但却是好的現象，是可喜的。至於那些在別人已開拓好的路上大踏步走的，這豈是眞正的詩人呢？

錦　連　這只是一種尾隨的行列而已，這是最滑稽的一群。

林亭泰　所以，我們可以看出杜國清的這首「行列的焦點」的成功要素就在於他有勇氣去做實驗去嘗試一條新的崎嶇的小路的開闢。

古　貝　甚至於他有一種讓後人將之拓為大路的企望。

趙天儀作品

錦　連　趙天儀在這首創作的表現方法就與杜國清的「行列的焦點」不同了，看起來從頭到尾有着淡淡的鄉土色彩（Local Colour）同時有一種傷感的成份。

林亭泰　有鄉土色彩是沒有過錯的；不過，現代詩人最忌給人說他有傷感的成份。但是因為他有：

「我底草綠色的軍帽出現的時候」
「到處為家，且肩負着世紀的創傷」

這兩句，所以不能認為他的詩是完全流於傷感的了。

古　貝　不過：

「一輪明月昇起，掛在枯樹的枝椏間
我伸出插在口袋裡的手
暖暖地，却觸着冰涼的風
一種晚冬的蕭瑟」

這一段不是也相當不錯嗎？

林亭泰　這一段的表現方法，也許有人會讚嘆，但其實這只是次要的。我們面對一首詩，所要求的並非在於只斤斤計較於形容詞的巧妙安排，而是在於它的思想性。

錦　連　不，不如說是「人性」（

Humanity）。因爲他有肩負着世紀的創傷這種自負，甚至於使命感；所以不是單單以思想性就能够說明的。好像能够看得出有一點對存在積極性的追求。

林亨泰　不過，我認爲還是消極性的成份似乎多於積極性，因爲他雖然肩負着世紀的創傷，但却一再强調他是個流浪漢。

桓夫作品

林亨泰　就這一點來說，桓夫却是不一樣的，他雖然也可說是一種追求人性的作品。但他在作品的末段却使勁地喊出：「哦哦——那是誰在沉淪哪……」這一句予人以相當强烈的印象。

古　貝　這就是他對存在的積極性的追求吧！

林亨泰　雖然他和趙天儀的作品同樣是對人性的追求，但由於個性的不同，却形成了兩個顯明的相異的傾向；前者是消極的後者是積極的

錦　連　不過也許由於個人的嗜好關係，我比較偏愛於他這種積極地對人性的血淋淋的刻劃的詩。

吳瀛濤作品

（因下期「笠下影」將介紹吳瀛濤，所以他的「孤獨的詩章」，本期不談。）

古　貝　那麼這與卡謬『異鄉人』的陌生感不是有一致的成份？

林亨泰　我想這是沒有的。因爲趙天儀的詩不但沒有『異鄉人』陌生感中那種虛無感，甚至他帶有對生活的喜愛成份。從：

「我愛遊逛，也好聊天」

這兩句來說，就可看出他是對生活有一種悠悠自在的樂觀看法。

錦　連　就是所謂古代東方式的樂觀吧！

林亨泰　另一方面，桓夫的作品，既無那種虛無感，同時也沒有趙天儀那種悠悠自在的感覺。

古　貝　那麼，桓夫的作品就變成爲西方式的積極性吧！（笑）

錦　連　這只是笑話而已，當然他們兩人是兩不會那麼巧的吧！他們兩人怎麼會像演對口相聲那樣同時一個寫東方一個寫西方？（笑）

林亨泰　不過，桓夫他是以反問的表現方法提出來，以便給對方一種檢討的效果，所以，不只是一種積極性的，也可說是一種建設性的吧！

出版者：曙光文藝社　編輯部：資料室：彰化市中山里中山莊52之7號
論著寄彰化市…　譯介寄彰化市…
印刷…元　冊　印刷廠

笠

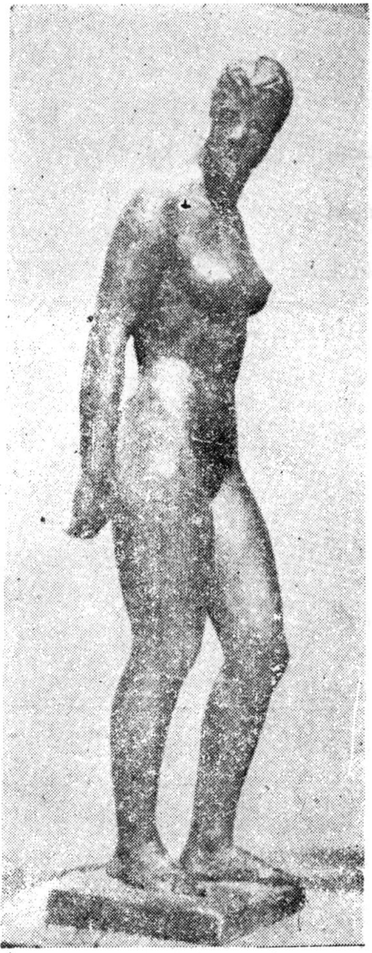

中華民國五十三年八月十五日出版
中華民國內政部登記內版台誌字第一四九一號
中華郵政台字一四三〇號執照登記爲第一類新聞紙類
曙光文藝

2

目錄

幽門狹窄

本社

最近和一位胃部幽門狹窄而動過手術的朋友談過話，據他說：醫師曾經表示，平常飲酒過多的人，一旦動手術時，麻醉藥往往不大見效，有時甚至需要使用超過致死量才能獲得麻醉的效果，對於這種患者，除了敢冒着死的危險去增加藥量，或是根本地改變體質之外，再沒有別的方法了，可是醫師又苦笑着說：要根本地變換體質是很困難的工作，恐怕是屬於不可能的。這在某一點上也和詩的問題相似，講起來實在很有趣。

在有關詩的形形色色的議論之中，加以詳細考察，可以知道，如果對詩的見解，在本質上不予改變，那麼就是浪費掉一噸以上的紙張，企圖通過相互瞭解來發掘出發點的一致，恐怕是不可能的吧，當然，如果敢犯着死的危險去增加藥量，跟着將要因腸的蠕動遲鈍、便秘，而陷於腹脹的地步，要治療這症狀，當然需要施以灌腸。就詩的方面來說，如果只管過份追求文辭的美，便容易產生精神薄弱兒似的詩，為了挽救這種危機，當然需要種種的實驗，就像達達主義，或超現實主義一般。

可是話又說回來，要本質地變換見解，確是非常困難的工作，因為這意味着長年之間所獲得的一切知識等於是無用的累贅，任何人從幼年到成人為止，有時從書籍有時從長輩方面耳濡目染所得到的東西是很多的，這些東西在不知不覺之中成為龐大的知識，遂自然而然地塑成「詩就是這樣」的固定觀念。這觀念只是在不知不覺之中形成，並且逐漸根深蒂固，譬如在日常生活中我們都有使用筷子進食的習慣，那只是從幼年時代以來在不知不覺之中形成的習慣而已，筷子在今天恰如我們的手指的延長一樣，於是我們就錯覺那是我們身體的一部份，假如這些長時間養成的觀念或知識突然無效，這和一直很健全的身體突然要變成殘廢一樣，必然會受到很劇烈的痛苦與刺激，這是非常難過的。

因此，能夠本質地變換見解的人，也就是說，能夠隨時從頭作起也不感到猶豫的人，他不但有破產者的痛苦，還有將向未開發地出發的不安情緒；他不但要忍受失意這條毒蛇的咬嚙，又要提防恐慌這隻猛獸的襲擊，他不但要嚐到價值轉換的苦汁，也要克服再生者的害羞，可是，隨着痛苦的增大，不安的加深，一種新生的東西就會越發強烈的顯現出其姿態，這是不可否認的，當他發現此一新存在時，我們相信他的喜悅是無可比擬的，這喜悅大可抵償其全部所失吧。

笠下影

吳瀛濤

①最初而也是最後的，最渺小而也是最麗大的，物質中之物質，生命中之生命，人工的最高峯，人類智慧的極深奧——這就是原子，原子的領域，同時也就是新世紀的詩的領域。

②物質原子是一種導機，然而不能當爲偶像，它只象徵與它相同質度的某種精神動力，實是無數同心圓的中心而已。

③是一假稱，從未定名，是原子的一種，詩是它的方式。……。而假如，未知的生滅成宇宙，我說：我的詩羣將不泯滅！

壹、作品

存在

影　還是在背後
光　還是在前面
——如是　我仍不失爲其中心
不失爲其存在之存在

時間

時間已退後
同時　它又進前
——而我已與時間溶合於一體
因而我的身內不斷有它的聲音

據點

一個據點　一個人間
一個人間　一個思想
據點與據點的距離
人間與人間的距離
思想與思想的距離
劃出經度與緯度
確定個有的位置

空縫

找出自己　在空縫裏
如一線陽光　寧靜溫暖

狹谷

枯葉的手按在瞑目的額上
支持頭腦的重量以及生成的思想
心的奧處是幽暗沉默的峽谷
過去與未來的懸崖使現在孤立
生命却在這裏閃爍火花掀開漩紋

系列

肯定吧
否定所有的否定
自這唯一的肯定開始
去建設一個世界
不怕任何
儼然站住的一個存在

就讓風雨來吧
歲月過去吧
却無礙於生長

那偉大的星宿本就默默無音
而這是放宿的系列之一
以閃耀代替一切

石塊

那是一塊石
空默不語

那是億萬年的奧秘
使它不語

那是最堅强的生命
使它不語

一塊石
它似要爆發

一塊石
它似要發光

風

風刮過，風之悲哀，風是悲哀之原型。

風中，憂鬱的臉，冷冰冰的臉，無表情的臉，歪曲的臉，沒有眼睛的臉，多隻眼睛的臉，曚曨的臉，失去呼吸的臉。

風中，一個空洞，一處絕跡，一塊墓石。

貳、詩的位置

有時歷史的輪子會突然迅速旋轉，雖然只是一日之差，但是昨天和今天的情形已經完全兩樣了，如民國三十四年八月十四日，一到八月十五日時，其狀況已完全不同了。昨天以前，日本話還彌漫全島，可是，今天以後，便是國語高揚的時代了。使用的語言改變，等於改變了生活的節奏與韻律，也改變了整個社會的脈動。

使用的語言改變，生活的律動改變，整個社會的氣息改變，對於詩人來說，是非常重大的變故。當然，有些詩人或許就因此而沉默了，但我們不去談這些，我們應該提一下另一羣不屈不撓的詩人，他們不論時代如何改變，語言如何轉換，仍然歌吟不絕。這些詩人在過去、現在都一直不懈地寫作着，就是從日文到中文也仍然繼續創作着，如吳瀛濤、詹冰、桓夫、林亨泰、張彥勳、蕭金堆、錦連等就是。其中首推吳瀛濤爲前輩，他不論在日文或中文的創作都可稱爲先驅者（註）。

（註）：民國二十三年他參加創設了台灣文藝聯盟台北支部，當時他已開始使用日文寫詩。另一面，他在第二次世界大戰臨近終戰前的一段居留香港期間，就曾以中文創作的詩或譯詩在香港的報紙上發表，並和當時居住香港的戴望舒，及其他作家多人有交遊。

參、詩的特徵

他的爲數頗豐的詩作裏，大多試圖從「沙粒中觀宇宙、野花裏見天堂」（勃萊克 William Blake『無染的占象』），他創作的方法，是從凝視一個事象作爲出發點，並藉着思惟的作用，逐漸將之提煉成爲一個宇宙，或一個天堂。不過，所謂一個事象，未必只限於「沙粒」或「野花」等自然界的物體，他更喜愛取材於「存在」、「時間」等有思索性的問題，或許可以這麼說：他常愛爲了「思惟」而思惟地借用了詩的形式。不過，思惟的作用雖然能夠使他的詩凝結爲一個宇宙（或一個天堂），但一方面，同樣的思惟作用也使他的詩映影固定在一點不動。因此，這頗有在觀念上「模型」（Pattern）化的傾向。於是，他有時也爲了擺脫「模型」而努力，此時的詩委實有着一種不可名狀的味道，前面所選的詩，多少都帶有這種造就的跡象以及味道，讀者諒能體會得到吧。

肆、結語

我們對於他在過去，現在都一直不懈地寫作着，就是從日文到中文也仍然繼續創作着的熱情，必須先表示敬意，這和不論在過去或現在，不論日據時代或光復以後，都一直鑽營於發財的人，根本不相同，何況詩又並非「詩篇」（Poem ——即指文字表現後的），假如也意味着「詩素」（Poetry——即指精神狀態中的）的話，那麽，詩人的這種愛詩的熱情值得我們欽佩吧，雖然，愛詩的熱情不能就等於是「詩素」

池的寓言

桓夫

池水的吸盤吮吻着荷葉
一枚一枚築成別緻的世界
池裏 衆多微生物棲息着
忽然 一隻
青蛙躍昇荷葉 以笨厚的眼瞼
俯瞰 自己生育的汚濁世界
——以戲弄水晶煙霧的巫士自居

明晰的太陽映照外景
荷葉上 那隻青蛙
超然！
把外界的美和內奧的鬱悶樣樣黃牛了
於是 在池水裏連邪熱誠的
射進來的陽光——也都被歪曲了
　從此 蛙子們
就嘎嘎嘎嘎地叫喊着不停……

工廠生活

楓堤

千萬匹馬的吼聲
如陽光般，穿過密密麻麻的
管線，落下來
粘在黝黑的鋼鐵親屬的肌膚上
因感動而搖擺，而反響
回音，如琴絃般
絲絲飄盪

昨日，明日，均宛若今朝
在廊道上巡迴
層架的陰形在我身上畫棋盤
蒸氣的白霧昇騰
隨風向我拂來
却覺得一股沁涼、一股淡香
如一朵百合
綻開在我胸膛的原野上
二百大氣壓使我永遠胖不起來

攝氏百度的高温
又蒸去了我軀體上百分之幾的水份
我變成了遊魂該多好
守候着夜
就在林立的高塔上
打出劈空掌，摘下星子
獻給詩人當桂冠

守望着，在控制室內
一長形的畫廊
每一儀錶就是一幀作品
最最抽象的陳列
三色的記錄，代表無窮的實在

多麽可愛的生命呵
是文明的臣僕，也是主宰
聽着那不住的吼聲
我就心安極了，舒泰極了
在凝定中

秋

在此張開着
眼不爲什麼而張開着
眼

一

歷史，祇是
漏斗中的時間
之味而透明
就是，暴雨
巨大的山影也是
黑壓壓的一團
冷漠而無意義

爲什麼
我必需如此站立着
在此張着
眼
由空洞的肢體
不爲什麼而張開着
眼
無反應
沒有手勢的祈禱

曖昧的時刻
在此跪着
無所謂而僵凍的
軀體
赤裸而呆懨的
岩石
無邊無際
。在雙人床的一男人。
深陷
、捲逃的妻女。
無温情
把頭埋入
聽海悲泣
因而星遙遠……

夜的要素

北園克衛作
陳千武譯

骨
那絕望
的
砂
的
把手
有
穴的
石
的胸膛
或有
穴的
石
的
臂

偶像
的
夜

的口
的
骨
一個
的
向眼
的
一個的
龜
的
智慧

或是
肥大的穴
的中間
的
戀
的
永遠

向戀
的
圖形

憂愁
的
泥
的
夢
予撕破
戀人
的
陰毛
的
夜
的
環

的
幻影
的
火
的
蘊

那
幻影
的
死
的
陶醉
的
黑的砂
或是
黑的陶醉
的
骨的把手

那年颱風

趙天儀

那年颱風　翻飛的稻草
漲岸的洪流　若末日的來臨
茅屋的泥磚　若酸軟不支的雙脚
芭蕉樹橫臥籬笆
枇杷樹只剩赤裸的枝幹

釣青蛙的田溝　充滿了泥濘
捕鰻魚的溪岸　變成了池塘
白鵝游泳着
正番鴨戲水着
連前門的院子　後門的井子
也都被包圍在流水的中間

那年颱風　不知冲走了多少橋樑
更不知淹沒了多少田畝
當轟隆轟隆的洪流
伴奏着風雨的挺進
以排山倒海的姿勢和衝勁

魂兮歸來（一）

台灣詩壇回顧

白萩

A

「火種」是由紀弦帶過來的。鍾鼎文和覃子豪的隨後加夥，爐灶是這樣起起來的。

可是今日，適於搞運動的紀弦，在賭場上輸掉了「現代詩」的老本後，「現代詩」冷落得像「集子」，而覃子豪的「一百頁」壯志未酬身先死。鍾鼎文也老得非常不「詩」了。

詩兮、詩兮，時不與乎？

B

靠「新詩週刊」起「家」的，有鄭愁予、林泠、楊喚和蓉子。可是洒脫如鄭愁予者，今日其詩亦有「鹹味和不道德」了。而令我們非常想念的美麗的高調——林泠，自從去國嫁夫生子之後，也沒有嗓子了。楊喚短命。後勁仍足的蓉子，今日已屬於詩壇祖母輩明星了。

C

畢竟實踐了「條件」而結婚的「詩人學者」；方思，其詩當時是被視爲「鬼神」的，據說覃子豪按過，冷澀難懂的批語，可是處之今日年青朋友的詩中，忽感穿得太單薄了。

思兮，思兮，不與時乎？

衝過來　又衝過去
那些浮在水上的家畜並不了解
正如無知的幼童　不懂災難一樣
當整個村莊被封鎖着
當生存意志被衝擊着
旣使風向已轉　雨勢已減
依然　我如孤島上的飄泊者
那年颱風　溪邊遍野的巨木
橋上斷臂的裂痕
是那觸目驚心的洪流
所造成的威脅
所橫掃的狂野
莊稼漢們所信奉的土地公廟
亦泡在水中　不知神靈是否會顯現
當我仰望着蒼天　正猶豫着
風雲尙未消去

D

「現代詩」、「藍星週刊」、「南北笛」時代，是台灣新詩運動的鼎盛時期，詩，也是最有人味的時期，直到現在每一回味，都感到體健神喜，令人怦然心動。——雖然穿的也許不太漂亮。

那時候，余光中還是方塊的。

E

詩壇的第一次大變動是紀弦引起的，據說因爲得到了林亨泰的符號詩做爲力證，才勇氣頓生的。這樣一來，風雲變色，形成戰國局面。

紀弦者，以介介竹竿一根，攪亂池水，有英雄血統。

林亨泰者，竟能可照到一鼇，而令人高跳了起來。

那時候，余光中說什麽還是方塊的。

F

新詩鬧家務之後，不久外人就找上門來，那時候的唯一收穫是：

余光中口中是「現代調」而手中是方塊。

G

「毒玫瑰」瘂弦小姐出來賣唱以後，因其風華絕美，而骨子裏放蕩不羈，引起多少王孫公子，戀戀其後，爲其跳火坑，爲其揣盆水，誠尤物也。

視之今日詩壇，多少慷慨，多少蒼白虛弱，在「深淵」中多少呻吟。亦禍端也。

而那時侯非常英國紳士風的余光中，竟也手舞脚蹈的蕩了起來。

那年颱風 我目睹霧樣的雨滴
目擊潮樣的水花
是那麼緊湊
是那麼汹湧
將堤防團團圍住
把農舍緊緊困住

啊啊 每當另一個颱風的季節
低氣壓的日子 晚雲絢爛
無風而悶熱的夕暮
我會記起 那年颱風
我正是被圍困着的飄泊者
不知何時 生命會被攫去
不知何時 風雲會報導晴朗的訊息

H

打開對外貿易以後，香港的外來國語，竟也在詩壇通行其道。每覩外賓面孔，具是頭角崢嶸，獠牙張爪。直令人懷疑中國文字的年齡。

I

據說：現在是超現實精神的時候。
據說：現在是存在主義的時候。
據說：現在是抽象的時候。
據說：現在是講究中國情調的時候。
可是
因了超現實，而放棄了「人的意志控制」，渺視人的尊嚴？
因了存在，而必需「强說愁」？
因了抽象，而抽掉了橋板？
因了中國情調，而必需做鏢客，和颩颩戀愛？
駕着無韁之馬，呼吸着、空虛、飄渺、頹廢，立在空白地帶，穿着漢唐的戲裝。等夢醒了，戲散了，竟然你也沒有了，沒有個人的存在。
沒有人的存在，
沒有意志的位置，
虛僞，
虛僞。

詩史資料

我的詩歷

詹冰

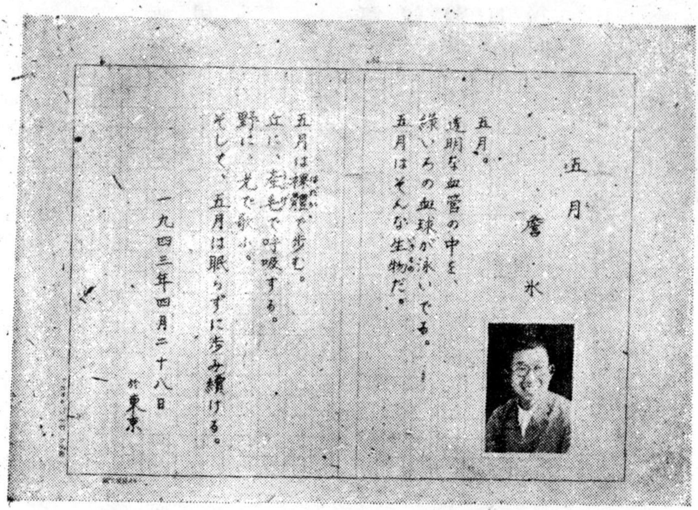
五月

詹冰

五月。
透明な血管の中を、
緑いろの血球が泳いでいる。
五月はそんな生物だ。
五月は裸體で歩む。
丘に、毳毛で呼吸する。
野に、光で歌ふ。
そして、五月は眠らずに歩み續ける。

一九四三年四月二十八日
於東京

前言

我還沒成名到可以發表詩歷的程度，可是編者慫恿我一定要寫這一個專欄。在「笠」第一期的啓事中有編者的話：「我們所要求的並不在於現成的料理，而是在於廚房對這一道料理在製作上所花費的苦心與所嚐到的失敗的滋味。」我就根據這一句話，提上我的筆吧。這一道料理恐怕不太好吃的。可是能予讀者一點營養，那麼我就心安理得了。

一、中學時代

民國十年出生的我，從二十歲時算起，寫新詩的經歷已經有二十多年了。先前，從中學時代（台中一中，五年制）我就對詩歌感興趣。一年級時，第一節的作文中我大膽地寫了一首「和歌」（三十一字構成的日本詩）博得老師的誇獎。以後感覺到「和歌」對我的性格有點格格不入。再改做「徘句」（十七字構成的日本詩）。中學五年（民國二十九年）台中圖書館舉辦的懸獎募集「徘句」時，我做的「徘句」意外地得獎了。

圖　書　館　就踏着　路傍的落葉

走出圖書館

這是我的作品第一次變成鉛字。「俳句」是一種高度濃縮過的詩，剛好投我所好，也影響我的新詩的風格。

二、留學時代

中學畢業以後，我留學日本東京。我的詩簿上的第一篇詩是「鶯」，民國三十年二月十四日（二十一歲）的作品。先前，我常煩惱要投考文科或者理料（醫藥）的問題。幾年後（民國三十七年）我把當時的日記的一部份發表在新生報的副刊上。現在將之錄於後面。

二十歲時的日記

——在日本東京——

×月×日

許嗎？到底我自已有沒有成爲一個詩人或者作家的天分？呵，當我每次想起了這樁事情時便會頭昏狂燥。

這樣子操下去我也許是沒前途的。這一向常缺席預備學校的功課，計劃表一向都空白沒塡，而且函授的考卷也沒寄出去。投考指南的封面堆積了塵沙呵……。

×月×日

電影，電影，電影。整天看着電影。但電影不能解決我的苦惱。不過那視神經的疲倦會促使每晚失眠着的我睡覺。

×月×日

歷訪了每間舊書舖。掃視過每一段的書架子。一冊一冊地購買了許多詩集小說。五冊，六冊成爲一大疊，挾着帶回來。這時候我自已便得意絕頂。我的心胸便豊滿起來，而嘴邊自然地會浮起微笑。

可是當我一旦自覺到我是個投考生時，重重的煩悶便會籠罩我的頭上。

晚上，讀福綠貝爾的『波華莉夫人』，福綠貝爾卽爲植物。

×月×日

這種敷衍的生活眞使我厭死。我決定了該走的方向，決斷地向父親寄出了如下的信：

『親愛的父親：

家裏人都好嗎？這時候台灣還十分炎熱，但東京該穿大衣的時候了健康，甚放心。

我時常使您很懸念，而今天我想把心切的願望告訴您冀求您的允許。就是說我不投考醫學院而要投考文科的一件事情。

我幾次的深思熟慮過，但我總沒興趣想去做醫生，醫生的職業不但對於我沒興趣，甚至我還會感覺着一種嫌惡。我只感覺它僅爲賺錢以外沒有任何的意義。祇以這堅固的先入爲主的觀念去研究醫學時，就沒有什麼進步，也不會使人感覺到人生的意味吧。

然而，至今我爲什麼一直準備着醫學院的投考呢？這爲的是過於尊重您們的希望，我想只要這樣做才是孝順的。但現在，我忍不住這種虛僞的生活了，這種走上不忠於自己的道路，您說是眞正的孝順嗎？我相信我會幸福這便會和您的願望一致，而且只有這樣才是眞正的孝順吧。

我也淸楚，想要讓我做醫生，這也是您們爲我所熟思的最幸福的途徑，但它是立足於金錢的幸福罷了。也就是說如果多賺些錢就會幸福而已，我實在不能接受這樣陳舊的思想。

現在台灣人不知多少爲此種思想所滲毒，有爲的人們爲此而毀亡。親愛的爸爸請您救我別做這種思想的犧牲！

或許您會說：「你還年青，亦沒有遇過艱苦，所以不曉得金錢的可貴。」但是這種擔憂是多餘的，如果關於這樁事情我有克服它的自信，總而言之，只爲着賺錢而來決定自己一輩子的前途是危險的，而且是無意義的。

反過來說，唸文科到底有何種的壞處呢？這可不是只爲了賺不到錢的單純的根據以外沒有任何一種根據嗎？假使這樣，好像剛才向您講過，只有了金錢我是決不會幸福的。我希望做精神上的工作者，況且只有了它我才會感覺到意義和生機。對於文學的憧憬，文學這一條路正是我該走的正路了，甚至我會感覺賦予我的使命。

以上的想法並不是一時的妄想，而是我從中學三年時就一直思索過來的。

假使您說進文科是無聊的，如有了這筆錢可以用爲安樂的生活上，那是很大的錯誤，我不希望這種生活，寧願有着智識，教養而貧窮地生活，這種無形的財產就是我所熱望的。

假使爸爸說，所討厭的醫學在努力中會慢慢地有興趣起來。我到底不會有這種努力的。這宛如把牛當作猿玩藝一般的。

爸爸：現在正是將要決定我一生的前途的時候了。懇求您再三考慮，別以簡陋的理由說服我吧！這眞是累贅的，因爲現在我已不是小孩子了，請您和有高識的人士商量之後才決定吧！

近來常為這問題苦惱而無法用功。我很慚愧常給爸擔憂，可是請您允許我進文科吧。多天已快近了，請大家保重身體！」

×月×日

昨天寄給父親的信，竟遽然不安起來，到底我自已有沒有文學的天分？啊！我自己也不知道。可是我自己該有自己的作品，該有誰也寫不成的作品。我該忠實地寫作，那誰也寫不成屬於自己的作品吧！我的作品非成為有所修養的讀書家之難以放擲的藏書之一卷不可，即使不能這樣，我的作品應該成為台灣文學的一個基石。

×月×日

假使不讓我進文學的路時，恐怕我的一輩子便會無意義地完結。該學文學，只有文學才行！

可是受到父親強烈的反對，沒有辦法我吞着眼淚考入藥學專門學校。雖然我唸的是藥學，對文學的熱情不但毫無減弱，而且更增強起來，我一隻手拿着試管，一隻手翻開詩集。民國三十二年我第一次投稿新詩。幸而「五月」成為堀口大學的推薦作品，博得不少的好評。連續「在澀民村」「思慕」也成為推薦作品。我信奉堀口先生的一句話：「欲寫好詩，那麼你先熱望寫好詩吧！」而自信地繼續邁進新詩的大路。我除詩以外，也精讀小說、戲曲、哲學、天文學、社會學、醫學、心理學、動物學、植物學、宗教等等的書，以為詩的營養。到民國三十三年日本戰敗的相貌逐現，詩誌漸漸停刊。所做的都是所謂「愛國詩」，而純粹的詩隱沒，招來新詩的黑暗時代。當時的文科學校的學生，大部分被召入伍，變成「學徒兵」（學生兵）。就讀第三高等學校的摯友劉慶瑞君（已故台大法學院教授）也被召入軍營，我時常把新作的詩寄給他。精神糧食缺乏的「學徒兵」們就拿我的詩輪流閱覽而背誦起來。我聽後感動得流淚，愈覺得詩人的可貴和重任。

東京留學時代，一有閒暇我就歷訪圖書館和書舖，涉獵文學書、詩集、詩誌等。尤其重視屬於「詩與詩論」的詩人們的作品和詩論。我研究學習他們的詩法，同時富於「機智」而明朗的法國詩也惹起了我的注意和共鳴。

三、回鄉以後

藥專畢業後（民國三十三年九月）我冒死的危險回來台灣。那時恰好沖繩島戰爭之前。所以十月二十九日出帆神戶的船，至十二月七日才抵達基隆。整整四十天的死亡航行。回台後，次年三月結婚，十月台灣就光復。我踴躍學習國文。可真不容易呀。民國三十五年，報紙還採用一部分日文。當時我在中華日報的日文文藝欄發表過「黃昏時」「戰史」「不要逃避苦惱」「寸景三題」「私小說」等的詩篇。不久，日文欄休止，我就失去發表的機會，自然地詩作逐漸減

少了。國語的學習也因工作忙碌和無實際應用，所以毫無進步。欲想用國文寫詩簡直是不可能的事。其間曾託朋友翻譯，但有隔靴騷癢之感。可是這期間，我的興趣向多方面發展。例如，音樂、電影、美術、攝影、集郵、書法、植花、釣魚等等，我希望它們都變成我的詩的肥料。

民國四十七年被聘當中學教員，我的目的在想學習國文，經此一舉，出於無奈，盡力學習國文，所以這次進步多了。我的國文老師是字典和就讀於國校的子女。至最近受中學時代的同學——陳千武兄的鼓勵，才用未成的熟國文程度翻譯以前寫的詩或直接寫詩。我好像重回到青年時代的感觸。

後言

總之，詩人的使命是創造獨特的，前人未踏的詩的美的世界。現在我還在其途上摸索、徬徨。雖然有二十多年的詩歷，但其中佔有近於十年的空白時代（自民國四十年至五十年）。所以新詩的作品不到四百篇。我想近日中選出愛好的詩百篇，付印我的第一詩集「綠血球」。

（民國五十三年七月四日記）

（上接第二十二頁）

，我所以提出這句話，是希望作者在自然的情境中，能。更進一步的觀察，因這是作者目前的作品尚未達到的。在自然中，要感覺上帝或未知的神，便需要冷靜和反觀的態度。（上帝或未知的神是不重要的，最重要的是對自然要有冷靜的態度。）能夠冷靜和反觀便能深刻。

趙天儀　我覺得寫詩，首先必須忠實於自己，同時必須克服自己的所缺，忠實於自己，才不會流於虛僞；克服自己的所缺，才能夠促進自己的堅實與豐富。處於目前各種流派的詩作中，具有田園風味的嘗試，並非要回到古代田園詩人或湖畔詩人的世界。我們有我們的現代的田園，那是伴着工廠的煤煙、噴射着化學的農藥，昔日的田園跟今日的田園已經有了一段相當的距離。我所要嘗試的仍是盡可能地走向自己的生活，自己的內心世界。

吳瀛濤　作者虛心地走入他自己的世界，經過健康而堅實的素描階段，我仍期待着作者此後底創作的發展。

白萩　題材在詩的存在上，並不是很重要的問題，如果把題材判斷爲較有詩意的或非詩意的，我們便會陷入雪萊詩辯上的擔心。如果固執在題材的有詩意底範圍中，由於人類環境的變遷，便發生如雪萊的苦惱，擔心詩的消失。在我們今日的了解，所謂詩，並非限制在詩意的題材。最重要的是我們要建立起任何情境中均能寫出詩來的信心。

吳瀛濤　作者正在嘗試中，他諒必向自己的世界學習邁進，他終有一天會發現更詩的世界，正如白萩所說的包含了再也不去擔心雪萊的擔心，而有所爲。

作品合評

楓堤作品

吳瀛濤 我願推薦這一首詩。記得有一次，我去肥料工廠訪問作者時，我覺得此方面的題材甚佳，以工廠生活入詩極為可貴，但作者不敢輕易下筆，不久，作者寄來此作，說曾經苦吟數日，我讀後深感以實際工廠生活者而言，的確名符其實，有此體驗，才有此創作，依照反映自己生活最密切的題材來創作，是一值得鼓勵的創作方向，雖然表現上尚不夠精鍊，但甚不失為一佳作，望作者今後，陸續以工廠生活為題材繼續創作。

白萩 十九世紀中葉詩人的擔心，卽工業環境會傷害了詩，這種擔心，到現代主義以後，變成如史班德（Stephen Spender）所謂的擁抱機械文明，此卽表示從排斥到接受的轉變。這種轉變給我們一種教訓，就是詩乃詩人對環境的一種感覺的記錄，不管是什麼環境，詩人如果能認眞去體驗，就能產生詩，因此，我們今日證明雪萊（P. B. Shelley）的詩辯是不眞實的擔心。看作者這一首詩，對機械文明情境下的承認與感動，這是跟十九世紀很不相同的態度。就技巧而言，如開頭

千萬匹馬達的吼聲
如陽光般，穿過密密麻麻的
管線，落下來」

這種感覺換位的寫法，是相當能造成一種「驚奇」的技巧，象徵派曾提出這種的技巧，是極可保留的。就全篇來看，作者的忍耐與控制力尚不夠，比如對「境」描寫了一段落，便不知覺地露出一種結論的敍述。

如第一段描寫了「境」之後，便在最後一行冒出：

「昨日，明日，均宛若今朝」

如第三段最後兩行，也冒出這樣的句子：

「打出膀空掌，摘下星子
獻給詩人當桂冠」

在我看來，這是一種忍耐與控制的不夠；因為這會傷害到整首詩的一致。譬如季紅的這一首「鷺鷥」

在日沒後
仍未歸去的一隻
鷺鷥。
在不清楚了的空中
在深處的一個
招喚。
猶之一個意志
在不寧的，未之分明的
回憶中

（一種煩倦。）

季紅完全描寫了「境」之後，才輕輕地在最後點出了結論的敍述，不像這篇，在未完全描寫「境」的時候，便出現了結論的敍述；季紅的一致，造成一種簡鍊，潔淨。而這篇因了不一致，尚有雜蕪的感覺，所以，詩是要克制衝動的，多花一點忍耐力，才能寫好。

桓夫作品

白萩　「池的寓言」使我們感到相同於宋代的詩，充滿理性的意味，在詩裡，我們能很清晰地看到作者的胸境，但是全然爲「境」的描寫所造成的象徵是一種無限制的象徵，如同芭蕉（日本俳人）的俳句一樣，因爲他只提出了「境」，看不到作者底結論的敍述。而我們的觀賞，我們的理解，只是我們對境的反射，此種反射因人而不同，故造成無窮的象徵，在創作的野心上，這是一種可以表現意味無窮的寫法，但是作者對語言的使用能力尚未能達到駕輕就熟的境地，所以在語言上，有一種「燥」的感覺。

吳瀛濤　讀過這首詩之後，無意中想起日本詩人草野心平所寫的一連串很有名的青蛙的詩，當然，跟草野那些描寫青蛙的詩比起來，有不大相同的地方，但可以說這是作者的一首好詩；不稍說，因表現技巧欠圓熟，以致於像作者最近其他的作品，也都有其難免的缺陷，不過，由於作者近作所能看得出來的，作者對新的題材底意圖，主要具有諷刺的（Satiristic）表現所下的苦心，是值得一提的。但諷刺詩是極難寫的，作者是否能夠克服這種困難還是個未知數，作者應對所把握的事象的核心更深入，以完成他底詩的世界。

趙天儀　從桓夫這首詩看來，他的觀察力是相當敏銳的，他並不借用太多的比喻，而是要一針見血的洞察力的表現。例如：

「明晰的太陽映照外景
荷葉上　那隻青蛙
超然！」

現代詩最需避免太多的說明，以及公式化的比喻，而需要壓縮凝聚的表現。作者今後在語言的提煉上，如能加以淨化，則不難達到更完美的境界。

白萩作品

吳瀛濤　很久未讀到作者的作品，之後，讀他的近作，當然有一種新的感覺，凡成功的作品是針對詩的眞實性而言，在這一點，「窗」及「孤岩」均使我又想到詩的眞實性的問題，我喜愛「窗」的頭四句，它表現我們這一代人的精神，至於作者面對現代的眞實，它所得到的答案似乎止在「無反應，沒有手勢的祈禱」。做爲一個苦悶的現代詩人，我想應該從這無反應的狀態再出發，當然，那需要更多的血汗，但那是值得苦難的。

再說「孤岩」的題材和表現，也是一種獨特的，令人感覺一種所謂新潮派的氣味的，這種新潮派，其實是比目前零亂的現代派更高明，當然，新潮派這種名稱也許是不

大重要的；問題是在表現的高度，總觀由他的最近兩首詩，更熱望沉默已久的白萩，建立他不應埋沒的詩的世界。

趙天儀 作者從青年邁向中年的過程中，深深地體驗到人生的苦悶是什麼？雖然作者已經揚棄了早期的一種浪漫色彩，但是從這兩首詩，使我想起他的性格，現實的磨鍊，並未減去詩人的特色。作者要追求更純粹的表現，現代詩並非僅僅是新奇意象的羅列，感覺的直陳，而是要更深入地表現人存在的精神。

就作者的技巧而言，作者已經做到了一種純粹的把握，也許這樣會使愛好美麗的詞藻，浪漫的情趣底觀賞者，忽視了作者深刻的體驗底表現，然而，我們要欣賞這樣富於個性的作品，則需重新對詩的本質加以省察。

白萩 感觸的敍述或感觸的形容，無感觸的形容，潛意識的自動記錄，圖示等等；好像詩的形成，都是由抽象的概念走回形象，而止於形象，在形象之後，我們無法發現意思，只有感覺，這一點，尤以意象派為病；在「」窗，我作了一個實驗，從形象走起，以眼作為形象而後出發，如果，照傳統的以眼做為中心形象為止，亦無不可，但因為形象無法告訴我們什麼，這一點，在我目前是不滿足的。我把形象人格化了，而後發揮，這也許是能夠提示我們一些什麼。

吳瀛濤 我說苦悶的再出發，是經過了瞿爾結戈特（Saeren Kier Kegaard）的致死之病，愛略特（T・S・Eliot）的荒地，石原朔太郎的絕望的逃走，以至卡謬（Camus）的異鄉人，以及沙特（Sartre）「作嘔」等的一連串作品而言的，嚴格地說，這兩首詩，雖透過作者的實驗，而期有新的表現路向，但絕望的現實，尚嫌薄弱，倘能抓住絕望的核心，給予更深入的表現，那麼，我想他對絕望的世界，將能更使人感動的。

趙天儀作品

吳瀛濤 作者有精緻的描寫態度，及良好的抒情精神，因此，他寫出來的正有年輕人所寫的詩的氣味，除此，散見有作者的詩中底鄉土性是另一種詩的要素，假如能夠把各種鄉土性的形形色色各別地為詩的題材寫作 當會更有富於意義的作品產生，鄉土性形成了現實社會的一部份，但容易被所謂現代詩人忽視，能寫出真正好的富於鄉土性的作品，也是我們的一個課題。這一首詩，略嫌漫長，但淡淡的寫法，也未嘗不可，以習作看之，作者有良好的寫作基礎與態度，深望作者在凝聚的工夫上進一步錘鍊。

白萩 在經歷了各種流派，各種寫法之後，更乾脆地說，經過了大變動大紛亂之後，有時我們會很想念湖畔詩人華滋華斯 William Wordsworth 等的某些好詩。在我看來，浪漫派的一些簡鍊純淨的作品並不比現代主義的作品遜色。依對作者的性情了解，華滋華斯的情境似乎可做為作者的參考。在自然無為恬淡中，我們能夠發現上帝，或是未知的神（下轉第十九頁）

詩壇散步

柳文哲

消息　林郊著　布穀詩社

這是包括了作者十多年來詩作的總結，以及五篇散文詩的集子。十年前的詩壇，李莎和楊喚都寫過「給林郊」爲題的詩，至今，我們才聽到他的「消息」問世。

所謂長江後浪推前浪，一輩新人斬舊人；他並非時下的職業詩人，而是生長在苦難的歲月裡底行吟者。他自我磨鍊，自我教育，是屬於生活的記錄者。他沒有那種所謂現代的技巧底炫耀，他只是誠實地錄下自己心靈的聲音，來報導他的消息。

他說：「「消息」一詩在「聯副」發表，因寫此詩時文字改動多次，反覆抄寫，已經倒胃口，發表後再看一遍，竟是興味索然，忽然發現自己的詩，總是不耐咀嚼的」。作者這樣地自我克制，嚴格地鞭策自己，是作爲一個詩人最可貴的純眞的精神。

春華集　王銳著　知行出版社

這本詩集，嚴格地說，還在作習階段，在形式上，逃不出方塊的束縛，在音樂性上，只是脚韻的追求，在意象上，幾乎都沒有突出的表現，所以，從詩的價來看，作者尚未體驗到詩的眞味。

摩夫詩集　洪順隆著　文全出版社

這本詩集，跟王銳的處女作不同，作者一開始就是自由詩的信徒，在意象上，已經有現代意味的表現，可惜鍛鍊尚嫌不足，因此，我們期望着，作者在詩的語言上，進一步地加以洗鍊。例如集中「隕石」一首，幾乎是變成了白萩的一首「瀑布」的翻版，這是做爲一個現代詩的創作者要盡量地避免的。

窗上夜　江聽平著　縱橫詩社

現代詩的追求者，有的朝向晦澀的迷魂陣裡，有的正朝向故宮的開倒車的行列，現代詩正在十字街頭徬徨或正在象牙之塔裡自我陶醉的時候，作者的話是頗爲中肯的：「目前是一個文學，藝術異常錯綜複雜的時代。歐美現代主義各流派的理論，曾使我們的詩壇有過囫圇吞棗的態勢，於是貌似神非的贋品，源源產生。而我們這個半農半工的古老民族，其堪稱足於世的光榮過去，却刻刻促令浪子們歸航入省，於是開往古代的驛車，絡繹於途，部分偏激的衞道者，遂致迷失自我於塵封的典籍中。這雖是文學發展過程中不可避免的現象，然而盲目的崇外與過分的泥古，同樣是詩壇明智之士所深感的隱憂。因此，如何在極度現代化的今天，朝着正確的方向去謀求詩藝術更進一步的綜合創造，應該是我國現代詩人努力的目標」。

這是作者的第一本詩集，已經表現出相當統一的

風格，隱健的筆鋒，流露着一股深深的情思和優美的詩風，作者還是年輕的，我們相信作者的豪語：

「來自過去，通向未來
我前面恒有一條坦夷的路
它是用自信與陽光舖成的」

蓮的聯想　**余光中著**　**文星書店**

據說這是作者第九本詩集、可見他尚有幾本詩集未問世。作者在「後記」中彷彿是爲自己辯護着：「如果說，詩中出現了幾個古代的專有名詞或者習用句法，就喪失了進入現代的資格，那就是太起碼太現成也太天眞的二分法了。」誠然那不是問題徵結的所在，可是，作者自己還是豆腐乾的時代；同時代的詩人們，早已紛紛踏上現代的征途，而現代詩尙遭受誤解的今天，作者竟唱着比五四時期的劉大白更工整的新改良詞。這一點已故的詩人覃子豪先生早已指出；我們知道，胡適之先生對詩的本質底了解，不過是歷史的觀點而已。然而，他提倡用白話寫詩，倒是一條非常健康的途徑，我們要揚棄詩經、楚辭、唐詩、宋詞的調調兒，並不意味着我們就是走出了中國詩的傳統；因此，我們不得不忠告作者說：「五四的旗，慢點兒下！」

作者掙脫格律的枷鎖，好不容易跟上現代的流行，竟又套上新古典的鐐銬；這本集子，只看出作者對稱的句法，工整的語法，却不能讓我們感受到一股新鮮的風味。

關於北園克衛

陳千武

北園克衛（Kitazono Katsue）一九〇二年生於日本三重縣。中央大學經濟學部畢業。一九二三年開始在「文章俱樂部」發表詩作，同時參加了繪畫，演戲部門的前衛運動。一九二七年爲「薔薇，魔術，學院」，翌年爲「衣裳底太陽」的編輯同人。與上田敏雄，西脅順三郎，瀧口修造等發起「超現實主義運動」。一九二九年出版處女詩集「白的紀念冊」，充分地表明了其超現實主義者的立場。後寄稿於「詩與詩論」及海外詩誌。一九三五年創辦「VOU」詩誌，大戰中與村野四郎主編「新詩論」。戰後與岩佐東一郎創辦「近代詩苑」。一九四七年「VOU」復刊。

北園繼續把當時的「現代精神」頑健地保持了三十年，可以說是一位有獨到的詩人。他說：「不爲意思而寫詩，而只是以詩形成意思」。就是說：「我所要寫的詩，必須完全不同於曾經在詩的歷史上出現過的任何種類的詩」。於是乍見之下，不知在寫什麼的他的詩的構造，都是由于這種斷絕意思爲目的而採取種種手段所寫的結果。他把言語還元於原始的記號狀態來使用，並將言語造成的意象，巧妙地操作助詞，副詞，形容詞或動詞，予以衝擊使其變化，變質，破壞，打消。一九五一年出版的「黑的火」就是顯現這種詩的原理的最具典型的一本詩集。其他詩集有「年經的集團」「鯤」「仙人掌島」「固型的蛋」「風土」「正午的檸檬」「玻璃的髭」「家」，評論集有「天空的手套」「Highbrow 的噴泉」等數種。

出版者：曙光文藝社
社長：白山塗
資料室：彰化市中山里中山莊五十二之七號
印刷：中國文教社印刷廠

笠

中華民國五十三年十月十五日出版
中華民國內政部登記內版臺誌字第一四九一號
中華郵政臺字一四三〇號執照登記爲第一新聞紙類
曙光文藝

3

目錄

惡意的智慧

本社

當詩猶以鏗鏘可誦的「韻文」充作惟一工具的時代，縱然本質上不懂得「詩何物」的人，也可由其現象立即判斷出「此乃詩」。這完全只是從外表上的判斷，決談不上眞正懂得詩。然而因爲「韻文」有着悅耳的音調，所以直到現在，畢竟還能迷惑爲數不少的讀者，這只要看他們那種閉眼搖首、抑揚吟誦的神態就可明白。像這樣，可以說古詩已經先天的佔着便宜了，可是還有更佔便宜的；是在每一個時代，都有許多形形式式的註釋家相繼出現，他們對這些古詩加以解釋，並且予以闡明，作好了基礎，使其鑑賞成爲可能，有這後天的要素。不僅古詩這樣，就是現在已經相當普及的古典書籍！譬如孔孟等人的學說，如果沒有這些註釋家的幫助，要理解其中的一語半句，對於非專門研究的一般讀者來說，恐怕會感到很吃力吧！古詩就這樣得到先天的，以及後天的雙重恩惠。

可是現代到底是以不寫韻文詩爲時髦的時代了。於是，縱然是音樂的門外漢也能陶醉的那種搖藍曲似的悅耳的音調從現代詩消失了，不僅如此，就是幾千年來歷經許多優秀的頭腦所整理出來的，如用於作爲對韻文詩的鑑賞基礎時則是正確無比，若運用於科舉則能够昇官晉爵甚至做到宰相；那一套萬靈葯膏現在幾乎毫無用武之地了。一切混亂遂由此發生，尤其對於把讀詩當作高尚趣味的所謂「書香子弟」更是一個青天霹靂。在現代詩的領域裏，他們的通病就在於想要做得聰明一點，對於非但一點也不能使他們的虛榮心獲得滿足，有時反而令他們丟臉的這種對現代詩的鑑賞，他們唯一能做的大概就是惱羞成怒地漫罵吧！現代詩沒有註釋家來加以解釋並且予以闡明已經是很大的不幸了，又經常遭到這些「來自過去的聲音」的呵責，可以說是不幸上的不幸！

昔日，詩人寫了一點甚麽，就有許多註釋家出現，這裏如何好，那裏又如何好地加以闡釋，遂使這些詩永垂於不朽，並且成爲民族全體的共同文化的財產，可是，現在的詩人不管寫了些甚麽，所謂「批評家」就會這裏如何壞，那裏又如何壞地恣意指摘，遂使傑出的作品，讓讀者留下光怪陸離的印象。如果稍能留意的人，只要翻閱各種各樣的刊物，略予過目，都可以發現每年有數十位詩人所寫的現代詩，這些詩人們是如此勤奮的寫作着，可是詩壇依然被譏爲文化的沙漠，這究竟意味着甚麽呢？這不是因爲沒有註釋家去不斷地加以解釋，加以闡明的緣故嗎？好不容易有這樣優秀的詩篇，但不是由於批評家不去處理的緣故嗎？難道批評家們都是盲目的嗎？如果眞是這樣，那麽縱然是置身於百花怒放的花園之中，對於盲人來說，也許不過是一片荒涼的沙漠而已。不，也許眞是一片寸草不生的沙漠也說不定，可是究竟是誰使其變成沙漠呢？既然每年有這樣多的詩篇被寫出，那麽究竟是讓誰摘掉了呢？嫩芽好不容易次續地長出來，如果沒有人去摧殘它，今日的詩壇難道還會是一片沙漠嗎？

笠下影

桓夫

一、對于飛翔自由世界的夢幻，樹立理想鄉的憧憬；現實的醜惡常變成一種壓力，以各種不同的手段，挾制着人存在的實際生活，導誘人於頹廢，甚至毀滅的黑命運裏，迷失了自己。

二、——感受這種醜惡壓力，而自覺某些反逆的精神，意圖拯救善良的意志與美，我就想寫詩。

——認識自我，探求人存在的意義，將現存的生命連續於未來，爲具備持久性的眞、善、美而努力；就必須發揮知性的主觀的精神，不斷地以新的理念批判自己；並注重及淨化自然流露的情緒，但不惑溺於日常普遍性的感情，而追求高度的精神結晶。

——我想以這種方式，獲得現代詩眞正的性格。

壹、作品

鼓手之歌

時間。遴選我作一個鼓手
鼓面是用我的皮張的。
鼓的聲音很響亮
超越各種樂器的音響

鼓聲裏滲雜着我寂寞的心聲
波及遠處神祕的山峯而回響
於是收到回響的寂寞時
我不得不，又拚命地打鼓……

鼓是我痛愛的生命
我是寂寞的鼓手。

雨中行

一條蜘蛛絲 直下
二條蜘蛛絲 直下
三條蜘蛛絲 直下
千萬條蜘蛛絲 直下
包圍我於
——蜘蛛絲的檻中

被摔於地上的無數的蜘蛛
都來一個翻筋斗，表示一次反抗的姿勢
而以悲哀的斑紋，印上我的衣服和臉
我已沾染苦鬥的痕跡於一身

母親啊，我焦灼思家
思慕妳溫柔的手，拭去
纏繞我煩惱的雨絲——

星之夜

難受億萬光年的歧視，我遂
　不敢隨風飄散，和葉子們私語
夜景已深
　繫於鬱悒的狗吠着

塗抹晝午的清醒裝入墨繪的畫框
幾顆未來在躊躇……
幾顆過去在彷徨……
　於現實飛躍的睡眠的邊緣
　於鬱悒的獄外，許多慾望的彩燈亮着
亮着——女人們用鬚鬢編織意想外的故事

　時針的眼　憐憫地凝望我
夜景已深　意念的狗吠着
吠着　睡眠又飛躍又墜落
吠着　花與月躲藏起來了

煙囱的憂鬱

一起一伏　緞帶狀的風
揉搓風景　揉搓鼠色
　的怨言以及離別的啜泣
煙雲翳入朦朧　我兀立於朦朧

——昨日　擷取癡駭的
蒼白的月亮　憐憫我
而今朝　透過雲靄赧紅的太陽窺探我
　在被揉搓了的命運里　想起
孤獨的頑童底
瓶里的
蟋蟀。
　咖啡室里嗆着紫煙的杜鵑花——

朦朧　鬱積的濃煙嚮往
春野的邀宴　只待熱情重燃
　啊啊，普羅米修士遺棄我
緞狀帶的風嘲笑我……

貳、詩的位置

人類在發明文字以前，詩人們已經在歌吟着詩了——雖然這麽說，但他們至少還有從幼時到成人之間一直慣用下來的，並且也相當熟知的自己的語言，作爲表現詩的工具。然而從吳瀛濤到錦連爲止的這一世代裏所發生的悲劇，不要說對自己的文字，甚至連自己的語言，也是毫無所知，並在二十歲以前的這一段時期裏，也就是應該是他們學習語文最適宜的時代裏，由於異族的統治而盡被奪去學習的機會了。

可是桓夫的情形到底如何呢？讀了桓夫的日文詩（註）之後，再讀了他的中文詩時我們所感到的是，不管在語言與文字上的困難有多大，他的詩仍然一直在壯大繁茂着。照道理說，用笨拙的中文所寫的，應該比用優越的日文所寫的要更拙劣，可是事實上恰恰相反，他的中文詩所表現出來的意境，遠比他的日文詩要深邃得多，這究竟意味着甚麽呢？這不是啓示着語言與文字上的涵養，在詩的創作上不如精神的成熟來得重要嗎？直截了當的說：語言與文字不能創造詩，反而詩創造了語言與文字！

如上所述，主要的雖然是提出了詩與語文的關係，作爲問題的討論，但也可以論到這時期的臺灣詩人的詩，同時也可以窺見到桓夫的詩在臺灣詩壇所佔的位置吧。

（註）在日本的月刊雜誌『文章』（一九四一年）與詩誌『蠟人形』（一九四二年）上發表的「廟」、「早期」、「外景」等。

參、詩的特徵

說左右還是說兩翼呢？說上下還是說頭脚呢？說前後還是說過去未來呢？他的詩就是含有這樣二個據點（註）。這不是吳瀛濤那樣凝視一點然後徐徐推進的創作方法，而是從猶如電的陰陽兩極一般的兩據點同時作用、相互激盪、而迸發出來閃亮的火花的一種方法，也就是說：他的詩是由於以自我批判的火焰燃燒自己而完成的，因此、要說它有着火焰式的熱情嗎？然而却又蘊含批判的冷靜，要說它蘊含着批判的冷靜嗎？它却又並不那麽冷峻、那麽晦澁，這不是知性與抒情有了恰到好處的融合的證據嗎？他就這樣孜孜於使他的精神去彌補這兩極間的空隙！

（註）「拚命地打鼓……」與「回響的寂寞」，「反抗的姿勢」與「焦灼思家」，「睡眠又飛躍」與「飛躍又墜落」，以及「一起」與「一伏」等等。

肆、結語

五四以來，詩的求新一直被十分喧擾地爭論着，詩人本身也非常關懷這問題，可是其實這並沒有多大的意義，與其去注意新或舊，不如埋首寫些不虛偽並且屬於自己的眞實底感動，如果寫出這樣不抄襲別人而且是眞正屬於自己的作品，不是已經够新了嗎？或者還有甚麽可比這個更新的呢？就這一點言，桓夫不止於一極，而且也針對了另一極，即寂寞的回聲、反抗的姿勢、意念的狗、頑童底瓶裏的蟋蟀等都能率直地寫出，他就是以這種方法寫出了嶄新的詩。

商展

張效愚

這是都市的模型嗎
抑是市繪的生意經
波逐於汗味的人海中
我懷疑我不是魚

這裏，爲了生活
排列的全是東方的羞澀
不自然的笑臉微露錐心的犂膈
予蛆集的蒼蠅以難得的蜜

這裏，爲了皇冠
展覽出彼此的心計
在化裝品塑就的石膏像下
觀衆與摸特兒做着同樣的蠢事

這裏，爲了滿足
所有的脚踐踏着母親的衣袍
肉身的神像以慾的誘惑
信徒底膜拜屬於輕狂

這裏，假借藝術
一大羣揹着論語的小主人翁
將交點集中在乳溝與大腿之間
攝取神迷的三圍

這裏，推廣國貨
先天的嗓子擊破了後天的文明
梁兄哥、小艷秋、紫薇，猫王各不相讓
喧囂的燥音似大海的怒濤，擊潰了遊魚的神經

五十二年婦女節於臺北

昔日的

白萩

於是你開始失縱。開始
於大黑暗的摸索
開始返回那深邃的甬道
沐浴天窗散入的光輝

你熟悉那些，就如
昨日之吻，仍溫暖的留在唇上

你感覺那樣貼近自己，那樣
明晰於鏡前的影子

於是你突然醒來，回顧
就像我現在移過里爾克的詩上——
望着夕陽鍍紅的山巔
那樣高仰，那樣逼視
那樣地存着無法跨過的距離

無花果

張彥勳

那葉尖兒上
紫色的殼子 淋濕了
伸手 我頓覺冰冷的
秋的跫音

由那裂痕處湧出白色的
無花果的液汁啊
是恩惠的甘露 如乳般流出
浸透在我齒中
一段幼時的追憶 甜甜

嘩啦啦……葉兒隨風飄落了
仰望深邃的穹蒼 擴張
我靜聽着草葉下的蟲鳴
而此時
紫色的果子默默地發亮着
——在晚夏這早晨

現代詩的暗礁

趙天儀

自由中國的詩壇，十多年來，確實有相當的進展；詩刊詩集的出版，詩人的活動；例如演講、朗誦會、電視訪問；不可說沒有成績。然而，平心而論，詩壇的絆脚石，常常是自命爲詩人的一些人造成的，我們做爲一個詩的讀者，對於詩集詩刊的銷路不若往昔，對於詩壇各立門戶，互相標榜，互相攻擊，常常爲它深感惋惜。

從我們今日欣賞詩的角度和經驗來說；胡適先生的詩不新，因爲他是纏過小脚而放大的；徐志摩先生的詩亦不新，因爲他是套上格律押韻了的；然而，當年胡適之先生提倡新詩，功不可沒；他對詩的看法和主張，在他那一個階段，是相當富有革命的意義的，他提倡使用白話，運用口語，打破形式的觀念；在今日都還可以看到他革命的對象。胡適之先生的詩，在今日已覺得不新，除了詩的本質的問題以外，在形式上，當時他的努力已經是够新銳的了。徐志摩則是更富於詩人氣味的，雖然他受西洋浪漫時期的文學影響很大，且喜歡倣效西洋的格律，當時在他也許覺得頗爲新穎，但這種西洋的舊花樣，早已被有識者所指出；不過，徐志摩也的確是一個詩人，也寫了一些好詩，但我們却不能因此就讚同他的格律，他的舊花樣。

新詩是五四時期文學革命打出來的一個招牌，有別於中國的舊詩；我們今日已覺得五四時期的新詩不新了，因此，有人說新詩是一個不幸的名詞，有許多所謂新詩，不但不新，而且不成其爲詩，那就更談不上說是新詩了。然而，被歸納於舊詩的範疇中，從中國歷代的古詩，我們倒可以舉出不少好詩。現在我們的問題是我們不必再依樣劃葫蘆地去模倣古人學作詩，因爲我們要寫出新意，創造出新境界，則非另開闢新的途徑不可。

從詩體上看；現代人學寫舊詩之所以翻不出新花樣，乃是他們跳不出古人的圈子。依律詩或絕句，如法泡製，固然是落伍；依商籟體，作豆腐乾，也一樣是開倒車的勾當。用我們今日的術語來說；詩的形式是由內容來決定的，因此，自由的形式，就是意味着創新的形式，我們可以說，我們要使每一首詩，表現每一首詩的獨創的形式。

從詩質上看；詩是不能分類的，因爲，詩就是詩。「新」與「舊」是很籠統的分法；「自由」與「格律」是很籠統的分法；「現代」與「傳統」也是很籠統的分法。那麽，如果我們這樣地問：什麽是詩？我們可以發現，所謂學究們，會抄上一大推古人怎麽說，洋人怎麽說；我們也可以發現，所謂詩人們，也會抄上一大批什麽主義，什麽派；往往是根據他們一己之好惡來說明的。

現在我們試舉出目前自由中國的詩壇，幾股逆流，幾種可怕的流行病，我們解剖分析它的用意，乃是要糾正它的偏差；我們希望，我們有我們屬於這個世代的眞正的現代詩，而不是贋品冒充眞貨。下列幾點，是現代詩所碰到的暗礁：

一、流行調的風行　我們可以嘗試，把一個新出的詩刊或詩頁，罩住作者們的名字，我們不難發現，一個有趣的鏡子，那就是彼此的面目互相搞不清，這種喪失詩人的個性底局面到底是怎樣造成的呢？看起來，眞像同一個工廠的出品。君不信，我們試舉出幾個例子來看看：

「藍星詩頁」第三十七期，余光中先生的「遠洋有颱風

焚山記

楓　堤

噴出來的火焰一般
滿眼是盛夏了

三月落櫻後
繁華辭山而去
空留幾頁焚山日記
幾章等待續尾的詩稿

樹廊悠悠
沒脛的楝花人
獨負一山的青翠
——盡付予細流

楝花
欲焚化爲蜻，焚化爲蝶
蜻蝶翩翩，守山不去

四月杜鵑，五月石榴
夾竹桃，在七月
猶如甦醒的火山羣
噴出熊熊火焰
引發了第四章焚山故事

終至
燃灼成
一片盛夏

」，有這樣的句子：

「一時大氣酣然，雲亦頹然
岩下的藍有千噚的恬然
這該是波浪的假期，水族何優然，鷗何翩然」

「藍星」一九六四，葉珊先生的「驚蟄後」；有這樣的句子：

「醒時若臥於祭壇然
若有種族的眞愁然」

這種擂同，這種句法的互相襲用，已經造成一種不很值得讚美的風氣；我相信，這兩位知名的詩人都是爲了眞正要有所表現的。

二、文言詩的復辟　現代人用現代的語言寫詩，固然可以包容方言土語，洋文等等，而尙可保留的部份文言，亦不妨重新鍾鍊，也許有助於現代詩的簡鍊純淨；然而，一昧只是沿用文言的濫調，亦適足以造成詩壇的歪風。

王岩先生早已指出用文言寫詩的不當；我們試看看例下的兩首「新詩」：

風之髮舞　載藍星詩頁48—49合刊　作者：喬林

嗚嗚！風會　猛扣我耳。我耳生銹
嗚嗚！劍會　猛憾我身。我耳木然
我們縮形於髮間　嗚嗚！我目已盲
我們縮形於乳下　嗚嗚！我心已碎
鏗鏘而來，鏗鏘而去　葬春髮下，而髮飄飄

這一首跟王岩先生在「蘭蕙詩頁」第五期抄下來的略有出入。「兮」改爲「會」，「吾」改爲「我」，好像是白話了一點，但我們不難體味到它的古色古香。

風向針　載藍星詩頁23期　作者：藍鐘

立烏鴉之脊
乃有多耳之蠱惑

神四章

吳瀛濤

一

神，在蒼空的深處
我已覓見了祂
祂微笑着
不，祂在憤怒
憤怒着，憂鬱的祂
二十世紀的神

二

仰望天空
我幾乎哭泣
因神不在
不知在何方
甚至連祂的名字都忘了
啊，可憐的我的神

三

我將如何
假如神顯現
假如祂來在身邊
假如祂來在背後
假如我被指點
我將如何

四

夜昏，冥冥裏
與神對座
與自己對座
與空默對座
終於我睡了
神尚醒着

乃有信風之戲弄
矜於雨簾之嬌媚
傲於陽光之閃熠
唯是大地安息之時
獨心神悽悽

沒有視覺
沒有嗅覺
乃是信風之戲弄
乃是多耳之蠱惑

我不曉得是否我的眼睛花了？這種文言詩的復辟，比寫舊詩的人攻擊新詩，比門外漢的人批評現代詩，所造成的詩壇的誤會，更令人遺憾！

三、偽現代的氾濫

當詩人們唯恐趕不上現代的輪車，深恐被指為坐轎子的時候；不惜幫來什麼「抽象」，什麼「超現實」，什麼「存在」的時候；如果我們指出那不過是拾洋人牙慧，那麼，我們不但會犯衆怒，而且會被指為連洋文都不通！是的，我們今天希望從事現代文學的工作者，的確對西方文學要有深刻的認識，尤其是現代文學的研究非常迫切，可是，當我們從事創作的時候，最忌以搬弄知識來炫耀，我們可以更乾脆地說；以拾洋人或古人的牙慧而沾沾自喜者，他們壓根兒就失落了自我，他們簡直跟安徒生童話那位裸體遊街的國王差不多。也許他們自以為是在打强心針，吃現代的補藥，事實上，從他們的創作，就可以看出他們所犯的貧血症，這種偽現代的氾濫，自認為是蒼白的貴族，視讀者為窮民；只有他們是被選出的，哀哉！

四、眞實性的失落

我認為眞實性並非落伍的玩意，文學貴在表現的眞，而不在事實的眞；我所說的眞實性，就是指表現的眞。一旦我們發現作品缺乏一種眞摯的時候，很容易就會被我們遺棄的；我相信，對現代詩的創作不遺餘力的詩人們，總不希望自己心血的結晶，那麼缺乏感人的力量吧?!可是，有那幾個人會自我省察一番，而意識到眞實性的失落呢？

總之；現代詩所碰到的暗礁當然不只這些，以上四點不過是較為顯著的例子而已，我衷心地期望着，現代詩能渡過重重的暗礁以後，踏上輝煌的征途，邁過世紀的行程，讓我所例舉的，像一粒粒的泡沫，轉瞬間，終歸於無影無蹤，則詩壇幸甚！現代詩幸甚！

關於西脇順三郎

陳千武

「可預測的，並不要詩，不予預測而偶然被發見的，纔能成爲詩。」「連結遠的，切斷近的，避免所有聯想的關係，就是詩的關係。」即把最不通俗的關係裏的（Image）意象予以連結，求其一種Grotesque的美的協調，用意識或意志來創作詩的美的世界；顯然與一般超現實主義者以無意識寫詩的方法有所不同，這是西脇順三郎（Nishiwaki Jun-saburo）獨特的詩法的原理。如要依據一般的人生觀，宗教觀、哲學觀等倫理來欣賞西脇的詩是很困難的。因爲他的詩是那些論理完全消滅了之後才產生的美學。

西脇係一八九四年生於日本新潟縣。慶應大學經濟學部畢業。一九二二年赴英入牛津大學研究「中世紀英文學」。在英刊行英文詩集「Spectrun」。歸國後任慶應大學教授。在「詩與詩論」「三田文學」「詩法」等雜誌發表詩，詩論及文學論。一九四九年以「古代文學研究序說」獲得文學博士。一九五七年榮獲讀賣文學獎。著有「超現實主義詩論」及「純粹的鶯」等詩論集。不但是超現實主義的紹介者和信奉者，更是一位獨特的批判者。一九三三年刊行詩集「AM-BARVALIA」，戰後刊出「旅人不回歸」「近代的寓言」「第三的神話」及長篇「失去的時間」等。在這些詩集裏可看到詩思維的形相，情緒的色彩和型態漸有進展。然其根本的詩法却終始一貫毫無改變。

論批評的功用

T.S.Eliot
杜國清節譯

每隔一百年左右，我們往往希望有位大批評家出現，一對過去文學的發展做一回顧，以重新論列詩人及其作品。此一工作益非改革刷新，而是重整故舊。我們所觀察的對象雖大半相同，然而我們的態度却稍有差異，由於時隔較遠而更爲客觀。在歷史的水平線上傑出的人物是不會被淹沒無睹的；已經出現在線上的人物我們愈加了解，對於水平線下即將嶄新地呈現的，我們愈有細加推斷和描劃的把握。彈思竭慮的批評家若具備敏銳的觀察力，將能同覽遠近，明悉視野上的一草一木，藉以與近身細微的一切做一比較，而對周身的事物在廣大的全景裏所佔的位置和份量，能够給予最適當的評價和品列。不過這種不太切實的比喻祇是一種理想而已；但Dryden Johnson Arnold他們都能竭盡所能地做了這件工作。一般批評的人祇能步批評大家之後塵，人云亦云；或在較有獨立的判斷之中產生一個破壞性的，價值標準反常的，墨守規格的時期，直到一位新的權威出現來重整秩序，劃新時代。這種對過去予以重新評價的工作所以必要，並非由於時間過往，新的藝術經驗已日積月累；也不是由於大多數拾人牙慧，好高議論的積習；更不是由於一些短視的少數人機心唱導異說。那是因爲藝術的趣味代代不同；每一時代，如同每一個人，對藝術的看法互異，欣賞的尺度，以及對藝術的要求和使用亦判然有別。藝術的欣賞既是生活在現時都是有限而短暫的人類的活動之一，所謂「純粹的」藝術欣賞，在我看來祇是理想，甚至祇是妄談而已。藝術家和欣賞藝術是有限的。每一時代，每位藝術家對其作品都賦予某種藝術的特色；且每一時代對自己作品的特色存有偏好。因此每位新的批評大家所能效力的僅僅是：但願他的錯誤不是重覆踏轍，而批評家越批評的結果，祇不過越有指正錯誤的可能而已。

等待

劉郭婉容

祈求萬能的造物主，
賦與那漂流的黑雲以生命，
那該是我心愛的夫君，
即使瞬息，即使遙遠，
讓我能再見他一次。

間歇地，間歇地，有一隻手，
緊牽着我的，要我向前走，
那手冰冷，却充滿熱情，
那手細長，却充滿力量，
它緊握着我的，
要我堅定走完這人應走的路程。

終會有那麽的一天，當孩子們長大成人，
我換上灰色長袍，那是天上新娘的寢衣，
在一切平靜與安謐中，
有一套西裝從上披蓋，那將是他久等的擁抱，
一條領帶緊貼面頰，那將是他親近的接迎。

沒有歡欣，沒有悲哀，只有努力，
鞭打着疲憊的身軀和靈魂，
在原野中踏上向前的路途，
前程一片荒涼和灰暗，路程遙遠又艱難，
惟見天角偶露一顆至誠聰慧的星，
默然投射着永恆的光瑩。

悲美的距離

——悼阿瑞之靈——

詹冰

爲什麼這樣劇烈地改變了呢？
一切的顏色都褪了色
一切的花香都消了香
連食物的味道都變了質
連笑聲都悲哀地振動了鼓膜
什麼行爲都失去本來的意義
而且所有的液體都看成了淚液
啊，是從接到你的訃音的瞬間

你，住在遙遠的地方也無所謂
你，沒有信息也無所謂
只是，同時在這藍天下生活
只是，同時在這地球上呼吸
這樣就給我心滿意足的你
甚麼時候都浮着善意的微笑
且在心裏藏着熱淚的你
可是，現在我們的距離太遠了

不知不覺地伏在你的棺上
稱心地放聲大哭的時候
我的胳臂被棺上的薔薇刺傷了
我看到比花更紅的血液時
我聯想着被薔薇刺死的詩人
細菌啊，在我的傷口化膿吧
我要仿李爾克的方式追你！
你的出殯前我這樣祈求着……

你的棺漸漸地放下墓穴時
你的大女兒悲痛地哭喊
而用淚眼找尋可阻止下棺的人
當時，我的心臟快要爆炸了
啊，我這個不中用的世伯
怎麼一點辦法也沒有呢
我硬吞下水銀般的淚液
只有向你的大女兒謝罪——

黑暗的夜空中閃爍的小星——
那樣柔和的你的眼光
我信，到現在也注視着我們吧
我信，或者你的純潔無垢的靈魂
變做小鳥花朵向着我們微笑吧
啊，如果不這樣信仰
在已和你斷絕關係的世界
我們要怎樣過着漫長的日子呢

所有的光閉起眼睛的半夜裏
只有我的眼睛一直睜開着
和你在一起的日子，一段一段地
好像電影的菲林在逆轉
而變成寶貴的鏡頭向我回返
啊，所有的光閉起眼睛的現在
是幽靈出現的好時光
你啊，變做幽靈也好，出現吧！

流盡了眼淚也不能流走你的面容
你往下看正在流淚的我
你的表情好像在含笑——
已經超越了生死的你

看貪生的人們底可憐相
也許覺得是件可笑的事
啊，我凝視着你神祕的微笑
繼續淌着流不盡的淚水就是了

好像有重大的傳言
沒有好好地對我交待一樣
好像有重要的事情
沒有清楚地對你講完一樣
料想不到的這樣難過的離別
我也許是永遠地後悔着罷
它變成永遠無法痊癒的眼疾
不斷地流着紅色的淚液……

現在，迎接第三年的秋天
我較習慣了和你的離別
毫無改變的你
在夢中訪問我的時候
我們好像跟往日一樣聊天
對你，年青的神講話的我——
啊，你我的悲美的距離之間
我彷彿看見了人生的界限

——於劉慶瑞教授逝世三週年——

劉慶瑞先生遺像

關於慶瑞君

詹　冰

劉慶瑞君於一九二三年二月九日在臺中市南屯出生。臺中一中，日本第三高等學校，東京帝大法學部，臺大法學院畢業後，赴美國兩次在明尼蘇達大學，哈佛大學研究。回臺後任臺大法學院政治學系教授，主要著作有「中華民國憲法要義」「比較憲法」「各國憲法及其政府」「德國司法制度」等。「李爾克隨錄」「浮士德簡論」二篇是他的學生時代作品。一九六一年九月十七日因癌疾在臺北永眠。

慶瑞君酷愛歌德和李爾克兩詩人，甚至不想看兩位詩人以外的詩人的詩。

詩史資料

李爾克隨錄

劉慶瑞遺作

以哲學方法來普遍地概論一個詩人，而刻出他的彫像是一件不容易的事，而且往往偏於武斷，損傷他的眞面目，尤其是對李爾克那樣富有現代色彩的神妙的象徵詩人是特別困難。所以我想把留在內心的李爾克的印像，隨筆描寫出來。我希望在這多面鏡似的素畫裏面，可以將李爾克的像描出得近於眞實一些。

李爾克的詩傳給我們的音調是非常沉靜而過度纖細的感覺，它有時帶着絃樂的律動，有時帶着感傷的聲調。因此李爾克的詩常常被誤認為浪漫主義。可是他的詩並不是單純偶然的詠嘆、情感的流露、或是自然的描寫，它遙超出印象主義或寫實主義的領域。李爾克的詩帶有獨自的風格而時常指向一個問題：「神」「愛」「死」。這也就是李爾克畢生的根本問題。因他是一個詩人，他對這個根本問題不用抽象的概念來討論，而以象徵求答覆。李爾克的詩與著名的小說「馬爾德的手記」便是對這個問題解答的集積。他在書信的一節說：

「數千年來，人類不斷地想到『生』與『死』的問題，可是面對着這個最究極的，嚴格地說最要緊的唯一問題，我們仍然好像一個初學者，驚惶失措，做無意義的申辯，終於演出很難看的失體」。

如他的女朋友沙樂美說：

「超越一切意見和國境的不同，這個問題從根本喚醒各個人的精神，究竟人是什麼？……」。

愛

「人的決心是這麼不堅固，愛淪到這麼輕浮，人對死感覺這麼無力，這是古來所罕有的，在這樣的世間，在這樣的世紀，人怎樣才能活下去呢？」這是李爾克最急切的問題。他生來具有過度的纖細的神經，而熱愛純粹和眞實，所以在常人得到滿足和慰藉的地方，他卻感覺誘惑和墮落。

「我不告訴你，

慶瑞君特別喜歡讀歌德的「浮士德」。他不僅自己愛讀，還組織一個「浮士德朗誦會」，在週末召集三、五個朋友來朗誦詩劇「浮士德」。他自己當浮士德而命令我做梅非斯德。他說我的聲音很像惡魔梅非斯德的聲音。

我欣賞「詩」，可是慶瑞君欣賞「詩人」。他愛優美的詩，不如愛詩人的優美的靈魂。所以我在看詩集的時候，他在看詩人的評傳。雖說他不作詩，但是他比我更像一個詩人。

慶瑞君對文藝作品的批評和欣賞力是超羣的。他的評言是準確無比。可以說，我是想要博得他的好評而努力創作的。因他一個人的好評勝過千萬人的稱讚。

慶瑞君愛好「三」的數字。「三」的數字大概源於「第三高等學校」的「三」吧。可是「三」對於他是「理想」「自由」「幸運」的象徵。他喜歡「三」，欣賞「三」，愛用「三」，信仰「三」。在「笠」的第三期上能夠紀念他的逝世三週年，也許是一個巧合吧！

我整夜在牀上
想你流淚
你也不說，因我
你通夜不能睡覺。
把這麼至高的美感
永遠地鎖在我們的心裏
呀！多麼美麗的！
你看世間的情侶們
一俟誓約
就開始說謊。
…………
我還未觸着你的手
可是我却緊緊地抱住你」。

在這一篇詩裏面，多麼靜寂的愛情發出純粹的光芒！一見這是一個逆說或是矛盾，可是李爾克理想的愛却存在這逆說當中，從這一篇帶着幾乎非人間音調的詩裏面，我們可以看出李爾克的愛的目標是絕對純粹的，對世間一般的情侶們是誓約，李爾克也未免覺得「他們就開始說謊」，他感覺「愛」這神聖的文字——過於輕浮地被濫用，「誓約」過於輕浮地被交說。

「愛」豈不是連一點自我暗影都沒有的一向的自己獻身嗎？李爾克始終這麽想，「主動的愛」是比「受動的愛」更有價值的。他於中世紀的尼僧發現最堅固而最純粹的「愛」的典型，她們被愛人遺棄的女性已經不再希求「愛」的報酬，而却不斷地爲她們的愛人祈禱，這種絕對的「愛」，不受對象的影響，它已經超過對象。

「受動的愛」很快就消滅，而「主動的愛」好像是永遠不滅的美麗的火把，「受動的愛」是一時的，而「主動的愛」是永遠的繼續。

他以爲「受動的愛」的生活是無意義而且危險的，受動的愛要克服自己變爲主動的愛，主動的愛才有不動的信賴，它已經沒有疑惑，它決不會背叛，他自己想，過去自己所抱的愛是多麼卑俗而輕浮，於日常的愛，他所看見的是出於卑俗的自己愛的假份，他看見人人都對自己的愛情覺得一種虛榮和一種競爭，他想「愛」決不是如此，「愛」是很長的繼續，很久的忍耐，無限的寬恕。李爾克在「馬爾德的手記」的最後一段說：

「我時常，把自己的全精神灌注對方的自由。我漸漸地學習以自己的感情的光輝來照出愛人。千萬不要以熱和光的氾濫來灼燒愛人」

我想沒有別的比這一段，把李爾克的方式表現得更顯著的。

神

「古來有幾種學說證明神的存在，可是我完全忘記了」（馬爾德的手記）。李爾克的神不是可以認識的神，而是感悟在心裏的神，他的神祕感可以說是承德國神祕主義的系統。象徵地說，李爾克的神不住在他的腦筋裏，而住在他的心臟近邊。

他的神決不會用權力來壓倒我們，也不會妨碍或促通我們，只有一點可以說，任何時期，任何地方，他的神都很親近我們，猶如母性的愛情的外套，被覆在一切的身上。李爾克的神，正是如此的母性，養育一切的大地。不是威嚇或寬恕的神，而是直接地可感悟的神，正如母親，她和我們有肉體的連繫，給我們生命和血液。嬰兒對母親的乳房的憧憬，和母親所唱的搖籃曲，成爲充滿幽暗和神祕的李爾克的抒情詩之兩條基本線，而從這交錯裏面，產生李爾克的那樣甘美的夢想和憧憬。

「時常，懷念母親，
懷念白髮的靜寂婦人」

在這母性愛裏面，精神始得成長，而冷酷的靈魂始得變爲溫和的靈魂，只有信賴這種愛情，我們才能避免一切背離，避免淪陷於罪惡。一切離叛，一切背德，一切的流浪，在母親的懷抱才能得到救濟。

「有一天，倘若你不是母親的，
倘若沒有母親
溫靜地看護你的睡覺，
你還可以安眠嗎？」（新詩集，搖籃曲）

詩

李爾克和羅丹(Rodin)有密切不離的關係，李爾克跑到羅丹的家裏是不但爲了寫一本「羅丹論」，而是因爲要就羅丹學習生活的方式。於李爾克，詩是世界的本質的把握，換言之，就是把世界的本質表現於形相。由羅丹，李爾克得到藝術創造的根本態度的啓示，於羅丹，他親眼看見一個堅忍不倦地活在工作裏面，忘却了自己，一心埋頭的實相，即形成對象的藝術創造的實例。李爾克終於知道羅丹彫刻的根本原理是「面」(Plans)。由羅丹看來「面」決不是平面的表面，「面」是從一點中心發出來的一個生命所排除而所獨佔的空間。換言之，「面」是以一個生命爲中心所形成的力的均衡點。李爾克以爲決定羅丹的彫刻者，就是這「面」，而「面」正是羅丹的世界的原細胞。那麼在詩人，這個世界的原細胞究竟是什麼呢？爲此，李爾克呻吟了很久，他想要遠離一切苟且的偷安或娛樂，而集中自己的精神，他想「我要成就一個有永續性的眞實的作品」，而加倍努力去觀照世界一切的事物，埋頭於事物的本質。然後他發現「言語」正是詩人唯一的工具，而不肯苟且一言一句。受了羅丹的影響以後，李爾克寫出如「豹」「一角獸」等造型的詩，開拓嶄新的方向。

詩人

「人開始穿衣服，就是人類不幸的發端」喀萊爾的這一句話是擊中眞理的名言。自從人持有意識而開始自己省察以來，人不斷地站在「究竟人是什麼？」這個問題的面前，繼之「人是爲什麼存在的呢？」的問題就不可避免地發生。數千年來，對這個問題有各種各樣的解答，嚴格地說，一切的哲學和世界觀都是對這個問題的一種解答，恐怕眞理的願望和安靜的欲求是異辭同義的。李爾克究極的問題也不外爲這個「生存理由」的問題，而我們於他的「悲歌」可以尋出他的這個問題的解答。

「悲歌」的第一行以這樣的疑問開始：

「若是只爲渡過這麼瞬息的時間，
　我們也可爲月桂樹。
　爲什麼我們要活人的運命呢？」

若站在一切無常的觀點，人的運命和月桂樹的運命豈不是一樣嗎？因此，一切的懷疑和絕望侵蝕詩人的內心，可是，他反過來想：

「對現世一切的事物，
　我們人類的存在一定是必要的」
「只有一回的存在，沒有兩回，
　雖則只有一回，但是這一回的存在
　似乎很難得的」。

李爾克的懷疑和絕望，於此變成肯定和希望。一切的存在必定有獨自的存在理由和使命，已經存在，我們要完成我們的存在，這是經過一切懷疑和否定之後不能奪去的生命意志。詩人李爾克，於此想詩人的使命，他想詩人的使命是在於潛入萬物的本質，而詠出萬物的生命。換言之，詩人的價值是在於把無常的，一時的事物轉爲永遠的。「轉一切的事物爲永遠的存在」，這是李爾克的夢想，而是他的詩的至高境。

完成「悲歌」以後，李爾克似乎感覺已經完成了詩人的使命。完成大任之後自有他的快感和心懷。在這裏，我想起完成「浮士德」時的歌德。他慇懃地封印「浮士德」而說：「我等待知已百年之後，我已完成我的任務，現在我死也不妨」。我一方面對這兩個詩人間的類似不禁覺得驚愕，而一方面羨望他們這麼樂觀的心境。

李爾克於一九二六年十二月二十九日去世，由薔薇的刺傷引起的慢性膿毒症。

「註」李爾克的詳細名字是 Rainer Maria Rilke 德國近代的神祕的抒情詩人（一八七五—一九二六）。

（錄於「劉慶瑞比較憲法論文集」附錄）

「浮士德」簡論

——顧麗謙悲劇的成立

劉慶瑞遺作

浮士德劇中有這麼一齣。當浮士德想要翻譯新約全書的時候，他於開章第一句「太初有道」就停頓而再三再四勞神焦思的結果，竟安神地下筆寫作「太初有行」。於這一齣，行動人歌德的面目頗爲躍動且精彩。歌德比理論或概念更着重行動與實踐，因此，他不喜歡這些從他的作品裏面找出理論的人們。他問Eckermann說：「德國人是很奇怪的人，他們到處尋求插入深刻的思想與理論，勉强把人生弄成沈重而暗鬱。德國人來問我，浮士德所表現的道理是什麼？好像我自己明明知道而可以隨便表明似的」（對話錄一八二七年五月六日）。他又說：「浮士德這一本書完全超越常軌，所以用悟性來解明它是近於徒勞的。尤其第一部是從個性的混亂狀態產生出來的，這混亂的地方却吸引住人的心神，他們猜想浮士德的謎兒可是和其他不可解的問題一樣，終於莫名其妙」（對話錄一八三〇年一月三日）。如此，歌德自己以爲於浮士德找出道理，而用悟性來解明它是一件費神而且無意義的事。

儘管如此，歌德死後二百年間，不止於德國人，連俄國人也不斷地繼續從事浮士德的哲學解釋。這雖然不副歌德的本意，可是這些人的業蹟無疑地成爲瞭解浮士德的好路標。歌德恐怕在地下苦笑，我於此再揭「顧麗謙悲劇的成立」的題目來解釋浮士德。可是究明顧麗謙悲劇成立的必然性正是這一篇小文的意圖。

以「街道」的場面開始的顧麗謙悲劇，在浮士德第一部所佔的篇幅不過是三分之一，可是由浮士德第一部的別名叫做顧麗謙悲劇就可察知，浮士德第一部是以顧麗謙悲劇爲中心，而先於「街道」的「晚上」與「書齋」的場面可說是顧麗謙悲劇的引線。顧麗謙悲劇的主角不用說是浮士德和馬甘淚（顧麗謙）。這兩人的相逢起初就給我們預感一個悲劇的發生，他們的世界實有天地雲壤之差，而他們的結合似乎近於幻想不可能的事。那麼浮士德到底所屬世界的根本性格是什麼？浮士德的生的本質，在於宇宙的根源的認識與一切事象的全面的體驗，無限地擴大自己，把一切事象視爲自己的體驗要素而提高自己到神人的慾望，正是催促浮士德的究極衝動。

「我要知道，世界最究極的司宰者是什麼？
我要認識，世界活動的一切力量，一切種子是什麼？
」（三八二—三行，浮士德白）。

因此他徹底而專心地鑽研哲學、法學、醫學甚至神學。可是學問的分析及知識，並沒有給他啓示宇宙的祕密。

「我看一切都不可知。想此我心焦欲燃」（三六四—五行，浮士德白）。

涉獵一切學問後的結論却是如此不可知的絕望，他一時迷入魔法，一時決意自盡，舉毒杯到嘴邊。可是他生命力的充滿竟不准許他自盡，聽着復活節的讚歌，他放下了毒杯，流着感喜的淚而說，「呀！現世再回復我！」。從這刹那，浮士德已不是埋頭於書齋的一個書蠹，他的眼前，展開着新的生活形態，他願以身直接經驗世間一般的辛苦。

「我已經拋棄了知識慾，從此甘忍任何痛苦，在我的內
心體驗一切人類應受的東西。
以我的靈魂把握人生至高至深的事物，

在我心內積堆人生的歡喜與痛苦。
擴大自己卽爲人生，而終於與人生一起盡絕」（一七六八——一七七五行，浮士德白）。

對於抱着如此悲願的浮士德，生活是不斷的精華，而任何一剎那，不過是更高一剎那的過渡的脚搭子。對現實決不肯苟合的生活，就是對任何一剎那都宣告不滿的不斷地昇高的生活。

「假使我停滯一處，我就是奴隸」，於浮士德，停留一處而執着一物，就是生命的死滅。

「假使我問一剎那說：停留一下？你眞美呀！
你就可以把我捆上─那時候，我的一生就完了」（一六九九──一七一〇，浮士德白）。

浮士德與靡非斯德的這打賭的契機却在於浮士德的內心。事實上，這打賭是浮士德本身的嚴肅的自己立法。如此無限地想昇高的生活，單就其本身也十分可成爲一個悲劇，況且這樣的生活，與他人的生活有社會關聯的時候，其悲劇性就更深刻，因爲於這樣的生活，世界不過是一個經驗的要素。這種不知道德的支配、人生的界線、及社會的束搏的浮士德，碰見一個住在小家庭社會裏，信守着道德與宗教的素朴可憐的少女顧麗謙。浮士德在顧麗謙的周圍所發現的正是牧歌情調，而這對於永遠的旅人浮士德，正是無上的安慰和安息。

浮士德偸偸兒的進去顧麗謙的臥房而發現的是這樣的世界：

「清靜、整齊、滿足的感情搖曳在這周圍。
在這貧窮之中，何等的豐富！
在這茅廬之中，何等的至福！」（二九六一──一九四行，浮士德白）。

限於家庭小天地的工作如煑炊、淸掃、編東西、做針線等，是顧麗謙的日常工作。那是「飯也好吃，眠也好睡」（顧麗謙白）的生活。住在這小天地的顧麗謙是一個沒有自己的判斷而盲從社會的判斷的少女。她像湊在井邊談天的婦女們一樣，是簡直沒有自我意識的女人。對社會的無限的順從與馴服，是驅使顧麗謙去犯殺死與浮士德所生的私生子的大罪之重要原因。在顧麗謙的心內，社會倫理的權威高於一切，它甚至壓倒母性愛的自然愛情。市民的性道德的良心譴責她的心。實際上她雖然沒有遵從這道德，可是精神上，她還不能解放自己。她的悲劇正基於這一點。

顧麗謙質問浮士德信仰的一齣，十分表現顧麗謙的素朴認眞的基督教的宗教觀。「他是一個很好的人，可是他恐怕不信神」這是顧麗謙唯一的懸心。所以她問：「你信不信神？」對於這認眞的質問，浮士德答說：「感情是一切」。這是常常被人援用以表現歌德的汎神論觀，而膾炙人口的一齣。可是老實說，浮士德於這質問面前，似乎覺得困惑，他的辯解也未免狼狽。稱爲導師或爲博士，頤指一羣弟子東西南北十年間的一世碩學浮士德，却在沒有學識，沒有經驗的一位少女的素朴認眞的質問面前，窮於答復而狼狽。

就浮士德與顧麗謙的世界之根本相差，他們兩人並不是沒有自覺。在他們戀愛的過程中，可以容易看出這般事情。

「我是一個流氓，一個浪子，無目標無休息的一個人，
好像懸在崖上的瀑布突進地衝落深谷。

哀韻

——悼劉慶瑞學兄——

桓夫

不怕風雲掩蔽恬靜的夜空
祇怕無風的晚上，看見
慧星隕落，曳着
輝煌的光芒掠過我們的頭上

那光芒是你奮鬥的史蹟
是你智慧的花朵……
永恆，閃爍在時間的絲網
永恆，榮耀在我們的頭上

而你却躲藏於黑色的森林
濕冷的泥土，一片迷茫
悲愴的雨滴洒在你凋零的身上
在雨裏尋找少年的夢痕——

曾經一起抱負的綺夢，你熾熱
的心向上，向着憲法的成熟
燦爛在中一中第二十三排的星座
我們讚佩你的前途有爲無量

唉唉，竟想不到啊，如此
燦爛的一顆星隕落，使人痛惜
我們仰望你遺留的光芒
諦聽鐘聲的哀韻，默念着……

五十年九月

而她呢？抱着兒童似的感情，往
在阿爾布山麓的小屋，
在家裏所做的都限於小天地。
而不受神寵的我，粉粹了岩石，
猶未爲足，再要葬她，葬她的和
平嗎！地獄呀！你再要這樣的犧
牲嗎！」（三三四八——六一行，浮士德白）。

這是浮士德滿心苦惱的告訴，顧麗謙以女性獨特的直觀，溫柔地說出類此的心情。

「我實在覺得慚愧，你哀憐我，卑
下你的身份
以過路人的客氣來對待我
我明知道，像你富於經驗的人
不會同感我的平平無奇的說話」
（三〇七三——七八行，顧麗謙白）。

不管他們都有如此的自覺，提他們到悲劇的原因是什麽就浮士德這面說，就是明莫其妙的衝動。就顧麗謙那面說，就是放棄羞恥與粉飾的隨愛人的自然慾望與純情。

「好的哥哥，我自己也不明白，
總是看了你的面貌，我就要隨你
的意思」（顧麗謙白）

依 Kolh 的分析，那是「近於無意識狀態的自然的性衝動」，又是「未知感性享樂的狀態」。不消說浮士德也照

一般情侶們的例子，於其戀愛的最高潮時，誓約永遠的愛情：

「呀！不要驚慌，讓我這看着你的
眼，這握着你的手說出我用嘴不
能講出的話，
我獻給你我的生命，
而覺得永遠的歡喜。
是的，永遠！它的盡頭就是絕望
不，不，沒有盡頭，沒有盡頭」
（三一八八——九三行，浮士德白）。

可是戀愛究竟不能繫留浮士德於一處，顧麗謙竟終於浮士德的一路站而不是他究極的達到點。顧麗謙被愛人遺棄，而受了社會的復讎，可是最致命的就是她的被社會道德的追放。爲了逃脫社會道德的追放，她得罪於偉大的大自然及法庭，而受「殺子」的罪名被投獄。

「可是，神吁，引導我的一切路程
都那麽好，
那麽可愛！」

這是犯罪後，顧麗謙追憶過去戀愛的告訴，我相信沒有別的比這一句話更動人傷心的。如此純情眞美的戀愛過程因何要終於這般罪惡？因何終於這般悲愴？顧麗謙恐怕永遠不能猜出這個疑問，可是在這一點，我們可以找出解明顧麗謙悲劇的鎖鑰。

（錄於「劉慶瑞比較憲法論文集」附錄）

旅人不回歸

西脇順三郎作
陳千武譯

旅人該等待吧
以這稀有的泉水
沾濡舌尖以前
思考吧　人生的旅人
你也只是從岩隙浸出來的
水靈而已
這思考的水也不能流到永恆
或許在永恆裏的一個時期會乾涸呵
啊啊蟬鳴着很喧鬧
時而從這水中
現出裝飾着花的幻影的人
冀求永恆的生命就是夢
在流逝的生命的小溪裏
捨棄思考　終于
在永恆的斷崖翻落
希望消滅就是空虛

那麽說就是這幻影的水鬼
從水裏出來到村里或鄉鎮遊玩
在浮雲的影子下　水草成長時

蒼白的東西
蘇散的蘋果
蛇之腹
永恆之時間
留存在被捨棄的樂園的
殘缺的器皿

山的椿樹
年中也沒有開花

枝尖的白芽就是葉芽
比花更美的葉
成黑的綠色
硬而亮的那葉

摘下做苗來吹
那臉頰的膨脹
那悲愁的音樂
在山靈迴響
在山冬的靜寂

不知誰投擲的
寶石
碰到絃琴
唱出古時的歌

紫色的水晶是
戀情的化石麽

衣裳哲學才是
女人的哲學麽
女人圓腰帶的
悲哀喲

用茄子穿孔
拿來眺望圓月的
古時的儀式多麽寂寥呵

夏天的日子就是
青梅的菓實的悲哀
誕生在營林之國度
迷途於驚異之路
穿過無鐘的廟宅
經過喇叭花盛開的圍牆
走過伯勞鳥啼鳴的村里
休息在雨中的街鎭
搖搖搖搖地走去
在鼴鼠的村里

燒茶來喝
小溪的
女人的
情流着流着

從行旅回歸於行旅
從土壤回歸於土壤
把這壺打破
就成爲永恆的碎塊
行旅在流浪
伸出手想酙酌
就成爲泡沫　成爲夢
在這濡濕於夢的笠中
秋天的陽光洩漏着

觸撫永恆的根

心之鶺鳥啼鳴的
野薔薇亂開的原野
有砧音的村
有樵路的里
經過白壁損毀的街鎭
挨近路旁的寺廟
拜拜曼陀羅的織品
越過枯枝的崩塌的山
渡過映着長水莖的橋
通過下垂着草棵的叢裏
幻影的人去了
永恆的旅人不回歸

作品合評

張效愚作品

林亨泰 讀這首作品，給予我們的感覺是：他雖然與一般人一樣置身於那種熱鬧的情況，但又表現了無法委身於那種情況的心情；就這一點來說，他已有了不得不寫詩的理由。作者所要諷刺的都在明晰清楚之中，使人一目瞭然，這可說是一首好詩。

古　貝 一首詩的創建，並不在於限於某些情況，或固定於某種形式，而是在於內心有了詩意的成熟，似乎有不得不一吐為快的感覺的情況下，才從事於詩的創建。當然，這首作品是有這種不得不寫的感受，但未免太受囿於即有的敘述傾向，未能完全表現作者所應賦予這首詩的個性。

錦　連 在表現上好像很觀念化。

林亨泰 我認為不是觀念化，而是平鋪直叙，甚至太直接了些。

桓　夫 我想作者已把握了題材，但好像仍拘泥於一定的形式。

古　貝 這一定的形式，我認為是僅可對其思想的秩序形式而言。

林亨泰 表現方面似乎缺少變化，不過，第一節的「我懷疑我不是魚」，這一句是較為突出的，因為他在譬喻作「海」之後，他並沒有再寫「我是魚」這類字眼。只是他的聯想系統似乎太平常了一些，如果能更多的轉彎抹角就更好了。當然，諷刺詩是要寫得直接一點，如果每節都有像這樣的妙句：

「一大羣揹着論語的小主人翁」也許會更令人感到意外的喜悅。

張彥勳 好像寫小說，太平舖直叙了。

桓　夫 作者好像有一種作詩的形式（Pattern of poetry）的觀念，如果能突破形式，也許表現得更靈活。

詹　冰 我認為這首詩的 Key word在一個「魚」字；從個性的表現上看，「魚」、「遊魚」只出現兩次，如果把「魚」當作針線，將意象貫穿起來，則個性會更顯然。

杜國清 那麼，意象就像是不斷地劈出水面的鱗光，使我們感到晶瑩可愛的躍動。

桓　夫 意象也很像是洞穴裏閃閃發光的鑛石吧！

杜國清 因此，我們可以說這首詩在表現上似乎缺乏意象的完整（Integrity of imagery）。

林亨泰 嗯，作者如果能在一大羣揹着論語的小主人翁，或在商展小姐，與觀衆的對照間，或以模特兒為主體的描繪中，表現出意象的統一，也許會更完美。

杜國清 不過，這首詩的取材，的確很新鮮。作者不想「摘星」，也不想「喚雲」；走出了象牙之塔，在現實的社會裏，所看到或聽到的是小豔秋，紫薇和猫王。這首詩，能使我們想到在五十年以後當今「商展」的寫照；而這樣的「商展」，在五十年以前是沒有的。

林亨泰 詩可以對時代對社會加以批判，而這種批判性是我們所最缺乏的。

桓　夫 我想我們應提倡這種目

前缺乏的作品。

林亨泰 編詩誌，用不着固執什麼一定的立場，但我們這時代所忽略的，我們能加以啓示，有什麼偏頗，我們能加以糾正，就算不錯啦！

楓堤作品

桓　夫 這一首詩，我想太過份注重句法（Syntax）吧。

林亨泰 就句法講，可說這是一種傳統的句法。

桓　夫 因太注重句法，所以好像缺乏了一些什麼。

林亨泰 以大自然氣候季節的變化爲題材的作品，自古就很多，其中不乏好詩，祗是作者的意象較平常，所以好像缺乏了一些什麼。

桓　夫 是否因自三月一直描寫到七月，顯得平常了些？

杜國淸 也許，我想在寫景中，含有抒情，往往能更動人。

林亨泰 作者所描寫的景物，就像從魔術袋裏掏出來的，他掏出了三月，掏出了四月……這樣層出不窮。這是不錯的，但第一段開場白似的說明是多餘的。作者有意求新，可惜還帶有古老的尾巴。「焚山記」的題目非常好，也很醒目，那不就是很鮮明的「盛夏」的意象嗎？

詹　冰 我覺得這一首詩，在句法方面很老鍊，且過份的老鍊。

杜國淸 老鍊麼？我想是受到古詩詞句法的影響太深，也太明顯了，因此缺乏口語的表現。這首詩是寫景，似無強調「古典」的必要。我們讀慣白話文作品的人，讀文言文作品，在感受上自然會受到某種限制，尤其是抒情方面。（The emotional range is probably limited by archaism）因此，我們讀了這首詩，都覺得「好像缺乏了一些什麼」。

林亨泰 就中國的傳統而言，傳統是沒有罪過的，寫詩只要有意像的表現就不錯。不在乎「文言」與「白話」的問題。

趙天儀 寫詩，只要能把握到詩的本質來表現，問題不是在「文言」與「白話」，而是我們要避免陳腔濫調，使未出現的詩，能保持新鮮與活潑，那麼，語言的變化，口語的錘鍊，該是使詩不致於僵化的一個試金石吧。

張彥勳作品

林亨泰 這裏所寫的可說是一種小小的感觸；在很緊迫的生活中，普通人有這樣的感觸是不錯的。但就詩人而言，這種感觸似乎太小了些。再就題材言，過去，這種性質的詩被寫得很多，再寫一篇，雖然是無害，但也無益。

古　貝 只有抒情的味道，而沒有一種精神的寄托。

桓　夫 這是在繁雜的生活中，難得的一種休止符。

連　錦 也可說是對現實生活的逃避；不過，這首詩也有妙處：
「是恩惠的甘露　如乳般流出
浸透在我齒中」
像這樣的句子，是很清涼的。

林亨泰 過去有很多女性化的詩，此作亦然。我們何不期望更男性化的。寫休止符也吧，但在這休止符上，最好也能找到生活中的一些什麼。

杜國清 就現代人的表現精神看，似乎缺少了現代人生活的感受。

白萩作品

林亨泰 從開始失縱與醒來之間只是一刹那；要企圖對這一瞬間的表現是很難的，看似小小的，而作者所企求的倒是很多。這首詩，可以說是一種回憶，跟「無花果」那篇緩慢的回憶相比，這是一種噴射機式的迅速，有着現代人的銳敏的感受。

錦　連 在糢糊的憶念中，作者彷彿握着一把薄薄的銳利的刀片，很能把握瞬間的觸覺。

林亨泰 雖是短短的刹那，但並不是小小的感觸；從開始失縱與醒來的瞬間，他能看出「存着無法跨過的距離」，可說作者頗有「微視的」（Micr-ocosmic）的本領。作者這種微視的眼光，也可以說是一種富於詩人的眼光。

錦　連 「無花果」跟「昔日的」兩位作者比較，性格就不同；前者對現實生活抱着僅僅是接受的態度；後者則似乎頗欲進一步有所企求。

林亨泰 作者好像磨了一把利刀，在等待着捕捉瞬間，在銳敏的速度上，作者是較現代的。

杜國清 「無花果」的聯想是較屬於傳統的抒情方式，而作者頗有現代人尖銳而持久的敏感性，因此對「過去」的態度不是感傷的，而是自覺的和內省的，企圖另一層的超越。——這種「無法跨過的距離」的存在，說出了現代人生存的極限狀況（The limitation fo existence），使我們深深感受到現代詩人强烈的個性。

林亨泰 嗯，作者的聯想方式確是較有個性的；就文字上看，「無花果」也很銳敏，但因過去類似的作品很多，因此讀者對此並不感新鮮，所以也就較無法得到感動了。

桓　夫 作者在形式上也很突出，所以極富於現代的色彩。

詹　冰 這種詩的捕捉方式是較爲少有的，所以，是更值得實驗的。

吳瀛濤作品

林亨泰 所謂觀念化的作品，這一首詩是個例子。

桓　夫 這首詩很深沉，對世事有一種達觀的看法。

林亨泰 作者能凝聚於一點，就此出發，逐漸地將所要表現的予以模型化，在這一點上，我認爲是觀念化的。作者這種表現有其好處，但亦易流於模型（Pattern）化，而致失去了詩的意象。哲學如果是靠思想來思維，那麽，哲理詩該是靠形象來思維。

杜國清 作者的詩大多缺乏「情趣」，有如高處令人仰望的一位素衣女神，可惜面容的表情不够「甜」，也許這是年輕人的看法吧了。

林亨泰 寫哲理的詩，困難就在此。

杜國清 一杯白開水雖淡而寡味，却能解渴；可是喝多了，反而增加疲勞，讀作者的詩頗有這種感覺。

詹　冰 不過，作者的題材以人生的苦悶來表現，這是別人很少取材的，也很難得，但我覺得作者的表現需要進一步加以詩化。

趙天儀 在詩的創造上，可以有哲理的表現；但哲理的說明，却不就是詩。自然而然地帶上一些哲理的洞見才有趣味，光祗是抽象的推論，已經走出了詩的領域。所以，要寫富於哲理的詩，要有高度的幽默感，以及深刻的人生的體驗。

詩壇散步

柳文哲

失落的躍昇　史作檉 著

現代詩採用散文爲表現的工具，可是，僅僅停留於散文的語言，而不能更濃縮爲詩的語言的話，仍然會停留在情感的告白；作者是研讀哲學的人，愛好詩的冥想；對宇宙，對人生，如果要作更詩的表現，則顯然地，要在意象上做更多的吸納和凝鍊。

就現代詩的發展與表現看，作者的技巧是跟現代隔絕的，因此，作者沒有感染到目前詩壇的風氣。

作者在「宇宙活了」中歌詠着：

「痛苦與光明是一面生命跳躍的鏡子，
世界便是這一葉生命跳耀的映塲。」

作者並非不知如何捕捉意象，然而，他沒有里爾克（Rilke）那樣更深沉的向內心底世界的靜觀；也沒有尼采（Nietzsche）那樣更狂熱的向生命底悲劇的透視；因此，在自然的畫幅面前，作者呼不出會狂吹的風，喚不來會跳動的雨；也許作者有一些哲學的慧眼，可惜他無法借用純粹的詩來表現，他只是借取了一點形式的花樣，以致於成了哲理的說白；詩，可以包含深刻的哲理；但哲理的說明或告白，却不就是詩。

牛天鳥　許其正著　葡萄園詩社

這本集子，包括作者創作的詩，翻譯的詩和幾篇散文。作者在「後記」中說：「我出生農家，小時候，放牛是我生活的一部份，空曠、平坦而碧草如茵的牧塲盪着我童年的歡笑。它是一個無憂無愁，和平快樂，美麗安靜而充滿陽光和歡笑的世界」。顯然地，作者用「牛天鳥」來象徵他天眞無邪的童年，因此，他的詩也是明朗而淸爽的，帶有一種鄉土色彩，一種眞摯的愛。雖然，在句法上尙需更加凝鍊，然而，已經顯示作者一股淸新的年青人的銳氣。

試看他那一首「火車頭」：

我這一身鋼鐵的黑色胴體，
不是在嘆息，而是在養氣。
——養那種馳騁長途的銳氣。

呼一聲健康的「嘟」，
我便運動體力，拔腿出發。
——沿着一定的軌道。

寫詩，要有一個好的出發點，我們嘗說好的開始是成功的一半；我不說這本集子已經很成功；有些太拘泥於形式的地方，比如「詩境」便是一例。也有些太直接地表白的地方，而缺乏更多的暗示和含蓄。然而，作者是有前途的，因爲他一開始，便走着康健的途徑。我們願如作者在「詩的世界」中所說的：「包圍在你四周的一切都是詩。古代有詩。現代有詩。將來有詩。這個世界就是詩的世界！」

讀星的人　葉日松著　野風出版社

從作者著作一覽表看，好像作者是一位多產作家；不過，讀完這本集子，很令人失望。作者句法鬆懈，表現平凡，幾乎很容易地被譏爲那不過是分行了的散文，不過，他已一口氣出了三本集子！我們很誠懇地建議作者，詩是文學中最吃力不討好的一種藝術創造，如果作者有耐心繼續邁向未走完的路，那麽，作者對自己作品的發表，似乎要更嚴格地進一步要求更成熟的表現。

枇杷樹

楓堤著
葡萄園詩叢

現代人的戀愛已經不是後花園私訂終身那一套了，在學校中的同學，在公司裏的同事，或在舞會上，或在郊遊裏，都有發生戀愛的可能。當然，由於性格的不同，也會表現不同的戀愛的態度；有的作風硬朗，有的態度曖昧，有的直爽，有的矜持。那麽，做爲一個現代的詩人，要表現這種種的清緒和感受，也需有不同於過去的詩人底體驗和技巧，才能有所表現。

如果說散文像一杯清酒，那麽，詩該是一杯高粱酒了；不但醞釀的時間要久，而且表現的方式要更純。不錯，現代詩採用的是散文的語言底工具，但要純化爲詩，則需更加濃縮與凝鍊。

紀絃先生的序文中，有這麽令人警惕和玩味的話：

『他走的是中國新詩的正路，現代文學的大道，那就是：抒情的自由詩。這是對的。而泛濫乎今日之詩壇的那些假充的，非詩的，欺人復自欺的「所謂現代詩」是不足爲法的。我從來沒有承認過那些不及格的「所謂現代詩」，較之我舉雙手贊成的「抒情的自由詩」爲新銳，爲前衞，爲現代化——它們不配！而那些冒牌的詩人，連駕馭文字的能力都還沒有養成，就在那裏藉口「聯想切斷」，去創造什麽「第二自然」了！眞是瞎胡鬧，該打手心的』！

楓堤從「靈骨塔及其他」到「枇杷樹」的創作過程，是從素樸到成熟的努力；寫詩，像學繪畫一樣，要從基本素描開始練習；也像學音樂一樣，要從基本發音開始練習；作者從起步的時候，就沒有做超過自己能力的企圖。他的基本素描的確是笨了些，而且，在意象上，沒有達到很突出的效果，不過，他是老老實實的在那兒摸索着。誠如「後　記」裏，作者所說的：「在詩的園地裏，我只是一隻蝸牛，獨自蹣跚爬行着，獨自哼着自己寂寞的歌；就這樣，好幾個年頭過去了，我的歌聲愈來愈低微，低得連自己都幾乎聽不清。」我想，也許笨一點是好的；我們同時代，有的是好高騖遠，不肯腳踏實地的自欺欺人的僞詩製造者。顯然地，作者還不能滿足於自己目前的表現，因而有「眼高手低」的感覺，這是學習過程中必然的現象。

作者的詩風是約婉而明朗的，細膩而柔和的調子，讀起來，好像比清酒濃了一些，但還不够高粱酒的濃度，所以，這個距離，也許是作者今後所要努力所要克服的了！

玲瓏的佇望

羊城著
縱橫詩叢

作者雖然是回國求學的僑生，中文的底子却不弱，似乎面對着我們這個小小的詩壇，沒有失去自己眞正的本色。

跟詩壇完全隔絕，也能寫出好詩，但不易避免早被發掘了的題材，容易造成技巧上的貧弱和過時。跟詩壇熟悉親近，也能寫出好詩，但容易染上時髦的玩意，自己的個性稍稍搖擺不定，就會顯出俗氣，顯出江湖味。目前最容易沾上的時髦；一是句法的襲用，二是典故的賣弄。說穿了，往往是一個創作者沒法子捕捉更新鮮的意象，創造更新穎的境界，而拿華麗的詞藻來掩飾，拿書本上的典故來堵塞而已。

作者似乎還擺脫不了習用的調子，典故的嗜好；但因作者頗能運用口語，過濾一些蕪雜和陳腐的氣息，所以，還有一些精緻而可喜的氣象。試舉一首「五月的穗粒」(1)爲例：

1.

冷嗎？阿里山的雨後

本社中部同人於今年八月二十三日前往后里毘盧禪寺郊遊自左至右，前爲古貝、杜國清、錦連。後爲趙天儀、林亨泰、張彥勳、詹冰、桓夫。

妳也愛看日出的奇景
踏泥濘，與及樹根的階梯
走向破曉
玉山只展覽一天的流雲，一片朝霞

撑開紫色的小陽傘
擋朝來沁涼的風片雨絲去
叢林。幽徑。泥濘路
踩出了一個小小的春天

如果作者能避免粗糙而生硬的句法，擺脫習用的調子，典故的嗜好；多嘗試一些切身的體驗底表現，多尋覓一些親切的感受底抒發，也許會更使人共鳴！像「五月的穗粒」這一首，多親切，多富有朝氣，在島上的高峯看日出，雖然表現直接了些，卻象徵着作者的方向。

作者在「自序」上這麼說：

「多年來的讀詩和寫詩，使我自信已獲得了欣賞的能力與及「創作上的認識」，這使我緊緊地掌握看創作的方向舵，好讓自己底詩的小舟，能夠安穩地航駛在激湍的急流中，不致迷失」。又說：「同時，我還時刻告訴自已，我必須拔身在傳統的大熔爐裏，把自已鍛鍊出來，爲自已尋找出一條正確的出路，運用清新而確當的手法去表達自我的情思，去抒發一已的感懷。所以我要求每一首詩都有它的完整性，但不是戲劇性的安排；每一首詩都能夠達到含蓄美，而不至於流入晦澀混濁，每一首詩都含蘊圓融諧和的樂性，而不受傳統的詩律與韻脚縛束；每一首詩都達到文字的精純，意象的豐富、寓意的深刻、意境的高逸，而不致顯得冗瑣、貧弱、浮淺與凡俗」。作者對詩的看法是相當正確的，如果作者能避免時髦的傳染，多保留一些自己的眞本色，也許能創造出更精鍊更粹純的作品。

笠

中華民國五十三年十二月十五日出版
中華民國內政部登記內版臺誌字第一四九一號
中華郵政臺字一四三〇號執照登記爲第一類新聞紙類
曙光文藝

4

目錄

破攤子與詩人

本社

現代詩的難懂，一直被人反復喧嚷，爭論不休，甚至受到非難，站在作者立場的我們，也承認這項事實，並且經常在尋思着解決的方法。其主要的原因，要說是在於作者的寫法，雖然沒錯，但是如果就此要求詩人變更其寫法，也不是正當的解決方法。換句話說，詩的方法是作者的精神活動的表現，應該完全聽任作者的爲所欲爲，假如僅僅基於所謂讀者不懂的理由，就要求改寫些較易懂的作品，那是對於今日的詩人所處的狀況，和現代詩所處的境位認識不淸的緣故吧。

從「慰撫心靈底詩」移行到「批判底詩」這一過程看來，就知道今日的詩人，有着如何去與其環境作「對決」的問題，又從過去「歌吟的詩」變化到「閱讀的詩」（即指「思考的詩」或「感覺的詩」而言）這一過程看來，也知道現代詩有着如何去與其方法上的進步乃至方法學上的發達作「對決」的問題，因此現代詩就成爲很難懂的了，李德（Herbert Read）對現代藝術曾經說過：「使批評家啞口無言，或者使批評家非使用全新的語言不可的」的這種難懂的狀態，不是也一樣可以對詩來說嗎？

談起這一種類的難懂，並不只限於詩，例如：應該是最簡單的農業，在普遍地使用耕耘機與農藥的今天，和使用鍬與人糞肥料的時代比較起來，也成爲某種程度的「難懂」了，「難懂」可以說是二十世紀文化全盤共通的樣相，也可以說是一種進步。那些只知道非難現代詩，甚至認爲是一種病態，而一味加以指摘的人，不僅對於現代詩缺乏理解，甚至連自己所呼吸的這一時代的文化氣息，也遲鈍到茫然無知的程度，當然，有一部份詩人，並不是本着精神活動的本質要求，而是以一些文言僻字加以裝飾性的運用，徒然在文字的排列上巧妙地把詩湊成難解之物，對此，我們絕對反對，但是，如果是由於「批判性」或由於「方法學」而成爲難懂，這種詩應該是允許的！

除了使用文言或僻字，而故意將詩變成複雜的這種人以外，一般來說，現代詩所具有的難懂性，與其說是出之於個人的理由，毋寧說是由於同時代的文化的性格所造成的，以作者的立場來說，我們總是期待着大多數的讀者都能讀得懂自己的詩，假如從詩人這一方面可以阻止詩的難懂，那麼毋需等待別人的勸告咱們老早就已阻止了，可是談何容易呢？連T・S・艾略特（T.S. Eliot）也悲鳴着：「詩愈是純粹，詩人愈離開大衆」，要使詩易懂，困難是這樣大。因爲當作者要藉文字的表達使讀者懂得，即在考慮文字所具有的傳達意義之前，就先有了要把詩做得盡善盡美的衝動，即精神上已經充滿了創造的意慾，再也無暇顧及其他了，因此，對於詩的大衆化，我們所能够採取的最好的途徑，還是要依賴「註釋家」去闡明，（不僅是藉着書籍的傳達，也應包含學校的敎育），再沒有其他更好的方法了。

事實上，不單是這個時代、這個國家，就是在任何的時代、任何的國家裏，眞正懂得詩的，也不過是少數人而已，大多數的一般讀者，都是藉着這些少數人的註釋或闡明，而逐漸登堂入室，今日的所謂「學者」，雖然對於古詩詞有着相當的理解，並且以此在大學裏講授，甚至也寫出相當多的關於這方面的著作，但是這並不意味着他們先天地能懂得詩

，他們只是由於幼少青年時代的家庭學校教育，或在青壯老年時代受到相當量書籍的啓蒙而得到了這方面的知識，但是他們所知道的並不是「詩本身」，而只是「關於詩」的知識而已。因此，他們雖然對於古詩詞有着相當的理解，却一點也不能懂得現代詩，這恰好和對於牛車馬車的構造雖然有着相當的理解，然而面對着汽車火車的構造却瞠目結舌的道理一樣，並沒有甚麼不可思議的，所以，關於這一種類的註釋工作，我們千萬不可委任這些「老朽的學者」，還是我們自己擔負起來吧！說來說去，這個破攤子還是要詩人本身來收拾，未免太不幸，太趨於悲劇了。

Arm Chair 白萩

它的双手慣性的張開
在空大而幽深的屋子裡，因斜光
而顯得注目，面對着前端
黑暗之中似有某物
躍來

這蹲立的姿態，堅定，像
捕手待球於暮靄蒼蒼的球場
彷彿一個意志，赤裸地
等待轟馳而來的星球，衝擊
生命因孤寂而沈默，在大地之上
悄無聲息的一軀體——
而它，把它的堅強用本身的形象
化爲一句閃光的言語
靜靜的立在那裡。

魂兮歸來（二）

白萩

臺灣詩壇回顧

J

軍中陣營：「創世紀」，在最初是打着民族的旗幟，那時候，實在乏善可陳，自從四十八年四月擴大以來，不但份量成爲目前臺灣詩壇的頂點，並且也最前衛的。

可是燈光下最暗，偏偏最嘔氣的東西也藏在裡邊。

最近是「大」的流行病，雜誌個個充氣，集子本本比便當盒還厚，就是我們新詩，也忽然充滿「大工程」了，好像大傑作將傾瀉而出，詩人啊詩人，請給我們精緻美味的食品，即使一點點。不要把猪食大桶大桶傾倒下來。

L

詩，是否可以傳道授業？這個例子可以看覃子豪和中華文藝函授學校詩歌班，覃子豪的辛勤，造成了許

玩具店

古貝

摩摩的手勢的紅色的
七月嬰孩的眼中的
夏的顏色的
樹的幼苗

三頭六臂的玩具店的皇后們
年輪的構成是一切圓的圓心的
轉動　（天性的價格如何
　　衡量。）
如何衡量凝眸之後不語的思潮的
上漲與下落　以及
上漲與下落之間的
水銀柱的智差的玩具店的孩子的臉譜

多新詩人，可是相反的也壓減了許多才氣。

同樣的，對於「星期日教主」和教徒們的集會，我也有深深的悲哀。藝術，還是踽踽獨行的叛徒氣質可愛。

M

從意象派學到方法而面目一新的季紅。他的苦悶和悲哀在理性的刀下，自己冷靜注視着，並且自虐的在一片一片的解剖，如果這有所感的作品被稱爲惡魔派，我相信勝過那些唱流行小調的一夥。

大個兒，我幾乎不相信你是能這樣冷靜和精細的。

N

新詩在臺灣墾荒之後，開拓精神極盛，想當日人才輩出，喧嘩一時，可是時至今日，老者老矣，死者死矣，轉業者轉業矣，沉默者沉默矣，出去者出去矣，而時聞：「人才不繼」。

小夥子們，是否害了軟脚病？

唉，白手反可以成家，遺產偏造成浪蕩子。

O

從羅馬到商禽的羅燕，是一個大躍進，如果說黃荷生敎給了詩壇內心的觸覺，那麽商禽是第一個在臺灣詩壇成功的出品了超現實，也是散文詩寫得最有詩味的詩人。

可是有逃亡病的商禽呵，爲何老不見人影呢？

最頹廢、最悲哀的秀陶，最能觸痛我們青年的心的秀陶，從你的剖示，我們驀然發現自己血淋淋的形象，你殺傷了自己也殺傷了我們。是否現在你已受傷到死去？

笠下影

林亨泰

那些特地為觀光客建設的風景，大都是經過人手蓄意整理出來的，也許眞的可以引起觀光客愉悅的情緒也說不定，但是對之用所謂「美麗的」一類的形容詞也就差不多可以概括無遺了。

那些所謂「美麗的」風景的特徵，有如被大頭針釘牢的蝴蝶或昆蟲一樣的標本，更像被人類去勢的狗或猫一樣的家畜。那樣標本化或家畜化的風景也許是美好的，但是我還是讓給那些「懂得價值的人」去玩賞吧。

我寧願儘力去探求還沒有被那些「懂得價值的人」的足跡所踐踏過的地方，縱然那是有着猙獰的容貌而不能稱爲風景，或者不過是醜陋的一角而不足以稱爲風景，可是，我以爲只有在這裏才體會得到人類居住的環境底眞正的嚴謹性。

壹、作品

影子

影子～～～～
影子是平臥着的
影子是緊閉着眼睛
影子是看不見的
影子也是看得見的
影子～～～～
影子是平臥着的
影子是緊閉着眼睛

房屋

笑了
齒齒
齒齒
齒齒
齒齒

哭了
窗窗
窗窗
窗窗
窗窗

風景　其一

農作物的
旁邊　還有
農作物的
旁邊　還有
農作物的
旁邊　還有

陽光陽光晒長了耳朵
陽光陽光晒長了脖子

風景　其二

防風林的
外邊　還有
防風林的
外邊　還有
防風林的
外邊　還有

然而海　以及波的羅列
然而海　以及波的羅列

二倍距離

你的誕生已經
誕生的你的死
已經不死的你
的誕生已經誕
生的你的死已
經不死的你

一顆樹與一顆
樹間的一個早
晨與一個早晨
間的一棵樹與
一棵樹間的一
個早晨與一個
早晨間

那距離必有二倍距離
然而必有二倍距離的

貳、詩的位置

縱目現代詩壇，要找出像他的詩這樣經常被當作問題提出來，又引起紛紛議論的，恐怕再沒有第二人了。當人們熱衷於寫形體整齊的「豆腐干」時，他却寫出了好像翻倒了活字版似的所謂「符號詩」（註1）。但是當人們從「豆腐干」的陳腐裡甦醒過來，開始寫作高高低低，參差不齊的所謂「現代詩」時，他反而故意寫着體裁比較工整的「豆腐干」（註2）。以他這樣一個「不識時務」的人，在詩壇引起騷動是當然的結果。他所做的也許有點過份，可是，他所投出的一石，確實激起了很大的驚異和痛楚，如果不是這驚異和痛楚，怎能提醒這個昏昏欲睡的詩壇呢？查一下與他發生過關係的詩刋，可以知道他是循着「現代詩」——「創世紀」——「笠」這一條路線行進；這些詩刋都在發行的當時對詩壇投下了最大的影響，而這一路線從民國四十五年（註3）到現在，不就是一直都推動着中國詩壇走向現代化的一股主流嗎？這些詩刋的青春時代底脈博，也就是他所發表的詩及詩論的心跳。他的詩究竟是好是壞，因為見仁見智，觀點各不相同，姑且不論，但是就他不斷地以詩作激起這個詩壇，他的詩作本身就帶有對於詩壇流行的詩作嚴厲的批判這一點來說，他確是有其特殊貢獻的。

（註1）請參看「現代詩」第十三、十四、十五、十六、十七、十八各期。

（註2）指發表於『創世紀』第十九期連序詩共有五十一首的詩集「非情之歌」。

（註3）指在紀弦主編的『現代詩』第十三期所倡導的「現代主義運動」。

叄、詩的特徵

當文字的使用逐漸地流於修飾底使用時，隨着文學即開始墮落了。對於這種墮落，詩人作為挽救的手段之一，就是排斥一切修飾，將文字使用極端地加以樸素化。林亨泰的詩就是這種極端樸素化的典型。因此那些認定詩句必須是形容詞或副詞句的人，便無法領略到他這種極少使用形容詞或副詞句的詩之奧妙所在了，猶如好吃油膩的人，嚐不出素食的味道一樣。

渥滋渥斯（W. Wordsworth）不是說過嗎？「解剖而殺害之」（We murder to dissect），詩一直是不堪遭受這種解剖的，但是，我們的周圍却有太多的儘管解剖也都不死的詩。就是說，從詩篇之中一取任意的一句時，往往這一句也照樣可以作為獨立完美的摘句而生存着。可是林亨泰的詩並不容許這種解剖。假如企圖從他的詩篇之中摘取任意的一句作單獨吟咏的話，這一句立刻變成了索然無味的片言隻字，讀者必定會以面對一張白紙的心情而說：「這並沒有甚麼啊！」，可是讀者如果不把詩篇肢解，而是當作一個整體來看時，就會突然發見他的詩原來是如此完整而有生命的，假如說他的詩有難懂費解的地方，這並不是文字的難懂，而是詩的方法費解。

總之，他不是以文字所持的意義寫詩，而是以精神所具的秩序寫詩。不是要把看到的風景的印象翻譯成文字，作成空間底排列，而是將之沈入於精神底深度之中，等到還元為基本要素時，再作成時間底整理（註）。

（註）在『風景』詩中農作物與農作物或防風林與防風林之間「的旁（外）邊」的挿入，以及在『房屋』詩中「笑了」「哭了」的挿入，遂由「空間底」變成「時間底」，就是說成為也可以出聲朗讀的作品，因此「農作物」「防風林」「齒」「窗」等是流動不息的精神的基本要素，決不是由配置而固定着的句子的基本要素。

肆、結語

就其「文字使用」來說，他的詩像農夫一般地樸素，又像兒童一般地幼稚，可是假如從其「精神活動」來看時，它所表現出來的，不但是文化之中的文化的方法底與秩序底，也就是藝術之中的藝術的創意底與嶄新底。

假設的運動

——節錄詩三首

上田敏雄著
陳千武譯

燃燒終局的無限

將他的童貞寄到天上的泉
他的領子的火燄
以後他的胳臂就媚艷了

監禁的習慣

珈琲店的扶手欄干年輕的神造作珈琲的廣告塔
珈琲店的扶手欄干年輕的神造作珈琲的廣告塔
珈琲店的扶手欄干年輕的神造作珈琲的廣告塔
永遠的機械裡的一個領帶別針
年輕的女神　妳艷福的腰和生殖器
年輕的女神　妳艷福的腰和生殖器
年輕的女神　妳艷福的腰和生殖器
年輕的神接吻妳的臉頰
永遠的機械的珈琲的廣告塔
年輕的神讚美妳的臉頰

海濱的處女是孤獨的

在天空的殘酷處門啓開
在情人的膝上人魚吸吮着臉頰
她從整個身軀伸出她的腿
透過貝殼吸吮着裸體的乳房

關于上田敏雄

陳千武

上田敏雄（Ueda Toshio）在他的詩論裡說：「藝術就是不受 esprit（「精神」「神靈」）的束縛的方法。因其含蓄着循環機能或假設」。所以他否認一切精神的運動而認爲在假設的世界才有詩的究極。他的詩是向着無限的自由的世界的飛躍，如太陽的光那麼閃爍，放射着多彩的原始的意象（image）

上田係一九〇〇年生於日本山口縣，慶應大學英文科畢業。一九二七年與北園克衛等創刊「薔薇、魔術、學說」，開始近代主義的運動。一九二八年參加詩誌「詩與詩論」，翌年刊行處女詩集「假設的運動」。「詩與詩論」廢刊後與瀧口修造等創辦詩誌「衣裳底太陽」。不久因被迫於基督教組織的對決而中止詩作。

透視法

詹冰

柔軟的四肢，
演出了植物的姿態。
粉紅的肺葉，
流入了早晨的Ether。
咦，一直增加的呼吸數——。

白的樹幹，
佇立在銀砂上。
紅的樹液，
昇降在血管裡。
多麼優美的溫度計呀。

看迷了麼，少女。
愛上了麼，薔薇。
啊！
白色的腦髓中，
紅色的花朵開了。

網

彭捷

潛千眼入海底
可讀到史前寶船的故事

可探索水晶宮的堂奧
創遼濶視界

魚兒以生命作賭注
追誘惑的餌
欲窺伺千窗的秘密
而藍色的窗帘後面
獵人在守着陷阱

千窗的陷阱
在陽光下展示第九藝術
光與影的爭辯
狐狸和小鹿的競賽

千眼有美的眼睫
描跳足姑娘以滿臉嫵媚
透過千眼
老漁人重溫海的故事

生命的賭具
原是千臉藝員
追尋、等待
等待、追尋
千眼時出時沒
阿坡羅的賓正插過水平面

高麗的聲音

——許世旭譯「韓國詩選」讀後

趙天儀

第一次，我在「現代詩」上，讀到許世旭先生翻譯的韓國詩人底作品的時候，我就深深地喜歡金素月的那一首「招魂」，曾經自言自語地朗誦給我自己聽。

韓國是我們極親近的友邦，在亞洲的紅禍上；跟我們的祖國一樣，也遭遇到悲慘的命運，我們在神聖的抗戰勝利以後，眼看着可以復員重建富強康樂的國家，却又踏上了反共戰爭的行列。而韓國，從異族的統治下，掙脫了枷鎖，也正面臨着復國的時機，竟又燃起了赤色的火燄。

中韓兩國，在歷史上、文化上、地理環境上；都有密切不可分的因緣，尤其是從韓國留學生來華深造上看，韓國留學生學習中國語文那麽深切，瞭解中國文化那麽篤實，實在值得我們反省；雖然我們有着傳統的友誼，歷史的淵源；韓國留學生也確確實實地在吸收着我們中國的文化，倒是我們對韓國的文化瞭解得不够深入，我們該深深地警惕！

現在，許世旭先生，以一個韓國詩人，兼留學生的身份，用這樣流暢的中文來翻譯他們祖國的詩，不但可以讓我們開開眼界，而且也可以讓我們用詩來交流一下彼此心靈深處的聲音。

許世旭先生在「後記」中說：「我想譯詩之事，嚴格地說是不可以的。因爲譯詩得罪於原詩太多。」翻譯是一種再創作的藝術，詩的翻譯更是一種藝術的藝術；的確，詩的翻譯有許多困難，許先生頗有自知之明，他能自覺到得罪於原詩太多，正表示着他的謹嚴與誠實。當然，在我們不懂韓文的中國讀者，有機會一窺韓國現代詩的一個輪廓，呼吸一下他們的情淚和心聲，不啻是一服可口的營養品。

目前，我們正需要更多的機會觀摩外國的作品，這樣，在現代詩發展的過程中，我們才有所借鑑，才不會流於夜郎自大，自我陶醉，唯有多方面地吸收營養，我們的現代詩才會一天一天地充實繁盛起來，而詩的翻譯，正是一件最值得開拓的工作。

自由中國的詩壇，也有不少辛勤的詩的翻譯者；例如：

紀弦、覃子豪、余光中、夏菁、梁實秋、周學普、葉泥、糜文開、方思、林亨泰、薛柏谷、季紅、陳千武、錦連、葉維廉、胡品清、施穎洲、馬朗、桑簡流、林以亮、張愛玲、張秀亞、李英豪等等；而許世旭先生則是以外國詩人來從事中文的翻譯，更爲難得，他能爲我們介紹這本「韓國詩選」，實具有深遠的意義與研讀的價值。

大韓民國國立藝術院文學分科會長徐廷柱先生說得好：「當我們飽嘗了現代史之多難以後，到了我們兩大民族，能以自由而親善的鄰邦，相互展翼，相互站起的那一天，我們相信這本書就會成爲我們兩個能夠經得起考驗的民族之同甘共苦時代的最佳紀念品之一了。」

依我個人關讀的愛好來說；金素月的「招魂」，情意深遠，有一種愴然的感覺。例如

「一絲聲音　宛轉消逝

這天地是太廣濶了啊。」（招魂）

這是多麼地蒼涼，多麼地悲壯，頗似陳子昂的「登幽州臺歌」；只是前者爲愛情的歌詠，後者爲人生的感悟。

此外，金珖燮的「心」，是一首清淡而玲瓏的作品。柳致環的「磨刀吧」，是一首對現實醜惡的諷刺，而不甘墮落的呼聲。李箱的「鏡子」，則頗富於知性的抒發，金容浩的「酒灘上」和「香煙」，在平凡中體驗出人生的甘苦。金光均的「雪夜」，有着北國蒼鬱悲涼的氣息。韓何雲的「女人」，是一首頗爲令人惆悵的作品，雖然作者彷彿是客觀地描述，却成功地表現了內在痛苦的心聲，這可以說是一首別緻的情詩。李炯基的「落花」，比喻人生視死如歸的達觀的看法，開頭三行是這樣的：

「的確知道了自己應該回歸的是那一天

然後毫不留戀地回歸的背影

是多麼美麗呢？」

洪潤基的「窗是目擊者」，是一首很緊湊的散文詩，他說「是已以鮮血沾濕了我的面孔」，看得出作者不倔於命運的堅強意志。

韓國詩人，歷經三十年代的抗拒，四十年代的戰爭，五十年代的內亂，六十年代的奮鬪，加上一種北方豪爽而堅毅的性格，他們勇於面對現實，不作無病的呻吟，他們敢於採取新的技巧，新的表現手法，而不流於陳腐泥古的氣息，更難得的是，他們每位詩人被選譯的作品，雖只幾首，却頗具強烈的個性。

總之，這本詩選，並非包括了所有韓國詩人的代表作，譯者也已聲明，有些無法譯介而深感遺憾，但是，我們已聽到了高麗的聲音，他們的詩人們，正朝向一種康莊的大道，不造作，不虛僞，在歷經戰爭痛苦的教訓中，高麗人已經從血跡斑斑的冰天雪地上，邁向爭取自由復興的行列中，我們該傾耳諦聽這高麗的聲音；「韓國詩選」正是第一個聲音的傳播站。

詩史資料

荆棘之路

——兼談創辦銀鈴會的經過

張彥勳

是的，這確是荆棘之路，確確實實是一條崎嶇不平的道路：既不好走，又滿含着刺兒，在那上面，曾經我徘徊了近於五分之一世紀的光陰。

如今，星移物換，流逝了二十載的歲月，我仍是二十年前的我，依然在那條路上摸索，彷徨着。

已是二十多年前的事兒了，嚴格地說起來，該是自民國三十一年開始。當時我才十七歲，就讀於省立臺中一中三年級。從小就好像與文學結緣似地稍長大後，我便整天埋頭在那書堆裡，給自己建立了一個「夢的王國」。孤獨是我的脾氣啊，沒有人能管得着我，我只是把自己泡浸在那國度裡，便覺得欣慰無比了。

我的書架裡逐漸堆滿了文學書，我養成了購書的習性，尤其是對那詩集。一個十七歲少年的求知慾是頗爲旺盛的，我幾乎把所有的零用錢都花在書籍上面，就是連一碗兩毛錢的麵也捨不得去吃它，而拜倫，雪萊……甚至於一個無名詩人的小冊子，却一冊冊地滾進書架裡來。

對於文學，我是極愛好的，那熱愛的程度已超越了酷愛，成爲一項習癖。我以熱愛文學爲自傲，對於那成天胡鬧的一群，有着很大的厭惡。

在那環境中，我幾乎沒有一個知己，只得悶悶不樂地虛度歲月。當然，在那時期，我仍然沒有忘記我的詩。

就在這時，我邂逅了一位朋友，他便是辰光。說也奇怪，我們同在一所學校就讀，同在一間教室裡上課，却互相沒能發現對方的存在，直到在一個偶然的機會時爲止。

「他也會寫詩呀！」跟他一起通學的朋友們，告訴我有關他的秘密之後，我開始投以他無限的欽慕和憧憬之念了。

我們談論文學，也談及到人生。當時把課本扔在一旁，一味地耽讀着文學全集的我，像一時遇得十年的知已，感到渾身在興奮。啊，我記得的，至今我仍然不忘我們相談的那棵鳳凰木下的樹蔭。

那之後，我們計劃着蒐集自已的作品，發行一本同人雜誌「緣草」，並推選由我來擔任編輯之職。所謂編輯，不過是把原稿繫上絲帶，釘成書本即可。我們以傳閱的方式，輪

流的去欣賞對方的趣味以及嗜好。想不到，這樁微小得毫不足道的工作，竟把我們相互啓發，在無意中加深了我們的友情呢。

就這樣，我們將要畢業時，「緣草」已擁有數十名的文學愛好者了；再等到畢業後的數月裡，我們各自找到了職業之後，「緣草」更變爲油印的刋物了。

我們把我們的會命名爲「銀鈴會」，而決定每季出刋一本。現在『笠』同人的詹冰、林亨泰、錦連便是這個時期，提起文筆粉至沓來的同人們。

「緣草」是以「詩」作爲主幹的刋物。

詹冰的詩，到底是出自於名詩人之手了，其風格老成持重，並帶有敏銳的觸覺。

林亨泰的詩出類拔萃，自始則以那種新鮮觸特的姿態出現，頗有自成一家之感。

比上記兩人遲了一些時候，錦連也帶着巧奪天工的妙筆，加入了我們的陣容，所以可惜的是那時已距離廢刋只剩兩期前的事兒了。

還有現在就職於嘉義省女中的蕭金堆，乃是當時我們銀鈴會同人中，作品最多的一位；又有目前在菲律賓當外交官的詹明，他的短歌和詩亦不亞於日本詩壇的作品，可謂是輝煌之作。

我們的「緣草」由於語言問題，維持到三十六年才停刋了一段時期，繼而又於翌年五月間更名爲「潮流」，復刋了。然而非常非常的不幸，因日本帝國主義五十年間的奴役政策，使得我們這一群愛好文學的年青人，一時無法使用着自己國家的言語來寫作，僅出了四期，只得廢刋了。

如今回憶起來，我有太多的辛酸和無量的感慨。最初單憑一片熱忱所創辦的銀鈴會，竟有了如此的成就，眞是令人難以相信的。其間，雖然斷斷續續，又且經過了許多曲折，但畢竟能夠維持了七年之久，委實屬於一項奇蹟，尤其在那時的環境裡。

若說對臺灣的文運，我有了些什麼貢獻，那麼就憑這一項我已夠自慰了。實實在在，當時的銀鈴會同人，人才傑出各有所長。譬如：詹冰、林亨泰、辰光、蕭金堆、錦連、詹明星、子潛、松翠、春秋、眞砂、素吟等幾位同人均是獨當一面的人選。

儘管那時候除了我們中部的銀鈴會之外，南部也有以葉石濤、葉瑞榕、陳顯庭爲中心的一群青年人的同人雜誌「處女地」，然而毫無可否認的，我們的銀鈴會始終站在當時過渡期的文藝界的最先鋒。

我知道成功不是偶然的，理想的實現總是要經過不斷的努力，克服一切的挫折。我們播下的種子，如果是一粒忠誠可靠的，當有一天會發芽。

回顧後面自己走過的一條小道，心中總有一點小小的欣慰；雖然折過荆棘與蔓草的小徑，仍然充滿了崎嶇，然而這條路到底是自已用心血舖成的。我承認這條路我走得很踉蹌，但我仍要繼續奮鬪！

因爲我深信：有一分耕耘，則有一分收穫。

（民國五十三年十月三十日記於后里山麓）

日本現代詩史

（一）

吳瀛濤

日本現代詩的歷史，開始於自今七十餘年前，一八八二年（日本年號明治十五年），井上哲次郎、外山正一、矢田部良吉共著的「新體詩抄」。

何謂新體詩，據該書序文誌：「明治的歌該爲明治的歌，不該爲古歌。日本的詩該爲日本的詩，不該爲漢詩。此爲作新體詩的由來」；又誌：「此書所載者，非詩，又非歌，而僅因泰西的 poetry 一語總稱歌與詩，由是充用詩之名稱而已。並非古來所謂的詩。」

「非詩，又非歌」則可解以「非漢詩，非長歌、短歌（長歌、短歌均爲日本古來固有的歌）」，而新體詩的企圖，在於創始新時代的新文學，既不滿意於因襲中國的漢詩，又不能安住於他們固有傳統的歌的世界；另一方面主張：「明治的歌該爲明治的歌」，以表示對舊時代詩歌的封建性之抵抗。

如此，新體詩的創始，如實成爲日本詩歌的最初革命。

不過，若以今日的日本現代詩而言，距今七十餘年前所創始的新體詩，並非奠立今日現代詩的最主要基礎的全部。因爲新體詩的用語係用文語，自然又極重視文語的韻律，仍以此種韻律的歌吟成調而言「志」視作爲詩，也即以韻文解爲詩；却未脫離陳舊的韻文意識或美文意識之域，在形式上內容上均未具備今日之所謂現代詩的境界。

由此，繼新體詩的革命以後，較重要較接近今日的現代詩的另一詩革命，則始於一九〇七年（日本年號明治四十年），即距新體詩創始後此間已有二十五年，距今足足半世紀五十年前。

可以說第二次現代詩詩革命的此一發展，爲口語自由詩的發生。用語上，它改用日常用語，由之又棄用文語詩的語數音律的定型而改用自由語數及自由音律。

口語自由詩發生的原因，至今史家間各有不同的解釋，大約可歸於下列幾種。明治末期，自由主義思想擡頭，而於文學方面始有此種自由詩的發生。當時文壇的自然主義作風浸潤於詩，詩於此採用自然主義一貫的排斥技巧的現實主義而致破棄舊詩歌的定型。因繼新體詩後的象徵詩，在詩語上的需要，另找以現代用語的途徑用以還元言語的原始的，現實的意義。

而，日本口語自由詩的發生年代，即二十世紀一十年代，若以較之於我國民國初年間的五四運動當時白話詩革命歷史，則上舉一九〇七年的日本口語詩的發軔，雖較中國白話文學運動勃興的一九一五年早近十年，不過前後相差無幾，正於第一次世界大戰一九一四年至一九一八年間前後一段時期。筆者的這一比較，當對中日兩國的白話詩，也即今日的現代詩之發生，諒必使之獲到更爲親近明瞭的概念。

日本口語自由詩的最初作品，川路柳虹的「塵塚」，於一九〇七年發表於詩誌「詩人」後，此種眞正能代表新時代

的新詩，始陸續輩出，過去寫新體詩的詩人，由是改向自由詩的新途徑。自由詩的里程表，高村光太郎的詩集「道程」，則出於距此七年後的一九一四年，荻原朔太郎的詩集「吠月」，又出於十年後的一九一七年。

此一時期，即自明治末期至大正初期的一九一〇年代的日本文壇，除自然主義文學蓬勃之外，托斯泰的人道主義普遍浸潤，結果，武者小路實篤的「白樺派」極其活躍，承人道主義影響的詩集，如前舉高村光太郎的「道程」、千家元麿的「我見過」、室生犀星的「愛的詩集」等相繼而出。

一方，惠特曼等的民主主義思潮，亦同時流入，出現了富田碎花、福士幸次郎、白鳥省吾、福田正夫、百田宗治等，民衆詩派的民主主義詩人。

他方，藝術至上主義的詩人，在此時期又極活動，計有北原白秋、三木露風、日夏耿之介、西條八十、堀口大學，佐藤春夫、三富朽葉等人，造出他們的全盛期。

以上所舉，經由文語詩的所謂新體詩與口語詩的所謂現代詩，兩次詩革命，今日的日本詩可以說完成它的基本骨格。尤其口語詩的功績最大。過去的詩，僅爲詩人把自己所受的詩感再現了事，但自口語詩以後，詩人的感興却經過一番冷澈的自意識去分析，然後再由批評精神的作用使之秩序化，而達到意識的世界創造，表現終局的自我生命。

而此種詩的成長，有其二十五年間的經過，且此一時期被目爲日本詩的浪漫主義而至象徵主義的時代。

本來，現代詩的搖籃時期的初頭十年，新體詩僅止步於形式的創始，其內容並無何等創造可言，殆半爲陋襲舊詩的軍歌、書生歌之類，更談不上任何藝術價值。

直至十年後的一八九〇年以後，由於詩人對新體詩的新形式熟練，內容始漸加豐盈向上。加之當時，德國浪曼主義由森鷗外介紹，乃影響到出現於此時的詩人，島崎藤村、北村透谷，與謝野鐵幹、土井晚翠等，如土井晚翠的「荒城之月」、島崎藤村的「千曲川旅情之歌」，最能代表此時代的作品，傳誦今日，令人感覺現代詩的黎明。（註一）

此現代詩浪漫主義的黎明，又是經過十年，到一九〇〇年二十世紀以後，發展至象徵主義的早晨。

浪漫主義爲空想的情感，其詩的方式乃用一定的語數音律，朗朗吟誦，由是係歌唱的一種，主要使情緒解放而已。較之，象徵主義的方法，進而採取創造情緒的構成意義。

一九〇五年，上田敏譯刋的「海潮音」，收錄泰西二十九名詩人的五十七篇詩作品，其半數爲屬法國高踏派與象徵詩派，如波特萊爾、里列、魏爾崙、凡爾哈崙、萊尼厄、沙曼、馬拉爾美等人的名譯，頗給象徵詩以絕大的推進力。其序文中，上田敏指出：象徵給與讀者以類似詩人觀念的某一心象狀態，雖並非傳達同一的概念，却更使之獲得甚至詩人本身也難於說明的奧妙。此種定義，又是日本詩論上較具體的指示之一種。

當時的代表的象徵主義詩人，有蒲原有明、薄田泣菫；而其中蒲原有明，早於「海潮音」以前已出有「獨弦哀歌」、「春鳥集」等象徵詩集，可以視作日本象徵詩的始祖。

這些象徵詩，已在日本現代詩表現豐富的近代感性，而繼承象徵主義的詩人，北原白秋、三木露風，則發展其更洗練的感性。北原北秋的「邪宗門」，三木露風的「廢園」，同於一九〇九年出，自一九〇〇年以來，又可以看出十年間年代的進展。

該時期，日本正值日俄戰勝後，處於急激的外來文化混亂場中，所謂世紀末的頹廢時潮風靡一般社會。北原白秋的

旅社

林宗源

倘若世界以旅社的名字呈現，我將以微笑的心，跟你的心談笑；被禽獸趕走，而善於建築的形象，來了，旅社因你的涖臨而開門

帳房：招待啊！

服務生：爲什麼你的慾念難於歸宿，打開窗子，你可以嗅到清新的空氣，永遠新鮮的，有如景物，永遠可以滿足你的好奇，簇新的床，是請時間以筆造成的，雖然你的住宿是短暫的，但，請你讓慾念有半個滿意的夜

帳房：各種類型、身份、年齡，我必須登記，讓不可知的被通緝卡片證實，讓善良的有一個完美的夜

倘若生命是建築的，倘若沒有關係，空了的房間，永遠是空的，從簡陋的，以至複雜的，仍然有秩序的存在，我能夠說些什麼？當我看到自己的形象，我不曾隕失，也不曾獲得，我該歌頌麼？哦，神病了，死了，我該怎樣生活呢？哈哈！我只有讓生命建築生命

富於幻覺的絢爛的象徵詩，代表此一傾向。後來被稱日本耽美派的審美主義詩人，則於一九〇八年成立「Pan之會」，除北原白秋、木下杢太郎、高村光太郎等詩人外，尙有多數美術家、評論家、作家集合，一時頗有頹廢派的牙城之觀。

由上，可以看出日本現代詩，在於新時代感覺的開花以及爛熟，方法又多受外來翻譯詩的影響，如承自魏爾崙的所謂日本月光派，及至上述的諸傾向；直至演進口語現代詩的出現爲止。翻譯詩集，除上擧「海潮音」外，早年的有永井荷風的「珊瑚集」，與謝野鐵幹的「里拉的花」，森鷗外的「沙羅樹」等，迨至口語詩出現又有堀口大學的大冊譯詩集「月下的一群」。（註二）

詩，隨時代轉變；每一個時代，均有詩的派別產生。日本詩，經過浪漫主義、象徵主義以後，演變至口語詩；而口語詩，又正適應其時代潮流產生人道主義、民主主義、藝術至上主義等派，已如上文說明。其間也有，佐藤惣之助的新感覺，荻原朔太郎的幽遠的病的感覺等，寫出獨特新異的象徵詩，另樹一格。（註三）

此後，至一九二〇年代大正後半期，由於第一次大戰後的不景氣和社會的不安，醞釀社會主義思潮，乃見所謂新興藝術的時代。而這一時代，始初有萩原恭次郎、壺井繁治、岡本潤等無政府主義詩人的雜誌「赤與黑」，出於一九二三年。他面一九〇九年伊太利馬里涅之的未來派宣言，在日本，僅於美術部門發生其影響，在於文學上雖無何種表現；祗是繼後由辻潤、川路柳虹等人介紹的，起於亡命瑞西的年青藝術家間的達達主義，却配合一九二三年的日本關東地方大震災之混亂背景，急激影響社會主義派傾向的詩人，如高橋新吉的詩，則有代表此派。又，日本未來派宣言也於一九二一年由平戶廉吉發表。

由是，日本詩逐漸踏向新興藝術的潮流。

而概觀此一潮流的詩界，在日本現代詩史上並無任何藝術作品產生，此運動的存在意義，實則在於打破舊來的傳統藝術觀一點，其對

遊圓通寺

王憲陽

於是誰何爲步著石階穿越蜿蜒而上
滿山的葱綠壓覆我，我似在
千仞之下，左右之樹皆是相思

圓通寺繁殖著無根的涅槃
以晨鐘圍繞著無盡的青燈
在風雨飄搖的山上，誰也把持不定
冷湫湫地，誰見群鳥遍山而飛
也不知四月在何處？而六月降自何方

總想在此寂靜的層巒的山上
尋出何處不歸？何處可歸
每一念起，我已經踏碎亂紅的泥路
挽不住眼前的翠綃，杳靄升起
想就此瞑坐，而形形色色眩我

似有片雪片雪落在我的肩上
我打著冷顫，不能負荷無量刼
想必有滿夜的星斗，隔著千里之外
照我，我在菩提樹下，見山不是山
解我酒醒，接我以千手

或者，我會從此在風月之中哭泣
縱有香紅向輭，暖煙濃雨
我心不再有飛絮，我心已不再繫念

將來發生的新藝術建立地盤，不無引人重視的重大價值。這一點，可由一九二四年法國安德．布爾登，一經宣言超現實主義，則有過去達達主義的阿拉貢、厄里爾、克多等詩人參加該新運動證實之。

上述，日本現代詩界的環境，又可以如此說：一九二〇年代至一九三〇年代（大正末期至昭和初期），是象徵主義詩人的藝術至上主義，與民衆派，社會主義詩派的社會的現實主義，兩立抗拒的時期，同時未來派達達主義等傳統破壞派，從旁挾擊，以致在來已有成就的象徵主義走入尾聲，遂釀出日本現代詩史上混亂而虛脫的混沌時期。

不過，現代詩混沌的情況，又正爲今日現代詩具有的一性格。所謂二十世紀的不安或危機感覺，乃爲今日的詩之特徵之一，它直至今日無時不在摸索新的詩精神。

以摸索新的詩精神之運動，在日本，是由春山行夫編集的季刊「詩與詩論」爲中心而起的，新詩精神運動。（註四）

而其意向爲純粹詩，即詩的純粹性。換言之，它把詩的世界自社會、政治，或其他一切思想觀念的束縛乃至重壓解放；詩中不求歌唱何物，而求如何歌唱以爲其重點，乃把這種純粹的藝術操作委由所有知性活動去表現。它既不滿意於象徵詩古老的美學，又絕望於民衆派的空虛的喊聲，也不贊成社會主義一派的對詩的不當的效果的強要，而倡導新鮮的藝術性追求的一路。

「詩與詩論」，終於第十四卷廢刊。在第四卷有，安德．布爾登的「超現實主義宣言」譯介。同年又有西脇順三郎的詩論集「超現實主義詩論」出版，以日時言，經過在巴黎的該項宣言歷時五年。而超現實主義，雖然有如新詩精神運動的主軸，其實當時參加該運動的多位詩人，並未全部寫此種詩，而祇是受過如此對詩新鮮的方法獲到更多的暗示而已。除寫出最多超現實主義詩的詩人，北園克衛、上田敏雄、瀧口修造、西脇順三郎等以外的詩人，春山行夫、北川冬彥、安西冬衛、近藤東、丸山薰、竹中郁、三好達治等，殆網羅今日主要的

飛行思想

杜國清

那聲音，爆鳴如串雷
剛在背後響起
已掠過眼前，向山腰俯衝
在遙遠的樹梢上
一道煙波，無聲地
送走了白鷺，一隻

仰頭佇望
陽光閃耀得我睜不開眼
這是萬里無雲的日子啊
超音速的我的思想想飛躍
如一隻跨海的銀鳥

突然，那聲音又壓下來
我的腦裡起了鉛花爆裂的聲響
泡泡兒的重量下降又浮起
圈圈兒的色彩浮起又下降

那聲音，夢魘似的
常使我午寐驚醒
那是衰弱的我底熱病麼
那是崩潰的我底囈語麼

詩人；經過此番新的詩思索以後，各人走各自路向；如走向現實主義的北川冬彥，則於一九三〇年出「詩・現實」；走向抒情主義的三好達治、丸山薰、堀辰雄等，於一九三四年（昭和九年）出「四季」。「四季」，通卷計八十一號，至一九四四年第二次世界大戰最激烈的時期始告終刊，歷年十年，為日本現代抒情詩極放光彩。而此群抒情詩，代替過去由於情緒的自然表露而以表現自己，改由主知確認情緒，且經付給自意識的的秩序而極其明確地使之表出自我。今日抒情詩存在的基盤，很是得力於此。今日尚極受愛好的，中原中也、立原道造，則多在此誌發表作品。

「詩與詩論」，後來改題「文學」，後再繼刊「詩法」，春山行夫、近藤東、阪本越郎、安西冬衛、村野四郎、上田保等據之。後至一九三七年繼承於「新領土」，處於第二次大戰前夜的社會現實，苦心於現代主義手法的新詩表現。另一方面，北園克衛於一九三五年出「VOU」，獨步超現實主義路線而至抽象主義。其他，尚有許多詩人，在於「詩與詩論」的主流外活躍，有金子光晴、草野心平、吉田一穗、深尾須磨子，及幾位社會主義詩人。

（三）

第二次世界大戰爆發，詩的權威自此被封鎖。

一九四五年，大戰的惡夢終結。敗戰的日本陷入未曾有的混亂、飢餓、荒廢、衰弱。由破壞而建設。而詩，亦趕快踏向再建的前程。

既往的詩人，在摸索比戰前更眞實更純粹的詩世界；戰後新起的一群年青詩人，則自戰後暗澹的現實開始寫詩。而這一時代所有寫詩的人，共有一種對人間存在的疑惑及至對新的人間性的追求意識。蓋，此一感情不僅是戰後日本的顯著現象，而是世界上每個詩人共通的切實感。

今日日本現代詩的眞正的基礎，係自戰後，也即自敗戰的苦悶之中，建立其性格的。

當時二十歲乃至三十歲年代的年青的詩人們，在於戰爭中，他們的成長期的肉體與精神，正被法西斯主義的暴力蹂躪、虐使，活於暗澹的死神之面前。他們的純粹的眼睛，比誰也更確切地目擊了殺人及被殺的不條理的悲慘。他們的青春，全被黑暗的恐怖與絕望覆蔽。不久，終戰雖帶來了和平，不過並不帶來任何心靈上的安泰。現代的文明所顯示的，不外乎是那些過去的廢墟及隨之傾向於更暗澹的一些慘淡的景象。而於這種絕望的不幸中，他們拚命地期求心靈的獲救。他們悲嘆、祈願、抵抗。他們的詩的主題，充溢着了人間的悲慘。

戰爭中，被法西斯主義的壓力動員，而由當時的所謂國民詩中斷，成為壞滅狀態的詩壇，到了終戰的次年（昭和二十一年），始漸有幾種詩誌的創刊，自此也漸復活其戰後日本詩壇的發展途徑。

而形成戰後詩的特徵之一，為：內部批判的傾向。此為於戰後詩壇的第一階段，最顯著的現象。以現代主義為其詩的出發點之「荒地」集團，以及左派團體的「列島」集團，屬於抒情詩的「四季」系譜的「地球」集團等，皆無不對於自己的主義以及詩人、作品，重新予以痛烈的批評及評價，以使之引進為眞正成為戰後的詩。戰後詩的特徵之二，為：派別崩潰的傾向。戰前，日本詩壇每有狹窄的派別觀念而互以敵視，但於戰後詩壇的第二階段，這種狹窄的詩派，在於「詩的全體的的價值」之要求下，已被除去從來的距離，而彼此達到了眞正以詩為共同目標的，至近的距離。經過了上項第一、二階段，日本戰後的詩，還五、六年來，尙在不斷地建立及發展、演變。

於茲，綜觀戰後詩壇的實際狀況之一斑。

如上述詩派的距離雖較戰前縮近，但今為明瞭詩壇的地圖，乃以各種具有代表性的詩派予以介紹於下。

其一為「歷程」詩派。歷程，由草野心平等人，於昭和十年創刊，爾後有力的詩人輩出，在日本昭和詩壇成為鬱然的存在。歷程的傳統基調，既不屬於現實主義、現代主義，也非社會主義，其詩的思考的立場實為一種浪漫主義的A—cadesm，而成為自大正時期至昭和時期的日本現代詩界的主要潮流。它在昭和時期的超現實主義或抒情主義，乃至普羅詩派等各派錯綜的年代中，強韌地持續，且在戰後更標榜着「把日本的詩，於世界的立場思考」的意向，這種世界性的關心，隨着新時代的要求，如實地反映此派的新的詩精神。屬於此派者，有：草野心平、金子光晴、鳥見迅彥、安西均、山本太郎、原民喜、本鄉隆、井上靖、新藤千惠、緒方昇、谷川俊太郎、中村稔、北畠八穗、嵯峨信之、藤島宇內、鐮田喜八、長江道太郎、會田綱雄、岡本喬、岡安恒武、生野幸吉、前田棟一郎等。（註五）

其二為「日本未來派」詩派。此派係擁有四十多個詩人的大集團，不過其性格極為糢糊，其中幾個詩人，如池田克已、長島三芳、和泉克雄等具有現代主義派的性格，另外的幾個人，如佐川英三、及川均、土橋治重、坂本明子等人卻極接近「歷程」的世界。其餘尙有，上林猷夫、田村昌由、和田徹三等人別不屬於上舉兩派。按「日本未來派」係於戰後由池田克已、菊岡久利等創刊。

其三為「荒地」詩派。此派的眞正的活動開始於昭和二十三年以後，而對於戰前及戰後的詩加以強烈的反省與批評，尤以對現代主義美學的疑問，對日本的過去的詩的歷史的不信任，使此詩派走入詩的文明批評的方向，可以說是最具戰後詩的性格之一詩派。此派的構成份子，一部份為曾所屬於「詩與詩論」的後繼誌「新領土」的近代派詩人，另一部份為曾屬於「VOU」的詩人們。按「新領土」的名稱係自英國社會詩人派的「New Country」的暗示命名的，本來為審美派的「詩與詩論」至此更加了某種異質的性格。事實上，他們係在戰時法西斯主義的重壓下，把社會主義的抵抗用近代派特有的暗喻的方式掩蔽的一群前衛詩人。而他們於戰後面對文明的悲慘與人間的不幸，切實地呼求新生，以致其呼喚，甚至時而極呈抒情的傾向，不過他們的作品也可以說最富有戰後派的性格。屬於此派的詩人有：鮎川信夫、堀

田善衛、三好豐一郎、田村隆一、中桐雅夫、北村太郎、木原孝一、高橋宗近、里田三郎、高野喜久雄、牟禮慶子、中江俊夫、野田理一、加島祥造、吉本隆明、伊藤尚志。

其四為「時間」詩派。此為戰後由北川冬彥創刊的，所屬的同人一部份為北川的以前的詩誌「麵麭」的同人，另加了戰後的新人，其性格雖較為錯雜，不過也正因如此却形成一團適於各種詩作實驗的場地。此派擁有表現主義、自然主義、超現實主義等多種樣式，一面這一切樣式一概歸納於新現實主義(Neo Realism)的基本理念。據此理念的主張則以為：現實的充分的把握，僅靠通常並列的事物之觀察是不可能的，要從沉潛於現實內部及其背後的一種全新的自我的立場予以客觀，始能達成。屬於此派者有：北川冬彥、櫻井勝美、澤村光博、殿內芳樹、長尾辰夫、鵜澤覺、田町志津子、鶴岡冬一、牧章造、木暮克彥、江頭彥造、山田孝、杉山市五郎等。

第五為左翼詩人的幾個詩派：即有屬於「列島」的野間宏、長谷川龍生、木原啓允、出海溪也、關根弘、濱田知章，屬於「詩行動」的平林敏彥、難波津郎、瀧口雅子、森道之輔，屬於「詩與詩人」的淺井十三郎、河邨文一郎，屬於「新日本詩人」的峠三吉、山田今次等，另有壺井繁治、卜野十三郎、井上俊夫、谷川雁等人。其陣營，因作品型式的不一，抵抗目標的不同，則分如上述各詩團。

第六為「VOU」詩派。「VOU」於戰後由北園克衛復刊，係在日本的超現實主義的根源，喜劇、諸諧、幽默的倫理，常被他們利用於特殊的詩美。「VOU」，除北園克衛，尚有長安周一、高野喜久雄、鳥居良禪、井上充子、大津豐太郎等人。

其次，除上列重要詩派，尚有不少詩人另屬於其他詩派。以下，舉其一端。

「新領土」：村野四郎、春山行夫、上田保、近藤東、奈切哲夫、上田修、志村辰夫、服部伸六、廣田善夫、今田久等。

「現代詩研究」：長田恒雄、石川逸子、大石一男、二橋進。

「零度」：金井直、入江亮太郎。

「爐」：吉川仁、日高照、冬木康、右原尨。

「母音」：丸山豐。

「地球」：秋谷豐。

「權」：谷川俊太郎、茨木淡子、川崎洋、水野比呂志、吉野弘、舟岡林太郎。

如此的各種同人詩誌以及各種詩派，幾乎不勝枚舉。

總之，戰後的日本詩壇已不像戰前僅分為：現代派、普羅派、現實派、抒情派的四派而已，其演進的詩派甚其複雜，極不易明顯的分別，此亦正為戰後詩發展的結果所致的詩的多樣性。而此種詩的多樣性，實為迎向新時代的次一階段的詩的準備過程中的一種因素。由此可知明日的詩，正向其光耀的前程邁進。

註一：一八九七年，島崎藤村的第一本詩集「若菜集」刊出，對於以前的啓蒙詩、教訓詩、軍歌等所謂新體詩，予以革新，為日本新的詩帶來近代浪漫主義的黎明。繼後，有：與謝野鐵幹、晶子的「新詩社」，確立日本浪漫詩派。當時的此種浪漫詩派，係受十八世紀的英國浪漫主義的影響。

註二：始自「海潮音」的日本象徵詩派，係受十九世紀的法國象徵主義的影響。

註三：日本現代詩的發軔，其界限可溯至大正年代的荻原朔太郎，他開始寫了形而上的，二次元的詩，顯示現代詩人的精神上的位置。同時期，尚有：北原白秋、高村光太郎，宮澤賢治等極有現代色彩的一群詩人的存在。

註四：「詩與詩論」，昭和三年創刊。其推進力為：超現實主義(西脇、北園、瀧口等)，形象主義(春山)，新散文詩運動(三好、北川等)，確立今日現代詩的主流。當時，他們稱過去的大正年代為「無詩學的時代」，可知其抱負的一端。「詩與詩論」運動，於昭和八年終結。

註五：「歷程」與「詩·現實」及後揭的「時間」，可以說是屬於戰前的現實派系統的，前揭的「詩與詩論」則屬於戰前的現代派系統，另有「四季」則屬於戰前的抒情派，再加左翼派，這四派幾乎代表戰前日本的詩派的總體。

作品合評

其一

吳瀛濤　吳宏一　杜國清

白　萩　王憲陽　趙天儀

彭捷作品

吳瀛濤 題材很新鮮，頗有海洋詩的趣味，以「千眼」與「千窗」來象徵網眼，可見作者具有精細象徵的感覺，能把她所追求的美活現在詩中，只是最後一節「千臉藝員」四個字，似脫離適當的比喻。

白　萩 用千眼為網的形象，我認為不太妥當，網具有捕魚的動作，但千眼並不具備這種動作，用「千眼」或「千窗」為網的形象都太遷就了些，而且前後不一致。

趙天儀 好像無聲電影的Film所放映的海底奇觀，可是沒有將海底的奧秘表現出來，詩思的發展不太完整，有些像點點滴滴的記錄片連接起來的樣子。

吳瀛濤 最後一句：「阿波羅的寶正揷過水平面」，我認為「阿波羅的寶」用得不甚妥貼，實為美中不足。

王憲陽 一、二段較切題，對網僅具輪廓的描寫而已。

「欲窺伺千窗的秘密
而藍色的窗簾後面」……

這兩句稍為寫出了網外的海底世界，是這一首詩較為生動的句子。第三、四、五段的結構較鬆懈，近於平鋪直述，最後的結局缺乏一份力量。不能算是作者的佳作。

白　萩 「描跣足姑娘以滿臉嫵媚」一段可刪，因已離題。就整篇看來，第一、二段已足以表現所要表現的內容，而最後一句對主題已無甚重要。我認為對詩創作有年的作者來說，未免有什麼不够的感覺，稍使人失望。

詹冰作品

杜國清 這一首詩的表現方法，是一種透視法，但當作詩的題目，就不妥當。假如題目改為「春晨」，那麼，這一首詩自有其妙處；有新鮮的感覺，是表現着一種早春的氣息，他的感覺新鮮，意象完整，把人比喻為一種植物，是很獨到的，句法有秩序地變化着，且有波折出現，可見作者頗具苦心的技巧。

白　萩 這「透視法」不是普通眼睛的看法，而是像X光的看法，內容似是寫人，亦似是寫植物，有點超現實主義的感覺。「柔軟的四肢」，「粉紅的肺葉」；整首詩把人看做樹樣的植物，好像達里（Dali）超現實的繪畫，樹枝像一個人頭，使你分不清這是第一對象或是第二對象。把動與靜配合，能造成一種超現實的醜惡的戰慄，好像從太平間走出來一般的感覺。

吳瀛濤 包括「透視法」在內，作者對美的探求已有一種典型，例如「笠」第一期的作品，以及在「詩・展望」的「夏天」，「新象」的「雨」等作品；不過，詩除了以美的意象來表現之外，似乎還可加些生命的體驗，如果作者本着追求美的精神，來配合生命世界的表現，似更能擴大創作的領域。

吳宏一 文學的欣賞或批評，再客

觀的，也難免帶有主觀。這首作品，一見之下，最後一句，使我聯想起「露滴牡丹開」的句子。我們批評有時不必斤斤計較所表現的內容是什麼？可欣賞作品於其驪黃牡牝之外。

吳瀛濤 題目是否只以「透視」二字就可以呢？因多一「法」字，作爲題目，有一點語病。作者過於注重詩表現的計算方法，反而不無失去生氣，雖然表面上看來是美無破綻。

王憲陽 這是我的土想：整個詩上看來沒有詩味。

白　萩 不是沒有，而是詩的抒情很淡薄。

王憲陽 句法的表現跟駢體文的對句法很相似，如不是用這對句的手法，可能表現得更簡潔。這種句法可能爲一般寫詩者所流行，容易把詩拉長。

吳瀛濤 對句法可加强詩的濃度，但是在他的周密的計算法之下的對句法，略嫌缺少飛躍的感覺，此爲使用對句法當引以爲誡的一點；有一種內容相反的「反句法」，有時也可利用。

杜國清作品

白　萩 這一首詩從各方面看來是較少缺點的詩，雖沒什麼顯著的形象，不過，第一段，因語言簡鍊緊湊的運用，相當能引起心內的快感；第三段末兩句；對詩的音節來說，較浮了一點，也許是受了題材的限制吧！沒有很深刻的感受，但是，是一首令人喜悅有趣的作品。

吳宏一 這首作品，是否能改題目爲「飛行的聯想」？

白　萩 我認爲還是「飛行思想」適當，飛機在飛，他的頭腦也在飛，他的思想與物象是合而爲一的。

吳宏一 從以上看過的幾篇裡面，就鍊字造句上是比以前幾篇好，但就作者詩思的廣度講，似乎較彭捷女士的作品稍爲遜色，我剛才說的鍊字造句，例如詩中第一段的最後一行，本來可以寫作「送走了一隻白鷺」，而作者寫成：「送走了白鷺，一隻」；音節則更鏗鏘。

吳瀛濤 這種題材是很平凡，但是也適合詩，怎樣使這種平凡的題材成爲詩呢？以「飛行思想」這個很有現代性的題目衡量起來，詩中的思想稍爲薄弱，我們期待的是在平凡的題材中發現不平凡的思想，抒情等等；這種平敍法，使我想起另一個寫詩的趙天儀的一些作品，以詩的創作手法來說，雖是一種健全的方法，不過，現代詩眞正的感受就應從這種平敍法而更進一步，以期表現時代精神。

王憲陽 讀這首詩，讓人感覺到一聲呼嘯，從頭上掠過逼眞的感覺，這首詩也符合了他所要表現的飛躍的感覺，在造句鍊字方面似比以前幾篇更爲好些。

其二

桓　夫　林亨泰　錦　連
趙天儀　古　貝

白萩作品

錦　連 作者用 Arm Chair 的題材寫詩，似乎作者本身尙不盡了解所要寫的是什麼，但就全詩看來，却有着寫出什麼的動向。

古　貝 作者對這一個題材的處理，首先由不知所以然出發，而後逐漸有着「似有某物　躍來」的感覺，最後仍歸於無意識的靜，就其全詩而言，這種精神的動向，不失爲一種堅强的情緒的衝擊。

林亨泰 好像有一個捕手正等待着轟馳而來的星球，這可說是一個相當大的構想，但却讓捕手永遠蹲在那裏，本

身並沒有因做爲詩的形象而躍動起來；只做散文筆下慢慢地被描寫的對象。

桓　夫　就其題材而言，可以說是有所成就的，我認爲作者用這個 Arm Chair 來表現是不錯的。

林亨泰　他有了詩人的心情，但筆下的是散文。

錦　連　我看他的處理方法是兩者都有的。

桓　夫　就是中間性的表現吧！（笑）

趙天儀　作者是以第三人稱而寫出第一人稱的感受，是嗎？

林亨泰　不過，作者本意是要將自身入物，而却只說明了物，應該是客觀的，而却寫出了主觀的。

桓　夫　但是就第一段來說，好像有光照使一個老人顯現出來的感覺，第二段更以捕手的運動表現出人來。

古　貝　這種寫法是很少有的，作者寫出的是物，也同時是自我，但可惜寫得並不太明顯。

趙天儀　這就是所謂物我合一，以物喻人吧！（笑）

林亨泰　形象不能有跳動的動向，而只是一種形象從旁托出，但詩應該是形象一節節地跳動才對。

桓　夫　這種跳動應該是追求生的問題的表現。

林亨泰　作者所看到的是一般人所看不出來的東西，在暗中，他自己是捕手，而想到星球之來，這是一種巨視的眼光，但是，他的描寫是散文的方法，表現工具是散文，本質上也是散文的。

趙天儀　這種寫法是描寫的，而不是表現的，但詩的要求應該是表現的。

王憲陽作品

林亨泰　文字使用很老練，作者的抒情效果使人拘起一種淡淡的氣息，這裡面存在着年青人多感的成份，但却缺乏魄力的表現。

錦　連　圓通寺本來也許並不如作者所寫的那麼靜，作者寫出的好像是穩者的感覺。

古　貝　好像是作者從很多書本中讀到關於寺廟的清淨的句子，而加以巧妙的安排，讀這首詩，使人懷疑作者曾遊過圓通寺，只不過是曾經夢遊過一個寺廟，將其情境寫出來，並隨便加一個寺名而已。

桓　夫　幾近於舊詩的風格，現代詩應該是精神上的發展，而這首詩是句法上的發展。

林亨泰　好像缺乏現代人的批判性，讀了這首詩可得到安慰，但並不能激發感觸。

趙天儀　讀這首詩給我們的感覺，是延長已有人寫過的意境，如果舊詩讀多了，那麼對這首詩也就可適應了。

錦　連　這首詩有浪漫性的感受，而本身沒有氣力的發揮。

趙天儀　是有着浪漫性的色彩，同時也是一種流行調。

林亨泰　最主要的還是在於批判性的缺乏。

林宗源作品

桓　夫　作者將旅社的營業情形寫出人生的情況，是很好的題材。

古　貝　好像是一部最平凡的電影，但給觀衆的效果是最具意識感受的切身生活；這首詩是平實不欺的，但却是最能引發自覺的作品。

趙天儀　以旅社爲出發而寫出人的生活面，將社會看成一個旅社，把旅社寫活了。

古　貝　就是以動態的觀察所得加

以靜態的思考，而後將思考的結果加以動態的展示；也就是將大縮小，而後將小放大的，這種亦縮亦放的工夫，是現代詩的精神波動規律。

林亨泰 當我讀到這首詩時，感到非常愉快。因爲作者寫這首詩是將身邊即有的任何事物抓來而寫成詩，好像「帳房、各種類型、身份、年齡、我必須登記……」等等事物，不像一些人要寫詩無論用字或意境方面，故意擺出一種特殊的姿態，好像必須超出人的生活的什麽東西才是詩。

錦連 很具幽默感吧！（笑）

林亨泰 目前這種幽默感是很少的。

桓夫 以旅社平凡的題材寫出幽默的人生，是這首詩最成功的一點。

錦連 像這種幽默感究竟是什麽地方發出來的呢？

林亨泰 我認爲他是沒有以職業詩人自認，他是實實在在地寫出身邊平凡的生活面，最後以「哈哈！我只有讓生命建築「生命」來結束，是可以使讀者也哈哈的。（笑）

全體 （笑）。

古貝 這也許是一種自嘲的結束吧！

趙天儀 他寫詩，並不是從書本中得來的，詩人忠實於自己的體驗，而有意的寫出自己的東西；現代詩人很多無意中偷竊了別人的東西，而這首詩的作者是完全寫出了屬於自己的東西。

林亨泰 是的，很多人是讀了國內外人士的詩，而以一種「惰性」來寫詩，但他是完全以自身體驗來寫的，這在我們詩壇上是一個好現象。

古貝作品

桓夫 一般人寫玩具店是不用這種方式的，作者脫俗地用嬰孩的手勢和眼神來寫玩具店，是有獨到的地方。

林亨泰 從「七月的嬰孩」到「樹的幼苗」似乎要追求一種意象，但第二段以後，這種意象就不存在了，即追求不到新詩的優點，也同時失去舊詩的好處。

趙天儀 就詩的題材來看，應該可以寫出天眞一點的詩，但作者的對流行的形象的追求，反而失去了天眞的感覺，在語言上成爲一種裝飾，全詩中反覆地用「的」字，似乎令人有累贅的感覺，致使這首詩看來流於白話。

林亨泰 假使就詩的精神上來講是需要「的」的話，是不妨可以用，但他的「的」很多並不是這首詩所需要的。

桓夫 「三頭六臂」一語如果另外換上一個比較有童話意味的語句，不要以實抒的語句，也許更好一點。

趙天儀 本來詩是最忌用實抒的語句，爲了表現上的需要，寧可用些比較富有暗喩性的句子。

錦連 這首詩的手法太過老練，有着流於mannerism的趨勢，其本質上缺乏孩童的稚拙美。

林亨泰 第一段開始是不錯的，他已抓住了美好的東西，但在全詩的處理上却呈現反常的狀態，本來抓到美好的事物，應該將之慢慢地刻劃出來，使之成爲一完整的東西，但作者却反而將所有美好的事物將之折毀到支離破碎。

桓夫 作者用「摩摩的手勢」來表現出對玩具店的美好，而最後用「水銀柱的智差的玩具店的孩子的臉譜」來否定玩具店的美好，這是互相矛盾的。

詩壇散步

柳文哲

雨的故事

李果著
野風出版社
53年7月出版

散文詩，好像是散文與詩的混血兒；在詩的創造上，散文包含兩種含義：一是當作工具的意義；也就是韻文與散文當作工具使用所意味的含義。二是當作本質的意義；詩與散文在本質上的差異，乃是前者比後者更濃縮更精純，詩可冲淡爲散文，但散文無法濃縮爲詩。所以，散文詩是以散文的工具表現爲更詩的詩，而不是徒然成爲散文。

這本集子，作者有意嘗試一種散文詩的新風格，可惜作者對詩的本質瞭解得不夠深刻，因而被華麗的詞藻迷住了，但華麗的詞藻畢竟不是詩，詩需自然的節奏和純淨的意象，來表現作者所直覺體驗的世界。下例一些句子，是作者所把握到的意象：

「盼望又盼望的日子在珠算撥動的音響中搖落」（我和「雨的故事」）

「據說那是小孩子眼淚，一顆顆在街上囊括了一些光屁股的喧嘩」（雨的故事）

「妳總會放肆地展露着一片悅愉的貝齒」（白百合）

綠蒂先生在「序」中說：「詩是詩人生命的一部份，有時候一本詩集常是詩人生命片斷的記憶或其性靈與現實鬪爭的記錄。」在這本集子中，作者的現實也許就是愛，而他把愛理想化了，他爲着永遠不可磨滅的記憶中的倩影——幸子，留下這雨的故事。不過，很遺憾的是作者所帶給我們的印象很糢糊，也許這就是缺乏詩素的原故罷。倒是爲這集子做美麗的封面底設計者，江義雄和湯飛霞值得一提。

紫的邊陲

張默著
創世紀詩社
53年10月出版

在詩的表現上，現代詩所意味的精義，不僅僅是在精神上的現代，而且是在本質上的現代；倘若我們從實存的自我來表現詩的世界，要創造屬於我們這一個時代的精神作品，則以自我內心世界底探求爲出發點，而萬物皆爲我底註脚。

這本集子，作者選詩十三首做爲寫詩十三年的一個記錄。固然時間已經證明了作者所苦心追求的世界，已經有了一個痛苦的果實。不過，作者要想提昇自已達到一種暝想的哲理底世界，則需更努力自覺地跳出觀念化的圈套，才能從心

所欲地表現那哲理底世界。當然，作者也有這樣明淨而可喜的意象做爲烘托和暗示。例如：

「那些晴朗和陰雨，那些暗酒色的黃昏」（摩娜、麗莎）

「那些船，桅杆星羅棋佈地，城墻般的船」（哲人之海）

然而，作者因觀念化的說明，無形中消滅了詩所隱藏的含蓄性，總覺得不够耐人尋味。雖然，作者頗欲運用疊詞疊句，以及音樂性來補救，但不易給我們一氣呵成的感覺。不屑於意象的雕琢，而追求素色的表現，也許是更來得新銳些，可惜作者容易流於一種直接的說白；例如「期嚮」：

「去握有一個生命，去力逐一個願欲

我是我自己的」

我們對現代詩，必須在一種實驗精神和一種新世界的開拓上，寄予深深的瞭解和同情，且不必要求速成，因爲這是需要許許多多的先驅者做無名英雄來舖路的，當然，作者不把早期的富於意象的浪漫的作品印成集子，而推出這本集子，是用心良苦的。

愛略特（T. S. Eliot）在「論詩的批評」中說：「每一種眞正的批評其目的都爲創作而爲。歷史的，或哲學的詩批評家，其批評詩的目的在於創作歷史或哲學；詩的批評家則爲創作詩而批評詩」。（註）我深深地感到；所謂批評，往往是從批評自己出發，誠如愛略特所說的是爲創作而爲；我更深深地自覺到，批評乃是以批評者本身的體驗爲詮釋。

「紫的邊陲」該是現代詩底舖路的工程上，一個努力的標記，雖然他尚未達到預計的工程底目標。

「註」；參閱現代詩（第二十二期薛柏谷譯「論詩的批評」。

楊喚詩集

楊喚著
光啓出版社
53年9月出版

十年前，詩人楊喚逝世的時候，我還是一個中學生，曾經被他的作品和生平的遭遇所深深地感動，以「風景」的再版底「楊喚詩集」，不禁使我深感歲月眞是不待人！紀弦先生在「序」中曾感慨地說：「倘若不是爲了趕一場勞軍電影而在西門町的平交道上做了輪下之鬼的話，那麽在這十年之內，他將會拿出多少出色的，優美的詩篇來啊！」

十年了，十年後的詩壇，已非昔日「新詩週刊」，「現代詩」，「藍星週刊」和「南北笛」等時期的面目了，雖然，在點名薄上，也簽了不少新人的名字，舊人也有一部份在繼續寫作着，但那種熱列蓬勃的氣氛，已經成爲過去的了。如果我們要喚起一個新的活潑的局面，則須詩壇本身的大掃除，來一番自我省察與檢討，以少數自命爲有才氣的貴族來點輟門面，究竟不是詩壇之福。

試看楊喚那一首「詩人」，是多麽健康的想法，他這樣地歌詠着：

「最重要的，不僅是
去學習怎樣「發音」與「和聲」。
今天，詩人的第一課
是要做一個愛者和戰士，
然後，才能是詩的童貞的母親。
摔掉那低聲獨語的豎琴吧！
向着呼喚你的暴風雨，
把脚步跨出窄門。」

楊喚的作品之所以令我感動，並且深深的愛好，乃是因他那眞摯而純樸的風格。他的詩，在句法上，尙有一些未修飾得十分圓潤，這是因他英年早逝，無法經過自己整理修改的原故；也就因爲這樣，更顯得作者的率眞和平實，不做作，不虛僞，更不自命爲是有才氣的現代詩人，然而，像他這樣，不是很有才氣，而且够現代的麽？

葉泥先生在「楊喚的生平」一中寫着：「他曾驚服於一個女孩子的寫詩的天才，因此他也常常驚惕自己；甚而有些苦惱着。」一個詩人，能够欣賞別人的作品，不在句法上做愚蠢的模倣，也不在意象上做糊塗的竊用，而能從根本的精神上來警惕自己，正是寫作上最可貴最嚴肅的態度。

我們欣賞楊喚的作品，不論抒情詩也好，童話詩也好，至今猶覺新鮮而健康，在他逝世十週年的再度出版，我們重來欣賞一番，再試看我們今日的詩壇，能不有所反省與警惕嗎？

少年遊

夏菁著
文星叢刊
53年10月出版

很少寫詩的理論底夏菁先生，在他的第四部詩集「少年遊」的代序上，提出了他的「現代詩的面面觀與前途」；他說：「現代詩要求向靈魂深處發掘，要求內在精神的闡明和講通，要求敏銳的自覺，要求心靈更純粹的創造」。他談到現代詩與晦澀，讀者與誤解，現代詩人與貴族，現代詩的將來與現代生活等等，他的省察態度大體是平實的，誠懇的；他對詩與科學的看法，亦頗爲中肯，他說：「我認爲，現代詩人不能僅僅在詩中用幾個核子，火箭等科學名詞爲滿足。他們可以向科學學習分析，歸納的方法，實驗，嚐試的態度，精確、效率的表達等等。總之，我們不要對科學加諸人類的影響，視若無覩。現代詩也不必向科學投降，或是記載科學的種種事實，而是要想方法，將它給予或可能給予我們的影響，反映於詩內」。在這科學的世紀，詩人不是貴族階級，更不能是怪物，已很顯然。詩人必須生活在這繁忙的工業社會，出國留學深造，也是目前知識分子一種新的生活體驗

，在國外的遊歷，在異國的鄉愁，自然而然成爲詩人創作的新的題材；余光中先生曾經寫了一部頗富異國情調的「萬聖節」，而他的老搭擋，夏菁先生也來一部「少年遊」，這是一個很有趣的對照。

作者的詩風一向是較爲保守的，保守並非落伍，時髦也並非就是前進。作者對詩的音樂性，在早期，嘉歡押脚韻，因此，容易流於說明底，而非表現底。現代詩，在本質上，要更多的表現，更少的說明；我認爲，詩的音樂性，未可厚非，但如果僅僅是押韻底方式的話，容易令人讀來酸軟無力！作者已經放棄了那種方法，試圖較爲新穎的節奏感的捕捉：「車往西部」那一首便是一個例子。試讀「車往西部」最後一節：

「西出，西出，平原，平原，
平原，平原，西出，西出，
（這是火車的囈語）
今夜將有一個夢了！夢見
——秦時明月漢時關………

作者利用了中國語文音義双關的優點，來表現火車開往西部的節奏和韻律，不過，這種詩的音樂性，也只能是一種描寫音樂。現代詩的趣味，與其說是在音樂性，倒不如說是在繪畫性。作者在繪畫性上，雖然也頗費心機，可是，究竟是一種走馬看花的感覺，這一點，也許是作者經常使用的比喻，不能令人讀來有着意外的喜悅的原故吧！下面的例子，我認爲是較爲突出的意象底表現；例如：

「島如龜背，島如章魚。
雲似雪山，雲似白浪。
太陽透亮的圓睛，
旋轉而定定」。（邁阿米途中）

「情人眼中的阿爾諾河，阿爾諾河眼中的月光，
朝陽下的石柱，石柱上的紫丁香」。（握）

作者放棄了脚韻，從韻文的工具走到散文的工具，表示他也並非完全是保守的；但是，在本質的意義上，我們仍然要求散文的工具，不得停留於本質上的散文，而要求成爲本質上的詩，這樣，才合乎現代詩嚴格底表現；因此，我們在作者匆忙的旅途與業餘的時間中，還能提筆寫作，實深感可喜，可惜作者只能由外景的速寫着乎，而不能返顧內心的觀照，所以，我們也只能跟着他走馬看花的一瞥，而不能更長久地透視停留於作者心靈深處血肉的波動。

當然，典故的嗜好作者也不能例外，也許使用得妥當，也能增加某種趣味，但誤認使用典故會增加某種詩的魅力則大可不必，純粹是現代詩所迫切要求的，現代詩，在表現上；不在乎韻文與散文的對立，不在乎文言與白話的對立，更不在乎明朗與晦澀的對立，而在乎是否純粹地把握了詩的本質。我認爲，作者從韻文的工具轉到散文的工具，該是一大解放，然而，如何成爲本質上的詩呢？這將是對作者今後創作的一大考驗！

出版者：曙光文藝社
社長：白山途
資料室：彰化市中山里中山莊52之7號
印刷：時代商務印刷廠

笠

中華民國五十四年二月十五日出版
中華民國內政部登記內版臺誌字第一四九一號
中華郵政臺字一四三〇號執照登記爲第一類新聞紙類
曙光文藝

5

目錄

非音樂的音樂性

本社

詩是詩人精神活動的表現，假如詩具有音樂性，那麼該是詩人精神的律動，而不是只藉着文字的發音所得的韻律。可是事實上，以文字的聲韻來決定詩的音樂性，已有非常悠久的歷史與牢固的習慣，這可能是在印刷術尙未發明或在其幼稚時代出於無奈的作法吧。因爲諧和的語調，在印刷術還未發明以前，可以幫助記憶，以便從上一代口傳給下一代，而當印刷術的幼稚時代，更可使字句簡潔，篇幅縮少，節省刻版的工夫，有這種種便利。翻開文化史從詩的創作不要說是在印刷術發明前而更能說是遠在文字發明以前就已開始，可是小說的寫作都必須非等到印刷術已有某種程度的發達不可這些事實，以及在印刷術的幼稚時代，不單是詩，連詩以外的文章也盛行着使用韻文等事實，也足以知道諧和的語調所扮演的角色吧。換句話說，當考慮詩的音樂性時，所以要將文字的發音列于最優先的地位，無非只是由於記憶及刻版上的方便而已，對於詩的音樂性而說，聲韻決不是不可或缺的條件。而且，經過這種手續所完成的詩篇所以易于記憶，只是原來就是刻意寫成容易記憶的，而並非由於「詩好」的緣故所以才容易記憶。當然，經過這種手續，確實也產生了許多傑作，但是這些傑作之所以能夠作爲傑作而留傳下來，主要還是由於詩人在對其精神活動的表現這方面能高出一籌，即詩人們雖然也要順從當時的習慣，留意於字音的運用，但更可貴的是他仍能時刻不斷地返歸於自己的精神，而不致於爲字音所拘束。

在印刷術還很幼稚的時代，對於從事字數的計算，詩韻的查閱等等愚蠢的事情，詩人們當然並不是不知道，詩人如果要從這種第二義底煩累之中完全掙脫出來，還是必須等待印刷術的發達。那些不會寫詩却會批評的所謂「學者」們，或許在屈指計字，或翻查字典中能夠獲得「研究的興奮」亦未可知。可是，對於具有强烈自我的詩人，寫詩是一種時時刻刻自我變化的捕捉，是一種不斷的自我增進自我充實，並將自我挺進至最底的底部，這種刹那瞬間的發現，時時刻刻的創造，將它們連貫地秩序地集結起來，而在這種過程中，詩人的熱愛是如此强烈，如此深邃，所以詩人決無餘閒將文字當作音樂的材料，或作爲表現某種音響的符號，而按着其

「抑」和「揚」的性質安去排所謂「平仄」。詩的律動，有時像波特萊爾（Charles Baudelaire）那樣與神經的顫動同時流動着的所謂「戰慄」，有時也像惠特曼（Walt Whitman）似地如在陡削的山坡往上推着貨車的那種鈍重的「軋音」，無論如何，那決不是模仿樂器所得的音色，也不是從「詩韻合璧」之中俯拾可得的貨色。那雖然不是所能看得到、聽得到的，但却確確實實存在於作品之中。那些所發現的、所創造的就成爲一個烙印而保存下來的「表現」，在這樣繼續不斷地去發現、去創造，而這種嶄新底自我在無限的連續中所完成的，就成爲詩的律動。因此，由於詩人的不同，彼此的律動遂亦相異了，這情形對於那種從古詩詞中長大的所謂「書香子弟」那些專靠炒冷飯爲務的「學者」，實在極爲不便，可是一旦談論詩的音樂性，一定要深溯至每個作者的精神的深部，甚至生活的內部爲止，如非經過這種煩瑣的過程，那麽，對於詩的律動恐怕難以有所發現吧！

現代詩所缺乏的並不是音樂性，比起過去那種規則的、外在的詩作，現代詩的律動是更爲個人的、更爲內在的。要說現代詩的音樂性是複雜多岐也好，或說是多彩多姿也好，但，怎能說是缺乏呢？老實說，現代詩所缺乏的只是通曉現代詩這種音樂性的學者而已。隨着時代的變遷以及生活的改變，詩的律動也起了很大的變化，只是我國的學者們看不出來罷了。一般說來，他們無理解的程度雖然還沒有達到提出詩非全部用韻文寫作不可的要求，但是關於詩的音樂性，他們仍然本能地渴望現代詩須要和古詩詞一脈相通，也就是說，認爲詩的改革不過是「詩體的解放」，即以白話取代文言而已，至於其他的事由（例如音樂性的問題）最好還是一切照着舊態或說繼承着舊詩的意境來表現爲妥，至少認爲仍有可取之處。事實上，詩人之中也有些人迎合這種趣味傾向，在寫詩之前一定要先讀一下古詩詞，利用其韻味餘勢去寫作，即以一種「惰性」寫出了他們自己的詩。可是假如意欲使詩完全屬於自己的時代並且眞正屬於自己的，則對於詩這種的改革意見其實並不徹底，只是小足放大而已。依照經驗，若非先從律動革新，可以說詩是無法成爲新穎的，嚴格的說，詩中如果缺少了屬於自己的時代並且是屬於自己的那種律動，就不能稱爲「新詩」，詩人如果沒有表現那種完全屬於自己的時代並且屬於自己的律動才能，我們想奉勸他們最好還是停止寫詩，去當個「學者」不是較爲聰明嗎？

風景

瑞郇

竹林之外
一塊　淡綠
竹林之外
一塊　黃
竹林之外
一塊　濃綠

　輕輕飄動的
雲
採擷豌豆的
　小孩。女的
背影。也是顏色飛揚
而不在阿爾卑斯山麓
而不是米勒的拾穗
俯視　現代畫
仰視　現代畫

失落

吳瀛濤

仍然失落
仍然喪失
喚不起感動
喚不起奇蹟

獨青空的光耀
捉不住的影子
失落的空骸

失落的愛
失落的生
失落的死
失落的神

而很多假如
很多未知
很多不可能

孤獨的
地球以及人類
永遠永遠失落的悲哀

笠下影

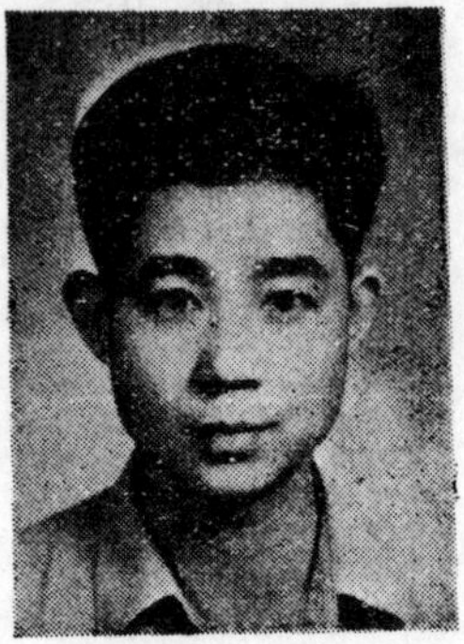

錦連

我是一隻傷感而吝嗇的蜘蛛。

①傷感——對存在的懷疑，不安和鄉愁，常使我特別喜愛一種帶有哀愁的悲壯美（當然也不妨含有一些冷嘲和幽默的口吻）。

②吝嗇——我珍惜往往祇用了一次就容易褪色的僅少的語彙（身上的錢既少，就不許揮霍的）。

③蜘蛛——爲了捕捉就得耐心等待（並非等着靈感的來臨）。

壹、作品

夜空

從記憶裡跌下來的
一粒粒的
染色了的「有」

一粒粒地
嵌上在黑色的大紗網

我的版圖
燦然地亮着

軌道

被毒打而腫起來的
有兩條鐵鞭的痕跡的背上
蜈蚣在匍匐　匍匐……

臉上都是皺紋的大地痒極了

蜈蚣在匍匐
匍匐在充滿了創傷的地球的背上
匍匐到歷史將要湮沒的一天

某日

橫線 方格 直線 圓
橫線 方格 直線 圓
門 生銹

思惑底樹 俯視着毀壞了的城市
紅透底花 俯視着毀壞了的城市

門 癱瘓着說：我不寂寞
思惑底樹 微抖着說：我不寂寞
紅透底花 搖擺着說：我不寂寞

寂滅的世界
此刻是開始

寓言

依靠着影子 樹木吸飽了水份而心安
充實的根緊緊 均衡的枝葉堅硬 莊嚴的
最後一刻遠遠在時間的彼端 然而惑亂却
遽然開始 由于剛才似有人類走過 由于
裂開的航跡過於刺眼 從此——
抱住着影子 樹木焦急於飢渴而心煩

石碑

石碑是乾淨的
古老的面容上
找不出些時間的縐摺
它是
建立之初就被人遺忘
如人類的出生和死亡一般………

修辭

「無限」的字眼是空洞的
好像喊着「永遠」一樣………
我凝視你而知覺着現在
這亦是尋得而又會失落一樣………

時與茶器

一塊綠青色的憂鬱
莊嚴地
坐鎮靜靜的室隅
只用了臉部肌肉表示忽忙的「時」
「時」往流着
忽然
茶器猶如醒來似地
搖擺着走出去了

貳、詩的位置

加果以善於駕馭文字的優點可以寫詩，那麽相反地，利用拙於造詞砌字的缺點當然也可以寫詩，尤其對於那些因歷史的重寫（註）而必須重新學習一種文字表現的人，這種方法學就成爲其唯一的出路了。可是碰巧的是，二十世紀是所謂「惡文的世紀」，就是說，「優美性」成爲其短處，而「拙劣性」却成爲其長處了，詩神對於這些「甚至連散文也不會寫的傢伙」，可以說暗地裡也賦予了重要的使命。這對於那些認爲只有長於運用文字才能夠寫詩的人，完全是一項意想不到的，也是非常難以承認的事實。可是，如同「高貴的紳士」不一定僅限於有能力擁有花園、洋房、穿着華麗衣服的人一樣，那些語彙豐富、文法嫻熟的人，並不一定全部佔有詩的道理吧。錦連就是在這樣能失去的都已失去，只剩下極有限的極少數語彙的狀態之中，不是憑着其過剩，而是憑着其不足來寫詩的一個人。他這種不足的「事半功倍」並不亞於過剩的「事倍功半」，可見他做詩的成功了。假如這不是意味着過剩者的愚蠢，那麽就是不足者的聰明了。

（註）指民國卅四年的臺灣光復。

參、詩的特徵

要更進一步地說時，却就此緘口而停頓下來；要更進一步地寫時，却就此把筆擱置起來——這是錦連寫詩的秘訣。因此他的詩句到處可以看到「……」「——」等補助線的引用（註1），這是當他要說或要寫而停止下來時所必要用的，然而由此構成了他獨特的詩的律動，展顯出了他的詩的風貌。

別人或許會更進一步地去說，或許會更進一步地去寫，可是進一步去說、進一步去寫，究竟有着什麽意味呢？雖然說出了，或寫出了，不是會破壞詩的意境嗎？——所以他是經常小心翼翼地留意着，用心良苦地寫着詩，對於運用文字的這種謹愼，如非會經一度失去所熟習底文字的人，到底是不能了解的。

這種眞摯的態度於是也就與一種逆說性相結合，而且這逆說性使他在應該是熱鬧的地方，顯得鬱鬱難伸（註2），應該是寂寞的地方顯得快快活活（註3），在獲得之中見到喪失（註4），而在喪失之中企圖發現存在（註5），他的眼睛雖然經常凝視着其正面，可是他的精神却不斷地灌注於其反面，這種情形如果在一般性之下加以處理的，這就成爲諷刺（註6）。

（註1）請看錦連詩集「鄉愁」中的各詩。

（註2）請看「某日」一詩，在「橫線方格直線圓」的熱鬧性之中，看到「寂滅的世界，此刻是開始」，還有「石碑」一詩也是，他說：「它是，建立之初就被人遺忘，如人類的出生和死亡一般……」。

（註3）請看「時與茶器」一詩，他說：「一塊綠青色的憂鬱、莊嚴的、坐鎮靜靜的室隅……。忽然，茶器猶如醒來似地，搖擺着走出去了」。

（註4）請看「修辭」一詩，他說：「我凝視你而知覺着現在，這亦是尋得而又會失落一樣……」。

（註5）請看「夜空」一詩，他說：「從記憶裡跌下來的，一粒粒的，染色了的『有』」。

（註6）「軌道」、「寓言」等詩可稱得上是其代表。

肆、結語

他是比較寡產的人，然而有節度的作者是不胡亂寫作的。有些人爲了使自己的筆名能不斷地在許多雜誌報刊出現，遂生產了大量的詩，可是他們的詩勢必是千篇一律的。就這一點來說，他是相當謹嚴的。他的作品雖然不常看到，但是一看到他的作品，同時也會看到他又另一種風格出現（註），我們相信他並非不能多量生產，而是懂得「適可而止」。

（註）例如「轢死」一詩，這是一種所謂「電影詩」（Cine、Poeme）的實驗。（請看「創世紀」第十三期）

雨季

文曉村

縱然嫘祖亦曾教人
以鉛粉爲大千濃粧敷面
這季節，有若穿着
一種最最流行的什麼「龍」
依然掩不住它那重重的憂鬱

我和你，有若被織於
一個不透明的巨網中
我們的視野溟濛
我們的心上，遂有一層推不開的
雲翳。一種塩酸鉛似的負荷

倘若我們的期待亦如信仰
能够涉過這些潮濕與陰冷
當另一季聖城的金門開啓
我們就無需再唱死亡的哀歌
縱然我們再流眼淚，也無需擦抹

后里旅情

張彥勳

清晨　紅葉的小徑　在霧中　踏着落葉
脚尖上的露光　點點明

后里尼庵　「毘盧禪寺」　長廊上　尼
姑合掌而過　法衣下的一對小脚　白兮兮　和
着齋堂那鐘聲的廻盪　步伐輕盈

七星大山　俯瞰而下　彎曲紆廻的大甲溪
水流長又長　擊起巖石的水沫啊　加浪花
穿過鐵橋　一排列車像玩具

河畔上　年輕的少女貌加玉　一副雅氣的
含笑　令人心醉　高擧纖手　向天揮揚
這兒「后里」是座愛的小城

捨不得離去　在徘徊　流流連連在道上
劃過眼簾　一道炊煙已裊裊　而此時
朝陽　如血紅　霧　也飛散

笠下披沙

寫在出航之前

石湫

[illegible]波濤滾滾，從古到今；詩，只是淵源流長的一水支流，夾着泥沙和浪花奔向藝術永恒的大海。逝者如斯夫，不舍晝夜！[illegible]這股不可規範的激流裡，有屈原的口沫，有唐朝的影子，有江南的落花，也有塞北的融雪；且滙合了霧絲沃特的湖水和米哈波橋下涓涓而流的色納河。在這浩瀚的煙淮裡，隨波漂浮着多少草葉，臨風搖曳着多少水仙！在這瞬息萬變的泥沙和浪花裡，隱藏着多少金礦，多少銀光！

笠下，我們默默地、樸實地、審愼地披沙揀金；當撈起的是一盤泥巴，我們無聲地讓水流冲走；當陽光般的閃耀呈現在眼前，我們喜悅地把它崁鑲在兩岸，標記着六十年代的里程和水位……。

本欄便是一位勤，的舟子，以拾荒者的精神在詩河裡遨遊的遊記而已。與其說是「批評」，寧可說是「欣賞」；與其說是「創造」，無寧說是「了解」。然而，他的欣賞帶着批評的眼光；他的了解根源於創造的經驗。但願以經驗的理論爲經，以詩作爲緯；以認識和了解的沙盤，掏出擲地有聲的詩作。認爲「理想的批評家就是作者自己」（T. S. Eliot）也好，認爲「詩人在爲批評家時便失其爲詩人」（Croca）也好，他的眼光只爲「發掘一首好詩（尤其一首好的『新』詩），揚棄一首壞詩」；他的心靈只爲「分享」詩人創作時的興奮和喜悅而已。

我的心靈知道詩的存在，只當被感動的時候。這「被感動」的事實，由於生活中某一剎那的觸覺，而茫茫然失去時空的存在意識，被一股莫名的力量驅使着去捕捉、去顯影、去把握，總之去「表現」時，便是創造；若是由於詩行裡某一纖細的經驗所觸發，而陷入更深一層的，自己未曾到過的世界，被一股也是莫名的力量所激動、所清醒、所陶醉，總之所「心折」，那是欣賞。能使我感動的詩才是好詩。這是欣賞的起點。能寫出令人感動的詩，才是詩人。這是創作的起點。

詩是渾然一體的有機的存在。「品頭論足」並不就是欣賞。詩的欣賞純然是美的感動麼？眞正的美我不能說只是在黑眼珠，還是長頭髮，是在含淚的凝視，還是無語的微笑。要麼，詩人創造出的是夏娃，一個活生生的，一點不假的；一個使我狂喜的，使我驚異的，使我猛然心動的；那是美的知覺、美的領悟；那是欣賞與創造的合一。總之，詩的創作由於「感動」，欣賞詩的起點也是由於「感動」。詩的創作與欣賞只是同等的經驗活動（Co-ordinate 1 Experienca）的交流而已，

一點靈犀的溝通而已。

最後必須再說明的，「笠下拔沙」只是一項試探性的冒險而已，談不上嚴密的理論建構或批評，因作者書讀得很少。不過，與其在故紙堆中畫棟雕樑，不如在此時此地的詩壇裡拔沙揀金；與其博引洋書（猶恐掛一漏萬！）或堆砌史料和典故（說是拋磚引玉！）不如在涇渭難分，僞品參雜的詩現壇裡掏出一些晶瑩可人的作品來。這種工作艾略特說是批評的起點；眞正的批評理論談何容易！這裡，只是一位樸實的舟子駕着輕舟，敍述「靈魂在作品中冒險的經歷」而已！只是「我見青山多嫵媚，青山見我應如是」的陶醉的記錄而已！

啊啊，大江東去！讓我們戴笠出航吧！兩岸猿聲啼不住，輕舟已過萬重山！讓我們預期豐收的喜悅，一起在笠下拔沙吧！

詩與文字的表現能力

當馬拉美（S. Mallarme、）說到「詩非由思想（ideas）組成，而是由字群（Words）組成」時，認爲詩是一種文字表現的藝術，不是用以傳達意思的。顯然，他着重在「形式」，不在「內容」。詩，只是一些不尋常的字緊跟着一些不尋常的字的組合而已；也就是柯勒列治（S. T. Coleridge）所說的：「最適當的字安排以最適當的次序」。這，意味着詩人的匠心選擇和技巧修養。

一般人，我們不能不承認，思想沒有詩人的那麼深刻，感觸那麼纖細，更沒有將思想或感觸予以形象化的習慣；或進一步說：一般人缺少「文字的表現能力」（Verbal Expressiveness）——不論語言的處理，文字的使用，句法的變化，或表現的方式。所謂「詩人的匠心選擇和技巧修養」便指這種能力而言。

詩人創作時，以敏銳的感性和深邃的透視力，來選擇用字，注意節奏，追求意象，創造意境，對文字的意義、聲調、抒情的色彩，暗示的力量，聯想的傾向，都有一番匠意經營，用以充分地表現已存在心中的「詩」。

在另一方面，以欣賞的意義來說，詩人是詩的創造者。他決定詩想、意象、韻律以及一切；他選擇最適當的字句，給所表現的詩以最大的強度，最深長的意味，和最完美的一切。讀者惟有藉助這些文字，也惟有深知這些文字的意義、力量和用意的讀者，才能與詩人「共享神聖的一刻」。換句話說，只有對文字的多樣性的機能有充分認識和知覺的讀者，欣賞一首詩時，才能字字賦予生命，接受暗示，形成心象

，使韻律在心中波動，感情在胸中抒發，領悟一種美或詩想的深刻，而將詩人所表現的「詩」重建在自己的心版上。村野四郎在論詩語言的機能時說：「欣賞詩的時候，祗追求詩語言的理論上意義，便會看錯了詩眞正的『意味』。同樣在作詩的時候，無視語言的態度上機能，祗依靠論理上機能，便會抓不到眞正的詩。」也就是這個意思吧。

一首有價值的詩，是令人讀之再三，愛不忍釋的。但要進一步欣賞這麼的一首詩，必須凝神貫注在字裡行間，深入文字所表達的「內容」，喚起或引發充實而完整的經驗。不，詩句不僅僅被閱讀，更該被當做深思的焦點或想像的軸心，進而由這些文字「不尋常」或「最適當」的安排的次序中，發現新的文字的展示張力和意義上的透視力量或感情上的爆發力量。就在這刹那，欣賞者獲得與創作者同等的經驗，心靈的創造意向(The creative attitude of mind)勢必超乎，至少是等於批評(Critical)意向，而達到創作時的興奮狂喜(esctasy)。只有當這神聖的一刻過後，我們才眞正發現那首詩在思想上或文字表現上的優缺點。易言之，能欣賞才能批評。欣賞是「深入」；批評是「淺出」。若說欣賞是與作者分享一點創造時的喜悅，批評則是這種喜悅的微笑。若說欣賞是與作者一點靈犀的溝通，批評則是這種溝通的軌跡。

艾略特說得好：想要知道什麼是詩，就得直接讀詩！且看詹冰這首「雨」(發表於「新象」第五期)

雨雨雨雨雨雨……。
星星們流的淚珠麼。
雨雨雨雨雨雨……。
雨雨雨雨雨雨……。
花兒們沒有帶雨傘。
雨雨雨雨雨雨……。
我的詩心也淋溼了。
雨雨雨雨雨雨……。

一、這首詩純樸得太可愛了。有「斜風細雨不須歸」的寧靜，有「落花人獨立」的遐思，充分表現出默察和陶醉的靜態美。

二、技巧有如內容都被雨水洗淨了，不帶一點雜塵；不，應該是由於「詩」的純淨才使詩人用如此純淨的文字來表現。詩人共用了六六三十六個以上的「雨」字，相信沒有一個讀者欣賞這首詩時會字字都唸出來。我們不但不會嫌字句的煩瑣，反而驚訝於表現的簡潔和文字的淨化。村野四郎分析語言含有的兩個機能是意義上機能和聽覺上機能。但是！由於詹冰這首「雨」的存在，我們不得不承認，藉以表現「詩」的文字還有「視覺上的機能」！幾千年來五言七言的吟哦，耳朵實在已經疲倦了；由於此文字視覺上機能的發現，使現代詩人探求語言的淨化(Purification of Language)闢出一條蹊徑，給人「耳目一新」的喜悅。現代詩是「看」的，不是「吟」的，因此利用中國象形文字的特性，在視覺上直接暗示的效果可說是「無聲勝有聲」！

三、情調之美寓於綿綿濛濛的詩句中。詩人複雜的思緒，煩悶的意念，都隨技巧和文字的純樸而淨化了。詩情的發展，基於三個意象，如水淪泛波，不着痕跡。「我的詩心也淋溼了」一句陶然的呢喃，使讀者悠然神往於純然的美的意境中，領受無窮的抒情意味。

塔

彭捷

日子壓着日子
故事重疊故事
積累成高高的
塔

那頂點好尖
會刺痛足踝
鴿子繞着它飛
劃又圓又大的圈子
讓塔去計算圓心
藤蘿攀登纏着尖頂
伸手探索終點

臺階接連梯級
延展的曲線好美、好玄
像謎
更上一層
有更濶的風景
塔上擁立體的天地
那天地哪，是一團烟圈
藍藍的，冉冉的，昇起
星星是青青的果子
未到成熟季

路口那長長的投影就是
高不可仰的塔
從地基長的根
薄薄的爬在地上
踩住那薄薄的影子啊
趁太陽還未落下

生命的建築是屬於植物的

林宗源

生命的建築是屬於植物的
他說：是神
你說：是人

爲什麽我們不能擺脫命運的巨掌，爲什麽我們活在霧的世界，永遠不能了解力的旗語，爲什麽我們不如稻谷，永遠伸出有力的根，向土壤吮吸命運，向光歡呼力的素材，無言地伸出點點的金黃，面向着宇宙，呈獻生命的成果

倘若沒有女性般的嫉妒，沒有誇大狂的怪物，沒有神經痛的呼喚，那麽我們面向着自然，所奉獻的是些什麽？哈哈！是人用人建築的世界嗎？是神所指示的世界嗎？哈哈！

我說；看看宇宙吧！
我說：力是最最植物的

詩史資料

新詩與我

史民

今年初冬，當我在臺大醫院醫治宿疾時，一個不寒不冷的晚上，有一位新知吳瀛濤兄來看我。他談起詩刊「笠」的事情，並要我寫一篇回憶新詩的文章。當時，我對這葉文化的幼苗，無條件的表示支持其成長。

由北回來後，我又想起在臺北的諾言——如何支持並促其實現，才由書厨裡，找出來不少關于新詩的舊稿，乃馳信給瀛濤兄，說我要寫一篇關於新詩的回憶，就是本文。不過我至現在對新詩的了解可說仍然有限，差不多可說舊詩以外的詩就是新詩，例如什麼「現代詩」、「新體詩」，什麼「自由詩」、「白話詩」。我們受過日本教育的人，我們不經過「五四運動」的人，對舊詩什麼「平仄」，什麼「典韻」都太生疏了太厰煩了。但關于詩韻，我是贊成——有詩就有韻，不過我們對韻學的不了解和不研究，一時連詩韻也反對在內。

我對新詩的發生興趣，及試作可說隨年齡的增加（時間性）及人生觀的轉移（環境性）而變化，至現在可分爲三期。第一期青年時代也可謂浪漫主義期，第二期壯年時代也可謂理想主義期，第三期老年時代也可謂現實主義期。第一期是學生時代，萬事都天眞爛漫生氣潑剌，好戀愛、純情、悲壯、冒險，這時代剛爲我的留日時代，最愛吟「力拔山兮，氣蓋世」那樣詩歌。這時期我自稱爲「搖籃時代」，所發表在學友會誌日文詩收錄在「震瀛詩集」稿第一卷。

彷徨的亡靈

像那永刼不滅的亡靈一般，
到處彷徨如相追又相伴，

啊！初夏的天空新綠的大地呀！
晝出一條明確的地平線。

日落星出與我有關何？
我們只有彷徨只有歡歌！

甘露呀，一吻可醫無限的渴乏，
微笑呀，一瞬可慰永久的疲勞。

啊！前世的本能自然躍動，
全身的血潮激流蕩蕩，

我的心臟呀！
烈烈響到天地的四方。

呀！未來的人間終有所歸！

地上的魍魅盡要避飛，
苦悶的魂魄呀！
任你撲鬪任你逞威。
在那森林裡擁抱而細語，
在這花園裡提携而蹁舞，
可是，地球的廻轉常起逆風，
世上的興慣時逢淚雨。
最後的一瞬亡靈也驚醒，
可憐的野花處處未蘇生，
太陽哄笑着人世的暗愚，
理性讚美着天下的太平。

——一九三二、東京——

第二期是我自本回臺以後至臺灣光復的一段時期，我們自稱為「鹽分地帶時代」，所發表都在臺灣人主辦的文學雜誌及報紙的文藝欄。這時代由於生理上的變化，使我的思想也發生變化，由乳臭而漸變化一個主張人權的人，我內心已藏有理想主義，所以眼看日本人對臺灣人的橫暴政策，自然發生一種反抗的心理。在日人的統治下，要表現我們的心理苦悶，比較困難，所以在此時代的作品比較少量，僅作二十五首收錄於「震瀛詩集」稿第二卷。但這時代的作風比較意氣揚揚，並對外公然宣言我們愛好自由、鄉土及藝術，崇拜拜倫及西魯烈爾等。對內就是糾合熱情的文化人，建設明朗的生活，把握健康的人生，而與阿諛强權之輩，低級趣味的黃色奴才相對立。

故鄉的回想

暮色包了田野，包了樹木，
包了道路，包了村落；
啊，那就是我數年來，
連夢裡也不忘的家屋！
那硓砧石砌造的槍樓，
隱見在竹風飄颻的裡頭；
那崩壞的銃眼彌蔓着蒼苔，
像自誇着它底傳統的長流！
這座和平而樸素的寒村，
是我祖宗死守的一環；
那時候激戰的血潮，
現今還在我底身內循環！
回憶當年搖籃掛在槍架，
夢聽夢見慈悲的愛歌；
愛歌不是望你榮華和富貴，
愛歌只祈你氣豪而義高！

——一九三六——

再起的衝動

追奔生活致使這樣疲憊，
我好久忘却了世間的一切：
——舊時的同志，
——新來的時世，
連那砲聲咆吼的天地！
連這詩謳波動的心底！
可是蘇生而新起的衝動，
充滿我過去虛無的胸膛：
——無量的海洋，
——白日的大夢，
哦，民族底血流到底是鮮紅！
哦，祖國底旗幟翩翻在西方！

——一九三四——

第三期是老年時期，我現在初老時期，但因生理上早一點呈出老化現象，所以我自此數年來，非自認老矣不可。因社會經驗積多，人就會變到現實主義，昔時的浪漫主義、理想主義，如今也已感到像說神話講仙語一樣的好笑。就是人生觀以及世界觀的改變，人就會贊美現實，順應實際，不再行荒唐無稽的冒險路線，而奉行確確實實的科學程序。在此時期我們甚至贊美古董趣味或復古思想，而回頭研究李白、杜甫，而接近舊詩，因此發生了科學與非科學、新與舊的矛盾思想。在此苦悶中，我們時常想以科學打進舊詩的陣營，企圖以新方法來改革舊詩的非科學性，所以我現在也願當一舊詩社社長，我們是主張以新時代的形式及科學性的內容，但是我們的主張却被他們笑為「班門弄斧」，可恨我們的努力也像「對牛彈琴」一般的被抹殺。

我所主張的形式是現代形式，其形式越美化、越整齊、越純粹、越簡潔就是好詩，何必什麽「律」什麽「絕」，我所主張的內容是科學精神，其精神要提高到：高潔的風度、豪放的意氣、素樸的品質，這是詩精神的基本條件。但作舊詩的人們都以「揚風挖雅」的老長輩自任，叫我和他們的「無病呻吟」一同一步調，這又給我啼笑皆非。在此懊惱不安的時候，我接着吳瀛濤兄贈來一本「笠」，作者個個都是生疏的年青人，這給我有像再會見了久別的親兄弟一般的親切感。但他們的作品我大都不甚了解，這大概是各人所學的不同，或者我所處的時代和他們離了太遠，但有一點一致的是愛詩的精神，愛文化的立場。

在此時期即為臺灣光復以後，社會呈了一種復古氣氛，而且文字之感覺很困難，所以我所作的新詩不多，共十多首，為「震瀛詩集」稿第三卷。但文字生硬不堪，而想步舊詩的後塵又感覺已遲，又在形式上與內容上低迷於理論甚久，以致一籌莫進，徒呼歲月之無情。

颱　風

像深海的黑夜，像洪濤的騷動，
不輸惡神的叫喚，不輸巨魔的嘯空；
颱風呀，你來何兇急！
我們的房屋搖西又搖東。

宛然像末世之將臨至，
我也茫然自失忘却哀悲；
颱風呀，你來太無情！
我妻在產褥，我兒尚幼稚。

昨夜遍地散盡黃金，
今朝滿城到處饑民；
我不信天帝自能譴責，
也不信自然本有含恨。

颱風呀，你雖是大自然的孽作，
何必這樣悲號，這樣吐息！
我們人類原是萬物的靈長，
不該和你做仇，和你對敵。

平和的使者「科學」最為懇篤，
它能為自然劃策，替人類責督；
劃策颱風要去掃除一切的貪污，
責督颱風要去洗淨凡有的罪惡。

「科學秩序」不是支配，不是征服，
只有它可能解決人類的幸福，
背信者，你要同颱風奏葬曲，
謳歌者，你可和天地祝康樂。

——一九四六——

黃昏的人

——節錄詩四首

山中散生著
陳千武譯

在憂愁之日

不知在何處瀝瀝地
有崩塌的東西喲
閉住眼睛就在那眼睛裡
一座森林繼續燃燒着的啊
張開眼睛就從那眼睛裡
夜的烏鴉飛起了　沒搧過翅膀地

黃昏的人

憂愁的眼睛長長
偶然眺望的那鐘臺上的時鐘
滴楞地
滑進匍匐在壁面的常春藤裡
衹在茫漠的氣氛裡
蓬鬆的頭伸縮着
這指爪也黃黃
像古丁蟲那麽顫動着
在遠遠的公孫樹的樹巷裡
猶如遇到昔時的女人
一切會被染成黃黃的罷
這痙攣性的笑也是
忍受着輕微的風
黃昏的人不說話
向那斜斜的影子伸長處
夕陽滴瀝滴瀝地垂下來了

裂痕的鏡子

鏡子裡也下着雨
依然張開着洋傘
你沾濡在此
黃昏的行人也斷絕了
舖石上灰白質的睡眠
你那充滿憎恨的眼睛
忽然　如車輪開始旋轉
將崩毀的我的預感
我非常痙攣性地回顧
爲了看清那閃過的瞬間
我閉上眼　又睜開
可是你的狙擊已打歪了
在我的背後

鏡子被粉碎而閃飛
在那反響裡
我計算着自己的命運
雨滴點點
隨着鏡子的罅縫流落
我底髮 我底睫毛
而且我這瘦凹的臉頰也
稍微潮濡了
裂痕的鏡子
在茫漠的流動裡
我低着頭忍耐着

壁的一部

在何處如何迷途的呢
被追盡
而惰性似地倒了下去
擋在前面的
大白壁的擴張
只在那斜斜的影子裡底我的影子的部份
風吹來瘀漬着
如所有的秘密一次被暴露那麼
沿着這脊骨之線
劈拍地有撕裂的東西
沒有一聲叫喊
也沒有留着血痕
這種悽慘的人間底鑄型
就把壁的一部份剖開出來了
已沒有人知道是我呵
這個我的空洞
在那對面虛脫的空間裡
放置遙遠的地平線也好
滴瀝滴瀝地點滴着黃昏的太陽也好

關於山中散生

陳千武

山中散生（Yamanaka Chiluu）一九〇五年生於日本愛知縣，名古屋高商畢業。在學中即參加當時在名古屋刊行的象徵派詩誌「青騎士」。後在「詩與詩論」、「文藝汎論」、「VOU」等詩誌發表作品。

受法國超現實主義的影響，翻譯其作品並介紹此派的畫家，爲日本正統的超現實主義者之一。在當時大部份都很饒舌的超現實主義者中，他是唯一寡默的詩人。

他的詩是「意識的」、「構成的」，像「滴瀝滴瀝地下垂着的」或「將容解的物質性」的心象或以畫家「達利」式的遠近法，在詩的美學裡創造出特殊的愛好世界。這種心象的造型極爲成功。

戰後的作品發表於「詩學」、「現代詩」等詩誌。詩集有「JOUER AUFEU」、「黃昏的人」，並有法詩人「波特萊爾論」譯集等。現代詩人會會員，二科會會員。

譯詩的研究

談一首葉慈詩的翻譯

楓　堤

A

一九二三年獲得諾貝爾文學獎的英國大詩人葉慈（William Butler Yeats, 1865—1939），是極少數到了晚年還能寫出比早期的作品更爲清新的詩人之一。剛於一月四日去逝的詩人厄略特（T. S. Eliot），對葉慈是執弟子禮的。這位一九四八年的諾貝爾文學獎金得主，於論及葉慈時，曾說過：「在其作品中恒保持最好的意義下的年輕，甚至……在他年老時反而變得更年輕。」（註1）

「現代文學」十三期曾出過葉慈專輯，介紹頗詳。在此，我只從他的一首「宜乎詩選的作品」(anthology pieces 厄略特語）——「The Lake Isle of Innisfree」的中譯，做一番推敲與挑剔。

葉慈這首詩，是早期作品，很受前拉非爾派及王爾德唯美運動的影響，可以代表他早期的風格。據我所知，共有余光中、覃子豪及陳紹鵬三位先生翻譯過（根據發表順序）。但我讀到譯詩的順序，則是覃、陳、余。同時，是因爲讀到覃、陳所譯有着很大的歧異——覃譯，如隆冬的地方，「雪」花飄舞；陳譯，如多陽的南國，不見「雪」影——才引起我寫本文的動機，所以本文就依此順序略加討論。

B

請先讀原詩：

I will arise and go now, and go to Innisfree,
And a small cabin build there, of clay and
　wattles made:
Nine bean-rows will I have there, a hive for
　the honey-bee,
　And live alone in the bee-loud glade.

And I shall have some peace there, for peace
　comes dropping slow,
Dropping from the veils of the morning to
　where the cricket sings;
There midnight's all a glimmer, and noon a
　purple glow,

And evening full of linnet's wings.

I will arise and go now, for always night and day
I hear lake water lapping with low sounds by
　the shore;
while I stand on the roadway, or on the
　pavements grey,
　I hear it in the deep heart's core.

這裡先抄一段文章，看看葉慈寫此詩的動機：

『我在十幾歲時住在斯列各，當時懷着一個希望，想模倣梭羅（Thoreau）的辦法，隱居在燕泥島上（Innisfree那是羅吉列的一個小島）。我依然懷着那種希望。有一天我在倫敦的艦隊街上散步時非常想家。突然聽到一陣水聲，然後看見一家櫥窗裡有一個小噴水池，在那股噴水上面有一個球，於是，便想起湖水來。我的湖心島詩便是由這突然的回憶中產生出來的。在這首詩裡，我初次將自己的音樂譜入抒情詩的韻律裡……』（註2）

C

茵理絲湖島（註3）　　覃子豪譯

我要動身去了，去到茵理絲湖上，
我要在那裡造一座小屋，用枝條和泥土築成；
要種幾株豆果，爲蜜蜂營巢，
孤獨的住在林中，聽蜜蜂嗡嗡的聲音。
落雪的天氣，我有許多寧靜，
雪花從晨幕中飛到蟋蟀悲鳴的地方，
午夜微明，中午有強烈的陽光；
黃昏時分飛翔着紅雀的翅膀。
我要動身去了，離開這裡的白日和黑夜，
聽湖水向岸邊澎湃的聲音；
在通道上或灰色的人行道上，
在我心靈的深處諦聽。

D

「雪」，原來是「人造雪」——「覃記出品」。我想他是把slow錯看成snow了。一字母之差，便失之千里了。葉慈朝夕懷念的島，是一塊寧靜的地方，有蜜蜂、紅雀、陽光、湖水拍岸，充滿了朝氣，他且準備築屋務農，頗有五柳先生的風韻。此地，如果雪花飄舞，恐蜜蜂、紅雀，將收翼噤唱；陽光、湖水，也失去美感。境界便大有分寸。sing譯爲「悲鳴」，似乎過度誇張。果眞悲鳴，或許引起葉慈的共鳴，將撩起幾多愁？

「離開這裡的白日和黑夜」，譯得軟弱無力，且與原意不合。原詩並未談到離開，而是因爲葉慈朝夕縈懷，所以身在倫敦街頭，却似聞湖水拍岸的微響。未待離開，便已先聞，顯示懷念的深刻。

「澎湃」不妥，與原意不符。原詩low sounds，是「低聲」或「輕響」，與前節的「寧靜」互爲呼應。如果，湖水澎湃，想必風大浪大；設使再加上滿天雪花，雖然可能很够美，够詩意，我倒懷疑葉慈會選擇這種地方，當起梭翁第二哩！

此外，「幾棵」，原詩爲 nine bean-rows（九行豌豆）。此處，「九」字，必有所自。我雖然不確知何所指，但仍以忠實原作爲宜。

E

湖心島的嚮往（註4）

陳紹鵬譯

我要動身到燕泥島去
用樹枝和泥土搭個小茅茨
栽九行豆，養一窩蜂
退隱在營營的蜂聲中，領略林下情緻。

我要在那裡享受清靜，原來
清靜是慢慢滴下來的，
由晨的面紗滴到蟋蟀行吟地。
到夜半，那裡是一片朦朧，
到午間，映出一湖紫色的光輝
到黃昏，滿天撲簌，盡是紅雀翼。

我要動身到那裡去；因爲不分晝夜
那裡都能聽見微波輕拍湖岸
如今，無論是佇立街頭，或在灰色的人行道上，
我都在心的深處聽到它的呼喚。

F

陳先生雖不是特意翻譯這一首詩，却譯得流暢生動，不愧爲翻譯老手。陳先生雖然可能未從事中文的新詩創作，却也爲詩壇介紹了不少外國的奇花異卉，手中有一本 Elizabeth Drew的"Poetry"就爲「文星叢刊」出了「詩的欣賞」及「詩的創作」兩部著作。這是題外。

且說，陳譯仍然有若干地方，值得斟酌。其中如第三節第二行，「那裡都能聽見」句，蹩脚，與原意有出入，毛病與覃譯同。「離開這裡」（覃句），「到那裡去」後，「不分晝夜」「都能聽見微波輕拍湖岸」；如此一來，便失去了它的衝擊力。原詩，意即詩人身在倫敦，却似聞那裡的潮聲，深刻地表達出他的懷念、他的嚮往。

「養一窩蜂」，就不如「爲蜜蜂營巢」來得更出世，更與「自然」融化，而成爲化外隱士了。

末句：「我都在心的深處聽到它的呼喚」，實在蹩扭。如果改成：「我聽見它在心的深處呼喚」，不知如何？

如果再挑剔的話，第二節，違背了原詩，由四行「增資」變成六行了。

G

湖心的茵島（註5）

余光中譯

我就要動身前去，去到那湖心的茵島，
用泥土和枝條，結一座小小的茅廬；
我要種九行豆畦，搭一個蜜蜂的窩巢，
然後獨隱在蜂吟的深處。

我要在島上享一點清靜，因爲清靜緩緩地降落，
從早晨的面紗上降落到蟋蟀低唱的地方；
那兒子夜是一片朦朧，正午是一派紫色的閃爍，
而黃昏飛滿了紅雀的翅膀。

我就要動身前去，因爲白天和黑夜，往往
我聽到湖水輕輕地舐着湖邊；
無論我站在路上，或是在灰色的行人道旁，
我總在內心的深處把它聽見。

H

以譯詩的成就來說，余先生確是高人一等。至少在此譯詩裡，都很忠實於原詩。

假如不認爲我過分褒貶的話，我還可以指出它的缺點。如第三節第二行，把lapping譯成「舐」，是一敗筆，失去了活潑、跳躍，「意興遄飛」的意象。

其他，如「搭一個蜜蜂的窩巢」，就不如「爲蜜蜂搭一個窩巢」來得更隱逸，更符原意。末句的「把它聽見」爲遷就韻叶，顯得不暢快。

此外，在節奏方面，「前去」及「紗上」，兩個舌音字重疊，使得整個句子讀下來，有點拗口的感覺。

I

批評別人，就要接受別人的批評。且將我對這一首詩的瞭解和體會，試譯出來，企待指正。

J

茵妮絲湖島　　楓堤譯

此刻，我就要動身前往，到茵妮絲湖島，
在那裡，搭建一座小小的茅屋，用泥土和柳條構築；
在那裡，栽九行蠶豆，爲蜜蜂營一窩巢，
而在蜂聲吟吟的林中深處，孤獨地居住。

而我會在那裡享有寧靜，因爲寧靜緩緩滴落
由清晨的紗幕滴落到蟋蟀吟咏的地方；
在那裡，夜半是一片朦朧，午間是紫光閃爍，
而到了黃昏，則滿眼是紅雀的翅膀。

此刻，我要動身前往，因爲經常不分白晝和夜晚
我聽見湖水低聲拍擊着邊岸；
每當我佇立街道，或在灰色的人行道上，
我總聽見它在內心的深處呼喚。

——五四、一、廿七

註1：參見余光中譯「論葉慈」，刊「現代文學」十三期（五一、四、二十出版）。

註2：抄自陳紹鵬文「葉慈的夢幻與現實」，刊「文星」六十五期（五二、三、一出版）

註3：刊載於「葡萄園」季刊創刊號（五一、七、十五出版）。

註4：同註2。見該期五十六頁。

註5：刊於「現代文學」十三期。

作品合評

出席者：共十八人

瑞郙作品

錦　連　這首作品，讀到第二段，還是較爲思維的，但到第三段以後則成爲說明的，所以，缺乏一種飛躍！尤其是後段，流於用惰性來寫，前面的緊張到此全鬆懈下來。愛倫坡（Edgar A. Poe）在論詩的長短問題時曾說詩以短爲宜，因爲他認爲人對於亢奮的密度的延續不會太久的。這首詩本來並不長，但作者的感動却流於說明的。我認爲這首作品好像在模仿林亨泰的「風景」，不過我們仍然强調要寫就寫自己的。

林亨泰　從「阿爾卑斯山麓」與「米勒的拾穗」而跳到「現代畫」，不知有何關聯？作者好像要追求些什麽？但他的企圖却沒能適當的表現出來。

王憲陽　他所謂的現代畫，根本不知在暗示什麽？

古　貝　我認爲作者在這一首詩的處理上是動的，他的動在於一上一下，「俯視」與「仰視」之間，而且這也是主要的，好像他仰頭看了「雲」再俯視「採擷豌豆的小孩」，同時說了「阿爾卑斯山麓」又說了「米勒的拾穗」，全詩主要的只是一種外在的動作表現而已，缺乏其精神上有力的動向。

林亨泰　從字裡行間看起來，好像有這種感覺。

古　貝　同時，對於第一段用淡綠、黃、濃綠來表現竹林，我認爲有點出入，因爲從時間上來說，竹林應該是淡綠、濃綠，而後才到老黃，是不是在時間處理上有點顚倒的感覺？

林亨泰　我認爲作者的表現並不在於時間前後的問題，而是所看到的眞正的風景，因爲最近的竹林使我們感到淡綠的顏色，再深一層就是黃色，而最後就是濃綠，我認爲這種色彩的表現是不錯的。

張彥勳　我以爲首段是描寫「靜」的風景，而第二段是「動」的描寫，這種對照的寫法倒新鮮，但缺乏進一步的追求。

白　萩　很顯然地，是模仿林亨泰！但模仿得並不成功。

林亨泰　我想作者並不是在模仿我，我認爲他好像有他個人的精神活動底追求。像小孩俯身採擷豌豆的姿態，給予作者一種天眞可愛的感受，作者將這種感受放進詩裡面，這種風景便顯得眞古錐（臺音）了。

白　萩　倒不如最後兩段不要！

楓　堤　是的，我覺得可以不要。我認爲作者似乎只在强調色彩由淡綠而黃而濃綠，只以色彩來象徵風景。

林亨泰　讀者雖然應當注視作者的精神活動，但是作者對事物的表現這樣瑣碎的事情，讀者的我們最好不要替作者越俎代庖。

吳瀛濤作品

錦　連　我看這是吳瀛濤先生的作品吧?!

吳瀛濤　我不敢否認。

全　體　（笑）

錦　連　我們一看，就知道這是吳先生的作品，這究竟是意味著什麽呢？

林亭泰　這一點，對作者來講，可以說是成功，也可以說是失敗。

白　萩　這是有他的詩的特點，這種特點，可以說是好的，也可以說是壞的。

錦　連　加果說是壞的，壞在什麼地方呢？

林亭泰　「失落」是一種愛的表現，好像我們通常都用張開双手來譬喻愛的失落，對於「失落」的表現是不是可以用另一種方法來表現，而不要只流於腦筋中的失落底說明。

王憲陽　這有些排列的感覺。

林亭泰　在表現上或許有排列的感覺，但這也許是作者有意對音樂性的强調。

王憲陽　但是這首作品的音樂性却很單調。

白　萩　這首詩很概念也很抽象，覃子豪所强調的「抽象」這頂帽子該送給吳瀛濤，他所追求的，吳瀛濤早已追求到了！

吳瀛濤　這首詩，我寫作的動機有二：一是奧林匹克的某採訪作家，在報紙上發表感想說：奧林匹克的場面並不使人感動，我也有同感，所以，我要探求現在的世紀是什麼能使我們感動的呢？二是另外我在科學雜誌上看過，依愛因斯坦（Aerbert Eienstein）田對論學說，在太空的時間觀念與地球的時間觀念，好比浦島太郎的故事，他從陸上到海底的水晶宮，再重返人間的時間觀念的對比一樣；因此，我認爲地球是孤獨的，人類也是孤獨的！這兩件事的感受，使我有寫這首詩的動機。

錦　連　據作者這種解釋，好像在思想上的範圍是很廣的，但從作品中却感受不出這種感覺。

白　萩　聽作者的自白，很有味道，可是詩是否需要註解才能欣賞呢？

錦　連　當然不要爲妙！

吳瀛濤　我的實驗未十分成熟，我很希望以個人的能力寫作，來引進新的創作，擴大詩的世界。

文曉村作品

吳瀛濤　這首詩的第三段兩行很好：「倘若我們的期待亦如信仰能够涉過這些潮濕與陰冷」作者提出了對生的信念，同時也給我們一種安慰。

王憲陽　我特別欣賞第二段的末兩行：

「我們的心上，遂有一層推不開的雲翳。一種鹽酸鉛似的負荷」

錦　連　我們只欣賞某段某行，對整篇是否有好處？

林亭泰　與其探求片斷的句子，倒不如探求整篇的動向。

錦　連　雖然有抒情味，但在現代詩的表現上，似乎缺乏了些什麼？

白　萩　抒情是不錯的，但好像有「流行的抒情」感覺。

林亭泰　既然是「無需再唱死亡的哀歌」，是否另外需要再表現些什麼？

白　萩　要想另外再表現些什麼？就得氣質的轉變。

林亭泰　就其細膩的程度來說，已經是詩的了！

張彥勳作品

方　平　這首作品，用散文也可表現出來吧！「點點明」這個句子用在詩中，語句上好像有點怪。

錦　連　表現的句法，倒不在乎怪不怪，而是在描述上，有些格式化。

白　萩　這首詩的缺點是張力的欠缺，使人有鬆懈的感覺。

方　平　最末段的「捨不得離去」「在徘徊」「流流連連在道上」，我認

為這三句的意思都大同小異，加果簡潔一點更好。

林亨泰 就排列上來說，乍看之下好像很新穎，但其抒情，只是說明的描寫，所以流於散文化。

桓　夫 因為表現得鬆懈，所以失去張力。

詹　冰 這是失去個性吧！

林亨泰 這是流於散文化的緣故。

趙天儀 什麼叫做散文？

吳瀛濤 缺乏詩素的，叫做散文。

吳宏一 那麼詩是什麼？

錦　連 這種發問不應該是最初的，而應該是最後的，究極的問題，詩如果一旦下了定義，它的範疇就受到了限制，而無法在其領域中有所開展了。

林亨泰 詩是一種追求，其領域是無限大的。我們就忠實地追求吧！而不要一下子就問詩是什麼？不必急著問，而要保留下來，先去忠實地追求吧！

錦　連 這就是需要個性的原因。

白　萩 勉强地說，有形象就可以有詩的繪畫性，但只有繪畫性，也還缺少了什麼？

古　貝 今天洛夫有一篇在中央副刊的「論詩本質」，最後說：「我並無意在此提倡隱晦，但詩總以含蓄深永為上」。（註）

彭捷作品

詹　冰 約一個禮拜前，我曾經看過報導所謂電腦作詩的消息，但詩是人寫的，畢竟不是電腦寫的。

古　貝 這個消息倒是非常新鮮，但是詩必須要有思想，而電腦能夠寫出有思想的詩嗎？

詹　冰 這首詩就有電腦詩的味道，不然的話，這首詩是不壞的。

白　萩 這是作者心目中的塔，不是眞實的塔，但作者越寫越離譜，似稍為嚕嗦。

桓　夫 最後兩行，暗喩人生，我認為是有所表現的。

林亨泰 作者是很有表現力的，對塔的積層，作者却能抓緊一個影子，好像是要以影子來隱示什麼；但若嚴格的說，作者雖有表現力，但表現的意慾還可再進一步跟「人」的悲哀痛苦有所關聯，這樣，我們豈不是可以更引起感觸或感動麼？

方　平 從「更上一層有更濶的風景」來看，是有「人」的觀照，因為單憑想像是不可能的，必須要「人」眞實地一層一層的上去，才能看到更濶的風景。

錦　連 但跟生活不發生關係。

桓　夫 就「藤蘿攀登纏著尖頂伸手探索終點」這兩句來說，作者也表現了生活的感受。

林亨泰 感受是有一些，可惜還缺少了些什麼？在末了好像是作者所要表現的動向消失了。

林宗源作品

林亨泰 這首詩較「后里旅情」有獨到的語言，因此，後者是散文的，而這首是詩的。

桓　夫 好像理論化了一點，所以令人有硬綁綁的感覺。

王憲陽　「哈哈」用來像在自嘲。

白　萩　作者較少受到傳統的洗禮，這首詩有原始性的趣味，但也不算是好詩。

林亨泰　「好」「壞」加何分別？你所說的原始性的趣味就是作者的長處嘛！

白　萩　作者雖較少受到傳統的累贅，却較有生活的體驗；我們的詩壇，早期白手成家的開荒者，就是有這點好處，他們不模仿，不裝飾，反而充滿了粗獷的素樸的氣息。

林亨泰　不太受到傳統的影響，不是更好嗎？寫詩，最好恢復到孩童般的天眞，我想寫詩是可充盈亦可空靈的。

吳瀛濤　作者的這種表現方法好像很怪嘛！

林亨泰　其實有什麽怪呢？看多了，也就順眼了！（笑）

桓　夫　這種語言並不怪，只不過是一般的日常語罷了。

吳宏一　那麽，什麽才算是詩的語言呢？

林亨泰　並不是事先有詩的語言，所謂詩的語言，就是作者因表現上的需要而創造出來的語言。

吳瀛濤　「誇大狂的怪物」，很怪；而「神經痛的呼喚」，好像比較合理。

錦　連　作者所表現的詩的語言底笨拙，並不影響其意象的完整。

林亨泰　就作者所表現的句子：

「生命的建築是屬於植物的
他說：是神
你說：是人」

這種表現是頗富哲理的，可說是哲學的哲學。他很直接地表現，而且已有所表現。

白　萩　像樸素憨直的鄉下佬談戀愛，直接表示說「給我吻一下」一樣！作者所具有的原始性的性格，根本不必再裝飾。

林亨泰　像談女人，應著重其完整的健美的肉體，而不只在於她的面貌。這首詩的表現已够完整。他用「哈哈」，用得很自然，而且頗有味道，這是一種冒險的用法，但作者用得很妥當。

吳瀛濤　作者的意慾表現得很突出。

林亨泰　作者有純眞的氣息，並且發揮了批判精神。植物靜靜的，一句話都不說，而人却滔滔不絕，我們面對著這種大自然，顯得很慚愧！

錦　連　作者要整理其自己內心的感受，詩不要有功用性，詩乃爲自己內心的表現，這種意慾在目前是很少的。

林亨泰　作者能凝視於一點，又能忠實於自己，所以能有所表現。此乃對現代詩的一種糾正，如以想寫好詩來說，它的動機已經失敗了；像這首不像詩的詩，其本身就是詩，這正是作者忠實態度的效果。所謂知之爲知之，不知爲不知，是知也。正是一個有力的註脚。

（註）見五十四年一月二日中央日報「中央副刊」，洛夫「論詩的本質」一文。

詩壇散步

柳文哲

七星山

高準著
中國文化學院
53年11月出版

很醒目的詩集的名字。作者從「丁香結」到「七星山」，在企求着超越自己的過去，在兩本詩集的距離上，他已向前邁了一步。前一個集子，還很受古詩詞及格律化的影響；尤其是在語言的運用方面，頗缺乏清新的感覺。而後一個集子，則已較爲放棄了過去陳舊的氣味，而欲走向更新的創造。

在二十首詩作中，我較欣賞「哀鯨魚」；這首詩，題材新穎，表現有力，顯示了作者敏銳的感受。我覺得作者已意識到該擺脫纖麗的詩風的時候了！

從意象的捕捉來看，作者的觀察力似乎還不够精密，雖然已微露努力的痕跡，但是平面的敍述究竟還是佔了多數，所以，立體的雕塑尙待進一步去探求。像「春夜的獨步」，作者對黑色的觸覺是這樣的：

「無盡的黑色啊，潔白的黑色，
寂寞的黑色啊，多麼充實的
寂寞。噯，掩蓋我吧，且讓我
被葬。」

那「潔白的黑色」，是要用一種靜觀，一種全然的洞悟，才能直覺感受出來的。

從語言的鑄造來看，可能是作者的癖好，古詩詞的影響還很深，我認爲用得妥當固然不錯，但是能加以割愛，且創造更純粹的新的語言，豈不更好！

作者在「後記」中，表現了他對目前新詩的看法，他說：「第一，當前臺灣的新詩每有流於字雕句琢之「鴛鴦蝴蝶派」的風格者，對此，認爲必須摒絕。第二，又有專事標新立異以晦澀爲高的作風，則認爲尤須揚棄。蓋詩人者，並不是社會上一種特殊階級，相反的，他對於社會實有其責任。他若不能對社會有所助益，則豈非成爲社會的一種蠹蟲嗎？詩人的責任爲何？則我以爲至少應以其作品昇華、宣導自我之情緒而使他人之情緒亦得藉以昇華宣導所謂「人心不能無所感，有感不能無所寄」，使人類的情感能有所寄託，實即是詩人的基本責任。再進而言之，則更應以其作品啓迪社會期於人心之淨化與美化。」

詩人一旦以優越感自居的時候，就已暴露其自卑感在作祟；我們今日的時代是個平夷作用流行的時代，詩人要磨鍊

自己，入污泥而不染，不自傲，亦不自卑，那麼，我們才能挺胸歌唱自己的聲音。

就這本集子的內容；包括了詩、譯詩、散文及批評來說，未免太雜了些吧。「山的心影」是一篇頗富詩味而又幽默的小品，作者的摯友松芬君的談吐，別有一番風趣，令人激賞。

千夢湖

劉占魁著
53年出版

每一個詩的創作者，總會經過一段初期習作的階段，然後，努力創造屬於自己的獨特的風格。

這本集子，雖然是作者的處女作，但已經看得出作者苦心探索的足跡。我認爲作者的觀照已若有所追求，但表現的彈性還不够其觀照的幅度。詩人是社會的一份子，詩也就是其社會生活的側影；因此，現代詩人，與其寄情山水風景，倒不如投身在都會生活的大烘爐裡，讓詩人在喧囂與噪音中，訓練衆人皆睡我獨醒的慧眼，也許更能有所表現。

我們試看作者觀照現代都會的衆生相，利用諷刺的手法來表現的富於意象的句子：

「腿上裝設刹車，眼睛可自轉三百六十度
能伸縮到電影廣告主角的畫像上（都市夜生活）

「青年們狠狠磨擦球桿
將向賭國的仇城——
作猛烈的夜襲」（都市夜生活）

「那香袋裡裝滿了的不是顆顆眞誠
是年年大發財源的祈禱符」（一群歸去的進香人）

「不願看燈紅酒綠的浮圖
而被罪惡的凶徒蒙住靈魂的窗戶」（按摩女）

當然囉，意象並不就是詩素的整體，然而缺乏意象的作品，容易停留於本質上的散文的階段，作者的作品，多半平舖直述，有些散文化的感覺，也許這是寫詩最吃緊的所在。

在這本集子裡，作者對語言的提煉，是有自覺意識的，沒有太多古詩詞的影響，也沒有太多流行調的傳染；這是可喜的，可是潤飾尚不够，總感覺有點兒燥，好像是喉嚨的聲帶不够滑潤似的。

露路

藍菱著
藍星詩社
53年4月出版

寫詩，一方面固然需要天份，另一方面也需要修養；天份高，其表現的風格必超然出群；修養深厚，其創作的生命必持久不衰。所以，一個富於創造性的詩人，要能耐得住長久寂寞孤獨的考驗；不但是時時要警惕自己不斷地創新，而

且要避免重覆他人或自己所發掘的領域，因此，詩人得在性靈的修養上，努力保持生命青春的氣息，以延續詩人藝術創造的生命。像紅透一時的電影明星，加果不在藝術上來磨鍊自己，遲早會被時間無情的巨輪踩過去的！

從十四歲就發表詩集「第十四的星光」底作者藍菱，是個聰慧而富有詩人氣質的女孩子，在那部集子最後的一首，她這樣地歌詠着：

「而林蔭道上，我祇是迷茫的踟躅
祇是疲憊的安眠在梧桐樹下
祇是祈求淡淡的清光的透射」（嘆息。深秋的哭泣）

當我們聽到她搖響第一下的鐘聲時，她還祇是一個迷茫中若有所追求的小女孩；而在三年以後，又聽到她搖響第二下的鐘聲時，發現她，已從童星成爲青春的新星了！雖然她是成長於南洋的菲律賓，但她所受的詩的教育却顯示着她受祖國的影響甚深，她的作品跟我們詩壇的某些作品非常接近，這證明她非常熟悉我們的詩壇，尤其是她在詩素的把握方式，詩語的創造方法，都受我們詩壇的影響。我認爲一個詩人，要發揮自己的個性，才會斷奶而長大起來。以作者這樣靈敏的心眼，是不難收所受的影響，而創造出屬於自己獨特底風格的作品的。

作者頗能表現一個天眞無邪而頑皮透頂的少女的心聲，且常略帶一股淡淡的成熟的氣息，這不就是證明了她有個性嗎？試舉她的詩句爲例：

「孤寂的我是晨的伴侶
旖旎不屬於我，神秘不屬於我
而我總愛把僞裝的笑，投向虛無
投向遠方
啊！晨，擁抱我這寂寞的靈魂吧。」（晨）

「舒展着，那生命的綠
那是一片青春底歡呼之後的長成
我喜歡裸足踏上去
日出之後，讓影子輕輕躺下」（林蔭）

作者以這樣的年齡寫出這樣的作品，證明她有寫詩的天份；但有天份是一回事，如何表現天份是另一回事；前者是潛能的存在，後者才是創造的存在。換句話說，表現是修靈的修養加上技巧的訓練，詩人是需要時時刻刻地自我批判的！

第八根琴弦

文曉村著
葡萄園詩叢
53年12月出版

根據作者在「後記」的自述，他先後參加中華文藝函授學校，文壇函授學校，以及文協舉辦的文藝研究班和新詩研究班。作者虛心學習，不斷地接受文藝界先進的教導，爲了

新詩的創作和研究，下這樣的苦功，確屬難得。

現在作者第一次提出了他學習的成果，這本集子包括了「第八根琴弦」、「十月的島」、「小鎮群像」三輯。作者在第一、二輯，着重於個人內心的感受，尤以愛的響往，美的憧憬爲其表現的素材；在第三輯，則着重於現實社會小人物的動態的描寫；因此，前者多抒情，詩味較濃；後者多敍述，詩味就減低。也許是作者對生活的執着，使他的表現跟社會生活息息相關；詩，不能游離於生活圈外，即使是不跟生活妥協，該也是對生活的一種嚴肅的批判！因此，詩是一種生活底理想境界的追求的過程中，所投下的影子，所記，下的錄音。

作者說：「詩，尤其是抒情詩，僅僅具有文字表面的意義，那是不够的；至少它還應該有些可供咀嚼回味的弦外之者」。我們該曉得，詩的創造，在語言上，盡可明朗；但在本質上，却不可毫無含蓄，也許那就是需要弦外之音的緣故。我覺得作者在詩語的鑄造方面，是够明朗的；可是在詩素的凝鍊和濃縮方面，則尚不够十分精密和純粹；而不經意地流露着散文化的調子，的確，詩的語言底晦澀是不足爲訓的，然而，詩的本質底稀薄，却也是詩的致命傷呢！

作者的感受很平易近人，下例的句子，可以窺探作者在生活上的投影：

「在那落霜的夜裏
我是一株晚冬的草
脆弱的生命
終於顫慄着枯萎了
縱然夜的黑紗緊緊地裹着我的軀體
而霜的寒光，星的冷輝
還是冷冷地刺入我的心靈」（落霜之夜）

又作者對愛的追求，是頗纏綿的在「雪季」裡，他懷念着，且想起一個人的名字，最後他輕輕地呼喚着：

「但是，我的愛！你在那裏？
莫非是眞的？上帝已將
你的名字，像堆雪人似的
塑於不可攀及的玉女峯上？
主啊！可憐我吧，我已疲乏
我的眼睛爲了尋覓與仰望
已經變得日漸空盲」（雪季之二）

作者的表現方法是直接的，而且是傾向於寫實的色彩，沒有更深沉的象徵的意味，因此，不易達到富有弦外之音的效果。我們知道，創造乃是一種前無古人的境界，創造者需具備匠心獨創的表現技巧，而這決不是函授學校或硏究班可以完全學習得到的，同樣地，也不是學院所能授予的，而是靠創造者不懈的努力。

出版者：曙光文藝社
資料室：彰化市中山里中山莊52之7號
印刷：時代商務印刷廠

笠

中華民國內政部登記內版臺誌字第一四九一號
中華郵政臺字一四三〇號執照登記爲第一類新聞紙類
曙光文藝

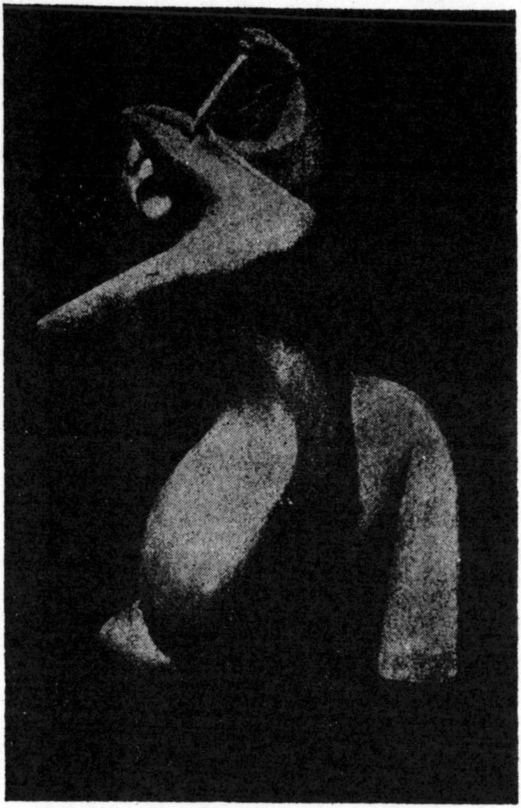

6

目錄

精神與方法

本社

現代詩的創作已一躍而成爲方法論的了，那麼成爲方法論的究竟是什麼意思呢？就拿工業與詩做譬喻吧！那就是意味着機械學的進步，再拿戰爭與詩做譬喻，就是意味着戰術的進步。凡是人類文化總是隨着時代的進步而進步，同樣的，人類精神與生活環境的變化也是由單純而複雜，由低級而高級，不斷的推移不斷的發展，於是機械學、天文學、醫藥學或作戰計劃等等，在今日都已由專門學者分門研究，然而關於人類精神最複雜形態的表現，當然也需由這一方面的專家——詩人，來加以從事研究，因此現代詩的創作也就越來越趨於方法論的了。

二十世紀以前的詩，正如產業革命前的手工業，這期間的進步情形非常緩慢，幾乎近於停頓，每次一種新形式的出現，似乎都得經過幾百年後，這種長時間停滯的原因，該歸過於當時始終以抒情爲詩創作的唯一方法，即基於想像與情操的交感，外在的一律性的這一種方法，因此當時的習慣上所必需的只是以星、鳥、花、月、蟲、蝴蝶、佳人、獸、林間、山谷、湖畔、海洋等爲題材。因爲這些題材均是人類生活環境中的姣姣者，最易被讀者所注目所親近，也最容易引起讀者的「共鳴」的。題材本身即具有如此令人醒目令人驚異的優越條件，因而在如此抒情的過程中，自然也就不必再尋求什麼「方法論」了。

就讀者而言，再沒有比這種沒有方法論的詩，即以詩的題材美當爲詩美的詩更易懂了吧！因爲它的詩的題材本身已是那麼美好，詩人又把它寫成那麼活現，當然這已够使讀者一見就被喜愛而歡迎的了。如果僅有如此，詩美將會無形中受到了詩題材的限制，縮窄了詩的範圍。其實只要有表現能力强的詩人，即使是「醜」豈不也照樣能入詩？例如紀弦的「脫襪吟」會用「何其臭的襪子，何其臭的脚」來表現流浪者的痛楚，並且又寫得相當迫切動人！那麼，這不就是詩嗎？然而這篇詩既又感動了讀者，那麼，這感動又不就是詩的美感嗎？果眞如此，紀弦詩中的「臭」可說是發生「美感」了！

笠下影

紀弦

一個詩人，應該勇於生活。首先，他應該置身於現實的生活之千鎚百鍊下，讓它去鎚鍊。如果他煞得住，禁得起，吃得消，居然沒有被淘汰掉，那麼，站起來，唱吧！

但是當他寫一首詩，即使是萬馬奔騰，也不可一揮而就。他必須壓抑他的情緒，努力忍住他那創作慾的衝動。他要多想幾天，幾個星期，甚至幾年，幾個月，慢慢一點再寫。

詩人鎚鍊他的作品，要一字一句地鎚，一行一節地鍊，正如他受生活的鎚鍊是一樣的情形。

一個詩人能把他的作品鎚鍊到何種程度，全看他被生活鎚鍊到何種程度而定。愈是生活得堅強的詩人，其作品也愈有分量、力與深度。

壹、作品

脫襪吟

何其臭的襪子，
何其臭的脚，
這是流浪人的襪子，
流浪人的脚。

沒有家，
也沒有親人。
家呀，親人呀，
何其生疏的東西呀！

這回

古代，死了一個王，
有千百少女殉葬。

萬千次的戰爭，
紀錄在人類的歷史上。

還有無數平凡的生命，
犧牲於二十世紀之文明。

天又昏暗了，風又襲來了，
這回，激怒了我的心！

亂夢

他拿着魔術的瓶，
喊我的名字。

左是火。
右是河。

回頭是張牙舞爪的猛虎。
天慘青。
地絕黑。

我的尖叫，
他的獰笑。

S.O.S. S.O.S. S.O.S.
急 火急 十萬火急
++ +++
SOS SOS

他拿着魔術的瓶，
喊我的名字。

都市的魔術

噪音和速率。
噪音和速率。
立體。立體。立體。恐怖的立體。
蛆樣的人羣。蛆樣的人羣。
碳酸氣和傳染病的製造所。

我不能思想。我眩暈。
我甚至失去了比一切重要的
自意識和存在感。
我收縮了起來。我渺小了起來。
而且作爲蛆羣中之一蛆，
食着糞，飲着溺，蠕動在
二十世紀的都市裏。

我是被征服了！
我是被侮辱了！

噪音和速率。噪音和速率。
恐怖的立體。恐怖的立體。

爲什麼
作爲原野的衆兄弟之一的
我的修長、偉大的姿
收縮了起來？渺小了起來？

貳、詩的位置

論起詩的「現代化」，我們總是忘不了紀弦的存在，這猶如要談論詩的「白話化」，當忘不了胡適的存在一樣，也猶如由於胡適的鼓吹，才開創了詩的自由天地，現代詩由於紀弦的鼓吹，才拓展了更新的領域。他完成的工作之中，最值得大書特書的，大概是對於當時清一色抒情的詩壇，導入了主知的要素吧！由此，現代中國的詩法才從一律性變成了千變萬化，由此，現代中國的詩美才從清一色變成多彩多姿了。回顧當時，當紀弦主編的『現代詩』揭櫫「現代派宣言」」時（註1），『藍星』詩刊猶沉睡於「抒情」的甜夢之中（註2），至於『創世紀』詩刊，也還停留於「新民族詩型」的樸素階段。又，方思、楊喚、葉泥、鄭愁予、林亨泰、林冷、壬癸（商禽）、季紅、吹黑明、楊允達、錦連、黃荷生、薛柏谷等夥友之所以聚集於『現代詩』，並非由於他們的作品相類似，而是由於作品的顯然相異，這正意味着他的重視獨創性（originality）更甚於熟練性（discipline）。由此就知道，他不但力足以擔當文學運動的盟主，而作為一個雜誌的主編，他也可以說是獨具慧眼的人。從創刊號到第二十三期這一期間，是『現代詩』的黃金時代，也可以說是現代中國詩壇最富有生氣的時代。

（註1）民國四十五年二月（請參閱『現代詩』第十三期）。

（註2）參閱『藍星詩選』叢刊第一輯社論「新詩往何處去」（民國四十六年八月）

（註3）『創世紀』的革新是自第十一期開始，即民國四八年四月。

參、詩的特徵

紀弦詩的特徵，在於其「眞摯性」（註1）。但是甚麼叫「眞摯性」（Sincerite）呢？（註2），這是有如高克多（Jean Cocteau）所說的：「談論一切，暴露一切，赤裸裸的生活着」。就是說對於一般人所不欲言的，甚至對於自己的缺點（愚昧、下賤、懦弱、混亂、虛偽等）也毫無掩飾的予以率直地告白出來。雖然這樣，也不是說他的作品是以暴露為能事，而是說他在率直的告白中，仍能表現出詩人特有的銳敏的感受性與豐富的想像力，這眞是難能可貴。事實上，人類既然具有終必腐朽的肉體，長日煩惱的精神，這流露出來的弱點，也就成為詩的強度了。因為詩人所具有的弱點，由於相連着人類全體的苦難，這就是使讀者感動的原因，也是他 詩之所以具有強度的理由了。

（註1）「脫襪吟」是意圖在自我的孤獨之中，而「這回」則意圖在時代的殘忍之中，「亂夢」則意圖在夢的恐怖之中，「都市的魔術」則意圖在社會的喧擾之中捕捉自己的，然而在追求眞摯性這一點上，「脫襪吟」在「臭的襪子及脚」中，「這回」在「激怒了我的心」中，「亂夢」在「我的尖叫」中，「都市的魔術」在「作為蛆蟲之中的一蛆」中，都是一致的。

（註2）對此，在即將出版的林亨泰著『攸理西斯的弓』（「現代詩的鑑賞」第一輯）有詳細的說明。

肆、結　語

現代詩的創作或鑑賞，最重要的乃是基本修養，而凡是現代人也都必須具有這種修養。不過，這決不是一般人所想像的那樣可以從舊體詩承繼而得的，現代詩的基礎，無論如何必須建立於現代精神之上。就這一點來說，紀弦的詩在現代中國詩壇上可以說是最富有現代精神的。所以從今以後，凡是剛要習練詩的新進詩人，或是剛要品味現代詩的一般讀者，一定要先從他這種眞摯的詩入手。猶如學習現代繪畫基礎的人，必須先從塞尚的素描着手研究一樣。

夜

邱瑩星

當花蛇吞蝕了粉紅的衣裳
當樊籠裏傳出了晚禱的鐘聲

黑色的翅膀
飛過大地和空間
嚴肅的靜
抑制了喜怒無常的風
安息了鳥的歌聲
以及草蟲的哀鳴

在萬籟停止呼息的刹那
星星閃耀迷人的眼睛
一顆顆跳自天幕的裂縫
模仿人間玉女的弦月
漫步於蔚藍的長空

高空上
閃耀明亮的眼睛與娥眉
海洋之中
明滅着弦月和星星
高矗林立的香蕉樹
遮蓋天半個臉頰
茂密的樹葉之際
落下了冰冷的水銀

蟋蟀，青蛙豪放地歌唱
唯有飛蛾
已失去了昔日
撲取光與熱的雄姿
爲了珍惜這如朝露的生命
讓煩悶和哀愁
斂藏它的足跡
讓歡樂的歌聲
冲洗我憂鬱的心田

當錦蛇吞蝕了銀色的衣裳
當日神將擧首東山

玄色的翅膀
飛過山峯和海洋
沈重的靜
安息了夜行人的跫音
停止了遊子的啜泣
爲了珍惜這美好的光陰
讓回憶和懷念
遠離我記憶之門
願期待的曙光
照明幽暗崎嶇的旅途

笠下披沙

詩與詩人的限度：經驗

石湫

以一般人的感覺寫詩，而表現出來的作品異於一般人的，這是「一般的詩。以獨特的感覺寫詩，而表現出來的作品是從來沒人所能企及的；這是上乘的詩。前者可遇，後者却不可强求。

詩作的動機根於生活。捕捉生活中富有戲劇性的一刹那，以純淨的文字表現出來的是詩。詩不是幻想，祇是表現；詩不是想像出來的，是感受出來的。所以哥德說：「我是生活了，愛了，多多地煩惱了！這就是維持的起源。」

生活是經驗；經驗是有限的；因此詩人「行千里路，讀萬卷書」無非爲了充實生活的經驗。以一般人的感覺寫詩，祇能表現「一般人的經驗。以獨特的感覺寫詩，表現出來的作品才能超越一般人的經驗。

所謂獨特的感覺包括：超人的想像力、敏感力和領悟力

。所謂生活中富有戲劇性的一刹那意謂：時間與空間所構成的人的存在，在這存在的瞬間個人面對着大宇宙，主觀的世界與客觀的世界合一，有限的世界與無限的世界並存。寫詩不是只將抽象的東西具體化，而是將感官所感受的印象，更純粹的說，是感官所把握的直覺世界，以文字技巧加以表現。詩，是以現實生活爲素材，表現幽美的心靈世界。現實生活是有限的，詩的世界是無限的。

詩既是表現的，因此「探究人性的眞實性」——在生與死，有與無，愛與恨，眞與假，美與醜，善與惡，時間與空間，肉體與精神，有限與無限之間人存在的眞實性，該是詩最神聖的價值所在。詩的無限性該是隱藏在這神聖的價值裡吧。

經驗限制了詩人創作的題材，但不能限制詩人所創造的

神聖價值，從有限性的素材（經驗）產生無限性的存在（詩）正是詩人的筆點鐵成金，詩人的慧眼化腐朽爲神奇的地方吧了。

媽媽日記

作　者：彭　捷

原　刊：民聲日報文藝双週刊三十五期

長工、兼値日
張着網，張着手臂，張着愛的雷達
網內是我的宇宙
極大、且圓、且滿
愛的軌跡，每一點都有引力
不管距離遠近
總在軌跡之內
描一隻釀蜜的蜂
畫守夜的牧羊犬
守住愛的網
長工、兼値日

（五十二年二月廿五日）

一、「張着網，張着手臂，張着愛的雷達」表現出非常特殊的感覺；只有做媽媽的詩人對母愛才有這種特殊的感受。這首詩在「野風」一七七期（五二年八月一日出版）又刊出，這句却變成「張着『可愛的家庭』旋律編成的網」——這就是一般人的感覺了。

二、感觸之細膩，表現之眞實，以及現代詩理智抒情之流露，使這首「媽媽日記」與孟郊的「遊子吟」比較起來，非但毫無遜色，甚至有過之無不及。「遊子吟」現代人讀來已不能滿足，因母愛已不只是「臨行密密縫，意恐遲遲歸」而已；六十年代的母愛像雷達，軌跡之內，不管距離遠近，「每一點都有引力」。「慈母手中線」，何如「網內的宇宙」？「遊子身上衣」，何如「描一隻釀蜜的蜂　畫守夜的牧羊犬」？「守住愛的網，長工兼値日」不是比「誰言寸草心，報得三春暉」更具有眞實感麼？

三、生活經驗的限度並不意謂詩作的極限。生活圈狹窄不足爲病，只要詩人能加深體驗有限度的生活，表現出沒人所能企及的特殊感受。詩的無限性寓於人存在的眞實性；「媽媽日記」的價值在於能如此完美的表現出母愛的偉大以及媽媽存在的完全意義。

挖掘

錦　連

許久　許久
在體內的血液裏我們尋找着祖先們的影子
白晝和夜　在我們畢竟是一個夜
對我們　他們的臉孔和體臭竟是如此的陌生
如今
這龜裂的生存底寂寥是我們唯一的實感
站在存在的河邊　我們仍執拗地挖掘着
一如我們的祖先　我們仍執拗地等待着
等待着發紅的角膜上
映出一絲火光的刹那

這麼久？　這麼久爲什麼
我們還碰不到火
在燒却的過程中要發出光芒的　那種火

這麼久？　這麼久爲什麼
我們總是碰到水
在流失的過程中將腐爛一切的　那種水
晚秋的黃昏底虛像之前

固執於挖掘的我們的手戰慄着
面對這冷漠而陌生的世界
分裂又分裂的我們底存在是血斑斑的

我們祇有挖掘
我們祇有執拗地挖掘
一如我們的祖先　不許流淚

配在鬼屋上的窗

喬　林

守望又非守望
睡眼而又清醒
是在呢喃猶似啞然
啊，這已够黑了的窗
仍有黑在侵入，在擁擠，在佔領

如果有河穿窗而流
如果有樹貫窗而青
如果是月，就可以遮去一些
　　又露出一些

然而這窗就只配在鬼屋上
如此的張開着。那晚
老私娼的眼睛在小巷口顫抖
任黑侵入，任黑擁擠
以及任黑佔領並唾棄

詩史資料

穿珊瑚珠的人

彭捷

詩人覃子豪先生，我慣稱他覃師；因覃師與我的情誼，始於師生關係，而我一直尊敬他，視之為良師益友。

回溯民國四十二年底，李辰冬先生創辦中華文藝函授學校，我加入了詩歌班。起初三個月的學習，因習作批改不認眞，光啃講義得不到要領，正想中途退學，恰在此時，換了批改老師。新老師批改認眞，每次拿到批改過的習作，都可以在批改的紅字裏得到明確的指正，和意想不到的鼓勵，提高了學習的情緒。每一次發下習作題目，都捨不得放棄習作的機會，而且一次比一次認眞。繳了卷之後，便盼望看到自己所得到的批改，和全班的總評，以及批改示範，學習導入了如醉如狂的追求。這新來的老師就是覃子豪先生。後來把當年的批改示範修編出版，就是「詩的解剖」。

提起覃先生，就令人聯想到藍星詩社，正如今日我們看到藍星詩頁，便懷念覃先生。

聽說當年藍星詩社的成立，是覃師和夏菁先生，余光中先生，吳望堯先生等幾位發起的。但主要的編務多由覃師負責。藍星詩社於四十三年首創藍星週刊，每週五在公論報刊出。藍星週刊以前，覃師曾編過新詩週刊，後來不知為什麽停了，藍星週刊創辦的時候，覃師已擔任了中華文藝函授學校詩歌班的教席，第一屆學生已有半年多的習作成績，第二屆也開始了。藍星週刊固然是一般愛好新詩的讀者與作者的園地，也是培育詩歌班學生習作的溫床，如向明，張效愚、蘇美怡、曠中玉、沉思、羅暉等，便是在藍星週刊培植出來的詩歌班同學。當然覃師的教務與編務非常忙碌，藍星週刊出版的前夜，跑報社印刷房送稿校稿的事，都由詩歌班同學們帮忙。

覃師誨人不倦，不但對詩歌班同學如此，對一般喜愛新詩初學寫詩的朋友，亦非常愛護，熱心指導，白萩和袁德星，辛鬱等就是在藍星園地茁壯起來的青年詩人。

藍星詩社除藍星週刊外，四十六年創了藍星宜蘭版，由年青編者朱家駿先生主持編務，四十七年底又創藍星詩頁，五十年出版藍星季刊，極得詩壇推崇。而愛好新詩的讀者與

作者，也因藍星詩社的刊物而結成朋友，可說是以詩會友。

當年覃師中山北路的寓所，座上經常擠滿了寫詩朋友，前輩名詩人與學步的年青詩人共叙一室，是最融洽的新詩座談會，虛心學步的朋友，靜靜的坐在角落，可聽到許多詩壇掌故和精辟的宏論，眞是「聽君一席話，勝讀十年書。」詩歌班有許多同學是來自軍中的，他們在臺無親無故，都因分沾了覃師的慈愛與詩友的情誼，而感受到人情的溫暖，重建了愛的人生觀。向明，張效愚、楚風、陳金池，王凝等同學，就因中山北路的聚會而結下了深厚的友誼。我也因幾次北上，去中山北路拜訪覃師，與他們成了「忘年」、「忘身份」的莫逆之交。又因「詩」的關係，由覃師作穿針引線的人，我結交了柴棲鶯、羅暉、雪飛、白萩、趙天儀等詩友，在我平淡的生活上，增添幾抹彩筆。

覃師不但是詩的播種者，且是個善於穿友誼珠串的人，他檢拾平凡的珊瑚，琢磨成玲瓏的珠粒，又以友情的絲線穿成一串項鍊，珊瑚珠粒是詩的火種，閃耀着友情的眞，崇高理想的善，和詩的美。

覃師批改詩稿，必把握住可贊許之處，加以鼓勵；指出缺點，導向正軌。他是詩壇的良師益友，自己却隨時虛心進修，他審閱詩稿的時候，偶得佳句，雖出於初學者之手，亦默誦再三，自嘆不如，他讀詩不問名氣，但求詩的本質，和突出的表現，他深信孔子的名言：「三人行，必有我師焉」。

覃師待人熱情洋溢，平易和藹，極得朋友的愛戴，他付出的熱情，滋潤了枯燥的人生。但詩人心靈上的某一點是寂寞的，不是朋友的情誼能慰藉的，這一點寂寞，昇華成爲詩句，詩人遂有了不朽的作品。覃師作品的豐碩，對詩造詣之深，以及在詩壇上的地位和成就，述說的人很多，用不着我在這裏多費筆墨了。

我十年來對詩的熱切追求，都是受了覃師的影響，愧未承受到他對詩的修養，但我接受了他對詩的理想，我雖未成爲詩人，幸獲得了許多詩友的友情。謹用覃師的詩句，以誌我對他的懷念。

意志囚自己在一間小屋裏
屋裏有一個蒼茫的天地

耳邊飄響着一隻世紀的歌
胸中燃着一把默默的烈火

把理想投影於白色的紙上
在方塊的格子裡播着火的種子

火的種子是滿天的星斗
全部殞落在黑暗的大地

當火的種子燃亮人類的心頭
他將微笑而去，與世長辭

春廊

白浪萍

梅雨濺溼黃昏的短階
如妳去時
哀愁撩起細碎的春煙
讓人心懷一個長苔的名字

晚燕低柔的呢喃，蕩在風中
絲蘿糾纏，淒微的小徑全是失落的足印

有些面影浮在睫間
淺淺的，如迤邐而去的一坡春色

在空茫里低聲呼喚
我在早夜的簷角懸着燈光
或妳只在遠方小小的墜花下
無心的笑拾一片夕陽。

雨在廊外散碎落着
在待人下階，去穿過那片濛煙
去低切懷念
懷心上的一片虛無。

春天，嗨

許其正

春天，那個癩痢頭的頑皮的小孩，散發出陣陣的光和熱，從冷鋒的邊緣緩緩地走了過來。

走了過來，然後就在各處鑽來又鑽去，鑽去又鑽來；停一脚也不，坐一會也不，歇一下也不，不知爲什麼，撞着了什麼也不管，春天就是那麼愛鑽來又鑽去，鑽去又鑽來！

那麼鑽來又鑽去，鑽去又鑽來，身子便越發壯了起來；那麼鑽來又鑽去，鑽去又鑽來，頭髮便越發多了起來。

——嗨，春天就是這麼奇怪！

我偏着頭楞楞地望着，想着，立意要望出一個道理來，想出一個道理來；可是，唉唉，我什麼道理也望不出來，什麼道理也想不出來！

望不出來就是望不出來！
想不出來就是想不出來！

春天，嗨，春天就是這麼奇怪！

三月四日完成於潮州

尼庵

游卓儒

害憂鬱病的少女敲着紅木魚
充滿玄學氣質的烏沉香的香味
把室內喃喃的唱經調子
更朦朧化了，一座尼庵在早課中
舒展着，夜裡蓄存着的夢境中的哀傷……

佛的枯花微笑的意境，屬於美術學的課程
昔日撥撫髮絲的纖手在數念珠，纖手依舊溫柔
每一個念珠是一個白晝
白晝有彩色的花和樹。

佛像盤著膝默然在供臺上，以內覩
避開着凡世色相。
那曾是木雕的人像藝術品，屬於古典派的傑作
但渡上金身就通俗化了，佛竟然沒有悟到。

尼庵的紅磚牆生着厚厚的苔斑
是一種蓄髮的欲望的悲哀。
害憂鬱病的少女敲着紅木魚
單調的節拍聲中，長春藤臥在牆上
害着神經衰弱症
而尼庵就佇立在寂寞孕育的聖潔中形成
我之感情的牢獄。

觀音山下

朱建中

一尊古典的青琉璃的觀音
在淡水河畔酣夢著，
（漢朝，元朝已在刼火裏焚化。）
而熙熙的喧囂遠在太古。

奢想，以雙眼的初陽，
把她的冰凝的血液溫融；
但她的睫毛不曾閃動一下。

夜又爲她籠上了黑的面紗，
默默我跪下，
風聲隱約來自星之外。

※　※　※　※

更　正

第五期廿五頁第十行「這首詩就有電腦詩的味道，不然的話，這首詩是不壞的」應更正爲「這首詩就沒有電腦詩的味道，詩的節段順序改變的話，這首詩是很好的」，特此更正，並向詹冰先生及諸讀者致歉。

ALBUM

春山行夫 作
陳千武 譯

※

老實的狗是不吠的
薔薇的花叢裡的
村
人經過時
門乍啓乍闔

※

是白的遊步場
是白的椅子
是白的香水
是白的猫
是白的襪子
是白的頸
是白的天
是白的雲
而倒立着的
是白的姑娘
是我的

※

白的少女　白的少女　白的少女　白的少女　白的少女
白的少女　白的少女　白的少女　白的少女　白的少女
白的少女　白的少女　白的少女　白的少女　白的少女
白的少女　白的少女　白的少女　白的少女　白的少女

白的少女　白的少女　白的少女　白的少女　白的少女
白的少女　白的少女　白的少女　白的少女　白的少女
白的少女　白的少女　白的少女　白的少女　白的少女
白的少女　白的少女　白的少女　白的少女　白的少女
白的少女　白的少女　白的少女　白的少女　白的少女
白的少女　白的少女　白的少女　白的少女　白的少女
白的少女　白的少女　白的少女　白的少女　白的少女
白的少女　白的少女　白的少女　白的少女　白的少女
白的少女　白的少女　白的少女　白的少女　白的少女
白的少女　白的少女　白的少女　白的少女　白的少女

※

在所有的天空不覺得愉快
在所有的窗邊計數着悲哀
紫陽花在書本上印着影子
陽光照着鋼琴的一部份
正午載馬車到樹蔭下
啄着麵包的鵜鶘
護衛葡萄葉的黃蜂
吃梨葉的山羊
在紅酒的玻璃瓶
載運少女的少女的白衣
壁消逝於池，池消逝於水蓮
水蓮消逝於水，水消逝於靄霧

＝摘自詩集「植物的斷面」＝

關于春山行夫

陳千武

以詩誌「詩與詩論」的編輯者，做爲modernism運動的主導底理論家而活躍的春山行夫（Haruyama yukiO），雖在這運動中達成了詩史上偉大的業蹟，但另一方面以詩作家本身的他的存在，僅可稱爲流行一個時期的文化的創始者而外，對于以後的現代詩的發展並無遺給多大的影響力。這或許是象徵性地說明了當初日本輸入modernism的某一面的弱點。亦可謂春山所吸收的modernism的精神，祗在審美底形式一面。換句話說春山的作品是在現代主義的反逆精神裡，不管該發生的思想的根源的心理層如何，其取材只限定於視覺底審美感覺的範圍而已。不過這種僅具形式的美，雖對以後的現代詩的發展沒有多大的影響，但釀成了革新運動的氣運頗奏效果，這一點也可以說是在現代詩發展史上具有了紀念的意義。

春山係一九〇二年生於日本名古屋市。學於名古屋市立高商。與佐藤一英，近藤東等在名古屋開始詩的運動。一九二二年出版第一詩集「月出的街頭」。一九二八年創辦詩誌「詩與詩論」，以編輯者的立場擔任新詩精神運動的中心存在。又以詩論集「詩的研究」「文學理論」「新的詩論」等達成了指導日本modernism的任務。詩集尚有「植物的斷面」「花花」等。

譯詩的研究

談一首艾略特詩的翻譯

楓堤

（均引用白萩譯詩）

A

巨星隕落了。詩人是否在另一「荒原」，吟咏「戀歌」，以抒發他淡淡的鄉愁？

艾略特（Thomas Stearns Eliot, 1888~1965），是英語詩壇上，自葉慈（W.B. Yeats）後，最具影響力的詩人。其傑作「荒原」（Waste Land, 1922）（註1）出版時，因其特異的表現技巧及反映時代的豐富內涵，而文名大噪。在「荒原」裡，通篇描寫「旱」與「水」的意象，此乾旱的題材，暗示着現代精神文明的枯竭。接着他又寫成「空洞的人」（The Hollow Man, 1925）（註2）；這是一首象徵主義的作品，描寫沒有信仰、沒有價值、沒有意義的時代。那是如何的一種世界？人民聚集在亂石的土地上，於「殘星臨亡的谷裡」，那是

　無形狀的樣式，無色彩的光影
　僵止的動力，無動作的姿態

最後是
　不會發生巨響祇是一聲嗚咽

到此，艾略特已走到巷底了，於是他從空虛的邊界，回頭來重建「虔誠」。到了四十歲，他變成了英國公民，且宣稱着：他『在文學上是古典主義者，政治上是保皇黨，宗教上則爲英國國家派』。這種轉捩點，由Journey of the Magi一詩可見其端倪：在此詩裡，艾略特由揭發世界的醜態，轉而預期榮耀的降臨。

B

Journey of the Magi　　T.S. Eliot

"A cold coming we had of it,
Just the worst time of the year
For a journey, and such a long journey:
The ways deep and the weather sharp,
The very dead of winter."
And the camels galled, sore-footed, refractory,
Lying down in the melting snow.
There were times we regretted

The summer palaces on slopes, the terraces,
And the silken girls bringing sherbet.
Then the camel men cursing and grumbling
And running away, and wanting their liquor
and women,
And the night-fires going out, and the lack of
shelters,
And the cities hostile and the towns unfriendly
And the villages dirty and charging high prices:
A hard time we had of it.
At the end we preferred to travel all night,
Sleeping in snatches,
With the voices singing in our ears, saying
That this was all folly.

Then at dawn we came down to a temperate
valley,
Wet, below the snow line, smelling of vegeta-
tion;
With a running stream and a water-mill beating
the darkness,
And three trees on the low sky,
And an old white horse galloped away in the
meadow.
Then we came to a tavern with vine-leaves
over the lintel,
Six hands at an open door dicing for pieces of
silver,
And feet kicking the empty wine-skins.
But there was no information, and so we
continued
And arrived at evening, not a moment too soon
Finding the place; it was (you may say)
satisfactory.

All this was a long time ago, I remember,
And I would do it again, but set down
This set down
This: were we led all that way for
Birth or Death? There was a Birth, certainly,
We had evidence and no doubt. I had seen birth
and death,
But had thought they were different; this
Birth was
Hard and bitter agony for us, like Death, our
death.
We returned to our places, these Kingdoms,

But no longer at ease here, in the old dispensa
-tion,
With an alien people clutching their gods.
I should be glad of another death.

C

東方博士之旅（註3）　柏谷譯

「我們來臨，在嚴冷天時，尋訪
恰是在那年最糟的時節
踏上旅程，又是這麼個漫長之旅：
雪深埋路而冷冽刺骨
在寒冬之時」
且那些駱駝躁了，裹足不前，不能駕御，
躺下在漸融的雪地。
幾次，我們惋惜
那斜坡上的夏日別宮，那些陽臺，
以及溫柔少女端來果汁飲料。
終至那些駝夫詛咒，埋怨
並且跑開，而去尋取他們的酒以及女人
並且夜裡柴火熄滅，又是無處安息
又是一些有敵意的城市以及不友善的小鎮
以及污穢的鄉村而且索取高價：
我們尋訪跋涉，而這是一個苦難時節。
到了後來我們寧可徹夜跋涉
邊睡邊醒地
耳中不時聽及一些喃喃言語，說
這全然是愚笨的行徑。

及後在黎明我們走下一處和暖的峽谷
潮濕大氣，在雪線之下，聞見草木的香味；
還有川溪奔流以及磨坊的水車拍擊那夜暗
以及在低處空際的三棵樹
以及一隻老邁白馬自原野裡疾馳而去。
然後我們來至一家客店有葡萄藤葉在窗楣
六隻手在一個敞開的門口賭幾個銀錢，
並且腳踢空空的酒袋，
但在那裡得不到什麼消息，因此我們又繼續行程
黃昏時刻到達，不是在太短的時間內，
尋及那地方；這就是贖罪了。（你可以這麼說）

所有這些都是很久以前的事，我記得，
而我眞願再做一次，只是推思
此事，推思
此：是否在那次跋涉裡，我們會給指引至
誕生抑或死亡？誠然，那裡有過一次誕生
我們有那見證，並不置疑。我曾見過誕生與死亡

但以爲它們可不相類似；這個誕生
對我們是酷烈的苦悶，一如死亡，我們的死亡。
我們返至我們的地方，這些王國
只是在這裡不再感到安易，在那古老的宗規下，
與那些異邦人在一起，他們只膜拜他們的神。
而我定將樂意於另一次死亡。

D

柏谷此詩譯得很好。他在「譯者附記」裡有一段話，分析得很扼要中肯，對瞭解此詩，頗有帮助，抄錄於下：

『詩中的材料，係取自新約裡馬太福音第二章。Magi就是所謂的東方來的博士，他們得希律王之請，從耶路撒冷到伯利恒去尋訪剛誕生的耶穌。作者以其中一人的口氣，在事後追敍其事，並思索其後果。他們去尋訪此一誕生，而此對他們說是一種再生，也是舊的生命的死亡。他們既未敢再見希律王而逕回他們的本地，而又不見容於自己的人，所以他現在寧可死了算了，這一旅行的敍述，從死亡到生命的一切，不只是在表現博士們的內心爭鬪，也暗示着後來耶穌一生的事蹟，特別是空際三棵樹的影子，暗示着耶穌之十字架受刑的情景；有許多的地方頗有象徵的意味。關於白馬的故事，出自新約默（啓）示錄的第六章二節或十九章十一節。但這並不是聖經故事的再創造，它們只是一件素材，作用以表現某些依然發生的事情。』（註4）

E

在柏谷的譯詩中，提出二處，略加斟酌。

第六行的 **and the camels galled, sore-footed,** 譯爲「且那些駱駝躁了，裹足不前」，似乎沒有完全表達出那些駱駝因長途跋涉，而脚腫皮破，以致「不能駕御」。換句話說，沒有表達出「躁了，裹足不前」的因。

第二節末句 **Satisfactory**，在神學上雖可做「贖罪的」解，可是此地如此翻譯，終究有點隔閡的感覺，好似三位博士這一趟旅行是爲苦修、贖罪而來的。倒不如率直譯爲「心滿意足」、「滿心舒暢」等，以表達經過種種苦難後，到達最終目的地時，那種如釋重負的歡悅。經書上說：「他們聽見王的話，就去了；在東方所看見的那星，忽然在他們前頭行，直行到小孩子的地方，就在上頭停住了。他們看見那星，就大大的歡喜。（**And when they saw the star, they rejoiced with exceeding great joy.**）」（馬太福音第二章九及十節）

F

賢士的旅行（註5）　芝行譯

我們曾有一次冷冷的拜訪，
就在這年最壞的季節
爲一次朝聖的旅行，像一次長長的旅行：
那時道路深陷，氣候冷冽，

就是那可怕的冬天。
那些脚趾傷痛，不能醫治的駱駝，
靜靜地躺在溶化的雪中。
我們衷心不斷的悔悟
凝視那夏天的大厦在斜坡上，東方式的凉臺聳立雲端，
還有那穿着綢衣的女孩們携來阿刺伯冰水的菓子露。
那些趕駱駝的人咀咒埋怨
然後悄悄地走開，等待他們的飲料和女人，
夜火慢慢地熄滅，藏身處也跡絕，
那裡鄉鎮間不友善，城市也相互敵對
汚穢的鄉村還徵收高價的捐稅：
我們曾有一度艱苦的歲月。
終於喜愛旅行在黑夜，
在斷斷續續的醒醒睡睡。
還用繚繞在我們耳際歌唱的歌聲，說
那都是痴言。

然後在黎明時
在雪地下，地面潮濕，溶化了草木；
還有一條潺潺的溪水和一扇轉動的風車鞭打着黑暗；
三棵枯樹佇立在低低的穹蒼，
而一隻衰老的白馬在牧地中急急地奔竄。
於是我們又來到一家讓葡萄樹遮滿門楣的酒店，
在打開門扉上有六隻手爲數片銀子而擲骰
還用脚尖將空的酒瓶蓋踢開。
但是我們沒有消息被接待，我們再繼續旅程
在黃昏時抵達，不久
我們尋覓到這驛站；那是（你可說）我們心的舒快。

那次旅行都是陳舊的往事，我回想
我願再旅行一次，於是記下
記下那次旅行吧
那一次旅行：是不是我們率領人類步向
生或死的道路？而一次誕生是實實在在的
我們已證明無疑。我已親睹誕生和死亡
還想及它們是相異；那次誕生
對我們施有冷酷激烈的痛苦，像死亡，我們的死亡。
我們重返自己葬身的地方，是那些王國
我們在此不再暢快，在那古老天命的時代，
我和一位外邦人抓緊他們家神的手，
我應喜悅於另一次的死亡。

G

初讀此譯詩時，有多處令人瞠目，以爲艾略特在胡說什麽，及至與原詩對照後，更使人瞠目咋舌。此譯詩誤解之處頗多，而且缺乏詩的語味，大大損害到原詩意境之深遠。

且讓我們從頭讀起吧！

一開頭那五句引號被拋棄了，而且「冷冷的拜訪」實在使人無法瞭解是怎樣的一種拜訪法？此處cold應做名詞解：「寒冷」，如果以形容詞來翻譯，那麽應該是形容氣候的寒冷，而不是形容coming，其理至明。

第三句Such a long journey，是加强承前的a journey，其中Such意即「如此」、「這般」；因爲journey與journey立於同等地位，即同一指謂，是不該用比喻意味的「像」字譯出的。

三位博士歷經冰天雪地，寸步難行的困境後，自然回憶起他們原有的溫馨的日子，因此第九及第十句應是回想句子。他們在困苦中，悔悟。此處不是豪華的宮殿，不能過舒適的生活。於此，譯者很突兀地用了「凝視」二字，豈不是把整個空間與時間都移動了?!接下去的「東方式的」及「聳立雲端」，都是「飛」來之筆。silken 可做「溫柔的」解，如此也較直達、較具體；譯成「穿着綢衣的」，終究隔了一層。「阿剌伯冰冰的菓子露」，似嫌累贅。

「等待」離譜了，請注意：原詩是 wanting，不是 waiting。駝夫 (camel men) 何人也，在寒天凍地裡，他們亟需酒及女人，豈會「等待」。再者，此處liquor，宜乎譯成「酒」，不該泛指「飲料」。

「那裡鄉鎮間不友善，城市也相互敵對」，似乎與原意距離太遠。「鄉鎮」之「不友善」，「城市」之「敵對」，是指那些居民對博士一行人的態度，並非它們之間有什麽「不友善」或「敵對」。「汚穢的鄉村還徵收高價的捐稅」也不妥，所謂charging high prices，也是對博士他們而言，他們要投宿或購買物品——當然不是買那些「到此一遊」的紀念品——時，村民向他們索取高價，爲難他們，敲他們的竹桿。並不是鄉村要「徵收高價的捐稅」。向旅人徵稅嗎？除非是敲「買路錢」。

「我們曾有一度艱苦的歲月」，似乎意義不太明顯。A hard time是總括上述：夜裡無火暖身，又無處住宿，又受人歧視的「苦難時節」。

「喜愛旅行在黑夜」，很彆扭的句子，且與原意不合。原詩 preferred to，有「寧願」意。既然無處投宿，又到處受到挑難，「寧可徹夜跋涉」(柏谷句)了。這是被迫無奈的行動，而並不是出於自願的「喜愛」。

再看第一節最後二字「痴言」，亦相差太遠。folly 是「愚行」。在長途勞頓的行旅中，彷彿有聲音，響自耳際，說：你們何必如此受苦去追尋榮耀呢？追尋那天涯的星光？「這全然是愚笨的行徑」(柏谷句)。如果是「痴言」，便令人茫然不知所指。

第二節第二行的「溶化」也錯了。請注意：原詩是smelling (聞、嗅)，不是 melting。「風車」也差矣，water-mill，是靠水的落差來帶動的磨子，一般可稱爲「水車」。而風車則係利用風力轉動的機器。

「沒有消息被接待」，不知做何解釋？there was no information，是「沒有消息」——仍得不到耶穌的消息。於是「繼續旅程」，不太短的時間之後，在黃昏時分，終於發現了「嬰孩」的住處。這裡，譯者把 not a moment too soon，譯成「不久」，正好與原意相反；place譯成「驛站」，變成風馬牛不相關了。

第三節第四行 were we led……，是被動式，博士們被「在東方所看見的那星」所引導：這一次旅行倒底是走向榮耀的誕生，或者使我們舊的生命因不堪受苦而死亡呢？

這是回想時的猶豫詞。譯成「我們率領人類步向……」豈不離題太遠。

We returned to our places，譯爲「我們重返自己葬身的地方」，「葬身」二字是多麼長的「蛇足」啊！

H

葉泥先生於論及譯詩時，曾說：「譯詩是從另一種文字中把他人的感受無遺地再易爲另一種文字，也就是把他人用某種文字所表達的而另用一種文字來使之重現。所以說翻譯是一種再創作。每談及翻譯工作，人們必以「信、達、雅」三原則爲準。但是，這祗能就一般翻譯工作而言，以之用於譯詩似乎尚嫌不够。」因爲，譯詩必須要深透原作的風格與意境，而這是多麼困難的一件事啊！同時，對「詩的語言」要有很堅强的把握與駕御能力。所以，「一個理想的譯詩工作者，應該既是精於外文者，同時也是位眞正的詩人。」（註6）而唯有優秀的詩人，才能有優秀的譯詩作品。

柏谷及其「東方博士之旅」，可爲一例。柏谷在「譯後附記」裡寫道：「記得在大學時，嘗聞某敎授責難時人：『翻譯東西有如在殺人』（信然——楓堤註）是以在抄此稿時，可說是誠惶誠恐，有如芒刺在背。只是，我有一句話想說的：爲什麽好手不譯介此等佳作予吾人呢？」

然則，柏谷，爲什麽你不再多譯介此等佳作予吾人呢？

——五四、三、廿一

註1：「荒原」，有葉維廉中譯，刋於「創世紀」十六期，五十年元月出版。

註2：「空洞的人」，有白萩中譯，刋於「創世紀」十五期，四九年五月出版。

註3：刋於「現代詩」第八年新一號（即二十四、二十五、二十六期合刋），四九年六月一日出版。

註4：白馬的故事，如新約啓示錄（Revelation）

「我就觀看，見有一匹白馬，騎在馬上的拿着弓，並有冠冕賜給他，他便出來，勝了又勝。」（六章二節）

「我觀看，天開了。有一匹白馬，騎在馬上的，稱爲誠信眞實。他審判爭戰都按着公義。………他戴着許多冠冕。………他的名稱爲神之道。………在他衣服和大腿上，有名寫着說，萬王之王，萬王之王。」（十九章十一節至十六節）

註5：刋於「葡萄園」六期，五二年十月出版。

註6：見葉泥：「韓國詩選讀後」，刋於五四年二月十五日徵信週刋，第七頁。

詩的語言與日常用語

村野四郎著
桓夫・錦連合譯

詩人能發現詩語本源的法則

原來，語言不管是詩的、或是散文的、日常用的，其起源均出於社會的，無不與外部通信爲目的。

可以說，語言是通信的用具，是實用的，非感性的一種東西。如P. Valery（保羅梵樂希）說：「那是一種不知是誰創造出來的粗雜的用具，是共同生活裡無秩序的果實。」但詩人就不得不用這種通俗而實用的一材料，創造本質上與實用毫無關係的一個世界。

因之詩語言特殊的使用法，以及有必要對這些採取特殊的考慮的理由始而產生。梵樂希對詩人這種困難的工作慨嘆地說：「所謂詩人的工作，是爲了達成做出例外的；非實用性的各種窮極目的，而賦於詩人去利用這種日常用途的實用工具；且爲了高揚並表現自已的人格，不得不借用這統計性的無法追溯其起源的各種手段。這是多麽困難的工作呵。」

他又把這種困難的工作，比較音樂家說，「音樂家是幸福的」。據他的說法，原來詩用語言做材料這一點，和音樂的音是相同的。但以音樂來說，假使正在演奏着一首歌曲當中，聽衆之一位疏忽地把椅子翻倒或咳嗽了的時候，那椅子和咳嗽的聲音是很簡單又顯明地，能和藝術識別出來。可是在詩裡面語言的過失，應該如何識別呢？到底有何標準和規則可以用來發現那些過失？這一點，音樂家是比詩人較幸福的啦。

必須要驅使在語言上極爲朦朧的法則和Taboo（希臘語，具神聖、危險的二重內容的意義）的詩人的工作，被視爲眞有超越想像的困難。

輕浮的詩的定型論者，常犯錯誤的傾向是，祗喜歡在字數或押韻等音的世界，追求詩語的法則。然詩語的法則，並不是那麽簡單。若僅用字數或押韻就可構成詩語的法則，那麽詩或不是詩的東西的鑑別，就毫無任何困難的啦。

對詩的形式較嚴肅的梵樂希，也對何種語言的法則才能產生詩，這一問題的處理極爲愼重，更非今日輕率的詩形式論者可比的。

無論如何，處理語言的藝術家的工作，不僅限於詩人，小說家、劇作者也都一樣，需要冒犯這種困難。不過在大部份必須依靠通信和傳達外界的語言底一般性機能以外的機能的詩人，這種困難可說是加倍繁重的。

詩的語言與散文的語言

在日常生活上使用口語，而詩應該用有音調的雅語或所謂美辭麗句來寫，才能成爲詩；在今日寫現代詩的人，似乎已無這種觀念了吧。但認爲這種所謂詩語，好像詩有專門的

語言，如非用那種「詩的語言」便不能成爲詩的這種想法，很多詩的初學者必有一次會經驗過的。

所謂「詩的語言」祇是最初，有人開始使用，而當後來的人將表現相似的心情時，就習慣性地，拿來倣傚亂用的不負責任的語言而已。就語言眞正的機能上來說，所謂「詩語」不過是一種「死語」。例如「皎潔的月光」或「燦爛的陽光」等語，大概是遇到月光明亮了就用「皎潔」，陽光照射了便用「燦爛」。而不管那時候，太陽或月光影響於人的多樣性心理狀態如何，却不加以考慮。如此應用總括的習慣性的一時方便的語言，畢竟不能表現複雜微妙的人心所創出的詩的世界。祇以修飾語言就能成爲詩的這種想法是，詩尚逗留在雄辯學的範疇裡的舊式的想法呵。

在今天詩的語言和日常用語的分別，絕不是以語言的修飾或不修飾而可以做到的。而應該以深邃的語言機能的使用法來分別。詩和散文（日常會話）之間，其使用法上就必須賦與完全不同的考慮。

對這種分別，梵樂希會以「舞蹈」和「步行」做個比較來說明是相當有名的。他那巧妙的比喻眞是充份講到了詩語言的特性，提醒了詩作者極爲必要的自覺。

依據他的論法，比擬爲散文或日常用語的「步行」，便是向一對象進展的一個行爲，其目的是要達到對象。換句話說，散文或日常口語是祇爲了要打通意志的目的而重視其指示的機能；於是達到了其目的時，語言就被吸收於其完成了的行爲之中。例如「拿帽子來」這一句日常語言，遵照這句話而拿來了帽子，這句話便被其行爲吸收而消逝。這就是結果吃掉了原因，目的吸收了手段的道理。

然而比擬爲「舞蹈」的詩的語言，確實亦是一行爲的體系。但其窮極的目的是在其行爲本身，而並不在乎於達到目的。

在步行來說，達到目的而坐上了椅子，便對于行爲途中的狀態，已無問題存在。不管像風濕患者那樣跛着脚才到達，或以敏捷輕快的步伐到達，都無甚重要。一旦坐上了椅子，那些外觀就毫無差別的。

而舞蹈這一方面，是在其行爲本身的模樣應該如何存在，才有其問題的。

總之，在散文或日常用語，語言是傳達的任務完了的瞬間就消逝，語言已不再生還。由于語言已不存在，始曉得自己已被對方瞭解，而自己的語言，已在對方的心中變了身。

可是如舞蹈的詩的語言，則在舞蹈的行爲中有其窮極，行爲本身就是目的。因之行爲並不會消逝也不會死滅，却常常被喚醒而反復着。

有如此「反復」的本質，也就是說，詩的語言的本質。本來這種「反復」，不僅限於詩，亦則是藝術的本質的原理。

我們已知道步行和舞蹈，散文和詩的語言，有如此的差別。可是在這裡，更令我們驚異的是，能做出如此相差行爲

的，却是完全由于同一筋肉、骨頭、神經所造成的。也就是說，完全由于同一語言構成出來的。

於是梵樂希所做的這種比喻，已明確地告訴了我們；所謂語言在孤立的語言本身裡，確實，祗能保持冰冷而一定的內容。然而能够賦與那些語言發揮異常的任務和特性的，就是僅於在其用法如何而論。

用同一語言能够造成完全差異的特殊世界，這種不可思議的語言的特性，在詩人來說眞是一種快樂的玩具，同時也是一種殘酷的刑具。梵樂希也這麽說過。事實上，依據詩人的耿直、創意、氣質，和其他各種的精神狀態，想把握並體驗隨時豹變其機能的語言的特性的詩人的努力，有一種越來越複雜，越深邃，如無止境地變化着，因而詩人的快樂的苦悶，也似乎無止境地繼續着。

語言含有的二個機能

如上述，梵樂希試將散文的語言或日常用語與詩的語言，用「步行」和「舞蹈」來比較分別。那麽，驅駛一個語言不為步行的動作，而要使其成為舞蹈，應該如何處理呢。對于這一點梵樂希並未予言及。

美國詩人龐德也說過「詩就是語言和語言之間的知性的舞蹈。」但他亦未予解明語言和語言之間，應該如何創造出舞蹈的世界。然而，可以說詩作上實際的秘密和必要，就應該集結於這個問題的吧。

對這一點提供重要依據的，似乎是I. A. Richards的名著「意義的意義」Meaning of Meaning裡的語言底心理學上的追求，和T.S.艾略特對于語言的音響的見解吧。這些都是分析語言的機能，從其各機能的心理學上的考究而出發的見解。

本來，語言裡，不管是詩的語言或日常用語，均含有以知性指示一事物的冷靜的意義的機能，和其語言所發出的音響的聽覺上機能。這就是造成語言機能的兩個要素。而在意義的機能這一方面，無論任何場合，任何時間上，都明確的保持一個不變的指示的世界。但另一個聽覺的機能，却會隨時順應我們的情緒，顯示着無盡的變化。I. A. Richards就說這是語言的態度上的機能，或情緒上的機能。

總之，語言是依其使用的方法而會改變其態度的。例如當我們說「眞討厭」這一句話時，除了有表示愛好和嫌惡的知性底分別機能以外，並會發揮另一個與講話人的態度或表情同樣的情緒上態度之機能的。而這種情緒上的態度上的機能是由語言所持有的音響的機能，如音質、音量、速度、强弱高低等各種聽覺的要素之複雜微妙的複合而構成的。

認為所謂語言能具有靈性的作用，係隱藏在情緒上機能之中，而企圖在這世界追求更微妙的人性表現的磁場之憑藉，這是I. A. Richards的高見。而如前述艾略特所說「從思想或意識之方面滲透至更深遠的，並沈潛於被遺忘了的昔時最原始的深奧處，歸其根源而會帶回某些東西之機能」的

因妳，我笑了！

——給C——

張效愚

過去，我從未笑過
這不怨唐吉柯德，也不怨阿Q
只怨古老的廟門關得太緊

妳的信，結構得够新奇
首先送我一頂以問號編織的帽子
其次以妳的疑問擁抱我的疑問
最後妳錯將羅丹的彫刻刀拿反了
我不是木乃伊，如何不笑

而現在，妳灌溉的淚珠令我懷念
（我相信妳捧着意外哭過，且咀咒過）
它是晶瑩的，如久旱的雨滴
我需求，向流浪的風

我單調的笑不是貶抑
如果使妳跳動的心綻出冰意那不怪我
請向柴可夫斯基理論去吧
他的聲音影響妳，也曾經騙過我

我再表明一下，我是不善笑的
（本來我笑的時間就不太富）
致意妳的刻薄，賜我笑的時間

語言的音響作用，也和這I. A. Richards的結論是一致的。

●

在藝術上人們之常常强調傳統性或民族性，是在文學上由於一個國語裡有這種神秘的具靈的作用，會溯自長長的時代，把遙遠時代的人們的精神底風俗帶到今日，而在今日的作品裡復使其呼吸的緣故。而決不是由於有做爲單純符牒的，僅能通達意義的語言的作用就會發生的。

如此，語言的情緒上的機能當然是，跟着意義上的機能，成爲我們日常會話的作用。但在日常用語上，正如梵樂希所說，是爲完成「步行的」使命，達到指示的目的，就不得不以意義上機能爲優先，而其他情緒上的機能，即祇充其補助的任務來活用而已。

不過於詩來說，其任務並非祇要單純地達到指示的目的，而是應該爲了要表現，產生這種行爲所根據的精神條件，爲其主要的目的。所以必然地，情緒上的機能就不得不奪取語言全機能的主導立場了。

使詩成爲一個戲劇性的，或如梵樂希所說的舞蹈的要素，也皆視爲胚胎在這語言的情緒上、態度上的機能之中。I. A. Richards也把詩的眞正的「意味」放在這種世界。

當然這種機能也如艾略特所辯，通過語言的意義上的機能始能發揮。但使我們發生詩的感動，因而促使我們去做某種行爲的，不外就是這語言的情緒上的態度上的機能了。

簡言之，日常通訊用具的語言，是意義上的機能握住其

千燈

王憲陽

一手推開千燈，在惘然的夜晚
眞想剪盡無邊的寂寞

你飛渡烟水，微茫而行遠
在渡口，眼睫滿是暝色
星星欲墜，想隔霧千里外
我眼中仍有你，你的塵處

僅能送你在此，你滿袖是霜冷的遠去
回首只有江上的峯青與你相對
在曙色中，向你漏出寒意
不知何時，我眼中的你，與我在此歡語

只是那時你眼中無我，我落在紅塵裡
應該想起我臉上猶有淒涼，推開千燈映你

主導權。而詩的語言，即情緒上、態度上的機能握住其主導權，這種區別會容易令人瞭解的吧。

欣賞詩的時候，祗追求詩語言的論理上的意義，便會迷失詩眞正的「意味」。同樣在作詩的時候，若藐覷語言的態度上的機能，而祗依靠着論理上的機能，便會抓不到眞正的詩，也就是據於這種原因。

保羅．梵樂希所慨嘆過的操縱語言的詩人的困難，其困難也可以說，是在於要克服這種變幻無窮的語言的態度上的機能而所做的搏鬥之中。雖然常聽到冀求新奇的年輕詩人們說：「我們必須在非詩的物象裡追求詩。」但依據他們的信念寫出來的東西也應該是詩才對。然而要其成爲「詩」，絕不能脫離在此所述的語言的原理。即詩的原理。眞正非詩的地方是絕不會產生詩出來的。持有深邃的思想固然是重要，但祗有思想，雖能成爲思想家，但不一定能成爲詩人的。要其思想成爲詩，就必須有其能使單純的思想家成爲詩人的關鍵存在。而這種把思想變成詩的關鍵，是在於與散文或日常用語完全不同的特殊語言的機能，已無需贅述。

不過在此必須說明的是，雖然詩的重要的語言的機能之中，擔負着特別重要任務的態度上的情緒上的機能，是在語言的音響。換句話說，是在聽覺上的機能。但這種聽覺上的機能，與一般所說的「詩的音樂性」是完全不同的。

但這種聽覺上的機能並非如一般所想的像文章的旋律那樣的音樂性。而是以始源的語言的機能，爲了形成心象直接

負其任務的機能之謂。關於這一點的心理學上的充分的考究之不足，是成爲迄今爲止，尙有許多紛雜的議論之不停的原因，實在也該銘記的。

與語言嚴肅的對決是產生眞詩的要件

詩語言的特殊性，與日常用語相違的性質，是由于語言的本質性的機能之特殊考慮和用法而產生的。並非由一般所稱的詩語那樣特別的語詞所產生的。

而爲了要有效果地行使這種用法，就必須採取壓縮和省略的方法。與之相反的散文或日常用語，則是說明的，敍事的。這種說明的方法在散文的目的，祇求要達到標的，也就是爲了完成「步行的」任務最適當的Mechanism。而在詩上可以說，由于壓縮和省略所產出的象徵或暗示的Mechanism，便是給詩以「舞蹈的」任務。

在散文或日常會話上，意志或感情的最適切，最直線的傳達，才是理想的狀態。所以使用的語言的機能越單純越好，語言所內含的意味更單一更爲理想。可是在詩，爲了使語言富於暗示，其內涵的意味的領域越廣濶複雜，越能更理想地發揮其機能。

因之，詩的語言所內涵的意味之領域的廣度，就成爲重要的問題。而以這領域的廣濶程度，即可測定詩人的才能了。

這一點龐德在他的 How to Read 裡所寫的毒言，對詩的語言來說，不愧爲一個獨到而有名的見解。

他說：「要教人進入文學，莫過於讓他去研究有語言被有效地處理過的作品。與很多不成熟的，馬馬虎虎的批評家們所寫的，有如煙霧的扇屏那麼茫漠的文學論隔絕，而研究如何始能迅速達到，有使用着有效適當的語言的上等作品並追求其體系才是要緊的。究竟偉大的文學，只不過是負有最大限度之意味的語言而已。」並說「詩不過是這種語言與語言之間的知性的舞蹈而已。」

負起最大限度意味的語言，就是孕藏着極限的暗示力之語言的意思，同時把其他語言所應負擔的意味也皆承擔在一個語言裡的語言的意思。

亦可以說是極端被壓縮的語言。德語的詩 Dichtung〔語裡本來就含有凝縮的意思是有其道理的。

那麼，這種能承負廣濶意味之世界的語言，如何才能獲得呢。這是實際必要的問題。

在此必須要回顧前面所述的，語言並非單純的傳達記號，而是認識的方法之問題。

對一事物之廣汎的認識，帶來了所指示的語言的意味的領域之廣度。可以說認識一事物所存在的，複雜無限的意味，始能獲得語言的領域了吧。所謂詩是經驗，這一句是適確之語。有認識的經驗才產生詩的語言，並產生了詩的眞實。詩具有這種意味，始而與我們的人生發生關聯。若以簡單地省略了語言就可作成詩的話，那麼詩就變成像 cross-words pasul 的遊戲或娛樂的一種了。且語言這種東西，受到壓縮或抵抗，才會增加了其機能。優異的詩，均具有異常感情的爆發力就是這個原因。

構成詩的素材的語言，與其他造型藝術的場合不同，是可以無限制地獲得的。語言是免費的。或許因爲免費又容易得到手，才易於浪費，祇僅爲了說明而浪費的很多語言，却都怠慢了其暗示的發揮。

做爲詩人與其說要對語言抵抗，勿寧說甚至於有時要保持拒絕語言那樣持有嚴肅的對決精神。並且要知道和語言的這種搏鬪之中，眞的詩人才會琢磨發亮的。（譯自「現代詩的探求」）

現代詩用語辭典

吳瀛濤編譯

構成 簡單說，係稱組成詩。如短詩，即興詩，或把內面的衝動如實表現於言語的超現實主義的自動記述法等，雖然似乎無需構成，其實仍有整理，組成詩句的意識存在。

不僅如此，在於詩僅止於感情的流露那樣的時代已過去的。現代複雜的社會機構中，詩內容也複雜錯綜；因此，不要僅以主觀的衝動了事，需要考慮意識性的構成，冷靜處理自己的作品。所謂組成，並不指普通所說的「整潔不冗費」，而指如何將自己的思想內容堆積在作品上，那種建築性的組成。尤於長詩，或具有明顯的主題的詩，如果作者的構成力過於貧弱，極罕有成果。

現代詩 現代詩的成立點要放在那裡，各有各說；有人主張現代詩應自它開始有激烈的自我表現那時爲起點，也有認定批評性的所有，鮮明地劃時代的近代感覺的展開爲現代詩成立的要素；而於前衛運動（未來派宣言，達達）的否定精神中認出這些，以之爲現代詩的成立點。據此，則其以後的詩即爲現代詩。不過，現代詩也可解爲戰後的現代詩；其特色爲，在複雜的現代社會機構中，反映不安的人間心理，具有戰前的詩所不看見的深刻的苦悶。現代詩人應怎樣走，雖這是一個共同的課題，然而其方向却複雜多端而不安定，甚難概括於一。不過，可以這麼說，處於這混沌中，爲把握新的秩序及方向

三月

黃進蓮

三月太美了，阿娘
大家都這樣說
龍仔的阿爺也這樣說——
一根拐杖打遍
堤岸的垂柳
醉吟著「尋花問柳過前川」
　那輕靈詩意
　點點抹上水面波光
三月太美了，阿娘
大家都這樣說
我們的狗也這樣說——
忙不迭的追嚙

，爲此正在追求其方法。戰爭帶來荒廢，同時也打倒了所有既成的權威。所信賴的只有自己本身，而以其生活的苦悶爲出發點，詩人們一直正在努力於詩中創造新的現實。另一邊有一群詩人指向着確立新方法；他們雖站在社會性的立場，却反省在來的概念性，而學習超現實主義者乃至前衛的方法探求，以使外部的情況與自己內部的情況交流。總之，不論任何一方都立於複雜的現實之基盤上，在追求及擴張方法上的可能性，此即爲現代詩的現狀。

純粹詩 Po´esie Pere（法語），原爲保羅・梵樂希於一九二〇年在友人留西安・法布爾的詩集「認識女神」序言中所寫的用語。以此爲動機，一九二五年，安里・普萊蒙曾發表了「純粹詩論」，爾後數年間成了法國文壇最大的論題，掀起了純粹詩的爭論。梵樂希於序言中說：「十九世紀中葉，法蘭西文學中，遂發現了一種值得注視的意志的表示；那是要把「詩」從它以外的所有的本質隔離的嘗試。如此，把詩要置於純粹狀態的準備，愛倫坡曾很明確地預言及提倡」；而對象徵派的詩人們的作品加以批評，指摘詩作並非要走精神錯覺的路，强調應分析詩本身而去努力走向純粹的狀態；繼說：「絕對詩除非異例的奇蹟，則不能產生。悉由絕對詩形成的作品，雖在文學的無價之實中，也極稀有且極難有。不僅如此，它即如完全的眞空，既不能到達，除非盡最

柳條洩露的春光
阿娘！三月太美了
大家都這樣說
大家都差不多悸動
得想咬那春色一口
　而阿娘，久久
爲什麽不去踏青啊
爲什麽不去邀雲霞野宴——
——烏鴉說阿娘毛髮脫了
　又走不動

三月，一切都好
我長高了，阿弟也長胖
一切都好，知道嗎
阿娘？
三月都好
只是沒有阿娘

艱難的努力，也很難靠近它。同時，如同最低溫度，我們的藝術的終局的純粹性，祇在期求它的人們心中留了結果絕不能滿足的那種矜持而已。它所要求於詩人的長久苛酷的拘束，幾乎將會吸奪了詩人本來的愉悅。」對此，普萊蒙基自韻文詩的觀念，主張純粹感動性。音樂性的詩。梵樂希加入爭論中，寫了一篇題爲「純粹詩」的詩論，論中他又指出：「純粹詩這一用語的不便，乃在於令人聯想於茲不爲問題的道德的純粹性這一點。其實於我，純粹詩的觀念恰與之不同，係於其本質上屬於分析性的觀念」；而以爲寧可稱爲絕對詩或許較妥當，並闡明了詩的兩種概念——詩的情趣與一篇詩篇的差異，然後，以明確的規定分析詩說：「詩，正確地說，本質上係使用言語爲其手段。」他明確地敍述詩中言語所盡的作用，以爲：在於言語對人產生的效果和言語本身的多種多樣的關係之間，如此困難且而重要的研究上，能夠領導我們；它是從觀察演繹出來的」，而把它對比於音樂的作用，又說：「詩人的問題應該在於從此種實用性的用具抽出本質上非實用的創作之實現手段」。梵樂希解爲，本質上的美的識別始爲純粹詩的問題，而提出下面的疑問——觀念。心象與表現手段的相互關係之完整的一個體系「能否附與韻文乃或韻文以外的某種作品？」最後，他以爲：詩是爲要走向不能到達的純粹理想的狀態下了努力而創作的。

感動 自古，詩歌被稱爲「發自心中的感動」。偉大的藝術作品，從不受外部形式的拘束，而由於作品內部的有力及眞實動人。由此可知，詩的生命並不在於詩的形式而存於其內容。尤其是自由詩，詩的外部形式無關重要，惟求內部精神的共鳴與感動。

羅丹說：「藝術不外乎感動」，「重要的是，感激、愛、希望、震抖、生存等諸事」。萩原朔太郎也說：「藝術由感動而生。文學以及美術、音樂，均由於作者對自然或人生的某種主觀的感動，始被創作」。高村光太郎亦有「感動之量」的說法。

不過，詩的感動經驗，並不即能成爲創作力。它需要練達言語，精密構思，及熟諳表現的技術。首要將內部的眞實，內部的典型，融合於現實的詩的意象（Image）；不然，不能獲得詩的感動的現實性（Reality）。帶有主知傾向的現實主義的詩，即以表現意象爲其生命，而因企圖簡明適確的表現，仍未將感動輕易表明，爲其特徵。概言之，現代詩人不喜歡樸素而狂熱的感動。此爲因確認自己，及因在於由理知的擴展而發生的感動意識（Idea）上感覺詩（Poe'sie）所致。

幻想 Fantasy（英語）空想、幻想。無根據，徒然浮現於心上的空想。意象由理知的操作始被創造，幻想僅由創造力較差的機能產生。因此，並不成爲理性的現代詩人之魅惑的對象。

主體性 主體稱意識者的自我，主體性稱此種自我對於對象行動，實踐的性質。於詩的創造，我們常面對客觀事物，即經由那些客體、素材，以表現我們的主體。主體本身僅表示其存在，並不能有形象的表現；又僅以客體也不能表露每人的意識、方向。文學上的主體，係與客體繫結，將之統一，示出方向。

戰後，關于主體性的爭辯相當活潑；此爲戰時中喪失主體性的文學者，對其曾被外部狀況控制的反省。主體性應爲詩人的責任之根據而被重視。

傳統 Tradition（英語），自古代發展，不拘於社會變化存續的，民族固有的事物。傳統，當然並非不變的。傳統常被視爲因襲，且因其對新的事物抵抗，也有人視爲對文化發展具有拘束的作用。據遺產斷絕的論調，則以爲；文化應與傳統斷絕，始能發展，其實，傳統與因襲應截然區別。一面咸認爲文化的發展正當地繼承民族的良好傳統。

造型 原爲造形之意的美術用語；散文及詩，則主要地用以指稱關于形象化，造出心象的視覺上的表現。詩曾被解爲歌誦的東西，直至最近，訴諸於視覺的造型的手法，始被重視。因此，韻調變爲次要，而要將對象的實體，空間底、視覺底表現。詩中的音樂性，即歌，已往

屢被偏重，而因僅依存所謂歌唱那種流露感，以致容易成爲以心象爲主題的詩的重大阻害。於詩而言，造型性乃爲主知主義的對象，因而與音樂性的主情主義，自有相剋。

於現代詩，仍有自音樂性的詩轉而爲造型性的詩之傾向。

部門 Genre（法語）。部門、樣式、種類等意。文學樣式上的部門，一般分爲詩與散文；詩又分爲抒情詩、敘事詩劇、教訓詩、牧歌等別，散文又分爲演說、歷史、教育、哲學、小說等別。如自史上觀之，文學上的諸多部門且有變遷。據「部門交替論」，關于某一時代究竟某一種部門佔有領導的地位，都認爲有其法則性。

題材 成爲作品主題的材料，也可以說是，成爲作品的中心的、主要的素材。

素材 成爲作品基礎的材料本身，也可以解爲像那種尙未形成的各個原料。社會自然的事物，乃至人間的感情、行動等，這一些存在於現實的很多材料，會基於寫作動機、主題的選擇取捨後，被構成，形象化，而經過作品形成的過程。

頌歌 Hymn（英語）。抒情詩的一種，係讚頌神，或與神同樣被視爲神聖的個人、英雄，乃至莊嚴光榮的事物之喜歡的歌。於古代希臘，所有供給合唱的詩都稱爲頌歌，而有很有名的作品。

本社啓事

本期止，本刊已屆週年。

一年來，本刊同人無不兢兢業業於促使這份「笠」詩誌能達到我們所預期的目標，在編輯方針上，我們提倡嚴謹的批評，在編排上，我們也同樣地主張嚴肅，決不以標新立異爲號召。現在，一年來的成效已展呈於諸位面前，其成效如何，諒不必贅言，諸位當可明察。

回顧今年，展望明年。在此，本刊歡迎諸位給我們批評、鞭策，以爲今後更求進步的借鏡。因此，我們決定自第七期起特闢筆談專欄，歡迎諸位惠賜大作。第一次筆談題目爲：

我對「笠」第一年的看法（或批評）

這只是一個總題，題目可自定。諸如對「笠」第一年的社論、笠下影、詩史資料、譯詩研究、笠下披沙、詩創作、詩論、作品合評等各欄均可提出意見，甚至於相反的意見、批評的再批評，也均爲我們所竭誠歡迎。

作品合評

北　時：54.3.21　地：臺北市

中　時：54.3.21　地：臺中市東海大學

南　時：54.3.21　地：臺南市

北

葉泥　洛夫　羅馬　文曉村　黃騰輝

吳瀛濤　趙天儀　杜國清　楓堤

許其正作品

羅　馬　這首詩，詩味不濃，調子輕浮。

洛　夫　「首詩，是要表達情感的，不是要表達情緒的反應。因爲情緒只是單純受到刺激後的反應，是短暫的。這一首很情緒化。調子及節奏方面，似過份artificial，這是我讀此詩的第一個印象。

楓　堤　作者想描寫春天到來時的那種輕快活潑，可是因爲缺乏意象，讀來不像一首詩。

羅　馬　作者把春天人格化了。他想意象化，結果却概念化了。這是詩味不濃的原因。

洛　夫　有很多地方是不必要的重覆，如第三段。

王憲陽作品

洛　夫　這一首好像是周夢蝶的作品吧。

文曉村
杜國清　似乎是王憲陽的作品。

趙天儀　爲什麼有「是王憲陽的作品」的感覺呢？

文曉村　因爲我常讀到王憲陽的詩。他的詩，不是生活化的，好像是從古典走出來的。如：

一手推開千燈，在惘然的夜晚
眞想剪盡無邊的寂寞

他經常有這樣的調子。

杜國清　我同意這種看法！

趙天儀　除了「從古典走出來的」以外，還有一個原因是：目前有很多人這樣寫，容易彼此互相影響。因爲非生活體驗的，是受同時代的人的影響，容易流入僞詩。

吳瀛濤　這就是所謂流行調了，是一種模倣主義(mannerism)。

羅　馬　葉珊就是這種風格。

文曉村　葉珊、周夢蝶、和王憲陽，他們的風格都很接近。

杜國清　周夢蝶較有「禪」的味道。

羅　馬　確實，目下這種作品太多了，顯係受到別人的影響。初看來，很美；却是軟綿綿的。只有發思古之幽情而已，遠離了現代的生活。此種思古之幽情，足見是古詩舊詞影響下寫出來的。我想，喜歡讀瓊瑤小說的讀者，很容易接受此類作品。

吳瀛濤　由主情這一點來看，還是自由詩時代的作品，不是現代階段的作品。

趙天儀　作者此種詩的品味，taste 需要加以轉變，否則不易進步。

吳瀛濤　要注意現代詩的本質，才會脫離這種作品的臼窠，更向前進一步。

羅　馬　不過用語及表現上，也有成功的地方。

趙天儀　很受一般讀者的歡迎。

吳瀛濤　讀起來很美，却無個性的表現，不易令人有深刻的感覺。

文曉村　會不會這種風格就是作者的個性？

趙天儀　如果風格，成爲隋性，未免太遺憾了。

文曉村　風格的獨特，與流行調是兩回事。這一首詩的本身，是很美，但句法上有造做的現象，因而把自己隱藏起來了。

吳瀛濤　有如一種仿古的風花雪月的文學，而以新詩來寫出的形態。

趙天儀　譬如方思，是有其個人獨特的表現的，但後來有模仿他的人，就暴露出了弱點。那麼這一首詩，覺得有不盡的地方，大致是以前有很多人這樣寫過的緣故吧！有一次，張大千開畫展，請畢卡索去參觀，看完時，問張大千說：「你的畫在那裡呢」？我們也可說：「你的詩在那裡呢」？

白浪萍作品

羅　馬　好像與「千燈」是同一作者。

黃騰輝　如果是同一作者的話，這一首比前一首好多了，比較深刻。

杜國清　是否表現較新？

文曉村　句法較活潑。

吳瀛濤　還是屬於學習寫詩階段的作品。

文曉村　近年來，有很多人講詩人均應由抒情詩、自由詩寫起，我不大以爲然。這樣把抒情詩和現代詩分開，而把現代詩侷限於一小範圍，是不好的現象。我以爲生活在現代的詩人，以新的表現方法，來表現現代生活的，便是現代詩。這是一種廣義的看法。

杜國清　那麼，你的意思，狹義的現代主義是如何界說？

文曉村　在現代主義的詩風下，只限定於這個範圍的……

楓　堤　就是說限於「主知」的，是不是這個意思？

文曉村　是的。

趙天儀　現代主義確是很難把捉的，不過我承認有少數幾個人確能進入現代主義的堂奧，但這是需要全盤的改變的，甚至近乎一種叛逆。作者必須自己磨練，否則只好停留在抒情的階段。

洛　夫　主情與主知，很難有分明的界限。藝術家創造一件藝術品的時候，總有感情存在。不可能做到完全客觀，那除非是在科學的領域裡。所以純知是不可能，而純情，也只有浪漫主義的詩才有。因此，現代精神，才是重要的。把現代精神，和現代語言，現代技巧配合起來，配合得好，便是成功的詩。我是不喜歡這一首詩的調子，有强說愁的味道。

黃騰輝　對景色的描寫有可愛的地方。

羅　馬　此類作品，追求美感，而自已又不去找尋恰當的詞句，於是利用別人常用的來寫，就易出錯。如第一段的「梅雨濺濕黃昏的短階」，及「哀愁撩起細碎的春煙」。實際上，梅雨季節與春煙之間，時間上

相差很遠。

杜國清　以感傷來說，我覺得不如讀舊詩。舊詩用很少的幾個字，可以把愁緒表達得很好，那麼何必浪費那麼多字句來寫新詩呢？現代人感傷的成份很少，所以重要的是要表現我們現代的精神。

喬林作品

楓　堤　這一首的表現方法較新，有現代精神在內。如：

「啊，這已够黑了的窗
仍有黑在侵入，在擁擠，在佔領」

又如：

「任黑侵入，任黑擁擠
以及任黑佔領並唾棄」

有無可奈何與忿忿的意味。

杜國清　這一首詩有意象派的味道在裡面。

洛　夫　是的，有意象派的味道，只是不够殷切。

羅　馬　前三句。

「守望又非守望
睡眠而又清醒
是在呢喃猶似啞然」

有一種秩序的表現。

洛　夫　我以為詩裡面的趣味很有關係。如：

「如果是月，就可以遮去一些
又露出一些」

雖無表現一點憂愁什麼的，但有一種淡淡的感覺，我很喜歡。它並未加入一種特定的意義，但其技巧及意象本身便是意義。它的表現很是瀟灑。

文曉村　與前二詩全然不同，是主知的。但是詩，是否只單單追求趣味及技巧，就能成為完美的藝術品呢？

趙天儀　美的字眼，好像要有物象為其object。實在，美的感覺，只是在追求的過程當中。不需要有一種目的……

文曉村　我的意思不是指目的，就是說僅靠技巧，是否必要？

洛　夫　技巧的完美，就是一種完成。

羅　馬　詩，就在詩本身之中。

杜國清　那麼以此詩與前二詩比較，同樣在美感的追求過程中，為何會覺得這一首比較好？

文曉村　因為「千燈」有稍稍的造做，「春廊」抒情較自然，無造做痕跡。

杜國清　我想到，讀「千燈」有如欣賞圖畫，滿眼是山啦、雲啦等等。而此詩却較乾淨俐落。

羅　馬　因為圖畫就是適於表現那種飄逸的生活，如在圖畫裡，繪上汽車，則變成什麼樣？

文曉村　不倫不類。

杜國清　但如果有一千人繪上汽車，便不會不倫不類。

羅　馬　此詩明明是描寫空洞、黑暗，却能另加河、樹、月三個意象，表現很好、這種技巧非尋常。

文曉村　河、樹是象徵生命或者什麼的。

趙天儀　那麼河就是象徵時間，樹象徵青春了。（笑）

杜國清　此詩重要的在「窗」，其餘大可不管象徵什麼。

邱瑩星作品

杜國清　這首詩除了描寫外，別無一物。

趙天儀　這首詩作者不如寫散文。

洛　夫　散文也寫不好。

趙天儀　對本質把握太少，詩素稀薄。

洛　夫　根本不知如何把握。

葉　泥　此詩不必討論，不值得刊登。

全　體　(附和)。

游卓儒作品

吳瀛濤　這篇沒有什麼特出。

杜國清　太散，不夠凝練。

洛　夫　只有一些佛學名詞的堆積。

羅　馬　「一座尼庵在早課中，舒展着」是好句。好像

杜國清　「每一個念珠是一個白晝 夜裡是一種困倦，在早晨舒展着。白晝有采色的花和樹」描寫很自然。

羅　馬　這一首詩也很概念化，而且是沒有成熟的概念化。

趙天儀　它的表現，有點戲劇性。好像表達了那少女的……、

杜國清　六根未淨。

趙天儀　嗯，六根未淨。

杜國清　最後的句子「形成我之感情的牢獄」很好。可是爲什麼要用我呢？應該是她呢！大概那少女與作者有感情糾葛。

楓　堤　或許是作者的女朋友，當尼姑去啦！

全　體　哈！哈！

朱達中作品

杜國清　這有如千年觀音，從漢朝、元朝睡到現在。但如：

「耆想，以双眼的初陽，
把她的氷凝的血液溫融，」

有情詩的味道。最後二句表現很好，在茫茫大宇宙中，听那風聲，和覃子豪的「把眉睫藏在星子間」有同樣的效果。

羅　馬　對，這兩句有情詩味道。最後的：

「風聲，約來自星外」

表現特殊，很好。

吳瀛濤　此詩平凡，不能算太好的作品。以：

「一尊古典的青琉璃的觀音
在淡水河畔睡夢着」

這樣開頭，就沒有寫好。

羅　馬　有些人用字應斟酌。如此詩「古典」是贅字，因爲後面還有「遠在太古」句。

杜國清　「古典」是表示觀音之嚴肅，不動於情。

楓　堤　是強調「非浪漫」吧！

黃進蓮作品

吳瀛濤　此詩有鄉土色彩。

趙天儀　這是描寫孤兒，在三月裡，一切都好，「只是沒有阿娘」的感嘆。

吳瀛濤　頗有歌謠風。

葉　泥　是純粹口語的。

文曉村　很像童話詩。適合在中央日報的兒童週刊發表。

葉　泥　只是「尋花問柳過前川」不恰當。恐係「傍花隨柳過前川」套錯了。而且引用不恰當。

文曉村　三段後三句的意象很特別。

杜國清　此詩因口語化，反令人感動。如前舉「千燈」實在缺乏令人感動的所在。

葉　泥　因「千燈」使用前人的

，古老的語言。所謂古老的字眼，如玉女，娥眉，蓮步等都是。

杜國清　最後二句：

三月都好
只是沒有阿娘

很意外，非讀到最後，不知全詩之意。

張效愚作品

杜國清　這是一篇打情罵俏的情書。

文曉村　有諷利挖苦的味道。

趙天趙

趙天儀　此詩原稿寄來時，用不同號的鉛字印出寄來的，是有所諷刺的吧！

杜國清　那就不是通常的情書了。

文曉村　這還不能算是一首詩。

洛　夫

吳瀛濤　這篇可以不要。

文曉村　但無妨刊出，使詩與非詩，讓讀者去判明吧：

趙天儀　詩是否要作者先解釋？不要，一經解釋，反而限定了讀者的想像。

洛　夫

全　體　那麼我們的結論是，此篇不是詩。

錦連作品

吳瀛濤　我認為這就是詩。

洛　夫　字的應用未加控制，太散了。如：

「體內的血液裡我們尋找着祖先們的影子」

以及：

「對我們，祂們的臉孔和體臭竟是如此的陌生」

但是，「在我們畢竟是一個夜」，有intensiy，有self-content的感覺。

羅　馬　有現代感，但太概念化了。

文曉村　此詩，有些句法還可再加精練。如第四段及第五段，雖似無表達一所以然，但我們生存在這社會上，就常有這種感覺。此詩，可說反映了時代的精神。最後如：

「我們祇有挖掘
我們祇有執拗地　掘
一如我們的祖光，不許流淚」

有啓示作用。

杜國清　：有無可奈何的感覺。

楓　堤　不是，是固執，是堅强。

杜國清　因為「我們祇有　掘，我們祇有執拗地　掘」有無可奈何的感覺。

楓　堤　底下還有「不許流淚」，所以堅强。

洛　夫　此篇表現不太確當，技巧不够。

文曉村　技巧不好，但有內容。

中

桓　夫　林亨泰　錦　連　張效愚　彭　捷
蔡淇津　陳勝年　許達然　鄭夙娟　羅俊明
古　貝

林亨泰：「作品合評」這一個專欄，在詩壇上可以說是頭一次出現，以往一般的批評都是一個人寫出他個人的看法，亦即個人的批評意見都是一致的，而「作品合評」則是由很多人大家對一首作品由各角度提出

批評，這種方式可以說是新的創意。它的好處在於就各種不同的觀察，各種不同角度的感受提出來直接討論，甚至於是相反的辯論；但其缺點是觀察的時間有限，未能做深入的觀察，自然感受力就稍差了。但就通盤來說，「作品合評」是更爲適切的。當然以往的個人批評方法因其觀察深入，也未嘗不可取。「笠」將就這兩種方式做適合時宜地混合採用，這樣也許更可收效。

張效愚　這種合評當然是很好的現象，但對作者的創作主旨唯恐有所偏差，所以我在第五期的「作家」月刊中曾寫了一篇對「作品合評」的再批評，我認爲要合評一首詩，必須先徵得作者同意，由作者將他的創作主旨提出來，這樣，批評就有了中心，不致於與作者主旨差得太遠。

古　貝　我認爲這是不必要的，一首詩在讀者的欣賞來說，不一定非和作者所欲表達的意思相吻合不可。詩的欣賞可以由於各人體驗和感受力的不同而有所差異，並不一定要作者先行表明他的創作主旨而來左右批評者的思考；只要作者能適切的表現，當然是可以爲讀者所接受的。

張效愚　但是詩和一般文藝作品不同，詩作者寫出來的是什麼，大家是不是都能了解呢？

林亨泰　這是了解基礎的問題；如果因爲無法了解而不去批評，我認爲是不必要的，只要不斷地去思考去嘗試就可以了解的。

彭　捷　詩並不是不可了解的。

林亨泰　詩的確並不是不可了解的，只是需要長時間加以探討它的內容，而加以詳細的體會，我想這是可行的。

張效愚　「笠」的「作品合評」好像都是一定的幾個人吧！

林亨泰　不，我們並不是只有同人可以參加批評，而是要大家都參加批評，我們每期都將作品去掉作者名字油印出來，分邀多人一起合評，這樣比較公正。

張效愚　這是正確的，不過合評的方式，似乎也可以將油印的作品分寄，然後請他們將評語寄來，再加以整理。

林亨泰：這當然是可以的，但是這樣一來，如有相反的意見就無法討論了。

錦　連　「作品合評」有兩方面的作用：一方面可以看出發言人的高見，另一方面也可以看出發言人的愚笨程度。

彭　捷　這好像也是對發言人的一種考驗吧！

邱瑩星作品

林亨泰　詩有用音韻的手法，同時靠想像力去完成它，但這首作品却是幻想的，本來是應該靠想像力，而作者的結果却是利用了幻想力，這首作品不能吸引讀者。好像下面兩行就太富於幻想了。

當花蛇吞蝕了粉紅的衣裳
當樊籠裏傳出了晚禱的鐘聲。

許達然　太像散文了，思想也不整齊，而且一開始就用了「晚禱的鐘聲」，已直接說出了夜，缺乏含蓄。

彭　捷　這首詩是直接的描寫。

蔡淇津　詩的創作方法有二，一是平鋪直抒，二是含蓄，這首作品是把兩種方法混在一起，似有不妥。

張效愚　好像只描寫出由夜到天亮的過程而已。

許達然　全篇以時間而空間而時間而空間……的次序

交織着，似不太恰當。

林亨泰　這種時間空間的交織法是可以用的，只是這首作品交織得不妥貼。

許達然　最後一段可以刪去。這種詩在高中時可以滿足，但到了目前這個年齡階段已不能滿足了。

林亨泰　曾經有人寫過「十六歲的偶像到二十歲就粉碎了」，這是正確的，當在高中時喜歡的詩，一旦經歷過更多的經歷，思想的變遷，自然就否定過去的偶像了。

白浪萍作品

林亨泰　作者對於情感的發抒較為細膩，但以目前這種時代來說，這首詩令人有如從古典中走出來的感覺，給予我們淡淡的哀愁。現代人的感覺應該是一種猛烈的，向上的。

古　貝　也就是一種猛烈的向上心，一種爆烈感，一種淋漓的安慰感。

錦　連　那麽是不是沒有時代的感覺。

林亨泰　是的，就是令人有脫離時代感受的感覺。

彭　捷　我認爲沒有時代的感覺反而好一點。

林亨泰　但是時代的感覺也有超時代的，除非他是超人，能給人以一種超時代的感覺。

張效愚　這首詩在抒情上是成功的。

林亨泰　讀了舊詩詞，再讀這種詩，是不够味的，雖然這首詩也能給人一種安慰，對某一些需要安慰的人來說是有用的，但對我們來說却是不足的。

許達然　這首詩似乎沒有廊的感受而只有愁。

彭　捷　在作者本身的角度上是成功的。

張效愚　這種詩給年青人看是好的。

彭　捷　這首詩有靜的感覺，在生活圈小的，好靜的人就能够好好的去感受。

陳勝年　太過於女性化。

林亨泰　詩人需要以自己更激烈地去撞擊，而不是在於靜的感覺中。對於時代的感覺並不是要特別加進去的，詩人是特別敏感的，在他的感覺中已有着時代的影子，因爲詩人是時代的鏡子，自然是最能感受時代，體認時代的。

桓　夫　這一首詩本身是很好的，但由於現代人生活於匆忙中，像這種思想已太離開現實了。

張效愚　抒情味道很濃厚。

蔡淇津　如同在城市不可能去意味着小巷一樣，我認爲應站在詩本身的立場來講，這一點作者是成功的。像是流於流行調，但這種流行調並不一定就是不好的，如站在作者的階段來說，可稱得上是成功的作品。

林亨泰　流行調如果只是一種趣味的話，是可以的；但如果因爲我們要談詩就必須要嚴肅一點的話，這首詩的壞處就在於流行調，詩是在於聽自己生命的鼓動，而不是要去附和大衆的口味，並不是找出一種公約數，而是要追求自己獨有的一個數，我們要寫詩，其原因就在於自己不能滿足於自己，或對別人的作品不能滿足，就爲了這種意慾而去一首又一首的創作。

記得以前求學時代，日籍教師曾教我們讀像「春廊」這一類的詩，而且教我們踏一步吟一句，但到了後來，在坊間讀到現代詩，雖然認爲很好，但因爲教師不說它好，也就不敢說它好了，因這已成爲定型了，在嗣後詳細研究結果，才發現那時是被騙了。

而目前日本人考大學，如果依我們的看法必認定爲前衛的、標新立異的那種作品列爲考試的教材，而且出題最多。從這上面可以看出我們目前詩教育的不夠，所以在感受上就差了。其中以詩的題材的美當爲詩的美，就是目前最大毛病之所在。

譬如很多人都說文學是生活的反映，這是不錯的，但是把生活誤解爲日常生活的流水帳才是生活的表現，那是不可原諒的，文學的眞實感（reality）是一種逼眞，而不是與日常生活的一致，所謂「小說」本來就是一種fiction，如卡夫卡的「變身記」，他所寫的雖然是一種虛構（fiction），但是，讀者讀來如果能感到逼眞，那麼，這就是文學上的所謂「眞實性」，某些批評家主張文學與生活的吻合，這是錯的，回憶錄、傳記等內容最實在，但是它不能當爲文學作品，如以尋找與日常生活的一致爲眞實性這種看法去看文學作品，那是最大的錯誤了。

陳勝年　那麼詩的欣賞是怎樣呢？好比「無心的笑拾一片夕陽」這一句應當如何標段。在文法上，「無心的笑」怎能「拾」起「一片夕陽」呢？

林亨泰　欣賞詩也不必從文法上去斤斤計較，就這一句來說，作者所要寫的可能只是一種「無心的微笑」，而就將「笑」賦以人格而擬人化了，「拾」就是這人的動作，因而說：「無心的笑拾一片夕陽」，在過去這種表現法很多，不過，老實說，我並不欣賞這種寫法，因爲「無心的笑」和「一片夕陽」在連結上只是一種平面的連結而已，「無心」這形容詞似乎是多餘的，這種客觀的手法並不是適切的手法，我覺得詩是從心中不得不喊出來而喊出來的，所以該寫直接一點，我想，寫爲「我笑出了夕陽」不是來得直接而乾脆嗎？

許達然　一、二、四段均有雨的感覺，而第三段却沒有，這種倒置法似欠妥貼。

林亨泰　不，倒置法不一定錯的。

羅俊明　在直覺上看這一首詩，可給我們以一種詩界，在表現上我認爲有動的感覺，而且文字修飾很好。

林亨泰　寫詩並不是修飾的工夫，而是要直接喊出來，要排開一切外界的影響，只寫出自己內心中所想說的。只要能充份地表現出來，最粗淺的用語也無妨。

黃進蓮作品

張效愚　這首作品寫得太直接了，讀者一看就知道，沒什麼好評的。

彭　捷　表現上很累贅，根本沒有評的需要。

喬林作品

張效愚　用窗的角度來看黑社會的事情，是很有份量的，尤其下面兩行最佳。「如果有月，就可以遮去一些又露出一些」

許達然　題目倒是很好，有一種窗被逼配在鬼屋上的感覺。

林亨泰　這首詩給人的感覺是有個性。

張效愚　差不多每一段的後兩行都寫得不錯，「黑」可能是一種壓力的象徵，所以一直用了重複的「黑」，這種重複也是一種美，由於它的重複更給人感受到壓力的重量。

林亨泰　這首詩好像奇里哥的畫，不應該有河有樹的地方，他却畢眞地給它有了河有了樹。但

卻有一種詩的意象，自己刻劃出來的一種心象，一種風景。

許達然 第二段更能加深詩人憤怒的感覺。

彭　捷 最後一段寫出了因窗是配在鬼屋上，所以才能與前面的黑配合妥貼，處理上很適切。

陳勝年 「老私娼的眼睛」一句甚佳，它點出了鬼屋上的窗的形象，同時也表現出了黑社會的勢利眼。

林亨泰 在詩的感受上只要能拘出一個東西就可以了。

許達然 把題目的「上」字除掉也許好些，因為這樣可以不使讀者發生錯覺，而且會更明顯地表現出意象來。

林亨泰 這是不必要的，詩最忌習慣化，詩不是靠文字表現出來的。

許其正作品

林亨泰 以「鑽來又鑽去　鑽去又鑽來」描寫春天無處不存在，使我們感受到一種快樂，也未嘗不可，但如果另外用其他的方式來表現，也許效果更為好些。

桓　夫 這首詩一讀之下立即給人有一種春天的感覺。

蔡淇津 前面幾段已明顯地說出春，但最後兩段卻言之無物。

林亨泰 也許作者本來不刻意說出什麼，好像望不出來就是望不出來，想不出來就是想不出來！

這兩行本來並不想說出什麼，也不必說出什麼，但卻過於說明，不過這種手法是可以嘗試的，詩是不一定要說出什麼來，只要有其形象就可以了。

桓　夫 這種筆調很有趣。

林亨泰 作者用「頭髮」來描寫春的感覺和成長，是有獨到之處，這種筆觸非常尖銳。

張效愚 全篇主題在於「鑽來又鑽去　鑽去又鑽來」，春本來就是這樣地「鑽來又鑽去鑽去又鑽來」，但是後兩段卻顯得太嚕囌了。

蔡淇津 用語太浪費，其實只要用「鑽來又鑽去　鑽去又鑽來」就可以表現出主題來了。

許達然 最後一行似成累贅，只要說出因為就可以了，不必說出所以，本來在因為之中即已說出所以了。

蔡淇津 如果以散文詩來看的話，這首作品還停留在五四時代的寫法。

彭　捷 意思是有的，只是文句浪費了一點，但春天的個性卻已能表現出來。

張效愚 這種單調很像管管的詩。

古　貝 我認為它不像管管的詩，倒有點像管管的小說，但那只是其中的一部份用句而已。管管的詩是一種在無次序的思想中求取思想平衡的美感，甚至於從極為醜陋中體認出美感來，而這首詩，表面上好像也有這種感覺，但骨子裡卻是鬆懈的，不夠嚴密。

林亨泰 好比紀弦從臭襪子體認單身漢的生活，但我們不能因它的臭、醜而說那首詩缺乏美感。

蔡淇津 這首詩表現不夠深入，在詩的表現上，我們可以像建築教堂那樣，也可以建得很傳統，但也可以像東海大學教堂那樣地建築得很新穎。這首詩和覃子豪所提倡的形象不同。

林亨泰 覃子豪所說的形象只是

表現的說明，是凝固的靜，其實形象應該是活動的。這首詩中的「頭髮便越發多了起來」一句，是動的形象，這是對的，而罩子豪的形象好像是標取一個不動的東西來從事對於美的描寫。

彭　捷　不過這種靜的形象在那個時期是好的。

林亨泰　讀者的欣賞能力只能逐漸地提高，對於形象的把握，如果沒有經過那一段時期，當然，也沒有我們這段時期的這種看法。

朱建中作品

張效愚　如果這首詩的主題在「下」，那麼對觀音就不觀了，全詩在說觀音，而主題却是「下」，似乎不太切題。

桓　夫　我看題與內容並不太分離，作者是在觀音山下的觀音廟吧！

林亨泰　不，實在的觀音山就是遠看好像躺着的一尊觀音。這也就是觀音山這名稱的由來。所以作者說「一尊古典的青琉璃的觀音」，這首詩的感受是眞實的，不但沒有錯，也沒有矛盾，只是描寫得不够深入。作者是以靜態的方法把觀音山觀察出來，就以這種範圍來看，「春廊」也一樣是不錯的。我們看到觀音山，尤其在夜晚，我們會自然地有跪下來的慾念，因爲假如面對着整體這麼龐大的一尊觀音的話……。

桓　夫　我認爲第二段最有表現，有一種偶像的膜拜感受。

林亨泰　就全詩看來，第一段是序，第二段描寫白天，而第三段則在描寫黑夜的感受。

王憲陽作品

林亨泰　這首詩和「春廊」的手法相同。

錦　連　這類感傷的作品看多了，會感到疲倦。

張效愚　修飾上有些不妥貼，但第二行的「剪」字推敲得很好。

許達然　這「剪」的手法是古詩人是喜歡用的。

林亨泰　而且也許是一般人都會喜歡的吧！

彭　捷　好像有吃了甜食之後，再吃淡淡的食物那種味道。

林亨泰　這種感覺在讀者來說是幸運的，但就作者來說却是很不幸的。

錦　連　有一個日本詩人說：「現代詩人如果被稱爲傷感主義者（Sentimentalist），在目前是最不名譽的」，這首傷感的作品，我根本沒有感動。

林亨泰　就你本身來講不會感動，但就部份讀者來說是會受感動的，這就發生了詩是否要遷就讀者的問題，我認爲討好讀者是不必要的。

彭　捷　別離本來就帶有一種傷感。

蔡淇津　最主要的還是在於作者寫出的是自己還是他人的。

林亨泰　這首詩就流行歌來說，讀者是會喜歡的，但嚴肅的詩是不能這樣的，好像畢卡索有一次問張大千說：「你的畫在那裡」，如果有人問「你的詩在那裡」，那是失敗的。我們要寫出自己的東西。

游卓儒作品

古　貝　這首詩强烈地表現出對現實的不滿，同時，在內心有着一種反抗的激情感觸，如尼庵的紅磚牆生着厚厚的苔斑

張效愚　是一種蓄髮的慾望的悲哀。是非常消極的。

彭　捷　在消極中有反抗的意味。

許達然　令人有着要擺脫現實，但却擺脫不掉的感覺。

彭　捷　好像作者是在伺奉着僞君子。

張效愚　有在挖苦偶像的感覺。

彭　捷　作者不能面對現實，似乎是深沉痛切的喊聲。

桓　夫　第二段末兩行將樹的意象與尼庵少女的意象配合在一起，甚爲妥貼，很有意思。而且，最後段前兩行的看法又與常人不同。

蔡淇津　作者是假藉尼庵來表現感受，一方面有反抗現實的成份，但另一方面却潛伏着對現實的迷戀。

彭　捷　作者似猶不敢打破傳統的現狀。

林亨泰　詩就是要寫出這種煩惱，如果能完全擺脫這種煩惱，那麼他就是佛了。這種煩惱如果不借第三者的尼姑來表現，而直接以自己的感受表現出來，就更爲有力了。

彭　捷　用這種手法比較容易象徵，

林亨泰　不過，可惜的是：這只是小說、戲劇之類的象徵，

「而尼庵就佇立在寂寞孕育的聖
潔中形成
我之感情的牢獄。」

這種聖潔的牢獄是很動人的，但他借了第三者表現就無力了，這是非常可惜的。

彭　捷　如同茶和咖啡同是有着淡淡的苦澀，不過，咖啡似乎更爲好些。

張效愚作品

全　體　（靜默。）

全　體　（笑　不約而同地）

蔡淇津　這首詩在文學上表現不很高明，第二段中的「首先」「其次」「最後」太不高明了，而且「妳錯將羅丹的彫刻刀拿反了」一句表現得乏力，全詩好像要寫諷刺詩，但缺乏幽默感，我認爲如果要諷刺，就用幽默表現出來似乎較爲高明貼切。

錦　連　用了這許多偉大名人的名字，我看了就害怕，這些人名的重要倒比他的詩重。

許達然　唐吉訶德的故事令人發笑，而在這裡並不能使人發笑。

林亨泰　可能是作者爲了接到一封信笑了，因爲這也許是一封碰釘子的信，最後他感到被騙時，不覺就笑了出來，這就是他不得不寫詩的理由，並且又令人覺得他實在是在笑他自己。

桓　夫　笑有很多種，這也算是笑的一種吧！

林亨泰　就以這種笑來說，是成功的「因爲剛才，當我們還不能了解他到底在笑什麼時，我們也跟着笑了，但我們這種笑又是哪一種笑呢？

全　體　（笑）

古　貝　居然作者也能使我們笑，那該是成功的，這也許是一種對自己的嘲笑吧！

蔡淇津　他的笑很迷茫。

彭　捷　這種笑當然不是單純的笑，但我們仍看不出他爲什麼而笑。

林亨泰　要找出他笑的眞正原因，只好去看那一封「妳的信」了，不過，這就不是屬於詩的範圍了。

張效愚　這是一種莫名其妙的笑，好像是開玩笑吧！

林亨泰　但總比開玩笑嚴肅一點。

彭捷　這首詩也許只有C看得懂。

鄭炯明　我認爲C是在代表世紀，這首詩是對世紀的笑，因爲這個世紀中有很多東西令我們笑，作者是將世紀人格化了。

林亨泰　這種聯想是好的，但這首詩是不是能給我們有這種感受呢？我認爲要說明這個世紀，那些名字仍感到不太切當。不過，這只是猜想而已，詩應該要強迫我們去做唯一的猜想，這首詩並沒有做到這一點。

張效愚　我想與其聯想爲世紀，例不如聯想爲社會適切一點。

許達然　這是誰的作品呢？

桓夫　是張效愚先生的作品。

張效愚　居然大家明白了，那麽我就說明一下，我寫這首詩是用各種字體從各種版面上剪下，然後貼在一起的，這只是一種趣味性的嚐試而已。

許達然　那麽C代表什麽呢？

張效愚　就是代表一個人，但不知道是誰。

全體　（笑）

錦連作品

桓夫　這首詩甚能表現現代人的苦悶。

彭捷　這是這個時代最需要的有力的一首詩。

林亨泰　由這首詩可以聽出一個詩人想要挖掘出來的感受，他挖出來的東西雖然並不太好，但也不許流淚，有着有苦說不出的感受。

彭捷　作者一邊生活於現實中，一邊挖掘現實以外的事物。

張效愚　能表現出一種挖掘的力量。

林亨泰　這首詩與一般的表現法不同，這並不是詩歌函授班那樣出題才作成的，這是作者的心聲，聽了自己內心的鼓動而寫出來的，一種往裡面探測的態度，不是開始有一個要寫什麽，才開始寫的，並不像針對鐘而去做精神活動那樣先定下一個東西才去寫，所謂眞正的詩，也就如同這一首一樣，想寫就寫出來。

羅俊明　在現實世界中要求得到什麽而却無法得到，但他不是超人，而只是一個常人，所以也無法對現實反抗。

彭捷　如與「尼庵」相比，前者是妥協的、而這首「挖掘」却是反抗的、積極的。

林亨泰　這就是以第一者表現的成功。

彭捷　兩首詩同是現代生活的感受，但兩種獲得的效果迥異。

林亨泰　合評到現在，好在有這一篇，令人感到快慰。這首詩一方面有現代人的感受，同時又替現代人道出了現代精神。

許達然　這首詩是美國人的感情，而不是中國的。

林亨泰　這個看法就是所謂傳統問題的誤解，所謂中國的詩，就是中國的詩，並不是在詩中加上一些中國的名字或典故就是中國的，作者這一首詩就是最傳統的，因爲他身爲中國人，從內心寫出了自己的感受，所以是最中國的。

許達然　我的意思是在「祖先」上，因爲提祖先的是美國人，美國的民族性是只許流汗而不許流淚的，而中國的民族性却是流汗又流淚的，這種「挖掘」的感受很像美國「清教徒」的生活寫照，這是可以從聖經體認出來的。

林亨泰　我反對這種說法，中國

人許許多多的無名英雄也是只許流汗不許流淚的。

彭　捷　也許作者內心也有這種不流淚的偶像。

許達然　從中國歷史上可以看出中國人確是如此的，是被迫去挖掘的。

林亨泰　這是學者的事情，也許這是經驗的科學，用統計法計算出來的，但我們並不是要科學，而是要詩，要從作品中去發掘好的民族性，而不是去抄襲別人的民族性。

許達然　但作者這些感受，好像是讀了很多外國人的作品而得來的。

彭　捷　我認爲作者所指的祖先，並不單指中國人，而是指全體人類的祖先。

許達然　但是詩中的光明與夜，在中國是得不到這種感覺的。

張效愚　這並不是直接的感覺，而是表現時代的黑暗，挖掘人性的方法，表現非常有力。

彭　捷　這代表整個人類，它的力量就在於挖掘。

羅俊明　詩中火與水是代表現實的人，並不是像傳統那樣隨權威流下去，有如一種火的即將爆炸的喜悅。

彭　捷　火和水的解釋很好。祖先對我們並不陌生，

許達然　但對美國人也許就陌生了。

林亨泰　作者好像對陌生的祖先加以尊敬，而對不陌生的就不感到興趣了，我認爲作者是在描寫中國開創以來，許多不被歷史流傳的眞正流汗不流淚的祖先發生尊敬，因爲那些人對我們這一時代來說是陌生的。何況不流淚的祖先都是勇敢的，而往往勇敢的都是陌陌無聞的。

蔡淇津　作者描寫出祖先的豪華成就，更提示我們，激發我們要再度奮鬪下去，主題很好。

林亨泰　我們看了很多淡淡的哀愁之類的詩，就好像吃鴉片一樣，自然我們會去喜歡它，而像這一類的作品太少了，如果這種寫出自己心聲鼓動的東西一旦多了，我們或許又會喜愛淡淡的哀愁亦未可知，這是嗜好轉移的本性，但最終我們需要的還是以像「挖掘」這一類的作品，淡淡的哀愁之類的只可以當爲副食而已。目前，我們深切地需要打出這種東西來，但這畢竟是太少了。

錦連作品

南

郭文圻　葉　笛　白　萩　林宗源　白浪萍

郭文圻　我感覺挖掘與「碰不到火」似乎不對勁。

葉　笛　我以爲作者所要挖掘的是一種理念或人性，一種更深沉的屬於內在的東西，而在這「晚秋的黃昏底虛像之前」一般的現實中，挖掘的結果是失望和痛苦，因此，他只有一種呻吟似的實感，就是｜「這龜裂的生存底寂寥是我們唯一的實感」。這是一首深沉的探索的詩，但凝縮力不足。

白　萩　我覺得這首詩抑制力不夠，也就是說對創作過程的評判力缺乏精細。如：

「白晝和夜　在我們畢竟是一個夜

」「等待着發紅的角膜上
映出一絲火光的刹那」

對主題有忽出的感覺。在表現需要上的力量嫌薄弱。

林宗源　作者好像在尋找一些什麽，但他好像沒抓住意念作品的主題，表現得有些散漫。

白浪萍　也許作者是在挖掘，在尋取他心上的理念和幻境但我要說它缺乏詩趣，零亂殘碎，像隻高掛的網，網眼攔不住花香和風息。

白　萩　這首詩可說沒有「形象」，這與「意象派」所注重的恰好相反。我覺得沒有「形象」，傳達力便不具體，也太明朗硬直。完全「形象」而沒有思想，也不夠深刻。

邱瑩星作品

白　萩　浪漫派的產品。第三段與第四段重覆。最大的欠點是野心太大，一口氣想寫盡所有的東西，應該擇「重點」來寫。

葉　笛　他對要表現主題的材料似乎欠選擇，因此顯得鬆散無力。譬如：「高矗林立的香蕉樹，遮藍天半個臉頰」二句來論，其形象的譬喻缺少實感。

郭文圻　「夜」不能欲表現幽美的夜景，但頭兩句的譬喻即破壞了其意境。

白浪萍　繁碎地描刻夜景，星月滿篇飄浮，作者應該珍惜筆墨，如果他只等待一個黎明，他可以精短的表現那種意念。

林宗源　從黃昏寫到黎明，繪畫整個夜境，而有所興嘆。寫景的詩，我以為最好寫實一點，像夜剛剛來臨的時候：

「安息了鳥的歌聲
以及草虫的哀鳴」

是否切景，使我這個鄉下佬，覺得有點怪，也許不同的地點，其夜景也會不同吧？還有最後：

「為了珍惜這美好的光陰
為什麽要
讓回憶和懷念
遠離記憶之門」
？

還有寫得太長，表現得不妥當

喬林作品

林宗源　作者把生活由刺激與壓迫所形成的精神恍惚的境界表現得使人感動。這首詩如刪除第二段及第三段最後二字「唾棄」，我想會更完整。

白　萩　題目好。可是一讀此詩發覺完全是空架子。其實够味的只有最後一段的「老私娼的眼睛在巷口顫抖，任黑侵入，任黑擁擠：：」這三行。

林宗源　此詩的主題，我想在「老私娼的眼睛……」

郭文圻　第二段唐突插入，對整篇來講失却聯貫性。

白浪萍　我們似可在作者灰暗的筆觸裡窺見他唾棄的生活印象，現代生活也許是够迫人了。因為沒河樹穿窗而來，但遮去一些，不就有點虛偽了？立意似充滿不樂，厭棄，逃避與怯弱。我覺得描刻優美的東西，比醜惡來得好。因為現代生活已够令人迷惘。

白　萩　白浪萍的口氣完全是理想主義者的味道，題材美醜無關緊要，最重要的是表現的高明與否，事物美並非就是藝術美，二者有相當大的距離，也無必然關係。揭蒼巴能給人痛感，吹氣球有時祗是小孩不經事的玩意。

王憲陽，白浪萍作品

白　萩　「千燈」和「春廊」同一格調，這是詩壇上兩大幣病的見證品，一是不像「超現實」的胡扯，一種是美文家。對美文家，我的譬喻是一隻刀，它的目的是用來切砍東西的，我們要研究的是如何切砍的方法，而不是刀的樣式。文字本身是要來表達內心的感觸爲主要目的，並非在於研究如何美詞爲能事。

林宗源　好像把一件舊的衣服改成華麗，時髦的華服，件衣服是以文字編織的。

郭文圻　今人穿古服，一看就知王憲陽之作品，因他喜歡用古色的文字，假如今人畫國畫也無可厚非，但是要有豐富的神韻的表現。

白浪萍　我應該說我受教了。（笑，好像眞心的笑）

全　體　（笑）

朱建中作品

白　萩　「漢朝、元朝已在刼火裡焚死」，係中了瘂弦，余光中的流毒，膚淺無用。第一段末兩行不要亦無損本詩。

林宗源　唯一的長處，是作者欲想把觀音山下的靜態表現出來，這首詩假如把第一段第三行與三段末兩行去掉想會更好。

郭文圻　我無法了解初陽爲何以「双眼的」來形容。

白浪萍　或作者寫双眼的初陽，係喻陽光入他眼中，眼成了主詞。

林宗源　詩中有括弧是要不得。

郭文圻　既然連睫毛都不會閃動一下的她，作者有何跪下的道理？

游卓儒作品

林宗源　當意念喚起作者的意識的刹那，此時間於聯想奔放（心靈的活動）意象紛紛浮現，作者只把這種意象呈現出來，沒有把握住從意識浮現的實感底具象，淸楚地，淨化地，統一地表現出來。

郭文圻　這首詩，以尼姑與佛像相對照，佛像是她所崇拜的對象，對她內心是一種刺激，刺激她的情慾，一種無可奈何的憂鬱，表達得不錯。

白　萩　內容尙充實，詞句的連貫多加注意，當更緊湊。「尼庵的紅磚牆生着厚厚的苔斑，是一種蓄髮的慾望的悲哀」，聯想力很强且恰當。

白浪萍　或尼庵是在影射現在生活的苦悶與悲哀吧！入世或出世，那是很難抉擇的，可不是？那情緒使入不要，它似述說了我們的心聲。

許其正作品

白　萩　是一篇小散文。

林宗源　這首詩的語言有如三月，比三月較注意技巧，以散文的形式寫詩，更能發揮想像，表達奇思妙想，以及豪放的感情。

白浪萍　讀到那些鑽來鑽去的句子，我覺得春天鑽得可愛，可惜鑽得太多。讓人覺得春天很空茫，無聊，看來散漫又不知所云。

郭文圻　筆墨浪費太多。

葉　笛　鑽來鑽去，鑽不出所以然來。

黃進蓮作品

白　萩　以地方色彩的口語來表現詩是好的傾向，效果鮮活明朗，値得提倡。全詩平易而又含畜。

「一切都好，知道嗎

阿娘！
三月都好
只是沒有阿娘」

讀了令人淒然。

第一段末三行，第二段第四行，第三段第三行，不够純粹的口語。

林宗源　寫得很美，以方言語調供出，使人有圓滑親切的感受。

配在鬼屋上的窗，有一種被壓迫而想超越的苦悶，而此詩，既樸實又靈活地把失去了阿娘的哀怨寫出，使我感動得流淚，覺得流下的哀怨是淡淡的淚水呵，假如把第一段六、七、八三行刪去，我想這首詩會更美的。

郭文圻　用白而樸素的口語表現觸情，傷情，很恰當。

葉笛　以歡樂充滿生機的春天來襯托死去母親的悲哀，在表現的手法上尚不錯。最後二句：「三月都好，只是沒有阿娘。」這種表現簡樸却有深沉的力量。

張效愚作品

白萩　無意見。

林宗源　無意見。

郭文圻　一首詩充滿名字，會使人感到紛亂，失去統御力，好像在賣弄書卷氣。

白浪萍　詩中滿佈我，妳，還有笑，怎能不笑。

詩壇散步

柳文哲

石室之死亡　洛夫著　創世紀詩社　54年元日出版

1

倘若一個讀者，要通過作者所傳達的語言文字，而喚起感受到作者在語言文字以前的原創的精神動向；那麼，做爲一個詩的讀者，首先必須去掉心中預設的擬似的問題（PseudProblems）。

現代詩的鑑賞，經常被一些門外漢預設的擬似的問題中，最顯著的有二，一爲詩的難懂，一爲韻律的缺乏。前者是指現代詩的晦澀，詩人連散文都寫不通而寫詩；事實上，眞能寫詩的詩人，必能寫散文；而能寫散文的散文家却不必能寫詩。後者是指現代詩的韻律的缺乏；這一類指責的讀者，多年停頓在十九世紀浪漫時期的趣味上，或嚮往中國古詩詞的古色古香，而忘了他竟活在散文的工具底二十世紀。

對於每一新創造的詩，我們便需新的鑑賞方法，如果做爲一個讀者，沒有適當地去調整自己鑑賞的角底，而埋怨一個作者太前進，那是無法落在適當的焦點上的。但更糟糕的是那些看似謙虛，而其實是大言不慚的學者或雜文家們，他們即不肯，也不屑從頭學習，詩這種玩意兒，他們一開始就以爲很有見地了，就以爲玩於掌上了，然後，要現代詩人學學黃梅調，那唱爛了的調調兒，甚至要詩人參考高雄塩埕區長那最最黃不過的流行歌曲。我們知道，除非世界末日來

臨，人類追求詩的精神是無窮無盡的，每一新出現的詩，就是一種新的創造，舊有的觀念是需時時刻刻地加以糾正的。

2

現代詩是經過前幾年的新詩論戰以後，在詩壇上再被强調出來的；這十幾年來，我們把西方半世紀以來的象徵派（Symbolism）、高蹈派（Parnassian School）、意象派（Imagism）、立體主義（Cubism）、達達主義（Dadaism）、以及超現實主義（Surrealism）的運動，或多或少地吸納與消化，逐漸地走向現代化，在這現代化的過程中，由於作品缺乏有系統的整理與介紹，且缺乏富於學術性的研究與批評，以至於到今日，仍然常被誤解與非難，而我們的詩壇却又不斷地在衝進，不斷地在創新，曾幾何時，物換星移，而能自始至終堅持到底，且近乎嚴酷地自我訓練與自我批判者，能有幾人？

詩人，不只是因常常發表作品，出版詩集，公開演講，上電視鏡頭，甚至爭取所謂桂冠者，就眞能登堂入室的。在這工商社會，詩早已論落爲商品一般的廉價的待遇，詩人也就變成了票房價值的體重計所衡量的對象，在這詩的危機四伏的時代。有良知的詩人，唯一能拯救自我，唯一能開拓追求詩的途徑，便是自我的覺醒，通過實存意識，在絕望與不安，在虛無的境地，走向自我內在的世界，深入潛意識的暗流，詩人在追求的歷程上，表現詩的純粹性，也就是一種叛逆，或一種革命。

在我們中國的詩壇，强調「抽象」，强調「超現實」，强調「存在」，用意並非不佳，然而，由於部份的詩人過份地自我中心，强調變成曲解，舶來品一進口，就走了樣，好像拋了錨的車輛，使人有着漏了氣似的感覺。

3

由於詩壇上流行着「一大把抓」的現象，也就是因爲自己太貧血，很貪心地，想一股腦兒把舶來品恨不得一口氣吞下，在自己空虛的心靈上填塞。固然，藝術在本質上，有其永恆性，也有其時代性，我們不能否認，我們這個時代，的確也有少數可取的藝術工作者，他們不在虛名與商標之間徘徊，而在純粹的藝術上，做自我的抉擇，在眞正具有現代化底裝備的詩人中。洛夫先生該是頗有自知之明的一個，從他早期的「靈河」，我們就已感受到他那富於象徵意味的空靈，那屬於羅曼蒂克而又非僅僅是熱情的告白底神秘的情操；直到目前推出的這一部「石室之死亡」，雖然洛夫已走向實存主義的哲學世界，且採取超現實主義的表現方法，但是我認爲洛夫是夠痛苦的，他即不阿諛讀者，也不討好自己，而近乎一種自我虐待地在表現自我，甚至批判自我。

從洛夫的「天狼星論」（註1）與「詩人之鏡」（註2），我們可以窺見做爲一個詩的批評者與理論者，有其銳力的眼光，有其嚴格的批評精神。事實上，所謂批評他人，往往也是在批評自己，自己沒有深入到那種境地，沒有犯上那些藝術的謬誤，怎麽能深入他人所遭遇到的困惑呢？眞正的批評者之難得，跟眞正的創造者之難得一樣，何況前者需專門的知識，加上中肯而富有邏輯的解析能力呢？

實存主義，從哲學到文學、藝術，已匯爲二十世紀一大思想潮流；尤其是透過整個時代的絕望，不安，恐懼，痛苦的體驗；透過兩次世界大戰悲慘的教訓；在集中營裡恐怖的日子，在煤氣室裡死亡的時光，人類蒙上空前的暗影。實存主義所標示的，尤以法蘭西沙特（Jean-Paul Sartre）所

謂的即使沒有上帝，人乃能自由選擇，且承擔其責任。這種自我意識的覺醒，以及絕對自由的追求，不自我欺瞞，不帶有壞信念；藝術的靈泉乃是走向人類潛意識的世界去挖掘。作爲一個實存主義的服膺者，詩人洛夫竟以「寫詩即是對付這殘酷命運的一種報復手段」。

洛夫不但是一個實存主義的服膺者，而且也是一個超現實主義的熱中者，那麼，實存主義的自我意識是否能跟超現實主義的生活方式（Way of life）以及表現手法融合，在洛夫的創作中獲得妥貼的化合底表現呢？我們與其去責難作者的晦澀，倒不如先去探求作者的精神動向，也就是追尋作者原始的感受與觀照，在那尚未成爲語言文字以前的詩素底密度的考察。

「石室之死亡」第一次發表於民國四十八年七月「創世紀」第十二期，那次只有九首，作者附有簡短的前言：『詩成後苦於命題，這是過去沒有的現象。我一向覺得詩的題目猶如大衣左面一排多餘的鈕扣，對詩本身並無必然意義，所以給這九首詩冠以「石室之死亡」，乃是隨便擬的，與這些詩任何一首均無關係。如勉強給以解釋即這批詩乃於金門砲彈嗖嗖聲中完成』。從作者的自白，我們隱隱可以意識到作者寫作「石室之死亡」，是依據作者的精神動向去發展的，所謂潛意識的世界，乃是更原始的夢幻，更本能的慾望，那種內心深處最眞實也最夢囈的聲音；作者採用不令人喜悅底緊密而又斷片的意象，使用並不流暢而又艱澀的硬綁綁的語言，是否能恰到好處地表現作者心目中所觀照所透視的靈域呢？至少至少，透過作者的詩句，我們失落在虛無而機械般的意象中，倘若我們嘗試做一個有耐心的讀者，該能體會到作者在感受與表現之間的一種痛苦的傳達，好像是難產的妊婦一般，可以看到作者產後的蒼白與疲憊，其生產時痛苦地掙扎的餘音，似乎還流露在字裡行間，並使讀者感受到其痛苦的壓力。

4

然而，話說回來，洛夫的創作觀認爲藝術的創造並非「目的行爲」，而又朝着某一個方向，雖然在他無法確切地道出他要向何處去！所以，洛夫認爲「詩是一種自身俱足的主體，實不需任何理論來支持」。

詩是在其追求的歷程中，而非在其目的。因此「石室之死亡」便是洛夫追求過程中的記錄。且「對生與死提供了一些傳統反面的觀點」。我們從六十四首十行詩中，發現作者外在的形式頗爲整齊，無形中使作者所欲追求的由內而外的投射，失去了更爲多樣的變化，況且作者所表現的意象都較屬於隱喩和暗示，所使用的語言都較傾向於沉重和堅硬，也許這是作者受了哲學思想的影響，雖然那些哲理深化了作者的感受，但是作者並沒完全做到深入而淺出。

洛夫說：『「石」詩之內含究竟爲何？我唯一的答案是：「它就是詩中的那個樣子」。』不錯，就其誠實性與嚴肅性而言，作者的表現已脫離了固定的詩觀，把詩帶到一條需要重新摸索的途徑上。

註1：見「現代文學」第九期。

註2：見「創世紀」第二十一期，或「石室之死亡」的代序。

出版者：曙光文藝社
社長：白山途
社址：臺中縣豐原鎮逸仙莊三十二號
資料室：彰化市中山里中山莊52之7號
印刷：時代商務印刷廠
定價：每冊四元 全年二十元

笠

曙光文藝社出版

第二卷 第一期

7

目錄

筆談

我對笠第一年的看法，

歡迎參加筆談

論詩的意象：本期

談批評

李篤恭

我們的文壇是否有「批評」？這回答是肯定的。可是，我們有的是「捧場」和「諂媚」和「不好意思說」的批評而已，而缺少了「嚴正而且眞摯的」批評。有許多人士早就痛感到沒有批評的弊害，然而這迫切的呼籲幾乎是無效的，因爲「顧面子」和「文人相輕」的傳統是太根深蒂固了。「笠」詩誌終於開創了「批評」，這是我國文壇上空前的壯舉。

其實，「批評」並不是什麽「壯舉」，只是我們這禮教之邦還沒有而已。「批評」是一件難事，却不是「苦事」。如我果們能夠明瞭精神活動底型態，我們便能夠誠摯地批評，或者虛心地接受批評。在「笠」上，我們看過某詩人的一首詩作被批評得一文不值，可是這不意指着：「他沒有資格寫詩」。一個人一時的錯誤、無知、失敗、甚至是荒謬並不能抹殺掉他的整個才華、成就、人格。精神活動是一連串的興奮與控制底連續，一個人在暗中掙扎和摸索的時候常會引出錯誤的結論，這是人間底常事；並且，錯誤亦是精神生活底一環。世界上哪一位作家是完美的，哪一位文豪是眞理？何況評者的見解也不一定是正確的，例如支配了英美詩壇底評論幾十年的艾略特的早期與晚期的評論不但互相矛盾，抵觸，甚至有不少荒謬的地方。

批評對作者和評者兩方都有利益。作者所能得到的好處是不必再談的。至於評者，他爲要批評也就需要成爲「最忠實的」讀者，而且又是「有批判性的讀者」；有批判意識的

閱讀是很有利益的。再來，由於批評別人的東西，不管是好的或是不好的，他不但可以整理他的思想，有時候可以從那被批評者獲得不少啓示，來充實自己的智慧。

好的批評者當然是精通於歷史與文學史的人。沒有文藝修養的人，沒有資格批評，只可以表示喜歡不喜歡。我們眼見了許多不懂詩或是詩學的人們，當在大寫特寫詩論，大罵着現代詩人。他們的「罵評」中充滿了許多無知、誤會、荒謬、矛盾，以及自我欺騙，殊不知現代文學的主要的主題之一便是要捕捉如上這些自欺欺人的意識活動。這些人們不但不能夠使文化底大江倒流，而且可能會成為後世的笑柄。

（五月九日）

大家戴着笠

忍冬

在一片混沌的狂風的那種氣氛裡，表現着摩托化的冒煙為能事的迷失詩人，很難歸回眞樸，很難把眼睛挖起來丟到碧潭洗濯，我狠不得要把他抓起來摔出詩壇，不過我已接到消炎劑，那是「笠」的神然再現。

做為整頓詩向，不但是削其迂腐的歪詩，不只是力求選稿和編排上的獨鬥和新穎的特性，最重要的是建築精神的存在，如果「笠」的存在價值被否定，抑被視做詩壇的點綴和花樣，實在是可悲的。

從第一期啃到第六期，咀嚼之後，我的牙齒不會磨損，我的詩靈反而得到冲洗和加灌印象的啓蒙，在這新鮮和新發現當中，我唯一敬望各位詩人在「合評」時，其發表的語氣和含蘊應體認作品的內在地位，勿一時的成見或論點而直搗詩的全貌，或語射作者的本身，更忌諱有調侃的現象，我們必須以嚴肅的態度來評斷，並不以一首詩的幾處散漫而攻擊其生活經驗，批評固然需以幽默輕鬆拘束底沉悶，但一句稍嫌揶揄的詞句即可能射傷批評本身。

希望「笠」就像第六期起的日日步昇，步昇的狀態即令人喜悅的理由，而我喜悅的理由就是希望「笠」的選稿儘量做到「大眾化」、「普遍性」。

懇荒者的精神

吳瀛濤

第一年的「笠」已極明顯地確立其風格，這從它的編輯內容很容易看得出來。它的內容着重作品的批評，詩的介紹，詩人的評介，有關詩的資料之整理及檢討，有關詩的學問上的解說及研究等，這些都是過去二十年來的詩壇很少做過，其實却甚重要的事情。

現代詩應從詩的認識這種詩的基本學問重新開始，即每一個詩人均須對現代詩學要有透徹的了解和認識，始能建立現代詩的世界。從這一點來說，「笠」所走的方向是最正確，也最值得强調及使其發展的。

因「笠」創刊未久，雖對詩壇已帶來清新的風氣，却也未免多有未臻理想的；譬如說，該誌雖為同人雜誌，其所意圖的目標既然遠在於對整個詩壇喚起健全的批評風氣之建立，以之提高詩壇的水準，乃至普遍發展現代詩的世界等；由是而觀之，該誌目前當極需要同人以外的整個詩壇給以通力

的合作，具體地說，諸如由各方面寫詩的人提出作品或給以各種評介的文章，或如參加其作品合評等，倘如大家能够做到這樣，我相信整個詩壇將會有更好的成果。

現代詩的世界開拓未久，詩壇的墾開有待於生活於此一時代的每一個詩人的共同推進。

詩的世界，原來是寂寞、困苦、艱難的，爲要拓墾這一片荒原，我們該有墾荒者的精神。

對合評的建議

洪文惠

要是，大家能容許我這外來的，對詩沒有一點來歷而只憑一份愛好而說出的話，我想借「笠」的一角，說說幾句話吧！……

作品合評吸引我的程度，不亞於每篇詩。……事實，前幾期的合評，可以說很穩重。但是，這樣穩重，還是免不了輕微的埋怨。雖然我是完全的圈外人，並且只是一個不太懂詩的讀者而已，我仍抹不掉我對「笠」的一種疑懼，這樣下去，有一天不會至於同人們的拆夥？誰不疼自己的孩子。詩對作者而言，等於是孩子，好歹總對它有點感情。那麽，誰高興聽人家批評自己的孩子呢？除非老師的批評以外。……自從第五期的匿名合評後，我的疑懼更强了。到了第六期，我實在看得難過……俗語說『說話不抽稅』你也可以批評，我也可以批評。可是作者聽來會覺得怎麽樣呢？一句話，當它說出來的時候，重量是沒有那麽重，但是一旦變成字的時候、這一句話的重量是相當可觀的。試想，就是因爲匿名，所以大家也就無忌諱的批評下去。這是很對的，因爲先入觀沒有支配你，但是毛病也就是在這裡。匣子打開了，原來你批評的人，就是坐在你旁邊的同人，說的人尷尬，被說的人更尷尬，除非他是大丈夫才能應付這樣的場面，普通人我想沒有這個修養吧！我擔心的是，有一天，有名氣的同人們，再也不願意在『笠』上發表作品了。可不是嗎？這些同人們，隨時把他的作品寄到那裏，都很容易被人家歡迎採納，何必在『笠』上經過磨練呢？雖是『眞金不怕火』特別對詩是很難講。每一個人的感覺，思想，愛好都不同。某一首詩，有人說它很好，有人也會說平平。所以我想，假使把現在的合評制度經續下去的話。……慢慢的，除了新人以外，再也沒有人在『笠』上發表的興趣了。……我個人的想法，現在的合評制度不如改做，匿名印分給大家（或特定的幾位同人）讓大家記分，然後把幾篇最高分的公開合評，這個辦法的好處在，第一、每個人用自己的看法去欣賞，不需要隨聲附和，用別人的想法做先入感。好詩畢竟是好詩，少微有了經驗的人，一看就能看出，當然如前面說的每個人的看法不同的毛病是免不了。不過許多人的多角的看法可以彌補，總不會離事實太遠。第二、不繁雜，譬如像第六期的同一個人的作品，分在北，中、南幾個地方合評讀來有點膩了。第三、假使合評過份一點也無所謂，因爲這篇是這期的優秀作品，所以作者本身有了這個優越感，影響不太大。第四、合評的篇數少，容易了湃。（最好，那首詩和合評在同一個地方，使看的人一目了然。）而且剩來的頁數可以發表多一點國內外和同人們的詩。

關於「作品合評」所說的話

喬林

我一向很看重批評，也一向很渴望出現好的批評。因爲批評對作者而言，具有一種敲擊的力量，而對一個尚未成熟得能獨步自如的進入詩境的讀者而言，它要覇去所有引領力量，包括消滅讀者（我所以說的那類）自有的引進力量，爲此，當「作品合評」很新銳的出現在我的眼窗前時，我便很興奮的投以最多的希望，投以最注意的眼光。

依理論，單一作評的最佳情況，是淨除所有的成見，用已有的知識去作評，而其準確率必與知識的蓄有量成正比。合評的最佳功用是俱有輔佐的作用，能因甲的慧眼去修正乙的見說，能因丙的發現去抵銷甲的錯失。而這最佳的情況，是作爲這合評的各份子，能極度的時時保有自己，不得因某一份子的發現而被牽引而迷失自己，雖僅僅是片刻就已够悲哀，這全在乎各份子的藝術學養。

在幾次的合評裏，我有時發現當第一發言人以某種角度指向作品而說話時，後者往往附和着不能脫其左右。我所說的角度，是評說者的藝術觀和對作品評論時的着落點。精確自己的藝術觀，尊重自己的藝術觀和努力發現作品的佳劣，是必要强調的。

我的期望

楓堤

對一份剛起步的詩刊，我原無意過份要求，但一年來的「笠」却令我感到有意外的喜悅。「笠」的出發點與精神，相信必能獲得詩壇的首肯與共鳴。但以一份「收拾破攤子」爲已任的詩刊來說，還待繼續努力。

由所設各項專欄看來，對搜索近廿年來詩壇的足跡，已有一些零碎的痕印。可是嚴格說來，「笠下影」由於偏重個人的成績，難於見出整個詩壇的發展；「詩史資料」，只能算是片瓦，不能見全屋；而「作品合評」、「笠下披沙」、「詩壇散步」、「譯詩研究」等也不過是裝上幾面玻璃窗而已。

因此，願望並期待有心人出來整理「近廿年來中國新詩發展史」，盼望「笠」能推動這一件事。

批評精神的建設

趙天儀

「笠」第一年已經過去了，但對於它的理想目標而言，却只是一個開端！當然，在原則上；「笠」對於詩的創作、鑑賞，批評，以及翻譯的工作，該是同時並進，同樣着重的。但爲了鑑於過去詩壇的發展「笠」負有一種歷史的使命，那就是批評精神的建設。

文學創作是佔在第一線的產品，文學批評則是佔在第二線的產品；有了創作的偏差，才有批評的糾正；有了批評的衝激，才有創作的邁進。藝術創作與批評亦然。

批評（Criticism）；就其學問性而言；在方法論上，涉及邏輯與語意學的問題。在本質論上，涉及人類學、社會學與心理學的問題。在價值論上，涉及哲學，尤其是美學的

問題。然而，就其實踐性而言；却是一種態度的問題，一種心理衛生的問題，更進一步地說：是一種精神建設的問題。

詩的批評，可說亦是文學批評中之精華所在，其理論的根據，當然跟文學史、詩學、美學等息息相關；現代詩（Modern Poetry），在今日的中國詩壇之所以屢遭非難，除了我們對於西方現代詩與詩論的介紹不够踏實以外，我們中國新詩運動以來的作品與理論之缺乏整理也是一個重要的因素。所謂現代詩的寫作者不懂古代中國的詩詞（或稱爲漢詩的），這種論調更是一種笑話，除了表示其偏見與無知以外，實無庸多言。我們今日以「現代」的眼光來重新鑑賞中國自詩經一脈相傳的古詩，其詩的眞僞，從美學與詩學的觀點上來說，可能是更逼進詩的本質底核心，而不必死於考據，停於訓古滞於音韻，而在詩的方法論上，我們可以尋更求健全更適當的創造與鑑賞的尺度的。

不錯，批評精神的建設，是我們今日詩壇轉變過程中非常需要的强心針，倘若我們能經得起批評的斧正，也必經得起時間的考驗。所謂批評，是積極從事創造的斬棘工作，其態度的主觀與客觀是相對的。批評的功能乃是對眞正的品味底修正，也是對眞摯的體驗底印證。

究竟批評精神的建設該如何來培養來開拓呢？一個批評者，一方面要充實詩學的知識，另一方面則要健全人格的修養，培養高度的幽默感，以及銳利的眼光！不論任何知識問題，强不知以爲知，假充內行，倒霉的還是自己。詩學的知識，在今日的大學教授，以其家學淵源，祖傳秘方，甚至所謂古詩詞的底子；亦不能完全瞭解中國新詩發展的動向，來龍去脈，以及問題關鍵之所在！而雜文家們對新詩的感受，還停留於五四時期的作品，更顯示出其趣味的狹窄，見聞的簡陋；以這樣對詩的造詣，要求其承當批評新詩，現代詩的責任，未免太瞧得起他們了?!

因此，詩的批評，有而且只有詩人本身才能從事積極的建設工作，而詩人本身的健全，修養的深厚，更是批評風氣底建立的先決條件。今日詩的教育課程，就是如何把眞正的詩品味出來？如何把優秀的詩人介紹出來？如何把現代詩的史料廣泛地收集起來？如何把現代詩的理論整理起來？從而發揮其眞實的現代精神，放逐其冒牌的贋品。

「笠」的出發點，雖由少數的同人創業的，但其究極的精神却是在建設明日中國的現代詩底舖路的工程上流血流汗，不論陽光如何照射，笠下的工作者，該是抱着不屈不撓的精神，來爲詩壇提供我們的心血，說出我們心底想說出的話語，這該是我們所要共同勉勵的。

笠下影

楊喚

最重要的，不僅是
去學習怎樣「發音」與「和聲」，
今天，詩人的第一課
是要做一個愛者和戰士，
然後，才能是詩的童貞的母親。
摔掉那低聲獨語的豎琴吧！
向着呼喚你的暴風雨，
把脚步跨出窄門。

作品

雨中吟

雨呀，密密地落着像森林。
我呀，匆匆地走着像獵人。
雨，不疲倦地落着，
我，不休息地走着。
踏着雨的音樂的節拍，
我追逐着那在召喚着我的名字的
歷史的嚴肅的聲音。

二十四歲

白色小馬般的年齡。
綠髮的樹般的年齡。
微笑的果實般的年齡。
海燕的翅膀般的年齡。
可是啊，
小馬被飼以有毒的荆棘。
樹被施以無情的斧斤，
果實被害于昆蟲的口器。
海燕被射落在泥沼裡。
Y．H！你在哪裡？
Y．H！你在哪裡？

路（詩的噴泉之二）

車的輪，馬的蹄，閃爍的號角，狩獵的旗。
不疲憊的意志是向前的。

為什麼要抱怨那無罪的鞋子呢？
你呀！熄了的火把，涸池裏的魚。

期待（詩的噴泉之三）

每一顆銀亮的雨點是一個跳動的字，
那狂燃起來的閃電是一行行動人的標題。

從夜的檻裏醒來，把夢的黑貓叱開，
聽滾響的雷為我報告晴朗的消息。

夏季（詩的噴泉之五）

白熱。白熱。先驅者的召喚的聲音。
下降。下降。捧血者的愛情的重量。

當鳳凰正飛進那熊熊的烈火，
為什麼，我還要睡在十字架的綠蔭裏乘凉？

淚（詩的噴泉之十）

催眠曲在搖籃邊把過多的朦朧注入脈管，
直到今天醒來，才知道我是被大海給遺棄了的貝殼。

親過泥土的手捧不出綴以珠飾的雅歌，
這詩的噴泉呀，是源自痛苦的尼羅。

我是忙碌的

我是忙碌的。
我是忙碌的。

我忙于搖醒火把，
我忙于彫塑自己；
我忙于擂動行進的鼓鈸，
我忙于吹響迎春的蘆笛；
我忙于拍發幸福的預報，
我忙于採訪眞理的消息；
我忙于把生命的樹移植于戰鬪的叢林，
我忙于把發酵的血釀成愛的汁液。

直到有一天我死去，
像尾魚睡眠於微笑的池沼，
我才會熄燈休息，
我，才有個美好的完成，
如一册詩集；
而那覆蓋着我的大地，
就是那詩集的封皮。

我是忙碌的。
我是忙碌的。

II 詩的位置

由於孤僻的性格，加之他的主要作品都發表於「新詩周刊」（註1），因此，如果將楊喚編入於「現代詩」詩刊的這一系列裏，或許不太合適。可是他的詩集「風景」（註2）是於他死後由現代詩季刊社出版的，而那些經常在「現代詩」詩刊上發表作品的詩人，他們的性格可說也都屬於此一類型的爲多，因此，我認爲他之所以被編入於「現代詩」詩刊的系列裏，也並非不適當。況且就詩的風格看來，他可以說與「現代詩」詩刊上各詩人的作風是有其顯著的親近性的。即是說，就他的詩並非單純的「抒情詩」，甚至更能在詩中找到閃爍着的「知性的光輝」這點（註3）來說，或就他不以詩來裝飾自己的弱點這樣「眞摯」（註4）這一點來說，平心而論，當我們處處都可以發現與「現代詩」詩刊上的各作品的類似點時，我們似乎更有理由把他併入於「現代詩」詩刊這一系列裏了。

（註1）根據覃子豪「論楊喚的詩」及葉泥「楊喚的生平」等文章。
（註2）民國四十五年九月由現代詩季刊社出版。
（註3）尤指「詩的噴泉」而言。
（註4）請參看本刊第六期「笠下影」一欄。

III 詩的特徵

認爲寫詩要有「才氣」，而光在詩中尋找「才氣」的人，這姑且不談，但絕不敢說楊喚是個「天才」。因爲在他看來，寫詩應是一種屬於更嚴肅的事情，決不像一些詩人那樣

一心只想做「詩人」而漠然的寫，又「從小的確就是以痛苦做食糧，被眼淚給餵養大的」（註1）的他，也不能像許多所謂「書香子弟」那樣只爲培養「趣味」而冒然的寫。當然，他不能以此爲目的，也不能只以此爲滿足的。於是他對於寫詩，似有特別的要求；如果不是激痛的咏出自己內心的憂鬱和哀愁（註2），那麼，就是嚴肅的決心做一個愛者和戰士（註3）。這種「哀愁」與「戰鬥」的對照——乍看之下雖然頗有矛盾，可是它不但能勾畫出作者憂鬱和哀愁的深度，而且也能指點出所謂「戰鬥詩」非以此「眞摯性」爲根底是無法寫得好，即若想避免戰鬥詩流於口號化，而這種坦率承認自己的弱點爲弱點的「眞摯性」是不可或少的。當我們必需述及楊喚詩的特徵時，我們實有將這一點作特別强調之必要。

（註1）引用自葉泥「楊喚的生平」一文。
（註2）據「讓那憂鬱和哀愁，憤怒地泛濫起來」（楊喚詩集「風景」第二十五頁）。
（註3）據「我忙于把生命的樹移植于戰鬥的叢林，我忙于把發酵的血釀成愛的汁液」「今天，詩人的第一課，是要做一個愛者和戰士」（均請看前頁詩例）。「我鄙棄瘖啞地哭泣着流浪的手風琴，我熱戀着我的槍」（楊喚詩集「風景」第十四頁）。

VI 結語

在詩裏面，不把眼光的焦點放在時代的精神與人類的命運上看，而只斤斤計較於有無才氣、有無技巧的話，可能再

也找不到比這個更無聊的事了。老實說：詩的國度並非只能容納才氣如何，技巧如何的如此狹小，那該是更遼濶、更無涯的，詩人應在怎樣做一個有才氣的「詩人」之前，首先應該爲怎樣做一個誠實的「人」下一點工夫。也許詩人之間，可能有一種人是無所謂做不做詩人，但也可能有一種人是非做詩人不可的，不過，儘管如此，我們認爲非做詩人不可的也不一定會比無所謂做不做詩人的更爲詩人，這個意思就是說；重視才氣技巧的也不一定會比無所謂才氣技巧的更有才氣更有技巧。在這意味上說，由於楊喚——他是個重生活，愛人生比愛才氣，重技巧更甚的人（註），所以他是值得我們敬重的。

（註）葉泥「楊喚的生平」一文中，有這麽一段：「對於自己的作品他是最不重視的，寫完了就丟了。所以，散失的比發表的作品還要多，寄出的稿子也從不留稿底。」

事啓　經理部

「笠」爲純詩刋，與一般商業雜誌不同，難能在利益爲主的商業書店零售。僅依賴直接訂戶的增加存續發展。

敬希愛護本誌的作讀者予以協力贊助，利用郵滙中字第二一九七六號陳武雄帳戶參加長期訂閱，可減輕全年書費及函購叢書得享受八折優待，並每期本誌在當地舉辦的作品合評會或詩研究座談會，即邀請參加互相切磋琢磨。

又志願加入本誌同人者，請向本誌經理部接洽。

事啓　經理部

洛夫：我想該是如此

■ 對於群衆，明朗是好的，但不是詩的。讀者向詩人要求明朗與詮釋是一種當然，而詩人向讀者兜售明朗與詮釋則是一種失敗。

■ 我們已浪費了許多口舌去解釋「懂不懂」的問題，也許今後有人在這方面還要浪費得更多，如果這個世界沒有「愚行」，可能活得一無意義。

■ 但「爲晦澀而晦澀」是不道德的，因爲他起碼對自己已失去了信心與誠意。『尺幅上換去毛骨，混沌裡放出光明，縱使筆不筆，墨不墨，自有『我在』」。石濤才眞懂得晦澀。

■ 「一首詩是一件藝術品」。在這一前提下，語言便是一切！不僅僅是組織的問題，也不僅僅是創新的問題，而是「魔法」的問題，詩人來到這個世界，就是因爲腐朽的事情太多，而神奇的事情太少。

■ 好的評論是開啓詩的文字暗鎖以探究詩的藝術的那隻手，它甚至運用「字句剖釋」(explieation of texts) 的方法找出語字中的魔法與詩本身的奧秘。

■ 任何一個現代詩人都在意義或無意中曾經一度作過達達主義者，他折除舊的樓閣只爲建築新的樓閣，同一空間不能放置兩把茶壺。

■ 主要問題不在天才，而在眞誠，這是超現實主義者唯一的信條。

■ 迷失不要緊，如果迷失是爲了尋找更多的淸醒。

■ 「惡魘」是必然的，詩人如說從未作過惡夢是一種虛僞。「虛無」也是必然的，因爲詩人活得太認眞。

■ 詩人最好以看一架望遠鏡的方式去看世界，這頭看來小，另一頭看來大，管他什麼尼采或莊子，沙特或漢明威，太陽是冷是熱，只有你自己才能決定。

■ 昨天流行過的調子今天再唱，昨天換下的襪子今天再穿，豈不倒盡胃口！

■ 左邊站的是重視「靈境」的詩人，右邊站的是重視「智境」的詩人，但偉大的詩人站在中間。

■ 實在說，詩人是詩的奴隸，享受着最大自由的奴隸！

本刊並不做此種主張，因鑑於此種資料難得，特譯出供大家收藏，願大家溫故而能知新

超現實主義宣言

1924

第一言言

■ Anare Breton ■ 葉笛譯 ■

對於生活，尤其對生活中更不穩定的部分的信賴愈深，現實的生活也被充分瞭澥時，遂乃失去對這生活的信心。這時，這個決定性地夢想家的人類，將日甚一日地無法滿足自己的命運，他將對於生活在那些他在日常使用的各色各樣的事物，由爲了他的無關痛癢之故，或者經他努力的結果：掌握於手中的各類事物的周圍，感覺到痛苦。那些東西，差不多絕大部分，是由他努力的結果所獲得的。爲什麼如此？因爲人類承諾了工作，至少從未厭惡過賭注自己命運。（而且人類，將它叫做命運！）如此一來，卑躬屈膝就成爲人類所有了，人類將會明白自己一直擁有的是什麼樣的女人。又沉浸於怎樣卑劣的戀愛的冒險中。關於這點，和剛誕生的嬰孩是毫無差別的。談到承認他的倫理意識與否這一層時，他却不能不承認沒有那東西而安祥地生活着。倘若他還保持着些許明晰的話，他就除了回歸自己的幼少年時代別無他途。幼少年時代這東西，即使由於其養育者的關照就是被怎樣的損傷，對他來說還是富有諸多的魅力的。在幼少年時代，因爲沒有所有明確的苛酷，所以能同時獲得各種生活方式的透視。他深深植根於那幻影 **Illusion** 中，除掉想知道所有事物的眼前極度的容易之外，不想別的。每晨，孩子們不懷任何不安走出去。所有的東西近在眼前，即使最壞的物質條件也以爲是頂好的。不管森林是白，是黑，他們是決不會睡覺的。

只有不能向前走得遠是事實，可是，距離並非唯一的問題。當惡兆紛至踏來，人們就讓步，甚至連該征服的土地的部分也放棄了。即對於曾經不承認有界限的想像力，人們竟然，只准許它在自己隨意的實用性的框裡工作了。然而想像力却不能長久擔任這樣下等的角色，通常，差不多達到二十歲時，就看破人類，想把自己交給不怎麽光耀的命運了。

不久再過後，自己感覺要生存下去的所有理由在逐漸減少，或無法置身於像所謂戀愛似的特殊的情況之高處時，不論人類怎樣掙扎着要索回自我，終於是不能稱心如願的。那是因爲人類在其後身心都被置於毫無寬容的實用的必要性的支配下，而且這類實用的必要性，已不容許人類把眼光從它移開。這樣，他所有的動作已失去舒泰，他的思考全然缺乏了包容力。對於發生於身上的，或者可能產生的事情，他除了思考那發生的事情，跟其他相同的無數的事，尤其和他自己無關聯的，也就

是只和**未曾做過的**事有關聯的部分而外，再不想別的了。不但如此，他將會把諸事中之一事，和那在結果上，比其他的事情彷彿能給予他更多的安心感的一件事情串聯起來，予以判斷。即使如此，他無論在任何藉口下，仍不見得拯救得了自己的。

我所愛的想像力呀，我之所以格外愛你，就在於你從不想寬容這一點。

只有「自由」這句話，現在仍能把我燃燒起來。我認爲這詞語，雖然不確切，却適於保持從往昔即已有之的人類之熱狂的語言。只有這句話，能够回應我唯一正當的渴望。我們必須充分地認識從過去當作遺產承繼的許多的不愉快的事物中，**最偉大的精神之自由**，也是遺留給我們的。然而，我們自己却從不濫用這種精神的自由。即就把想像力封錮於奴隸狀態，被粗率地稱爲幸福而成爲問題時，就等於把所有蘊含於自己的深心的最正直的東西，棄而不顧了。只有想像力，能敎我以**應有**的事，只要有想像，也能取消一點可怕的禁治產的宣言。也只有想像力，（彷彿因爲這樣才能犯更多的錯誤似地）無慮錯誤，沉緬於想像力中。到底想像力在那裡才變壞的？精神的安全性，將在那裡停止？對於精神來說犯過錯的可能性，無寧和爲善的可能性相同地，不是稀有的嗎？

唯有癲狂會留下來。所謂「密封於身內的瘋癲」確實說得好。癲狂，抑或淸醒……實際上大家都知道；狂人們只因做了微不足道的忤犯法律的行爲而受監禁，以及如果不犯那些行爲，一定不會給予他們以自由的（應認爲他們的自由的東西）說他們在某種程度。成爲自己的想像力的犧牲，這點如果說是爲了想像力，違犯了某種規則，在這意義上（我是願意承認的）。他們感覺自己不適合於那種規則。可是，對於我們灌注他們狂人身上的批評，或者施之於他們的各種矯正方法上，他們所表示的那種强烈的排他性，却足以叫我們想像；他們在自己的想像力裡獲得莫大的安慰，以及他們在娛悅着自己的精神錯亂，而認爲那種錯亂狀態對自己是有價值的。事實上，所謂幻覺或幻影，也不是不值一顧的享樂的源泉。就是有完整的官能的人，也可以在那裡找到自己的一份的。所以見於泰納的「知性論」的卷末幾頁的，那沉緬於興味深邃的惡事的美麗的手，我想是可以飼養它幾個夜的。〔譯註：Hippolyte Taine——法國的哲學家，歷史學家，評論家，生於一八二八年——沒於一八九三年、「知性論」載於上卷三九六——三九九頁的關於幻覺的報告。痲疹患者爲了食物療養法入院時，起初在懵懵懂懂的夢寢狀態裡看見某種，美麗的手放在自己的牀上。不久，那手只要病房裡沒有他人，在白天醒着的時候也會出現了，病人開頭躊躇着，終於試着觸摸了那隻手。它並不消失，它是有着適度的彈力，溫暖和美妙的觸感的某種手，但，以這種實體受感觸覺的幻覺，跟着出院不再出現了〕。我想爲了間問瘋人們的坦白的話，是值得化費一生的。他們是那種一丁點兒事情也要分心的正直的人們，而他們的天眞無邪，也是和我沒有兩樣的。哥倫布爲了發見美洲，不得不和許多的瘋人出航，你可以看看那種瘋狂如何地具體化，且永續不斷吧。

我們不能爲了恐懼癲狂，就不得讓想像力一直下半旗的。

關於現實主義的態度的訴訟，一定會在唯物論的態度的訴訟之後受審的。說來，唯物論的態度，比之現實主義是更加詩意的，它蘊含着人類的一種傲慢，一種明顯地奇怪的傲慢，但在此不會重新地，更確定地，被要求剝奪權利的。在這一態度

中，比什麽都先可看出，對唯心論的若干愚劣的傾向稱心的反動吧。然而，終究這種唯物論的態度，還是不能和某種思考的高張成爲兩立的。

相反地，從聖湯姆斯、阿奎納斯（註 St. Thomas Aguinas 義大利中的神學，哲學者。調和了古代，中世的哲學和基督教，一二二五年——一二二七辛年）到阿奈特兒、法朗士（註：Anatol France。法國文人，思想家一八四四年——一九二四年，於一九二一年受諾貝爾獎。本名是 Jacques Anatole Thibault.）的實證主義所啓示的現實主義的態度。在知性的，或倫理各方面的發展來想，好像是有害的。我非常厭惡這種現實主義的態度。爲什麽？因爲這種態度是由庸俗、憎恨和平凡的自以爲然所構成的。而且這個態度每天在報紙上不斷地强化着自己，一心一意地把言論在其最低俗的嗜好 Gout 中捧上天，而使學問和藝術墮落着。講到明快，却不過和愚劣隔着一層紙，實在和狗的生活是相同的。連有着最優秀的頭腦的人們的活動，也受到它的影響，而依靠些許的努力的法則，結果，還是和其他的人們一樣的，也推壓在那些頭腦的人們身上。由這樣的事態所引起的滑稽的結果，譬如在文學上；就是小說的氾濫。每人各自根據着自己小小的「觀察」行動着。爲了謀求淨化這傾向，最近保羅、梵樂希氏提議盡可能把許多小說的開頭部分，作爲 anthology 收集起來他對那些開端的瘋狂的地方，像是抱着很大的期望。那裏頭預定也收錄最有名的作家。保羅、梵樂希曾對我斷言過：關於小說，他自己決不寫出像「侯爵夫在五點外出。」這一類文章的，這種想法，確實給梵樂希增添了名譽。然而，他可眞信守諾言？

如剛才舉出的文章表示其一例似的，只有純粹且單純的報告的文體，差不多就那樣地連綿充斥在小說中。這是我們必須充分認識的事情，其所以如此是由於作者沒有多大野心的緣故。他們作家所說明的，取其任何一件，那無益地特殊的，情況描寫的性格，幾乎叫人想像他們是以煩擾我爲樂似的。作品中人物的躊躇，沒有一件會想寬宥我。那作品中人物是（叫布朗特），什麽名字啦，一到夏天可能抓住他啦……。斷然地被解決的問題之數愈多。就愈好。但是，我呢？除合上書本外，自由裁量的權利是沒有爲我留下來的。因此我差不多在第一頁，就那樣做了。描寫接着描寫！沒有一樣東西更比描寫空無一物的了。那只不過是商品目錄式的心象的堆砌而已。不久作者漸漸照自己隨心所欲地作爲，窺伺機會，就張遞給我風景明信片最後，就是極其平凡表現，也要努力把我趕進妥協中。

「青年人被引入的房間裡，貼着黃色的壁紙。窗邊放着天竺癸的盆栽，掛着（棉紗）的窗帘，落日在滿屋子裡投射着强烈的光……。那房間裡，沒有特別異樣的東西。一個透着黃色的木材所造的，有靠背的大椅子，放在那前面的惰圓形桌子，靠放在窗間之壁的帶鏡面的化粧台，牆壁邊有幾把椅子，三張描繪着手中抱着小鳥的德國少女的廉價的版畫——那些便是這房間裡的所有的東西。」（陀斯妥也夫斯基。「罪與罰」）。

即使是一瞬的，腦子裡企圖這一類作品的主題，我是無法承認的。也許人們會辯護，這種小學的圖畫是適當的，書本的這些地方，作者是有理由使我厭然的，然而在作者方面，同樣地浪費着時間，何以故呢？因爲我不走進他的房間。別人的怠惰，疲勞，毫不會引起我的關心。我對於生活的維持，僅有非常不安定的概念，所以不能把自己不舒服或衰弱時，和安泰的時間視爲相等的。因之，我希望人們不受感動時，即刻沉默下來。我願意充分使人瞭解的，只有這一層。就是我之所以非難

它，並不是僅僅由於它沒有個性。我只是說：在自己的生活中，無益的時間不在考慮之列，並且對於任何人來說，強把無用的時間結晶化，是不妥當的。譬如這個房間的描寫，最好和其他許多的描寫一起省略掉的。

在此我談及所謂心理的問題，關於這事，我是毫無開玩笑的念頭的。

作家把所有的責任歸咎於性格，可是一旦賦與其性格，作家便使其主角遍歷世界。不論發生什麼事，他的行爲和反應是早已可驚地被預定的主角，却故作姿態要超出變成那對象的自己各種推想，結果並不出乎意料之外便完了。人生的各色各樣的波瀾看起來，好像要把作品中的人物搬走，翻滾，斥退，可是，他終究一成不變地不能超越從這個被**創造的**人的典型。它對我全然是索然無味的玩棋法。所謂人類，不管何種人物，對我不過是庸俗的對手而已。我最不能忍受的是勝負已不成問題時，還在辯論着如此如彼的攻擊的方法。事實上那是不值得一試的，同時客觀的理由，已經濟可怕地損傷了想依靠它的人的時候，不熱中於它豈不更好？「好像有着所有聲音的調子，咳嗽的方法，擤鼻涕法，打噴嚏的方法似地，多樣性確實是豐富的……」（巴斯葛）既然一串葡萄沒有絕對相同的兩顆，爲什麼你們却希望把這一顆用另外一顆，或以其他所有的葡萄來描寫下來，同時又希望使它變成甘甜的一顆呢？欲使未知的東西變成已知的，變成可分類東西，這種不可理喻的狂癖 **Manie** 不斷地搖動着人類的頭腦。求分析的欲望（像巴列斯或 **Proust**）最後感情打勝了。其結果舉行冗長的陳列，而那類陳列也不過是從那特異性勉強地把說服力拉出來而已。同時又使用着不確切地被限定的抽象的語言才欺瞞了讀者。到今天爲止，哲學企圖檢討的各種普遍的概念，假如已顯示進展到更加廣大的領域的話，我一定是比任何人都欣悅的。然而，那也不過是裝樣子而已。直到今天，各種溢洋機智的語言，或其他高尙的巧言，自己進而欲求成功，却也把己所追求的眞實的思考，競先從我們的眼睛隱藏起來。大凡任何行爲都有在自身裡把自己正當化的理由。尤其對於完成它的人，確是如此。同時行爲具有一種放射力似的東西。可是，它一遭遇極少的批判便變爲薄弱了。只因受到批評，行爲就連表現自我都放棄了。蒙受這種特別的待遇，行爲是一無所得的，斯丹達爾的小說的主角就受到這位作者的評價之一擊而倒下去了。自然，說不定在某種程度上是優渥的評價的，可並沒有給他們的光榮增加任何東西。我們只有在斯丹達爾失去他們之後，才能眞正地重新發現那些主角的。

我們現在仍然活在論理的支配下。當然，我是想把話題帶到這裡的。然而在今天，論理的方法只不過是用於解決僅僅關心第二義的問題而已。唯有絕對的合理主義才容許我們考慮能密切地依存於我們的經驗的事情。恰好相反，論理的目的是常從我們的手頭逃逸的。不言而喻的就是經驗都有了界限，經驗只在小小的籠中團團地旋轉着，而要從那裡往外出走都漸漸困難了。經驗同時又麇集於直接的實用性，被良識 **Bon Sens** 不斷地監視着。在所謂文明的體裁下，在進步的藉口下，人類居然不管事情的是非如何，把可能認爲是迷信或妄想而受責的東西，從頭腦裡完全驅逐出去又把追求所謂不適於實用的眞實等東西的流行，完全地放逐了。然而，最近在知的領域的一部——以我的想法是最重要的部分，一直到現在不爲人所注目的部分——被公開出來的事情，在表面上，可說是大大的偶然。關於這點，我們不能不感謝佛洛伊德的各種發見。根據那些發見，終於建立了一串見解。這一來要探求人類的人，叨那見解之光，已不必單考慮粗賤的現實必定能把探求向前推進去。恐

怕今後想像力也會把自己的權利取回來的。倘若我們的頭腦的深處，有一種使露出表面的力量加倍，或密藏着能戰勝它的不可思議的力量的話，首先獲得那種力量，如有必要，將它置於我們的理性的管轄下，是大可希冀的。分析學者本身會因此獲得利益。只有在先天，還沒有任何方法，被任命爲實行此一企圖的實行者，同時，直到建立新的秩序爲止，這一企圖，將被視爲屬於學者或詩人的管轄，而且，這個企圖是否成功，不至於被後繼的某程度的隨便的許多方法所左右，留心這些地方是很重要的。

佛洛伊德予夢以批判是理所當然的。事實上，在心的活動中的這一個大領域，直到現在未曾引人注意，是難以瞭解。(因爲，至少從人類的誕生到死亡，思考是從不間斷的，同時，純粹的夢，就只考慮睡眠時的夢來說，站在時間的觀點上，做夢的時間之總和，比之現實的時間，或者無寧說是覺醒時的時間的總和，是絕不會少的)映照於極普通的觀察者眼中的，存在於覺醒時的事和睡眠時之間的事的，深刻重大的，極端的迥殊，到現在仍足以叫我時常吃驚的。那是因爲人類一醒，首先便受記憶的玩弄，而在正常狀態下，記憶僅能回想極少的夢的繽紛之狀況，由夢完全攫走眞實的重要性，而他自已則在數小時前，認爲將它擱置於那兒的場所，唯一的決定因子，就是那確然的希望或懸念。人類只是懷抱着，認爲值得去含辛茹苦的某種幻想而已。就這樣地，夢和夜同樣地，被放進括弧中。而且夢通常和夜一般地不給予任何助言。從這樣不可思議的事態我嘗試了如下的若干考察——

(1)在夢活動着的(我想可以使用這種表現的)界限內，由所有的形象，持續着，構成着某種東西的印象。唯有記憶對夢施以各種削除，默殺各種變動，恣意地行使着，不把夢當作眞實的一貫的夢，而作爲支離破碎的夢印象着我們。恰如和我們在現實生活的任何瞬間，印象着非常清晰的形象一般，而在外的形象之所以整然，全然來自是意思的活動使然的。(原註：我們得考慮夢的厚度。普通，我不過記憶着印象着夢的最上的表層而已。我在夢裡，最喜歡面對的是覺醒的瞬間便崩潰的，在該日的白天的工作中，完全不存於我的印象的東西，以及極其漠然而愚笨的枝葉末節之類的東西。我願沉落只有那種現實之中。我們不得不注意的地方，是使構成夢的各種要素，使之支離破碎地散失掉似地，沒有一樣東西會嗾使我們。我非常婉惜把這樣的問題。在原則上只能用着和夢完全不相容的語言表現出來。論理學家哲學家到底在什麼時候睡覺呢。如其可能，像我對這樣大大地睜開眼讀着我底書的人講話似的，我睡着且以睡着的人們爲對手來說話該多麼好。而且，關於這類問題，能夠不必叫我的思考的意識的節奏，硬生生地認識的話，又該多好。昨夜的我底夢，恐怕一定會以值得讚賞的正確，成爲前夜的夢的連續，而今夜，它可能將會綿亙延續下去的。那是十分可能有的。然而，我現在當作問題的「現實」，常繼續着夢的狀態，且不埋沒於遺忘中的事情，如果不能以任何方法被證明的話，何不把我把對於現實屢次不承認的東西，換句說話就是未曾暴露在我的非難下的不變的價值，給予夢呢？同時，比期待着日漸高升的意識的水準更甚地，爲什麼，我不期待夢將教給我的東西呢？夢不能用來解決人生的各種基本問題的嗎？這些疑問在任何場合都一樣的嗎？在夢之中，也已經存在這些問題嗎？我將逐漸老下去。可是，比認爲束縛我的現實使我漸老，也許，將夢棄之不顧，才會更加使我老下去。

(2)再舉一次覺醒時的狀態吧。我無論如何不能不把這種狀態，當作一種干涉現象。頭腦在這樣的條件下，不但很容易表

示出迷失方向的一種不可思議的傾向（那是由所有的種類的錯誤和誤解形成的歷史，它的秘密，現在已逐漸呈現在光亮之下。）即在頭腦正常地活動着的時候，它彷彿是順從着那深邃的黑闇傳過來的各種暗示活動着。不論頭腦被放在怎樣好的條件下，它只不過保持着相對的均衡而已。頭腦自已挺身出來表現自已的事，差不多是沒有的，即使要那樣。頂多也不過是確定某種思考，或某女人給予自已印象之類。至於那是什麼樣的印象，恐怕頭腦是無法說出來的。由於這樣，頭腦除表示自已主觀的傾向之外，他事是無一可爲的。那想法或那女人攪亂頭腦，使頭腦傾向較少嚴酷的方面。它有一種作用：即把頭腦從要把它容解的東西隔離，而將頭腦置於大空高處，或頭腦可能成爲那樣子的美麗的沈殿物裡。不久，當萬策俱盡時，便都求助於那抓不住形體之神的偶然，向那人們素來將自已的迷失歸咎於它的偶然。誰能說那震撼了頭腦想法，顯現出來的方向，頭腦在那女人的眼中愛上的東西，不會是眞正地把頭腦和夢，把頭腦和因錯誤直到現在丟失的東西連結起來的？設使是全然另一回事，恐怕頭腦是什麼部不能做的吧？我願送給頭腦這把通路的鑰匙。

(3)在做夢的人類的頭腦，不管發生什麼事，它是完全滿足的。能與不能，這種充滿不安的質疑，是再也不會有的了。如你所願望地，殺吧，更疾速的飛吧，愛吧。就算死去，該不會認眞地思索着：不要在眞正的死人們之間蘇醒過來等事情吧。直往前進吧。任何事情都不會准許遲滯的吧。你是連名字也沒有的。在一切都非常容易做這一方面，實在是無法忖度的。

也許比別的理由，有更大的理由爲依據。但，到底爲了什麼理由，授予夢以這自然之事的運行呢？不知是什麼理由，我無限地渴望着要收集夢底插話。這不思議之點，即使在我這樣地寫着的時候，也有着會令我不得不驚嘆的東西。然而，我於這一點，是信得過自已的眼睛和耳朶的。終於那偉大的時日來臨了。那隻野獸終究說話了。

人類的覺醒（比之夢）是更其辛酸的，而把魅力過於乾淨利落地一刀兩斷的，就是人類將這個覺醒的時刻，塑成所謂贖罪，這一可憐的觀念使然的。

(4)給予夢以整然有序的檢討，又依今後將決定的諸種方法。對夢以其本然的恣態去認識它，（可是，要這樣的話，可能需要通過幾個世代去訓練記憶的。所以無論如何，你要先從記錄保存特別重要的東西着手。）同時，當夢的曲線表示着，以無與倫比的正確的規則和富饒的蔓延下去，那時候我們才能期待直到現在未曾存在過的各種神秘，代替古已有之的偉大的神秘。我相信着：夢和現實。這在外表上非常地對照的兩個狀態，不久當可在一種絕對的現實裡；換言之，就是消失在超現實之中。我的目標就是獲得這個超現實。可是，我不能確信順利地完成。然而，我是把自已的死置之度外的。所以，多少能夠豫想到當我獲得它時的喜悅的。

據說：最近桑坡兒路每夜在就寢之前，把寫着：「詩人在工作中」的告示，掛在克瑪列，他的房屋的門檻上。

諸如此類之事自然很多。但，關於那些事而需要的長篇的說明，或要求別的愼密的問題，我不想去深論它。無論如何這些個問題，我會再談到的。現在我的意願是這樣的：對的對於某些人們之間流行着的對驚異的憎恨，以及他們想把驚異變做笑料的企圖，予以制裁。我要斬釘截鐵地說：驚異永遠是美麗的。不論何種驚異，它是美的，甚至可以說：唯有驚異是美麗的。

在文學的領域裡，唯有驚異才能使小說一般地屬於下等的文藝樣式的作品，或者更廣汎地說，稍帶軼事性質的所有作品

，成爲深刻耐人尋味的東西。路易斯的「破戒僧」即爲顯著的樣本。（譯註：「破戒僧爲十八世紀英國作家，馬修、克列哥理、路易斯的小說（Ambrosio, or the monk 1795）。描寫把靈魂賣給魔鬼的西班牙修道僧的墮落，充滿超自然的恐怖，是流行於十八也紀末怪譚的代表作。驚異的氣息騷動着作品的每一角落。我們能感覺：在作者把作品中的主要人物們要從所有物質的束縛中解放之之前，早已讓他們帶着無例可尋的矜恃準備着要活動了。那使作品中人物不斷地鼓動着的，對於永恒的熱情，給他們和我的苦惱以不能忘懷的强烈的情況。我認爲這作品是自始至終强調着，眞地純粹的讓精神憧憬着從這地上離開的。我想這篇作品適應着那時代的流行，却從傳奇小說的故事的窠臼除去而無意義的部分，而具有了適切而天眞的偉大的，出類拔粹的模範。（原註：如果幻想中有某種美妙的東西的話，那是幻想早消失，僅剩下現實的緣故。）沒有人能創造更上乘的東西，尤其作品中人物馬琪兒忒，更是這描寫在這類形式中文學裡，栩栩如生最感動人的創造。它與其說是作品中的人物，無寧說是不滅的誘惑本身。但，設幻作品中之人物不是誘惑，到底是什麼呢？作品中的人物非得極端的誘惑不行。「敢於作爲者，無一事不可爲。」這一原則，在「破戎僧」裡，充分地發揮了富於說服力的力量。幽靈的出現在這作品中，確實完成了論理的角色。爲什麼呢？因爲即使想否定幽靈，批評精神也無法搶奪論理的角色之故。同樣地，安布羅亞奧的懲罰也以極其自然的方法處理着。因爲這個懲罰是依照批評精神自然的結果。

在這個驚異成爲問題的時候，提出這樣的問題，也許會被認爲無聊的。事實上，就是除去任何國家原有的宗教文學，北方的文學或東方的文學，還是從驚異借用了很多東西。然而，談及那些文學提供我的作品的例子，絕大部分，由於只爲孩子們寫的緣故，差不多被幼稚所玷汚了。這就把孩子們太早地從驚異拉開，不久失去精神的純潔，連故事都變得不喜歡了。人們總以爲不管如何有魅力，單靠故事來培育的話，自已是會成爲無用的東西似的。事實上，沒有一個故事是適合大人的。即使被編織得不屬於這世界的東西似地巧妙，人的知能愈進步就愈求更加纖細，甚至期望成爲蜘蛛似的東西……。可是，那原來的機能在根本上却毫無改變。恐怖，異常的魅力，偶然的機會，對豪華的愛好，這些東西成爲原動力，而人們求助於它絕不會是徒勞無功的，我們需要寫作更多爲大人的童話，以及更空幻的故事。

驚異是因各個時代變動它的性格的。而且，隱約地具備着極普通的意外的新事實的性質，却只能感覺其細微的都分。譬如有時是浪漫諦克的廢墟，有時是摩登的傀儡模特兒，只要能把人類的感受性在某一時間內搖撼起來，什麼都行。雖在這種有些令人微笑的框子裡。却在那裏頭，常描寫着人類難以痊癒的不安。因此，我重視這個框子！認爲比之悽楚地言過其實的作品更加優秀的若干天才的作品，無論如何沒有這個框子是產生不出來的。例如在佛蘭沙，維龍的在絞首台的恐怖，拉辛的希臘悲劇。波特萊爾的長椅子，諸如此類的東西。那些是和我以爲不得不忍受它的，所謂嗜好 Gout 的消失，互相一致的。其實我以爲嗜好是一種大的缺點。在我們的年代的這種庸劣的嗜好裡，我努力着比誰都要走向極端。假如活在一八二〇年左右，好果能變成那「染血的尼僧」（譯註：前面路易斯的「破戎僧」那出現的尼僧。）如果能够不寬容那僞作的名手居參（譯註：大概指彼兒。居參（一七七一—一八四五？年）不太聞名的文章家，被沙忒侯爵的作品强烈地吸引着在，沙忒死後數年，訪問侯爵的死地査蘭頓精神病院。作風酷肖沙忒的殘虐怪誕，似有一種獨特的東西，存留的作品不多，詳細不明。）

說着的，厭然而平凡的「欺瞞」等語言。而且，如能使用規模大的隱喩 metaphore，跑遍那「銀色的圓盤」的每一個角落的話，該多麼美妙呀。今日，我想着一座城。那城的大半尙未成廢墟。那城爲我所有，它座落在距離巴黎並不太遠的滿目荒涼的地方。城的各種附屬物仍照舊被保存着。唯有內部徹底地被改造成不留任何一樣居停要舒適所必要的東西。汽車停在樹蔭的門旁。有幾個我的朋居住在這裡。路易、阿拉貢剛要外出。對於他，只有少許打招呼的時間。菲力浦，蘇波在星升上時爬起來。保羅，艾呂雅，我們的偉大的艾呂雅還沒有從外面回來。在那邊的庭園裡，羅貝爾、特斯諾斯和羅傑、維特拉克、判讀着關於決鬪的古昔的法令文書。喬治兒、奧利克和約翰波藍也在那裡。瑪克斯、理斯巧妙地划着船，潘查蔓、彼勒專心意地解着鳥的方程式。喬治兒蒂兒特、約翰、克利。還有喬治兒、蘭布兒。喬治兒、蘭布兒，（到處圍繞着喬治兒、蘭布兒的人牆）馬兒塞、諾兒也在那邊。J彿連克兒從繫着的飛船上，對這邊打着信號。喬治兒、瑪兒居內，安特南、阿兒特，法蘭西斯、吉拉兒，彼爾、納伊兒，J・A 包和法兒，還有誠實的美男子傑克、巴倫和他的弟弟，其他許多青年或充滿魅力的夫人們也在那裡。這些青年們不拒絕任何東西。他們的欲望就是資產，他們照着欲望行動着。法蘭西斯畢卡比亞曾來訪過我們，前週，我們在化粧室招待，一直未被人認識過的叫做馬爾塞兒留香漢子。敗壞風俗的精神磅礡在此城中。在我們，這一方面，當和我們相同的人物出現而且與他交否成爲問題時，照例就以此一精神爲基準來判斷它。這個城門是永遠開着的，所以誰都不必先以「感謝」世間來開始。只是寂寞磅礡周遭，我們差不多沒有碰面的機會。比什麼都重要的，不是我們能把我們自已自由地掌握着，把女性和戀愛自由地享受的嗎？

人們將會詰問我，說我在說着詩意的謊言。大家都說着：我住在璜泰奴街，然後回家，又說：也不再到這種地喝水。但，我剛才介紹的城果眞只是意象嗎？假如，這個宮殿實存着的話！我的客人們不論什麼時候都會回答它的他們的心意多變正通往這座城的，光耀着的道路，我們是只有在我們的幻想之中活着的。因此，那時我們便在這座城裡。在這裡，在這自感情的追求逃開，能碰上各種機會的地方，怎會有某個人所作的東西，妨碍到別人呢？

立定計劃的是人，實行它的也是人。（譯註：「謀事在人，成事在天「Lhomme Propose et Dieu dispote 這句諺話，蒲魯東把它改寫爲「謀事在人，成事亦在人。」Lhomme Propose et dispose.）是以能否完全地使自已自由，亦即能否使日甚一日地，變成可怕的自已的欲望之羣,保持令着虛無的狀態,全在於人的作爲。詩是會把它敎給人類的。詩在本質上，含蘊我們人類對各種悲慘所忍受着的，無可疵議的補償。詩同時又能在人們遭受並不太內在的某種失望，而有着，將它稍稍變爲悲劇來承受時，會盡到看護人的任務的。詩終於宣言金錢的終結，爲這大地上從天上摘取麵包的時辰，來吧！即使這樣，公共廣場上，仍然召開着各種集會，你從未想要參加的各種運動還是展開着。但，再見吧，這些無聊的選擇，會有大損失的夢，各種競爭，長遠的忍耐，如箭般消逝的季節，各種觀念的不自然的排列，危險的斜面，不論何事都得看好機會去做的煩瑣，對這些，我將說一聲再見。其餘的，只要不惜勞苦，脚踏實地的創造詩就行了。將那我們認爲最詳細的調査的東西，努力想法子讓世間認識，這就是一直到現在，靠着詩活下來的我們自已的任務。

像這樣的辯護和接踵而來的表揚之間，即使有某程度上的不平衡，那也是不成問題的。溯及詩的想像力之源，且加以一

直維護它才是問題。可是我並不說實際上做過那樣的事。尤其要想居於這種看來一切都不像順利的遠地方。而又想把人帶到那地方的話就有必要強力地壓抑自已。況且，完全達到那境地的確信是絕不會有的。人在不稱心時，反更想駐足於其他的地方的。不論怎樣，如今箭頭已經指示着那國土的方向，實際上能否到達目的地，端賴旅人的忍耐力而已。

至今經歷的路程，大約是如衆所周知的。我以前在題爲『靈媒的登場』（見N R F刊行的『失去的足跡』。）一論文中關於羅貝兒，特斯諾斯說過：『我對於獨自一人將入眠時：有點斷斷續續的，而且無法預先決定的幾個語言，忽然感覺於腦子裡的，這一事實，開始了注意。』那時，我剛以差不多不受機會之惠的方法，嘗試着詩的冒險。當時我的渴望和今天並無兩樣只是爲了要把自已從儘量想排除的各種無益的接觸中拯救出來，所以便以慢慢花時間錘煉詩想爲信條。那裏須有一種可說是思考的純粹的東西，現在，它仍然殘留着一些。我在人生將終結時。可能會變成能和別人一樣地說着話，也許還能願諒自已的聲音，或自已的動作的一部分吧那時，我認爲語言的效能（尤其文章書寫的方面）在於自已摘取要點，將詩的或非詩的，極其少數的事實的羅列（因爲，它就被羅列在那裡。）強力地捕住心的方法，簡化，我相信藍波也是實行同樣的方法的。因此，我注意着富於其適宜之變化，創造了收錄於『信心之山』的後面的幾篇詩。就這樣他，我從那詩集空白着的幾行的部分，獲致難以相信的某種效果。那些空白的幾行就是我對自已以爲不應讓讀者看的思索的操作，毅然閉上眼睛的一部分。那不是我犯上欺瞞，而是愛好出其不意的緣故。如此我才保住了，那時開始逐漸少經驗的，十分可能共犯的幻想，（Illusion）。從此，我變成爲過份地寶貴着辭語。那原因在於被放在該「辭語」周週的空白和該「辭語」由於和我未曾寫的其他無數的「辭語」接觸之故。「黑色的森林」一詩，顯然地依據了這精神狀態。我爲了寫這首詩費了六個月，並且其間，從未休息過一天。但，那是關係當時我親身置評的結果的。我喜歡這類無聊的自由。就在那時候，剛好立體派的僞詩正努力着要站住脚跟。然而，那些僞詩不過是從畢卡索的頭腦中，完全空手走出來的東西。說到我，那時是被人家認爲像雨一般鬱悶的人的。（當然現在還是一樣的。）加以我有一點覺到，自已從詩的觀點說，彷彿是走錯路了。可是我有時用各種定義和權宜向抒情主義挑戰着（達達的各種運動，其後不久產生了。）又佯裝製着尋找把詩用於廣告方法上，（我主張這個世界結果一定不以完美的書而終，不論爲天國也罷抑或爲地獄也罷，必定會以美妙的廣告而終的）盡量不使自已感覺厭惡的。

在同一時間裡，有一個起碼和我同程度地無聊的叫彼埃兒，路維伊蒂的男人寫了這樣的話——

「所謂意象是從頭腦來的純粹的創造。」

意象不是由比較產生的，即使程度有其差別，還是由於使互相遠隔的兩個實在在接近裡產生的。這樣地被那接近的兩個實在的關係，愈無緣，愈適切，意象就變得更強烈，必定更加帶着感動的力和詩現實性……。」（『南北』 Nord-Sud 一九一八年，三月號）。

也許門外漢的耳朵聽來深晦如謎，這些話却有一種揭穿所有東西的强勁的力。我把這話，不斷地思索着。可是意象還是從我底身旁溜走。全然基於經驗的，這個路維伊蒂的美學 Esthetique，反而使我認果爲因了。就在我這樣一來一往時，遭遇到不得不把自已的觀點，完全地擲棄的某種體驗。

某夜，正要就寢之前，我覺到：即使其中的一語都不能掉換地淸晰地發音着，同時又被所有的雜音妨碍着的，一連串很不可思議的語言，那些語言，依我底意識辨識，是當時我關係着的各種外在事件的痕跡毫不留一物地，不經心地浮升起來的，**栩栩如在眼前地**執拗地逼了進來。我趕忙注意這些語言，準備如果自已稍有一點關切到形成那語言的特徵的時候，即時規避它。我實際爲這個語言所驚異了。可惜，我未能淸楚地把這句話一直記到今天，這句話彷彿就是「有一個在窗戶被截斷成二個的男人。而且這句話沒有絲毫曖昧的地方。因爲跟着這句話，有一個由於和身軀的中心線垂直地交叉着的窗，恰好從身體的中央被一刀兩斷而步行着的男人的姿影，朦朧地出現在我眼前。（原註：倘若我是一畫家，這個可以看到的意象的出現，當然會成爲更加美妙的。決定意象使其豫先變成這樣子的，當然是我底心的傾向。自從有這件事以後，常有過自動集中注意於這相同的心象的出現的事。况且，那些心象的出現，在明晰這一點上，比之可聽見語言的現象，是絕不遜色的。如把鉛筆和白紙放在手頭，要寫這種心象的輪廓，大概很容易做到的。然而，在那場合上，一邊看着它作速寫是不行的，**主要的是要照樣臨摹**。如用臨摹的話，諸如樹木，波浪，樂器等，即使當場很難描畫成圖式的略圖的東西，不論什麼都能畫得頂好的。不但這樣，還能毫無混淆之慮地，深入不與任何東西符合的，複雜的線之錯綜中。並且睜開眼睛時，一定會體驗到這種實**在看見的**，非常地强力的印象的。羅見兒特斯諾斯到現在已經好幾次證明了，我這種主張認爲確實看見的人，可以翻閱『弗尹由，利布兒』雜誌的第三六期。那裡收錄的幾張特斯諾斯的素描；如「羅密歐和朱麗葉」或「某男人今晨死了」等。可是該雜誌的編輯以爲這些素描是瘋人畫的，所以天眞地加上那種詮釋發表出來。當然，把那樣子從窗子伸出身子的男人的縫隙的地方，稍爲修正一下就行了。可是，看見那窗子跟着男人步行而移動着的情形，我才領悟了頗爲罕有的類型的心象正在眼前。因此馬上想把這個心象織入自已詩作的材料中。而當我如此地對這心象寄予强烈的信賴心時，忽然從這心象的後面，繼續地出現了差不多不間了斷的一連串的語言，那些是同樣地使我吃驚的。况且，因它予人以無報酬的深刻的印象，使我得想到我一直保持着的自制力的空虛，最好到此爲此，儘速結束產生於我自已內部的，無休無止的鬪爭，（原註：克奴特，哈孫姆認爲我這時體驗的啓示係因飢餓而來。大概他的觀察是正確的。（事實上，我近來不一定每天都吃着飯的。）他如下的敍述，顯然地，和我的經驗是相同的——「翌日，我大清早就醒了。有一每一段很長的時間，一直睜着眼睛，這時聽見下面房間的掛鐘敲了五點。我想重新入睡，可是睡不着。我完全淸醒着，而無數的事在腦海旋旋轉着。忽然，有幾篇美妙的小品浮上了頭腦，那些是適於刋在報紙上，或當作小挿話發表的短篇。繼而突然，完全偶然地發現了從未寫過一次似的，非常美妙的文章。我試把那文章一句一句慢慢地反覆着，覺着確實是美妙的。它不斷地連續着浮上來。我爬起來，便抓起放在牀後的桌上的紙和鉛筆。好像腦中的血管破裂似地，語言像番薯藤一樣地連接着，都落在適當的位置上，而前後呼應，場面次第展開，故事的脈絡也進展着，對話的應對，在腦子裏毫無阻塞的湧上來，使我高興萬分。那些構想以非常的速度浮湧在頭腦裏，而且內容豐富地，不斷地流溢着，使我捕捉不住詳細的大部分了。因爲，我沒法子那麼快地振筆疾書。即使那樣，我還是趕着寫着，不會浪費過一分一秒的時間。各種文章不變地在我底內部噴湧着，整個身心充溢了自己的主題。」

同時阿保里奈爾承認着，奇理謌的早期的繪是在偏頭痛，腹痛等，各種器官障害的影響下描畫成的。

在那時候，我正熱中於佛洛伊德，通曉精神分析學的各種實驗方法，大戰中有這機會對精神病患者應用那些的方法。這次，我想自己從精神病患者抽出來的，就是以非常快的速度說出的獨白——說着話的人的批判精神，不能在那裏下任何的判斷的，縱使說漏什麼話言，也不被它煩擾的，況且，盡可能成爲正確地被說出的思考的——那種快口說出的獨白 monologue，我決心嘗試着從自己身上抽出來。從聽到那被攔腰一斬的男人的語言之經驗看來，顯然地思考的速度是不比語言的速度快的。且極有可能以口說或筆錄充分表現出來的。現在我還是那樣子想的。把這最初獲得的結論，預先告訴菲力浦、蘇波之後，蘇波和我兩人就想不管完全無視於從文學的見地說，會發生什麼事情，只在這種條件下，不管什麼都要把字寫下來。其餘的只要付諸實行就行了。就這樣地在第一天終了，我們就互相閱讀依照這個方法獲得的約五十頁的草稿，比較評量各自的結果。以全體說，蘇波的結果和我的，非常地相仿的。諸如相同的構成上的欠陷，双方共同犯的同性質的錯誤，荒誕不經的構思或幻想，激烈的感動，兩人在老早就不曾創作過一次之類的，各種無數的心象，非常類似特殊的繪畫的東西、處處富於尖銳的詼諧的提案似的東西等。把兩人的草稿一比較，極少不同的地方是由於本質上各人的氣質不同所致的。蘇波的氣質和我相比就欠缺着穩定。假使准許這種輕率的批評的話，我說；蘇波在若干頁的上方，恐怕爲了要使人莫測高深就犯上排列，幾個語言當作表題的錯誤。相反地，對於在我以爲體裁不好之類的文章，從不加以重寫，絕對不加以訂正之點，我認爲他完全是正確的。（原註：我逐漸深刻地相信我自己的想法的無謬性（正確性）了。它那樣是正確的。然而，對於稍有外在的刺激時，精神馬上就要鬆散的這個思考的筆記，是有可能發生「氣泡」的。縱然想隱藏它，也是毫無辯護的餘地的。原則上，思考是强有力的，可是，說到自己落在錯誤中，就很難發覺了。是以這些明顯的弱點要歸咎於外部給予的各種嗾使的。）實際上，即要把眼前的多種多樣的要素，在其正當的價值上予以評價是件非常困難的，何況一讀之下就要評價它，可說是不可能的。乍見之下，那些要素對於屬它的本人，全然也像對他人一樣的無緣的東西似的。他本身當然會發覺這些的。用詩的表現來說，那些要素是靠着相當高度的直接的無條理性，才能格外發揮其眞價的。深一層地檢討這種無條理性，即可明瞭其特徵爲存在於這世界上的應被容許的，正當的東西，譬如：結果和其他的東西一樣地，客觀的，由於暴露若干所有物或事件，而要轉讓位子的。

最近死去的G阿保里奈爾好像非常關心剛才敍述的事，但，他却也不曾爲這些犧牲過下等的各種文學的方法，爲了對G，阿保里奈爾表示敬意，蘇波和我將我倆恣意使用的，還沒告訴我們朋友們的，這個嶄新而純粹的表現方法叫做超現實主義了。在今天，已不必要再將這句話當作話題。也無須說明，我們蘊含在這句話裏的意義，遠比阿保里奈爾使用的這句話更具眞價的吧。這是更其自然的，縱使我們把吉拉爾，特，奈爾魏兒在「火底女兒」的獻辭中使用過的，超自然主義 Supernaturalism 這句子拿來也是無所謂的。（原註：湯瑪斯・卡萊爾在『衣裳哲學』（一八八三—三四）的第八章「自然的超自然主義」裏，也使用過這句話。）事實上，奈爾魏兒這個人，好像優異地具有我們引用的超現實主義的精神的。反之，阿保里奈爾不過是把超現實主義的語言以其不完全的語意使用着，對這句話都未曾予我們底記憶以理論的概念的。下面提出的奈爾魏兒的兩篇文章，在這一點上，好像是極深具其意義的。

「親愛的仲馬。關於您在這封信中所說的現象，我來加以詮釋吧。如您所知的，有幾個作家如果不和自己的想像力產生的作品中人物完全成爲一體的話，就不能創作的。我們底親友諾特以充滿極確信對我們說着，自己如何不幸地在大革命時，被拖上斷頭臺，您是知道的。因爲他說得如此其逼眞。以致聽的人，對於他怎能再把自己的頸子連結在一起，感到了不可思議。」

「……您不經心地引用了德國人可能會說的。在那種**超自然主義的**夢想狀態裏創造的一首十四行詩，自然您定是完全了解它的。那些十四行詩是在那本書的後頭的。那些和黑格爾的形而上學，或瑞丁堡的『回想錄』一樣的地，不是難以理解的東西，它被說明之後，其魅力就會消失的。因此，如果能够的話，最少請將表現的功績讓給我……」（請和這些一起參照桑，坡兒，盧使用過的觀念的現實主義 Ideorealisme這句話。）

如果不以我們所理解的非常地特殊的意義，使用超現實主義這句話的權利，承認我們的話，那就不能不說有很深的惡意了。因爲大家已經明白的，在我們之前是從未被世間廣大地使用過的。所以，我這次要清晰地在此地給予這句話以定義。

超現實主義（男性名詞）是心靈的純粹的自動現象，根據它，人不管是口述或靠筆記，以及其他任何方法，能够表現思考的眞正的作用。它又是不受理性任何的監督，完全離開審美的，或是倫理的顧慮而作的思考的口述。

百科辭典（哲學）超現實主義是基於對一向棄之不顧的某種連想形式的，優異的實在的信賴，以及夢的全能，和思考的無計較的活動的信賴。同時，超現實主義又是徹底地破壞其他所有心的機械觀 mechanism，代它以解決人生的諸問題爲鵠的的。斷然地實行了超現實主義的，有阿拉貢 Aragon，巴倫，波窪華爾、普魯東、卡利烏、克爾維爾、特爾泰、特斯諾斯、愛利兒、琪兒拉兒、藍布爾、馬爾居奴、莫利斯、奈維爾、諾烈、倍克奧、蘇波、維持拉克等人。

僅有在此地列舉的人們，現在爲止，在眞正的意義上可說是超現實主義者的。只除了不少淸楚的，那伊吉特爾、利尤克斯的令人感動的場合之外，這一點是不會有錯誤的。當然以但丁或最活躍時的莎士比亞爲首，有不少的詩人們，當我們把他們的事績只從表面檢討，也可認爲超現實主義者的。我曾想消滅人們由於背信之念而呼之謂天資，而做了各種嘗試，可是，結果却不會找到任何有益於別的過程。

愛德華，楊克的「夜之思」通篇可說是超現實主義的，可是，不幸作者是牧師，可能是位惡劣的牧師可是仍然是牧師。

斯維夫特在惡意上是個超現實主義者。

沙特在性的殘忍性上是個超現實主義者。

夏特布利安在異國趣味上 exotisme 是個超現實主義者。

康士丹在政治上是個超現實主義者。

鬻俄在不做無聊的舉動時是個超現實主義者。

忒波特，維摩爾在戀愛上是個超現實主義者。

貝爾特蘭在過去是個超現息主義者。

辣布在死亡上是個超現實主義者。

愛倫坡在冒險 **aventure** 上是個超現實主義者。

波特萊爾在道德上是個超現實主義者。

藍波在生活的實際及其他方面是個超現實主義者。

馬拉美在由衷之言上是個超現實主義者。

吉利在 **absinthe** 酒上是個超現實主義者。

桑・波兒，盧在象徵上是個超現實主義者。

浮愛爾克在氣氛上是個超現實主義者。

維雪在自我是個超現實主義者。

維爾爾在他的自宅是個主現實主義者。

桑、約翰、貝爾斯在有時想到時是個超現實超義者。

盧塞爾在軼話上是個超現實主義者等。等等……

對他們每個人，在解開他們（非常純眞地！）懷抱着的爲數不少的先入觀念之意義上，要强調他們未必常是個超現實主義者。他們之所以抱着先入觀念的原因是他們**未曾聽過**，那在死亡的跟前，在暴風雨當中，仍在宣揚着的**超現實的聲音**，同時，他們從不希望利用非常優異的曲子之樂譜改寫爲管弦樂。他們都是自尊心太强的樂器。因此他們發不出富於和諧的樂音。（原註：這同樣的事，可以說到若干哲學家和畫家。我從畫家裏舉出下面的人。在古代是于捷羅，在近代是修拉，居斯布。門羅等同時（例如在『音樂』上似的）又有馬蒂斯，杜蘭（在衆人之中最純粹的），畢卡索、布拉克、蒂香、畢卡比亞、還有（經過長時間而值得讚嘆的畫家。）奇里哥、克萊、曼、力、馬克斯。愛倫斯特，以及在我們身邊的安德烈，馬遜等。）可是，不沉倫於任何過濾作用，在自我的作品中，會自動地呑下很多的回響，成爲耳聾的收集裝置，而對於他所繪的素描，毫不予以注意的，質樸的自動記錄裝置的我們，現在還是爲着更高貴的目的效勞着的。所以，我們將把人們認爲我們所具備的「才能」，率直地送還。如果有所謂白金製的米突尺，鏡子，門扉，以及凌霄的才能的話，但願人們能告訴我。

我們沒有才能。請問一下菲律浦，蘇波。他將會回答你。

「我們不久將要破壞那解剖學的工場和廉價的住宅，存在於非常地高處的許多都市。」

請問問維琪思，維特拉克吧。他將會回答你：

「當我向大理石彫像的海軍大將祈禱時，它忽然像對着北極星以後腿站起來的馬似地，用後脚跟一旋轉，旋即指戴着的兩角帽的側面，告訴了我不得不在那兒過一輩子的地方。」

請問波兒愛利亞兒吧。他將回答你：

「我所說的是大家熟悉的話，我重讀着的是有名的詩。我帶着綠鬱鬱的耳朶和焦黑了的唇，倚靠在牆壁上。」

請問一下馬克斯，摩理斯吧，他將回答你：

「住洞穴的熊與其伴侶的鷲鷹，肉餅與其傭人，大法官與其夫人，逐麻雀的稻草人與其親友的麻雀，試驗管與其女兒之針。肉食獸與其弟謝肉祭，清道夫與其單眼鏡 **monocle**，密士比河與其狗仔，珊瑚與其牛乳壺，奇蹟與其神祇，所有這些，早已不得不從海面消失了。」

請問約瑟夫，第爾蒂由吧，他將會回答你：

「啊！我相信鳥們的貞節，如要笑殺我，只須一根羽毛就够了。」

請問一下路易，阿拉貢吧，他將會回答你：

「當派對稍爲間歇，樂師們圍集在一杯燃燒起來的 **Pons** 酒旁時，我對那樹木問，你是時常帶着紅色的蝴蝶結的嗎？」

還有像蛇一般扭着舞着不得不寫叫人頭腦發愣的這篇前言的我問問吧。

同時，請向那在我們一羣裏，最接近超現實主義的精髓的羅貝兒，特斯諾斯（『紐，赫布利忒斯諸島』『絕對的無秩序』等的）在其未發表的作品中，通過挺身埋首工作的許多實驗，將我寄託於超現實主義的希望充分正當化，且鼓勵我對超現實主義寄予更多的希望的羅貝兒，特斯諾斯吧。特斯諾斯，在今天，只要你希望，無論什麼時候，都能以一個**超現實主義者來說話的**。他那一邊說着一邊追尋自己的思考時的，驚人的敏捷，確實像耽聽美妙地逐漸消失的演說一樣地令人陶醉的。對特斯諾斯而言，比之固定自己的思考，創造它是更其重要的。他是忽然在心裏打開書本閱讀的。他是完全不想捕捉自己的人生在風的間歇裏被吹走的書頁的。

超現實的魔術的秘訣

根據筆記的超現實的作文，草稿的完成

當你佔到適於盡量集中精神的地點時，請人拿來一些可寫的東西吧，儘量在被動的狀態裏，把自己放在容易接受刺激的情況中。盡可能不要去想自己的天資才能，或者其他的人們的天資和才能。而請在心中牢牢記着，文學即是一條通向所有東西的最可悲的道路。不要事前預定要寫甚麼地快速的寫吧。那麼不一會兒最初的文章，就會水到渠成了。以常求客觀化的，我們的意識思考的見地看來。盡是看不慣的文章，一定會陸續地產生出來的。要探求在什麼樣的文章將在其後面接踵而來，自是困難的事。因爲即使我們承認；已經寫下最初的文章的事實，少之又少地引導着知覺。接連在後面的文章，必然會和我們的意識作用同時地，受無意識作用之左右的。不管怎樣，那些事，對你是無關痛癢的超現實的。遊戲之趣味，就在這一點上，更強有力地存在着。或者我們以標點句號，就像在振動的絃上分配音節似地不可缺少的，但，如果那樣。想要持續地抓住我們的語言的流出，就不可能了。隨心所欲地，一直繼續下去吧。信賴囁囁永不間斷的特性吧。就是爲一丁點兒錯誤（可說是由不注意的錯誤。）而語言似欲中斷時，也不要躊躇，不要想要寫太明晰的文章。同時，如在開頭有不清楚的語言，不管什麼也只要把一個字：例如把L這字，不論什麼場合一定將L這字寫下去。把那個字當作連接在後面的語言的開頭，再要

回那隨心所欲的如書寫之流瀉吧。

和大家在一起不會無聊的方法

那是很困難的事情。把在場的人們，全不放在眼中，而對干擾正在超現實的活動中的你，和交着手臂，要走進你的內部的任何人都不在時，請說如下的話吧：「不論採取最上策與否，都是一樣的所。所謂對人生的趣味，不會太長遠地繼續下去的。這在我底內部的單調，也不過是煩人的東西罷咧！」如其不然，便以使人不快的庸俗，向前推行吧。

演說的方法

如你以爲有適合於向輿論實行呼籲的土地的話，馬上，在舉行選舉的前日就登記吧。各人在自己的內部將雄辯家的衣裳，亦即把那用語言綴成的各種顏色的腰巾，或假裝的化裝品帶來。試以超現實主義把絕望感在其貧困中出其不意地襲擊吧。某晚，登上某處的露臺，獨自一人式把永恒的蒼穹，那熊的毛皮撕破吧。直到稍能使人吃驚爲止，胡亂地約束給人看。對全國人民的各種要求，只給予部分的少許的變化。對最强悍的競爭的對手，以那連祖國都要超越的隱秘的欲望促使他同感。訴之同情，以跌進憎惡的厥詞顯現自己的話，必然會成功的。這樣，他將不知疲憊，而能冷眼瞥視競爭者筋疲力竭地，站在有利的立場活動。如此，他必將當選，且會受到心地最溫柔的女人們粗暴的愛的。

寫僞小說的方法

不論你是甚麽人，如有意寫小說的話，別想燒幾張桂樹之葉，保持那微弱的火，馬上就開始寫吧。叨超現實主義之福，你一定能寫的。如果把「晴天」的尖端置於「行動」之上，其勝負便要開始了。不一會兒走樣兒的作品人物出現了。在您寫的文章裏，他們的姓名。只是是否以大寫作爲固有名詞開始的問題罷咧。他們簡直像非人稱代名詞的**il**的，「雨落着」**il pleut**「有」**il y a**「必得」**il faut** 等的說法而使用着一般輕易的。只爲他動詞行動着。說穿了，他們就是連那些他動詞都能指揮的。而在觀察啦熟慮啦，各種普遍化的能力，對你不成爲任何幫助的地方，你可以預料他們將讓你懷抱從來沒有在您的心上浮現的無數的企圖的。這樣，那具備極少數的肉體和精神的特徵，事實上差不多不受您關照作品人物，決不捨棄，您早已不必關係的某種行動方針了。其結果，在外觀上即便有程度之差，却造成頗爲煩複的脈絡，向着您連想都不想的感動，或令人吐一口氣的結局，次第地運行其脈絡了。如此，您底僞的小說，外離確實堂皇地，變成酷肖着眞實的小說，靠它您賺了錢，同時世界也認爲您是「有某種優異的地方」。爲什麽呢？因爲就在這點上，有着那**某種東西**的緣故。

當然以同樣的手法，但以不知自己說明的是什麽作爲條件，如您也去寫評論時，一定也會大大地成功。

能見好路過街頭的女人之方法

超現實主義會把您帶到被隱秘的社會的死亡裏。同時，超現實主義會給您的手帶上手套。並在其中，將由它會把記憶memoire 這語言開始的，那個深遠的M字包藏起來的。只是，不可忘記要準備好快樂的遺言的手續哩。譬如拿我來說，就願以搬家用的汽車被運到墓地去等等。並且我盼望着，我底朋友們會把那「現實性稀少論（譯註：『現實性稀少論』 Discours sur le Peu de R'ealite 在寫了這篇『超現實主義第一宣言』時，尚未完成，而只在這篇『宣言』的初版本上，發生其近刋予告而已。後來即以『現實性稀少論序說』Introduction au Discours sur le Peu de R'ealit'e 爲題，於一九二七年出版。）直到最後的一冊，完全予以銷毀掉它。

言語是要人們超現實的地使用它，才給與人們。所以，如果只在自己說的話有使人理解的必要的範的內時，人是總會以表明自己的意思，而把從最卑劣裏選擇的幾個職務，確實地完成什。人如果僅以說話，寫字，爲完成極平凡的事之計，亦即（只爲了饒舌的喜悅）光要和人談話便感滿足時，實不會伴有什麽現實的困難的。人們對於後面會連接什麽語言，或說完的話之後會連接甚麽話這一類事情，大概都是莫不關心的。對極其簡單的質問，他會即時回答的。同時，只要沒有因和他交際而產生出的奇癖。對極少的話題，是能够自動地陳述自己的想法。他不必爲此，在開口之前充分思考，任何事都無須預先在口裏試說一下。對這無須甚麽準備而說話的機能，如他想建立更微妙的關係時，誰能使他相信：那對他只是有損無益的呢？大概沒有任何一個理由，人們必須拒絕對它即興地談語或書寫的，請人聽自己說的話，讀自己寫的東西，這一類事情，除掉中斷那不可理喻而可驚的救濟的手段之外，是不會有甚麽效果的。我並不想急於瞭解我自己。（因爲人終究是會瞭解自己的事的。）假如衝出我底嘴的一些語言，即使在一出口便感覺輕度的失望，還是可以信賴接連而來的語言會補償其錯誤的，同時，只要留心不再反覆那語言，不要說到最後就行了。僅有即便微少，失去熱情，這才是我底致命傷。次第連接在後面的語言，在相互間是有着很大的連帶性的。所以，犧牲一邊的語言而特別禮待另一邊的語言，不是我所欲爲的。無寧是奇蹟的補償，才該負起調停之勞的——而事實上，是有這種補償的。

我常致力欲使其變爲有價値，且適合於人生一切情況的，這個毫無婉惜地流出着的語言。不但不會從我奪去任何方法、反而給予我以異常的明朗，且是在我對語言從不加以期待的領域裏，它給予我以特別的明快。說不定我還要主張我們是受教育於語言的。事實上，想把忘掉意義的幾個語言。超現實地使用的事，也屢次有過的，並且，我在以後認清了，那時使用過的語法，却正確地和那些語言本來的意義一致的。由這些事情，我們當可明白；人不是在新「學習」，而只不過是在重新「再學習」而已。我就是這樣地把幾個適切的說法變成了自己的東西。因此，只有靠着和好幾百次被反覆的對象的精神的接觸才能獲得的，對象的詩的意識的問題，在這兒我是不想談的。

超現實的言語的諸種形態，最能適合的，還是在於對話。因爲在對話時，兩個思考就得碰面。當一邊的思考在披瀝自己時，另一邊的心就被對方的思考所攫奪着。可是，人是怎樣的專心於對手的思考的呢？如果是想，把對手的思考和自己的思考合而爲一的話，勢必承認。即便極其短暫的時間，人是能够完全地依靠他人的思考生存。可是，決不會有那樣的事。事實上，這一邊對對方的思考所加的注意，全屬外表的。那也不過是以人們能擁有的一切思慮，僅有同意對方的思考，抑或非斥（大部分以排斥居多。）餘暇罷了。況且，以這樣的語法是不能接近主體的堂奧的。我底注意力將成爲沒有不滿即不能推開，一種强勁的力量之俘虜，敵視着居於相反的立場的思考了。即便在日常的會話上，我的注意力是從在於相反立場的思考所使用着的各種語言或形象，把那思考「取回來」。同時由於注意力，弄錯對方的語言或形象，也可利用着對手的思考回敬它。這事的眞實，看下面的例子就知道了。在感覺器官的障害可完全自由地左右病患者的注意力，病理學上的某種精神狀態裏，會屢次發生病患者一面回答着各種質問，一面却捕捉着被質問的最後的語言，或僅捉住與自己的精神之內部存有某些痕跡，超現實的文章的最後的片斷爲滿足。

「已經幾歲了，你？」「是你。」（反響性語言模仿症）（譯註：反響性語言模仿症是因爲被影響性高昂，病患者有把模仿檢驗者的語言依照其回響模仿的病症。在精神分裂症的緊張型也有此現象）。

「你叫什麽名字呢？」——「四十五棟房屋。」（甘滞兒曚矓症的病狀，或者瘋瘋癲癲的回答）（譯註：甘滞兒曚矓症爲歇斯底理性曚矓狀態之一，容易在拘禁中發生，潛藏着願被人視爲精神病的意欲，雖然完全答非所問，但，質問的意思仍然是瞭澥的。例如：回答2＋3＝50啦，馬的脚是？三隻等。）

可是，沒有一種對話是絕對沒有這種齟齬。只有在會話時擔當重要的角色。想盡量使人親和的努力，以及我們在會話時的習慣，才使那些齟齬不致表面化。同時，書籍最大的弱點，即在於求其最優異的，和要求最多的讀者的頭腦，不得不斷地鬪爭的這一點上。就是在我剛才爲了應付所作的醫生和精神病患者之間，非常簡短的對話裏，還是病者佔着上風的。爲什麽呢？因爲病人以其回答，惹引診斷着他的人的注意力，而病人却不是詢問人這件事，不是顯示着，就是在這瞬間裏，病人的思考是更加强而有力嗎？恐怕這是對的。要不要把自己的年齡或姓名列入考慮之中，那是病人的自由。

此刻我正在研究的詩的超現實主義，到此爲止，我就是費心一意地要使兩個對話者從矯飾的高尙的虛禮中脫離出來，重新把對話建立於絕對的眞理中。每個對話人只管繼繼自己的獨白，却不可以想從那裏得到特別的辯證法的喜悅，或稍存欺騙自己的對手之心，對話內容要像普通一般，不要發展爲一些主張，對話人要盡可能說有關個別的內容的東西。話題所要求的回答，在原則上，必須要和說話人的自尊心毫無關心。又各種語言或心象，對耽聽者的頭腦，必須只作爲跳板而提供出來。在純粹地超現實的最初的作品「磁場」裏，收集於叫做「柵」的表題之下的幾頁是在這種方法下創造出來的。在這作品中，蘇波和我扮演了毫無偏袒的對話人。

超現實主義是不會允許傾心它的人們，在他厭惡時摒棄超現實主義的。綜觀各點，超現實主義顯然地會給頭腦以痲醉劑一般的作用。如同痲醉劑似地，超現實主義會製造某種慾望不滿的狀態，驅使人類走向可怕的叛逆之途。假如人們願望的

話，超現實主義也能成爲美妙的人工樂園，而人們寄予人工樂園的愛好，已從加於波特萊爾的批判中，重新建立起來了。是以分析超現實主義引發的各種神祕的效果或特殊的享樂——站在許多觀點看來：超現實主義被視爲一種新的惡德，不是極少數的人們底所有物，而恰如麻藥一般地，具備着足以叫所有軟弱的人們滿足的東西——實行這類分析，我想在這個研究裡，必然是件有意義的事情。

(1)所謂超現實主義的心象，是人類不能作第二次的再回憶，其實却像自然發生的，無可如何地，湧現出來的，那種鴉片所顯示的意象一般的東西。「鴉片吸飲者，是不能趕走那心象的。因爲意志早已失去力量，而無法統御一切的能力。」（波特萊爾）之後，我們所能知道的只是人是否能「喚醒」那些心象而已。即如人們只以我早先引用的路維爾蒂的定義爲滿足，我不以爲人能够以自己的意志把他所說的遙遠地相隔的兩個實在」互相接近的。能接近，或不能，僅只如是而已。因此，如有人認爲路維爾蒂對於諸如：歌在流着「在山河裡」啦，「像展開潔白的桌布似地天亮了。」啦，「向着袋子裡世界歸去了。」這一類的心象image，雖然是在極少許的程度上，却曾預先有過熟慮，這種想法，我要斷然地否定它。依我底思考，主張頭腦把握了現存着的兩個實在的關係」是虛僞的。他在起始時，實在不曾意識的地把握了任何東西。唯有從兩個語言的，所謂偶然的接近，才會迸射出某種特殊的光輝，而對這種心象image的光輝，我們是無限地敏感的。心象image的價値是由這樣地獲得的烟火之美所左右的，因之可以說，它是從兩個傳導體conducteur之間的電位差所產生的作用。所以。這種電位差（可見於Jules Renart的心象）如在比較時似地，（譯註：指Renard在「生物誌』中，把螞蟻比喻做3的比較）差不多不存在時，花是不會發生的。我的感覺是要把非常遙隔的兩個實在的接近，巧妙在調整好，到底不是人所能做到的。所謂聯想的原理，亦如我們所經驗的，是對立在這件事上的。或者是應該回歸到盧維爾蒂和我同樣地禁止使用着的省略法嗎？所以創造心象的兩個語言，不會爲了欲使其迸射火花的頭腦而相減的，只要理性僅止於確認且鑑賞這光輝的現象爲滿足時，我們就不得不承認，這兩個語言，是由我叫做超現實的活動裡，同時被創造出來的。

同時這火花的長度，就像火花在稀薄的瓦斯裏愈飛揚，愈散大一般地，那由我想普及於衆人的機械的me'canigue記述方法所創造出來的超現實的氣氛，便格外適合於製造最美麗的心象了。不但如此，也可以說：以目眩神搖一般的快速度走筆時，心象便會成爲精神的唯一的旗手顯現出來的。由是精神將逐漸要確信這種心象的現實性了。起初是僅以接受心象爲滿足的，可是不久，精神即發覺那些心象娛悅自己的理性，且更深一層地加深着自己的認識。同時精神將會自覺，自己的各種慾望在那兒蠢動着，事情的是非次第化爲無，自己的闇黑不可解的部分彷彿不再背叛自己，而無限的擴張着。如是地精神被誘入恍惚的境地，爲那疾速地奔馳的自己的激烈喘不上一口氣的心象所運走，而向前進行了。這是數不淸的夜裏最美麗的夜，閃電明滅的夜，在這夜之旁。白晝已不過是闇夜罷了。

也許超現實的心象是可分類爲無數的類型的，但，此刻，我不想嘗試它。如想把那些心象各按其獨特的類似分類的話，那是不可想像的。因之，在這兒，僅基本的地，就那些心象共有的美點去思考它。對我自己來說，最强烈的心象，是最高度地把放縱恣意的東西表現出來的心象，如要以實用的語言表現它時，就得費很多時間或在表面上把好多的矛盾隱藏於內裏，

或製造那心象的一個語言被巧妙地藏匿着，或因其心象像是訴自感覺的，所以有即時鬆散的樣子（其實，那種心象是會忽然間關閉圓規之脚的），或那心象會從自身裏，引出不足一道的明顯的辯明，或它是屬於幻覺的種類的心象、或其心象會很自然地，借予抽象的事物以具體的假面，或相反地。借予具體的事物以抽象的僞面，或那心象含有對於某些基本物質的特性的否定，或者那心象解開了笑，諸如此類的。現在從這一些心象裏，我在這裏提出幾個例子來。

香檳酒的紅玉。（羅特烈阿蒙）

像那達到成年的，女人的欲生長的傾向，與其有機體同化的分子量不平衡時，她們的乳房之發育即停止的法則一般在美麗。（羅特烈阿蒙）

教會像鳴響着的鐘似地巍然矗立着。（菲利浦，蘇波）

在羅拉斯，塞拉維的睡眼裏，有一個從水井出來的小侏儒，夜晚來臨就來吃麵包。（羅貝兒，芯斯諾斯）

在橋上，一滴牝貓之頭似的露珠，左右搖幌着。（安德烈，蒲魯東）

在先已看準的我的蒼穹的稍向左偏的地方——然而，也許那不過是血和殺害的，水蒸氣也說不定的——我瞥見，因自由的錯亂而消失了光采的鑽石。（路易，阿拉貢）

在燒燼的森林裏。

獅子們似是涼幽幽的。（羅琪裏，維特拉克）

女人底襪子的顏色，雖屬當然的，却和她的眼色不同。由這一事實，有一個不必在此舉出名字的哲學家，如是說了：

「頭足類的動物有着比四足動物，更加憎恨進化的理由。」（馬克斯，摩理斯）

不管人們要求與否，這兒是有着足以滿足頭腦各種要求的。這些心象都彷彿明白地顯示着，如今頭腦已達到要接受和通常它自己給予的平穩的喜悅不同的東西的時期。這才眞正是頭腦要把接受的爲數不少的諸事件，引向有利於頭腦的唯一的方法。（原註：正如 **Novalis** 所說的，別讓我們忘記下面的話吧。「和現實的各事件平行而奔馳着，是其他一連串的各事件存在着的。通常是人們或各種周圍的狀況，變更了各事物的理想的運行。其結果，看來那運行就不完全了。同時那些事件的結果，也祖同地成爲不完全。在宗教改革上也發生過同樣的事情。即代替新教 **Protestantisme** 產生了路德的教義。」而這些心象才是頭腦極其普通的澥悶兒的尺寸，以及那解悶兒影響頭腦的各種障碍的尺寸，教給頭腦。即令那種心象，終於使頭腦變爲不正常，那也決不是壞事。因爲使頭腦成爲不正常，便是加罪於頭腦之故。我引用的幾篇文章都充分具有那種要素。可是，品味那些心象的頭腦是會把自己在正道的確信，從那兒找出來的。頭腦本身是決不會誣陷自己說了無用的辯詞。不但如此，頭腦既已擔保要把一切巧妙地說妥，就已不必害怕任何東西了。

⑵躍進超現實主義裏的精神，是將會帶着昂奮把自己幼少年時代最好的角色重新體驗到的。對於將要溺斃時，在一瞬之間能回想自己的人生無法贏得的一切東西的，那個人來說不變的事實是因爲有少許是超現實主義的。也許人們會說，那樣不是太令人悚然心驚嗎？對於這樣說的人，我是不想勉強給他打氣的。從幼少年時代的回憶裏，會有一種無法獨佔的，尤其是

一種超越常軌的感情湧現出來的，我以爲這是最成熟而豐富的感情。最接近「眞實的人生」的，大概要算幼少年時代了。一過幼少年時，人便不能自由地使用自己的通行證或免費入場劵了。又在幼少年時，一切都不是偶然命中地而效果地成爲自己的所有。那種過去的各種幸運，只要有超現實主義，還是會再回來。它好像是急於自己的救濟，或自掘墳墓一般的。人是會在誰都不知道的地方，再次體驗到世上罕有的恐怖。但是幸虧那兒還不過是煉獄而已 。人們是要咀嚼着戰慄，經過神祕學者們呼之爲危險的風景的地方。我讓睜開着眼的怪物在自己的背後出現着。它們對我，還未抱着太多的惡意。而在我這方面，雖然畏懼它們却仍未敗北。譬如蘇波和我，最近害怕着會遇到「女人面的象和翱翔天空的獅子」。同時，我此刻仍害怕着那「融化着的魚」。然而，**融化着的魚**可不就是我自身？我是在双魚宮的星象下出生的，而人是會在自己的思考裏溶解的！超現實主義的動物界和植物界，我是不能坦然無諱地告訴你的。

(3)我不以爲不久便會產生窠臼的超現實主義作品。屬於這部門的一切作品共同的特徵，尤其我剛才提出的特徵，或依據嚴密的論理的分析和文法上的分析，才能明白的其他諸多的特徵，是毫不會與超現實的散文，在某種程度之進步成爲對立。我從五年前，即在這樣的旨趣下一直寫着，同時因自己的無能，其中大部分被一些評論判斷爲相當無秩序的東西之後，收錄在現在要發表的這本書的後半部的幾篇小話（譯註：在一九二四年版，及一九二九年版的『超現實主義宣言』裏於『宣言』的本文之後收集着由三十二篇散文詩的小話所成的『融化着的魚』**Poisson soluble**。在『宣言』的本文裏展開了超現實主義的理論之後，蒲魯東即以「融化着的魚」提示其理論的具體的實例。）明確地證明了剛才敍述的話。可是，因爲如此，就把這些小話當作由超現實主義出資所獲得的利益，描畫在讀者眼前給他們是否適當，我却大不以爲然的。

更進一步地超現實主義的方法，是會要求擴大到更廣闊的範圍的。如由某種結合可得到心所嚮往的唐突的話，不論何種方法都可以。譬如畢卡索或布拉克的巴比埃．哥烈恰好有着在最洗鍊的文體的文學作品的展開之中，導入定型的文章的相同的價值。因此，剪下新聞的開頭或表題的一部分，把那些盡可能胡亂地（如有必要，可以只留心文章的構成。）收集所得的，名之曰詩，我想是該被准許的。例如——

詩

賽倫島的沙孚的
迸裂似的笑
最美麗的麥稈
在牢獄中
褪色
在日過一日的

遠離人煙的農家
法悅
濃密深化了
一條汽車的公路
將引導你至未知的事物之旁

咖啡是
你爲聖靈傳道而
日日創造着的美

夫人
一雙
絲絹的襪子
一躍而入空虛中
不是
鹿

最要緊的是戀
一切都順遂地完成
巴黎是大的村落

監視吧
那祈求晴天的
禱告
那隱密地溫暖着的火
該知道
紫外線
簡短而美妙地把他們的任務

完成了
紅的將形成
在偶然的
最初之潔白的新聞裏
徘徊着的歌手
在哪裏
在回憶之中
在他底家裏
在人人燃燒熱情的舞蹈會裏
舞蹈着
我將做
人人所做的　將做的

就這樣地，人們是能作很多相同的例子的。而在這種詩裏，演劇，哲學，科學和批評等，一定保留着它的面貌的。既已如此，對於將來要想出超現實主義的各種手法，可說全然不會引起我的趣味了。

可是，把超現實主義應用於實際行動，在不同的意義上會有深刻的結果。（原註：關於普通常使用的責任這東西，以及所謂全面的責任，無責任，有限制的責任似地，對於成爲規定個人責任的程度的基準的法醫學上的見解，不論我採取怎樣愼重的態度，又認識某種罪過的本質，對我不論是如何地困難。我極願知道，具備着無可置疑的超現實主義性格的違法行爲，將怎樣地被審判。被告人將被宣判無罪，抑或，僅止於享受情有可原之餘地的恩典？近來，違反出版法差不多不受罰，這實在是非常可惜的。如其不然，我們不久一定要面臨如下的場合的審判。被告是出版了危害公共道德的書籍。他又根據幾個「非常地有名譽的」市民的申請，被問了名譽毀損罪。不但如此，其他還有對被告準備着，諸如侮辱軍隊。慫恿殺人和强姦等，重大罪嫌的告發材料。可是，被告立即承認告發的主旨，使被表現的大部分想法「褪色」了。他爲了辯護自己，僅止於明言了下面的事物：即該書既已完全無視於署名爲其作者的人物底才能或稚拙等問題，而僅能作爲超現實的作品通用之故，不能把自己當作該書的著作人，又該書不曾穿插自己個人的意見，自己只不過是將某一種資料抄錄出來的，不但如此，最少自己關於這本被問罪的書籍，實和裁判長同樣地，全然是個無緣的人而已等等，某一本書籍出版的眞實，因其他的無數行爲而成爲眞實，這是由於超現實主義的各種方法在某程度上，已受到世間的好意使然。然而要成爲那樣子的話，必須要有

新道德的產生來代替我們的一切罪惡之根源的現行道德才行的。）這件事，我曾充分地暗示過的。當然，我並不相信超現實的語言，預言的效果的。「我所說的是神旨。」（藍波）我渴望的確實如此。（原註：可是，必須先瞭解這件事。一九二四年六月八日的今天，一時左右，一個聲音向我囁嚅着。「貝吉勒，貝吉勒。」這到底意味着什麼呢？我不知道貝吉勒這地方，只漠然地記着，彷彿在法國地圖上的某地方有個地點指示着這個城市。貝吉勒這名字並不叫我聯想起任何東西。連那「王劍客」的一個場面都想不起來。恐怕，我是該向那貝吉勒動身的。在那裏，一定有什麼在等着我的。然而，它必定是件很單純的東西。以前，我曾聽過這樣的話。就是在吉埃斯達頓 Chesterton 的某作品裡，有一個偵探為了要在某城市找出自己在尋覓的男人，便把感覺到外表上稍有異樣的房屋，從一端起全部試着去尋找即以爲足的。這種作法和更不同的作法是毫無兩樣。同樣的，在一九一九年，蘇波就走到那一家就那一家地進入好幾處家屋裡，對那裏的看門人尋問着；菲利浦，修坡所住的，確實是這一家嗎？設使看門人回答說：「是呀，是這一家，」我想他始終不會吃驚，並且還要坦然不迫地進去，敲敲那叫做自己的房屋之門的吧。所謂對於人間的憐憫，並不能欺騙我。那曾震撼了克梅、都特奈、特爾波伊等古代希臘諸城市的超現實的聲音（譯註：指出現於那些諸城市的神旨，請參閱希臘神話）大凡文靜的內面的語言，除了對我自身宣說的聲音不會是任何其他的。也許只是我的時間沒有順應那聲音的時間吧。然則爲什麼這聲音有助於解決關於我底宿命的孩子氣的問題呢？爲要感悟這聲音賜予的各種意旨，不得不順從兩種翻譯人似的某種世界裡，不幸地，我只不過裝假動彈着且旋轉着的姿態而已。一邊的翻譯人，給我翻譯着那聲音敍述的警句。另一邊的翻譯人，便把我從那警句所獲得的理解，硬推給和我同類型的人們。我在那裡面忍受着這世界，終究是近代的，可也是惡魘的世界。（你們決不要去看那邊。）但，在這世界上，我該做什麼呢？超現實的聲音不久也要沉默的。果然如此，我預期要消聲匿影都不能了。而我將變成那可憐的尼其恩斯基。像那去年俄國芭蕾舞團在巴黎演出時被帶去，却不能瞭解在自己之前舉行着什麼的尼其恩斯基似的。（譯註：尼其恩斯基俄國的舞蹈家（一八九〇年—一九五〇年）被琪阿居烈夫所賞識，在其俄國芭蕾舞團擔任主角，一九一〇年前後被稱爲世界最偉大的男性舞蹈家。其後，變成早發性白痴症，乃由舞蹈界消聲匿跡。像在這裡所引用的，一九二三年，俄國芭蕾團在巴黎演出時，他已成爲完全的白痴狀態，雖然觀看着表演，却全然不瞭芭蕾舞，絲毫想不起十二年前，擔任該芭蕾舞團的主角在巴黎演出時博得聲譽的事情。）而我獨自一人地，在我底內部完全孤獨起來，對全世界所有的芭蕾舞不再有所關心。我所創作的，又我未曾創作的，所有這些，我將給與您們。

從此以後，連那從各方面看都不怎麼合適的科學上的空想，我也開始深深的希望寬大地守望它了。譬如無線電呢？想是不錯的。那麼梅毒呢？如你希望就請便吧。照像吧？想是不會不合適的。電影呢？布拉波，尤其黑暗的觀衆席更好。戰爭呢？我們將大笑特笑的電話呢？喂喂，是的。青春呢？啊，充滿蠱惑的白髮喲。那麼，讓我說聲謝謝看，「多謝」謝謝……。世上一般人之所以要將所謂實驗室的研究評價得高，就因爲那種研究在最後會把一些機械送到世上來，或會發見甚麼血清的緣故，且一般人也以爲那些是有直接的利害關係。一般人總是深信不疑地認爲從事研究的人在努力着要改善他們的命運。然而，我並不以爲在學者的理想中，眞有那種企圖人類福祉的願望。自然，我是以眞正的學者而言的，並非指企求一切種

類的通俗化爲目的的，勉强獲得畢業證書的人們的。　我是相信正如在其他領域一樣在這個領域裡，雖然瞭解一切人們接連着的失敗，自己却決不以爲已被打跨，而從自己所欲之地出發，走過和合乎道理之路不同的道路，邁步到自己所能到達的地方的人，純粹地超現實的法悅的。對於那些他以爲最好在要走在那上面的自己的步伐，附上刻劃，而恐怕有値得廣泛地由一般認識的一些心象，我是不感興趣的。又對他一定不能不因它而煩惱的素材，也是不能喚起我的關心。對於他的玻璃管和對於我的金屬性的筆尖亦然……。然而，尤其關於他的方法，我是高興願以我底方法擁有的價値，和他的東西交換。在以前，我有一次曾和一個發見足底的皮膚的反射作用的人，在他的工作中碰見過的。他正不斷地反覆的着自己的各種主題。他所做的，和「試驗」全然是不同的事情。他已不再信用任何的計劃是一目瞭然的。他在這裡那裡，在相隔很遠的地方寫着備忘，而不爲那而放下自己的針，他的鎚子仍然是在動着。病人的診斷等極初步的事是讓他人做着的。他是全身全靈都被那神聖的熱情驅使着的。

我正在思索着的超現實主義，是在這現實世界的訴訟裡，該使超現實主義做爲被告有利的證人來傳喚的事情不成問題地，要求着我們要有絕對的非順應主義 non-conformism 的。同時，相反地，它會只把我們在這地上要求順遂地到達的，完全的澥放的狀態予以正當化的。對康德從女性的解放，對巴斯慈爾「從葡萄」的解放，以及對居禮從媒介物的解放，從這一點來看，那一些委實是很徵兆。這個現實世界只是非常相對地合乎思考的尺寸的。所以像這種類型的事件是我以能參加爲榮的獨立戰爭的，最引人注目的揷話而已。超現實主義就是我們在有朝一日，能把它指向我們的敵人之上的「不可視光線。」「人啊，你已不必再畏懼了。」今年的夏天，薔薇是青色的。森林是以玻璃造成的。舖緊在綠色裡大地，像幽靈一般地，全沒給我印象。要生存，或停止生存，都只不過要在想像中解決罷了。生活是在更另外的地方的。

美國現代詩選譯 1

黑姆・普魯特傑克 Hyam Plutzik

白萩 譯

方程式 Au Egut

證例：$y-xa+mx^2(a^2+1)=0$

纏繞又纏繞，被緊握垂死的蛇
難以平靜的嚴厲的姿態，在
光下猶似大理石。藝術家詛咒，這卑賤的時代
無法咬破他的外容，亦不能觸探
在它的背面，它的存在，創建意志
創造它，而又丟棄它的自身。它將消解
進入它的自身，縱使在一個不同的語言。
它的轉變不是在轉變，它的時間亦非時間

而纏繞的蛇戰慄在光下，
冷酷如大理石，緩慢地捲收創痛，改變
自在成爲驟烈的轉動，成爲一種舞蹈
似一個小丑在明亮的舞台上。突然又快迅地
如同閃電的折摺，恢復靜止：
形體猶被搥薄在銅板上。

它將不承認它的激怒由於你的改變
亦非在夜裏傾聽你房中的哭泣……

本身 Identity

從這房裏尋測一個隱秘的身影
而誰站着——確實的——在我之後，
散佈在古老的圓幣的形態，以手、腿和嗅覺
我們不缺乏艱奧的哲學，如同扣除
誰從十中減去，房的高度
滿六英呎，聽任他自己的頭蓋懸吊
（何處的智慧連連刺激，滿貯知覺和記憶）
一些祇有四英呎從天花板下，像
鳥在風中盤旋，像氣泡
或突然飛升的氣球：一個幻術師的消隱
沒有太大的驚奇如同處女去喜愛男人。

史坦因（Gertrude Stein）這樣說：「從一時代到另一時代，什麽事物都沒變，只是看法變了而已，而這便是作詩的基礎。」

而霍普金斯（Gerard Manley Hopkins）也這樣說：「有些人由於某種力量，在他們當時造成一種很大的影響，這種力量在當時是創造的，新穎的有刺激性的，但等那刺激性消逝後，他們的名聲也就衰微了。因爲那支持它的不是由於一種處理的手法，——這也是與那種力量相等的一種成就。除去最好的處理手法之外，是無法可以支持長久的。」

現代詩不是在描寫自然，而是在表現自我的精神活動，如果立基於描寫自然，則異國情調，戀愛，仙境，名勝美景這類題材的選擇，其趣味便蓋過了創造能力，相反地說：詩本身不需創造力的支持，由於題材便能引人詩情。可是做爲表現自我的精神活動的現代詩來說：題材祇不過是詩人精神活動的表現的寄託，一塊跳板而已。題材本身並沒有價值，祇有經過詩人精神運作之後才能產生可愛的光輝來。這兩首詩的題材，非常不可愛，並且乾燥無味，可是這選擇是無關重要的，祇要它能經由這跳板躍入無窮的太空之中，而能有活潑的運作，那便能讓人心滿意足了。

下面是我對這兩首詩的評解：

【方程式】

「蛇與緊握的手」這種對立，衝突掙扎的活動，是一個很精銳的意象。可是「在光下猶似大理石」是一個很不高明的比喩，固然在光下的蛇腹可以聯想到大理石，但它祇是在色彩方面溝通，在形質方面，倒令我們體味到排斥性的挑戰，它是不够眞實的。更令人失望的是，作者的需要祇使它止於「大理石」，對全首詩缺少機能作用，這個比喩祇是吃飽飯不能工作的廢句。

接着，作者將「蛇與緊握的手」轉位到「藝術家與這卑賤的時代」的關係上，這是作者精神的基礎動向：可是，接下去卻讓我們接受經驗哲學的敍述，看似明確，其實糢糊不具體，無法引起我們的感動。也缺少跳躍。

第二段倒是成功的表現，無法讓我們找到疵議。「而纏繞的蛇戰慄在光下，改變自在成爲驟烈的轉動，成爲一種舞蹈，似一個小丑在明亮的舞台上。突然又快迅地，如同閃電的折摺，恢復靜止，形體猶被搥薄在銅板上。」我們會爲這樣鮮銳的聯想而閱讀再三了。

【本身】

這是一種探尋自我的精神活動，把身體隱喩爲一個房間，而尋側一個隱秘的身影。而誰站着——確實的——在我之後。能够跳出自身而觀察自己，是一個很可貴的角度的提供。可是他似乎祇在囉嗦這個「房間」，而沒有揭開這個「身影」的眞面目，他的沉思力量是不够的，無法讓人滿足。或許作者心目中的眞我，祇是一個糢糊的影子，無法追尋，可是在能確實的感到眞我與客我的分別的態度上來說，已是很不錯的敏感了。

日本戰後現代詩選 1

陳千武譯

荊棘與薊

三好豐一郎作

情人喲，藏在你底肉體深處的夜夜的快樂
我已長久品嘗過了
而且現在，在這奴隸般歪着的嘴唇
揷上白色的薔薇吧，以無心的精粹

我朧朦的眼膜裡灰色的街景已消逝
綠色的原野荒廢而逐漸蒼白
吸盡了互爲祕密的肉體
偎倚在避光的黑暗之手
在快樂的浴槽裡腐朽而解體

情人喲、夏娃、產生人類最初的老婆
淫蕩的浴女，聰明的牝貓
薄皮裡的成熟的杏子喲

晚春陰天的午后長長
在無人的後街的運河裡
以不流而流着去的狗屍
沈滞的吐瀉物，重油的氣味

映漾着倒立的橋桁
似在搖幌的街影
誰也不知，在人羣交雜的都市後面
病了的午后的河岸

腐、朽、苦惱的死就是
躲入盲目的肉體的罪之後果呢
剩餘在快樂的蒸發皿上
已無毒了的白晝的常春花　是無果的死嗎……

不久懶皮的東洋的一日黃昏了
半身不遂的老東洋
腰歪着，眼睛窪落，消瘦了的老婆的
已產不出甚麽的凹偏了的腹部

情人喲，你該給我，於我心
於永恒的長空奇異底甜甜的祕密裡
以虛無和黑暗和懼怕的死而開花的氣味
給予生命，和靈魂，行爲，和陶醉吧

從混沌裡像神以祝福
創出最初的愛那麼
穿陷在患疥癬的大地的黑穴
抑壓着快樂的擁抱而喘息的廻聲

可是在盲於罪惡和病痾的這世上
歡欣是麻醉，美是誘惑
行爲是無意義，幸福是痴話
連悔恨也像消逝在乾砂的水似的

情人喲，夏娃，把窗打開吧
眺望這深夜都市的許多屋頂吧
豐盛的金色的燈逐漸熄滅
濃霧的長襤褸化爲白痴的沼澤的瘴氣

患熱病的赤裸的骨片睡着
彷徨於這黑暗的廢坑的
尋找生活的汚物而徘徊的
都是飢餓的寂寞的狗影而已

我們在最初擁抱時的，那震顫和恐懼都已無
我們祇是等待着落寞的自然荒廢而已
一邊擁抱着睡在倦怠的沙地
愛與恨，祇是顯示着靈魂的不在嘛

智慧之樹已枯，太陽空轉在天空
煤煙浮遊在華麗的牢獄上
在黃昏地平的際崖，燻着未來的苦惱和
不感無覺的物質而已

然而，寧可再一次互相擁抱着
重新回味那最初的歡欣吧
被阻在運河的水閘門
像纏繞在腐爛的狗屍的蛆虫那樣
情人喲，我呼喊你的名字。

（摘自「荒地詩集」）

按：譯者在『笠』詩誌第一年連續介紹日本戰前近代主義的詩人和其作品，雖尚未完結，但『笠詩叢』第一輯即將出版。其未經介紹的詩人北川冬彥、岩佐東一郎、城左門、安藤一郎、竹中郁、村野四郎、江間章子、丸山薰、菱山修三、神保光太郎、阪本越郎、野田宇太郎、木下夕爾、立原道造、津村信夫、中原中也等均已收錄在『笠詩叢』的「日本現代詩選(一)」。故自本期起改爲介紹日本戰後的現代詩人及其作品。

關於三好豊一郎

三好豐一郎 (miyoshi Toyoichiro) 係形成日本戰後現代詩第一線的詩人。屬於詩誌「荒地」。

在日本現代詩，表現了戰後的主題最有統一的，成爲結晶的，可以說就是「荒地」的同人們，「荒地」於一九五一年發刊；在其卷頭發表了共同的宣言，比喻現代爲荒地，說：「從破滅而脫出，向滅亡抗議，就是我們對自己的命運反逆的意志。亦是生存的明證。如果我們或你尙有未來，那就是依據於不絕望現在的生」。又說：「不滿意於平安，發出疑問，銳敏地發動注意力器官的耳朶，爲一層深深地認識自己的生，依頑强的耐力繼續知的探究，——以這樣切實的精神努力，我們該向現代的荒地邁進」。而表明了向新的人性的探求。這種，似於戰前的近代主義有所缺乏的倫理觀是據於戰爭教示的「因 humanism 的無秩序和混亂，和唯物性的近代世界觀的厚顏無恥，才被遺忘了宗教性倫理性的絕對價值，因傳統的喪失和權威的崩壞，現代已變成了語言的不信用時代」。才產生來的。

這些「荒地」group 的詩人們，在戰前也是承受 modernism 的流派寫詩的。三好在戰前是屬於「新領土」的 menber。一九二〇年生於東京，早稻田大學專門部政治經濟系畢業。年少熱愛繪畫，受詩人北原白秋的影响進入詩壇。除屬于「新領土」外並在「LE BAL」「詩集」「文藝汎論」等雜誌發表詩。一九四一年患病在家療養並編輯「故園」「椽」等詩誌。以詩集「囚徒」榮獲第一回詩學獎。

稿約

一、本刊園地絕對公開

二、本刊力行嚴肅、公正、深刻之批判精神

三、本刊歡迎下列諸種稿件

A、富有創造性的詩創作

B、每期提出的專題筆談（限六百字內）

C、外國現代詩的譯介

D、外國詩的各流派基本理論，宣言譯介

E、獨特看法的創作理論

F、深刻、公正的書評

G、外國詩壇通訊

H、外國重要詩人研究介紹

四、本刊第八期截稿日期

A、詩創作，在六月三十日前寄下

B、其他創作，在七月十五日前寄下

五、寄稿處：

A、詩創作：寄彰化市中山里中山莊52之7號林亨泰收

B、其他稿件：寄台南市民族路六巷一號何柏勳收

一個詩人的獨白

我是否定流行的

村野四郎作——桓夫·錦連合譯

要讓別人瞭解我的詩是何種性質的文學，當然最好是請別人直接來閱讀我的作品。但若祇拿出一兩篇作品，被作爲像拋錨了的，在不動狀態的船隻一般來鑑賞或批判的話，我是很難贊同的。因爲無論我的那一篇作品，從來都未達成我所企望的那種詩，同時我自己也爲了希望能藉每一篇作品，進入不同的新的詩底經驗世界，所以不但是認識的領域之廣度或深度，甚且在新的形式或樣式上，我是繼續不斷地實行着種種實驗的。

然而更正確地說，迄今爲止我所寫的作品中，可以說沒有一篇是能給我滿意的。因此在這裏，我認爲除了祇敍述諸如想要寫何種性質的詩等想法以外，暫不具體地舉出自己的作品似較爲妥當。如果在別處看到的我的詩，與我的想法有所矛盾的話，認爲是我的不够成熟或嘗試的失敗所致也未嘗不可。

首先，我是希望盡可能地把詩解釋爲更廣義的；絕不說如何如何的詩才是眞正的詩。譬如對於喜歡說薔薇的花或宮人草的花才是眞正的花那樣的左派詩人或現代主義詩人的習慣，我是時常警惕自己不要太過份的去關心。只要是美好的花就必有各自的風雅，主要的問題就在於如果是假花那就無聊的了。要判定它是眞正的花或假的花，則除了需要經常回到的詩學（詩的法則）上來細想詩的本質以外，別無他途。

雖然某種文學在一個時代的背景之下，有時會發揮特殊的威力確是事實，同時我以爲也應該是如此，可是這種時代性往往非常可能地會產生出廉價的流行（Fashion）。然而這種流行就會漸漸地使得像祇有薔薇的花才是眞正的花那樣的思考廣汎地蔓延下去。例如「被撕裂的愛」啦，「失眠的夜」啦，和「沙裏的骨頭」啦等等，使人誤認爲好像不佩上這種徽章，作爲詩人的制服就沒有價值了。這不僅是對於體裁（Style），而且對於思考同樣也可以這麼說的。我常告誡自己，對這種廉價概念的風俗，應保持相當的冷漠。

所謂流行畢竟是要創始才有意義，單要追隨它是無需絲毫精神努力的。倘若我要與流行發生關係，我只是希望能够成爲它的鼻祖而已。

我之所以對詩的體裁或詩的思考之流行提高警，不外是要避免詩的標準化，希望對事物保持着屬於自己獨有的新的認識方法而已。我決不是在拒絕「被撕裂的愛」或「死者的口」。若我不祇是做爲一個詩人，而要做爲一個「人」誠實地活在現

代，這種現代的社會現實，當然能成爲我的詩的重要主題，我只是不願以類型化的暗喩把這種模糊的氣氛納入詩裏而已。因此我的詩裏面假使有現代的苦悶，疑惑或對社會的抵抗意識，那是必然的結果，並不是爲了有具體目的的。這與我對詩的根本想法是毫無關係的，我認爲詩是一種無償行爲，且並不是爲了何種目的而要作成結論的方法。

但是我也不認爲像北園克衛（註1）所說的「詩人要以詩來抗議社會現實就等於疊蓆商人要以塌塌米來抵抗世界」那樣愚蠢的事情。雖然我並不是爲了要抵抗才製造塌塌米，但被製造出來的塌塌米如果能調整人的社會秩序或防禦社會的罪惡也就不無益處，同時對塌塌米的力量，我也不抱着那麽自我悲觀的想法。在這一點我深知我絕對不能成爲北園克衛那樣純粹的藝術派詩人。

雖然如此，但我也同樣不能成爲所謂有意識形態（Ideologie）的詩人。理由是這樣的：如前所述，當我想要做爲一個誠實的社會人之時，威脅着我們理想的連帶關係之種種矛盾或不合理，當然會成爲我的重要關心事，同時我也認爲這種關心事會成爲我的詩的許多動機，但是我以爲比這個更重要的應該是在自己的內部，如何去設定基準來測定怎樣才是我們人類的正當狀態，或何種社會狀態才能算是不正常。

所以我常企圖對於如生或死等人存在的根本命題，以及不僅是我自己，且對於圍繞着我的一切事物的本質，欲給與存在論上的考察。在許多場合，我們慣於歷史或傳統的思考，往往在無意識中或習慣地過着容易對事物予以極爲方便的承認或肯定的生活。我欲致力破壞這種不知不覺之中會在我或事物的周圍形成並且會隱蔽其本質而使其模糊的方便性的觀念。這便是我之所謂文學的抵抗的原因。

我是一個饕餮者

我在自己的詩中或要批判別人的作品時，極端嫌惡日常性的理由也是在這一點。且對西脇順三郎（註2）在其詩法所說的「罅隙的藝術」持有强烈的親切感，也是由於這個緣故。西脇說：「在人生通常的經驗關係之世界裏，由於繁茂着種種複雜的東西使我們不能看到永遠。我的詩法就是在這種世界裏要製造罅隙而埋植炸藥的。我便從那個破壞口窺視永遠」。他的永遠便是事物的本質，也可以說是里爾克的神。柏格森（註3）也曾說過「所謂詩的情緒乃是直接與存在接觸時所感到的一種亢奮」。這也是同樣的想法。當然詩人是欲直接與存在接觸才去寫詩，可是許多詩人不是爲了要寫詩反而走到了存在與自己之間放下不透明的帷幕的那種可悲的地步麽？我總是常告誡自己不要走到如此糟透的地步。的確再沒有比祇作瞪着永遠的模樣而實際上什麽都沒有看着的情況更可悲又滑稽的了。每想到自己也許在不知不覺之中，同樣地製着這種流行的姿態時，我常忽然感到羞恥而臉紅。

有人曾對我說「雖然一般認爲你是現代主義的詩人，但實際上並不像那樣」。近來一提到現代主義詩人，就被認爲是超現實主義者或其Style的亞流信奉者。但眞正的現代主義精神，並非在於那樣表徵着一流派（E'cole）的Style。那是一種極端的藝術底反逆精神，尤其是一種對我們的時代非有必要的，不適應的一切傳統或習慣的激烈的抵抗精神。在詩上乃是以

其主題（Thema），律動（Rhythm），意味，心象，或其他一切的全部表現型態，來對文學的古老傳統企圖反逆的精神。所以我覺得被認為這種眞正意義上的現代主義者是無上的光榮，但若是被納入Style上的現代主義者的範疇，我就要提出抗議。我本來就反對以Style來辨別流派，並且希望以自己的Style來寫詩。我並不想借用或自認正借用着現代主義的Style。我以自己的詩乃是屬於這世上獨一無二的這種自負來寫詩。雖然這也許是非常荒謬的想法，但可能或不可能是另一個問題，這便是我的理想和信念。

當然我充分瞭解，曾經批評我為「雖屬於現代主義者的譜系，但不像是現代主義者」的那個人的眞意，乃是要指出我的詩裏的現實意識或題材，與形式化的所謂現代主義者有着不同的性質。但畢竟我並不是形式主義者，也不是Ideologist，而是像介乎其中的一種結合種種形式而成的中間物。並且我極希望在那裏佔據着我自己的獨特的位置。總之，我是順從艾略特所說的「在拘泥於題材的詩人，事實上詩尚未發生，而拘泥於形式的詩人，詩則早已消滅」的那句忠告，為不使詩消逝而在其中間漫步的。

還有某批評家曾以半責備的口吻非難我為詩的饕餮者。這大概可以解釋為認為我也許是祗慣於喜歡以詩人這種人種的眼光觀看現實的一個忠告。對這一點，的確我自己也覺得大有告誡自己的必要。

但是究其根源，除去詩的魅力之美以外到底還有什麼呢？如休謨（註4）也說過的，除了對美底情緒之熱烈的追求以外，不是別無他物麽？世上的詩人都以種種的姿態寫詩。只有他一個人擔負着一切現代的苦悶那樣，以綳起眉頭和悲哀的表情，或者是要探求新的人性那樣，以極為痛楚的探險家的打扮寫着詩。但事實上，都是被這種究極的慾望所驅使而去寫詩的。當然這樣就可以了。卡夫卡（註5）是這樣講的：「雖然杞爾克葛（註6）說，對存在，是否要把它審美地享受，或要倫理地體驗呢？但我反對這種設問，『這個抑或那個』不過是存在於杞爾克葛腦中的念頭而已，因為事實上，存在的美底享受是祗有通過謙虛的倫理體驗始能達到的」。事實確是如此。

在這種意味上；並非只是一個靠不住的幻想的饕餮者之意思的範圍內，我是日夕盼望着能成為最大的饕餮者。

其次，至於對這種詩的想法以及藉此而抓來的內容，應如何在所謂詩的一種文學形式上表現的問題，則除了詩的唯一的手段之語言的問題以外，並沒有其他的了。

在詩上的語言之機能和日常生活上的語言之機能，當然是迥不相同的。這已無需贅述。日常上的生活用語，只要能傳達意思其任務即可完成，但在詩上的語言，却祗傳達意思是不够的。由於需要傳達用論理也難於說明的，甚至於有時連意識下的世界也需要傳達的關係，祗藉普通一般的語言的機能到底是不够用的。這已無需再三在此闡明的了。休謨也認為「詩的方法乃是要傳達，以平常的語言或平常的表現就會遺漏的某些東西之一種嘗試」，而强調了比喻表現的創造之必要。同時艾略特也說過「對生存的種種複雜的問題之反應，必然會超越普通的表現範圍而趨於極端複雜，因此詩人就必須要以暗喻，象徵，比喻等手段來類推地表現自己」。於是，詩的文章就成為語言機能之非常微妙地互相糾纏的場所了。這樣就無論如何也不能成為日常生活上的語言的世界，或散文上的語言的世界那樣平易近人的了。要使它成為詩，在某種程度上，詩之成為難懂

的文章是絕對必然的命運。

因此我從未抱過奢望，要使自己的詩成爲百萬人的文章，同時也深知那是在原理上屬於不可能的事情。可是詩既然以社會底傳達性做爲本質，我就絕對不能服從以這種原理作爲護身符，來耽迷於其難懂性的。

我可以告白，爲防止這種不可避免的傾向於最輕微的程度所做的努力之中，正有我的詩法之一個基盤所在。因而我要拒絕被稱爲詩語的，詩文學特有的專門用語或語言的特殊用法。實際上時下最風行的許多新奇的詩，無論怎樣想也不能說它是正常的文章。那些發瘋似的奇妙的文章的捻弄法，可以說正是耽迷於那種難懂性的最好的佐證了。如此廉價的自大感和不知覺或自炫博學的虛飾主義（Snobisme）是我所不屑爲伍的。我寧願以平易的語言之極爲自然的配合（平易的方法）來盡可能做出複雜而廣闊的暗喻的感覺世界吧。

這雖然也許是一種奢望，但任何日常的平凡語言也內涵着近乎無限的意味的世界。只是爲了日常生活的方便，這些語言的機能僅被慣用了其一面而已。發掘在極爲普通的語言裏被遺忘的機能，且由此要創造出怎樣複雜的比喻的世界也均屬可能，同時我相信如此才是真正賦於詩人的純粹的工作。這一點我覺得與休謨的見解和敍述稍有難於贊同的部分。

我就是希望使用這種平易的語言，使讀者乍看之下不覺後它就是所謂詩的一種特殊的文學那樣，以普通的文章來從事寫詩。

（譯自「現代詩的探求」）

註1：請參閱「笠」第二期，陳千武：「關於北園克衛」。

註2：請參閱「笠」第三期，陳千武：「關於西脇順三郎」。

註3：柏格森（Henri B'ergson 1859~1941），法國哲學家。一九二九年獲得諾貝爾獎金。曾以，「關於意識的直接與件」（Surles Donne'es immediates de la Gonscience），「物質與記憶」（Matie're et Me'moire），「創造底進化」（I' Evolution cre'atrice） 等著作，反對主知主義和機械主義，而並所主張的直感主義和生命主義曾給與廿世紀初葉的思想界有鉅大的影響和感化。

註4：休謨（T.E. Hulme 1883~1917），英國詩人，批評家。曾參加意象派（Imagism）運動。譯作有柏格森的「形而上學序說」，死後刊行「思索錄」與「關於語言和文體的備忘錄」。做爲批評家，他的主張古典主義和反對文藝復興以後的人道主義之獨特見解，對現代文學和藝術的根據有很大的影響。

註5：卡夫卡（Franz Kafka 1883~1924），德國表現主義作家。致力於描寫人的深層心理，後來超越了表現主義而接近象徵主義，爲一個存在主義文學的先驅者。代表作有「觀祭」，「審判」，「城」，「變身記」，「America」等。

註6：杞爾克葛（S：oren Aaby KierKegaard 1813~1855），丹麥的哲學者，基督教思想家。追求對神的人的個別之存在方式而開拓了現代的存在哲學。著作有「這個抑或那個」，「致死的病」，「不安的概念」等。

笠下披沙

詩與現代詩人創作的立場

石湫

現代詩人讀了「唐詩三百首」必然會有一種「不足」的感覺：這種「不足」的因素，在讀者自覺之前反而成爲它流傳的原因；甚至於會認爲：其中大部份的作品雖具有完整的舊詩的「格式」，但以現代詩的「觀點」來衡量根本不是詩！

這是事實，而且是有些人所難以承認的事實。一切有關「詩」爭辯的焦點可說在於「詩的本質」之觀念不能取得一致。但也只有在「什麼是詩」這個終極的問題未獲得定論之前，自古以來的「詩論」才不致於都是廢話。

詩史上的改革變遷我們稍加思索當會發現：一種新的刱作手法往往會帶來一種與之相稱的新形式。所謂新的刱作手法意謂一種「刱作觀點」(Point of View)」的改變或重新選擇。換句話說，是詩人刱作跟立場的重新選擇：

①「窈窕淑女，君子好逑；逑之不得，輾轉反側」的時代，詩人與所生存的世界是一致的，至少是前呼後應的；

②「文章千古事，妙品偶得之」的時代，詩人居於所生存的世界裡，至少希望他的作品能够「藏諸名山，傳諸其人」；

③「我歌月徘徊，我舞影零亂」的時代，詩人居於所生存的世界之外，而以自己幻想的世界爲核心。

然而現代詩人刱作的立場又是怎樣的呢？從現實到幻想，從客觀到主觀，從古典到浪漫，從「世界即詩人」(The World as Poet) 到「詩人即世界」(The Poet as World)：這些都是現代詩人所必須超越的！現代詩便是現代詩人焦急地從生存的環境中跳到環境外來，對周圍的世界予以報復性的反抗姿態所寫下來的。

毫無疑問，做爲一個從Objective Poet 跳到 Subjective Poet 的現代詩人，是完全覺醒了的：從情緒時代走出來，從幻想的象牙塔走出來；面對着所生存的世界，他不再是個謳歌者而是個剖析者；不再是旁觀者，而是透視者。現代詩人的

心靈便是這種絕對精神的反射；現代詩便是詩人自覺地熱求這種精神所忍受的「刑供」吧了。

但是！現代詩人以這種基本立場的出發點的刱作手法，帶來什麽樣的「新形式」呢？

慢車廂中

作者：季　紅
原載：「野火詩刊」創刊號

守望。
此外　是
迷惘
此外　是
怔忡
此外　是
作夢
此外　是
厭倦以及無聲的叫喊
（靈魂，遠遠地，在前方呼吸）。
此外　是枯萎的頭顱
以及可笑的肢體
任誰都是一團模糊

一、「守望」便是作者刱作此詩時的基本立場；作者與「此外」的世界存在於一種絕對的關係中，有如面對着手術臺上蒼白的病人，以透視的眼光一一加以剖析，直到「靈魂，遠遠地，在前方呼吸」——我們不能不為這位詩人的手法犀利而感到顫慄。

二、我們生存的「人間世」就這麽赤裸裸地顯現在眼前；一副令人觸目驚心的「任誰都是一團模糊」的場面，便在詩人毫無妥協的冷然的筆觸下完成。沒有哀傷的呻吟，但感受之沉痛甚於哀傷；沒有悲憤的吼聲，但精神上生存的痛苦已超過憤怒。

三、每一首現代詩的形式應該是異於任何曾經存在過的；現代詩刱造一種沒有固定的「新形式」的努力，正像每個現代詩人努力刱造一種「新風格」，建立一種「新傳統」一樣，將成為詩史上最豐富而多彩的一頁。未來新詩的發展，此一傾向殆無可置疑。

談一首梅士菲爾詩的翻譯

楓堤

A

約翰・梅士菲爾（John Masefield, 1878～　），一八七八年六月一日出生於赫勒霍德夏（Herefordshire）。律師之子；可是他却不願呆坐書桌，十四歲時跟一艘商船，旅遊海上，飄泊了十年。結果到了美國，當地毯工人，在格林維治村（Greenwich Village）（此地因藝術家及作家聚居而聞名）一家沙龍當侍者。後來，因讀到喬叟（Chaocer）的作品，受到這位十四世紀詩人的人道主義所啓發，開始把自己的生活經驗寫入詩篇。回到英國後，於一九三〇年，繼布立哲士（Robert Bridges, 1844～1930），膺任桂冠詩人。

梅士菲爾，以描寫海上生活的詩爲最有名，這些詩都收在「鹽水歌謠集」（Saet Water Ballads, 1902），以及「歌謠與詩集」（Ballads and Poems, 1910）中。

The West Wind，是「鹽水歌謠集」中的第三十四首詩，描寫詩人，因西風的呼喚，而深切地懷念着故鄉的情景。這也是一首『宜乎詩選的作品』。

(B)

The West Wind　　John Masefield

It's a warm wind, the west wind, full of birds' cries;
I never hear the west wind but tears are in my eyes,
For it comes from the west lands, the old brown hills,
And April's in the west wind, and daffodils.
It's a fine land, the west land, for hearts as tired as mine,
Apple orchards blssom ther, and the air's like wine.

There is cool green grass there, where men may lie at rest;

And the thrushes are in song there fluting from the nest.

"Will you not come home, brother? You have been long away.

It's April and blossom time, and white is the spray:

And bright is the sun, brother, and warm is the rain;

Will you not come home, brother, home to us again?

"The young corn is green, brother, where the rabbits run;

It's blue sky, and white clouds, and warm rain and sun.

It's a song to a man's soul, brother, fire to a man's brain,

To hear the wild bees and see the merry spring again.

"Larks are singing in the west brother above the green wheat

So will you not come home, brother, and rest your tired feet;

I've a balm for bruised hearts, brother, sleep for aching eyes,"

Says the warm wind, the west wind, full of birds' cries.

It's the white road westwards is the road I must tread

To the green grass, the cool grass and rest for heart and head,

To the violets and the brown brooks and the thrushes' song,

In the find land. the west land, the land where I belong.

©

西風（註1）

覃子豪譯

西風，暖和的西風裡充滿了鳥聲；
未聽到西風來，淚水已在我眼裡浸潤。
因爲，它是來自西方古老的褐色的丘山，
西風帶來了四月，帶來了水仙。

西方的大地是美好的，使心倦怠，像我一樣，
那兒蘋果園在開花了，空氣是酒一般的芬芳。

那兒清凉的綠色的草地，可以讓人安臥；
那兒許多的畫眉鳥在巢裡吹笛，唱歌。
「兄弟，你不想回家嗎？你離開家鄉很久。
四月，花開的時節，花開白了枝頭：
雨是溫薰，太陽是光亮；
兄弟，你不回去，不再回到我們的家鄉？
「兄弟，在青色玉蜀黍下邊家兔在馳奔，
溫薰的雨和太陽，蔚藍的天和白雲。
這是激動腦海的火燄，安慰心靈的歌唱，
去聽野蜂的飛翔再去看快樂的春光。
「兄弟，在西方，百靈鳥歌唱在青青的小麥上邊，
兄弟，你不回家去，休息行脚的困倦。
兄弟，我有香膏治受傷的心，睡眠癒苦痛的眼睛。
西風，暖和的西風充滿了鳥聲。
這是向西方的蒼白的路，我必須前行，
回到綠色的清凉的草地，讓我的頭和心安靜，
紫羅蘭，白色的溪流和百靈鳥的歌唱，
在西方美好的土地上，是我居住的地方。

(D)

單譯輕暢，力求口語，很能傳達出原詩中水手口氣的神韻。尤其是第三節第二行，「花開白了枝頭」句，不受原詩句法的拘束，稍加變化，很是活潑暢快，比誰都譯得好。

這裡值得商榷的有：never……but……意思是「一旦……就……」，所以這裡譯成「我一聽到西風，淚水就在我眼裡浸潤」比較好。再有，第二節：

西方的大地是美好的，使心倦怠，像我一樣

此句，把 for 譯成「使」，剛好與原意相反。原詩意思是：對像我這樣疲倦的心靈，那西方的土地，是一片優美的鄉土。此外，brown brooks 譯成「白色的溪流」，想是疏忽。

(E)

西風歌（註2） 余光中譯

這是暖風喲，西風喲，充滿了小鳥的歌唱；
我每一次聽到了西風，就不禁淚水喲盈眶。
因爲它來自那西土，那蒼老而暗黃的山巒，
西風吹來了四月，也吹來了水仙。
那是片樂土，那西土，給像我一樣的倦心遨遊。
那兒有蘋果的園子在開花，還有那空氣如酒。
那兒有清凉的綠草，讓遊人躺着休息；
還有那畫眉唱歌，畫眉在窩裡吹弄橫笛。
「你不想回來嗎，哥哥喲？你已經長久不回家。

這是四月，開花的季節，白的是枝頭的繁花：
燦爛的是陽光，哥哥喲，溫暖的是那春雨；
你不想回來嗎，哥哥喲，再回來和我們歡聚？

「新秧已青青，哥哥喲，中間有白兎徜徉；
藍的是天，白的是雲，暖的是雨水和陽光。
再聽那野蜂營營，再見那快樂的春色，
像首歌安慰心靈，哥哥喲，像把火溫暖涼額。

「雲鳥在西天歡唱，哥哥喲，歌聲在青秧上飄揚，
你不想回來嗎，哥哥喲，回來把倦足休養？
我有香膏把傷心治療，哥哥喲，有甜睡把痛目醫好，」
那暖風啦，那充滿了鳥啼的西風喲，它如此喚道。

灰白的是西方的道路，我一定就要回去，
回到那綠草，那涼草，回去把身心安息，
回到那紫羅蘭，那暗黃的溪澗，那畫眉的歌唱，
回到那樂土，那西土，那一片我生長的故鄉。

(F)

這一首譯詩，有如山歌；而十三個「喲」字，則是弱輭無力的「蛇足」。至於一聲聲的「哥哥喲」，則讀來有如情歌，或時下的流行歌曲的感覺。

或者，余譯有意把此詩以歌謠體譯出吧？雖然，梅士菲爾的詩集題為「鹽水歌謠集」，而且此詩也具有歌謠形式，並使用簡單淺近的字眼，但不能算是一首通俗的歌謠，因為它缺少故事的情節，也沒有暗示一樁故事的關鍵。而此詩的結構、技巧、文字和描寫都很完美，尤其『二十七個W之聲充溢全詩，暗示着西風的吹拂』（註3），都不是歌謠所能比擬的，所以此詩只能說是具有歌謠形式的抒情詩。

但是，以歌謠來說，應以通俗口語來表達。由此譯詩，我們可讀到「盈眶」、「樂土」、「倦心」、「吹弄」、「溪澗」等等不通俗的字眼。

撇開歌謠的題目不談，這一首譯詩，還有很多地方不能令人滿意。在遣詞用字方面，部份使人有「非詩」的感覺，如「躺着休息」、「一定就要回去」句。談到所謂「詩的語言」，並不是說哪些字眼本身是詩的，哪些是非詩的。主要的是，如何駕御字彙，把它組織有詩的意味。

有些句子，連散文都不及格，因為在語意上大有問題。

如：

給像我一樣的倦心遨遊

如：

那兒有蘋果的園子在開花

如：

新秧已青青，哥哥喲，中間有白兎徜徉

此處，run 與「徜徉」有很大的距離；徜徉是「徘徊不

前」意，而**run**則是「急速進行」意，實不可同日而語。而**fire to a man's brain**，譯成「像把火溫暖涼額」，有不知所云的感覺。另外，把第三節的**corn**及第五節的**wheat**，都譯成「秋」，使意象薄弱。

最後我找到一句譯得很好，第二節的**air's like wine**，「空氣如酒」，很乾脆俐落，有餘韻無窮的感覺。如果加上有解釋意味的「芬芳」、「令人欲醉」、「醇」等等，反而不美。

此譯詩附有詳細的註解及分析，對初學者的瞭解此詩，頗有幫助。但字面上的瞭解，甚至意境的體會，仍然不能意味着即能譯成一首好詩，因為，譯詩，是一種再創作。由此亦可見譯詩是多麼困難的一件工作。

(G)

西風（註4）　葉珊譯

溫暖的風，西風啊，洋溢着鳥語；
我每次聽到西風，就不禁淚眼迷迷。
因它來自西方的土地，那古老棕色的岡巒
而四月在西風中，水仙在西風中舒展。
對類我疲憊的心靈，那西方的土地多優美，
在西方，滿園蘋果花開，空氣如酒般令人欲醉
那兒有涼涼的青草，供人們臥下小憩，
畫眉在輕唱，如笛的歌聲來自巢裏。

「你不回來嗎？弟兄，你已飄泊得太久，
這是四月，花開時節，皎白的是枝頭，
陽光如此燦爛，弟兄啊，雨水如此溫存。
你不回來嗎？弟兄，回到我們的鄉村。

「初生的玉米多青翠，弟兄，兔子在田裏徘徊，
這兒有藍天，白雲，有溫馨的陽光和雨水。
這兒有唱入心靈的歌，弟兄，也是暖進腦際的火，
回來聽野蜂的歌聲，回來看春季多快樂。

「雲雀在西方歌唱，弟兄，在綠麥田上歌唱，
你還不回來嗎？弟兄，回來歇歇你疲乏的脚掌。
我有傷心人的慰藉，弟兄，睡眠治痛楚的眼睛。」
溫暖的風，那西風這樣說，洋溢着鳥鳴。

我必須重走這條向西的白色的道路，
向綠草地，涼草地，去安頓我的心靈，
走向屬於我的美好的土地，西方的土地，
向紫羅蘭，那溫暖的心，和那書眉的歌聲。

(H)

大致說來，譯詩之難還不在於內涵的傳輸與形式的表達，而是在意境的把握與風格的傳神。我想，凡對譯詩有經驗

的人，對如何表現原詩之意境與風格這一點，莫不煞費苦心。而對一位詩人來說，當他從事譯詩工作時，不知不覺當中，就翻譯成類似於自己的風格了。但這不能怪譯者，因爲翻譯，畢竟是一種再創作的過程。

從覃譯，我們可讀出「海洋詩抄」來，因爲覃譯發表於四十三年，正與「海洋詩抄」是同一時期的作品。而當我們讀這一首譯詩時，也很容易連想起「水之湄」及「花季」來。

此譯詩很多地方值得特別一提，如第二節首句：

　　對類我疲憊的心靈，那西方的土地多優美

這一句法，比別人譯得稍微高明。又如第三節首句：

you have been long away

　　你就飄泊得太久

away 以「飄泊」譯出，值得稱道，雖然有些文縐縐。又如第三節第三句：

　　陽光如此燦爛，弟兄啊，雨水如此溫存

譯得比別家好。在第五節，且用上很口語的「歇歇」字眼。可是美中不足的是，還夾有「類我」、「欲醉」、「供」等字，減弱全詩的效果。

此外，第四節首句的「徘徊」，與余譯同樣毛病。其他如：「暖進腦際的火」、「野蜂的歌聲」句，也值得商榷。至於末節首句，有聱牙的感覺。此句當以覃譯與何譯（見後）最好，雖然「蒼白」二字，稍嫌欠妥。因 **white road**，應該是指海浪的意象。

(I)

西風（註5）

許達然譯

那是暖風，那是西風，充滿鳥鳴。
我幷無聽到西風，只淚在我眼裏。
因它來自西方，來自古褐色的山崗。
四月與水仙都在西風裏。

那是綺麗的土地，那是西方，正適合我疲憊的心，
那裏蘋果園開花，空氣如酒醇。
那裏茁長綠草，那裏人們可以躺下休息，
那裏畫眉鳥的巢傳來歌曲。

「你不回家嗎？兄弟，你離家已久，
現在是四月，開花時節，小楂花都白了，
陽光燦爛，兄弟，而且雨絲溫暖，
你不回家嗎？兄弟，再回到我們這裏？

「小麥綠綠，兄弟，兔子跑跳，
天空蔚藍，雲翳嚼日，陽光與雨和暖，
那是對人底心靈的歌，兄弟，對人底腦的熱，
再回來聽粗野的蜜蜂飛，看快活的泉水吧！

「雲雀在西方歌唱，兄弟，在綠色的麥上，
難道你不回家嗎？兄弟，歇歇你的脚？
我能撫慰你創傷的心，兄弟，使你受苦的眼睛安眠。」
到暖風，那西風，充滿鳥鳴的西風這樣說。

那向西的白路是我必走的路，
通向綠草，那淒涼的草，使心與頭休息，
通向紫羅蘭與熱情的心靈與畫眉鳥的歌曲，
在那綺麗的土地，在西方，那我所屬的土地上。

(J)

此譯詩，顯得太「硬」了些。詩與散文間畢竟有些距離的。用字方面，多處還待琢磨及斟酌。例如：「雲翳嚼日」，擺在舊詩詞裏也嫌彆扭的句子，竟在此用上了，這是很大的敗筆。再如，「小麥綠綠，兄弟，兔子跑跳」句，毫無詩味可言。又如，「那是對人底心靈的歌，兄弟，對人底腦的熱」，有「霸王之硬」的感覺。（此句當以覃譯較佳）。

首節第二句，與覃譯有同樣的差誤，未將 nexer…but 的眞意譯出。第二節末句，忽略了 fluting 一字，此字原意在形容畫眉鳥的歌聲如笛韻一般的悠揚。其次，wild bees，其他四家都譯爲「野蜂」，此處以「粗野的蜜蜂」譯出，略遜一籌。末節第二句的 cool grass 譯爲「淒涼的草」是不該的，以全詩的意境或意味來說，都不可能有「淒涼」的情趣或感觸（feeling），本意應爲「清涼」、「涼爽」等。

又同句的 heart and head，覃譯「頭和心」、余譯「身心」、葉譯「心靈」、許譯「心與頭」、何譯「心靈和軀體」覃、許太偏重直譯，葉譯則忽略了 head 所代表的「軀體」，因此，以余譯和何譯較眞確。

第五節第三句，以許譯「我能撫慰你創傷的心，兄弟，使你受苦的眼睛安眠」爲佳，與何譯相伯仲，生動，而又流暢。

梅士菲爾此詩，收入一九二六年出版的「詩選集」（Collected Poems）中時，把 Spray 改作 may，brown brooks 改作 warm hearts。因此，在通常的詩選裏，因爲所本不同，就有差異。葉、許譯所根據的即與前二家不同。原詩 Spray 改爲 may 後，使意象更加尖銳。may 可作「山楂花」解，這是一種在暮春開小白花的落葉喬木。

(K)

西風（註6）　何錦榮譯

西風，親切的西風，充滿了鳥啼
當它吹過耳際，令我心酸淚泣
因爲它來自西方，來自蒼褐的山裏
西風帶來了四月，帶來了水仙的氣息
在我倦怠的心靈，西方是一片美好的土地

那兒，果園開滿了花朵、空氣似芬芳的迷酒
那兒，爽朗的綠茵讓人舒臥
那兒，畫眉在巢裏不斷地傾吐心意

「還不歸來？兄弟呀，你已遠離鄉里
如今已至白花開滿枝頭的四月
春雨綿綿，陽光妮麗
兄弟呀，還不歸來，重聚在家裏？

「兄弟呀，青翠的麥苗下，野兎正在跳躍
蔚藍的天空和白雲，陽光和柔雨
去聽野蜂飛翔的嗡嗡，再望春光的歡悅
那是一個安慰心靈的歌唱，熱情洋溢在心底

「兄弟呀，百靈歌鳥唱在麥田上的空際
兄弟呀，難道你還不歸去，歇息行脚的疲憊
我將醫治你心靈的創傷，撫閉你痛苦的双眼」
西風，親切的西風，充滿了鳥啼

我要踏上那蒼白的路向西
回到綠茵爽朗的草地，讓心靈和軀體安息
回到有着紫羅蘭，白色的溪流和畫眉歌唱的
那片美好的西方。我居住的土地

L

按照發表時間，此譯詩應在覃譯之後，現在列在最末，為的是討論的方便。

此譯詩，生動流暢，最能傳達原詩的精神；它是經過譯者的消化後，再翻譯出來的作品，絲毫沒有生吞活剝的痕跡，它已不只是單純的一首譯詩，而是一首創作。尤其是全篇用一致的韻脚，那種輕柔歡暢的旋律，與原詩的W有異「文」同工之妙。

此譯詩的兩處瑕疵，是末節第一行的「蒼白」及三行的「白色」，與覃譯同犯毛病，見上述。

綜合上述諸譯作的推敲後，再讀此譯，有耳目一新之感。譯者自言：「用字不盡受字典意義的拘束，但字意可能盡求原著精神的理解。」我們試舉數例，以證其實。

例一：

Apple orchards blossom there.

那兒蘋果園在開花了　（覃譯）
那兒有蘋果的園子在開花　（余譯）
在西方，滿園蘋果花開　（葉譯）
那裏蘋果園開花　（許譯）
那兒，蘋果園開滿了花朵　（何譯）

例二：

It's song to a man's soul brother, fire to a man's brain,

這是激動腦海的火燄，安慰心靈的歌唱（覃譯）
像首歌安慰心靈，哥哥喲，像把火溫暖涼額（余譯）
這兒有唱入心靈的歌，弟兄，也是暖進腦際的火（葉譯）
那是對人底心靈的歌，兄弟，對人底腦的熱（許譯）
那是一個安慰心靈的歌唱，熱情洋溢在心底（何譯）

例三：

（最後兩句，請讀者自行對閱，不再重妙。）

在這些例子中，讀者可以自已比較，誰的譯詩更美、更明朗、更能打動您的心坎。

如此，便涉及翻譯的方法問題，即「意譯」與「直譯」之間的選擇與配合問題。這問題很大，且容易引起爭論。然而，簡而言之，譯詩並非僅僅字句的換文——逐字的解釋而已，也不是天馬行空，亂闖一陣。完全在字面的搬移，與「自由心證」的傳譯，都不可能翻成一首好詩的。那麽，不拘泥於原詩字句的順序與「字典意義」，而能完全表達出原著內涵的意義與精神，且能兼顧及原詩的風格，這便是一首好譯詩的必要條件了。

附註：

1刋於「文藝月報」四月號，四三年四月出版。

2見余光中：「英詩譯註」第一〇九頁。四九年五月初版。文星書店印行。

3同註2，第一一二頁。

4刋於「文星」月一期，五一年一月出版。

5刋於「野火」詩刊第四期，五二年三月出版。

6刋於「民聲日報」，四三年間。

現代詩用語辭典

吳瀛濤 編譯

模倣主義 Mannerism（英語）係從 Manner（習性、流派之意）造出來的語辭，意思爲以一定的表現法惰性地反覆使用，因而失了獨創性和新鮮味，嵌於固定的型式傾向。作詩時，尤須注意此點。瑪耶克夫斯基，這樣說過：「我不給人以使他們成爲詩人或使他們寫詩的任何法則。那樣的法則，一般地說，是不會有的。作出這些詩的法則的人，也正被稱爲詩人。這樣的例子很容易舉出。例如，數學者，是指創出數學的法則或補足發展，對數學的認識予以附加新的認識的人。最初把二加二等於四公式化的人，雖然用了兩支烟蒂加上兩支烟蒂而去發見這個眞理，但仍不失爲偉大的數學者。而後來的人，雖然甚至能把很重的東西，如把機關車和機關車應用上，不過他們却並非數學者。」再如說：最初說出了「妳像花那樣美」的人是詩人，然而以後說出同樣的就不是詩人，這都是在說明詩的獨創的價値。對於詩人來說，他的生命在於不時地發見及創作新的言語，因此應嚴戒模倣主義。

比喩 修辭上的一種方法。其方法爲，在於要表現某一種事物的時候，不把它具體地「說明」，而用別的事物「暗示」，以表現其所要表現的目的。

這方法，不僅在詩方面，凡所有的文學都採用，惟於忘用論理性說明的詩上，尤被重視。語言雖然具有驚人的神祕的機能，但對詩人的心理尚不能够表現完全。在詩，爲彌補此種言語的不完美，纔有比喩的方法。T·E·休姆，曾這樣說。比喩有直喩、暗喩兩種。亞里斯多德在其「詩學」中，以爲：在表現上，暗喩是最重要的。又荷拉提烏斯也認爲暗喩是詩人的重要技術；而說，如果沒用它，任何天才也無可奈何。實際上，爲使詩的機能完善，這一方法的自由自在的驅使，是不可缺乏的要件。

至於直喩，其原則爲，所要比喩的和被比喩的兩者，直接用「有如」一類的以表示類似的言語聯結。例如：「清晨有如鑽石般閃耀」這個句子，清晨閃耀的光景，則以鑽石直喩。在這種場合，兩種不同的事物間之類似性（Analogy），經常係

用績於「有如」下面的語言予以說明；即如早晨與鑽石的類似性，則用「閃耀」一句予以表明。

我們如果僅表現爲「早晨閃耀」，其閃耀的情況並未有表明。但用了「有如鑽石般」予以比喻，始能充實以前的意識和表現之間的空隙。

暗喻，則與直喻不同，對於說明兩者間的類似性却未加以任何事物；如此，其特徵爲，不像直喻將比喻的世界雖是明確却限定於狹小範圍。「伸張了一面藍玻璃的天空」；這個句子，藍玻璃是天空的暗喻，但未予以暗示「天空」在哪一點來說是「藍玻璃」。換句話說，於兩個語言的意義之間不予以提示相似性的說明，而僅僅給予結論，將類似性的發見始終委於讀者的想像力。

像上面所說的，由於直喻的世界雖狹小却明確，且具有說明性，叙述性，因此多用於散文；反之，暗喻因爲具暗示性，故散文不多用，僅被用於詩的世界。

不論是暗喻或直喻，所謂比喻這種方法，要以它的出於意外的比喻的提示，打破語言在習慣上的意義的表殼，並以它的衝擊使語言的機能一新。

優異的比喻，並非由於事物外表的通俗的類似，而是由於經過了兩者內面的事物性的解剖所發見的某一種類似性。所謂外表的通俗的類比，即謂有如「雪和糖」、「鳥和箭」、「冰和劍」等，因我們日常生活的使用，平庸化了的語言內容的通俗的接觸。

對事物的深奧的認識，則爲語言的廣大的領域。而持有此種廣大的語言的領域，始能自由地舉用予人以驚愕的比喻。在這一點來說，優異的比喻實則爲詩人能力的指數。

本質 Essence（英、法語）事物本來的性質，爲必然不可或缺的屬性，本性之謂。在所有現象中，祇是露其一面，本身却潛在於內奧的普遍性的存在。

通過變化無窮的現象，要抓其本質，對詩也極重要。倘如詩人對此不去注意，其表現將難免成爲陳舊的、概念的、類型的。有句諺語說：「不要祇看波浪，而要去看海吧」；其意則爲不要僅僅看波浪這種屬於海的一部份現象，如果祇是這樣，就是連波浪也終於無從好好地表現。須對波浪背後的深廣的海有了意識，纔能描出千變萬化的波浪之眞面貌，就是一付臉，或者某一項社會現象，都要經常探尋其本質，如是始能獲致獨有的，超於常識的深奧的表現。我們雖用詩的各種手法追求形象化，不過倘如缺少追求本質的嚴肅的精神，則未免爲僅止於爲手法而手法而已，也將逃不出技藝的範圍。

類型 Type（英語）在於特殊性和共通性，個性和普遍性等兩方的關聯之下，有某種共通的特徵，足以代表多數的個性之形式，那種本身具有個性的形式。另和典型區別，則用於與模倣主義有關，因而含有否定的意義，惟本來即解爲個性具有普遍性、共通性，而視爲帶有典型的意思。在藝術作品上來說，由於個性的表現使其帶有普遍性的方法，則爲寫實主義。從此會發生創造典型的課題。相反之，在浪曼主義的傾向中，可以看出强調個性，表現特殊性的方法。一般以爲類型性的作品不好，而無價値，因爲在這類作品裡，對於造出類型的共通較偏重，而致幾乎抹殺了其基礎的個性之故。

修辭學 Rhetoric（英語）修辭學，即爲預期表現的効果，研究語句的配排，表現的技術之學問，也可謂爲表達而去講究所有手段的學問。

亞里斯多德，與其詩論並論修辭學，在希臘、羅馬，此係最被注重的學問。其所屬的題目有：說服的手段，型式及配排等。

如此，修辭學初始則在於研究辯論的方法及法術而被重視的，惟至後世乃專指關于文章表現上的用語法而言之。且古時候的修辭學是爲要美辭麗句的高調有所必要的，然而在今日注重的却非文章外表的裝飾，而是爲要把思索、感情，忠實有効地表現，纔去研究言語的選擇及配置。換言之，即爲要研究使所使用的言語能够有最高限度的意義，對其位置予以研究，基於這點去認識修辭學。

更進一步說，在詩上對於修辭學的要求無外乎存於，應把一句言語於何時候，放於何種地方，纔會有何種機能，關于這種種言語本來的特性去加以體驗。

最近關于言語，有從心理學上考究的，這對修辭學加以新的解明。

據此，則以爲言語不僅爲傳達意志及感情的用具，而解爲它是認識的方法。人係以言語認識對象。而在這時候的言語，尙未能看見，也聽不見。惟言語的眞正的機能却於此時實現。德國哲學者海德格曾說：「言語實爲存在的住家」；其存在論的思考，乃與這種看法，在根源上有關聯。

再說，一般的修辭學，是把言語取換或變改其配排，那種行爲嚴格地說，既爲改變原來的認識本身之行爲，就不能說是眞正的表現法。

戰爭年代的鴿子

王勇吉

鴿子們被放逐在廢垣上
　他們的爪沾血
　他們疑惑的瞳仁
　　上下打量我
　且咕咕私語，傳遞着眼色
「鴿子，我是善意的使者
帶來你們歡喜的青豆」
猝然的一陣振翅的劈拍
這戰爭年代的鴿子
以食屍鳥的姿勢，齊撲向我
　　　欲瓜分我

工業時代

楓堤

鱷魚皮的鋼鐵們
　探伸尖齒的顎
頂彈性的湛藍的天空
玩着水球運動
那樣鏗然而立的
齒樁狀的樓塔
如果在歷史書上
或許會記載着悠沉的鐘聲吧
而現在　我是水族池內的
微生物——一粒綠色的水泡
依附着鋼鐵表親
蠕蠕攀昇着
然而　吱吱　却變成另一個方向
蹣跚沉降着

我是神

林宗源

我是神
什麼？向我燒香，不
不認識佛經，何必把我哄到廟堂

我怕那些許願，抽籤，燒金，我更
怕被裝上金身，奉上半空，活在儘
是烏煙香氣的鬼屋

拜拜了
你看，滿桌的牲禮，向我滿肚的柴頭
招呼，傻類竟拿起筷子一樣的香，
向我
什麼？好客的語言，來自唱保佑的
舌，什麼？
頭殼硬了，大賺錢了，好，好
可是，屁股捨不得寶座
「不，不要取走」
「還沒有象杯」
「不，不要吃啊！」
我是神

我是神
廟關了，眼看着小偷出去，死魚
一樣的廟公，醒了，突然，瞪着
兩粒鷄蛋一樣的目睭，對我赤裸
的身體發怔
却向我跪拜着
請我找回金牌，衣冠

報案了，警察也來了
看着我，我很不好意思

咬死着嘴齒筋，死也不說
不要再查了，求你

假如我是人，小偷
就要倒霉，不，不
我是神

我是神

（註）象杯：神允許之意

黑　黑街　黑

畢加 畢加 畢加

大黑筆點點塗一堆黑。

風。那麼個邪不邪，死不要臉的斂起便宜貨
一下子掀開門們的褲管
一條線內長着三三兩兩老鴇火雞眼
認命那麼的閉上眼珠

三兩匹三兩匹無主題情調的
葉啦。拉大嗓門
口哨聲，拍掌聲
一下子湧擠在這條餓腸子的空白

妻的肚皮

白萩·　·白萩

傾聽。在夜的暗室之中
蘇醒的種子伸欠
以咚咚的敲門聲。

寫一音符・喬林

一支樹在那里矗立。
一隻鴿從那里騰昇。
一朵澐於那里漫步。

這都是在一刹那發生的事件
——概括一切；包涵一切；
並且擯棄一切。

騰然超渡。驟驟
否定的懷抱自己，又
憐憫的揨除自己。
而在睹及另一音符騰昇時，
卒想哭泣起來的一尊
佛。僅僅如此
而已——

假日　桓夫

噢！太太　請忍耐一下吧
妳底右腿密接在我底左腿
妳底薰香
偎倚着我底重心跟隨着
鋼軌的飛奔妳柔軟的隆起抖顫在我底胸前
這種特異的場面
妳曾經和非妳丈夫的人有過經驗沒有？
噢！太太再忍耐一下吧　今天是假日
自惹煩忙的旅人密集在車廂裏
被擠得翻不過身來
很自然的情勢使妳不能排斥我
脚踏脚　又有人互罵起來了
人潮湧來又湧去
湧潮的壓力使妳無理由排斥我
在陌生的人羣裡
陌生的我們瞬間已是這麽親密
如果　如果妳我之間就這樣牽纒繼續一生……
那就不是快樂的假日
幸好這是短暫的一刻
如果　如果車廂和人潮和所有的眼睛
都忽然被炸毀消散了
殘溜着妳和我在這一片
祇有軌道橫臥的曠野上仍然
腿密接着腿——　那麽
妳會伸出臂膀擁抱我嗎？
噢！陌生的太太

蠶之歌

冰詹

吃，這就是我的天性。
我就是食慾的化身。
我認眞地吃。
我認眞地吃下現實。
我消化現實中的苦惱。
我是靠苦惱的營養成長。
總說，我拼命地吃。
我捨不得步行排泄的一點兒時間。
所以，我一邊吃，一邊步行排泄。
直到不能再吃的界限，
我才停下來。休眠，瞑想，
而從太小的自我中蛻皮。
瞬間，新的世界在我的眼前展開。
我重新變成食慾的化身，
向着新的世界猛吃。
再三再四，休眠，瞑想，蛻皮，
再三再四，向着新的世界猛吃。
我焦慮成長的速率太慢。
總有一天，我成長到我的極限。
我的食欲將一直減退，
我的思想和肉體變成透明。
最後，成了一個膠體的透鏡。
我接收陽光的花束，
我才發現我的靈魂在焦點上顫動。
啊，吐出白金色的光絲，
建築理想的宮殿的日子，
也許不太遠吧?!

作品合評

本刊詩創作選稿方式

本期於四月三十日截稿，計收詩創作五十六首，經編輯室執行初選二十八首後，以無記名方式，謄抄數份，分寄北、中、南部編輯委員，以優二分，良一分，不採取零分之方法，評分複選後沒寄還編室統計，錄用八篇，再以無記名油印分送北、中、南三地舉行作品合評。

選外佳作（限於篇幅無法一一刊載，向作者道萬分歉意。）

洞穴
柵下
悲哀的組合
兩夜獨白
夜曲
記憶的和弦
相思樹
埋影子的人
春雨
夢、很詩
古樹下
錯樣的驗
給外鄉人
病患者
圖桌上的假期
晨
月下
愁城
求雨吟
星夜

合評人

北：葉泥、洛夫、史仁義、李篤恭、李子士、吳瀛濤、杜國清、林煥章、林嘉錫、趙天儀、楓堤

中：林亨泰、錦連、桓夫、古貝、張效愚、彭捷、艾雷、王耀錕

南：張默、畢加、楊志芳、林宗源、葉笛、白萩、何瑞雄、郭文圻

戰爭年代的鴿子

杜國清　這一首詩表現上前後還算完整，讀後使我聯想起葉慈(W. B. Yeats）的麗達與天鵝（Leda and the Swan）那首詩。比較之下，這首詩顯得太「單純」了；沒有葉慈的詩那種使人震顫的力量和象徵的複雜性。但像「以食屍鳥的姿勢，齊撲向我，欲爪分我」這種句子多少也給人驚愕之感。

吳瀛濤　「鴿子」與「食屍鳥」的聯想，是否表現得太突然了？

杜國清　我想不會吧！以食屍鳥象徵「戰爭年代的鴿子」正是寓意所在。

洛　夫　我想比喻上的感性的聯接，頗有問題。

李子士　是否前後有比較性？

洛　夫　有和平的象徵意味。

李篤恭　這一首詩的比喻很平凡，表示消極的抗議而已，所以這一首詩的張力顯得很不够。

洛　夫　缺乏一種渾成，意象與語言之間的表現分不清楚。

李篤恭　對和平與戰爭的感受是很平凡的，好像這類詩在現代詩上已看得很多。

吳瀛濤　是够水準而已。

杜國清　這首詩的象徵手法過於單純，因此所象徵的世界過於淺顯，缺乏深度。葉慈的詩取材於希臘神話，但所象徵的世界具有高度的知識性和思想性，蘊藏着詩人深邃的意念，當然不是這首詩所能比較的了。

■

林亨泰　這一首詩題意是戰爭的年代，但鴿子是和平的象徵，雖然有對白，那只是作者的意思，而且對鴿子只是速描出來而已。本來這種體裁可以寫得長一些，但作者却一開始寫就結束了，未能適當發揮，甚爲可惜。

彭　捷　開始與結束很有意思，但戰爭年代對鴿子來說，不是和平的象徵，而是迷亂了自己。因此，人給了它青豆。而它却「猝然一陣振翅的劈拍」飛了，主題表現很好。

林亨泰　從開始到結束太快了。

彭　捷　多滲入一點形象的描寫似乎更佳。

林亨泰　這是很顯明的。

彭　捷　有一種現代普遍的苦惱。

張效愚　在戰爭狀態下，鴿子已不叫着和平了，而是一種懷疑。

錦　連　作者不是書房中的詩人，而是在外面認眞去看，對外界的一切感到有一種責任而去觀看，對內在問題以外的去追討一種新的意義。

林亨泰　二十世紀是戰爭的年代，詩人是敏感的，自然立於此世紀中，會有這種感受，是非常有眞摯性的。

彭　捷　戰爭年代中，人與人之間，不能够永遠保持互相間的友好，因此，令人有懷疑和平的意義的感覺。

桓　夫　「鴿子，我是善意的使者。
帶來你們歡喜的青豆」
這一節，令我們聯想到是描寫兩個國家的强弱之分。

錦　連　好像鴿子及作者本人都不大敢相信人類的存在。是一種强烈的諷刺，好像是一首好詩，但只有諷刺，我們所要求的應該是要把它的原因說出來。

艾　雷　第一段及最後一段很嚴肅，而中間却太鬆了。

■

張　默　在我的感覺，作者有年代的悲劇感與迷失感，第二段過門的表現不太好。最末一段表現擠壓的痛苦。

白　萩　我覺得第二段的表現也有深意，鴿子代表和平，在這戰爭的年代，鴿子已受傷並且驚駭，雖然我以善意，以鴿子喜歡的青豆去接近鴿子，而驚駭的鴿子却認不清對象仍欲爪分我。

楊志芳　涵意很好，已够深刻。但似應更入深，更精細的去描寫。表達仍是平面化。

畢　加　第一段表現戰爭後的殘破和平

面，第二段表示自我投入戰爭中，而自已太渺小了——善意的青豆。

林宗源 鴿子給人一看就曉得象徵和平，讀完這首詩我感覺鴿子有點變了質，好像是食屍鳥。第一段「他們的」。以鴿子或他來表現，較好。

白萩 我倒有相反的意見，仍採用「他們」較好。因爲「鴿子們」爲複數，以仍以複數的「他們」較好。

楊志芳 鴿子好像以人格化來象徵較好。

張默 對這首詩不是字句各別的問題，而是整個表現的問題，我感覺這種表現硬一點，不夠深入？……

白萩 是不是從這一首詩來看，覺得沒有什麼缺點，而離開這首詩來想，覺得不夠深入？

張默 就是這種意思。

工業時代

吳瀛濤 像這種題材，是很好的題材，若是在密度上和長度上加以發揮，是否可以更有發展？

杜國清 如果把詩比喻做「建築」，我想這座工業時代的「樓塔」一定會跨下來。

吳瀛濤 有一種新的建築的感覺。

杜國清 把鋼鐵比喻做「鱷魚」，不見身軀，哪來「尖齒的顎」？

趙天儀 是否比喻不够妥貼？

杜國清 不僅如此，從鱷魚皮到水球運動，到水族池內的微生物，不知如何聯想，甚至有點不倫不類。

葉泥 鋼鐵比喻爲鱷魚皮是不當的，把讀者的感受轉移了。

李篤恭 比喻前後不一致。

葉泥 作者的比喻；例如：「鱷魚皮的鋼鐵們」或「齒椿狀的樓塔」，都不甚適當。

李子士 有點懷古的味道。

杜國清 寫詩用比喻，我想是不得已的。不用比喻而能寫出「詩」最好。

趙天儀 象徵可以說是比喻的引伸與擴大，但比喻只能有形式的相似，而象徵却能有實質的拓展。

洛夫 比喻在形，象徵在質。

趙天儀 比喻只是形式的追求，象徵則爲精神的探求。

杜國清 什麼叫比喻，什麼叫象徵沒弄清楚前，這些話都是空洞的！

洛夫 要寫這種內容的作品，技巧還不够充足。

吳瀛濤 是否需要經過一段的時間？

趙天儀 是要經過一段實驗的階段。

葉泥 一開始就寫這類題材的話，不但寫不好，而且吃力不討好。

李子士 只是表示對工業時代的一種抗議而已。

葉泥 倒不如說只是表示無可奈何而已。

洛夫 詩素太貧乏，所以無論從那個角度講，就形式或內容而言，都還不够成熟。

杜國清 我不妨把剛才的話再說一遍：如果把詩比喻做「建築」，這首工業時代的樓塔一定會跨下來。

■

張效愚 從作者認識現代社會的意念中，可以看出他已把握住了時代的主題與詩的體裁。音樂性甚佳，但可惜表現上尚不够力量。

林亨泰 戰爭與科學是這個社會的兩大特徵，在齒輪下的感受使人類如微生物之渺小，此詩第二段的鐘聲，是機械的聲音，很主知，自己的感情很少寫出來，這首詩是把複雜的機械與自己渺小的感受融合在一起，所以說出鐘聲來。

彭捷 全詩意境似很朦朧。

艾雷 「鐘聲」與「如果在歷史書上」，說出了一種虛無的感覺。一般的大學生只會說他們是迷失的一代，但說不出爲何迷失了。

張效愚 以彈性比喻湛藍的天空很妙，因爲有雲就好像是天空有了彈性一樣。

桓　夫　人是微生物的這種表現是詩人敏感的感受。

錦　連　在工業時代的世界中，還有這種感覺，是很現代的。

彭　捷　作者本身好像很消沉。

艾　雷　工業發達了，人將來愈渺小，自然會消沉下去的。

錦　連　這首詩並不會流於道學觀念的描寫，目前，詩壇上很缺乏誠實的感覺。

林亨泰　消極與積極並不能單就渺小的感覺而言，消極往往也有挑戰性，而很富挑戰性的，也不一定是積極。詩的題材與表現，似乎應另用一種角度為佳。

楊志芳　這首詩從字句我無能力去推敲它，我祇感覺這首詩內涵較多，能給人回味之時間長些。

白　萩　我覺得這首詩不能給我們痛敲之感，現在好多詩均如此，有點躲躲藏藏，是因為表現不好呢？或是表現不出來，或是人生態度的問題呢？

張　默　整首詩的感覺氣氛還是不錯。第一段三、四、二句可圈，最後兩句不知道表現什麼，有多餘的感覺。

白　萩　我認為亦有表現對現時代的批評；把追求方向弄反了，以致反而掉下來。

畢　加　象徵意味很濃，技巧很好，第二段表現力欠缺。

林宗源　第一段很充足地把工業時代的尖銳性表現出來。

張　默　詩表現有過與不及兩問題，不管最後兩句表現什麼，最後兩句我個人感覺擬仍去掉，否則有畫蛇添足之感。

白　萩　我同意。

我是神

洛　夫　這一首很有戲劇性。

吳瀛濤　是說話性的詩。

葉　泥　是一種獨白。

李篤恭　是介於散文與詩之間的作品；但還是散文。

杜國清　這是一針見血！

吳瀛濤　這種詩的表現方式值得注意一下。

李篤恭　本以「我是神」為主，但作者把「我」與「你」含混了。

葉　泥　從這首詩的表現方式和字眼兒來看，可以說是本省詩人的作品，但在口語的使用上，有些是不妥當的，例如：「傻類」，「目睭」便是。

楓　堤　因作者用方言，要表現地方色彩。

葉　泥　是否適當呢？

杜國清　表現地方色彩，不一定是在方言上，最主要的還是在精神上。

李篤恭　不得不使用方言時，才用方言，不然，會使作品混亂。

葉　泥　從前有人寫作品，有不得不用上海話時，才用上。以這一首作品的實驗來說，是一種失敗的實驗。

李篤恭　太土了！

洛　夫　這首詩介乎戲劇與散文之間，而不太像詩，其中運用俚語方言的傾向是值得重視的，因為今天我們詩的表現符號（語言）太文，千篇一律的「文」，詩的生命就可能逐漸枯歇。

趙天儀　詩的語言一旦流於文縐縐的話，反而容易被語言所控制，而走上流行調。使用方言，要把方言國語化，也許有助於詩的語言的活潑性。

洛　夫　目睭既然就是眼睛，又沒特別表現什麼，實在用不着。「奉」是否為「捧」？「烏煙香氣」是否為「烏煙瘴氣」或「香煙裊裊」。

趙天儀　一半國語，一半臺語，成為臺灣國語，不純粹。

李篤恭　不必用臺語而用臺語，是不適當的。

吳瀛濤　要用方言寫詩，倒不如乾脆全用方言。

葉　泥　採用方言，也許可以把語言的範疇擴大。

李篤恭　不必要地引用外國語或方言，反而傷害了作品的純粹性。

李子士　方言的應用雖屬難得，但是作爲一個詩人，應對一國的語言之豐富負責，方言的應用若是喪失這種作用，就不足取了。

史義仁　如果用國語無法表現特定的意象，而必須以方言來代替，我個人覺得無此必要，果若是，不如全部用俚語寫成，否則即如文白相間，永遠扯不清楚。

趙天儀　用方言寫詩，例如西洋浪漫主義時期，英詩就頗受民謠的刺激與影響；我們中國古代的樂府，何嘗不也是影響了唐詩麽？所以，我認爲使用方言，要有技巧地吸納於國語，豐富國語的語彙，這樣，也可以增進詩的語言之豐富，何况閩南語也有許多可以有效地提鍊成詩的語言?!

張效愚　這首詩最大的缺點是排列不當，分行混亂，用這種方法寫散文倒不錯，但寫詩就不妥當了。

錦　連　那麽！分行問題是不是有一定的呢？

林亨泰　分行是隨作者的精神意向而分的，這一首詩很主觀，這也是一種寫法，一種不同的詩法，當然分行就不同了。

錦　連　此詩有幽默的氣氛，是一種「自我疏外」。如果作者不是站在意境的外面，而祇站在裡面的話，那就不能發出幽默感了。

林亨泰　也不是這種說法，這是因爲作者所運用的鄉土意念很濃厚，才會有幽默的感受。

彭　捷　這好像對臺灣人迷信的一種諷刺，但表現上不好。

桓　夫　他是打破了一切詩法詩觀，用土語寫出來，這也是很好的，雖然感覺上散了一點，但如以迷信來說，也是像這樣散的，因此，作者將這種混亂的情緒强調出來。

林亨泰　全詩如說有缺點，只是在於「我是神」這一句重複地使用，使得全詩浮現着都在强調神的偉大，但作者並不是神，全詩好像神的地位很重要，但其實不然。抒情詩的反覆用法是有的，但這首詩用得不恰當。

彭　捷　用字很浪費。

張效愚　這首詩用臺灣話讀起來倒是蠻好的。

彭　捷　那麽就是專給懂得臺語的人看的了。

林亨泰　對懂得臺語的人來說，很有親切感。

王耀錕　這樣也可以說是詩嗎？

林亨泰　那麽爲什麽不可以說是詩呢？詩並不必要限定於特定的某種模式。

桓　夫　能給人一種感動的就是詩。

張效愚　用簡練的文字去表達一件事情就是詩吧？

林亨泰　我完全反對這種看法，這種精神扣住於習慣化的語言，我們要逃出來，簡鍊是習慣法，是八股的，我們應該避免它。

張效愚　簡鍊不一定是八股的，如「妻的肚皮」就是簡鍊了，本來也可以寫得很長的，但是他却寫得很簡鍊。

林亨泰　詩的長短不能表示簡鍊的程度，只要用句妥貼適當，就是好詩，並不是從簡鍊的工夫去評斷，如果單指文字簡鍊，就太平凡化了。

彭　捷　詩之所以被誤會的很多，就是因爲沒有一種定型，同時簡鍊不簡鍊的事，合評就可以看出來了。

林亨泰　「簡鍊」在詩的創作最後過程是需要的，但目前不需要太講究，古詩受了形式的限制，新詩就不受此種困擾了，大家已從這種桎梏中走出，再要回到朦朧狀態，現在所需要的是了解的基礎，這是以後的問題，假使現在去强

調簡鍊，是會再度扣於以前的桎梏。

張效愚 我認爲並不是形式的問題，詩到底是什麼，各有不同的說法，有人說詩是語言的藝術，而馬拉美等人認爲詩要留七分給讀者去聯想，各自看法不同，我認爲現代詩最大的毛病就在於寫給自己欣賞，而不是給大家看的。

林亨泰 目前重要的是怎樣把這兩種無法湊成的問題湊成起來。

彭捷 作者應該是自己表現出自己的，而不是去迎合讀者，這種創作才不會受到限制，得以全力發展。

畢加 這一篇詩似乎像一篇小小說。意象捕捉很好。技巧欠濃度。

張默 我感覺這首詩有詩劇的味道，如果再濃縮一點，效果一定更好。

白萩 很多人，會認爲這不是詩，但在本質上此詩詩味很濃厚，可說質重於形。作者的人生批評意味很重，似乎在走大衆化的路線，所以均用淺顯的技巧文字。

楊志芳 我感覺他的意境及作者寫作的技巧方法及結構，非常的好，但是趣味化很濃厚。

張默 不，這首詩是應該具備這種戲劇性的。

白萩 這種戲劇性，以前報紙也登載過。一個廟裡的神，身上金牌失竊，却對神占小偷爲誰的事情，是對愚笨市民的神觀的諷刺。

畢加 這首詩有葉笛翻譯；波特萊作品，「香水瓶與狗」的技巧。有淨化自我的清高感。

白萩 這完全祇是對神這觀念的批評。

張默 我感覺此神非里爾克的神。而是中國的。

葉笛 有諷刺性。一、是對人性的諷刺，他們對神的膜拜祇是爲了現實的好處和對現實迷惘，想要求得一種依靠。二、同時神對自己受膜拜感到一種痛苦，他之所以痛苦，因爲他不爲能給人什麼東西。此詩表現方法近於藍波的對話表現一種詩意。

林宗源 這是什麼詩？哈哈，假如你們要我說，我祇有咬死着嘴齒筋死也不說。

黑街

李篤恭 這一首詩第三行「一下子掀開門們的褲管」，是雙關的寫法，但對妓女的描寫，還不够深入。「拉大嗓門，口哨聲，拍掌聲」三句很失敗。

葉泥 這一首寫法有問題，問題是在被瞭解的可能性。

趙天儀 我想是語言上的問題最大。

吳瀛濤 好像是酒家兼妓女戶的地方。

杜國清 開頭一句「大黑筆點點塗一堆黑」，讀來蹩蹩扭扭，簡直是文字的浪費。

吳瀛濤 表現得很膜糊。

杜國清 作者表現的失敗，主要的是在文字上。

葉泥 我們隱約可以想像到是有內容的。

杜國清 「三兩四三兩四無主題情調的葉啦」這究竟味着什麼呢？

李篤恭 是嫖客吧！今天合評到現在，還沒發現够水準的。

杜國清 指嫖客？硬猜的吧？

葉泥 現在我們不要有過於苛刻的要求，硬是要從鷄蛋中敲出骨頭來，而是表現得稍完整些，過得去的就行了。

史義仁 「黑街」太恐怖，是否改爲「花街」好些。

葉泥 寫詩，第一個就是要有節奏，上口，順嘴，很自然地表現出來，這樣還可望有佳作產生，而語言艱澀難解的，則不可能有好作品。

洛夫 「死不要臉的斂起」究竟是何用意？這首作品最好不用。

李篤恭 我主張不把這首詩刪掉而不登

，因爲我覺得這首詩不亞於其餘的七首。

■

張效愚 作者在這首詩中表現出對花街的感受，想用新的語句去表現，這是好的，但這些新語句却有很多不切合主題的語病。

彭　捷 雖然有語病，但我們仍可看出他所表現的是什麽。

錦　連 詩中也容許這種存在。

林亨泰 這首詩寫得很緊湊，比較有力。

張效愚 作者喜愛使用例說法。

錦　連 也許是不滿意於習慣的表現法吧！

張效愚 可能是如此，但表現得並不完好。

林亨泰 一堆黑、風、褲管、葉啦，等雖然省掉了很多語句，但仍可以看得出他所要表現的，這是一種暗喻的功用，可刺激想像力。這首詩最令我感動的是「風」「與葉」，「風」吹「葉」飄，「風」如果是客人，那麽，「葉」就是妓女吧，「風」「葉」與「嫖客」「妓女」無關，但詩人才能很高，竟把這些無相關的東西湊合在一起，我認爲這種表現才是眞正的簡練。這是手法簡鍊，而不是詩的簡鍊，一般人往往把這種誤認爲是文字的簡鍊，「我是神」一首是使用明喩的，明喩當然要比暗喩鬆些，但都各有千秋而若要求，「我是神」一首詩其文字的簡鍊，那就失去它的美好了。簡鍊是隨表現法而定的，「我是神」一首的「我」、「神」，是不能太過於簡鍊，而這首詩的「風」，「葉」，沒有我的表現，就必須要緊湊一點，好像「風」來，「葉」就有無可奈何的感覺。

■

葉　笛 黑街恐怕是花柳街吧？

白　萩 倒像是冬天的街吧？

張　默 也許是詩人心中的街吧？

林宗源 差不多。不過這條街好像不太黑。

葉　笛 我覺得這首詩的主題，好像在鞭韃現實的醜惡，但是就像最後一句，一下子湧擠在這條餓腸子的空白，這句話應該從反義看，這條餓腸子的空白，實並不空白，它充滿了人類生活的渣滓，而這種渣滓却是人類生活眞實的一面。

白　萩 「辣」味很重。

楊志芳 黑街很富於人生悲慘的刺激性。

張　默 表現很新銳，從現實的隱蔽面，發掘人性的共同的弱點，可是它沒有慾的感覺，也許如白萩所說的是眞正辣味的詩吧。

白　萩 以「大黑筆點點塗一堆黑」爲開首，有不知所云的起始感。

葉　笛 以第一行點示整個主題，這就是說人的汚點。這是我的看法。

畢　加 無意見。

葉　笛 讀這一首詩，我想起沙寧對一切沒有信仰，就是連上帝也摒棄，他以爲唯一能够捉住自己，就是性慾，但是終舊他仍然在性慾中迷失了自己。

妻的肚皮

李篤恭 這一首有日本的「徘句」或「川柳」的味道。

李子士 好像是泰戈爾那種簡短的句子。

葉　泥 日本民族性的狹窄，在他們的作品上也可體味出來，日本在翻譯介紹外國作品上是很可觀的，但在他們自己的創作上，可以說日本是缺乏詩的國家。

李篤恭 林亨泰的作品都很簡短，頗近於日本明治時代的詩作，所以，他的詩是不難瞭澥的。「俳句」算是世界最短的詩。

葉　泥 「俳句」一半要用猜的。

李篤恭 如果要用這種角度來看，這首

詩是失敗的作品，只是一種小感觸而已。

洛　夫　是不是要分娩生產了?!（大家笑了）。

楓　堤　這是一種小趣味的表現而已。

張效愚　■　這首詩的宗旨很好，表現也甚佳。

王燦錕　好像有意表答出奧秘之處，但把握得不够。

桓　夫　不是。在三行內已完全把人的生命感受出來了。

林亨泰　如果說緊湊，這首雖然很短，但並不緊湊，這是有類似性，關聯性的，「黑街」之所以緊湊，是在於沒有類似性與關聯性，這首詩是一種暗示而已。

錦　連　不過，這首詩的表現法很有趣。

林宗源　■　小鑽石一粒。比起那些大石頭却有他的好處，題目很突出。

葉　笛　這一首詩很有眞摯感。

張　默　此詩使我想起錦連的一首「嬰兒」，但「嬰兒」的意象是外射的，而此詩，却是內蘊的。

白　萩　照一些人的看法，此詩短短二十三字，恐伯國文程度大有問題。

葉　笛　長和短，與藝術好壞無關，主要在表現方法上。

白　萩　某大學教授說，現在一般人國文程度很低，所以文章都寫得短短的。

葉　笛　我認爲這個觀念，這個看法是一種錯誤，如果是那樣想法的話，像印度的醫典是用韻文寫出來的，並且長達幾千行，這是不是一種藝術作品？能够用最精煉的辭句把一種主題像結晶體一樣地表現出來，即使是短短的幾行，仍然不失其藝術價值。

楊志芳　我覺得此詩雖然簡短，簡短得非常可愛，在這短短的幾個字裏，却能劃在人們的心坎中，使人有坦然之感。

畢　加　很精粹。做者已表現他所應該表現的。

寫一音符

洛　夫　「一支樹」是「一株樹」吧！「轟立」是「矗立」吧！

楓　堤　「轟立」有音響效果，錯得有意思！

葉　泥　「澐」是否寫錯了呢？要查查字典。

趙天儀　是不是故意的？

葉　泥　如果有「澐」，那麽，「澐」能漫步麽？

李篤恭　意象很突出。

洛　夫　題目用「音符」兩字就够了，何必用「寫一音符」四個字。

杜國清　不如說「我寫一音符」更完全（笑）。

李篤恭　這首詩如表現得成功，是不壞的。

洛　夫　問題就是表現還沒有完全成功。

葉　泥　「否定的懷抱自己，又
憐憫的掙自己」
這種句子表現得很勉强，而且也不具體。

杜國清　用非具體字眼的表現法是一種懶惰吧?!這好像是Ezra Pound說的。

李子士　寫「另一音符」是代表什麽呢！是否有進一步表現的必要。

趙天儀　詩的語言，並不需要故意製造一些不適當的形容詞而造成表現上不必要的浪費。

葉　泥　「騍騍」這一句是否有問題？

杜國清　經我們這麽一改，這首詩看來實在不錯啦！

洛　夫　寫得好不好，看取題目也知道是高明與否？我覺得後面寫得太散了。

杜國清　最後一句「僅僅如此而已—」簡直是畫蛇添足。

葉　泥　我希望從這一首起，慢慢好起來。

李子士　「另一音符」的提出，我認為，沒有交待清楚，同時也與題目和全詩的主題有出入。

史義仁　這「寫一音符」，多少有點自嘲的味道吧！

■

張效愚　照朦朧的說法來看，這首詩是有些象徵派之朦朧，但在詩中，我們只看到有朦朧，但不知寫的是什麼。

林亨泰　這與象徵派之所謂朦朧的寫法不同，就以此音符來說，它所想要表現的已經很清楚，並不朦朧。

張效愚　那麼到底他是寫的什麼呢？

林亨泰　音符就是比喻做一尊佛的一刹那感受，象徵派的朦朧，企圖在「意思」上做到 nonsense，但這首詩寫得很確實，並不是朦朧。雖摒棄一切，但其所要表現的，却很確切地，將作曲家之傾以全幅精神去寫下一個音符的過程完全表現出來，這首詩表現很確實。

王燿錕　這首詩使人有一種回想之感。讀詩是一字字的去解釋，還是看大意呢？

李亨泰　這要看詩的類別而定。

王燿錕　音樂是有時間性的，音符一直過去，不會等你去想，一個個音符去慢慢思考是不行的。

林亨泰　詩是整個全部讀下去而後在心中加以解釋，文字只是媒介而已，根據心象而去分析，我們能猜到什麼，詩能給我們什麼，這是隨讀者的想像力而定，並非靠一字字的意思而定，而刺激想像力的就是好詩，所謂大衆化，應該從培養大衆想像力着手。文學中，比較不用想像力的就是散文，詩與散文的不同，應在於使人刺激想像力之多寡與性質。因此，有好的關於文字的學問，而沒有想像力，是不懂詩的，而且想像力是不能傳授的。現代詩之加以不能立即被瞭解與此有關。

■

白　萩　我覺得此詩拾人餘澤太多，如「概括一切，包涵一切，並且摒棄一切」，「否定的懷抱自己，又憐憫的掙除自己」，這種矛盾語法和分析語法，如果沒有深刻龐大的思想、情境背景，會令人覺得膚淺空洞的玩弄。

張　默　除開頭三句外，整首詩和表現都支離破碎，不知所云。

葉　笛　可能寫聽到一串樂曲之後，起伏於心中的意象，但是這種意象，能够突出的表現在前面三行，而以後都是在解釋音樂這種時間藝術的空靈的感覺，都太流於敍述，而意象失去完整。

畢　加　太浮。

楊志芳　我覺得作者他要寫這篇詩之前，他是空虛的，但是他在那一刹那間，被那種景物所拋棄在靜空之中，他感覺惘然，他要尋找他自己，他要去發覺他自己似乎……

白　萩　讀完這首詩也令人感覺到：「僅僅如此而已」。

假　日

李篤恭　我認為這一首詩是黃色的詩。

杜國清　何以見得？你可能看錯了。這首詩中的「太太」並不是自己的 Wife 而是 Madame。

李子士　我却跟你恰恰相反，這一首很黃，是描寫作者跟自己的太太……

杜國清　那你誤解了，這一首寫在假日裏，作者在車廂上一時的感受，這是我們每個人都可能有過的經驗……

李篤恭　不過，我仍然認為是很黃的。

杜國清　那麼我就不懂你所說的「黃色」是什麼意思了？

李篤恭　表現得不够藝術化。這首詩僅是止於描述那情感，而沒有「展開（例如交響樂的主題之展開）」，因而那氣氛是很輕佻的，會給予一般讀者以「黃色」的感覺效果。就是說：這首詩的「

格調」不高。

洛　夫　這一首詩，使我想起了「廣島之戀」。我們討論作品，首先必須問詩的各種條件。

史義仁　問是不是詩？

李篤恭　我認爲詩素稀薄。

杜國清　這首詩表現的是現代生活中富有戲劇性的一刹那的感觸這一刹那作者到底表現了。

楓　堤　是表現技巧不够的原故吧！

趙天儀　詩的創造，首先要注意的是表現的問題，表現得成功與否？至於題材本身無所謂黃或不黃，更不必一下子就跟道德問題扯在一起。

李篤恭　這首詩，作者表達的態度，不是詩人的態度，而是平常人的態度。我認爲世上大多數的人們，在他們人生之行路上，時而會對某些經驗感到「詩情」或者「詩意」，一位詩人的所以是詩人，這是因爲他能够以更高超的氣質來處理那些日常的平凡事，以捕捉由於那些事情而生起來的心靈之顫悸，提練它們，組織它們，而使它們成爲一座有外延與內涵的張力的藝術品。

杜國清　你能說「幸好這是短暫的一刻，如果如果車廂和人潮和所有的眼睛都忽然被炸毀消散了……」這不是詩人特有的想法？

吳瀛濤　作者要抓住那一瞬的感覺，是表達的技巧不够，我想作者沒有那種黃色的企圖。

李篤恭　像蘇格蘭的民謠，我可以接受，但像「丟丟銅」的，我不能接受。本首詩的凝練不够，因而那「格調」不高。人人對一篇作品的格調之要求是不同的，至於我自己：我不喜歡「我愛我的哥哥啊……」這首沒有受過中等以上的教育的人們所喜歡的流行歌，我較喜歡修伯特的小夜曲，雖然這兩首歌都由眞摯的戀情唱出的吧。

杜國清　也許這是宗教家的態度。

吳瀛濤　作者對現代生活有批判性，可以說是有現代詩的氣味。

李篤恭　這一首詩的題材是平凡的，也是好的，我沒有說不好，但他表現本身的氣質不够。

吳瀛濤　作者那一刹那抓住了，但技巧還不够。詩人是要從平凡中看出不平凡，需獨具慧眼。

李篤恭　這首詩能使我們引起「情慾」，但詩人是要使我們超越情慾的。

杜國清　這首詩表現一種現代人生活中微妙的感受並沒有使我引起「情慾」，爲什麼會使你想入非非呢？

楓　堤　作者的表現是很膚淺的，作者欲抓住一刹那的表現，還沒到家。

李篤恭　表現一刹那的感覺，以日本的和歌最爲成功；但我仍然認爲這一首很低級。

杜國清　既然如此，我還有什麼話說呢？

■

彭　捷　這首詩對假日做了很忠實的表現。

張效愚　把旅行的經過，全部眞實地寫出來，很像抒情的散文。

錦　連　沒有什麼不懂的地方。

林亨泰　這是不要想像力的，但他却寫出了眞摯，將全部過程不保留地寫出來，甚至把人家不敢寫的也寫出來了。

王灝錕　這樣會流於低級。但題與內容很配合，本來假日就是這樣。

林亨泰　這是一種幻想，由想像進入幻想在詩的寫作上是一種岐路。

■

何瑞雄　今天也是假日，我剛從阿蓮鄉趕來，車子也是這麼擠法，不過我有座位坐，不會體味到這一份「眞切感」。

（哈哈。全體）

葉　笛　我也很希望在假日體味這種情況。

楊志芳　像這篇詩裏的情形，我好像經歷過，但是情趣不同，那祇不過是表露出暫短的愛情，此詩我覺得對於含畜功

夫似乎太露骨一點。

張　默　整首詩，是敍述的，和通俗趣味的，沒有耐人尋味的深度。

白　萩　對通俗趣味這點上，我覺得從「陌生的人羣裏」到結束，似乎也有提出對男女關係不通俗的觀點。

郭文炘　美國大詩人惠特曼寫過這種令人怕羞又隱秘的情緒，但是他所表現的那種內容，並不令人感到俗氣趣味。

畢　加　很眞實。但直敍似乎藝術技巧不怎麽高。

何瑞雄　跟這相類似的題材譬如上理髮店也可產生感受。這首詩倘若沒有「如果，如車廂……」便顯得輕浮，因爲這幾行筆勢一轉，便帶動全詩富有嚴肅性了。

林宗源　我猜想是桓夫的詩。

葉　笛　他所用的詩的素材，是很平凡的現代生活的一面，而他在這裏面，由遐思去挖掘二性生活愛情的問題。

何瑞雄　我以爲並不牽涉到二性間的愛情關係問題，那就離題太遠了，如果牽涉到這個問題，便與「遐思」二字矛盾了。而此詩的那一點可貴處；也就完全喪失了。

白　萩　作者的愛情純是自己的非非之想，這首詩是靠想入非非來寫的。

葉　笛　如果以虛無的觀念來講，也許愛情僅不够是兩張皮膚的接觸而已。

白　萩　反過來說：二張皮膚之接觸便是愛情，那我們的愛情太多了。

畢　加　題目應改爲「假日車上」。

蠶之歌

洛　夫　前一首和這一首是同一作者吧？表現手法都是平舖直敍的。

李篤恭　我想不是同一作者，這首詩以蠶爲象徵。

葉　泥　我想這一首詩，如果是二十年前的話，可能被認爲是好詩，然而，這種作品的時代已經過去了！

李篤恭　這一首缺乏張力。

吳瀛濤　這首詩，寫法樸素，是有其特點的。

李子士　這首詩也有一些好句子，例如：

「我才停下來，休眠，瞑想，
而從太小的我中蛻皮。」又例如：

「我接受陽光的花束，
我才發現我的靈魂在焦點上顫動。」

洛　夫　本來只二兩肉，但要煮一鍋湯。

杜國清　這隻蠶拼命的吃，可惜絲（詩）也拼命的吐，如果能保留一點含蓄一點可壓縮成一首好詩。

洛　夫　敍述在古詩可以，但現在白話就不必了。

趙天儀　正如葉泥先生所說的，的確，這首詩是作者二十年前的作品，而且是從日文由作者自己翻譯過來的，在詩的題材底處理上，確實是過去了的技巧，但作者的那種純樸，却是我們今日最缺乏的。

■

彭　捷　這首詩太平凡了。

張效愚　只是平淡地寫出蠶的一生。

林亨泰　如果人家沒有這樣寫，而這種「平凡」的手法也是一種特殊的寫法，「切換」各種角度去寫是不錯的。吃，一直吃，使我們感到吃的蠻勁。

錦　連　我看並不是完全寫吃。

林亨濤　將什麽都吃，這是創作過程，以吃來表現。

彭　捷　這種吃法用詩來寫，是大才小用。

王灝錕　吃的問題說得太多了。

彭　捷　寫吃的表現很平凡，沒有脫俗的超越，寫詩必須超越凡俗，才能有突出的表現。

林亨濤　提到突出的表現，這就牽涉到精神秩序的完整問題了，如詩人本身精

神秩序即已如此，則詩也可以如此，只要不是模倣別人的，讀後感的突出不突出是不怎麽重要的。我觀察這位詩人寫詩時的精神狀態，有如一位彫刻家，他凝視一點，然後慢慢地把它一刀一刀地刻劃出來。有些人是跟着時髦走，而他沒有，這一點，這是好的。

彭捷 寫法是一個問題，但這首詩的本質不太濃。

桓夫 詩的本質很好，不滿意的只是在表現的技巧上的不可苟同。

王憬鋃 缺乏精神的獨特創造性。

桓夫 是的，就現代詩來講，感受太平凡了。

林亨泰 假使我們喜好刺激，對這種詩就覺得太平淡了，不會受感動；但平淡也有它的好處。

白萩 我覺得這首詩知性太重，反而有散文的味道。

郭文圻 描寫蠶的生長過程，並沒給我們什麽。

畢加 很樸素，沒有受到任何知識的傷害，寫人生的過程——出生、生活、繁殖和死亡。生活中應該交出服務的幅面，這種詩應該强化服務方面的描寫。

楊志芳 這篇詩，含義很好，牽涉很廣，有哲理的氣氛，可是他就是他，他的範圍太小，他的能力也祇有到此爲止。

張默 節奏不錯。

更正

■六期三十八頁下段三行及五行、七行，「圖畫」爲「國畫」之誤。

■六期三十九頁中段十六行，覃子豪爲葉芝（w. B. yeats）之誤。

詩壇散步
詩壇散步 柳文哲

點個火

陳塊秋著
海鷗詩社
53年12月出版

這是一部短篇小說與詩合併的集子；作者雖然觸及存在的問題，並不很深入實存主義的精髓；倒是作者頹廢的傾向，非常顯明，說作者是個小說家嗎？却缺乏小說的組織力，多半是作者感觸的獨白。也許是作者在痛苦的摸索的過程中，嘗試給自己點個火罷了！

他在「點個火」那篇的後記中說：『我並無意在這篇文章裏表現一種頹廢或悲觀的思想，只是在失落的過去和失落的未來間，總有些懦弱的不幸者底必然的墮落，却是不可否認的事實。如何撥開思想上迷惘的重重雲霧，爲人類心靈的眞空，「點個火」，那是哲學家的事。而文學僅能告訴你對于人生底空虛，無意義的那種徬徨的感受。』

哲學對於人生底問題的剖析，常帶着一種尋根究底的批判精神，像一把鋒利的剃刀，解析問題。而文學對於人生底體驗的表現，則是情意勝過知性。因此，失落於多方面的體驗底掙扎；所謂主知的文學抬頭，乃是文學家想要克服溺惰的危機，回到自我批判的一種方法。

作者的詩，極少實存意味的表現，由於他頹廢的告白方式，在小說方面，看得出受實存主義的影響。但就詩論詩，由於作者在詩素的把握不够濃烈，加上纖麗而古老的辭藻底累贅，竟使我們也是黑暗中模索的夜行者，不易窺視他所謂「點個火」的飄忽的境域，且也不易感受到他所謂人生底空虛的那種虛無感。

倘若我們深入實存主義的哲學思想，尤以沙特的實存意識，我們不難發現實存主義不但不是一種頹廢的世紀末的思潮，而且是一種堅强地克服自我內在的懦弱的人生哲學；的確，實存主義對於所謂失落的一代，有其深刻的體驗，對於西方的現代文學與藝術，也有其深刻的影響。我們中國的現代文學，尤其是現代詩，多多少少也受到此一思潮的衝激，我們如何透過它，而不是誤解它，帶來踏實而健康的影響，實爲現階段我們中國詩壇的一重要課題。

寫給慧莉

葉日松著
葡萄園詩叢
54年4月出版

我們這個小小的詩壇；對內，有過詩人之間的論爭；對

外，也有過跟大學教授與雜文家的論戰。在屢次對外的論戰中，批評最易下價值判斷的是所謂新文學運動四十多年來，最最沒有成就的便是新詩的這種論調了！這一方面是大學教授的成見與雜文家的偏見造成的，另一方面却也是我們詩壇本身的不健全所造成的。

一個詩人，一輩子的努力，倘若能創造一首眞正的詩，就永垂不朽的。因此，一個詩人的成就，不在於出了幾本的詩集，或發表了若干的詩篇，而是在於努力創造眞正的詩，即使是一首也好。

我相信，我們的詩壇，由於太多不爭氣的醜小鴨，濫出詩刊詩集，也是遭受誤解的原因之一。像葉日松先生，已出了四本集子，據悉近期即將出版的尙有兩種，依我看來，作者要把歷來寫作的全部嚴格地選成一本集子，已經是够多的了！

回首

吳宏一著
藍星詩社
54年3月出版

詩友王憲陽先生曾經這樣地問我：「什麽是流行調？」頗令我思索了一番工夫。當一個詩作者，缺乏一種自我批判的精神，或缺乏一種自我覺醒的企求時，流行調便會脫口而出。所以，流行調該是一種文藝上酸腐的徵兆。

「回首」作爲詩集的名稱，是頗令人玩味的，作者有意回顧過去，而整理出他的第一本詩集。當然，在一本詩集裏頭，爲了紀念性，作者珍惜自己的心血，總是會選進自己中意底作品的。

很不幸地，我們細讀之下，發現我所意味的流行調的痕跡，一種感傷的抒情的調子，廻盪於字裏行間。作者在其創作的過程中，不經意地受到別人的影響，而無法擺脫其影響；一是在題材的類似，一是在意象的重覆。

就題材的類似而言；例如「策馬者」；田湜，靜修都曾經寫過，而作者只能這樣地吟詠着：

「不搖大旗，暫且折柳爲鞭
不辭披星戴月，得得地
循着前人踏過的蹄痕
策馬追上去」

很遺憾地，他只是「循着前人踏過的蹄痕，策馬追上去」；這怎麽能更進一步從事創造呢？我們需要的是邁過前人的足跡，開闢詩的新途徑，新天地啊！

就意象的重覆而言；例如「城•南方」；有這樣的句子：

「我們只好在衆星間埋葬我們的面龐」

試看愛爾蘭詩人葉慈（William Bulter Yeats）在「當你老時」（When You are ald）一詩最後的一句吧！

"And hid his face amid a crowd of stars"

我想這種擂同太明顯了，決不是偶然的，而是作者缺乏一種自我的克制力，所以，不經意地襲用了別人使用過的意象，這在我們的創作上，實爲一種遺憾的事。

我認爲詩的語言，並非屬於某類固定的辭藻，而是當詩素凝聚時，詩的語言才告成立；因此，所謂寫好散文，才配寫詩；所謂有古詩詞的涵養，再來寫新詩；都是一種壞信念（bad faith），一種自我欺瞞（selfideception）；更乾

脆地說，是對於詩的本質之缺之更深入的瞭解底緣故罷！

作者也寫散文，在這集子裏，作者也在追求詩素的濃縮，集中有幾首，例如：「望向五月」、「初渡」、「手術臺上」、「賭注之初」；也有清新可喜的地方，我們不能一筆抹殺作者苦心探索的痕跡。回首過去，展望未來，願作者能邁向一個新的旅程。

碑的立身

艾雷　著
中國青年詩人聯誼會
54年2月出版

雖然這也是作者的第一部集子，但作者的探索與變化，顯示着他較有彈性，試讀他在「後記」中所說的：『在創作的過程中，常常有股無形的力量，不斷地促使我用今天的作品去推翻昨日的作品，用現在的「觀點」去否定一些過去的「觀點」。』

在作者三輯的作品中；就其風格而論，實不易分別。然而，就其表現而言，倒還可分爲自由詩，朗誦詩與現代詩。作者的詩，在語言的精鍊上，尙有不够圓熟的生澀的感覺，但這並不影響其略具豪邁而粗獷的詩風，像「聖誕夕」一首，在輕快的旋律中帶有諷刺的意味。在意象的捕捉上，作者的表現尙不够突出，由於疊詞的重覆使用，有些顯得散文化，試舉「秋之階」一首中的句子：

「墮毀牆內的草聲在拉扯枯藤的傳說
白裾默默跨過石像　我們看見
青苔在階的一邊樓緊階影」

原來作者也是粗中帶細的，只是粗線條的時候太多，以致於淹蓋了他詩素的凝鍊，這也是證明作者自我批判的欠缺，如果作者能再精細些，就其感受力加上細膩一點的表現，那麼，就接近現代詩的精髓底由內而外的投射來說，那種情意與知性的交融，就像結晶體的閃耀光芒，作者是不難更深入其堂奧的。

當然，作者也逃不了時下詩壇的互相影響，這是連筆者也不能免的，只是我們該有相當的自覺，如何去避免那些無聊的一窩風的現象；多保留一些自己，多表現一些自己，讓眞實的感受與體驗取代造做的詩風。爲何作者使用的典故，不見得就能令人感動，就是這個緣故。

本刊資料室啓事

本刊資料室啓事

資料室設立目的

A 係爲計劃而完整地保存台灣新詩運動之成果，俾免個人因財力之不足，而殘缺不全，日久煙忘。

B 係爲做爲本刊研究及撰寫台灣新詩運動史之用。

C 本刊將聘有熟練外國語文修養之同人，選譯佳作向國外詩壇介紹，並已洽妥外國詩刊數處，極受歡迎。

資料之保管方法

A 本刊收到詩友贈書時，即列入登記簿並加編號。

B 每年將收到之贈書，在本刊公佈。

C 所有資料係爲本刊公產，由專人負責保管。

本刊資料室的懇求

希望各位詩友，爲完整地保存台灣新詩運動的成果，懇贈已出版的詩集二份爲禱。

編輯室報告

- 本期筆談題目：論詩的意象
- 超現實主義宣言第一次宣言・葉笛先生收到本社提供資料後以一個月的晚上餘暇拼力譯出・勞苦功高・
- 本期篇擠・白萩著：超現實主義的檢討，移八期刊登・
- 本刊認為知識係一種公器，故不自秘的將陸續把珍藏文獻譯出，供大家收藏
- 本刊自下期起將陸續增刊英國・法國・德國現代詩選譯

中華民國五十四年六月四日出版
中華民國內政部登記內版台誌字第一四九一號
中華郵政台字一四三〇號執照登記爲第一類新聞紙類
出版者：曙光文藝社
社長：白山塗
社址：台中縣豐原鎭逸仙莊三十二號
資料室：彰化市中山里中山莊52之7號
編輯部　詩創作：彰化市中山里中山莊52之7號
其他作品：台南市民族六巷一號
定價：每册新台幣六元　日幣五十元　港幣一元　美金二角　菲幣一元

曙光文藝

笠

8

目錄

筆談

本期■論詩的意象　張默■林宗源

下期■論詩的真摯性

歡迎参加筆談

談詩的意象

張默

鵓鴣只顧踱步的屋突　海瀾
在松林和墳墓間斑爛得照眼
端午的潮濤偃住太陽的火
潮濤起起落落　起起落落
還願似的還原　令人一時意遠
悠然悟澈神明心如止水的涅槃

這是保爾，梵樂希在「海濱墓園」（註一）第一節一開頭所展示的，（全詩凡一百卅六行）即使從這短短六行中，我們也很難確切指出作者所感爲何，但據譯者在後記中所載，本詩係作者於地中海俯瞰一海邊的墳園有感而寫。他借鵓鴣（只顧踱步），潮濤（起起落落），海瀾（斑爛得照眼）來陳示作者當時內心的凄迷，無可如何，以及對死者的深深的冥想。

本詩意象濃密，極富不可抗拒的放射性，雖然用語艱澀，令人費解，但也掩蓋不了它自身漣漣泛動的「靜穆的光輝」。

一首成功的詩，大抵意象都是很富饒的，耐人尋味的，極單純也極複雜的。上面所舉僅是一個簡單的例子，詩無分中外，意象也不全爲大師們所獨佔，祇有不斷的追尋，錘鍊與創造才能期其有成。

一個詩人如何捕捉意象，如何檢拾文字，使其在短短的一首詩中各適其所，誠然是很艱困的，但是不論如何艱困，詩人必須運用一己的慧眼，小心謹愼地觀照，他必得

要養成一種能力，使文字就範，使文字能夠揮洒自如的「彎曲」(Bend)（註二），以達到他表現的效果。本來文字是死板板地站在那裡，可是一經有才能的詩人的檢拾與組合，頓感奇趣無窮，詩人必須强勁地賦予文字以新生命。而所謂「意象」，也是由文字的組合而產生，意象絕不可能一開始就是遠離文字而獨自存在着的。借用休謨（T.E. Hulme）的話，即是——「恒尋求那硬的，確定的，個人的字」。所謂「硬的，確定的，個人的字」，即係指高度的創造。

下面連帶而來的是一談「確切」的問題，表現詩的工具是文字，也祗有這惟一的工具「文字」，時時刻刻是與我們週旋着，對抗着，它時而凝聚，時而騰升，時而戲劇性地離開它的座位，但是當我們欲作全面的佔領時，它又是那麼的不遜。……在如此狀態下，如何使之「確切」，當然是不易的，惟其是不易的所以有的詩人能夠全然達到，有的詩人僅能觸及一點邊緣，而有的恐怕連它的影子也未踩着，這就是爲什麼某些詩令人喜愛與某些詩令人詬病的最大的緣由。如果一首詩，文字本身安置不當，胡湊成篇，自無確切可言，讀者從一堆亂哄哄的文字中怎能觸到些什麼，作者既不知如何去表現，當然也就談不上什麼「意象」了，於此我們可暫先得一小結：意象是從確切的表現中得來。

爲了避免無味的理論的重覆，（何況「意象」這個問題也是永難下定界說的）我特別舉出敻虹的「我已經走向你了」（註三）一詩，以作見證：

你立在對岸的華燈之下
衆弦俱寂，而欲涉過這圓形池
涉過這面寫着睡蓮的藍玻璃
我是惟一的高音

惟一的，我是雕塑的手
　　雕塑不朽的憂愁
那活在微笑中的，不朽的憂愁
衆弦俱寂，地球儀祗能往東西轉
我求着，在永恒光滑的紙葉上
求今日和明日相遇的一點

而燈暈不移，我走向你
我已經走向你了
衆弦俱寂
我是惟一的高音

敻虹的情感是眞純的，觀察是敏銳的，表現是細緻的。她的「不題」一詩，曾不知給詩壇掀起了多大的浪花。但這首「我已經走向你了」相同地也帶給我們很深的感受。它——沒有敍述，只有微示，沒有說明，只有暗指，她的世界是平和而又是激盪的。她把一己的心象投射在單一的印象以及情感上，進而使視覺的聲音的，甚至是觸覺的

衆多意象能夠迅速地交溶在一起，達到一種既紛繁又簡鍊的境域，使之產生無限的「獨立感」。

詩的表現祇有「遇」與「不及」的問題，顯然的「我已經走向你了」在表現上是十分確切的，其中沒有不必要的字，也沒有繁瑣的重覆的意象，更沒有堆砌與過份吝嗇（指用語而言）的現象等等。它——就是那麽精緻地站在那裡，祇要有心的讀者肯去探觸它，定會感知它的「眞正的力」的，讀敻虹的詩往往令人有盤桓在「均衡的同質世界」（麥克里許語）中的永恒與瞬息的美感。

質言之，「意象是想像，形象與聯想的新藝綜合體」（這話我是第一次這樣說。）誰能眞正地擁有它，至少他的詩可以永恒或不朽一下子。

註一、「海濱墓園」堂梵樂希名作，此處係引桑簡流之譯文，原刊「文藝新潮」第四期。

註二、方思在「T，E，休謨論詩」一文中，曾談到如何使文字「彎曲」的精闢的見解見「現代詩」卅八期。

註三、「我已經走向你了」一詩，曾被葉維廉譯成英文，刋於美國TRACE文學季刊一九六四年秋季號「中國現代詩特輯」內，甚得美國詩讀者之讚賞。詳見「創世紀」第廿三期封底。

談意象

林宗源

經驗的累積，於潛意識，而意識的顯現（聯想的活動），有知性作用（具有選擇，表達的意味），當意念觸發潛於意識的心象，即內界的自然喚起外界的自然，把它表現出來（技巧的組合），即融合了情與知（詩）。

此處所說的心象，即是意象（生理的）。

當形象由視覺，給予意義，同時生活經驗的累積，構成多姿多彩的印象，於意識，形成一種像知的心理狀態，由刺激，再由想像推動，經分想作用（選擇），與聯想作用（綜合），單獨地提出而又綜合了印象的，是爲意象（心理的）。

再借文字的記錄，是爲詩學上所說的意象。

意象好像是記憶，其實並不是記憶的形象，是再造後的印象（物的屬性）——主觀的組合物。

通常我們看到馬，由視覺的刺激，產生生理作用，馬（形象）假，如沒有動態（現象），我們絕不能發現其屬性，而記憶，存在於神經中樞，也就是說物象假如沒有動態，就不能被我們獲知而存在。因此，存在於意識裡的只是馬（物）的屬性，其再現，用不着外界馬的形象，經視覺的刺激。只要有一種類似馬的屬性，不管是由視覺，或

其它的感官的刺激，我們是可以聯想到馬的形象。
譬如我們以一種類似馬的嘶鳴，或蹄聲，還是可以喚起馬的記憶。

再說，意象、語言、文字、其本身就有比喻的屬性，而以想像與幻想襯托出。而三者的關係，正是完成一首詩的秩序。

意象→語言→文字。

現代有些作者，寫詩時，太注重意象的雕刻，追求所謂新鮮，奇妙的意象，因此，往往造出了一、二句佳句外，勿略了意境的表現，這是太注意造型的緣故，用文字直接表現繪畫性的意象，勿略了思維是一種語言的活動，文字是語言的記號，意象的外貌，其秩序爲：

意象→文字

其實詩除了空間性外，最主要的是由時間性完成其生命。一些只有佳句，美麗的詞藻，內容不堅實，結構不嚴密的詩，往往犯了這個毛病。

還有些人，勿視了語言的比喻性（意象的射影）。以爲那是不新鮮，太白了的東西。其實語言與文字不過是表達意象的形式而已，所以我想假如我們以語言直接表達意象，不受文字的限制，是否更能把握住由感動，所觸發的瞬間的意念，是否文字已經與語言合一，已成爲思維，而不再是工具。字凝聚爲詩的語言而產生時同時產生，即字由無機體變成機體了。

因此我想，只要把握住詩的本質，給予情趣，而又能夠給人感動的組合，所謂散文化或者晦澀性的詩，也就可以不必再談了。

論比喻

村野四郎 作

桓夫・錦連 合譯

為甚麼需要比喻

比喻被視爲修辭的方法之一，不過在今日這意思絕不是指爲用於美文的修飾。語言是如前所述，任其使用的人或可抒發驚異底廣濶的機能，但儘管如此，却仍覺得未能充分表現人心理的無限變化。

實際上我們用語言表現自己所經驗的感情的特殊狀態時，仔細思考了就可感到當時的眞實經驗的獨自性，和用語言表現之間，必有某些程度的間隙（gap）。而把這種間隙縮短爲最小距離的任務，可以說就是比喻的眞實作用。

休謨在他的藝術哲學中也說過：「因語言未能適確地傳達我們要講的意思，致爲要使其意思適確，就不得不創造獨特的敍述法」。並說明如此被創造出來的就是比喻。而所以必需要創造比喻的表現，乃是爲了硬使語言去傳達印象的新鮮性。就是爲了要嘗試用通俗的語言或平常的表現未能達成的某種傳達的方法，才驅駛詩人去創造新的比喻。

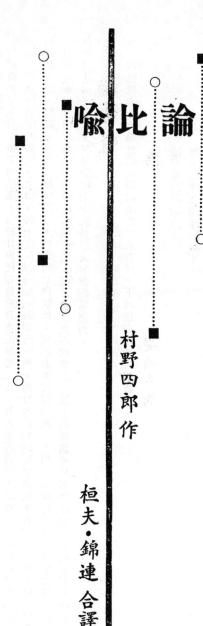

他並且寫着：更重要的是，所謂由藝術被傳達出來的情緒，不外就是靠這新鮮的印象之直接底，意料之外傳達所產生的喜悅而已。

這種話，不僅就是比喻的定義，同時大胆地言明了詩具有魅力的所在這一點是頗有意思的。

無論如何，在這種場合才有比喻眞正存在的理由，若用教書式來說明，比喻的方法就是在於要表達某一事物的時候，不把它直接或具體地「說明」，而完全講着別的事物「暗示」，以表現其所要表現的目的事物之方法。

這方法不限於詩，在所有別的文學都被採用。但如前所述，像詩這樣非僅論理的，甚且必需把難能說明的複雜微妙的感情的多態性，或在意識下的精神世界也要傳達的文學，依靠這暗示的方法來表現確是有其不可缺少的重要性。

比喻有直喩(Simile)和暗喩(Metaphor)兩種。亞里斯多德(註1)他在其「詩學」中說到，在表現上最重要的是暗喩。荷拉提烏斯(註2)也說過暗喩是詩人重要的技術，如果有沒暗喩，任何天才也無可奈何的。爲甚麼無可奈何呢，這在前述休謨的言論已可明瞭。實際上，要使詩機能的完全發揮，能自由自在地驅使這一方法，可以說是不可缺少的要件。

起源於十九世紀後半的法國，而於廿世紀初傳來日本的象徵主義，其根本的方法，是在追求依靠比喻的「暗示」的方法。那是一般所熟知的。上田敏博士在其譯詩集「海潮音」裡，即日本最初闡明象徵底本義的序文中，說明象徵乃是借助其方法，給與讀者有一種類似詩人觀想的心理狀態。雖不必傳達同一概念，但在此並可捕捉詩人也說明不出的妙趣。以現在來想上田敏博士對象徵的這種說明，在詩論上和心理學上來說，是極爲素朴而概括的。不過差不多以這些意思就可以了解比喻。尤其是暗喩完全就是形成象徵的原型的。

論直喩

前已說過，比喩有直喩和暗喩的二個方法，下面是直喩的一個實例。

狗　　　安西冬衛

她夢見西藏的公主
睡床已像花那樣紛亂了。

如此睡床就被紛亂的花直喻着。有兩個事物，要比喻的和被比喻的東西，直接用如「像……那樣」表示類似的語言來結合的，就是直喻的原則。兩個不同的事物之間的類似相（analogy）是，平常用跟着「像……那樣」之後面的「紛亂」來說明的。在這場合，睡床的特殊狀態已被花「紛亂」的特殊狀態說明得很清楚了。

從這首詩所能察知的，被愛玩的高貴母狗所用的睡床之特殊形狀的感覺，若用普通講話的方法，確是無法表現的。如此由於「像花那樣紛亂」的一句比喻，就可以把像貴婦人睡亂了的睡床，那樣微妙的氣氛都浮顯出來。

畢竟，這個比喻已提出用普通散文的語言就無法抽出的，事物的本質排在我們的眼前。這樣，看到使用了適切有效的比喻的詩時，就會瞭解與散文不同的詩是甚麼了吧。同時也可以明瞭比喻就是這樣重要的東西。

能不能使用優異的比喻，就可牽制到詩底使命的大半。這句話並不是說那是僅靠技術上的修練就可得到的，而是說比喻的能力本身是，由深深地生根於詩人之認識的世界產生出來的。

優異的比喻，不論是直喻或暗喻，必須能急速地擴大了被比喻的語言所造成的心象（image）的領域。而創造出其單獨的語言不能達到新的經驗世界。但無意義的比喻就除了通常的聯想以外，毫不創造新的經驗世界。換句話說，則依其所比喻的事物，無法抽出新底存在的意義了。

這是辨別比喻價值的最好捷徑，同時也是測定詩人能力的一個方法。

爛醉

小熊秀雄

像遊蕩者
歌唱卑鄙的情歌
像扒手、流氓
動動手指握住東西
邊握住邊放掉
邊捕捉邊打碎
啊啊！大傻瓜的爛醉者

無邊孤寂
憤怒着衝撞電桿
但電桿却毫不與之妥協
爭來爭去，還是勝負不分
稍時在街燈的
微光下互視着
不久哈哈大笑起來
大傻瓜，就和電桿
吻吻臉頰而分袂

我們舉例這首 Proletarian 詩人所用的比喻來說，爛醉的大傻瓜是歌唱卑鄙的情歌而被比喻爲「遊蕩者」。以動動手指握住東西被比喻爲扒手，流氓。但這種卑鄙的情歌與遊蕩者的關係，那平凡，那習慣性的認識，對於爛醉者的姿態，毫無達成了展開一點新的經驗世界。用遊蕩者來比喻爛醉者的存在性，實不會展示常識以上的新的場面。

又以動動手指握住東西連結於扒手、流氓的比喻，這種方法却毫無比喻的效果，嚴格地說並未成爲比喻的形式。因爲動動手指握住東西並非扒手、流氓的特性，那是人或猴子的一般行爲。故依靠那樣的類似相是不能給與被比喻的爛醉者發生任何變化的。

這些遊蕩者、扒手、惡漢等的比喻，不能給與爛醉者的存在性展示任何新的特性這一點，就和沒有比喻一樣，可以說是完全多餘的比喻了。

像這樣比喻所示的粗雜又常識上的詩的認識，充滿在全首詩裡，一見就知道這首詩對於主題爛醉者，祗有一般的常識，以外絕不能給我們有任何感動的毫無價值的作品。

由於如此比喻的類似相因過於常識的關係其効果乃歸於零，這種事屢見不鮮，而其類似相本身有重大欠陷時，其効果也會歸於零的。

安慰

百田宗治

夕暮漂流於靜靜的樹間
微微的白光
從枝梢到枝梢
風無聲息地滑落着

天空的一端亮着
透明地張貼絹布的空氣的深奧處
像昇起了的休戰旗那樣
星星亮着

這時候，星星是用休戰旗來比喻，而兩者均以「光亮」的類似相連結的。不過我們從星星雖可得到「光亮」的image，但休戰旗即無可得到類似星光的屬性。

又想追求，「光亮」以外的類似相，在這星星和休戰旗之間，從其型態上來說亦無任何可以連結的東西。所以這比喻完全歸於零，因依靠這比喻，對於星星我們的image的領域無從獲得新的展示和擴大。

論暗喻

暗喻的形式，異於上述的直喻。直喻是以「像、似、如」下面的語言說明兩者間的analogy，而暗喻却無呈示是項說明二者間的類似相的語句。於是不像直喻那樣以狹義的說明來限定比喻的世界。那是暗喻的特徵。

夜空

草野心平

天是

螺鈿的青玻璃。

白癬的河，金米糖的星星。
穿過像霓虹的幾層樓。
直直直直。

噴火的向日癸。
融溶的柚子。
游着渦的蝸牛。
觸及地面的空氣從天上開始的太陽熱或億萬馬力。
從宇宙之場發生的energy崩踏下來。像在祈禱着願世人普遍的吧，那樣的普遍。
可是存在的是。
無涯而黑暗。
踏着搖映在那延續到天上的田園裡的天。

走過。
閃爍的螺鈿之下。

這首詩除了「像霓虹」一句是直喩以外，其他都是用暗喩的。「天」被暗喩爲嵌鑲螺鈿（磨亮的貝殼）的青玻璃，銀河被暗喩爲頭髮中的白癬，星星被暗喩爲金米糖（多角型的糖菓）。但「天」在甚麼地方是「螺鈿的青玻璃」？，銀「河在」甚麼地方是「白癬」？，這些並沒有被指明。就是兩個語言之間的 **analogy** 全未被說明，祇給與結論，而任

讀者自由去發見聯貫於兩者間的類似相。

於最初的暗喻，「天」是由於嵌鑲着螺鈿的青玻璃的形狀喚起讀者的 image 打破了一般概念的「天」的外皮，從中表現了夜天特殊存在的形狀。

總之一個對象是由這比喻始能展示着新的存在的意義。暗喻是如此與直喻不同，不以說明 analogy 來限定讀者的 image，才持有更爲廣汎的暗示的世界。而這方法常常會使作品的論理或情緒的秩序，陷入非常複雜，難懂的傾向。

尤其暗喻的型態變了形在作品中出現，或暗喻的機能遍及作品全篇的時候，就常會迷惑讀者的。

像這首作品裡的「噴火的向日癸」「融溶的柚子」「漩着渦的蝸牛」等確實也比喻着某一事物。但在此並無呈示了比喻的主格，可以說是變則的暗喻的一例。

不過敏感的讀者仍可以感知「噴火的向日癸」和「融溶的柚子」是暗示深在暗雲裡閃爍的月亮，而「漩着渦的蝸牛」是暗示着環繞在月亮周圍的星雲。如此讀者就依據這三個沒有主格的暗喻，可以想像夜天漩渦的雲和月的活動的形狀

前首是變則的暗喻。而在此再舉一個，作品全部具有暗喻的形狀的特殊作品爲例吧。

回憶

北原白秋

回憶猶如頸項的赤色螢虫的
午后依稀的觸角
飄飄帶着微藍的
似亮又不亮的光？

或是恍恍惚惚的穀類的花麽
拾穗的小曲兒麽
溫暖的酒倉庫的南側
鴿子矯揉的白色嘆息。

若是音色該是笛之類

蟋蟀的啼鳴
懷念醫師投藥的晚上
在微明裡吹奏的口琴。
若是香味該是天鵝絨
紙牌的女王的眼
戲耍的 Pierrot 的臉
像似那麼孤零零

不像放蕩的眼睛那麼難受
也沒有像熱病那樣明顯的痛苦
如此却似暮春一般纖柔的
回憶麽，可是，我底秋的中古傳說？(legend)

這首是白秋的有名的處女詩集「回憶」的序詩，在此被比喻的祇是一個「回憶」的主題。爲了說明其情緒上的生理的本質，其背後所有的事物都被用暗喩的處置法寫成。「螢光」和「穀類的花」，「或拾穗的小曲兒」「鴿子羽毛的嘆息」「笛音」「口琴」「天鵝絨」「紙牌的女王的眼」「Rierrot 的臉」「放蕩的眼睛」「熱病的痛苦」「暮春的纖柔「秋的legend」，等都是繫於少年時代的回憶，爲了暗喩回憶的情緒而被列擄的事象。

不但如此，其所暗喩的事物本身又複雜細微地被形容或再被直喩（第一聯），在複綜感覺的交響裡，把主題的「回憶」所有的感情底生理都明示出來。

和這篇同樣以整個作品用暗喩構成的再舉一例來看吧。而在這兩首之間，看看有何暗喩的質上的變化，和詩進化的歷史併行着呢。

自由底結合　A·Breton

吾妻持有林中的火之髮
持有灼熱的閃電的心思
持有砂漏的軀幹
吾妻持有虎牙之間的水獺的軀幹
吾妻持有結花的嘴唇、最大的星之花束的嘴唇
吾妻持有白土上的白蝙蝠一樣的牙齒
吾妻持有瑪瑙和磨亮了的玻璃的舌頭
持有難予相信的石的舌頭
吾妻持有小孩學習寫字的眸子
吾妻持有燕子之窩巢的綠色的眸子
持有溫室的屋頂的石綿板的太陽穴
持有玻璃板的蒸氣的太陽穴
吾妻持有香檳酒的肩膀
吾妻持有氷下的海豚的頭的噴水的肩膀
吾妻持有火柴的手腕子
吾妻持有偶然和 heart 的 ace 的手指
吾妻持有被剪斷了的乾草的手指
吾妻持有貂皮和山毛欅的果實之胳肢窩
持有聖約翰的夜的胳肢窩
持有疣瘤的樹和 angel bish 的窩巢的胳肢窩
吾妻持有海的泡沫的水門的泡沫的胳臂
持有麥子和水車混合的胳臂
吾妻持有按時機器和有絕望之動靜的信管的脚
持有接骨木的精髓的小腿

吾妻持有大寫字母的脚
持有鑰匙梱兒的脚飲酒的塡隙工的脚
吾妻持有搗麥子的頸
吾妻持有黃金的谿谷的喉嚨
持有深夜奔流的睡床密會的喉嚨
吾妻持有海的小山的乳房
持有 ruby 的坩堝的乳房
持有露下的薇薔的 spectrum 的乳房
吾妻持有日日的扇子的展開的腹部
持有巨大的瓜子之腹部
吾妻持有以垂直逃亡的鳥的背脊
持有水銀的背脊
持有光的背脊
持有旋轉的石頭和潮濕的石膏的頸筋
持有飲乾了的玻璃杯掉落的頸筋
吾妻持有小舟的腰
持有高脚燭台和箭的羽毛的腰
持有無感覺的 balance 的白孔雀的羽軸的腰
吾妻持有砂岩和石綿的臀部
吾妻持有白鳥的背脊的臀部
吾妻持有春的臀部
吾妻持有 gladiolus 的性器
吾妻持有金礦床嘴鴨獸的性器
持有 Bonbon 和海藻的性器

持有鏡子的性器
吾妻持有充滿淚水的
紫羅蘭色的甲冑和磁石針的眼
吾妻持有大草原的眼
吾妻持有在獄中飲用的水的眼
吾妻持有常在斧頭下的樹木之眼
持有水準器的眼　空氣和土和火的水準器的眼

（瀧口修造日譯）

這首詩，把妻的肉體所有的部份，以超越想像的事物暗喻着。普魯東（A. Breton）是專攻精神病理學的法國詩人。一九二四年發表「超現實主義宣言」，可以說是超現實主義（Sur-realisme）的鼻祖。單看這首作品的比喻也可知道是採用了超現實派特有的切斷日常性聯想的手法。就是在此所暗喻的主格「吾妻」，絕不是以我們日常的意識上能夠聯想的事物來比喻的。

在我們所埋沒的意識，即企圖在潛意識的領域中追求那些兩者的類似相。超越了通常的論理或感覺的聯想的，人底意識的深奧裡，追求比喻的類似相。而依此想迫切地達到所謂「吾妻」的特殊存在的本質。

雖然普魯東在此採取的比喻方法，不外是超現實主義者所表現的特殊手法。但比喻本身最眞實的機能便是要破壞纏繞在兩者之間的通俗概念，進而被出乎料想之外的存在性之邂逅而昇高的。因此可以認定這是順應那些原理的極端的作品的一例。

雖然普魯東的比喻是難懂的，但在文脈上來說，被比喻的和要比喻的却很鮮明而且單純。不過，詩人的詩的思考和暗示的意識越複雜微妙，暗喻的世界就越擴大，因而適確的 **analogy** 就比較難於捕捉了。下面的詩是西脇順三郎的詩集「旅人不回歸」的一節。

一一三　西脇順三郎

依然開着紅一色
行迷於泥路上

這首詩也是用一種暗喩構成整個作品的。但暗喩到了這種地步，就連暗喩本身的形象也相當地不顯明起來。要比喩的，和被比喩的，不僅以那些物的型態，情緒或思想的單獨的類比，而是更把那些混合起來的，双方都互相持有非常複雜，廣濶的暗示的領域予以接觸着。

因而，這允許讀者在追求 **analogy** 時有廣汎的想像之自由的暗喩世界，雖不能以適切的確信來說，但這裡「依然開着紅一色——行迷於泥路上」的一事件，被暗喩於「神曲的開始」是不會錯的。

倒臥着的金線草，行迷於這現實世上的泥路上，那個詩人內部的孤獨和憂悶的模樣，可以斷定是被但丁的神曲，地獄篇的 **image** 而展開着。

窄看之下很平常的，行走於郊外泥路上的詩人的姿態，由於這個比喩，忽然要把激烈的，其內在的眞實，說明在讀者之面前。

這種優異的比喩，是爲了關於一事物的全新的知覺的經驗世界，啓示給讀者，而能使一篇作品成爲詩的重要關鍵的一例。

高度的比喩是產自豐富的想像力

比喩這種表現的方法，不管直喩或暗喩，可以說由此賦與被比喩的語言的機能具有新的生命和新的任務。由於不意中出現的比喩的語言，破壞了被比喩的語言之習慣性意義的象徵，依其衝擊，重新抽出被隱藏着的語言本來的意義或態度，訴諸讀者的感覺。而據於這新的語言的機能。重新把被表現的存在所隱藏着的事象，呈示在我們的面前。我們接受這種新的世界的啓示，瞬間會感到了原始的驚愕。

因而，從這些被比喩的語言，若毫無受到衝擊或展示變化的那樣比喩，便是前面所述的無力而且沒有意思的比喩了。那麽這樣沒有意思的比喩是從何處產生的呢，那是對事物的常識上的認識，換句話說是語言狹窄的領域，亦就是由於想像力的貧乏而來的。例如說劍就是氷，飛鳥便是箭以外就不能想像其他的事物所產生的比喩。即「氷冷的劍」或「如箭的飛鳥」等毫無意思的比喩，是對於劍和對於氷的認識的淺薄共同構成起來的。

因爲由如此表現以外不知其他有何表現的方法，所以祇能援用習慣性的那些死了的比喩而已。

通常優異的比喩是，用好像在日常理我們普通的聯想不能連結的兩個事物的對比而造成的。並在這兩個事物的屬性裡發見預料之外的 **analogy** 然而把兩者連結起來，即給讀者以新鮮的驚愕。

里爾克曾被某批評家指爲「他是像……那樣的詩人」，他確是那麼高度地應用了比喩的効果而聞名的。例如；

你將如何，神啊，當我逝去？
當我，你的水壺，碎成片片？
當我，你的飲料，成爲腐臭或已乾竭？
我是你的衣，你所從事的行業，
你失卻你的意義，倘若將我失卻。

沒有了我你即無家
你即失去對你的歡迎，親密而且溫暖。
我是你的草鞋：你的雙足疲倦
將因缺我而赤足流浪

里爾克「時間之書」的一節
（方思譯）

這首詩是里爾克使用暗喩的典型作品。這種里爾克用比喩表現的本質，對於里爾克最有研究的茅野蕭蕭曾極爲適切地加以解說過。在此引用其中的一節吧。

在他（里爾克）的詩値得驚異的地方是，其比喩象徵的創意性及富於能剔抉事物本質的力量，和其律動的不受拘束而且是有根源的。他曾一如嘗試了語言與語言的完全新的連繫那樣，把要比喩的和被比喩的予以連結的時候，也採取了和從來的詩人完全不同的雅緻。他可以用一見絕不能用來做爲比較的東西做比喩。而兩把者予以互相聯關，並且還能完全喚起統一感的原因，就是在其內面性的解剖。他不用外面性的類比做比喩象徵，而分解兩個被比較的事物，在其最接近內面性本質性的地點予以連接。因之這比喩的感能上的効果，絕不與被比喩的事象平行，却可做其補充的，而使其深奧

。或是征服了被比喻的事象，致使被比喻的事象解體，而更一層使其價值提高，這是在里爾克的詩裡會常常偶見的。」

這樣的解說也可知道，卓越的比喻就是，不以外面性的類似來行使，而常依據兩者的內面性的解剖發見出來的一個 analogy 來行使的。然而如前所述，依其比喻，那被比喻的語言的外皮就被破壞，一時被解體，再以持着高度的次元的意味復活。

外面性的類似就是指對於事物被通俗化，被平板化了的意識的接觸面而言的。也可以說就是在日常生活內的使用上已被平板化的語言與語言的接觸面之謂。

語言是如前所述，其本質是持有近乎無限的許多接觸面的一種多面體。但在日常生活上我們却祇使用其極微少的一面，而其餘的多面都埋在我們的意識之下。

因此從這已貧弱化了的語言與語言中，很難抽出能使別人驚愕的任何新的類似相。應該從近乎無限的意味裡，互相選出最適切的唯一事象，來做出一個 analogy。而若那個世界廣濶，選擇越自由，可以說比喻創造的能力就越宏大。

要追求語言持有的無止境的意義，那已經就是詩的根本問題了。這個問題不但超越了叫做修辭學的技巧的世界，而且無限制地擴大及深入詩的內面性的世界之問題，那是因爲到了這個地步，語言的本質就關聯於存在的本質之故。里爾克是體會了這些吧。里爾克在語言所顯示的能力，就是證明了他如何對於事物的存在性持有深奧的認識力。並且也可以說是對存在的深深的認識，才使他的語言成爲那麽深刻。

叫做比喻這個語言的化合物，是測定詩人持有的語言的領域之最簡便的試驗片。由於分解檢討一個比喻，那個詩人的素質「Talent」或才能就立即被測定出來。

休謨說：比喻這個東西是，逐次終了其壽命而死去的。無能的詩人就是不知不覺地使用着那些死了的比喻的詩人。而優異的詩人就是有能力時常會無終止的發明新鮮生命的比喻的詩人。休謨又說，散文就是保存着在詩人之已喪失了生命的比喻的博物館。

不論如何，所謂詩不是說教的文學，而是暗示的文學這一點，也可以說詩是比喻的文學。事實上，比喻的機能成爲複雜而擴大時，所有詩的題目可以說就是被比喻着的，而作品就是暗喻着那個題目的啦。

如此，比喻自從單純的修辭學上的一種方法的，圖式上的型態，而發展到複雜的變形或複雜的機能時，所有的詩就變成了向一個主題進行的一個比喻。

不能創造優異的比喻的詩人，就不能創造優異的詩的理由亦在此。（摘自「現代詩的探究」）

註1：亞里斯多德（Aristoteles BC 384—322），古代希臘的哲學者，其「詩學」二十六章爲世界最古的詩學。

註2：荷拉提烏斯（Horatius BC 65—8）古代羅馬的詩人，作品有「諷刺詩」，「Ode」，「作詩術」等，尤其「作詩術」係可與亞里斯多德的「詩學」媲美的名作。

現代詩用語辭典

吳瀛濤

意象

Image（英語）意象，或稱心象、映像、寫象。即指映於心裡的事物之像，也可以說是由想像力捉住的事物的表象。想像力（Imagnation）不在於現實本身，而在於人的能力的本身，因此它是主觀性的。這種主觀性的心理作用附於言語而被客觀化，因而產生意象。

意象因與Fantasy（幻想），其作用相似，以致往往易被混用，不過在英國這兩者有明確的區別。據拉斯肯說：產生意象的想像力是一種能夠創造思考的機能，而幻想卻較差，並無此項機能。他解釋：幻想是那種無責任地擴大到詩人的意圖之外的動物性的感情作用；反之，意象則產生於詩人的明確的意識之控制裡。在這一點，意象一面被解爲是知性被形象化的形象。

此種可視而具有空間性的形象，代替了以前的韻律所造成的音樂性時間性的心理陶醉狀態，而成爲美的方法，此爲現代詩最重要的趨向。

詩語言所具有的韻律，雖不能說是和產生意象的作用毫無關係，但是言語的韻律採取了所謂旋律那種音樂構成時，意象與音樂性之間會有相對。比一比波特萊爾的詩和魏爾崙的詩就能明瞭。成爲波特萊爾詩的特徵的强烈與明確的意象，在魏爾崙的詩，則因其音樂性，變成了輪廓極

朦朧。

馬拉美在「意象的持續」一文中說：由於個個的意象互關連，甚至能使一種觀念，如眼睛所能看見般地令人想起。這正說明了僅以描寫形象，也足以表現意念，意象之微妙的機能在此。

意象被認爲是詩的要素，由來已久。唯做爲詩風的主要命題，則始自由於美國的詩人們，E．龐德。A．羅威爾。奧爾登頓。H．D。J．G．夫列查等所發起的意象主義）Imasism）運動。其綱領中規定要表現意象，絕對不使用對意象無作用的言語，創造新的韻律而不墨守古舊的節拍等；一面重視意象的機能，一面明確地表示了排斥成爲此種機能之阻害的旋律。

此一運動雖在英美以外影響不大，不過其對詩的新思考，可以說對於過去的抒情詩的美學，表示了很明顯的抵抗與否定。

詩愈近現代，其主題已自情緒性而變向思想性。它又以複雜的論理爲其內容。E．龐德所說的「論理的詩之美」即爲此。

惟詩本來與散文不同，不能把情思當做說明性的論理予以敍述。思想應在視覺上或聽覺上表現其可感性。則不得不如艾略特所說，成爲「思想的情緒性的等價物。」如此，將論理，解釋爲視覺上可感的東西，意象的造型遂成爲現代詩法上最重要的主題。

換言之，意象已成爲將思想還元於藝術（詩）的唯一的媒體。

思想的思考形態，由於暗喻的方法成爲意象，成爲可感的東西而傳達讀者。所謂思想的形象化，正是意象被重視的緣故。

如此隨着意象的任務的轉變，意象的相貌也呈出種種轉變的歷史。

一般地說，抒情文義的詩，其意象是缺少明快而且平面化的，但主知的，論理的詩，意象的型狀是多次元的，幾何學的。

意象造型的方法，在現代詩上，成爲修辭學的基礎條件，其方法雖然每個詩人都不同，不過最特徵的方法，可以舉出Sur -realisme（超現實派）的詩法。此種文學的方法在於聯想的切斷。即要把通俗的習慣的聯想予以切斷，將最遠隔的意象聯結之，乃使意象在讀者意想外的地方相遇，並以預想外的相貌聯結；就那樣地要創造美學的，驚愕的世界；它可以說是新的意象的造型方法。

總而言之，現代詩，其意象從某一角度說，實已成爲詩的肉體。詩的獨創性也即是等於意象的獨創性，詩的新魅力也是繫於新的意象。

超現實主義

Sur-realisme（德語）第一次世界大戰後在法國發

生的前衛藝術運動，係以詩與繪畫為中心，其運動其思考方法給予現代藝術的影響非常龐大。

一九一六年發生在自律希的達達主義的，其無目的的半自動的，委諸於偶然的詩的方法，自一九一九年前後，有安特烈•布魯東，弗立普•蘇波，雷•阿拉貢等達達主義者，導入精神分析學的方法，研究出了日常生活上的無意識的重要性，由於與弗洛依特的學說聯結，去追求夢與潛在意識，而將內部與外部，意識與無意識，肉體與精神等綜合，要創造一種絕對的現實即超現實，主張自動記述法 (Auto-matism) 為其唯一的方法。

安特烈•布魯東在「超現實主義宣言書」(一九二四年) 上說：「超現實主義是用口頭、記述，或其他所有的方法，要表現思想的眞的過程之一種純粹心理上的自動法。它既離脫了由於理性的各種控制，也與一切美學的，道德的先入觀念隔離。而一九二四年所出的「磁場」(布魯東，蘇波共著) 則為實驗這種方法的作品。

超現實主義者們常引用的美的觀念，諸如可見於洛特萊亞蒙的詩句「如像解剖台上的機械與雨傘的邂逅那樣的美」；奈爾巴爾或波特萊爾，洛特萊亞蒙，藍波諸人都被視為超現實主義的先驅者，在超現視主義成立的運動裡，有超自然與超現實的兩個潮流，惟他們對其運動却以超現實主義為名稱，實有意要去加深近代精神，而襯托出合理的社會現實之基盤所致的吧。超現實主義的特徵之一，並且有重大意義的是詩的合作。自動記述法就是重視個別的意象，由幻惑強烈的意象去創造的表現方法，就如艾呂亞所說：「為使靈感常映照於鏡上，個性的反映應該抹消」，超現實主義者們，則以此為洛特萊亞蒙所說的「詩並非一人所作的，而是由萬人所作的」，那句話的具體化的方法之一。

本來從出發時就具有浪曼主義傾向的這一運動，到了一九二九年布魯東發表「超現實主義第二宣言」的前後已漸開始分裂，阿拉貢在同年離開這項運動，加入共產主義陣營。布魯東於第二宣言中說：「生命與死亡，現實的事物與被想像的事物，過去與未來，可能傳達的事物與不可能傳達的事物，高與低等，擯棄這些矛盾的知覺，有精神上的某一地點之存在——此為我們由所有的事象確認的。因此，除決定某一地點的希望以外的動機，將無法在超現實主義者的活動中找出」；而導至他對於處在外部社會的變動中，行動的拒絕。又到三〇年代人民戰線運動的時代，布魯東一派即以為：「倘若閉鎖內部，縱如馬克主義也該拒絕」「不應與凡屬布爾喬亞的事物妥協」，而與人民戰線運動對立之，由是阿拉貢和油尼所代表的一派與布魯東，貝列所代表的一派，其對立已極明顯。在此當中，超現實主義的代表詩人艾呂亞則漸趨向阿拉貢一派的方向，而以其「赤裸的眞實」一詩，透過第二次大戰的抵抗，表現了他的詩的結晶。

情緒

Emotion（英語）由於喜樂悲傷等感情的抑住或其所產生的複雜的感情之摺疊，則爲情緒。現代詩雖由歌唱的詩轉變爲思考的詩，不過並非將論理本身直接表現，其思考普通却都通過情緒予以再現，返過來說，僅僅表現了情緒的詩，也不能給人深刻的感動。

形象

文字上的意義是指事物的具體形態，但在藝術上，則並非僅止於事物的具體形態的再現，而是指包含在形態中，作者的眞實的表現。例如，有一個對象物，並非要把它的色彩與形態表現出來，而是指對象映入作者的腦裡，經過分瀞後，其特徵乃至於作者心情上的過去的體驗，知識種種的光暗音調的調合（Nuance）想像等被綜合而被形成更具象的事物。

文學，不論屬於任何範疇，不能缺少這種形象；因文學不是說明，而是將現實以其形象表達給讀者，並由感動使之認識眞實。

在詩的場合，形象化即給讀者以意象，同時以言語的韻律表現更鮮活的感動。

變型

Deformation（法語）常用於繪畫或彫刻的表現上，用在詩上則指把所要描寫的題材或素材，依作者的方法或意象在其表現上，意識地予以變爲與實物不同之謂。這並不是因好奇的，而是作者分析對象，探出現象內奧的本質，而將其意象描寫的技法。譬如這裡有一隻牛，牠顯然是動物，但假定詩人或畫家爲要表現某種人間像，考慮到這隻牛——沉默、溫順、却有點凶猛莫測的。在這場合，直接的素材雖然是牛，可是在於表現上，會描出似牛却不是牛的人間的東西出來。那是比描寫一個人物的外形更深入，連其複雜的內部也由牛的變型而予以表現。

比卡索有一幅壁畫「戰爭與和平」。他用夜間活動的貓頭鷹去表現戰爭，因貓頭鷹具有不祥的氣味，便有這種第一個意象，不過比卡索爲要把戰爭的意象形象化，則在素描上仍把牠着次變型，到了最後竟造出了比貓頭鷹更陰森的怪物也即戰爭。這就是一面追求眞實，而把素材的貓頭鷹予以變型的例子。從手法上說，變型雖有如此獨特的機能，但是它究竟還是手法而已，我們須應注意到作者對於現實分析的嚴正才是眞正支持變型的因素。

笠下影

本社

方思

我實祇欲表達種種細緻的深沉的情感思想，情感與思想的轉換，變易，以及長住的一面，如是而已。爲此，我作種種實驗，試圖千錘百鍊我國文字，使柔韌如鋼，如繞指柔，我作此方面的實驗，這是事實。我恐未能十分成功，我亦坦白承認，但吾人對一個因循故轍的作者，與對一個別闢新徑的作者，其態度當有不同。此想不應有何懷疑。正如對一篇創始新風格的作品一樣，吾人對創新的作者當予鼓勵，至少應加容忍。

I 作品

給一個鄉下女孩子

堤岸上不知名的白花
流向不知何處的水
你採摘不知功用的禾草
你在工作
而你不懂什麼是生活
生活於你沒有意義

盛滿湖泥的船
駛向港灣
你不知道
海灘上拾貝殼的小孩子們
欲以珠光與夕照比美
你不知道
你並非不認眞生活
亦不是春天永不近你的身
深綠的田野
深綠的水
深綠的成熟，富饒
你泰然站着
你的生命便是深綠
而你安於你的生命

時間停住，時間消失踪影
雖然你搖落葉背上的露珠
留住歸鴉翼上的紅輝
你的眼睛閃耀光芒
而你從未翻查人的歷史
或者追問事物的關聯
啊，多麼宏深的一片寂靜
就似突然的和平
滋潤靈魂的何等甜蜜
這就是一首歌
永恒的明朗，永恒的清新
這是生活，何必需要藝術

凰鳳木開花的時候

鳳凰木花開的時候
我穿過黑夜

在蔭影中我疾馳
一層層的是黑暗黑暗
像池水倒映的蔭，重疊又重疊
我觸撫不出邊緣，層際，我陷身黑暗之中
冷風吹動，間隙處閃爍又閃爍的是
星光，是深不可測的眼睛，是沉心至冷冷的池底的笑
黑暗依舊，蔭影依舊，空間依舊
我亦依舊，我陷身黑暗之中，在蔭影中疾馳
穿過黑夜，深不可測的黑色的覆蓋
一層層的是黑暗，黑色的宇宙

倘若是椰子樹，每季會脫下一層外衣
脫下，就如丟棄一個不值得依戀的愛情
脫下，就如讓自己體驗一次死亡，在死亡中重生
脫下，就如更深一層顯示眞正的自我
倘若是洋槐樹，今正開放青色綠色的花
開放，像朵朵幻想的花點綴一沙漠的寂寞
開放，像靈魂的火花，平凡中的不平凡
青色綠色的花終是特色的花

　鳳凰木花開的時候
我見到紅色的花，鮮艷如每個少女的青春
庸俗亦如之，所蘊藏的凋萎亦如之
鳳凰木已開花了，不知將否結實
鳳凰木已滿滿綠蔭了，重甸甸的，黑沉沉的
置身于黑暗的覆蓋之下，我陷身于黑色的宇宙

穿過黑夜，我在蔭影中疾馳

　鳳凰木花開的時候

II　詩的位置

紀弦在介紹方思的一篇文章裏，是以「無論如何，方思，是我的同志之一」（註一）這一句話開端的。至於方思爲什麼是他同志之一的下文，他說：「是因爲對於詩——特別是今日新詩，我們的看法一致」（註二），誠然，對於詩能與紀弦意見相同的，即眞能指出中國詩的弊病來，而對於各國現代詩亦能有所體會的，在當時確是寥寥無幾。譬如在今日談論「美國詩壇頑童康明思」，談論「現代藝術的魔術家畢卡索」，而活躍在詩壇上大名顯赫的余光中，但這是他留美回來以後的事，在當時——即他未留美之前，我們便無法找到他對於詩的現代化表示同情的隻字片語。

如上所述，方思是與紀弦等幾個人推動中國詩導向現代化上，可說是比余光中早一時期的先進之一。雖然所寫

的詩論不多，但由他對介紹里爾克以及各國現代詩人的手法上，我們將可窺見並十二分的了解他對於領會現代詩的深度。

（註一）請參看「現代詩」第11 12期紀弦「方思和他的詩」一文。

（註二）與（註一）同。

Ⅱ 詩的特徵

「文字拘泥」是他的詩的特徵。他說：「倘若文字是一塊鋼條，想彎曲鋼條成某一新形式以配合某一新的事物，想作這樣傻事的我」（註一），然而他的「文字拘泥」的程度，那種即使人人都感嘆並謹嚴的去朗讀以及背誦的聖經譯文，於他看來還是非經由自己重新翻譯決不輕易信服的（註二）。這種態度可說是相當嚴格，但，這種態度正能促成了他的詩成爲觀照的，冷靜的，而不陷於傷感的，衝動的。就他的詩的特徵來說，也就是只有這種要素才滿足了今日現代詩的條件，而成爲堅硬的，獨特的。因而他的詩在當時往往是被認爲「晦澀」（註三）的，以及「歐化」（註四）的，但，說也奇怪，時至不到十年的今日，他的詩已不再算是怎麼「晦澀」，以及「歐化」了。這是什麼緣故呢？大概讀者對這已經習慣而成自然了吧。曾爲一些評者所疑慮的問題，如今只順其自然的這樣解決不是太滑稽了嗎？不從深入「本質」着手而只斤斤計較於「現象」如何的職業批評家的論斷，是如何的無聊，由此可證知。

（註一）引自方思詩集「時間」的「自序」。

（註二）在「現代詩」第14期上，有方思試譯「傳道者」第十二章第一至七節的「聖經新譯」。

（註三）請參看紀弦「方思和他的詩」，方思詩集「時間」「自序」及方思詩集「夜」「後記」等文。

（註四）與（註三）同。

Ⅵ 結語

有人或許非做詩人不可，但也有人無所謂做不做詩人的，例如揚喚。但，他也是個詩人。有人或許非做批評家不可，但也有人無所謂做不做批評家，例如方思。但，他也是個批評家。梵樂希曾說：「懂的不說，愈是不懂的愈愛說」，所以有時只沉默而不肯說，也算是一種的詩。一種的批評。

本刊並不做此種主張，因鑑於此種資料難得，特譯出供大家收藏，願大家溫故而能知新

未來派宣言書

F.T.Marinetti

葉笛譯

我底朋友和我在回教寺院的燈火下徹夜醒着。那裡的銅製圓頂天花板，雖然和我們的靈魂一樣地被鏤彫着，却有着電氣的心臟，在奢華的波斯地氈上，直把我們生性的怠惰蹂躪到厭倦為止，我們在論理的最前線議論着，謾罵着瘋狂的書籍。

當我們感覺和那野宿於蒼穹的露營地的敵人的星之軍隊面對的前哨或燈臺似地，只有我們站立着的時候，無限的自尊心漲滿我們的心胸。與我們同在的，只有大船的地獄似的機關室中的機關夫，只有在熱狂的機關車的赤色肚腹裡混騰着的黑色的幻想，只有對着城壁叩摔着羽翼的陶醉者而已！

突然，我們被閃照着多色的光，飛躍着馳騁而過的双層的巨大的電車的轟響攫奪了心。那電車風馳電掣的姿態，宛如把氾濫的坡河祭日的小村落猛地震撼着連根拔起將它拖入大洪水的激流或游渦裡終將它捲流到大海似的。

繼而沉默益加深沉了。彷彿一聽見古老的運河的衰憊不堪的祈禱，瀕死的宮殿之骨在綠色的髭中軋響時，突然在窗

下飢餓的幾輛汽車咆哮了起來。

我說：朋友喲！動身吧！神話和神秘的理想終於被征服了。我們來援助人馬的誕生吧。而不一會兒，我們將會看見最初的天使飛翔的。——要試驗鉸鏈和門閂，必得搖撼生命的門扇的……出發吧！唯有那兒才有冉冉上升的最初的太陽！……在我們繼續幾千年的黑暗裡，對於第一次要戰鬪的太陽的紅色的劍的光輝，任何東西都不能與之較量的。

我們走近鼻息激喘着的三個機械愛撫了它的胸脯，我像棺槨裡的死骸似地，在我底機械上伸直了身體。然而我突然，威脅我的腹部的——斷頭機的刀似的——哈姆米車下蘇醒起來。

發狂的大箒使人失却心境，使我們像乾涸的似地向着嶮岨的深長的街疾驅了。這裡那裡，從窗流洩出來的可憐的燈火，對我們教了輕蔑我們的數學的眼睛。——我吶喊着。嗅覺，對於野獸僅止嗅覺便已够！

而我們就像年青的獅子追趕着逃向紅紫色明亮天空中的有着青白色十字架斑點的黑色假髮的死亡。

可是，我們沒有背脊直伸雲霄的理想的情婦，以及把像拜占庭的指環似地扭曲的我們的死屍可奉獻的殘虐的女神？

……如果死不是希望了結我們的太沉重的勇氣的話，死是沒有任何價值的！

我們把看家狗在門檻的地方踏碎而前進着。那狗宛如熨斗下的硬領，在我們的燃燒着的橡皮輪下圓圓地壓潰了。

被寵慣了的死，想巧妙地以其爪勾住我，在每一轉彎抹角時趕過我，從積水的底下投過來天鵝絨似的眼光揚起銳利的顎頭的叫喊，把身軀扭撲在地上。

——像從醜惡的母岩飛躍出來一般地從智慧跳出來吧。而用自尊心加上辣味的水果似地，走進風底廣大之口和身體中吧！……不是由於絕望，只爲了要豐富不合理的不可測知的貯藏庫的緣故，把我們餵給未知吧！

我一說出這些話就以咬了尾巴的龐大的狂熱，粗暴地回顧了自己。這時忽地二個乘坐汽車者像要讓自己瞭解，却以相反的，兩個推理似地，在我面前跟蹌着，非難着我們。他們的混帳的波動論議着我的地位。……是怎樣的不愉快！嚇！……我結束了它。而我懕然，仆倒了下去——咯咚！倒栽葱地，跌向溝中……

呵呵！泥水滿過一半的母親之溝喲！工場之溝喲！我像令人憶起蘇丹出生的乳母的黑色神聖的乳房似的，把強壯劑的你的泥水滿口品味了！

當我把泥濘而放散惡臭的掃箒似的身體撐起來時，感到了歡喜的灼熱的鐵舒服地刺着心臟。

排成一列的漁夫們和患上脚濕病的科學家組成的一羣人，驚訝地麇集於奇怪的東西的周圍。由於富忍耐拘泥於事物的心，他們爲了要撈起宛如滿身泥濘的大沙 魚似的我的汽車，便把鐵的大投網高高地投上來了。汽車把那明顯的沉重的

幔頂和車墊子像魚鱗一般地，丟棄於溝中靜靜地浮起來。大家都認爲我可愛的沙魚死了。然而，我只消把那全能的背一抱，便使它蘇醒了。這時它一蘇醒即以其鰭用五大速度疾馳起來了。

因此我們就在被鐵屑，無用的汗和天花板的煤渣滿溢着的工場的美麗泥濘掩蓋着，胳膊以繃帶絞綁着，排成一列的聰明的漁夫和立定了心意的科學家的哀訴當中，對地上的所有活着的人們，口授了我們最初的意思。

未來派宣言

一、我們要謌唱對危險的愛或活力和膽大無忌的習慣。

二、我們的詩的本質的要素，將是勇氣和果敢和反抗。

三、從來文學是尊重着沉思的不動之靜或忘我之眠的，可是我們要讚揚攻擊的動作，熱狂的不眠，跑步或翻筋斗，吃耳光和鐵拳。

四、我們宣言：世界的榮耀將由一種新的美即由快速的美而更豐富。好像吐着爆發的氣息的蛇以粗管被裝飾的車疾驅的汽車……宛如乘坐着霰彈奔馳的怒吼着的汽車，是比沙姆斯列斯的勝利更美麗的。

五、我們要歌唱持有把那自身也被投擲於軌道上的地球穿透的理想的軸的，把握着舵輪的人。

六、詩人爲了增大與生俱來的要素的熱血噴湧似的感激，要以情熱，光輝和奢移耗費自身。

七、沒有比爭鬬更美麗的東西存在着。不具備攻擊的性質的傑作是不存在的。詩爲了未知的力量匍匐於人類之前，非爲粗暴的襲擊不可。

八、我們站立在世紀的先端的海角！………在不得不擊毀所謂不可能的神秘的門扉時，瞻顧後方有什麽好處？時間和空間在昨天已經死去。因此我們早已活在絕對之中。因爲我們已經創造了永恒而且普遍的快速。

九、我們要讚美——世界唯一衞生的——戰爭，軍國主義，讚美愛國主義，無政府主義者的破壞行動，讚美殺人的美麗的觀念，更要讚美婦人的輕蔑。

十、我們要破壞美術館，圖書館，同時要和道學主義，婦人主義，所有的阿諛的幫閒主義和投機主義的怯懦戰鬥。

十一、我們將要謳唱：勞動，快樂或者被反抗所刺激的大衆，在近代的首都的革命的多彩多音的波動，電氣的粗暴之月下的兵工廠或造船工場的夜的振動，吐烟之蛇的饕餮的貪心的停車場，爲其烟之層束從雲霄吊垂着的工場，飛越過輝映着陽光的河流的兇惡的利刃的體育家的橋梁，嗅着水平線的冒險的郵船，如同以長管緊箍了鋼鐵的巨大的馬匹似地頓足於鐵軌上的大胸脯的火車頭，螺旋槳宛如旗幟之音或熱狂的群衆的喝采似的飛機的滑行的飛翔……。

我們投擲這破壞而且煽動的粗暴的宣言書，今天以它來構築未來派，正因在伊太利的緣故。因爲我們要把伊太利從教師，考古學者，名勝導遊人和古老世家的壞疽中解放出來。

伊太利委實太久是個古董店的大市場。我們要從以無數的墓地籠罩着伊太利的無數的美術館，把伊太利解放出來。

美術館，墓地！……在互不相知的肉體的肱和肱不祥地接觸着的這一點是多麽酷肖着。那多像和厭惡的人們或無一面之識的傢伙相鄰着而永久睡在一起的大衆的公共寢室呀。是在同一美術館中以色彩和線條的打鬪互相厮殺着的畫家和彫刻家的殘忍。

就像一年拜一次墓塋似地，每年訪問一次美術館……我們可以容許它！如果只是一年一度在約康達的足下供奉花朶的話，我們可以承認它！……然而帶着悲哀和脆弱的勇氣每天去美術館中走動，我們是不能容忍的！……那麽，究竟你們願意監禁你們自己嗎？願意腐朽以終嗎？

如果舊畫不再是藝術家掙扎着要擊潰想把自己的夢的一切表現的路上不能跨越障碍時的痛苦的表情的話，從那舊畫中能尋覓到什麽呢？

讚美舊畫，即是不以創造和粗暴的投射將我們的感受性向前擲投却對着葬禮的骨壺裡灌注感受性的。即便如此，你們也渴望：在那使你們大大地疲憊，衰弱，叫你們橫遭慘痛的蹂躪而後才跌撞而出的，毫無用處的讚美過去裡，將你們最好的力量，那麽無聊地虛耗下去嗎？

說實在的，天天參拜博物館，和美術館（這些無效的努力的墓地，這些掛在十字架上的夢的磔刑場，這些破碎了的努力的帳簿……）對藝術家而言，就像雙親拖長了的保護之於沉醉於自己的才能，燃燒着野心和思想的年青的聰明的人們似的。

那對於垂死的人，殘廢者和囚犯是無所謂的。對那些傢伙們當未來被禁止的瞬間起，值得讚美的過去恐怕對他們的創傷是種鎮痛劑吧。……但是，我們年青的，强者，生龍活虎的未來派是不屑一顧它的。

那麼，來吧，有着赤熱的手指的優秀的縱火者喲！……噢！他們來了！來了！……那麼給圖書館的木柵點上火吧！要使美術館的墓穴溢滿水就改變運河流動的方向吧！……啊啊！光榮的畫布在漂流的情態喲！拿起十字鎬和鐵鎚！毀滅可尊敬的都市的地礎呵！

我們的最年長者是三十歲。是以我們爲完成我們的工作至少擁有十年的餘裕。當我們年已四十時，將被衆多更年青的，更勇敢的人們，把我們當作毫無用處的原稿似地拋入紙屑簍的！……他們將爲他們最初之詩的愉快調子雀躍着，以帶鈎爪的手指搔扒着虛空，在翰林院門口呼吸着早已被允許進入圖書館的髑髏洞的我們的腐爛了的精神的美好的惡臭，會從老遠的地方，從四面八方麇集於我們的周圍。

然而，那時我們已不在那兒了。他們終將發見；在冬天的某夜，在平原的眞中央，在鋼琴之音響動單調的雨淋打着的可悲的堆棧裡，屈身於戰慄着的飛機旁，焚燃着今天我們所寫的書籍，而在那些書籍的影像輝耀着升騰下，以華麗地燃燒着的我們的書籍所造成的可憐的火烤着手的我們的。

他們將爲不安和怨恨而喘哮着，逼近我們的四周的。而他們定會爲我們的傲慢的不知疲倦的勇氣昂奮起來，自己的心對我們的愛和讚美愈燃燒得熾熱，愈會以更增漲着的憎惡，想殺我們而肉搏過來的。那麼强勁的健康的不正將會燦然地在他們的眼中光灑起來的。因爲藝術不是暴力，殘忍和不正之外的東西。

我們當中的最年長者未滿三十。可是，我們已把寶貝：力量，愛，勇氣和粗暴的意志的寶貝，急切地，熱狂地，用盡太多的力量，喘不過氣的，濫費盡淨了。

看我們吧！我們並沒有上氣不接下氣呀！……我們的心臟絲毫沒有疲倦！因爲它是以火炎，憎惡和快速餵養的！……它令你驚訝嗎？那是因你們連想都沒有想過自己在活着的事情。屹立於世界之巔，我們要再一次向星星挑戰！

你們的抗議嗎？够了！够了！我知道！知道！我們很清楚：自身美麗又誤解了的知識要對我們斷言的事。——知識將會說：我們不過是我們的祖先的總和和延長罷了。可能！也許是的！……有什麼關係呢？……然而，我們可不願聽那樣的話！請別反覆嘮叨這種無恥的話吧！與其那樣不如昂起頭吧！

屹立於世界之巔，我們現在再一次要向星星挑戰！

Marinetti 署名

美國現代詩選譯 2

羅斯克 Theodore Roethke

白萩譯

花傾倒 *Flower Dump*

Cannas發亮如溶巖，
軟金屬的枝梗，
所有的花床傾成一堆，
康乃馨，馬鞭草，波斯菊，
糞土，雜草，死了的酵母，
轉動而浮出的根
枯了的葉脈
纏糾以細密的髮，
盆形是每一花叢的形式
所有的都軟弱
但是一枝鬱金香在頂上，
凋視着這些垂點的頭
超越了死亡，這臨近的死亡。

根的獄窖 *Root Cellar*

沒有任何之物願睡在地窖，壕溝般的陰濕，
球莖擊碎着外殼而伸探着如黑暗中的裂罅
擊放，懸擺而萎落，
淫穢地倚躺在隱密而霉味的老汽車裡，
垂下長而又黃的邪惡的頸，如熱帶的蛇。
且似一個臭味的聚會！——
熟爛的根是老廢了的餌，
果肉般的莖幹，粗壯的，富饒的地窖，
葉屍，肥料，石灰，堆起狡猾地抗禦的厚板。
沒有任何之物願給它生長：
而泥土却公正地保留了呼吸，微小的氣息。

詩，最忌概念化，一但概念化，便如一條腐臭的魚，令人倒翻盡了胃口。詩，不是常識驅使下的羅列，而是需要走入對象中，以自己的脾性去仔細的嗅嗅撫撫一番，然後發表你的觀後感。這是成爲詩的一個最起碼的起始點，在沒有經過文字表達之前，其「觀後感」本身已就是「詩」的。如果沒經歷了這個背景，所有文字上或意象上的努力，均成爲虛飾！

現代詩爲了避免概念化，所謂「自動記述」和「聯想系統的切斷」，是這種人工技巧的技巧的極緻，固然依據這種技巧所表現出來的，已沒有常識性的概念化，可是它並不意味着已深入對象中體驗，它可能祇是一盤常識片斷的「撻盤」，一點也沒有詩人的精神運作在裡邊，「隔離最遠處的兩個事物碰擊出來的驚愕。」雖是「天啓」的靈感，可是我們不希望詩是：抬面上幾百粒豆子在亂滾，偶兒一兩粒碰出了驚愕，我們絕對地要求，有把握碰出驚愕的才拿出抬面來。

「自由聯想」祇是一種刻意的人工技巧，如果逃出了詩人意志的控制與機心，也不過是意象的虛飾而已。

羅斯克這兩首詩的「場境」，明顯地歷歷在目，下面是我的評解：

【花傾倒】

這個場境是風中的花圃。在所有的花都傾倒時，一枝鬱金香昂然獨立，凋視着這些垂點的頭，超越了死亡。不管這獨立是否爲：不朽，人格，或靈魂的象徵，但這是此詩的主題，也是詩人精神的寄託。

此詩在「盆形是每一花叢的形式」以前的任何句子，均與主題沒有關聯，祇是裝門面的工作，沒有「伏機」，沒有「反映」，眞是浪費的句子。在所謂「機心」與「節度」上，我們盛唐的律詩有超越的表現。羅斯克以Cannas發亮如溶巖爲開始，恐怕是接觸這場境的第一印象，如果是這樣的話，反應未免太快，我的要求是：等發現了它後面的主題之後，才開始去對這場境嗅嗅撫撫。反應大快也是自由聯想的特徵，往往造出了草率的東西。

【根的獄窖】

如果依照超現實主義的標準，這首詩的意象，也相當地碰出了驚愕：

沒有任何之物願睡在地窖，壕溝般的陰濕，
球莖擊碎着外殼而伸探着如黑暗中的裂罅，
淫穢地倚躺在隱密而霉味的汽車裡
垂下長而又黃的邪惡的頸，如熱帶的蛇。

並且也見控制力地圍繞在「根」的要求上。尤其「擊放，懸擺而萎落」這句接轉，更見功力。固然它表現了球莖擊碎着外殼的動作，同時也表現了倚躺在汽車裡做愛的男性性器官。實在是神來之筆。可是我的吹毛求疵也在這接轉以後到「熟爛的根是老廢了的餌，」這四行。至少在我的嚴格要求下，他的聯想何必朝這方面走，而造成了主題的岔出，不能達到「精密透明」。「精密透明」是在主題的要求下，能做到字字有用意，沒有任何廢字廢句。

英國現代詩選譯 1

艾廸士·雪蒂維爾 Edith sitwell

趙天儀 譯

間奏曲 *Interlude*

在這綠油油而閃光的蔭影中
一個信息落下以一顆雨滴的蘩蘩聲。
好像圓熟的果實纍纍在空中
彷彿鳥兒的啼唱，垂懸在那裡
這些金翅雀——以準確的眼光
啄去了他們——疾速地逸去。
我底雙足如一隻展翼的鳥
在蔭影中移動幾乎沒有聲響；
帶給你枝間的蒼綠與晶瑩
果實們將使花冠重再鮮艷
你飄着纖細金亮的髮絲
在這豐饒之中——
直到你溫暖的唇被染色
並且鳥的血液跳動在你底管脈間。

一首富於意象的詩，並且又有相當謹嚴的韻律，那麽，翻譯的困難就落在需要兩者都兼顧，而事實上，祇能兩者選擇其一的困境時，爲了讓那突出的意象不致於消失，原作的脚韻不得不以自然的語氣來表現，也許這是有損其作爲英詩本身的音樂性罷。

「間奏曲」(Interlude) 有幕間或插曲的意味，作者在叢蔭的縫隙中觀照着雨後的林間，以銳利的眼光注視着刹那的變化，那圓熟的果實般的雨滴，被靈敏的金翅雀以瞬間的本領啄去，達到一種作者的感情移入物我合一的默契。

艾廸士·雪蒂維爾 (1887~1965) 和T·S·愛略特 (T.S.Eliot) 是英國今年相繼逝世的詩人。「文壇」和「現代文學」都有過紀念愛略特的文字，而這位女詩人却不見有介紹的文章。

魯易士，安特麥葉 (Louis Untermeyer) 在介紹她的作品前言中說：「雪蒂維爾小姐是在一半無情如木頭，一半透明如玻璃的色調底交通中很少沒有光彩的一位藝術的巨匠」。誠然，由這首「間奏曲」中，我們固然驚異於作者的那種精細和冷靜，然而也令我們感到缺乏某種人間的煙火味，或許這正是刻意追求意象的結果。

日本戰後現代詩選 2

幻想的人 四篇

田村隆一作
陳千武譯

小鳥從天空墜下
爲了在無人的地方被射殺的一隻小鳥
原野纔存在着

驚叫從窗口喊出
爲了在無人的房間被射殺的一聲叫喊
世界纔存在着

天空爲小鳥而存在　小鳥祇從天空才能墜下
窗口爲驚叫而存在　驚叫祇從窗口才被喊出

爲甚麼才那樣　我不知道
我祇會感到　甚麼是那樣
小鳥能够墜下一定有其高度　一定有其閉鎖
驚叫才被喊出
像野裡有小鳥的屍骸　我底腦袋充滿了死
像我底腦袋充滿了死　世界所有的窗都沒有人

※

最初
我在小小的窗看着
四時半
狗走過
冷靜的情熱追逐那個
（狗從何處來的
那瘦骨的狗
走向何處去
我們這時代的狗呵）
（何種黑暗追逐你呢
何種慾望令你奔走呢）

二時
梨樹裂開了
螞蟻抱着同伴的屍體走了

（到現在
我們　眼睛所看到的
常是從最後開始）
（我們出生的時候
我們已經就死去
我們聽到驚叫的聲音時
已經祇有沉默而已）

一時半
從非常高度的地方
墜下來了一隻黑鳥
（這院子是誰的
在秋天陽光裡
荒廢的寂寞的這院子
是誰的啊）
（像小鳥尋找食物
位在非常高處的人喲
這院子是誰的啊）

十二時

像眺望遠方的人的眼睛
我看見院子
※
天空是
充滿着我們這時代的漂流物
連一隻小鳥也
爲了要回去暗黑的巢
必需經過我們幸苦的心
※
一陣喊聲完了　在黎明的
鳥籠裡聽到那些時
我竟不知
那聲音是在要求甚麼

一閃的 image 消逝了　在黃昏的
救生艇看到那些時
我竟不知
那影子是從何而產生

從鳥籠裡飛出來的　那聲音
構成了我們的天空時
打破了救生艇的　那影子
構成了我們的地平線時

我的渴望就在正午裡

解說：關於戲劇性的詩

mechanism的恐怖。不知正確原因的恐怖。即非被鮮明的對象所脅迫的。例如城市就有整個城市給與的緊迫的恐怖。那與國粹主義政治的體制所產生的恐怖不同。是可以想像自動生產裝置化了的無人工廠的那種恐怖。

所謂原始人的恐怖，是爲了與不可解釋的自然發生直接關係而產生。但城市人或說近代人的恐怖，可以說是由于mechanism產生出來的。

田村的「幻想的人」這首詩，比方說，就是mechanism的恐怖，處理mechanism的殺人的詩。例如「驚叫從窗口喊出，爲了在無人的房間被射殺的一聲叫喊，世界纔存在着」那樣逆說的表現就是。「小鳥從天空墜下，爲了在無人的地方被射殺的一隻小鳥，原野纔存在着」，那樣的表現也是非田園的現實的問題，而是關係於mechanism的問題。

對于此詩的作者應有的問題，就如剛才說過，並非在資本主義或是社會主義那樣的體制上。而是在構成整個機械文明整個地球那樣的問題。自然有自然本身暴力導成的荒廢，同樣在文明社會也有其本身導成的荒廢的現實。因直感着那些存在的本質也可以說是nihilism的一種，究竟抓到社會的death-mask了。

如果說那樣存在感覺有何意義？，當然那是另外一個問題。而如此改換mechanism的操作，是頗屬于觀念的那是蒼白的肉體所想像的世界。平常，主體並不無任何理由會變成爲被害者，或許對于某種事象賭着氣才採取這種方法的吧。在被設定了的範圍，逆說性的表現非常巧妙，雖然如此，而探求其所寫的動機的根源，就可知道近代的置身方法的根蒂似比較淺薄的了。

看透不可視的。這位詩人題爲「幻想的人」寫四篇，其方法都持有同樣的傾向。那麽，支持這首詩的方法是甚麽呢，那是感情的drama和逆說的論理（｜見反逆普通的說法，但却要表現眞實的論法）。原野爲了被射殺墜下的小鳥而存在，世界爲了被射殺的一個叫喊而存在。這事在普通一般來說，是多麽愚笨的想法呢。因原野當然還有小鳥以外的很多東西。世界也還有叫喊以外的很多事家。但我們能感覺某種事物的存在，是在一個Situation（位置，境遇，事情）裡的時候。而在無任何狀況的世界裡某種事物的存在是無意義的。這位詩人把Situation放在感情的drama裡。在詩人的心中可以看到世界的某些地方被射殺墜下的小鳥，那時原野和天空也都祗透過那隻小鳥，透過小鳥的死才有其存在。而複疊在那隻小鳥的影子，又可以聽到在世界的某些地方將死去的人的叫喊。於是世界就祗透過那聲叫喊才有其存在。不過死啦世界啦那些究竟是何種東西呢？那以我們的眼睛是無法確認的。所以詩人就想透過小隙的死或一聲叫喊那樣細小的，與龐大的整個對合的類似形的細小的都分，去接觸死的意義或世界的意義，詩人是常在觀察着某種東西的。但詩人所看的絕不是排在眼前可視的東西。而是常在看着事物的反面應有的

不可視的東西。但那種不可視的京西是詩人在心中所看的，所以未被寫成爲一篇詩以前，他所看的容姿是無法被人了解的。一般來說那心中所看的就是一種幻想，雖然不知世界是如何構成的，但那個世界的意義在那幻想裡就可顯明得感覺到。

小鳥從天空墜下
爲了在無人的地方被射殺的一隻小鳥
原野纔存在着

戲劇性的表現。如果不能了解這最初的一節，這首詩就不會被了解的吧。原來，原野並不是祗爲了被射殺的一隻小鳥而存在的。所謂原野，就使人想到有照射的太陽，有森林或河川，或可聽到雲雀悠閑的啼聲，才是一般的感覺。但那些一般的觀念在此詩就從根底被否定掉了。於沒有人在的地方，不知被誰射出的鎗彈，忽然一隻小鳥墜下來。而原野就祗爲了這一隻小鳥而存在着。比方說，小鳥的死，那不知理由的不合情理的死，在此時的原野是佔着「一切」。此時這原野祗有死以外沒有其他的存在。而那種死是無理由的，黑暗的死呵。

那不祗是一隻小鳥的問題。「現代」這個時代就是到處祗可以看到如此小鳥的死和原野的關係的時代。所以詩人在第二節就有同樣的關係在人的世界看到。從窗口忽然聽到驚叫。而那窗的裡面是「無人」。世界就祗爲了這可怕的叫喊纔存在着。詩人那麽說。那是意味着現代不外就是死的時代。在無人的地方，不知誰被誰殺掉了。就是說據於影子發生的影子的殺人。而被殺了的並不是其他。那是小鳥或是人。畢竟是有生命的生物。該沒有人的地方，有了人，終被殺死的這些事，顯然是不合情理的話。但那就是現代呀。詩人那麽主張着。所以這首詩雖未曾發出一句抗議的語言，但整個詩都已變成了一種的抗議。例如：

天空爲小鳥而存在　小鳥祗從天空才能墜下
窗口爲驚叫而存在　驚叫祗從窗口才被喊出

像這一句被壓縮了的戲劇性的表現，如好好的欣賞，就會感覺到那深刻的意味了吧。

附記：詩與戲劇。說偉大的戲劇沒有不是詩性的。反過來說，偉大的詩沒有不是戲劇性的。殊於現代確是如此。像現代這樣moral（道德）的混亂，思想上有各種複雜的對立的時代，要形成自己的信念，就必須以各種事物做對象，向那對象提出問題或予答覆。這種問答在戲劇上就成爲dialogue（對白，會話）的基礎。所以詩的感動也不例外地伴隨着戲劇性的感動。戲劇性的感動也不例外地伴隨着詩的感動了。依據Eliot說「平常詩向着戲劇，戲劇向着詩」。現代藝術特有的最大機能的特徵是「思考的藝術」。而在那「思考」之後必須有「接觸反應」。「思考」的行爲越複雜越深刻，那「接觸反應」的感動就越大據。於語言將「接觸反應」給與人的這一方法來說，詩與戲劇是最接近的。

田村隆一（Tamura Liuichi），一九二三年生於東京。明治大學文藝科畢業。一九三九年起先後參加詩誌「新領士」「LE BAL」「荒地」「歷程」等爲同人。戰後編輯月刊「荒地」詩誌。作品被英譯在 HewWorld Writing No.6,（The new American library社刊）Japam Quarterly,（朝日新聞社刊）等。日本文藝家協會，日本現代詩人會會員。詩集有「四千之日和夜」外譯書多種。

譯詩研究

談一首桑德堡詩的翻譯

楓堤

A

卡爾，桑德堡（Carl Sandburg, 1878～）（註1是繼惠特曼（Walt Whitman, 1819～1892）之後，風頭最健的美國詩人。一八七八年一月六日生於伊利諾州的蓋茨堡（Galesburg, Illinois）。家貧，十三歲起，就要做工賺錢，他當過送牛奶小工，理髮店的小廝，洗碟工，汽車搬運工，因此，在他的詩裡面，平民成爲主要的對象。

起初，桑德堡無藉藉之名，到一九一六年因「芝加哥詩集」（Chicago Poems）出版，而聲譽鵲起，可說是大器晚成。桑德堡詩的特色是：用通俗的字眼，甚至俚語，來表達現實的題材。他是一位勇敢的鬪士，面對着二十世紀工業社會的文明，他不歇地謳歌着。他所以被譽爲美國工業社會的桂冠詩人，實非偶然。

「霧」（Fog）一詩，便是收在「芝加哥詩集」裡，雖然很短，而且不能表現桑德堡詩粗獷的一面，它的意象却很完美，令人喜愛。

B

Fog

Carl Sandburg

The fog comes
on little cat feet.

It sits looking
over harbor and city
on silent haunches
and then, moves on.

霧（註2）

覃子豪譯

霧來了
以小貓的脚步。

蹲視着
港口和城市
無聲的拱起腰部
然後，走了。

霧（註3）

念汝譯

霧來了
跕着小貓的足。

她蹲下睇視，
港口和城市，
伸一伸懶腰，悄悄地
又向前去了。

霧（註4）

邢光祖譯

跕着小貓的脚
霧來了。
它一弓腰
坐了下來
瞧着港口和市區
又走開了。

霧（註5）

施穎洲譯

霧來了
小貓的步。

它坐着
瞰臨港口及城市
無聲的拱腰
又走動了。

霧（註6）

許其正譯

霧來了
踏着輕輕的貓步。

它坐着
一覽城市和海港
在靜靜的拱橋上
然後繼續前進。

C

第一段兩行，以貓的足步，把霧意象化，極盡空靈之能事。原詩很乾淨俐落地用**on little cat feet**，而不加任何有解釋意味的字。這樣將留給讀者以更廣濶的想像空間，可以想像：如小貓的足步那樣飄忽，那樣輕柔，那樣有彈性，那樣神秘。此段，只有覃譯及施譯可傳神，若「跕」，若「跕」（無此字，想係「跕」之誤），若「踏」，適足以限制其想像的飛躍。「輕輕的」，更是多餘的形容。

第二段，以貓的情態，來描寫霧的飄逸、祥和、實在很瀟灑。然而，在此短短四行裡，各家所譯却大有不同，仍以施譯最精確，最能傳神覃譯亦屬上乘，唯「蹲」是敗筆

念譯，用「蹲下睇視」四字，很不適當。原詩用**sit**（坐下），令人有安祥的感覺，「蹲下」則意象比較粗鄙且略有不安。「睇視」則可能會錯亂了美感距離。原詩用**looking over**，有鳥瞰、瀏覽、眺望等意，都很飄逸，怡然自得。睇視，是**to stare, to look at, to glance at**之意，則未免有些神經緊張。再說，港口和城市，二者都是一塊「面積」(**area**)，我們無法想像如何去睇視。

邢視，似乎前後的相關性有些顚倒。當我們日常對貓稍加觀察時，便會發現，當牠久坐、久臥、或睡醒後，總是立起，把腰弓起來，伸伸懶腰，然後走開。桑德堡便充分地把握住這一刹那的意象，把霧烘托得很生動。但在邢譯裡，却變成「它一弓腰　坐了下來」。而後二句：「瞧着港口和市區　又走開了。」有走得太匆匆，太突兀的感覺。又邢譯未將二段分開。

許譯，把**on silent haunches**譯爲「在靜靜的拱橋上」，就失去了那生動的聯想了。

—五四、六、廿二

註1：施顥洲先生譯爲沙安堡，較接近原音，姑且從多數寫做桑德堡。

註2：見中華文藝函授學校講義。

註3：刋於「藍星」宜蘭分版，四十六年四月號。

註4：見「美國詩選」一九〇頁。林以亮編選，香港今日世界社出版，五十年九月再版。
又：陳紹鵬先生的「美國詩壇的林肯：桑德堡」一文中曾引用此詩，但未註明邢譯。陳文見「文星」六十一期，五十一年十一月一日出版；後收入「詩的欣賞」中，於五十三年十二月廿五日出版。

註5：刋於「藍星」季刋第四期，五十一年十一月十五日出版。

註6：刋於「中華副刋」，五十二年一月廿日發表。後收入詩集「半天鳥」中，五十三年八月一日初版由葡萄園詩社印行。

超現實主義的檢討（一）

白萩

序　無中生有祇能見之於神話和幻想小說；我們永無法尋證，一枝樹可以不需土壤、水和陽光，而能夠萌芽生長，就是一個濃瘡，其發生也必有其暴發的背景。（引論一）。可是在我們現時的一般社會裡，對於突奇嫌厭的事物，他的惡感往往祇是對其結果的直接反應，缺少探求發生背景的耐心和仁慈。現代藝術和前衛文學所遭遇的反應，也如同前述般地被孤立着看待。由於現代藝術和前衛文學所透露的虛無，悲痛，頹廢，不能印合他們愉悅心情的要求；繁複變化的技巧與形式，逼迫他們的瞭解需要花費熱忱和耐性，甚至需要重新預備他們的知識，無形中批判了他們的知識階層。因此他們說：胡說。可是這些產品絕不是胡說。因此他們說：幼稚。可是這些產品絕不是幼稚。（引論二）。在我看來，他們的心理作用，祇是等待吃葡萄的人，看到滿園長出來的却是櫻桃的憤怒。

（引論一）

聖佩韋（Charles Augustin de Sainte-Beuve 1804—1869）的批評方法是：從作家的性格、種族、環境、鄉土中，追尋作品風格思想的形成線索。（支引論一）。

泰納（Hippolyte Adolphe Taine 1828—1893）則認爲：種族、環境、時機是構成文藝的三種要素。（支引論二）。

同樣地影響藝術與文學風格思想的這個背景，其變動也有其推動的因素。它也許是對僵化的文化與生活方式的一種心

理反逆。也許是環境內部的磨擦而引起固有秩序的變動，也許是災害，也許是科學上的新知改正了舊有的觀點或擴大了知識的範圍。也許是暴力，也許是出於少數人的獎勵與提倡。它的因素也許是個別的，也許是多數的湊合。

（支引論一）

這種科學的批評方法，他的卓越的價值，在於提供了我們方法上的啓示，在於提醒我們所有藝術文學作品有其緣生的關係。可是這種方法的使用却有限度的，所能達到的範圍仍相當地概括化，它被止於批評家的學殖、資料、而無法眞正完全地客觀與精細，在疏漏的空白處，此類批評家，亦成爲爲模型而做修整的工作，與主觀的發揮了。我們瞭解，所謂性格的形成，包含了遺傳的血緣關係，我們如何從作家的身上，追踪至他祖先父母血液的化學變化？何況，每一代均有其環境背景，隨時作用於他的祖先，而形成新性格又遺傳給他的子孫，這種循環又循環，變化又變化，以至到無法解析的程度。所謂完全客觀祗是一種理想，其所得的結果實在相當概數的。

（支引論二）

泰納的要素，減去了作家的性格增加了時機，我們要這樣地發問：

不錯，一顆種子的生長，固然需要土壤，陽光和水，可是沒有種子，土壤，陽光和水又有何用？

關於時機，阿諾德 (Matthew Arnold 1822—1888) 在「現代批評的任務」中，有一段話似乎可做爲說明：

「不顧時代環境而欲創作，乃是空費心力，也許把這種心力用於產生傑作的準備，用於使產生傑作成爲可能的事情反而更有意義。況且創上作力是以「要素」與「材料」爲本的活動，所以這些要素與材料，若不準備好，隨時可以思使用時，又能做點什麼來？在這種情形下，創作力非等待要素與材料準備就緒不可。在文藝方面，創作力的活動材料的就是思想，凡在文藝所觸及的各方面，就是流行於那時代的最佳思想。……而所謂文藝天才者，就是把這種想，以最有效果最能動人的方法結合起來以示人們的才能。然而這種天才的自由的活動，必須先有一種空氣。就是說必須有圍繞這種天才的思想情況。文學之所以極少偉大的創作時代；在許多天才的作品裡存有極多的缺點，其故在此。因爲產生文藝的傑作，必需有人力與時代力的湊合。無時勢單有人才就不十分濟事。」

阿諾德認爲所謂「要素」所謂「空氣」，不在創作力的控制之中，而在批評力的支配之下。這是一種本行至上的偏愛。我們不否認，一個學殖豐富眼光遠大的優秀的批評家，固然可以領導一部份從事創作的人，可是一個偉大的作

家却往往同時是一個偉大的批評家，他不需要被領導。何況所謂偉大作家往往是思想突變的創造者，突變的內含確是創造力的表露，它並未喜愛事先被造成一種「空氣」的準備，反而對它是一種厭棄。

（引論二）一種新思想新方法的產生，並不意味着在眞空地帶孤獨地生長，它也不是原始狀態的，它與過去繫有甚多的關聯。生物學上的突變意義是：「遺傳原質的根本單位發生毛病，不克維持原有的錯綜的物理化學結構。」（看 **Julian S. Huxley: Evolution in Action**）除非人類整個文化傳統，全部發生敗壞並且完全丟棄，否則新思想新方法祇能視爲一種改進的事實，它保持絕大部份而丟棄一小部份。

現代藝術與前衛文學的緣生背景

人類文化的「超級擴張」（**Surexpansion**）現象，我想科學精神在其中扮演了主要的動力，尤其科學的器用，更強迫人類改變生活方式，重行調整行動速度，從十八世紀以來，做爲文化最高指原則的哲學體構，在科學的實證精神下，尤其器用之證明科學的實用性下，紛紛解體，而成爲類似存在主義的「人類學的哲學」。（引論三）。不管是實驗主義也好，新實在論也好，工具主義也好，都是在科學的洗禮下求生存的重新調整。科學的精密性，科學的統一性與實用性，帶給人類無比的恩惠，也帶來了無比的煩惱，在科學器用的優秀與龐大力量之下，人的存在成爲渺小，做爲人類精神逃避之所的文學與藝術，差不多完全紀錄了人類的反抗之聲。浪漫主義，印象主義，象徵主義，野獸主義立體主義，表現主義，構成主義，意象主義，在高階層的意義上都具備了這種反抗精神。這種情況，到了第一次世界大戰之後，更成爲自殺性的徹底。第一次世界大戰的形態，對於人類文化，藝術文學。具有非常大的改變意義。第一次世界大戰是人類追求科學精神，享受器用的第一次反作用的大暴露。在時間上來說，它是人類第一次領味到長期而又持久的戰爭的痛苦，在空間上來說，整個歐羅巴均投入爲戰爭的場所，而人類所造出來的最優秀的科學器用，却成爲毀滅人類的最有利的武器。達達主義是在這種情況下產生的對人類文化全部否定的意見。緊跟着而來的超現實主義，是一種痛定之後心猶餘悸的形態。

（引論三）宇宙觀哲學的解體，可看笛卡兒的渦滾說體系（**System of rortices**）與牛頓之引力原則（**Principle of gravitation**）的爭論。天文學，地質學，醫學，心理學，化學，物理學的發達，再再爭證明以往哲學體係的崩塌與科學之抬頭。

旋動年代

古貝

慾意的衝刺恆如張望的砲口指向埋屍谷的沉悶季・我
們的眼神射殺不及祖先傳佈的種籽在我們心底沉落・
荒涼的觸覺擁抱虛幻的年輪之旋動
旋動之年代
呵 如此暈眩的眼

腹壁蛇行於廣漠的瘠域
山高海深
海深山高
年代的起伏在山與海之間起伏着心膜的鼓動・起伏自
高山之山之山之高山之高山之山・自深之海之海之深
海之海之深・自靜駐之地平線上地平線下・自衆多鼓
動之
鼓動於戰壕之擠迫
擠迫思維之展翅於待發之砲口
花萎於淫紅的夏
大陽旋動 地儀歸零
呵 暈眩的眼被槍殺於慾意的霉季
當血腥的昨日自草原沉睡
葉 你的鼻孔吸納煙化的故事
你的唇舌吐歷將軍的威儀
年代呵 久久未曾追及戰塵的咆哮

暴裂肚臟的樹

白萩

1

鋸齒鋸齒鋸齒鋸齒鋸齒鋸齒鋸齒鋸齒鋸齒鋸齒
在黝暗的口腔中森然示威的惡狼之牙
鋸齒鋸齒鋸齒鋸齒鋸齒鋸齒鋸齒鋸齒鋸齒
這是我們的刑場，面對着前方
一排銃槍深沉冷漠的眼，虎虎眈視
我們以一座山的靜漠停立在刑台上
這是最後的戰爭

2

一樣地有地平綫在脚下等待築墓，我們躺着
從這裡望去，無遮攔的天空以一片海浪從邊緣
站起來見證。這是最後的戰爭
空間已成為冰庫，它的凝固
從四方向軀體逐漸侵來
而時間成為一把尖利的錐子
一秒一秒的在心房鑿洞

這是最後的戰爭
在這刑台上

3

鋸齒鋸齒鋸齒鋸齒鋸齒鋸齒鋸齒鋸齒鋸齒
我們以一座山的靜漠停立在他的面前
沒有哀求沒有退縮
以不拔的理由走向這最後的戰爭，在最後
由一串暴雷的狂吼怨恨這被撕裂的粉屑

4

而天空睜着盲目
無雲霸，無影像，無事件

垂釣

羅浪

癡於坐禪，
漁人，困於寂寞。
釣竿，投向閃動的倒影，
探索生命的訊息

寡默的心靈，
以一種超然的嗜好，
點綴而餐食風景。

思索的喜悅，終而
衝破閃閃蕩漾的波光
跳躍的魚，
反抗的旗。

八行書

○○

上午十時，太陽的金框
鑲我立姿在一堵牆上。那山一如此
在藍天下，以特寫之鏡迫近我，且展示
微雲的花朵，恰如你我所欲攀折

剛觸及存在的硬度，那一剎
且相信羅馬的宮殿可拾階而上
而日已西沉。日已西沉，在那黑暗的
巢穴，所有的鳥都摺疊起牠們的翅膀

想起

林煥彰

想起托爾斯泰的戰爭
想起托爾斯泰的和平
骷髏都會抱起骷髏傻笑的

而我
想起那金屬性的兩
以及那些沒有眉目的臉
我就要哭

然而
戰爭依舊　依舊披着那襲灰色的大衣
　　　　　依舊戀着那裸體的砲
且常常把黑女奴的厚唇
吻弄得淌了血

想起　想起這是一齣戲
且由滑稽的人類扮演着
我就得公然的哭泣
像嬰孩那樣的

十分鐘的空白

張效愚

以疏通九河的精神蹬下
飽滿的大腸拉縐了眉
時間在火柴的閃光中溜走
思維在血管中沉默

一項尴尬的工程
一串叮咚的樂聲
沿自峽谷，出於棧道
瘴氣乃自古典中襲來

三分鐘，時間窒息在構工的藍圖中
閉着眼懶看上升的青烟
昨夜的夢不來伴我
我珍惜昨夜吃下去的夢

七分鐘，時間哼出無聲的霹靂
在尼古丁與阿摩尼亞的交鋒中
我看見崩裂的巨石下降
我看出汗雨的奇蹟

十分鐘，背脊奔流鹹味的淚
從勝利的窄門中逃出
乃有輕烟的感覺
乃有一片靈感的空白

變形花

辛牧

滿街流一些屍體，巨廈的陰影
把我困住
世界只是一隻碎裂的瓶子
夜是屍衣

悲劇雨落下
在銅鑼喊碎的嗓音
在金屬劃過玻璃的一聲響
犬吠在遙遙的坟塚
鴉羣在啄食未死者的軀體
靈魂是蜂巢

一隻酒瓶
究能搖出幾多陶醉？
當罌粟綻爍
少女的唇爲捨取者張着
一支樂曲流出了幻滅
田納西・威廉斯
弗洛衣德，以沙特
和他的世界

存有與空無？
神呵——

那首歌

詹冰

初次　那首歌
由乳房中聽見
如電晶體收音機的樂音
那首歌似是乳液所唱出的歌
母親的

其後　那首歌
瞑想時　銀色的閃電般
睡眠時　七彩的電視般
走路時　幻燈片般一段一段地
無論何時何地都可聽見
如電磁波——

譬如　那首歌
天空以白雲為音符
展開淺藍色的樂譜
太陽以金喇叭吹奏
輕風以綠葉的簧樂器伴奏
鳥蟲花以三部合唱唱出那首歌
我心愛的——

有時　那首歌
像淚珠滴落信箋上的低音
牙齒輕嚼女髮所發出的高音
調節靈敏天秤的微細聲
推進太空火箭的爆炸聲
以放射作用達到我的神經
振動了我的心靈——

只要　聽見那首歌
縱令在月球的死火山砂漠上
我也要像仙人掌般生活
絞盡體液　費盡精力
我也要張開寶石般的花朵
啊啊　只要聽見那首歌——

作品合評

本刊詩創作選稿方式

本期於六月三十截稿，計收詩創作六十二首，經編輯室執行初選二十二首後，以匿名方式，謄抄數份，分寄北、中、南部編輯委員，以優二分，良一分，不採取零分之方法，評分複選後寄還編輯室統計，錄用八篇，再以匿名油印分送北、中、南三地舉行作品合評。本刊作品合評是對部份浪得虛名的詩人的挑戰，對新進詩人的鼓勵，祇要作品好必被公正的選出來。

合評人

北
林郊・趙天儀
楓堤・李篤恭
呉瀛濤

中
錦連・林亨泰
古貝・張效愚
桓夫

南
白萩・林宗源
葉笛・郭文圻
張默・景翔
楊志芳・呉新榮

選外佳作

妻的眉毛
傘下
風騎在浪的頭上
邊緣
給黃，羅二人
屬於現代的
你的一生
去向
信
熱代公園
煙
母之裸
都市
古井

轉下期選評

截稿後收到稿件

空茫
聲響
自殺者的數學
碉堡
四月的歌
妻的肚皮
搖沙鈴的女子
破船
陽傘
偏頗
剎那
秋(三篇)

林　郊：這一首詩，有很多句子看不懂，如：

我們的眼神射殺不及祖先傳佈的種籽在我們心底沉落

「不及」什麼呢？在整個句子裡很不易看懂。

趙天儀：作者在力求嶄新的體裁來寫作，但在手法及語句上沒有交代清楚，因此在表現意象上有些糢糊。這裡，作者的缺點是「沉滯」。

林　郊：有很多句子，我實在讀不通（我只是說，我自己讀不通），例如：

鼓動於戰壕之擠迫
擠迫思維之展翅於待發之砲口

又如：

你的唇舌吐歷將軍的威儀

「吐歷」二字作何澥呢？

楓　堤：目前有些詩，字裡行間，每每讓我們在仔細推敲時，仍然很難瞭澥，我想這是一種很大的缺點。爲了有所表現，而使用的文字，語句却成了一種障碍，這是那份現代詩的缺點。

趙天儀：從「慾意的衝刺恒如張望的砲口指向埋屍谷的沉悶季」，到末行爲止，作者要表現一些什麼，但是，沒有把體驗跟想像很緊湊地表達，因此顯得「散」。又如：

年代呵，久久未曾追及戰塵的咆哮

作者彷彿要捕捉什麼，可是由於創造的企圖，杜撰了許多新奇的語句，這種表現，很容易使人誤澥爲半文半白。

李篤恭：但是這一首詩，却有很大的氣魄，可惜的是心象之間，沒有把握住。

趙天儀：是不够凝聚的原故吧！

林　郊：字句上，繁的，太繁；簡的，又太簡了。如第二段，從「年代的起伏」起，便太繁複，而「瘠域」便太簡。「瘠域」應該是「貧瘠的領域」吧！

吳瀛濤：像：

起伏自高山之山之山之高山之高山之高山之山，自深之海之海之深海之海之海之深

照理應該是對比才好，但是這兩句並不成對比。

楓　堤：作者對時代的某些現狀，提出了他的批判，這是很有意義的。誠如剛才天儀及篤恭兄提過的，意象方面稍嫌不够凝鍊，但是部份有值得稱道的新的表現。至於像「高山」與「深海」這種句子，在部份現代詩裡也常出現。甚至艾略特（T.S.Eliot）的「聖灰日」（Ash Wednesday），在第五節首段也有這樣的句子：

Still is the unspoken word,
the Word unheard,
The Word without a word,
the Word within
The world and for the world;

便是在word及Word之間玩文字魔術。這種文字的魔術，實際上，並沒有很深刻的意味。

趙天儀：例如：

腹壁蛇行於廣漠的瘠域

還有：

花萎於淫紅的夏
太陽旋轉，地儀歸零
呵，暈眩的眼被搶殺於慾意的霉季

這些句子都有很新的想像，只是語句上仍稍欠斟酌。

林　郊：在「我們的眼神射殺不及」底下是不是該有標點

楓　堤：如果因爲句子太冗長，以致使意象糢糊，實在是很遺憾的事。這也是在現代作品裡常見的現象。

林　郊：「眼神」應該指的是靈魂，剛好與前句的「慾」成一對比。而且

作者也寫出了

呵，暈眩的眼被槍殺於慾意的霉季

那麼，這首詩便是在描寫靈與慾的鬪爭了。

李篤恭：這一首詩確實有很多新的意象，而且表現不弱。

趙天儀：有一種新的氣魄，可是被某種流行的語句所囿。

楓　堤：作者有敢於面對現實的勇氣，這是要有很濶大的胸懷。

趙天儀：杜甫的詩說：「出師未捷身先死，長使英雄淚滿襟」，作者就不會淚滿襟，因爲他有敢面對血腥的氣魄。

林　郊：不可否認的，這一首詩很有意象，只是語句上有些瑕疵。

林亨泰：假如沒有什麼誤會的話，我認爲這首詩就是一種哲學的詩，因爲這並不是要表現現實意念上的事物，作者好像要表現有這麼一種旋動的年代，他在這種理想的意念上所要追求的，就是做出這種表現，當然詩的表現和哲學的論文不同，詩可以借現實的東西來表現，好像借「高山之山之山之高山…深之海之深海之海之深」，借現實的山，海，太陽，所表現出來的，是對哲學上的一種表現，所以所謂哲學，應該是這一種，假如不誤會的話，並不是把很多的存在，哲學字彙放進詩裡面就是哲學的詩，我認爲這首詩才是眞正的哲學詩，因爲他並不是要描寫現實事物，而是表現精神狀態的意念上觀念上的事物，也就是要描寫出有這麼一種旋動的年代，這會使他感到頭暈，結果他利用山的旋動海的旋動和盤旋，甚至他寫出了「高山之山之山…深之海之海…」會使讀者有頭暈的感覺。詩中雖然有砲口，將軍的威儀戰塵，但不一定就是現實中的戰爭，雖然有戰爭的影子，但不一定就是指戰爭，最重要的，就是他只是要表現意念上的事物，他借山，借海，借戰爭，借時代來表現意念中的事物，所謂哲學詩，我認爲就是這一種。

錦　連：所謂哲學的詩，可能就是因爲它是有思想的詩，艾略特曾說過，思想像花香一樣可被聞到，思想不是可被拿出來看，而是如花香，人家可以聞出來，如果思想浮現在詩中可以被看到的話，就離開詩很遠了，詩中的思想應該是要看了以後會聞到，會自然感受它的思想，這首「旋動年代」能夠把思想控制而用高度技巧表現出來，不致於浮現在詩的表面，這首詩就高度技巧來說，是很不壞的，也許有些人認爲「高山之山……深之海……」不當，但作者可能是使用這種重覆的語句，來表現他的旋動年代，如果不是如此表現，在作者本身來講，似乎有不過癮的樣子，所以我認爲這一段並沒有什麼缺點，並不是故弄玄虛，故弄技巧的。

張效愚：任何思想都是在求新，好像服裝設計家設計出來的每一件衣服都是不斷地在求新，不過這首詩除了它的主題不講，它所使用的這種重疊語句，並不算新的，記得遠在宋朝時李清照所塡的詞中，就有很多這種重疊句法。

林亨泰：不過，不能只看它的重覆就說它不新，主要的是要看主題上是否需要而去使用，我想他要表現一種頭暈的感覺，所以他使用重覆的語句，而使這種頭暈的感覺非常突出，如果是故意賣弄技巧的話，那就是缺點了剛才錦連說這首詩沒有缺點，我看並不是沒有，不過，假使要找缺點的話，並不是在這些重覆語句，而是在最後一行的「年代呵久久未曾追及戰塵的咆哮」，「久久未曾追及戰塵的咆哮這一句好像要給他的詩下一個結論，我認爲這就是多餘的了，如果只有用「年代呵」做結束而不寫出類似結

論的句子，也許更能含蓄，會給人感受到「年代呵」的一種感嘆，因爲這首詩一直寫下來，借山，借海，借砲口等等現實的東西寫出來，是很不錯的，但最後寫出「未曾追及」，好像要對全詩做一個說明的意味，當然，用「高山之山之山……」這種重覆的語句，並不是缺點，如果對這首詩勉强要找出缺點的話，也許就是作者多講了結論式的一句，但這種方式也未嘗不可。

錦　連：我以爲如果把它解釋爲他希望有戰爭的話，不但是誤會，而且是不值得的，他好像是一種逆說，好像對這個年代這個時代還再有一種戰爭來加以全部破壞，好像有一種很絕望的痛苦。

桓　夫：我覺得這「旋動年代」的「旋動」意思不太明確，從頭到尾看起來，他「鼓動於戰壕之擠迫」，在戰壕中等待戰爭，但是作者表現「旋動年代」是由「慾意的衝刺」到「暈眩的眼」，「由心膜的鼓動」到「暈眩的眼被槍殺於慾意的霉季」，這就構成了「旋動年代」的整環，而其他的語句當然是表現旋動年代的心情，但他的全詩最主要的在於「年代呵」，他把所有的年代在這一句中喊了出來，「久久未曾追及戰塵的咆哮」，只有等待戰爭而已，這是「旋動年代」罷？

林亨泰：我現在發現這有兩種解釋的方法，就是把它解釋爲描寫戰爭或是在戰爭時代下的，這是屬於現實的，桓夫的看法就是以實現爲主題的看法，但是我的看法是倒過來的，雖然砲口，戰壕是現實的事物，但是作者在這首詩中，對這些現實生活上的事物只是借來表現他的慾意，一種衝動的慾意以及另外一種人性低級事物的描寫，他借山，海來表現人性的慾意。衝刺，砲口等等是人之間慾望和慾望的決鬪，當然戰爭也是人的慾望和慾望的決鬪，但是以什麼爲主題就有兩種，有的是要描寫戰爭而借慾意來寫，有的是要描寫慾意而借戰爭來表現，這兩種方法都可以，這首詩的好處就在於兩方面都可以去，聯想好像剛才桓夫和我的想法就是完全相反的兩面，不過兩面都可以成立的。

桓　夫：從現實方面來看，「射殺不及祖先傳佈的種籽在我們心底沉落」「花萎於淫紅的夏」對於戰爭來說是適切的。

林亨泰：如果以現實爲主題的話，最後一句就不是缺點了。

桓　夫：不過，「久久未曾追及戰塵的咆哮」的這種心情，在「旋動年代」中來講，做爲一個詩人的心情是很薄弱的。

錦　連：不，我反而感到它很强烈，因爲他描寫出了這種年代，而感到非常絕望，這種心情令人可憫，他這樣喊出來，是非常誠摯的，如果要說眞摯性，也許就是這一點。

桓　夫：苦悶當然是由一種意念而產生的，但「久久未曾追及」却是一種消極的語句。

錦　連：他的意思，我認爲是不論如何，甚至於地球都滅亡，否則的話，他的苦悶就不能解決了。

全　體：（笑）

張效愚：我的看法和桓夫差不多，他利用戰爭的旋動感覺，把人的腦神經昏眩了，但是他用了「高山之山…」的語句，把戰爭與年代都旋動起來，甚至於把自己迷惑了，到底他處身於戰爭之中或和平之中都昏眩了。

錦　連：就是因爲這種昏眩，所以他就說出寧可有戰爭也許會有什麼樣的解決。

桓　夫：不過，他這種感覺好像是悲觀的感受，所以我認爲是薄弱的。

錦　連：是的，這種感受當然是悲觀

的，因爲他是在絕望之中，但是，我想是沒有人會誤會作者是希望有戰爭的，他的意思只是寧可有戰爭來解脫他的苦悶而已。

林亨泰：這一首和「暴裂肚臟的樹」主題，很接近只是寫法不同，「暴裂肚臟的樹」是很現實的，而「旋動年代」則是一種意念上的追求，所以剛才桓夫說這是薄弱的，就是因爲寫法不同所發生的問題，其實，這首詩在其哲學意念上並不是薄弱的，如果描寫戰爭而用戰爭來寫出的話，「暴裂肚臟的樹」是很强烈的，但是如果把它當做意念的描寫，一種人性惡劣方面的而戰爭只是借來的這種描寫的話，那麼，這一首詩就不是薄弱的了，這是哲學的意念，是很强烈的。作者表現的是很抽象的意念，而「暴裂肚臟的樹」是表現最後的戰爭是現實的戰爭，所以就不會發生同樣的感覺。

林宗源：寫詩不一定要選擇熟知的事物來寫；不過，一定要把選擇的事物，加以深入的體驗。如旋動年代，就沒有把握時代的精神，這個時代是人要怎樣建築其生命，要如何生活，以取得幸福的年代。從表現上來說，比如繪畫，無用的線條過多，就使作品不夠精練，顯得軟軟無力。

張默：本詩氣勢很好，有勁力，祇是從第九行開始，有白萩作品（在露臺上，創世紀十三期）的味道，一個詩人應具備「獨立感」，對旋動年代的作者而言，可能是相當重要的。

景翔：我覺得第二段，也許表現一種繪畫性，不過技巧已嫌陳舊。

楊志芳：在我的感覺，此篇詩很富有火藥氣味，但是作者對於表現技巧似乎欠缺，整篇詩不夠緊湊。

白萩：這首詩在文字上刻意表現一種深度，却相反的得到失敗的結果，這首詩令人感動，全在於作者個人氣質的銳敏，而不在表現技巧有何特別了不起的地方，作者對於文字的驅使能力還不高明，如：

慾意的衝刺恒如張望的砲口指向埋
屍谷的沉悶季

祇寫成：

慾意的衝刺恒如張望的砲口指向埋
屍谷

便非常遒勁清楚，加添「沉悶季」反把意味帶入曖昧。「我們的眼神射殺不及祖先傳佈的種籽在我們心底沉落。」這種句子，既不能表現意義，又不能表現意味，實在是浪費的句子，我希望作者把這類的文字孽障，徹底清除一下，相信有煥然一新的表現。

葉笛：這首詩從文字上給人的感受，有一種歐斯特里的感覺，我認爲這種感覺也是一種現代精神的特徵，此詩文字灰澀，在表現上也許是失敗，但在詩素上是相當濃厚的。

吳新榮：我覺得這詩太深了。

暴裂肚臟的樹

林郊：「鋸齒」二字的重疊非常美妙，當我們走進鋸木場，眼中所見的都是鋸齒留下的形象，耳中所聽的也是「鋸齒，鋸齒」。「鋸齒」二字可以說把聲與形都表達出來了，運用得很美，很恰當。

吳瀛濤：這首詩也有戰爭的意念在內，但在表現的程度上較高。

趙天儀：和「旋動年代」可能是同一人的作品，但在表現上這一首之所以成功，就是因爲不落入概念，不落入俗套，它已經是意象化了。如：

無遮攔的天空以一片海浪從邊緣
站起來見證。

這種境界便很開濶。

李篤恭：我認爲和「旋動年代」不可能是同一人的作品，因爲這一首運用了很純的白話，沒有鰲牙的感覺。

林　郊：題材新穎，意象深刻，這是一首好詩。

吳瀛濤：好像題目有點不太切題，因樹的表現不太明顯。

趙天儀：不，題目是很有象徵味的。

林　郊：例如下面兩句：

以不拔的理由走向這最後的戰爭，
在最後由一串暴雷的狂吼怨恨這被撕裂的粉屑

還有：

而時間成為一把尖利的錐子
一秒一秒的在心房鑿洞

都是很好的語句，在鋸木場中都是很眞實的鏡頭，作者很美妙地表現了。

趙天儀：最後二句：

而天空睜着盲目
無雲霧，無影像，無事件

有相當開濶的靜觀，不是輕易寫得出來的。

林　郊：我們每一個人也都像被迫離開大自然的樹木，被推進人生的鋸木場，鋸成劃一的木塊，然後也是命定地被製成門，窗，或桌子，椅子。這是社會給我們固定的模式，也是無可奈何的事。

趙天儀：但在詩中，作者有很樂觀的表現。

林　郊：我認為有些悲觀，最後二句有「無語問蒼天」的意味，而天是盲目的。

趙天儀：既然被破了肚，仍會面對現實，是很勇敢的。自從 Joyce Kilmer的「樹」（Trees）被譯成中文後，很多人寫樹，但都只能在外形上描述，沒有一首像這樣地深刻的。

李篤恭：這一首詩有「圓通而寂」的味道，是很達觀的。

林　郊：因為出於被迫，非自願的，所以就成為刑場。

趙天儀：一個詩人，要「面對着前方」。站在前頭，不要只緬懷過去，要面對着現實。

林　郊：這詩裡，沒有退却，沒有哀求。

吳瀛濤：以不拔的理由走向這最後的戰爭，
在最後由一串暴雷的狂吼怨恨這被撕裂的粉屑

便是本詩的中心精神的所在了。

趙天儀：作者這種個人的體驗，已不只是個人的，而是全人類的。在這兒人就是樹，樹就是人了。

林　郊：我們已成為樹了，所以能進入這一首詩裡面去。

李篤恭：這首詩有如交響樂，剛好是四個樂章。

林　郊：我沒有讀過疊句用得這樣好的。鋸齒，能把形與聲都表現出來，這種重疊句是必要的，非常的美。

李篤恭：是的，聲形俱備。

趙天儀：很多人喜歡不斷地使用，像：「乃……」，這樣起頭的句子，這樣重疊法是沒有意義的，只能影響到意象的美。

吳瀛濤：……這是最後的戰爭
空間已成為氷庫它的凝固
從四方向軀體逐漸侵來

很有實感，而且深入。

楓　堤：一首好詩，便是，在我們初次閱讀時，就有了感受，當我們愈深刻地讀下去時，每次都會有新的發現，而使我們的感受更加强烈。這樣看來，這一首是好詩，是無可疑問的。

林　郊：由這一篇，也證明了要表現新的體裁，像「旋動年代」那種驚牙的語句是不必要的。■

張效愚：我對這首詩有三點意見：①如果題材是指伐木而言，則用伐木為題目較恰當，②全詩佳句很多，但是「虎虎眈視」這一句在文法上好像有點問題，③意念和戰爭連貫不起來，如果是上刑臺的話，就不是戰爭了。

古　貝：我認為「鋸齒鋸齒鋸齒：」的第一行是一種聲音，而第三行則是「惡

狼之牙」的形象，這是融聲與形於一的，這種表現方法很特殊。同時，「虎虎眈視」一句，我認爲沒有什麼可指責的，因爲這句不是指的形象，而是一種意象。何況這又是詩人創設新語句的權利。

林亨泰：在詩裡面可以有這種表現方法，只要能自圓其說的話就可以了，譬如梵樂希也曾受到法國某雜誌主編指責他的作品那一行太長或應該是怎麼樣等等，他就說這是詩人的權利，只要這是好句，以後就成爲家戶喻曉了，因而就有人把它編在字典中了，換句話說，這一句「虎虎眈視」假使也同樣成爲家戶喻曉，而被編在辭典中的話，也就可註明其典出自「暴裂肚臟的樹」一詩。

全體（笑）

張效愚：居然他是上刑臺的話，就不是最後戰爭了，假使改爲是一種接受挑戰的話，也許和原意更切合。

林亨泰：雖然是最後戰爭，但並不是指那一次戰爭或曾有過的戰爭，也不是指某一民族戰爭，也許是全人類最後的一次戰爭，他把這種上戰場比喻爲上刑臺，他的銃槍好像是對着人類自己，好像詩人認爲戰爭是人打人，自己戰自己一樣。致於詩的表現方法我們可以和「旋動年代」比較一下，「旋」詩是把戰爭寫成恣意的人性內在的戰爭，寫出了戰爭的本質是哲學的詩，而「暴」詩是寫出戰爭外在的現象，是時代的現實的詩。剛才把每一句的寫法拿出來解剖是次要的，我認爲最主要的是在整體的心象。不過，我們並不是要如武俠小說那種看法去看詩，而是要看他的手法。和意象，它的生命就在這裡，這首詩也很不錯，當然「旋動年代」也很好，兩首都有所不同，這不同的情形下是不能比較的，我認爲他們各自在不同的地方都各自寫得很好，就是說「旋」詩是表現戰爭的本質，「暴」詩是表現戰爭的現象。

桓　夫：這首詩的意象是表現機械文明的恐怖感，但前後有點矛盾，因爲可以看出惡狼之牙的鋸齒之伐木法是手工的而不是機械的，但是把它拿來和刑場，戰爭，虎等恐怖字眼，好像配合不上。

林亨泰：不過，我不那麼想，戰爭有所謂拉鋸戰，作者把那種兩個對立的戰爭用「鋸齒鋸齒……」的方式表現是不錯的。

桓　夫：但是這種意象描寫得太過於誇張，太離現實了。

林亨泰：但是他並不是要表現鋸木材，只是借來的，不過，眞正的戰爭，轟的一聲就解決了這一點來說，桓夫的看法是不錯的，但是如果把它從更大的立場來看，假如詩人意象中的時間空間太廣的話，戰爭雖在一般人的眼光中是很激烈，但在詩人可能看來却是很悠閒的，譬如可以把宇宙，地球看成很巨大，但從另一個角度却可以看成很渺小，這個很難一概而論，當然，詩也可以容許這樣看。

桓　夫：還有「最後戰爭」一句用了很多，但是這種意象並不都是必要的，好像是要强逼人家去相信一樣，特別强調這是最後的戰爭。

林亨泰：並不一定是强調，也許是把這一次變爲最後的一次戰爭吧！」的這種願望。好像有了酒癮煙癮的人，爲了要戒掉，就說「這是最後一杯了」，「這是最得一支了」，但永遠還是戒不了，看了這首詩又想到這些癮君子，眞是有趣，作者也許也有這種企圖吧！

張效愚：不過從「暴裂肚臟」的主題看來，覺得它是在伐木，如果照林亨泰的說法，就非常深入了，但就全詩看來，只有伐木的過程，似乎沒有最後戰爭的眞實感覺，如果硬要說他對

戰爭有深入的表現，那麽作者的表現就不太高明了。

桓　夫：這首詩最好的是在於第二節前半和第四節，尤其第四節特別有詩的意味。

錦　連：我的看法是最後戰爭來了以後，「天空睜着盲目，無雲翳，無影像，無事件」，好像戰爭一來，所有生命的東西都死掉了，這種對於最後的景象好像帶了很大的諷刺，而「旋動年代」的最後還沒到了完全滅亡的地步，而這首詩最後却全部死亡了。

桓　夫：這種表現出來的聲音和戰爭意象好像揉合得不當。

林亨泰：這兩首主題一樣，而表現手法不一樣，是不能互相比較的，譬如最後的結句，這首當然是不錯，天空盲目，一切都沒有，這是由描寫現象而帶來的，但「旋」詩以其本質寫出這種感覺是很困難的，這要看詩人的個性了，如果對現實描寫拿手的當然就寫出現象，如對本質表現拿手的，他就寫出了對本質的追求，不能以前比後，以後比前，就好像不能以甲的鑰匙來開乙鎖，以乙的鑰匙，來開甲鎖一樣，這是不能互相比較的，這兩首各有完全不同手法，各有它的長處，「旋詩所表現的結句當然不是要追求戰爭以後的事情，而是止於要表現人類最惡劣的人性而已，不必使人類全滅了才能發現它的惡劣人性，如果像「暴」詩借現象描寫的，當然非寫到最後什麽都沒有的程度不可了。

錦　連：我的意思是從這兩首的結句，可以看出作者個性的不同，才有這種不同的表現。

林亨泰：當然可以有不同的表現，「笠」詩誌的好處就在於可以有許多不同的表現，只要是眞實的，不論其用本質的，或用現象的寫法都可以，但是，過去的批評家往往都是以一個立場做爲自己的立場而排除和他不同的立場，這是不必要的。

張　默：本詩象徵意味極濃像：我們以一座山的靜漠停立在刑臺上本句非常特出。作者以「暴裂肚臟的樹」展示：「生存即戰鬥」，本詩有啓發與鼓舞作用。

此詩表面看起來，敍述成份很重，但爲表現所必需，所以令人感覺是在表現而非敍述。敍述與表現往往祇一線之差，如果我們不以精微的觀察力去透視，是體察不出來的。結尾二句非常好，作者已成功地把握了「表現的眞諦」。

景　翔：最後一段（第四節）寫得很好，有一種對比性戲劇效果。

郭文圻：「我們以一座山的靜漠停立在刑臺上」「停」是否改爲「挺」較好？

楊志芳：沒有反抗力，等待死亡的食臨。

白　萩：不是沒有反抗力。在某種命定的特別環境下，一種悲劇性的反抗意志的描寫，

郭文圻：第一段「停立」，第二段「躺着」，第三段「停立」，沒有明白交代。

景　翔：詩非小說，交代與否不重要。

葉　笛：一首詩之所以令人有各種不同的看法，這就是詩本身的含蓄性。艾略特有一句話：「你感覺怎樣就怎樣。」這首詩技巧非常好，是老練的技巧，

這首詩是雕刻出來的，從一種意象出發，然後轉換到思想的雕刻，第一段到第四段，表現非常統一。譬如用十個鋸齒這個名詞，表現臨刑前的戰慄，而把那種鋸木的鋸齒比喩作一排銃槍深沉冷漠的眼，虎虎眈視，這種象徵非常恰當，

林宗源：意象突出而又尖銳，讀這一

首詩，有一串暴雷的狂吼怨恨這被撕裂的粉屑，深深地振撼着我的情緒，使我想起：「生命站在人生的鋸木臺上，以一種靜漠的姿態，面向刑臺，即使暴裂如粉屑，還是沒有哀求沒有退縮地生活，達到無雲霸，無影像，無事件的境界，

這是一首深刻而有濃度的詩，假如有缺點的話，我想最好「把暴裂肚臟的樹」改爲「暴裂的樹」，「1234可以刪掉，」「盲目」改爲「眼睛」。第六行之「停立」，我也曾經覺得改爲「挺立」，不過「挺立」有動感而「停立」是靜態意味從整首詩來看，還是以「停立」好。

葉　笛：題目不能改，因「暴裂肚臟的樹」表達了悲壯的慘痛感，「盲目」也不能改爲「眼睛」，1234也許是作者的癖好，無關緊要。

張　默：「眼睛」太白，不如「盲目有餘味，作者用睜着盲目，是對天的一種抗意的批評。

垂　釣

趙天儀：這一首詩很有小品的味道，淡淡的冷靜的觀照。

林　郊：是一份靜觀的領會。

李篤恭：該是以釣魚來表示生命的追尋吧！

趙天儀：句法上很順，這種靜觀的表現很容易使人感受，因爲它是很有抒情味的。使我想起柳宗元的詩：「千山鳥飛絕，萬徑人踪滅，孤舟簑笠翁，獨釣寒江雪」。我不是說，這二首詩一樣，而是說有似相的品味。

林　郊：這首詩表現得有靜觀，又有衝勁。

李篤恭：最後二句：

跳躍的魚
反抗的旗

很美，很瀟灑。

趙天儀：魚一出現，整個意象便活了。

楓　堤：這一首和「旋動年代」正好一者以靜一者以動，成了一種鮮明的對比。

趙天儀：人的活動本來就是如此，時而靜，時而動，因此在詩裡面也有靜與動的表現。

吳瀛濤：最後二行是最爲成功的表現

林　郊：魚在釣繩上掙扎時，「反抗的旗」這種意象便跳躍而出了，非常美妙。

楓　堤：此詩三段，由追尋，而沉浸而獲得，這時釣上的，已不只是生物的魚了，而是某些東西，或許是智慧，或許便是詩。

林　郊：在「思索的喜悅」中，一面釣，一面追尋，答案找到了，意象也完成了。

吳瀛濤：這一首詩很完整，可以說沒有破綻。

桓　夫：我看這一首詩寫得很完整，也找不到缺點，而且，普通的釣魚是一種娛樂，但作者寫出來的並不是一種娛樂，他用釣魚表現出人是有生命的，對生活上有眞摯的表現，尤其反抗的旗非常强烈。

錦　連：我認爲這首詩只有最後兩行才有特殊意象的表現，而前面的一部份只是說明背景的情形而已。

古　貝：這首詩的作者很忠實於自己的感受，是內在的同時又是外在的，而且作者好像對用字上很講究，一字也不浪費。但是他的表現並不是桓夫說的不是一種娛樂，我認爲是娛樂表現於無形，寂寞表現於有形，是互相揉合的。

林亨泰：這首詩很不錯，因爲詩人內在的和外在的釣魚渾然配合成一體，如最後「思索的喜悅」我們以爲它是寫內在的心理，但結果他又寫出「衝

破閃閃蕩漾的波光」，說到了他釣到了魚的跳躍情形，接着又說是「反抗的旗」，這樣把內心和外在混成一體，也可以說這首詩很完整，這也可以說是一種超人的嗜好。

桓　夫：這首詩實在並沒有什麽缺點。

張效愚：這可以說是一種沉默的反抗，他好像厭倦人生，但不願去坐禪，又不願出俗，就用釣魚的感覺來反抗。

林亨泰：其實他是在釣自己的思索，也可以說是在釣自己，反抗自己，自己也嚇了一跳，這是很有趣的，尤其最後結尾很顯然地跳出意象來。

錦　連：雖然這首詩很短，但在很短的幾行中，能表現出這種完整的意象是很不容易的，如果沒有最後這兩句來畫龍點睛，就差了。

林亨泰：但是，前面也是需要的，比如他描寫坐禪是因爲他有寂寞，這是生命的秩序，也許是他一開始就很好。直至高潮起來，但到最後最高潮時就突然停止了。反過來說，因爲他後面寫得太好，所以前面看來就顯得比較平凡了，有些詩是從頭到尾很平淡，這首詩所以成功，完全就是在這裡，所以前面並不是多餘的。

張　默：表現手法太舊。可能是根深蒂固的傳統把作者緊緊束縛了，我很希望作者在表現上大膽一點，開濶些，甚至細緻一些。

郭文圻：最後一句「反抗的旗」，倒底指什麽？味澀不明。

景　翔：我想是跳躍的魚的一種聯想。

林宗源：既然是癡坐於禪，就不應該困於寂寞，作者顯然對坐禪的悟覺不太深，才會困於寂寞的矛盾，才會垂釣不了生命的奧秘，所釣起的只是一種嗜好。一些風景，以及跳躍的魚與反抗的旗。我想像這種垂釣，給畫家去表現，會更使人感動的。

葉　笛：這首詩的意境與垂釣之類的古詩有一點相彷彿的地方，可能要表現靜中有動。

白　萩：跳躍的魚聯想爲反抗的旗，太生硬也太抽象化，無法給人肯首的感動，照：

　釣竿，投向閃動的倒影
　探索生命的訊息，

這個題的要主求來看，反抗的旗已跳出了統一性，有凝題意。

八行書

李篤恭：開頭兩句；「太陽的金框鑲我立姿在一堵牆上」是很鮮美的意象，會起一種戰慄感。

林　郊：最後一句也很美：

　所有的鳥都摺疊起牠們的翅膀

楓　堤：「摺疊」用得很好，如果依照通常的用法，一定是用「收斂」之類的。

趙天儀：好像除了意象以外，缺少了一些什麽？

李篤恭：缺少思想性吧！

林　郊：如果說：「暴裂肚臟的樹」是交響樂，那麽這一首便是小夜曲了。

趙天儀：簡短的詩，不一定就不能包容思想，如揚喚的「詩的噴泉」十首，都只有四行，但思想和意象都表現得非常深入而淺出，

楓　堤：這一首並不是沒有思想，作者企圖表達一種一刹那，稍蹤即逝的感覺，一種「時不我予」的感慨。

林　郊：這裡，山是作者，而藍天便是牆了。

李篤恭：這就是作者要捕捉，在時光中，「我」的位置。

吳瀛濤：這種描寫很好，能抓到短暫的，一刹那間那種感覺。

林　郊：當他正要抓住那微雲時，而

日已西沉了。

楓　堤：作者很努力在意象上追求新的表現，因意象表現很美，容易轉移讀者的注意力，使得它的思想藏而不露。

林　郊：眞可以說是以辭害意了。

吳瀛濤：這有如特寫鏡頭，前後兩段便是早上與黃昏的對比。

林　郊：好像他在演戲，對人生取一特寫鏡頭。

楓　堤：題目不恰當，應當是「八行」就夠了，或者是「八行詩」才好。

全　體：「書」字可以不要。

趙天儀：可能受到「雨天書」，或什麼……書之類的影響，作者命題時，似不知不覺地用上了。

楓　堤：但他忽略了「八行書」是有另外的意義的。

張效愚：這首詩好像是作者的自畫像，要找出什麼却都找不到，只是好像自己存在於硬度的空間，自己存在於古羅馬的宮殿之中，而且，好像作者自己表答不出來他所要講的一樣。

林亨泰：他在表現的飛躍上跳得很快，比如「上午十時」，太陽的金框使他有了立志，成爲一座山使他能登上去，但剛要登上去，「觸及存在的硬度立即就是「日已西沉」，我認爲正是太陽高昇時，馬上就日已西沉，在時間上跳得很快，但是，這是不錯的，我們平常也有這種感覺，好像我們想要做什麼事，但一下了就晚了。這中間跳得很大，但是雖然如此如果要他多寫幾節，那就可能要失敗了，這只有培養讀者的想像力，靠想像力去聯想，當然，初讀時感覺很困難，但是一旦想到，那種愉快也是無比的，所以我認爲培養讀者的想像力是需要特別强調的。就這一點來說，這首詩是非常緊湊的。

桓　夫：上午十時是表現青年時代的一種希望，青春有如藍天，在藍天上有美麗的花朵，而想去攀折，但是剛觸及存在的硬度，相信羅馬的宮殿他也可以上去的時候，日却已西沉了，也就是他的希望達不到了，老了。

錦　連：像這樣可以做很多種解釋的詩，目前是很多的，但是如果沒有要求讀者去做幸苦思考的因素在詩中的話，對現代詩來講是沒有什麼價值的。

林亨泰：也可以說詩人爲什麼要寫詩，而不寫散文或小說？這就是因爲詩人想要用最少的字來寫出和散文小說得到同樣效果內容的作品，怎樣用最少字寫出最多的東西，是在寫詩上最重要的一點。

錦　連：我們所說的用句少，用字少，並不是使用文言，而是完全白話的，這是很多人對於用字簡潔常有把它誤解爲使用文言的，但這一首是完全口語化的。

林亨泰：就這首詩來說，最重要的在於「上午十時」及「日已西沉」，如果沒有這兩句，我們就不能聯想了，時間上很巧妙的安排，效果很不錯。

張　默：沒有什麼好，也沒有什麼不好。

葉　笛：「剛觸及存在的硬度」這一句很好我很欣賞，這首詩可能是描寫自己存在瞬間的意境。

郭文炘：沒意見。

楊志方：沒有意見。

張　默：第五、八二行很好，中間二句不知表現什麼，使我感到惋惜。

林宗源：八行書這一首看起來沒有什麼毛病，可惜沒有給我們提出一些使人感動的內容。假如我們要苛求它的毛病。那就是時間不必固定在十時，「書」改爲「詩」較妥當，顯然地這首詩是以想像與幻想供出的。

楊志方：可能這傢伙抽煙太多了。

（哈哈，大部份的人）

想 起

趙天儀：我讀到「金屬性的雨」這一句，就想起詹氷的詩，這是來自詹氷的意象吧（見「笠」第一期）。作者對人類在戰爭年代中所扮演的角色，要提出批判。前二句是不是就在引用托爾斯泰的「戰爭與和平」？但是，這種引用法，如果沒有特殊意義的話，我想是多餘的。

林　郊：這樣引用是沒有必要的。

趙天儀：　想起，想起這是一齣戲
且由滑稽的人類扮演着

這是很好的句子，可是前面沒有交代清楚，好像有一點來得很突然的感覺。

楓　堤：這樣似乎前後不呼應。

林　郊：嬰兒的反應是很直接的，他要哭就坦然地哭了，不像成人那樣間接，有所顧忌。

吳瀛濤：整首詩讀來，不感到緊湊。

李篤恭：對戰爭的感受的描寫太軟弱了些。

趙天儀：這一首詩的描寫，不像「暴裂肚臟的樹」那樣，會使我們感到我們便是樹了。

林　郊：對的，前一首使讀者感到，樹便是我，而我便是樹了。

李篤恭：這一首詩，使我們覺得作者只是客觀地描寫而已。

林　郊：我們不能走進詩裡頭去。

吳瀛濤：句法是通順的。

楓　堤：作者要表現人類的荒謬，在戰爭與和平之間的茫然，可是在表現上，中間兩段應該加强的地方，却太弱了些。因此，不能像「暴裂肚臟的樹」那樣給人一步緊迫一步的敲擊的力量。

吳瀛濤：第一段的引用也不好，沒有力量。

李篤恭：戰爭是人類活動中最富戲劇性的，可以說比死亡更進一步。

林　郊：我很欣賞最後二句：

我就得公然的哭泣
像嬰孩那樣的

趙天儀：不過，最後一段的結論太突然了些。

楓　堤：因爲中間二段未交代清楚的關係。

吳瀛濤：那麽，最後段的這種思想，就變成是由概念來的了。

張效愚：我看這首詩是描寫戰爭，比「旋」暴雨首顯明一點，可能作者也是厭倦戰爭，甚至於也不相信和平，寫到最後就認爲戰爭是一齣戲，是由滑稽的人類扮演着，就不得不公然的哭泣起來了。

林亨泰：這也是以戰爭爲主題，就表現上來講和以前的兩首又是不同，這篇可說是抒情詩，就戰爭時代的詩來說，這樣寫法也是不錯的，這一時代的所謂抒情詩就是這一種的。很可以引起情緒上的共鳴。

錦　連：這首詩如果不是詹氷寫的話，顯然的想起那「金屬性的雨」完全出自詹氷的句子，如果不是詹氷本人寫的，那麽看起來就不順眼了。

桓　夫：作者用詹氷的句子在這詩中是不高明的，但是詹氷原作「金屬性的雨」是內在精神的雨是高級的，而這裡的「金屬性的雨」是外形的槍彈是低級的，同一個句子用在這種不同的地方，不論是不是詹氷本人寫的都不太高明。

古　貝：我認爲不然，作者把這句借用在這裡很恰當，是無可厚非的，而詹氷寫出來的語句，並不就是意謂着他有什麽專利權，只要是適切的，大家也可以用在不同的地方，做着不同的澥決，作者意味出了外形的槍彈也並不一定是低級的，只是太過於現實

而已。

林亨泰：抒情詩也許不能寫得太緊湊，但借用人家的句子是不是可以，就要看作者作品的內涵而決定，如果在不同的表現上當然是可以的，不過，還是儘量避免為佳。就眞正有自負的詩人，就要用其他的方法表現出來為佳。

張效愚：有人說過，第一個把花比美人的是天才，第二個就是庸才，第三個就是蠢才。

林亨泰：像這類說法很多，譬如希塞羅Cicero說被一個石頭跌倒了，又被同一個石頭跌倒的那個人，就是傻瓜了。

葉　笛：第三段能够表現戰爭在這世界上久久不能離去的形象。人類要避免戰爭，但戰爭却由人類來挑起，有宿命的悲哀。

楊志芳：「想起那金屬的雨」這句好，可能這個作者怕戰爭。

張　默：二三節很好，祗是作者儘量想使本詩趣味化，結果適得其反，如果能使它更濃縮一點，也許效果會更好些。

景　翔・葉笛：體驗不太深。

郭文圻：我覺得第一段删掉比較好，與全詩沒多大關係。

林宗源：想起戰爭想起和平，何必要托爾斯泰的「戰爭與和平」？詩最好不要「自它」的，走出「自它」，想起想起這齣戲，會使我更感動的。顯然本詩是由題目想起才寫詩的。

白　萩：作者的聯想力不細緻，表達力不太精確，顯得不精密，沒有勁力。

十分鐘的空白

林　郊：這首詩是如厠時得來的靈感吧？那眞是化腐朽為神奇了。

全　體：哈哈！

趙天儀：這樣平凡的題材，却能有那麼多的意象是很不平凡的。

林　郊：這樣題材，能表現這麼好，是不容易的。

趙天儀：一般說來，好像物象的美，就是美，其實表現的美，才是美。我記得在「南北笛」某號上，有一首詩是描寫一堆牛糞在冒煙，有一隻蝴蝶飛來棲息。作者能抓住那短暫的一刻而表現出來，是很不容易的。

林　郊：然而，這一首詩除了表現外，缺乏深刻的內容。

趙天儀：本來就是彌補那空白。作者是很有幽默感的。

林　郊：以疏通九河的精神蹬下

　飽滿的大腸拉縐了眉

便很幽默。

趙天儀：還有：

一項**偉大**的工程

一串叮咚的樂聲

也很有趣。

吳瀛濤：我不以為然，全篇讀來並不覺得幽默感。這種題材是沒有什麼好寫的。

趙天儀：我們不需要諱言醜陋，因為這是我們日常的動作。這種醜陋的題材，能表現得好，未始不是化腐朽為神奇。

林　郊：作者在這種平凡事上能看出美，也眞是由「一粒砂裡見世界，一朵野花裡見天堂」（William Blake: To see the world in a grain of sand, And a heaven in a wild flower;）了。

趙天儀：他能由細微而暗示全貌。

吳瀛濤：雖然如此，但不鼓勵往這種方向寫詩，如果大家這樣寫，便很齷齪了。

楓　堤：我認為不一定每一首詩都要表現很深刻的思想，只要能表現美，使讀者感受，也就達到效果了。

■**林亨泰**：這個想法不知道正確不正確，好像是詩人到厠所裡去，點了一支香煙，十分鐘後出來（笑），譬如「大腸拉縐了眉」以後就點了一根火柴，「思維在血管中沉默」，以後就像建一項什麽工程，一串叮咚的聲音從峽谷出來，（笑）瘴氣很古典的舊式的厠所中襲來，三分鐘後閉着眼一邊抽煙，青烟上升，就想着昨夜的夢，七分鐘以後尼古丁與阿摩尼亞（笑）交鋒着臭氣，那個人流着汗十分鐘後從窄門出來，非常輕鬆，但另一方面有着一片靈感的空白的感覺。（笑）

錦　連：這種猜想也許很對吧！而且能自圓其說。

古　貝：這也許很對，從全部的意象看起來，都有這種感覺，其前後次序也非常吻合實際。

桓　夫：那麽爲什麽在厠所中要限定十分鐘呢？

林亨泰：這也不是限定的，可能是習慣上的關係。

古　貝：我認爲十分鐘是沒錯的，剛好抽完一支煙，不過，如果他有在厠所中看報看小說的習慣，那又另當別論了。

桓　夫：雖然有趣，但嚴格說來，也沒有什麽幽默感和批判性，眞正是「十分鐘的空白」。

全　體：（笑）

張效愚：這首詩如果要找眞正的內容是沒有的，只是很滑稽而已。

林亨泰：他的表現太固執於厠所內的過程，而沒有描寫到人性的問題，這一點很可惜，譬如他描寫到樂聲，也許也可以描寫出跟古典音樂的關係等等。

桓　夫：所以就全詩找不到對人性的批判性。

錦　連：只是平舖直述而已。

林亨泰：沒有描寫出全人類的人性，只是個人的十分鐘的滑稽經歷而已。

錦　連：如果沒有像林亨泰的解釋的話，可能又是另一種想法。

林亨泰：剛一看到這首詩，就覺得是厠所裡面的，以後就一直依這一題且想下去，但却找不到一種痛烈的深入的深入的描寫。

桓　夫：也許作者不希望聯想到人性上去，所以他誠實的寫出厠所的感覺。

張效愚：但是表現臭的也有一種美的存在，■可能這首詩主題就在這一點。

（十分鐘的休息）

張　默：有一種淡淡的並不太好的戲劇感。

景　翔：我覺得這首詩祇有題目好。

楊志芳：這首詩實在沒有什麽可說。

郭文圻：這是描寫十分鐘休息的感覺，從工作擗脫，負擔解下來，汗留下來。

林宗源：就形式來說，這首詩是以物的結構，生理的秩序作爲詩的形式。

變形花

趙天儀：什麽是變形花呢？

林　郊：由「世界是一隻破裂的瓶子」看來，那麽，花是理想，在世界的瓶子中變形了。

趙天儀：這首詩也在描寫人類的悲哀，在無意中帶有實存主義的意念。其實，把幾個人名和沙特一部作品的譯名，弄在一起，是不是就能把變形花表現出來呢？作者或許也讀過一部份田納西•威廉，佛洛依德和沙特的作品，其實，有沒有能把握住他們的眞髓呢？

吳瀛濤：這樣塡入名字的表現，是很概念化的。

李篤恭：這樣會顯得力量不够表現，軟弱。

趙天儀：目前，很多人喜歡談實存，但往往不太瞭解它的眞諦。實際上，實存主義者，各人有各人的一套，是不相同的。譬如，沙特和卡謬，便打了很久的筆戰。作者這樣的表現，只是淹飾了他的表現能力的不足。

林郊：這是犯了愛引用名字的錯誤。

趙天儀：瘂弦以前的詩裡頭，也常引用典故，但是，他的確讀過那些書，把它吸收了，再給予戲劇化的意象，所以用起來很成功。可是在這裡，作者並沒有把這些人的思想化入意象中，因此頗有空洞的感覺。

楓堤：作者從一開頭，便全力在描寫虛無，可是到了最後，却喊出了「神呵——」，是在要求一點依靠吧？可是在眞正的虛無精神來說，是不需要依靠的，那麼這種叫喊似乎是多餘的。

趙天儀：其實作者沒有把虛無表現出來。作者有沒有把實存主義的神的觀念弄清楚呢？

林郊：其實最後二句可以不用的。

李篤恭：全篇有虎頭蛇尾的感覺，開頭已經能把握住了，到最後却投降了。

趙天儀：這是作者的智識，而不是他的體驗。

李篤恭：所以說是投降了，只用智識來塘塞。

楓堤：其實，把引用人名以後的幾行畫掉的話，前面的表現也是完整的，而且有很多美妙的意象。

林郊：對的，到了「一支樂曲流出了幻滅」就可以適可而止了。

李篤恭
吳瀛濤：前面的表現確實不錯。

張效愚：從最後的「存有與空無」聯想到沙物的存在主義，和弗洛衣德的心理分析好像把世界看成變形花，這首詩意境不統一，好像亂七八糟的世界一樣。

桓夫：變形花好像是酒家女的意思吧！喝過了頭就非常亂，而且詩本身也很亂。

林亨泰：作者自已說得很清楚，「世界只是一隻破裂的瓶子」，他只是要描寫出世界是破碎的，「靈魂是蜜巢」，而沒有想要再去描寫其他的，所以詩中的描寫也很亂，尤其第一節及第二節描寫得特別雜亂。這種雜亂情形也正是作者所想要表現的。

張效愚：這種詩與瘂弦的「深淵」差不多，同樣是用很亂的手法描寫出亂的事物，但是「深淵」表現得高明些。

錦連：他好像描寫出這一點而已，其他又加進一些「田納西，威廉斯，弗洛衣德，沙特和他的世界」這些大思想家，同時表現出對這一切的不敢相信。也不敢由這些中間去求取和諧。

桓夫：這個他已說明了「一支樂曲流出了幻滅」，所以這些人的世界也都是幻滅的。

古貝：意象跳動很快，在小說中有意識流小說，而這一首可說是意識流的詩，但表現得並不成功，如果他的跳動像「八行書」那樣的話，也許是較爲好一點。

張效愚：作品如果引不起讀者的共鳴的話，只是描寫出來使人感到全詩很亂，就沒有價值了，這首也好像存在主義的詩，但却看不出什麼來。

林亨泰：這不能說是實存主義的詩，不能只用一些實存哲學家的名字或其術語便認爲是實存主義的詩。

張效愚：那麼這首詩在表現什麼呢？

林亨泰：這裡面也是很普通的說出滿街流着一些沒有靈魂的屍體，很亂的，罌粟像少女的唇爲捨取者張着誰要就給他，一種沒有靈魂的賣身者，隨

便把自己當爲商品，只是描寫這一些而已，這種有着世紀末的感覺和實存主義的空虛並不相干，只是借了很多人名，不太妥當，如果這首詩有缺點的就是在這裡。所以寫詩最好不要借什話，麼書名人名來寫，我認爲是寫出自己身邊的比較好。

景翔：這首詩很好，有些感覺寫得很好。對第三段：「一隻酒瓶，究能搖出幾多陶醉」，我覺得這種句法，瘂弦本人就用過二次，在「巴黎」：「一莖草能負載多少眞理？」「某一種理由」：「半隻檸檬能搾出多少詮釋？」生吞活剝的套用人家的句式總是不好的。

楊志芳：第一段我很喜歡，作者對現代社會人生描寫很深入。

林宗源：田納西‧威廉斯‧弗洛衣特‧沙特，這是新的典故，曖昧的。用典確實能够襯托出作者的學問，可是對一般的讀者能够給予什麼呢？

白萩：我想讀過這些人的全部作品，也不見得有學問。用典的句子，都是死板的，沒有彈性的，隔一層的。

張默：作者的聯想力相當敏銳，他以變形化比擬破碎的現實，手法很新，像：

「世界只是一隻碎裂的瓶子」
「夜是屍衣」
「少女的唇爲捨取者張着」

都是表現得極爲精確的。而最後一聲

存有與空虛？
神呵！

令人有無限唏噓之感

葉笛：是迷失一代人寫出來的。不過它還是迷失。

白萩：我想「迷失的一代」已經過去了，「索搜的一代」也已過去了，現在是「清醒的一代」。在現在，即使我們還是經歷各種悲劇，忍受各種痛苦，但是我們的心頭是清楚的。這是我們與上一二代不同的地方。此詩很有超現實的味道。不過對聯想切斷的追求之後，應該更注意連結性。在藝術上，相異性固然能造成驚異之感，但連結性的統一工作，却更爲重要，祇有在連結性的統一之下，求得相異，才顯出可貴，一味祇切斷而不能又連結，實在沒有一點價值。

那首歌

趙天儀：這是一首描寫母愛的作品。

林郊：第四段是變奏曲，如：

像淚珠滴落信箋上的低音
牙齒嚼女髮所發出的高音
調節靈敏天秤的微細聲
推進太空火箭的爆炸聲

都是變奏。

吳瀛濤：變奏是可以的，但描寫不太妥貼，如「天秤」，「火箭」等句。其實，變奏，是要看如何變化。

趙天儀：這一首是在描寫人生的歷程，每段是一段歷程，各段歷程都不同。只是尾段稍脫節。

吳瀛濤：這種變奏太鬆，不够集中。

趙天儀：第一段很甜，到最後却有苦有澀。

林郊：前面三段只在說明歷程而已。

吳瀛濤：「天秤」，「火箭」的接連，不很適合，不能給人安定感。

林郊：與母愛的歌聲相混雜了。

李篤恭：作者有一種渴望，要抓住存有的眞理。

趙天儀：稍落入了形式化，在變奏中沒有造成異峯突起的效果，只有平舖直述。有些意象太散，因此把詩的濃度沖淡了。

林郊：表現不够緊湊，尤其是前三段，很鬆。

趙天儀：往往一首詩的表現與我們的感受力成正比，就是說，表現愈深刻

則感受力愈强烈。

吳瀛濤：由於太拘泥於詩的表現，多少損傷了詩的本質。

■

林亨泰：這首也是抒情詩，就抒情詩來說，「想起」是對時代的抒情詩，而這一首却是對人性，就原始人性的深處唱出來的一種抒情詩，兩者有些不同，但是如果就其人之本性眞正地唱出所要唱的，我認爲這也是不錯的，各有千秋。好像「暴裂肚臟的樹」和「旋動年代」一樣，「暴」詩是外在的，「旋」詩是本質的，而這兩首「想起」一詩是時代的，「那首歌」一詩是人性之本性的。可以看出詩人所關心的各自不同，各自寫出不同的看法。

張效愚：我覺得他就全詩過程描寫整個的人生，幼年從母親乳房聽到那首詩，其次少年的歌是七彩繽紛的，第三段是青年時期的歌是「太陽以金喇叭吹奏」，到了第四段是中年時所聽到的歌比較晦澀，回憶過去的燦爛時期，最後就是老年的回憶了。

林亨泰：「那首歌」並不是我們常常聽到的很平常的那首歌，而是曾經聽到的很美妙的，他無法說出來他就把它比喻爲一首歌，從本質上發生的一首歌，一直跟着他隨着年齡的變化而依然存在。我認爲這種寫法很好。

張效愚：這種由乳房中聽到的歌，好像就是以母愛表達出來而唱的歌一樣。

桓　夫：這首詩所表現的意象很不平凡。

錦　連：抒情詩如果用這種方法寫，也許是一條出路吧！

林亨泰：是的，抒情詩有兩種方法，一種是對時代下的，一種是對本性下的，所謂情詩，好像里爾克也說過在現在已不能再寫情詩了，在這個大時代中，我們要寫出跟很多人發生關係的，而不能只爲自己一個人寫出只對自己個人有關係的情詩。

桓　夫：這也許是對作者無理的要求，這首詩的構成太過於詩的規矩形式化，按照次序明顯的表現出來，如果把這種形式打破，而寫出來的話，也許是比較好的。

林亨泰：不過，這是作者自然而然表現出來的，他的個性是那樣的，當然也無可厚非了。

張效愚：假使這種方法表現得家全的話，也並無不可，就好像言曦批評向明的一首詩一開始就用潑字一樣，那種用法並非不可。

林亨泰：抒情詩的性質就在於反覆語句很多。

桓　夫：不過，反覆的變化也可以有新的變化的，並不是一種用同一個語句的反覆。如果這首詩能再進一步從這形式脫出來的話，也許這首詩更會使人感動。

林亨泰：詩人有時候也需要從自己走出來，不過這是很苦的，甚至於有時打破自己也無所謂，不然的話就變成習慣性了。

桓　夫：所以，能使人感到新鮮的詩，就是自己走出來的，從來沒有人寫過的。

張效愚：是的，我們所需要的就是不斷地獨創，不斷地求新。

■

林宗源：那首歌好像埋在土裡的死屍，隔一層層棺木，不能與土壤同化，可惜，可惜，那首歌。

張默：如果做爲一首歌，我們有話好說，如果是詩，我覺得太平舖直敍了些，不耐讀。一點張力都沒有。

郭文圻：密度不够。歌謠體。

楊志芳：可能他在回憶吃母親奶的情境。

景翔：我覺得像五四時代的作品。

轉載

日本對詹冰作品的合評

譯自日本「詩學」一九六五年五月號「研究會作品合評」

吳瀛濤 譯

說明：「詩學」雜誌爲日本詩誌中歷史很長的一個刊物，至一九六五年五月號第二〇卷第五號已出版了二一五期。該誌每期均有「研究會作品合評」，經常由四五位出席者對投來的作品予以分別評分選取作品八、九篇，而對選取作品個別詳加合評。

下面特將於對本省詩人詹冰作品合評的發言記錄，譯出供作讀者參考。按詹冰作品計有三篇：「美麗的時間」「液體的早晨」（「笠」第一期第七頁刊登）「春天的視覺」（「笠」第四期第十頁刊登，改題爲「透視法」，也爲該期「笠」的合評作品之一）。至於此期「詩學」的合評發言人計有：小海永二，諏訪優，高野喜久雄，嵯峨信之四位。

嵯峨這是臺灣寄來的作品，有三篇，諏訪先生評兩分，高野先生和我各評一分一共四分。諏訪氏會對這作品評分是明顯的，因爲諏訪先生對於寫得好的詩都會評分呵（笑）

小海　這詩寫得好嗎？我想並沒有寫得好。

嵯峨　說起來，語句都很通順

諏訪　是呵，我看像是抒情詩的典型，不過反過來說，並也不是沒有令人討厭的一面。

小海　實在說，我覺得很平俗不耐煩。

嵯峨　但是這種平俗，我想是跟德國浪曼派有關聯的吧？

小海　我對德國的浪曼派，本來就不太嚮往。

嵯峨　或許這樣說就有點過於簡單，不過它不僅僅是日本從前那種詩的美學，而有一些思想的東西。

小海　我却對於德國浪曼派感覺到有點平凡雖然如果像赫爾達林，情形就些不同。

嵯峨　不過所謂德國浪曼派的詩，其實由於翻譯的關係，有的變成很通俗，但也有很好的。

諏訪　我並不是對這裡面的那一篇評二分，而是綜合三篇考慮了給予以兩分的分數，可是如果他要是用一個主題寫，我想還是會寫得好。

高野　全體上有相當清潔那種感覺，我是會了解的，至於在「美麗的時間」裡的一段「詩人　現在　正要把時鐘的秒針調整」，對於什麼程度的「時」，詩人究竟以怎樣的形狀相對呢，是否有深刻的思惟去寫的，這點雖不明瞭，不過從這句裡面，多少有所表現的。除了清潔感以外，這一個作者不知道有沒有那些思惟。

小海　這作者對於語彙的選擇很細心。

諏訪　剛纔高野先生所說的，這作者用的詩句，好像有點跟日本人的不一樣。

小海　有點異質的東西。但是「太陽的spectol般美麗的時間喲」這句，簡直就和後面的臘紙一樣只覺得太平易，因有點不放心反覆再讀，可是這首詩有點不耐再讀啦。這或許是非常微妙的。

嵯峨　引例說有點苛刻，就如片山敏彥的不太好的詩吧（笑）。

小海　片山先生的詩，如果不知道他的爲人，就像不值得讀下去。這作者的詩有點這樣的地方。

高野　有相似的。

小海　後面的「看迷了麽，少女。愛上了麽，薔薇。啊！白色的腦髓中，紅色的花朶開了。」這種句子，還是讀不下去。

諏訪　但是能够這樣乾脆的寫，也不容易。

高野　我是由於「時鐘的秒針」，才評分。

嵯峨　讀後有這樣的感想—這個作者周圍的詩的水準，非常陳舊。我想，這作者則沿着那種水準總算不錯地寫出這種詩。由於句子有翻譯的調子，雖然也可以說不够氣味。

小海　就是如果不需要深度或僅是美麗就够了的話，那就能了，可是完全不感覺到深度。

嵯峨　不會感出作者自己深入於那種深度的。

小海　我想讀者不會感到。

諏訪　在這種場合着實是這樣。不過以中國的詩來看，雖然我也以爲日本的現代詩是相當高的，但是在某面一所欠的節度那樣的東西，不問其好壞，在這三篇作品裡像有。

嵯峨　那可以說是文章構成上的節度吧。

諏訪　這一點，好像使自己想起了忘掉的東西。

小海　有沒有訴起感覺的東西嗎。

諏訪　這點說不定意外地很稀薄。

小海　所以難免像剛纔峠峨先生提起德國浪曼派，那也正是說明這幾篇詩的十八世紀性……（笑）。

峠峨　這樣不留餘地的批評，再加以高野先生的那種指摘，我就無言可說啊。但是這些或許並不是作者偶然的發現，恐怕是他從教養中寫出來的句子。像這樣的詩，剛開始寫詩的人似有必要的，寧願勸他們讀一讀。

小海　是嗎，我的過程却是不同的。

諏訪　當然我也並沒有走這種路（笑）。

峠峨　可是法國詩，如保爾，賀爾，當然比此詩是更好的，但不無有關聯。安里•米修則完全不一樣，因米修的詩會吸引，所以纔這麼說，我想詩是作者所居住的周圍，那種文化圈的所產。

譯者後記：此文因截稿時間的關係，譯於匆忙之間，雖全部按照原文譯出，惟望關心的讀者，如能一讀原文，當然更好，特此附記。另外、合評中言及「這個作者的周圍的水準非常陳舊」云云，譯者按，詹冰的這三首詩均爲者作二十年前的作品，並不是最近寫的，以致有此種評言，這一點也併記於此。

稿約

一、本刊園地絕對公開

二、本刊力行嚴肅、公正、深刻之批判精神

三、本刊歡迎下列諸種稿件

(A)、富有創造性的詩創作

(B)、每期提出的專題筆談（限一千字內）

(C)、外國現代詩的譯介

(D)、外國詩的各流派基本理論，宣言譯介

(E)、獨特看法的創作理論

(F)、深刻、公正的書評

(G)、外國詩壇通訊

(H)、外國重要詩人研究介紹

四、本刊第九期截稿日期

(A)、詩創作，在九月十日前寄下

(B)、其他創作，在九月二十日前寄下

五、寄稿處：

(A)、詩創作：寄彰化市中山里中山莊52之7號
林亨泰收

(B)、其他稿件：寄台南市民族路六巷一號
何柏勳收

詹冰的詩

林亨泰

日本詩學社「作品合評」的結論說：「詩是作者所居住的周圍，那種文化圈的所產」，同樣地，這樣的結論亦能適合於「批評」這個範疇。我們似乎也可以這麼說：「批評是作者所居住的周圍，那種文化圈的所產」。那麼，當我們在閱讀他們所作的「作品合評」時，我們似乎也必須把他們的周圍以及文化圈放在考慮之內，否則，我們必定無法了解他們的眞意。因此我們首先應該明白的就是詹冰的那些作品，是以「四分」被選上的「合格作品」，只是他們的批評一向都是不作如我們所喜歡獲得的所謂「好評云云」之類的文章，而最常見的情形就是先來一陣「大放厥詞」之後才補上幾句「安慰」，這與我們先來個「擊節稱賞」之後才加上一點「批評」是廻然不同的。因此我們不要對他們給詹冰作品的評語，如「清潔感」「乾脆的寫」「文章構成上有節度」等語，予以過小的評價。正如諏訪所說：「這一點，好像自己想起了忘掉的東西」，以及嵯峨所說：「像這樣的詩，剛開始寫詩的人，似有必要的，寧願勸他們讀一讀」等語，這已很難得的可以令我們鼓舞的。

其次，應該明白的是：一首詩曾經所受的影響是許多方面的。譬如他們說詹冰的作品是與德國浪曼派有關聯。我想對此詹冰本身也一定會感到意外吧。當然詹冰也與其他任何愛好讀詩的人一樣，在年青時可能亦耽讀了不少哥德以及其他浪曼派作品，所以難免有這類作品之影響的。並且，就曾受堀口大學推薦的他的這種經歷來說，他的作品委實也染有不少堀口大學式的浪曼情調（岩佐東一郎的作品也有這種情形）但，就他曾說「我的詩法是計算」這一句話來說，在寫作的信念上，我認爲他主要還是努力於接近西脇順三郎，春山行夫等人之新派傾向的。對於這一點，諏訪等他們並非完全沒有覺察到，如他們所說詹冰的作品帶有「文章構成上的節度」這一點可以證明，而這正是詹冰在詩法的計算這一方而所做的努力以及摸索出來的結果，只是諏訪等他們不知把它關聯到日本昭和初年詩作法上去而已。只要不作某一面的意外重視，詹冰的作品再差也不會差到十八世紀那裏去的。

還有一點必須提一提的就是，從詹冰的日文詩中仍能看出非日本人的東西。如諏訪說的「好像有點跟日本人的不一樣」以及小海說的「有點異質的東西」等，都能證明這一點。我們都知道，詹冰所受的教育從小學到大學一直都是日本教育。生活中的傳達行爲，無論是說或寫，也是使用日語文的比率總比中國語文的要多得多。他自小一直是運用日文寫詩寫文章的，直到最近才開始使用中文翻譯自己的詩發表在各種報刊上。他可說「是最日本化」的中國人。但，以他這樣的情形，在日本人看來，他所寫的仍然是異於日本人的東西。這將告訴我們什麼？只要你是個中國人，只要你是個不虛僞而忠實於自己的中國人，那麼，寫「中國的詩」。不是這樣很簡單的事情嗎？何必吵吵鬧鬧？

詩壇散步

柳文哲

覃子豪全集1

覃子豪 著
覃子豪全集出版委員會
五十四年詩人節 出版

1 引言

「覃子豪全集」第一册詩的部份，已在今年詩人節出版了！「楊喚詩集」的再版，「覃子豪全集1」的初版，都令我們有着莫名的悵惘！好詩難得，純眞的詩人更難得。爲了追求詩，爲了創造詩，能以畢生的精力去貫注於其心血的創造者，我們所得到的感動，是超過了其遺留的作品，即使說其詩藝尙有些許的瑕疵，也將被我們的激情所覆蓋着。

創造的事業，談何容易！詩的創造，更是一種披荊斬棘的事業。不可否認的，每一位詩人都有許多的師承，那就是說，雖不能，亦心嚮往之的那種精神。楊喚，覃子豪兩先生雖已逝世，但他們創造的事業將永遠使我們崇敬與憶念。

回顧我們詩壇的發展，自民國四十年十一月五日在自立晚報創刊「新詩週刊」以來，幾經滄桑，而在我們的詩壇上，曾經主持過詩社，且對於推動詩運的工作，有過積極的貢獻者，該算是紀弦先生和覃子豪先生了。紀弦先生創辦「詩誌」、「現代詩」，對於新詩的現代化運動，一面提出主知的論點，一面推出具有現代精神的作品。而覃子豪先生則創辦「藍星週刊」、「藍星詩選」、「藍星宜蘭分版」與「藍星季刊」；一面主張抒情的觀點，一面亦推出具有獨特風格的作品。

詩人的類型有二；一是以才份見長，一是以功力取勝；以才份見長的詩人較爲早熟，以功力取勝的詩人則較爲晚成；因此，俱有才份，而又能在功力上磨鍊者，就更難能而可貴了。

詩人楊喚是頗有天份的，可惜英年早逝；詩人覃子豪是肯下苦功的，可是，正當壯年最有作爲的時候，却也離開了我們。而今，我們能再重新一窺詩人覃子豪先生主要的作品，我們得首先向覃子豪全集出版委員會諸先生致意並盼望着第二輯，第三輯早日問世。

2「生命的絃」與「永安劫後」

覃子豪先生在大陸早期的作品，包括「自由的旗」，「生命的絃」與「永安刼後」；可惜「自由的旗」已無存書，又沒留底稿，所以無法讓我們一窺他早期作品的全貌。

「生命的絃」是他自民國二十二年三月至二十五年七月間的作品，已經表現了他做爲一個詩人的潛在力，並且也已微露了後來「海洋詩抄」的風味，只是在詩素的把握上，還未十分成熟，因此，說明多於表現，直接的敍述多於間接的暗示。在這一點，早期的紀弦，顯然地，是較爲早熟的；很早就傾向於浪漫主義的覃子豪，跟很早就醉心於現代主義的紀弦，我們不要在價值上給他們做比較；事實上，藝術的創造在價值上是不能互相比較的，我這樣的比較只是爲了剖析他們的類型的方便起見。一個詩人底作品的成熟，既然不完全是在寫作的年齡上，也不完全是在寫作的產量上，而是在一個詩人的情操與思想的表現上。很顯然地，覃子豪先生是較爲晚成的，因而也就表現了他一步一步地向前邁進的歷程。

「永安刼後」初版是在民國三十四年六月，由福建漳州南風出版社初版的作品。這是根據「一一•四」午後，永安慘遭敵機轟炸的空前的浩刼，由畫家薩一佛的作品獲得啓示而寫作的。他們倆也曾經在晉江舉行過「永安刼後」的詩畫展，並贏得了當時藝壇的許多批評和推介。這是中國對日八年抗戰的一個記錄的縮影，在詩的表現上，雖多半採取了寫實的手法，但其悲慘的畫面，在作者純樸的筆鋒下是頗爲感人的。因爲採取了寫實的手法，在作的想像上，似乎還有不够味的感覺，但作者散文化的傾向，爲其眞摯的表現所吸納，我們依然能够聯想到當年悲痛的記憶與創傷。

作者在「詩接近大衆的新途徑」一文中說：「自五四運動後，一些詩人們努力想把詩還給民衆，使它成爲民衆的東西。這努力已經二十餘年了！它所得的效果，並不如詩人們所預期的效果。結果，詩想走回民間，遇到一些人們對新詩的歧視，它又回頭了。甚至有些詩人們，解脫了中國舊的桎梏，去套上外國來的新的鐐銬；它擺脫了中國舊詩人那種吟風弄月的舊情緒，結果，從外國一些詩人們那裏養成一種病態的情緒，因爲他們認爲那是新的情緒。於是，新詩經過許多努力，始終沒有找到正當途徑，如老鼠鑽牛角，是越鑽越緊了」。這是作者在民國三十四年的時候，對當時詩壇的評語，現在對我們今日的詩壇而言，以乎也有某種的警惕作用。固然，今日的詩壇已非昔日的詩壇，可是，我們也有許多新的困惑，極待進一步加以解決。

3「從海洋詩抄」到「向日葵」

記得民國四十四年冬天，有一次，我去拜訪覃子豪先生，他曾經問我讀過「向日葵」以後有何感想？並問及詩

友白萩兄對他的作品有何批評？我就告訴他，我們討論的結果是我們比較喜歡「海洋詩抄」；如果說「海洋詩抄」像水般的流動，那麽，「向日葵」該是像石般的堅硬了！所以，我就說「海洋詩抄」較富於情趣，而「向日葵」則較缺乏情感。覃先生很幽默地用濃重的四川腔說：『「向日葵」不是沒有情感，而是隱藏起來』。不曉得那樣的話語，是否給了覃先生什麽感想，已無法印證了。

「海洋詩抄」是作者來臺的第一部詩集，也是他主編「新詩週刊前後時期的作品。那時，來自大陸的詩人們，開始在台灣從事新詩的播種工作，由葛賢寧、鍾鼎文、紀弦、李莎因覃子豪等先後主編的「新詩週刊」，發掘了不少的詩人，那時期活躍的詩人們，雖較無理論的依據和建設，但各自表現其個性，創造其獨特的風格，「海洋詩抄」便是當時的代表作之一。

詩，是由經驗取得啓廸，由直覺獲得表現的。作者歷經海洋生活多樣的體驗，加上戰爭離亂的流浪生活中，一點一滴地蘊蓄着他感受性的加深，表現性的加濃，使他從單純的浪漫主義進入較爲傾向象徵主義的色彩。在「海洋詩抄」中，的確，有許多值得一提的作品；例如：「追求」曾經是鍾鼎文先生極爲欣賞的一首短詩，有一種悲壯的蒼茫之感。「夢的海港」，意象明朗，節奏自然，頗令人咀嚼其情韻。「聞歌」極富於音樂性的表現，却不是故意押脚韻的玩意。「雨夜」，意象突出，表現了海上漂泊歸來的悲涼。「晨風」，是一首頗爲順嘴的口語化的作品。

在「海的來歷」那一首詩中，作者描述了一個人魚的神話，最後兩句是這樣的：

「有了你海洋不寂寞
有了海洋世界才不會完全變成沙漠」

雖然說「海洋詩抄」不是作者最巔峯的作品，却是作者在創作的過程上表現得最自然也最一氣呵成的一部集子。

自從作者担任中華文藝函授學校詩歌班的教授兼主任，並且在民國四十三年六月十七日跟鍾鼎文，鄧禹平、夏菁、余光中和司徒衞等借公論報的編幅創辦「藍星週刊」以後，他一邊從事詩的創作，一邊賣力撰寫詩評，詩論以及詩的解剖。

在「向日葵」的「題記」上，作者說：『「海洋詩抄」出版後，我的生活已不復和從前一般的單純，在忙得幾乎令人窒息的生活中，我仍能解脫一切，求自我的片刻來寫詩，只是產量減少；但我覺得更能把握詩精微的素質。時間、生活、思想，在我的觀念之中是三條平行的軌道，詩創作的體驗是隨着這三條軌道運行，而發生新的變化。我寫「向日葵」的意念、情緒、表現方法，和寫「海洋詩抄不同。我在尋求一個超越。」』

「向日葵」是作者經過一番探索以後，想在詩的深度上尋求一個超越的表現；作者這時期的作品，採取了巴拿斯派冷靜的雕塑，由於作者着重形象的捕捉，無形中放棄了「海洋詩抄」時期的那種自由的風格，刻意要表現意象的結果，在形式上，顯得更爲整齊而缺乏多樣的變化，所

以，作者雖不希望他的詩千篇一律，固定一個形式，然而，在形式上，却變成更工整了。作者用他的詩觀，來指導函授學校詩歌班的學生，一部「詩的創作與欣賞」，一部「詩的解剖」，以及一部「向日葵」，頗影響了他的一些學生和「藍星週刊」的一部份的作者。

4 「畫廊」的問世

一個詩人，在寫作上，一輩子的探索，努力和追求，並不能保證寫出一部够份量的作品，但作者「畫廊」的問世，可以說更奠定了他在當代中國詩壇的地位。

華泥先生說得好：『覃子豪先生的作品，如果僅僅是停留在「海洋詩抄」與「向日葵」的話，年輕的一代是還不服氣的！自從「畫廊」推出以後，該沒話講了！』這些話，並不意味着「畫廊」毫無瑕疵或缺點，而是說詩人覃子豪先生的努力，是逐漸向前邁進的，他刻刻警惕着自己從事新的創造，因此，我認爲與其說他是以才份見長，倒不如說他是以功力取勝的！他不但是晚成的，而且是極富於自我批判的，所謂詩人，該是以其誠實的創造來贏得其榮譽的，決不是互相標榜就可輕易掠取的！

「畫廊」爲詩人生前所出版的最後的一部詩集，在民國五十一年四月由藍星詩社出版。第一輯爲畫廊；以「畫廊」、「死蛾」、「海的詠嘆」與「火種」四首最爲突出，作者一則尚有巴拿斯派的餘風，二則又有象徵派的餘韻；顯然又在試探着走向另一個新天地了。第二輯爲「金色面具」，作者有意探求所謂「人們不易察覺的事物的奧秘」。以「金色面具」與「奧義」兩首較具特色。第三輯爲「瓶之存在」，以「域外」、「瓶之存在」及「貝殼」三首可代表作者所謂的抽象性的實驗。我認爲作者每創作一首詩，便力求形式的完整與內容的充實，可是，由於作者的理論影響其詩風，在節奏的變化與形式的花樣上，無法擺脫某些固定化的傾向，因此，間接地影響了作者表現上的惰性，與風格上的慣性，也因此，我們總不易發現作者有某種神來之筆，詩的奧秘，也就無法保證不從其指縫間一滑溜走了！

作者不斷地追求，不斷地表現，終於發覺，窮一生的精力苦心探索的結果，他得到了這樣的看法：「詩，是游離於情感和字句以外的東西。而這東西是一個未知，在未發現它以前，不能定以名稱。它像是一個假設正等待我們去證實」。作者似乎已探知了詩的寶藏在何處，正待進一步要去加以證實的時候，不幸，患了難以治療的疾病，使他無法再加以證實，實爲我們詩壇最大的損失。

5 「集外集」、「斷片」及其他

「集外集」是作者未收入以前各集的作品，由於作者自「海洋詩抄」，而「向日葵」，到「畫廊」；對自己的作品擇取甚嚴，凡性質不合」，或不十分滿意的作品，都沒選進各集裡面，因此，「集外集」的前半部的作品，顯得稍爲遜色，是不足爲怪的，而這却隱隱地啓示着我們，出

版個人詩集的時候，應該懂得割愛，覃子豪先生在這一方面，是頗有自知之明的。而「集外集」後半部的作品以及未完成的「斷片」，便有不同於其他各集的新的傾向了，作者在出版「畫廊」的同時，他便邁向另一個新的趨向，這正顯示着他創作力的旺盛，生命力的充沛。

爲什麼我說作者頗有自知之明呢？在「畫廊」的「自序」中，他說：「第一個階段，我頗爲強調詩的建築性和繪畫性，有古典主義的嚴密和巴拿斯派（Parnasse）刻劃具象的傾向。然而，結構過於嚴謹，詩的生趣將蕩然無存。意象和色彩過度炫耀，則會失去詩本質上的純樸。詩到素色和無色以及嚴密而不呆滯，才耐人咀嚼」。我認爲作者自寫作「向日葵」的期時，便陷入這種過份雕琢的泥沼裡，而他却也有意在企圖着擺脫這種束縛。

現代英國詩人史班德（**Stephen Spender**）在「我們不能沒有詩人嗎？」(**Can't We do Withovt the Poets?**）一文中曾說：「詩是語言的批評」。在「塔阿爾湖」一詩中，作者兩次提到「我乃一流浪的語言底鍊金術士」。這正表示作者所意味的詩人該是語言的提鍊者。我們知道，鍊金術在西洋科學史上乃是近代科學的先驅，雖然包含了不少迷信的色彩，但也具有一種勇於實驗的精神，引領着科學向前邁進，而詩的創造何嘗不需這種勇於實驗的精神呢？

作者對生活的體驗與生命的感悟，因年齡，因經驗而更深沉；「在髮」一詩中表現得很透澈，一則有感於自己流浪漂泊的生活，二則又苦於歲月的蹉跎，他不禁如此地歌咏着：

「投在牆壁上的是我破碎的影子
我看出是一個流浪於二十世紀的
荷蘭飛行人現代的憂鬱的面像
他將焚去舟楫
葬於你密髮的靜謐之中
同快樂的精靈們
聽你心跳的聲音預示一個死亡的吉兆」

當作者聯想起荷蘭飛行人，不禁令我們深深地感到，難道眞有所謂第六感麼？死亡本身也許是靜謐的，但感受死亡目睹死亡的刹那，却是令人激動與哀傷的。

簡言之，覃子豪先生一生爲新詩而奮鬥，愈挫愈堅強，愈老愈勤奮，其堅毅的信心和不懈的精神，實值得我們尊敬。詩，是用生命的心血擠出的，詩人，是用眞摯的心靈表現的；他對詩的創作，眞下過苦功，雖未達到十全十美，却非粗製濫造；他對詩運的關懷，眞用過苦心，決非專搞交際的那種詩壇小丑可比！

旗手

上官予著
正中書局
54年3月出版

一個詩人的寫作年齡，並不就等於一個詩人作品成熟的年齡。在文學史上，生平聲名赫赫的詩人，死後作品的評價，並不一定就高於其同時代較爲無名的詩人，因此，對我們有志於從事創造的詩人，都該有一個自覺，眞正能在文學史上承先啓後的創作者，乃是畢生前不斷地努力，

以誠摯的創作來贏得詩人眞正的榮譽的。

就寫作年齡來講，上官予先生也算是老資格的一位了。自民國三十九年總統復職以後，臺灣成爲民族復興的基地，由於詩壇蓬勃的氣氛，使我們生長於此島上的年輕的一代，得更進一步地直接獲得祖國詩壇的教養與影響。上官予先生自「祖國在呼喚」，經「自由之歌」，到目前問世的「旗手」，都顯示着他是一位反共詩歌的寫作者。

作者的作品，多半是軍歌；一部份是抒情的，一部份是敘事的，因爲「歌」的成份濃於「詩」的要素，所以，就詩質的濃度而言，似乎不够精密與强烈；就詩語的錘鍊而言，也似乎頗爲散文化。當然，作者十多年來追求詩的熱忱，是不能否認的，也許作爲讀者而言，我們有更大的期望。

「旗手」共分爲兩輯；第一輯爲「心靈的眼」。是屬於抒情的作品，倘若作者能把握更新鮮的意象，深化象徵性的表現，自不能說是停留於「歌」，而近乎於「詩」的境界了。例如「馬祖行」中第一首「馬祖 馬祖」，有這樣的想像是不壞的：

「海是這樣不可測的奇妙，
海笑着它獨有的潤笑；
摺疊的花朶，
紡織的波紋，
構圖於蓮的眼瞼上；
許多濃黛是鬱勃的森林，
許多碧綠是茫茫的草原，
而船 是胡桃組曲中的魔鞋」。

第二輯爲「旗手」，是屬於敍事的作品，敍事詩在中國新詩史上，嘗試創作的依然不多，由於文學史的演變，史詩、敍事詩裡面的題材與表現方法，已兼消於小說、戲劇的領域裡；正如哲學的一部份，也已兼消於科學的領域裡一樣。現在，我們從事詩的創作，倘若希望保留更多詩素的話，簡鍊的抒情詩，還是較有成功可的能性。就作者寫作長篇敍事詩的氣魄來講，自有其價值，然而如何達到所謂敍事詩的要素，在新詩現代化上獲得其適當的位置，乃是一個還待時間來考驗的問題。

蓉子詩抄

蓉子 著
藍星詩社 出版
54年五四

「在新詩週刊」時期出現的女詩人中，林泠遠適異國，相夫教子，其詩作至今猶令我們讀之神往；李政乃早已被遺忘；童鍾晉也已告別詩壇，不見近作；而至今猶存，被白萩稱爲祖母輩明星者，該是女詩人蓉子了。

作者也是出了三部集子，自「青島集」，經「七月的南方」，而至「蓉子詩抄」。倘若依作者個人的寫作歷程，自是一部比一部向前；但倘若依十多年來整個詩壇的風雲變化，我們不得不感嘆，作者不但沒有往前邁進，而且有開倒車的傾向，這是一件值得考慮，而且是可悲的傾向。

一、在古典化與現代化之間的徬徨，這不是作者一個人的問題，而是詩壇的某一部份傾向的問題；一方面以半

文言半白話冒充古典化，另一方面以流行的題材一窩風的情調僞裝現代化。

二、在藝術品與商業品之中的抉擇，這一點作者在「詩序」中，很乾脆地說：「——然則我們究竟是要對藝術之神忠貞呢？還是要討好並獲利於市場，讓我們自己選擇吧！」顯然地，作者一方面不想出違心之言，一方面又想牟利於市場，一双脚踏兩隻船，其用心良苦。

「蓉子詩抄」雖分爲五輯，其風格大體相同，就算有些相異，也只是大同而小異。詩貴在其含蓄，不落言詮，以「繁美」、「燦美」、「豐美」、「幻美」、「純美」、「歡美」、「寧美」等字眼之所以表現不出美，乃是作者沒有把美感經驗意象化，只落得個觀念化的說明罷了！

我認爲下列兩點是作者所最需商榷的：

一、詩語底創造的問題，詩的語言，一則是從日常語言的提鍊或過濾，二則是從心靈體驗的錘鍊或創造。我們所謂的杜撰，乃是違背日常語言的通性，由自己憑空閉門造事的玩意。祇迷信哪一類華麗的詞藻，才是詩的語言，而混水摸魚，到頭來上當了，倒霉的還是自己！

試看作者所使用的一部份的語言，難免有佶屈聱牙之嫌罷！君不信，試讀讀下例的句子：「春遲」、「憂甓」、「錦雷」、「沉響」、「垂庇」、「夢睛」、「裸裎袒裼」、「滌洗」、「凄愁」、「羞愁」、「寂寞的偶動」、「幽類」、「喧厖」、「繁卉」、「夢翳」、「回馨」、「蓮菱」、「擴漾」、「明燦」、「瑩澄」、「永船」、「悽哀」、「憩棄」、「慌惑」、「亮滅」、「複杳」、「艤集」、「淺濁」、「漲溢」、「罅隙」、「隱斂」、「浩漭」、「蔑笑」、「危程」、「芰荷」、「爽颯」、「寧悅」……。我們寫詩，常有可憐的語言之興嘆，然而，作者使用這種半文言半白話的字眼，實令我們擔心新詩的「新」得出奇，「新」得可疑。

二、意象底表現的問題　詩如果缺乏意象的表現，就易流於觀念的說明；所以，意象觀念化，則詩的生命必會乾沽；而觀念意象化，反而能促進詩的生機。我並不認爲意象即是詩，可是，意象曖昧，語言難澀，却也是詩創造的拌脚石呢！

想妳，在火車上

楊元兆著
曙光叢書
54年2月出版

誠如作者自己所說的，這眞是一本未入流的詩集。作者寫作的眞摯性不够，因此，流於一種輕率，一種油腔滑調。作者在「後記」中却有這樣坦白的陳述；「……六年來我無法安下心，好好看一頁書或寫出我的心聲！偶而提起已銹的禿筆塗幾下，不是應應景就是言不由衷……」。我們該知道知過能改，並以此自我省察，才能有新的轉機！不然，以作者這樣的寫作態度，是非常可悲的。

試舉作者「寄情」開頭的句子爲例：「每一個黃昏，我對着白雲凝思」。不曉得作者是否冷靜地觀察過，每當黃昏時候的雲，眞的是白雲嗎？詩，固然不必停留於只用寫

實的方法，但所謂造境的方法，也得合乎一種體驗的實感，才能使讀者共鳴的。

寄語前曙光文藝社社長楊元兆先生，獻身文藝工作的熱忱是可嘉的，但要虔誠，要脚踏實地，先從充實自己做起，才不會落空。

摘星集

石　瑛　著
作家叢書
54年5月　出版

同樣是作者的處女作，這一個集子比前一個集子，在態度上，就較認眞多了。如果僅僅是爲名利而寫作，我們何必來惹詩的麻煩呢？走別的途徑不是更直截了當麽？何必這樣地吃力而不討好呢？寫詩，不但要有傻勁，而且要有機智與幽默。

這一部集子也分爲兩輯；第一輯「摘星集」，看來那兩行的集錦，好像是在學印度詩哲泰戈爾（Tagore 1861—1941）的風格，可是，作者並沒有泰戈爾那樣富於悟性的透視和深於箴言的表現。作者對於哲理的探索只是止於形式的，對於詩素的挖掘也只是止於外表的。

第二輯「春訊」，是抒情的綴拾，比第一輯較有抒情的意味，在哲理的悟性上也較爲深入了一點。以「墓」、「路」、「秋」和「暮」四首四行詩較能顯示作者是否把握了詩素的表現。這種四行詩，在我們的詩壇上，以楊喚的「詩的噴泉」最爲成功，在「藍星週刊」的中期；向明楚風、蔡淇津也有頗令人可愛的四行詩，也許作者多少也受了一點影響。

作者今後如何擺脫別人的影響，而豎立起自己的風格，來從事新的創造呢？這是有待於作者在艱辛的創作的過程中，不斷地掙扎，不斷地奮鬭的！詩，也就醞釀於如此掙扎與奮鬭的過程中，所謂「欲窮千里目，更上一層樓」（註）；作者在此乃是更上一層樓的準備工作而已。

（註）見唐代詩人王之渙的詩：「登鸛雀樓」

水手之歌

吳順良　清涼　著
中國青年詩人聯誼會
54年5月　出版

在我們的詩壇上，兄弟合著出版詩集的，還只有吳家兄弟這一對。繼「雨中行」，他們又出了這部「水手之歌」。就寫作的風格而論，他們倆人的作品，不容易辨別，也許他們有意如此的原故罷。

第一輯爲「藍色的豪語」；雖以海爲背景，但多爲作者的憧憬與嚮往，缺少更深刻的生活的體驗，所以，其寫實的手法無法使作者的表現充滿更富麗的想像。

第二輯爲「心畔的呢喃」；有一半是屬於戀情的抒懷，另一半則是屬於輓歌、題贈的思念；也許是詩素不够濃，意象不够突出，因而容易流於感情的說白。

第三輯爲「滑落的步履」；作者說這一輯是他們「孤獨的吶喊和苦悶的探討」，（後記）作者因『爲瞪着眼看

這世界」（來去之間），所以，體驗的深度乃有某種限制。

第四輯爲「廊外的怔忡」；作者是在生活的走廊上，一顧廊外的世界，例如自然的感悟，都市的歌詠，作者說是「企圖裸露人生的究竟和尋求答案的構想」（後記）。從這一部集子看來，第一輯與第三輯似乎比第二輯與第四輯出色。我認爲寫作的熱忱是一回事，表現的高明與否是另一回事；但寫作態度的認眞篤實，却也能促進表現的眞摯性呢！倘若，作者能多避免流行的作風，也許更能把握表現的準確性。詩，並非由一些辭藻華麗的裝飾所造成的，而是由詩人內心的體驗與感受創造出來的，因此，舊有的習慣性的語言，如不能附予新鮮的內容，儘管穿着時髦的外衣，會在一種惰性上顯現出詩人心靈的貧乏，技巧的薄弱，其作品勢必流於千篇一律，而失去創造的意義與生機。

碎葉集

梁雲坡 著

54年再版

在民國四十三年元旦，曾在中山出版社出版的「碎葉集」，在此時此地的再版，頗有溫故而知新之感。據我們所知，作者出版了這本集子以後，就很少再發表詩作了，作者也算是我們詩壇早期「新詩週刊」一時代播種的墾荒者之一，雖然是時過境遷了，但看得出那時作者在表現上的單純與直接，並且顯示着那一時期的樸素，作者也不例外。

作者是詩、畫和音樂三者兼長的，在寫作「碎葉集」時，作者還年輕，可是，從作品的感受性上，我們覺得他頗具中年人的成熟，他常借一種畫面的構成，來描述心象，且自然而然地帶上一些哲理，雖說有些過份地露骨的表白，整個詩思的把握還是頗爲周到的。

詩，不論是名爲新詩，自由詩或現代詩：就詩的創作而言，最好還是通過基本素描的階段，正如跟繪畫一樣，即使是從具象的寫實着手，不見得就不能超越寫實，而展開爲更廣更深的境界。所以，素描的準確，也許比一開始就「抽象」或「超現實」，來得更能奠定寫作的基礎。一個畫者，一開頭就要畫大幅油畫；一個作曲者，一開始就要作大交響樂；正如跟羽毛未豐的雛鳥一樣，想在海濶天空的世界一顯身手。

我們說作者頗有畫家的透視力，並不意味着他刻意追求繪畫性的表現，而是說他能從影子窺視全貌，從不調和中理出秩序，也就是說他並不斤斤計較於詩的繪畫性，因此，他能借意象襯托出詩的奧秘，來發揮作者的個性，而不致流於時下流行的意象的剽竊與因襲。

存在的跳向

蔡國柱 曹原平 彭培根
莫兆鳳 丁原植 著

臺大存在會

54年度出版

青年時代，有的是熱情，有的是衝勁，然而，空洞的

熱情是不足取的，盲目的衝勁是不足爲訓的！

弟子對於老師的感恩本是人之常情，但在追求眞理的途徑上，則應有希臘哲學家亞里斯多德（Aristotle）所說的：「我愛我的老師，但我更愛眞理」一樣的精神。一位老師的啓蒙，往往在弟子的心靈上留下不可磨滅的記憶可是即使說，老師是一個十項全能的教練，也不能保證能夠訓練出最佳的選手，何況在眞理面前，該是人人平等的，切莫讓人家牽着鼻子走啊！

在這二十世紀七十年代的中國青年所面臨的文化環境，是新舊交替，中西交流，古今交融的過渡時期；同時也是一個新文化的創造時期，倘若我們只知墨守中國的古訓，或只能崇拜西方的文物，都容易造成一面倒的偏頗或狂妄！今日我們在哲學上，藝術上，文學上：眞正能精通西方的，究竟能有幾人？而眞正能繼承東方的，更能有幾人？今日我們如果有志於在中國創造詩的新境界，決不僅僅是靠一點點熱情，就能承先啓後！

我們試讀讀臺大存在會的一群頑童們合著的「存在的跳向」，不禁爲他們捏了一把冷汗！恕我直截了當地說罷，他們有沒有摸到所謂實存主義（又譯存在主義Existe-ntialism）的邊緣，誠令人懷疑！他們有沒有抓到所謂詩的創作技巧，更是不得而知了。

因此，我們爲了詩壇的澄淸作用起見，我寧願做一個清道夫，盼望詩壇能保留一塊淨土，不讓僞詩取入境證！我們更盼望作者們好好珍惜大學時代最寶貴的時光，下最大的功夫來研究他們所追求所嚮往的詩與哲學。

金陽下

黎明 著
中國青年詩人聯誼會
54年詩人節 出版

寫詩，不是萊亨鷄生蛋；做詩人，更不是由自己灑香水在桂冠上。

也許在詩的論點上，暴露自己的弱點，也不失爲一種寫作的方法；也許在詩的創作上，强調反逆的精神也不失爲一種有力的表現。

作者早期的集子「雨夜」與「愛曲」，要稱爲詩集是頗有問題的。

作者最近的集子「金陽下」，固然是較爲進步了，但其詩素的表現，仍然不能超過他醉心於發表作品，以及熱心於做詩人的要求。

邏輯只是一種形式的架構，爲一種研究語句與語句底推演的科學，所以，無所謂不合邏輯的邏輯！

哲學乃是一種對存在，知識與價值的反省及批評，不是强調思辯底，就是着重溯析底。

詩是一種藝術，一種語言創造的藝術！因此，詩最忌抽象的概念與直接的說明！詩就是詩，詩與非詩乃是感受性的分野，體驗的見證！

在這一本集子裡以「椰子樹」、「在逾齡的巴士上」、「太陽城」和「白樺樹」，較富有詩味的表現，也較沒落入觀念化的圈套。

倘若說阿保里奈爾（Guillaume apollinaire）所提出的立體主義（Cubism），也是現代主義的一個先驅，則我們不得不正視此派的主張和作品，我們固不必視爲洪水猛獸，也不必一昧地盲。從我們一面正視它，研究與檢討，一面透過它，批評與反省。在我們的詩壇上，前有林亨泰的符號詩，後有白萩的圖象詩；都曾經遭遇到非議，其實，它不新奇，也不怪異，乃是在詩的本質上，强調視覺更甚於聽覺耳！從肉耳到心耳，從肉眼到心眼，更着重詩的實驗，實驗並不保證完全成功的可能，但詩的創造，是靠實驗創造出來的，並不是有任何公式可套，成規可循。因此，今日詩的創作異於古代詩的創作，其最大的變化，就是把依靠用典故用脚韻作詩的方法否定了，基於此，頗令那些抱守殘缺者痛心激首，是不足爲怪的了！

我們試看看作者收進集子裡的五首立體性的作品，我們沒有看出作者除了形式的要求以外，在詩素上更加以表現造型的立體性或建築性，因此，給我們的感受乃是詩味稀薄的。

作者在「詩餘」（包括「詩窗，哲意的斷想」和「且聽他們說」），那種目空一切，傲視一切的論調，確實氣魄不凡，同時暴露出作者的弱點，從作者反逆的精神看來我們也不必再忠告他什麽謙虛，什麽溫柔敦厚了！

詩友服務部啓事

您喜歡新詩嗎？　或許您是新詩讀者，有時常買不到新詩刋物的困難，或許您是位詩作者，有詩集找不到理想的地方寄售，　本部特此爲新詩讀者和作者而成立，

歡迎：

1　詩作者寄售詩集或詩刋。

2　詩讀者惠購。

辦法：

1　請各位作者先寄詩集或詩刋五本。

2　函購請利用郵匯中字第二一七六號陳武雄帳戶。

3　小額郵票十足通用。

4　本部寄售詩書目錄函索即寄。

本部地址：臺北市華陰街十五號。

編輯室報告

■下期筆談題目：論詩的眞摯性

■「八行書」係寄自內湖，無姓名無地址，希望作者與本社連絡以便寄書

■本刊第二年內，每期將維持八十二頁左右，第三年起將增至一百頁左右。

■本刊九期起將闢頁刊登選外佳作作品。

■本刊九期起將另選日本各詩誌上的作品，舉行作品合評。

■本社敦請、林亨泰、錦連、桓夫、葉笛、吳瀛濤、成立日文翻譯小組，已着手將國內詩作品，翻成日文寄給日本「詩學」「現代詩手帖」發表。

■本社第一輯叢書均已在排印中，預定十月中旬可全部出版。第二輯亦準備編輯中。

■「比喻」「現代詩用語辭典」均在討論「意象」。「意象」係現代詩中的大課題，値得再三研究。

■白萩著「超現實主義的檢討」係從佛洛依德學說，及其他心理學派的觀點加以研討，並觀察，文學、繪畫方面的成果，詳細分析超現實手法的祕決，討論得失，全文很長，將分期在本刊登載。

■本期增刊了英國現代詩選譯，連同「美國現代詩選譯」「日本戰後現代詩選譯」形成本刊翻譯上的獨特風格。即具有批判性，分析性的介紹方法。本刊極歡迎其他詩友供給此類稿子，尤其德法方面。本刊提倡此種方法，係建立國人的正確眼光，破除以往「外國月亮圓」的盲目心理。

■本期詩創作的水準略有提高。雖然合評結果，仍貶多於褒，係基於「愛之切督之嚴」的殷望。

■詹冰以二十年前的作品，仍能入選現在收稿衆多的日本「詩學」雜誌，此點實令我們安慰。如果我們拿三十九年左右的臺灣新詩去，恐怕就不這麽輕鬆了。

中華民國五十四年八月十五日出版
中華民國內政部登記內版台誌字第一四九一號
中華郵政台字一四三〇號執照登記爲第一類新聞紙類
出版者：曙光文藝社
社長：白山塗
社址：台中縣豐原鎮逸仙莊三十二號
資料室：彰化市中山里中山莊52之7號
收稿處　詩創作：彰化市中山里中山莊52之1號
　　　　其他作品：台南市民族六巷一號
定價：每册新台幣六元　日幣五十元　港幣一元　美金二角　菲幣一元
　　　全年六期新台幣參拾元
印刷者：正忠印刷所

笠　第九期　目錄

慶祝 國父百年誕辰暨本省光復廿週年紀念

論詩的眞摯性

論詩的眞摯性

趙啓宏

當我欣賞一首詩的時候，必須通過作品所表現的內容，而喚起再創作的衝動，因此，作品所表現的意象，所隱藏的美感經驗，必與我的教養，我的體驗相互冲激和交通。

意象的表現是詩創作上最艱難也最需克服的一種手段，却不是最後的鵠的。因而，始於意象，止於意象，則其投射，猶如幻燈；始於意象，而不止於意象，則其反映，猶如卡通。幻燈是靜態的，有限制的；卡通是動態的，且能展開連串跳動的畫面。

現代詩追求新穎的意象，幾乎形成一種熱門，但現代詩人由於如此欽慕着創新的慾求，往往忽略了體驗的深度，感性的密度。殊不知體驗在先，表現在後；感性是因，意象是果。只顧表現，沒有體驗的精細；只求意象，沒有感性的敏銳，於是，形成了有些現代詩在眞摯性上的貧困。

因此，詩的眞摯性，乃是根源於詩人本身的生活以及寫作態度的誠實。如果有所謂詩人底品德的話，那就是詩人必須在他的體驗與表現上負責，有一份體驗，就有一份表現，不以別人所體驗的表現來代替自己的懶惰，不以別人所捕捉的意象來塡充自己的空虛，這樣，模倣與因襲的作風便一掃而空，代之而起的便是眞摯的創作。

所以，詩的眞摯性，不待外求，而是詩人要返求諸已，省察觀照，學習如何用心，如何動腦筋，如何充實生活；以這樣篤實的方法與態度來追求詩，創造詩，其詩的眞摯性，雖不中，亦不遠矣！

詩與哲學

——論詩的眞實性

吳瀛濤

這是比任何時代還要要求「詩的眞實性」的時代。

所謂現代詩，它的基點卽出發於此。在它所追求的，及將要構成它、支持它的一切因素之中，詩的眞實性這一個課題最能代表二十世紀以後的詩的重點。

過去所見的似是而非的詩的外貌被揚棄之後，眞正的詩的要素，已由這一時代的新的詩論所確立，而很明顯地，「詩的眞實性」，正是直到這一個世紀始被發現及予以發展的。成爲此項眞實性的因素，也正是這一個世紀，同一個時代的一切科學；當然更包含着人類精神思想方面所產生的這一時代的哲學。

於現代，以及於現代以後的將來，詩與哲學的距離，將會更縮近。而問題是在於這兩者的溶合。詩並非哲學，哲學也並非是詩，然而未具有哲學意味的詩，當難稱爲其現代詩。現代詩所要求的，一面是「詩的眞實性」，他面是「哲學的眞實性」，而且兩者是合一的；祗要它是詩，則不但不排斥它的哲學性，而且更進一步，它還應該是哲學的表白。

現代處於混亂，現代詩同樣地面對於這現代的混亂。因此，從混亂中去發現人類的新的眞實與眞理，將之表現爲詩，則詩的眞實性存焉。所以，在企求詩的眞實之前，我們更需要認淸世界之何爲眞實，更要追求宇宙中所有屬于眞實的事物。

——五四、八、廿五

自由談

本欄下期起改爲「自由談」，不限定題目及範圍，凡是有關於詩的問題，都可以討論。

笠下影

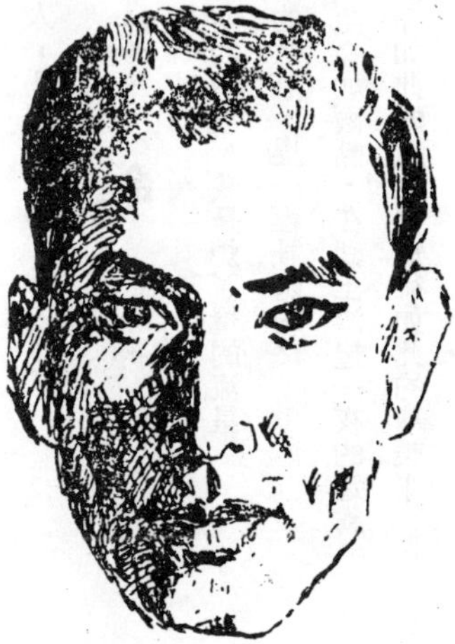

鄭愁予

看看窗外，想想又是四月了。稻禾果木都在成長。夏天一過就是秋天，也將有一些人在等着收成了。然而，這在季候的本身却無意義。固然她因了時序的遞轉而使得禾菓成熟，這不過是「無所爲而爲」的事罷了。啊，無所爲而爲，使我常常如此地想：在事業中唯「革命」是最近似這種精神的，而在文學中獨「詩」能顯出她全部的特質來。眞的，這樣美的世界，還有什麼能比此一境界更高呢？「無所爲而爲」的季候的來到與乎詩的來到，還有什麼比這一種來臨更動人與更自然的呢？有人向季候索取新錄或成熟；向詩要鼓聲，要指方向的針，這是索要的事呀！而「季候」或「詩」她們自身却是全不在意的哩。

I 作品

野店

是誰傳下這詩人的行業
黃昏裏掛起一盞燈

啊，來了——
有命運垂在頸間的駱駝
有寂寞含在眼裏的旅客

是誰掛起這盞燈啊
曠野上，一個朦朧的家
微笑着……

有松火低歌的地方啊
有燒酒羊肉的地方啊
有人交換着流浪的方向……

錯誤

（我打江南走過
那等在季節裏的容顏如蓮花的開落）

東風不來，三月的柳絮不飛
你底心如小小的寂寞的城
恰若青石的街道向晚
跫音不響，三月的春帷不揭
你底心是小小的窗扉緊掩
我達達的馬蹄是美麗的錯誤
我不是歸人，是個過客……

生命

滑落過長空的下坡，我是熄了燈的流星
正乘夜雨的微涼，趕一程赴賭的路
待投擲的生命如雨點，在湖上激起一夜的迷霧
够了，生命如此的短，竟短得如此的華美！
偶然間，我是勝了，造物自迷于錦繡的設局
畢竟是日子如針，曳着先濃後淡的彩線
起落的拾指之間，反綉出我偏傲的明暗
算了，生命如此之速，竟速得如此之寧靜

霸上印象

不能再東，怕足尖蹴入初陽軟軟的腹
我們魚貫在一線天廊下
不能再西　西側是極樂

碩石打在粗布的肩上
水聲傳自星子的舊鄉
而峯巒　蕾一樣地禁錮着花
在我們的跣足下
不能再前　前方是天涯

巨松如燕草
環生滿池的白雲
縱可憑一釣而長住
我們　總難忘襤褸的來路
茫茫復茫茫　不期再回首
頃渡彼世界　已邇回首處

Ⅱ 詩的位置

詩人的工作，有而且只有努力創作詩。爲了詩的啓蒙而寫批評與理論的文字，這時詩人已成爲學者，成爲評論家了。但是，對於詩的創作而言，能創造眞正的詩，正是一種批評眼光的培養。

因賭場失利而割愛了「微塵」的一部份底「夢土上」（註一），正是作者寫作最勤也是生命最發光的一個記錄。青年時代，詩人以一種敏銳的感性，一種淡泊的靈性，來觀照這大千世界的時候，詩正是美底嚮往和眞底追求的象徵。

在「新詩週刊」、「野風」以及「現代詩」等早期詩壇的墾荒者中，作者曾經以他那精緻的作品造成了「美麗的騷動」，（註二）雖然他不是現代主義的熱中者，但是由於他那新穎而純樸的風格，使他舖上了古典與現代間的橋樑。

註一：民國四十四年四月初版的「夢土上」，作者把詩集分割了，「夢土上」是第一部。

註二：請參閱大業書店出版，瘂弦與張默主編的「六十年代詩選」，介紹作者的短評。

Ⅲ 詩的特徵

搬弄古典的字眼，却不就是古典；標榜現代的口號，却不等於現代。祇有精神的追求與開拓，祇有觀念的演進與銳變，才是創作者所需自我掙扎苦鬥的。

當作者以一種獨特的風格，表現着靈活的語言，創造了明淨的意象；一面富有中國古詩所意味的神韻，一面又善於融化近代各種詩風的技巧而不露痕跡，作者這種「無所爲而爲」的態度，實爲一種超然的精神，一種與自然默契的觀照。

也許可以說作者在作品的那種灑脫，是一個爬山者所包含的胸襟，所以，我們跟着他登高山而鳥瞰着衆生的時候，「夢土上」豈不是不沾煙火味的人間淨土麼？

Ⅵ 結語

作者吸納了中國詩的風味，但並不假古典以抬高自己的身價；作者也吸取了西洋詩的創作技巧，但並不冒充現代以壯自己的聲威。倒是常常被一羣所謂「現代詩」的寫作者情不自禁地模倣着。

做爲現代詩的墾荒者，也許作者較缺乏更深入的「思想性的批判」；但作者一則不做無聊的論爭，二則不沾上時尚和陳腐的氣息，這不就是「抒情」與「知性」的平衡麼？不就是走向現代所要克服的麼？

村野四郎 詩論

詩的主題

桓夫
錦連 合譯

詩是要表現甚麽

在此所謂「詩的主題」，似乎該指詩的內容，並非指詩裏被處理的題材或素材。就是說，它指的是詩應該表現甚麽事的抽象問題，以及爲了要表現那些事，該取用怎樣的題材或素材。所以這並非關係技術的問題，而是關係着「詩是甚麽」的本質問題。

就像對「詩是甚麽」有各種不同的想法或說明一樣，對于詩的主題，亦有各人自己的想法和說明。例如，當艾略特說「詩是批評」時，詩的主題是被置於批評的知性行爲上。而當西脇順三郎說「詩的內容是哀愁」時，詩的主題就成爲特殊情緒的美學了。

這種說明法，初見之下，好像是對睞性的，但若把那些不祇用表面上的意義來捕捉，而依據那些語言所產生的根源來加以探求，就可明瞭詩的主題是甚麼啦。

西脇氏解釋詩內容上的主題說「在詩的世界裏，至少美是哀愁。美論就是哀愁論。優異的美必跟隨着哀愁，求美的心就是求哀愁的心。存在底意識的內容就是哀愁。於是詩論就成爲存在論。若詩仍祇停留在哀愁的世界，也可聯貫於永恆。而從理智的作用看來，詩亦以一存在論聯貫於永恆的思考。詩論就是以一美的形而上學成爲哲學」。

又艾略特也說過「令人感到思想有如薔薇那樣薰香出來的就是詩」。他把那些思考展開時，詩的主題就進入情緒底美學的世界來。

從我們日常感到的各種情緒裏，應該如何去分別，何者能成爲詩的主題的特殊情緒的世界呢？休謨對這一點如此說：「倘若實在這個東西，確能直接地接觸每個人的感性或意識，那麼詩是不必要的東西了。不，那時反而我們誰都會成爲詩人吧。可是不那麼簡單，實際上我們絲毫看不到任何的實存。究其原因，自然與我們之間，或連我們個人與我們的意識之間，都被厚厚的帳幕隔開着。」

那帳幕是根據生的功利慾行爲所造成的硬化了的知覺的帳幕。

畢竟我們所見所聞的東西，不過祇作爲我們的功利慾行爲的先鋒，而由各種感覺給我們選擇出來而已。所以實在的本質裏，實際上給我們實用以外的東西，都被抑壓着。

而知覺的作用是合於一種形式的，事物是自開始就依照能給我們以如何的利用作爲原則而被分類着。我們所知覺的，與其說是事物的眞相，毋寧說是這種分類。我們所看到的不是事物本來的形相而是那些類型而已。例如我們看一張桌子時，實際上不是在看那張桌子，而是在看桌子一般的類型而已。

這種人類意識的類型化是文明用其物質的條件壓迫我們的結果。壓迫越利害其程度越進展。海德格（註一）也把這種存在的眞相逐漸喪失的狀態叫做「存在忘却之夜」。

無論如何，如此在我們與事物或我們本身與我們的意識之間垂下的帳幕，到處串刺的，就是藝術。詩是用語言來實施這種行爲的。休謨那麼說過。

於是詩人是打破了掩蔽這存在的通俗概念，而觀察其存在卽實存的本質。柏格森（註二）也說過，成爲詩主題的詩的緒，就是我們與實存直接接觸時所感覺的昂奮。換句話說，就是事物與我們之間造成完全新的關係，創造新的秩序之謂。

不像是借用這些休謨的想法的西脇氏的詩論，偶然有其同樣的比喩，展開了他的「間隙的藝術論」。他說「因在人生通常經驗的關係的世界，過份繁茂着各種的東西，以到無法看到永恆。所以必需稍許砍倒那些樹，或在牆垣裏打穿幾個孔，才能眺望永恆的世界。畢竟不稍微挪動或轉移通常的人生底關係，而只在原舊的關係裏是看不到永恆的」。那是說爲了對這些繁茂了的人生的通常性各種關係，要施行穿孔就要叫做「詩」這個炸葯來爆炸。

他就自這被爆破了的間隙窺見永恆，而這種永恆不外就是休謨所說的存在的本質。

西脇氏說「詩的內容就是哀愁」時，成爲他底詩的主題的那些哀愁的情緒，顯然就是「向實存的鄉愁」的情緒。向永恆的知覺就是重新覺知有限的唯一方法。我們在接觸實在的本質時那驚愕性的衝擊，又使我們暴露在存在的顯明處。海德格也說過這種狀態是人於眞理之中脫出，而成爲脫我性的實存的狀態。

從現世的虛僞或狂氣脫出來的這種顯明是人的靈魂的故鄉，由于那些心象才喚起了詩人的鄉愁。西脇氏的「聯繫於永恆的思考」也確實關聯於此的吧。

這種詩人的思考，殊異於芭蕉（俳人）等的作品，有其顯著的跡象，這也不分東洋西洋，於里爾克，賀德稜（註三），濟慈（註四）等也追求過了的精神軌跡，似乎是最具根源性的詩的主題。而此這種思維做根源，也許可視爲詩人就顯出歷史上，應付時代各種各樣的條件，或產生文明批評及現實批判的意識，隨之更應付了關聯於心象或韻律等詩的方法論上的問題。

原來的那些無意義的詩是類型的世界追求類型的美做爲詩的主題。因此至今「在無詩的東西裏追求詩」這種口號也就產生出來了。事實在舊的詩裏「詩的東西」都是與實存毫無關聯的類型的世界的事。而新的現代詩的主題，不應像那些口號所示，祇是對舊式美學的抵抗，該是在現代這個存在忘却的世界的夜裏，造出存在的顯明處，成爲其主題的眞的根源才對。

作爲詩的主題的「向實存的鄉愁」是意味着從世界的夜解脫，同時抵抗掩蔽存在的各種非合理性的壓迫，喚起把那些化爲無的熱情。這是對「詩人是叛逆」一句賦與根源性的意義，而詩人要抵抗的本義也在此。

浩司曼（註五）也對于詩作的過程比喩爲從牡蠣的病所產生的眞珠素的分泌。但詩是因忍耐不住這種創傷的痛苦才產生的。艾略特也說過，詩作與其說是隨着積極性創造的瞬間的喜悅，毋寧說是一種消極性的，一氣呵成地拭去了不斷重壓着我們日常勞苦的負荷的解放感。不過這「一種消極性」之中，可以說胚胎着詩作這個積極性的精神上的活力。

經過現代的絕望和不安而使詩人仍然活着，且給他們負有人的責任和可證實善良的良心的，就是這種活力吧。對于存在的隱蔽性採取無限制的挑戰，在要剝奪隱蔽實存的帳幕，那不斷的鬥爭裏，才有詩人眞實的意義的抵抗，可以說在此才有詩的主題。

詩的主題並非關聯於那些被採取的題材，而必須在我與實之間創造新的關係，因此賦與散亂在四處的現實有一則本來性的秩序，以最根源性地，追求最普遍的主題才對。而且這似乎也可充實了於詩裏所有美學的根據。

詩的題材是無限制的

詩的主題不能說隨便甚麼都可以，但詩的題材是甚麼都可以的。由于那題材可引起活生生的詩的主題，正如艾略特所說，若能夠刺戟詩人所包含的「無意識的地下工作物」，那麼詩的題材是毫無任何限制的。可是圍繞在我們環境的各種各樣的事象中，尤其壓迫着我們的「生」的事象，例如前面所述的浩司曼的「眞珠裏的異物」那樣事象裏，能夠多喚起詩的 **Motif**（動機）是理所當然的吧。

我們一般在意識自己的危險時，最能深刻地觀察物象，並最能深切地反省自己。比方說我們在完全舖裝了平坦的路上散步時，是毫不意識「道路」是甚麼的。但經過使我們的存在有危險性的不成道路的路時，「道路」的觀念就會收集了我們的全意識，我們的意識始在「道路」裏深入而擴大。此時我們開始了解甚麼就是「道路」的意義，從此或可獲得了無限制的很多意像（ **Image** ）。

就這種意義來說，持有廣大的地下工作物，對于詩的主題有敏銳的感覺的東西，現實的那樣一切事物，可以說無一不成爲詩的題材。例如被遺棄在路傍的一片破磚瓦，是極爲無聊的，可把它踢開過路。但實際上這一破瓦片被放在那個地方，却是含有無限的意義。而在形成我們的現實的存在上，似無可缺乏的一存在物。若被賦有優異想像力的人，即很可能在這極無聊的路傍的一破瓦片的背後，感知到巨大的歷史性或社會性的意義，並以這些做核心或可安易地創造一篇好詩。

對象是無論任何事物都由于凝視可產生意義。劉逸士（**C.D.Lewis**）說「詩人是依據凝視物象始能使詩的能力發達」。

「使其有意義」就是展示了物與自己之間產生新的秩序，新的關係之之謂，並意味着發見新的自我之謂。而且那些是造成詩的主題的。

以存在論上來說，認知事象就是認知自己與對象的相異，而爲認識自己的唯一手段。凝視事物是發見新的自己的方法，詩人不可缺乏的所謂想像力的 Image 的連鎖反應作用，也不外是由于對物凝視得到的記憶所蓄積產生出來的。正如劉逸士所說的。以那已經具備了豐富的想像力的詩人來講，根據任何對象要寫出一篇詩出來是極有可能的。

這一點，如一般所謂的素材主義，不依靠特定的事務，特定的現象就無法寫出作品的詩人。例如像不依靠着基地或宮殿等題材，就表現不出現代的非合理的那樣詩人，都可以證實他們的「地下工作物」是貧弱的啦。

若題材祗被限定感知於現象的平面上時，任何詩也無法產生的。尤其被稱爲素材主義而偏愛題材的場合，詩猶未產生。艾略特說過這一句話確實値得十分欣賞。

（譯自「現代詩的探求」）

附註：

一、M. Heidegger（一八八九—）。德國哲學家，開拓今日實存哲學之路的偉大哲人。

二、H. Bergson（一八五九—一九四一）。猶太系哲學家，一九二九年得諾貝爾獎，反對時代潮流的主知主義，機械主義，而主張直感主義，生命主義，影響並感化了廿世紀初期的思想界。

三、Holderlin（一七七〇—一八四三），德國詩人。以汎神論的自然感爲詩的基調，在德國浪漫派中佔着獨自位置的天才。後發狂，過了悲慘的生涯。

四、J. Keats（一七九五—一八二一），在抒情詩方面，是可與沙士比亞媲美的天才。顯示英國浪漫主義的一頂點的詩人。以官能上與精神上的融合創造美的神祕。

現代詩用語辭典

吳瀛濤編譯

詩

Poetry, Poem（英語）Poésie, Poème（法語）

詩是由詩精神和詩形式的結合而成立的。在我國祇有「詩」一語，惟在外國則把這一概念分別寫做兩語：組成其內容者爲 Poetry, Poésie，已具形式的作品則稱爲 Poem, Poème。

換言之：我們所朗誦或閱讀的作品是 Poem，而尚未具有這種形式以前的某種心理狀態，也即詩的氣氛是 Poetry。

因此，爲要定義「詩是什麼」，應要從其內在的條件和外在的條件兩方面去做。

然而，「詩」這一概念，在古代是傾向於從外在的條件，也即從形式上去定義。「韻文即是詩」，這種想法即爲其表徵。具有韻律的文章即是詩的想法，雖到了近代已不適用，不過這種意識似仍在部份詩人的心目中根深蒂固。例如說：「一切藝術將適於音樂狀態」（倍達），「神祕的音樂才是詩，其他僅是文學而已」，（魏爾侖）甚至日本現代詩的先驅萩原朔太郎也說：「詩原爲感情的文學，故此倘無言語的神靈（Spirit）之音律，難能有眞實的表現。如果把韻文解釋爲，令人感覺到美的音響而具有一種節奏的文章，則一切的詩即是韻文，而且必然地非用韻文不可吧。」上述的這些話都是代表着韻文即詩的想法。

萩原朔太郎，乃把言語的精靈僅解爲音律，而忘却了其最大的精靈之「意味性」，也把言語本身的音響和韻文的音樂混同，而是僅僅在强調詩的音樂性，不過韻文即是詩的想法之不當，可由很多勵志詩或數目詩之類雖完全用韻文，其實却不能稱之爲詩，這一點當能明瞭。

由上觀之，可以明瞭，詩的本質的條件實存於詩的內容之精神上。這可以說，詩是應由詩的精神之有無去決定。因此，散文，雖不具有所謂韻文的形式，祇要其內容具有詩的精神，則可視作廣義的詩。所謂「散文詩」即爲此。

譬如說，路易，白爾持朗或波特萊爾，屠格涅夫等人的散文詩，很明顯地比勵志詩之詩更能稱爲詩，這一點誰也無可疑議的。

總之，在現代的「詩」的概念是：不被韻律或形式所拘束，形態上也和散文無絕對的區別，內容則和散文的詩的音樂性混同，這些都是根本的錯誤。當然，他不是這樣能或方法有異，而且以其某種總體上的强度充滿着「詩的精神」之一種文學形式；當可如此定義吧。

詩精神

Poetry（英語）Poésie（法語）

爲形成詩作品的內部的力量。它是一種昂揚的心靈的狀態，也即感動的狀態。這種特殊的心靈的狀態，如何能

與一般日常生活上的心靈的狀態區別呢。波特萊爾說：那是「對於一種崇高的美的人的熱望。」約翰‧濟慈說：它是「有如不滅性的重荷，在心臟周邊的令人畏怖的溫暖」。

保爾‧梵樂希對此更加詳盡的解釋，他說：「當人們遇到自然中的某種光景而像被壓迫似的時候，多少會有强烈且而純粹的感受。這種感動是和所有其他的人類感動不同的。它是和一些特殊的宇宙感覺不能不相結合。宇宙感覺，在這世界，對象相互呼應，而與一般的場合做着完全不同的結合，將要形成關係極其完整的體系，那樣一種世界。在這種世界裏，成爲音樂化，可以通分而互相共鳴。這種心靈的狀態卽稱爲詩的感動，雖與夢的狀態相似，惟在夢裏，偶然所遇的形象僅是偶爾顯出其有調和的形象而已，甚至都是不規則，非恆久的，非意志的，脆弱的，縱能偶然捕捉却又偶然易失的。」

梵樂希又說：「詩，於其根源雖是一種感動，但和其他的感動有異，是一種欲創造各種樣相的獨特的感動；它並不僅止於昂奮中，而是於現實的宇宙中，自已想要形成正確而永久的一種表現。」這就是說，它是在一切之中具有預約着特殊表現的性質之感動。

他如，西脇順三郎則以爲：「詩的世界是各種經驗所結合而創作的世界，其結合造出新的經驗時，會產生特定的美感。這種美感是超絕的，令人直覺着玄妙的感覺的審美感。本來美就是指關係，它是兩種相異的東西，調和在一起的。美就是在這樣的關係之中成立的，而這種特定的美感卽爲詩的內容。」

如上述，關于詩的內容之詩精神，各有各的解釋，不過一般的意見則解釋爲，它是對眞乃至對美的感動。

而美的感動，在古時代，是詩的附屬物。古代的詩的內容是論理，卽「志」，而把它用韻律表現的則爲詩，美的感動祗不過是裝飾性，在這一點，詩是與雄辯術（Oratory）相鄰近的，此爲衆所周知。然而它逐漸進化，到了馬拉美以後，這種裝飾的性格遂變爲詩的本質。

如此，把詩精神的本質解作美的感動，這是現在一般的想法，祗是由於時代，立場的演變，更加上了種種的看法及修正。

由於以爲詩精神不僅是所謂感動那種原始而被動的精神活動，而是包含所謂批評的，知的主動的精神活動，這種想法已由艾略特的「詩卽批評」說，代表着現代的看法。

又如羅特所說的「詩是受到靈感的一種算術—它給予了人間感情的方程式」。據此種想法，它是要將以感情構成至詩的知的精神活動，也包含在詩精神的領域之內。

詩學

Poetics（英語）。始於希臘亞里斯多德的「詩學」，係爲追求詩的本質的學問。當時所檢討的並不是對現在所使用的狹義的詩，而是廣泛的文學問題。卽係關于詩的成立條件，闡明其法則，本質的思考、種類、起源、機能、作詩技法等；不過於以後的歷史發展中，重點置於技術方而的結果，形成了重視着研究韻律法則的韻律學及作詩法

的傳統。但是如果注意到西洋詩的傳統，很明顯地能看出來詩有 Poeme 和 Poesie 的區分。前者所指的是寫詩的技術，作爲文學的一種形式的詩，後者所指的是關于詩思考的心理作用，詩的氣氛、精神、內容。而由於有這兩個方向，在考究詩的場合，可以分別爲追求詩的本質的學問的方向，和作詩法的方向。自文藝復興以後，由於波亞羅、哥特斜特等，作詩法的詩論已達到了頂點。班・江生，可爾乃攸等的詩論則在這種傾向中，成了與其說是法則毋寧說是規則的拘泥而因襲的東西。其後，隨着近代資本社會的成立與發展，散文形式急激地發展，以韻律形式視爲詩的成立條件的立場，遂發生激熱的動搖。散文詩，自由詩的出現，波特萊爾、惠特曼等打破了古典的詩學，而繼承於艾略特・龎德，以及法國超現實主義者或梵樂希等人，至此，本質追求的詩學的思考復甦；尤以梵樂希的「詩學」最爲著名。

詩論

解釋詩並非易事。關於詩，如果能用散文解釋，詩已無成其爲的必要。自古希臘的亞里斯多德的「詩學」以來，關於詩的思考，議論及其著述，當然有很多。其爲文學的一形式，自不待論，祇是古來曾有很多詩人或詩學者各就其對詩的觀點欲爲之下一定義，但並無一致的結論，而且各有差異；如是詩既然不易解釋，同時詩不斷地復甦而存在的理由也似乎正由於此；因而關於詩本身的學問乃至作爲論考的詩論，並無多大談論的意義。

詩論，可分爲，對於詩本質的研討，及對於作詩法的研討兩面；又詩史及詩史論、詩人論也屬其範疇。詩論之所以有價值，係由此可能促使優秀詩作的產生；爲此，方法論是詩論中不可缺的。亞里斯多德的「詩學」，是述論詩（文藝創作）的本質、諸形式、機能、內容的構成及其諸要素者（現在僅存二十六章），其後愛倫・坡等人的出現，僅產生作詩法的傳統，「韻律學」占了詩論的大部份。以現代詩論而言，過去的詩論與現代詩論的顯著的差異，則在於是否以文學批評，文明批評爲基準這一點。由這一點來說，艾略特的詩論可以說是現代詩論的代表。

詩的語言

即指使用於詩的語言，但有時也指與日常語相對，而僅使用於詩的專門用語，從現代詩的立場來說，並沒有「詩的專門語」那樣的東西，因爲它並無任何效果。

現代的現實，用現代的語言來表現，這是最妥當的事，當然地現代口語最適合於現代詩的詩語。現代詩既然要用口語表現，那麼我們的日常生活上的言語，要怎樣纔能成爲詩的言語呢。本來，言語本身不過是對某一事物所賦予的一種符號而已。從言語本身來說，日常的言語和詩的言語之間，並無絲毫的差異。保爾・梵樂希說：「詩人課於自己的工作是，要以這種日常用途和實用的一種製品（言語），去創造例外的、而非實用的、所謂詩那種特殊的一個世界，事物的一種秩序，關係的一種體系。」用同一素材，如何地創造不同的世界呢，詩法上的基本問題即產生於此。

總之，言語是由其使用法，從日常言語變爲詩的言語。本來，言語的機能係，以其意味性和聲音這兩種機能成立的，而這些機能則由言語所被使用的時間與場所，會發揮極其複雜微妙、千變萬化的能力。這就是被稱爲「言靈」（語言的靈魂）的，言語的神祕性。

然而，在我們的日常生活裏，這種複雜的機能，並未被使用；而衹有最一般的意味性，被使用於生活的方便上而已。也就是說言語僅有一方面，因被慣用，而不知不覺中變爲生活上的意志傳達之手段；而且像這樣一面化的言語，對於實際生活最稱方便。

可是，於詩，須要表現意識很複雜的各種各樣的世界。因此，僅以日常生活所用的單純的機能是不濟於事。於是，必須動員，言語本來具有的神祕的所有機能。這一點也可以說是，詩的言語卽爲從言語的日常的概念所解放的言語。

這樣的詩的言語，則與日常言語或散文的言語有所不同，而在它的裏面含有非凡的意味。美國詩人羅德說：「優秀的作品，就是由於不能再含有更多意味那種程度的意味所飽和的言語之謂。」這正說明了詩的言語的狀態。

縱如把這種狀態，用別的看法來說，它也可以說是極端地壓縮的語言，而相對於散文的言語是說明性的，也可以說，詩的言語是暗示性的。

詩劇

係稱臺詞用韻文寫成而具有詩形式的戲劇。西洋戲劇史上，則有古代希臘的演劇，以及莎士比亞和其他伊莉莎白王朝的英國文藝復興時期作家的戲劇，德國的列辛、歌德、席勒等的古典戲劇作品，均盛行採取詩的方式。近代劇中，易卜生的「布朗德」也是韻文劇。但是一般的傾向漸認爲臺詞要用散文寫纔較寫實，而隨着詩劇的衰微，寫眞的近代劇盛行，然而自從廿世紀初始，葉慈及亞巴古隆比等詩人嘗試了詩劇以後，麥格斯．藍哈爾特等演出家甚爲重視舞台上的詩的效果而予以上演，更對此一傾向推展。

葉慈最初的詩劇「亞辛的漂泊及其他」寫於一八八九年。其後艾略特等人寫了詩劇的理論及作品，迄廿世紀前半，由於英國年青一代的詩人出現了詩劇的復興。劇詩人葉慈，其後又寫了「加斯林伯爵夫人」等作品。又，艾略特的著名詩劇有「岩石」、「鷄尾酒會」等多部。此外，尚有現在活躍的劇詩人多位，如屬於新領土派而歸化美國的奧登人的「相殺」，其與伊夏伍德合著的「戴皮的狗」都很有名的。美國也有佛洛斯特所著的「道理的假面劇」「慈悲的假面劇」等。

艾略特的論述，「詩中的三種聲音」，認爲詩中的第三種聲音（卽詩人虛擬一個人物，至以這個人物去說給另一個想像中的人物聽的聲音）可在詩劇中聽到。如是，「詩」的新次元已由詩劇發現。

王榕青詩抄

張彥勳譯詩
文心介文

街孃

幾乎是
可用一和二表明
妳是 有個性的
純粹無比的
一種嬌媚的表情
Very nice和
兩個單語
Hello Good bye和
一加一的算法
How much和
兩個願望
合爲一體的
You happy
Me happy
所以
妳非常可愛
簡直像個孩子
妳沒有減法
沒有遺失的東西
妳沒有乘法
沒有明天的期望
妳沒有除法
沒有奉獻的東西
幾乎是以一和二的
加法 度過一天
終了一生

母性愛

不是
爲愛而伺候的
也不是
爲了報酬

只覺得太可愛
而無心中
媽才看顧你

不覺中
比媽姑萎了的手
大過好幾倍囉
所以
你離去了媽的懷抱

不過　豐盈的手
如今還替媽照顧你是吧
媽雖然寂寞　但很開心
儘管落淚
那是喜悅的

少女拾柴

奔進外苑的樹林子
蹚過林木下
兩個少女
在撿柴

像是在競爭
兩人
蠻有樂趣的

手中
花束般的
撿滿了小枝子

許是
想出祖母的笑容吧
兩人
樂嬉嬉的

包袱裏
有着抱不住的
小枝子

太陽紅了
蟬聲　涼起來

少女們
還在樹林中
鬧着玩兒

家裏的
洗澡水熱了吧

每天
有那麼多的小枝子
少女們一家人
總是那樣的愛沐浴

我也眞想伸出手
去撿撿落葉
用紅紅紅的火
來燒一次白飯

王榕青先生，本名王清潭，一九二〇年出生於本省高雄縣鳳山鎮，一九三五年赴日求學，先後畢業於東京錦城中學，日本東洋大學日本文學系。一九四四年任職於我國駐日代表團及大使館直到現在。二次大戰後開始以日文寫作現代詩，著有詩集「花蜜園」一書。所作現代詩「街孃」（ストリートガール）及「少女拾柴」（少女カタキ木オ拾ウ」兩篇被選刊於一九五一年小山書店出版之「日本現代詩代表詩集」。

「花蜜園」一書問世後，即爲去年逝世的日本名詩人三好達治所賞識，著文介紹於「文藝春秋」，評曰：「日本戰後新詩，讀後印象頗爲晦暗，但王先生之詩則非常光明，且具有輕妙之韻律」云云。一月後，又在「藝術新潮」著文評介「少女拾柴」一篇，謂：他於讀過該詩後，被其詩情所誘引，曾到「明治外苑」去看少女打柴情形，並謂該詩末段有與漢詩結尾異曲同工之處云云。

詩人王榕青及其公子惠明攝於上野公園

文獻選刊

本刊並不作此主張，因鑑於此種資料難得，特譯出供大家收藏，盼大家能溫故而知新

意象派的六大信條

RICHARD ALDINGTON

趙天儀 譯

意象主義（Imagism）當做一種文學運動，也就是英、美意象派的聯合；是由三個英國詩人阿爾亭頓（Richard-Aldington），弗林德（F.S. Flint）與勞倫斯（D.H. Lawrence），以及三個美國詩人杜里特爾（Hilda Doolittle）佛里茲却爾（John Gould Fletcher）和羅威爾小姐（Amy Lowell）組成的。當然，後來的龐德（Ezra Pound）功亦不可沒。

在一九一五年的詩選，他們爲表明這集團共同的基本原則，由阿爾亭頓執筆寫作前言，後經羅威爾女士修正，在這前言所提出的六大基本原則，便是我們要介紹的「意象派的六大信條」。

1. 用應通常說話的語言，可是常使用精密正確的字眼，不只是接近精確的，更不僅僅在用裝飾的字眼。

2.去創造新節奏——當做新語法的表現——並且不要只去模倣古老的韻律，因爲詩不僅僅是古老語法的回聲。我們並不堅持「自由詩」爲寫詩唯一的方法，我們把它當做爲一自由的原則而戰，我們相信一個詩人的個性通常表現在自由詩上比在因襲的形式上要來得好。在詩精神上，一種新音韻正意味着一種新理念。

3.在主題的選擇上允許有絕對的自由。去描寫糟透而有關飛機與汽車的並非好的藝術；在過去它也不是需要壞的藝術去寫好。我們相信熱情在現代生活底藝術上的價值，但是我們希望指出沒有任何事物如此缺乏靈感，也沒當做在一九一一年的飛機那麼古老的花樣。

4.去表現一個意象（由此名稱，意象主義者）。我們不是一羣畫家的學團，但我們相信詩應該供給特別地精確的，而不僅處理含混曖昧的一般的事物，無論如何，是要壯麗的與響亮的。就是因爲這個理由，我們反對宇宙詩人，他似乎給我們在躲避着他底藝術的眞實的困難。

5.去生產詩雖是艱難的，却是淸晰的，决不使其模糊也不使其不明確。

6.最後，我們最主要即相信集中是詩最主要的本質。

附言：本文參考華盛頓大學英國文學教授（Glenn Hughes）先生所著「意象派及意象主義者」（Imagism and The Imagists）一書翻譯而成。

我們這時代的詩

Babette Deutsch 作
李篤恭 譯

第一章 面對最惡劣的

脫姆斯・哈代（Thomas Hardy）的詩成爲維多利亞時代底感性與我們自己之間的那道鴻溝的橋樑。出生得够早得以親歷滑鐵盧戰役底倖存者，他又活到眼見第一次世界大戰後的世局底惡化，而預見第二次大戰底發生。在他把文學當做專業以前會學習過建築學，可是人最永久的工作似是要把事情傳遞給這種人—他知道：他所走的道路是由不列顚底羅馬侵略者建設了的，而在羅馬人的一塊塊地界石中間有着青銅時代人們的手推車。他對於過去的意識更加厲害，由於他被逼迫去眼見那農業社會底秩序和它那對自然的崇敬的衰落，以及他的先人們，對於一位完美的上帝（Providence）和他近身的同時代人們；對那幾乎被蔑視的「進步」的忠誠底消逝。如果他那悒鬱的沉思和他慣常的技巧會使人憶起一個更早期的日子也罷，他使用着他的出生地，威紗克斯（Wessex）那平凡的語詞這事實，尤其是，他那戲劇性的諷刺却把他連盟於他的後輩們。

史班德（Stephen Spender）以一個下雨天的情景展開了一首叫做「脫姆寒冷了」的詩，說「使天空和平原成爲一片鈍化的苦痛。」這詩題底脫姆就是指脫姆斯・哈代，而這首詩確定地說：「那樣的一日就是我生命底總結。」然而，它繼續承認說可憐的脫姆的日子「給一股隱藏着的火燄烤燒着。」好像在「利耳—Lear」裏帶着瘋人底面具的那公爵的兒子，可憐的脫姆是「了解着那些補綴得很拙劣的生命」的人；憎恨着戰爭，帝國底特權，虛僞的宗教的人。他認爲人類的需求是：要去知道我們全然不知道的，我們的起源抑或我們的終究，並且我們什麼都沒有，除非是，在詩人的好奇的但是逼迫的語句裏，我們能够「安慰那可憐的狀態，人是也。」那獨白說：在吟哦着詩章

的墓碑底下，在那脫姆躺着的地方，他的眼睛是兩個水潭往上爬着

穿過灰色的映像到天空去——

我的世界問着你的世界：爲什麽？

它是哈代在詢問關於宇宙的疑問，而它又是由那些將近九十年的事件一直在爲他追溯上去的。在他最早期的一篇作品，時値達爾文學說底爭論達到高潮時期所寫的一首叫做「機運—Hap」的十四行詩（Sonnet）裏，哈代提到過那「半盲的刼數鬼們」可能肆意地把極大的幸福散播在他的進香旅途四周以當做痛苦。到了將近那世紀底末了，他却痛苦地承認他自己爲「一個生逢其時的人，」因爲他是一個「認爲如果有一條通往天國（Better）的路徑，它會勒索可以好好地注視那最惡劣者的機會」的人。這種頑强的不肯忽視現實的抗拒精神，使他異於那些更長輩的維多利亞詩人們。如果說他是把宇宙視爲一個盲目的「意志」的創造，不懂智識和憐憫的；他却有一個時期把他的希望寄託在他所謂的「進化性的演進主義— Evolu-tionary meliorism」，而又相信，使星辰和螞蟻們存在的「力量」，可能還會由於比它更小的動物之一種而獲得意識。

在他最具野心的作品，「統治者—the Dynasts」的終章，他表示了這個希望。他描寫拿坡侖戰爭底敍事詩劇（Epic drama），共有十九幕和一百三十景底詩章和散文，如此繁雜地湊合而成，是以「大地的陰暗—the Shadeof Earth」展開：「有什麽內在的『意志』和『祂』的企圖？」對這個疑問那「歲月底精靈— the Spirit of the Years」回答說：「它如至此一般無意識地操作者。」隨着這戲劇進展，那劇景反覆地帶上着一個廣大的頭腦底模像，「空間」被想像爲統治着宇宙的「意志」，而那戲劇的人物安排與動作是它的有機組織底一部。在那收場，歲月底精靈偕同「慈悲底精靈—the Spirit of Pities」在高唱一首奇妙地帶着雪萊腔調（Shellean ring）的，充滿了希望的合唱曲。雖然哈代能够思量，由那宇宙底模鑄能力可以意識到它那盲目的操作底犧牲者們所遭受的苦痛的未來，他也不一定常確知「祂」將會把一切事情「安排得公平的」。以往的錯誤已不能被改正，過去的苦難又不能給取消，而有時候詩人畏疑着，當那「睡眠工人—Sleep-worker」被打醒起來的時候，將要搞什麽，而問着：

以一羞恥之暴烈驚詫，君將毁壞
汝之整箇高鼓起之蒼天築架，
或者忍耐調整、繕補，而治癒之乎？

在他生命底末了，他放棄了對如此的彌補底可能性底信念。

然而，如果檢查他主要的作品，我們可發現不少詩透露着有感性的生命底悲慘，反覆地由於承認如此的振作精神底希望底可獲得而得以救濟。例如在一首抒情詩裏，他描寫聽見一隻脆弱的、削瘦的，歷盡了風雨的畫眉鳥在歌唱：宛如在一個逐漸黑暗了的冬夜裏有着「無限的歡樂」。正當他傾聽着那隻鳥兒在那麽凄涼的光景裏狂喜地歌唱的時辰，他深爲牠的歌曲中始終有一股他所沒意識到的希

望而震抖着。縱使哈代沒有「被祝福了的希望」也罷，他却可看到五月樸揮着「它那高興的綠色的樹葉，像翅膀一般地」，爲着夏天傍晚的那些溫暖且彌滿了蛾蟲的黝暗裏的衆生們，爲着「冬天在仰望着的那佈滿了繁星的天空」。偶而，很稀有地，他也會，歡歡欣欣地頌讚單純地活着的善悅，像以這樣開頭的那首詩：

甜蜜的蘋果汁是一件偉大的東西，
對我來說是一件偉大的東西………

在一首田園詩裏，我們可以讀到一股更微妙的媚美，雖然是用較小的音調寫的。它勇敢充足地展開：

讓我盡情地享樂這大地吧
因爲推造出它的魅美的
那制令着一切的「權力」
它有除開我的喜悅以外更多的目的。

無論如何，是有喜悅的，不是全然沒有。一樁更常見的心態就是這詩人用以宣言：

我從來不介意「生命」：「生命」却介意我，
因此我欠債它一些忠誠。

最典型的就是他的最後的一首抒情詩，是他在八十六歲時候寫的，詩題爲，「他從來沒期待過很多—He Never E-xqected Much」。它是一種中和色彩的經驗底感覺，讓它的色彩依偎於替代的戲劇上，而被接受爲一種悲愴的鎮靜，它毀損許多哈代的詩作。

曾經有過爭論說被動消極的受苦不適合於作詩，而哈代大部份的作品似是如此的。他最大的錯誤就是一種悒鬱而且消極的音調，表示缺乏活力，與他較好的抒情詩那種優雅的諷刺大不相同。他放任自己，在詩句裏用平坦的，不能刺激想像的陳述。或者，爲着實驗音樂效果，他常要嘗試一種對他的主題不妥當的舞躍着的韻律，而耽溺於簡直是「擦亂」——「胡思」的那樣笨拙的三重押韻。爲了要表現他所謂的境況底譏諷，他常過份地强調了譏諷，以致使戲劇變成了傳奇喜劇（Melodrama），而感情（Senti-ment）變成了多情（Sentimentality）。雖然他的不隱定可以和他的作品比多，可是，他最好的作品却能顯示一種觀念底宏壯，一種稀有的見識底敏銳。

他使我們親近的特質之一，便是他的愛用矛盾言語。他的戲劇性的抒情詩是用殘忍的幽默射了出來的。具有代表性的是那首叫做「副牧師的仁慈—The Curate,S Kindness」。一個潦倒的老鄉巴佬自願地甘受住於貧民院的恥辱，因爲在貧民院裏，男女是分開住的，因此，至少他可以逃避他的老婆。他準備要盡力追查那牧師是否違背了董事規章，以致沒有把挨過了四十年結婚生活的這對寃家分開。這首「貧民工廠底譏諷」得到了不少聲譽，由於以很好的平俗的威沙克斯方言（Wessex）所成，而採用這倒霉鬼發出的一種簡短的獨白底形式。打從那開頭，詩人就在任何找不到同義的英文字詞的地方，用上了那古老的地方話。

在勞倫斯（C.H.Lawrence）的戲劇抒情詩裏也有一些彷彿泥土和汗水氣味那樣的辛辣的滋味。相當地模倣着哈代，這些詩暴露了在最單純的衆人的關係裏的情感底爭

執。勞倫斯用了他故鄉諾丁哈姆縣（Nottinghamshire）的詞彙，可是他較喜歡更自由的節奏。在聲調方面他的方言詩作跟哈代的更是不同，它們較富於熱情，似乎比哈代更低調，因而有一種較沒有矯揉造作的效果。

例如，「到底是不是—Whether Or Not」一詩，是鄉村的三角關係底故事。這故事是以那被辜負了的女孩和其他人們：她的母親，一個鄰人，她的未婚夫，以及跟他同居而生了孩子的寡婦之間的對白講出來的；這些對白跟那女孩悲痛的自白混綴着。它這麼簡單地開始：

妳不要告訴我那是他的罪過吧，母親，
妳不要，妳不要！
——噢，噯，他會來告訴妳，他的罪過的，
女兒，他不會嗎？

這短短的打鼓般的音節的確重重地敲打着那悲痛的心。當戲劇展開的時候，沒有一點裝腔作態。這種話語殘酷地反映出那悲哀的情況。最後，這男人遺棄了對他獻出比他的情人更誠懇的中年的寡婦，和那位曾經夢想「要帶馬車和稻米結婚！」的少女。他把一切用一種笨拙却很動人的誠實來總結：

我得向妳，麗慈，說再會啦，
妳對我是太過份好的啦。
而跟她總之那是不對的。
所以再會吧，讓我們就這樣再會吧！

很明顯的就是，不管他們做什麼，他們將不會成為「就這樣」的啦。這首詩有一種哈代所不能夠弄得更好的諷刺性的坦白。

稿約

一、本刊園地絕對公開
二、本刊力行嚴肅、公正、深刻之批評精神
三、本刊歡迎下列稿件
▲富有創造性的詩作品
▲外國現代詩的譯介
▲外國詩壇各流派基本理論，宣言的譯介
▲精闢的詩論
▲深刻、公正、中肯的詩書評論
▲外國詩壇通訊
▲外國重要詩人研究介紹
四、本刊每逢雙月十五日出版。截稿日期為單月二十日。
五、來稿請寄台北縣南港鎮公誠二村二一六號李魁賢收。

法國現代詩選譯 1

保羅艾呂亞作品 Paul Eluard

胡品清

鳳凰

鳳凰是配偶——亞當與夏娃——
是第一對又非第一對配偶

我是你路上的最後一人
最後的春天，最後的雪
最後的爲求生存之戰鬥

我們的儲木室具有一切
松百，蘿藤
也有比水更堅實的花朵
汲土，露水

火燄在我們脚下，火燄爲我們加冕

自我們脚下，昆虫，鳥羣，人類
行將飛去
那正在飛行的卽將停駐

天空明朗、地球幽暗
而烟升向天空
天空失去一切的火
火燄留在人間

火燄是心之雲
是血的枝柯
他謳歌我們的空氣
他袪除冬的水氣

在夜間，憂悒可怕地燃燒
灰燼已開出歡樂及美麗之花

我們恆常將背轉向太陽
一切都具有黎明之色澤

。春

在沙岸有數泓清水
在林間有因飛鳥而瘋狂的樹
雪在山中溶解
如許的蘋果花使枝柯燦爛
退後吧，蒼白的太陽

是在一個冬夜，在一個艱苦的世界裏
我看見了春天，在無邪之你的身畔
我們沒有黑夜
凡是能消滅的無奈你何
你不願感到寒冷

我們的春天是有理的

·爲一個誕生而寫

我慶祝主要的事物，我慶祝你的在
沒有什麼轉爲陳跡，生命有新的葉子
最年輕的溪流自清涼的草際溢出

天氣清和，因我們愛戀溫暖
果實過量地享受太陽，色澤燃燒
然後是向處女之冬熱情地獻媚的秋日

人並不成熟，他老邁，他的孩子們
將在他逝去之前衰老
他會孩子們的孩子們歡笑

你是最初，你是最後，你不會衰老
爲了使我們的愛情與生命煥然
你保留着美麗之裸女的心靈

爲了生活於斯

我燃起一炷火，因青空已將我遺棄
一炷火做他的友人
一炷火導我步入冬夜
一炷火令我活得更爲美好

白日曾給我的，我給了他：
森林，灌木，麥田，葡萄藤

巢與鳥，屋子和鑰匙
昆虫，花朵，毛裘，節日
我僅生活於作炮裂聲之火燄
於他的溫馨
我宛若一艘沉沒於水底之船
如死者，我只有唯一的元素

被分享之夜

在旅程的終點，我或將不再走向我倆熟識的那扇門，我將不再走入那間屋子，那兒失望和與失望訣別的欲望曾誘我如許。為了我是一個不能克服對自身和命運的愚昧的人，我或將偏向有異於我所發明的人物。

我於他們有何俾益？

戀人

她立於我眼瞼之上
她的髮茨在我的髮茨間
她的形狀如我之雙手
她的顏色如我之雙眸
她沉沒於我的影子裏
如一枚石子沉沒於青空
她的眼睛恆常開啓
且不讓我昏睡
她的白日夢
令太陽蒸發
令我朗笑，啜泣，朗笑
令我喋喋不休却無話可說。

保羅艾呂亞簡介

Paul Eluard (1895-1952)

在「疇昔與今後」一詩集中，魏爾曾經說過：在聖德尼近郊鄉村是愚昧而污穢的，在那兒我們所看見的是混濁的水溝，烏黑的烟囱，運河的死水，貧民的住宅。法國超現實派大詩人保羅艾呂亞便是出生於其所，他在日後的詩作中便常常追憶那巴黎郊外的令人傷感的風景。

他在十二歲的時候遷居巴黎，負笈柯貝中學。可是在十六歲時因健康狀態惡劣，便前往瑞士一個山中的療養院休憩，健康剛剛恢復的時候，正是大戰時期，於是他接着便過着戰壕中的生活。

保羅艾呂亞雖然是超現實派大師之一，而他的詩風，明晰可喜，並非一般人認為以自動語言寫出的囈語。童年的追憶，戀之溫薰，戰爭的殘酷和他對正義及自由的愛好，構成了他的作品的經緯。

他的詩有美好的語言，鏗鏘的音節，雄壯中有細膩，失望中有希冀，這兩點是他的詩作的主要特徵。

英國現代詩選譯 2

休謨作品 T.E.Hulme

趙天儀

堤岸 The Embankment

（在一嚴寒，冷冽的夜一個淪落男子底幻想）

曾經，在梵亞鈴的妙技上我入神而忘形，
堅硬的行道上金色的脚後跟閃耀着。
而今，我才恍悟
溫暖卽是詩的素材本身。
哦，神噢，太空的
那星食底古老的毛氈請摺疊起來，
圍繞在我身上，且使其舒適地安臥着。

改宗 Conversion

風信子開放的時辰
心靈寬鬆地我步入谷間的森林裏，
畢竟美猶如芳香馥郁的布
投擲過去，窒息着我。
我成美的去勢底可愛的柔弱男子
沒有氣息，且身子也無法動彈。
而今，忍着恥辱，包着麻布袋子
沒有足音地，我走向最後的河，
正如窺視着土耳其人馳向波士佛奧拉斯灣。

如果我們要追溯意象派（Imagism）的起源，我們得提到意象主義還沒當做一種運動以前的文藝上各種流派；如古典主義，浪漫主義，象徵主義。由於在詩的創作上，雖然只有五首，但他那原創的、新銳的見地，被龐德（Ezra Pound）收集起來，所謂「休謨詩作品全集」（Complete Poetical Works of T.E.Hulme），就成了意象主義底起源的重要文獻。

「休謨詩作品全集」第一首是「秋」，遠在民國四十二年二月一日紀弦先生主編的「現代詩」第十三期，便由方思先生譯介過了，他的翻譯如下：

秋（Autumn）

秋夜有一絲寒冷——
我走出了，
而見赤色的月俯在樹籬上
像一位紅臉堂的農夫。
我不說話，祗是點了點頭，
四周是默默的星星
有白色的臉像鎮上的孩子們。

在一九〇八年，以休謨為中心的詩人俱樂部（Poets Club），他那實驗性的意象主義底作品，便成為被閱讀與討論的目標。他是一位富於創見的批評家兼詩人，同時也是一位審美的哲學家；意象好比洞穴裏閃閃發光的鑛苗，比喻只是鑛苗的一種，在擺脫陳舊的氣息，創造新鮮的內容上，意象的表現在詩素的把握方面已被重新再認識，並且强調着。

〔堤岸〕意象是詩底創造的手段，倘若一個詩人不進入「詩的素材本身」，那就像導引觀光旅客般地描述着，停留在外貌的描寫，不可能踩進事物本質的核心。這一首詩，作者捕捉瞬間的領悟，頗有意圖，也就是作者講究表現的準確性，但事實上，比喻的妥當性還不甚完全。

〔改宗〕在作者的全集五首作品中，「秋」是第一首，「改宗」便是最後一首了。意象不在片斷的新奇，那往往只是比喻，意象要貫串全詩的氣氛，才算上乘。這一首「改宗」，雖有貫串全詩的企圖，但因還是重視各別意象的突出，仍然覺得作者的長處是在感性的新銳。T・E・休謨以這樣少數的作品，居然成為「意象主義之父」，這是值得我們咀嚼，並加以研究的。

美國現代詩選譯 3

薏斯弗因 米蕾 Josephine Miles

白萩

雲雀 Lark

雲雀襲打着我們的臉以她喧囂的啼聲
我們沒有驚悸被風吹着與風競跑
不停地，以祗有的一隻眼看見了全部的景象，
而我們是天空的外殼
所有那些我們將去接近。
現在雲雀在田野細述而我們傾聽，
聲音在我們的耳朵上騰昇飄浮宛如我們在急馳。
聽到擋風玻璃的嘎嘎和蓬帆在車後嘶嘶作響。
而思索山丘和景像的
每一方向。

邂遇 Meeting

一個住在城外的東方
渴望着去邂遇着不知誰
一個不知住在城外的西方
一千英哩的遙遠。
一千年始能到達。
之後。住在城外的東方
走至城裏的大街上
邂逅了住在城外的西方，一個不知誰
一同走在街道。
一千年。
神密的生存！在它的短暫和掙扎
改進地去獲得這意向的結合，
從不可相信中造成了事實，
意志走動在機遇的小徑。

W·H·奧登認爲爲什麼要寫詩，如果答案是：「我有很多重要的事情要表達出來，」那麼可以說他不是詩人，如果回答：「我喜歡徘徊於字與字之間聽它們說什麼？」他可能成爲一位詩人。這是代表兩種完全不同的美學觀點，在以往，認爲在表達之前，藝術的內容早已存在於藝術家的腦中：甚至認爲內容是由一個聖靈來供給的，藝術家祇是藝術的傳聲筒，祇要學習一些表達的技巧，將內容表達出來，便已盡職，藝術家是一個巫婆。藝術之偉大，係由於有豐富的內容，而這內容獲得是存於「天啓」的「靈感」的。無關於功力的潛修。

可是一個完全相反的看法，却流行於現在：藝術在表達之前，是沒有什麼內容的，有的祇是直覺於 Object 的一個單純的 Image，或是一點情緒的感動。藝術家是依恃這個動力來創造他的藝術的，他是以語言來思索的，以語言來描述、推論的。所謂思想所謂內容，均是由於語言組織方式的結果，什麼樣的語言組織方式得到什麼樣的效果，兩者一致不能分離。依據這個觀點，要得到豐富的內容，必得先有豐富的語言的組織才能，所以對語言文字之間的祕密，有探求興趣的人，才有成爲一個詩人的可能性。

下面是我對這兩首詩的評解：

〔雲雀〕

Wordsworth 的那首 I wandered lonely as a cloud 給我的印象非常深刻，它所表達出來的出塵，無爲之感，全由於自擬爲 as a cloud，它是以 a cloud 來 saw a crowd, a host, of golden daffodils 的，因此能有超然的態度。a cloud 的作用，正如陳子昂登幽州台歌中的「幽州台」，它沒有在詩中出現，可是全詩是以它爲基礎出發的，因此，讀幽州台歌時，我們自然而然的也會立足於高處，而獲得孤高之感，華滋華斯的這一首詩，讀者也會自擬爲 a coud，以那種悠遊淡泊：

……saw a crowd
A host, of golden daffodils:
Beside the lake, beneath the trees,
Fluttering and dancing in the breeze
Continuous as the stars the shine
……………………………………

而獲得天上人間的影幻。在雲雀這首詩，作者也隱喻爲雲雀嬉遊，而獲得一種有動作的新角度。而在第二段，從雲回復到汽車的兜風：

And it mounted and rode upon our ears as was ped,
And we heard windshield rattle and canvas creak thereafter,

也有轉換印證之妙。

〔邂逅〕

讀這一首詩，人的立脚點是在高處，這個觀照之眼，就像上帝之眼，天空之眼，在觀察着人的行動。這一首詩，就象詩人是一個觀棋者，故事是那麼清晰、冷靜、單純，詩人不參與其間，純然是一個旁觀者。

日本現代詩選譯 3

鮎川信夫作品
Agukawa Nobuo
陳千武

港外

海的灰色
天的灰色
都擠在暖和的霧裏
兵士們睡着
我們的船是
浮宙的夢魔之城
在睡眠裏
籠罩着强列的硝烟味　因而
兵士們像在說囈語
繼續吐露着咀咒的語言
霧的彼方
不斷地鳴響着爆音

穿貫了幾千年的黑暗揚起眞紅的雲的火柱
誕生了我們的七個近代都市
燃燒着
我們在這歷史裏已是死了的人
黎明卽將來臨的船窗下
橫臥於木製的吊鋪床上的人
剛吼叫彈丸
要以活身擋住的不是兵士
撥着血和泥和鐵的泡沫
防衛黑色的神的
不是我們
在殘忍的歷史外
有灰色的海和

灰色的天
緊抱着我們的是
遙遠的未來的祖國的霧
海底的潮流
邊搖着兵士的睡眠
逐漸向陸地徐徐轉動着

雙層的寂寞

夕陽不知在遙遠的何方
燃盡了呢
抱不住的黑暗的重量
有如妳的肉體
向我底雙臂裏倒下來

我想掩蔽妳的嘴唇
那隻手的黑的程度使我悚然
寂寞像拷問那麽在逐漸深加之中
心臟稍些顫抖着
——關燈吧」妳說

世界底深夜……
從窗邊射進來的月光裏
妳緊閉着睫毛裝死
我底一隻脚穿着拖鞋
暫時在房裏散步着

——開燈吧」妳說
我不理妳
我祗是在黑暗中坐着
倘若我是拂曉的明星……
倘若我睜開着殉教者的澄淸的眸子……

像我不相信妳那麽
妳是不相信我的
祇在默然裏
才感到不知汚穢的微笑
從胸脯的深處逐漸昇上到臉頰來

譯自一九五一年（日本代表詩人選集）

鮎川信夫

(Cuyuhawa Nobuo)，本名上村隆一。一九二〇年生於東京。早稻田大學英文科肄業。一九三七年開始在「LUNA」「LE BAL」「詩集」「荒地」「新領土」「文藝汎論」等雜誌發表詩及詩評論。一九四二年應征入營，一九四四年從蘇門答臘島歸國。戰後在「純粹詩」「荒地詩集」「詩學」等詩誌發表詩作品。爲「荒地」同人。著作有「鮎川信夫詩集」「現代詩作法」「爲抒情詩的筆記」等。去年集其二十年來的詩論以「鮎川信夫詩論集」爲名，由思潮社出版。

譯詩研究

談一首康敏思詩的翻譯

楓　堤

A

康敏思（Edward Estlin Cummings, 1894-1962）是美國詩壇上的怪傑。他在一九一六年獲哈佛大學文學碩士後，便率先入法國志願軍，參加了第一次世界大戰。戰後，他留法學畫，且卓越有成，還出版過一冊很奇特的畫集，叫做（CLOPW），包括有炭筆畫（Charcoal），鋼筆畫（Ink），油畫（Oil），鉛筆畫（Pencil）及水彩畫（Watercolor）。有了這種現代畫的背景，使得他的詩另成一格。他的詩作完全打破了文法的慣例和標點的規則（他把每行詩—甚至連他的姓名—的首字，都改用小寫），還把字句隨意給予拆解，然後再重新拼湊，而形成立體化的外觀，在詩的節奏及張力上，能造成一種更強烈，更壓縮的效果。

因此，康敏思的詩是無法翻譯的，因爲那種獨特的文字的排列法，字句的緊密度，以及詩的純粹性，是不可能用他種文字來迻譯的（註1）。康敏思的詩，有一部份是比較「規矩」的，勉強可以翻譯。本文討論的這一首抒情詩，便是。康敏思在此詩中，表現愛情，雖纖弱些，卻有很奇妙的意象，很能打動我們的心坎。

B

Somewhere I Have Never Travelled

e.e.Cummings

Somewhere I have never travelled , gladly
beyond

any experience, your eyes have their silence
in your most frail gesture are things which
enclose me,
or which i cannot touch because they are too
near

your slightest look easily will unclose me
though i have closed myself as fingers ,
you open always petal by petal myself as
spring opens
(touching skilfully , mysteriously) her first
rose

or if your wish be to close me , i and
my life will shut very beautifully , suddenly ,
as when the heart of this flower imagines
the snow carefully everywhere desceding ;

nothing which we are to perceive in this
world equals
the power of your intense fragility: whose te-
xture
compels me with the colour of its countries,
rendering death and forever with each brea-
thing

(i do not know what it is about you that
closes
and opens ; only something in me understands
the voice of your eyes is deeper than all roses)
nobody, not even the rain, has such small
hands

C

對康敏思這一首詩，我們有略加剖析的必要。

他把未經過的Somewhere來指稱一種愛的境界，這一點就顯示了康敏思的纖弱，而有些曚矓的神祕感。他把「愛情」視爲超乎一切經驗之上的；接着又把它擬人化，而點出了它的沉默。因其沉默，所以雖然「最溫柔的表情是一件衣物包裹我」，可是因太接近，却反而不可觸摸。這一段的寫法很奇異，後二句很能表達「愛情」這種奇妙的東西。Things 一字，是複數，可做「衣物」解，這樣與enclose me 可緊密連繫，而且更爲實感。當然，康敏思用此字來引出下一句詩，在實際經驗上，似乎缺少一種喚醒的作用。

第二段的意象很美。「我」閉鎖如一緊握的羣指，而妳輕微的一瞥便輕易地啓開我，像春天使第一朵玫瑰，一瓣瓣地綻開。這兩個意象都很新穎，而且自然生動。接着，作者表達那種彷徨的期待，正好和上段成一對比。如果妳有意把我閉鎖，正如花朵心裏幻想着雪降，便要開始衰萎了；那麽生命將緊閉。

在世界上，我們能感知的事物，沒有一件會像愛情那樣脆弱，它的每一呼吸都在支付着死亡與永劫。

最後，描寫對「愛情」的茫然，我們只能瞭解它所表現的而不知其何以關閉，何以開啓。那麼，末了的小手，應當是指掌理門鑰的纖巧的小手吧！

D

我從未旅行過的地方（註2）　淑玉譯

我從未旅行過的地方，喜悅地在
經驗之外，你的眼睛有它們的沉默；
在你那最不堅定的姿態裏是包圍我的東西，
或是我不能觸摸因爲他們太近。

你那最輕淺的眼光將容易顯示我
縱然我關閉了自己像手指
你每每用花瓣打開我自己的花瓣像春天打開
（熟練地，神密地觸摸着）她那第一朵玫瑰

假如你的願望要來關住我，我和
我的生命將很美麗地，突然關閉，
就像這花的心在幻想着
到處小心降落的雪；

在這世上我們看不出什麽和
你那緊張，脆弱的力相比：它的肌理
以它那鄉村的色彩壓迫我
而且永久以每一呼吸描繪着死。

（我不懂你如何關着
開着；我心裏祗了解
你眼睛的聲音比所有的玫瑰都更深刻）
沒有人，那怕是雨，也沒這麼小的手

E

這一首譯詩的特點：文字流暢，使用了很美的白話，可惜譯者好像沒有完全清楚原詩的意義。

如第一段的 Beyond any experience ，在此應該有層次之別，而不只是界限之分；否則，「從未」及「經驗之外」，豈不是變成重複的贅辭了，而且使得意義模糊不清。

第二段的第三句譯得很怪，足證譯者並未讀懂原詩。Petal by petal 是「逐瓣」的意思，類似one by one（逐一）。然則，照譯者意，「你」如何能「用花瓣打開我自己的花瓣」？

第四段的「鄉村」也不妥當，因此處 its countries 是指「其國度」，意卽「其特有的」色彩那麼用「鄉土」似更能符合原意吧！

F

有些地方我還未旅行過（註3）　趙天儀譯

有些地方我還未旅行過，愉快地超過
任何經驗，你的眼裏有他們的岑寂：
在你最脆弱的姿勢是圍繞着我，
或那我不能觸及的因他們太接近了

你的最輕微底注視將輕易地露出我
雖然我如手指般地緊閉着我自己，
你常打開我片片花瓣如同春天開放着
（熟練地，神祕莫測地觸撫着）她第一朵玫瑰

或者倘若你底願望包圍我，我與
我的生命將很美麗地閉鎖着，突然地
像這花朵的心理想像着
當雪花小心翼翼地飄落每個角落；

沒有事物在這世界上爲我去發覺等於
你底激烈而脆弱的權力：他們的氣質
強迫我跟它底國度裏的顏色，
表現死亡以及永遠跟各個呼吸着

（我不知道那閉鎖是關於你什麼
且打開着；只有某些事物在我瞭解着
你底眼裏的聲息是比所有的玫瑰更深沉）
沒人，甚至沒雨滴，有如此細小的手腕

G

這一首譯詩的特點是：過份墨守原詩的字句順序以及字典意義（Denotation），因此顯得處處是歐化的痕跡。

歐化的語言，已或多或少侵入我們的日常生活；可是過份的歐化，則與我們日常所言、所思、距離太遠，無形中便會造成一種文字障。本來，康敏思的詩，我們可以截然地說，是無法傳譯的（註4），他的風格，他的文字魔術，都是不能跨過的鴻溝；那麼，當我們勉強譯它時，只是在介紹他的表現方法與技巧而已，大可不必拘泥於他原有的語法。

以第四段爲例：

沒有事物在這世界上爲我們去發覺等於
你底激烈而脆弱的權力：他們的氣質
強迫我跟它底國度裏的顏色，
表現死亡以及永遠跟各個呼吸着

如果不跟原詩對照，我們幾乎無法品味其中的眞意。

還有一些譯得不盡妥善的地方，如：

像這花的心裏想像着
當雪花小心翼翼地飄落每個角落；

這裏一個「當」字，意義大爲改觀。原詩，這一句是 imagines 的受詞，而在此譯詩裏，却變成副詞子句了。

H

遨遊（註5）

張健譯

有一境地我從未遨遊，忻悅地駕乎
所有的經驗，深深凝默的是你的雙眼：
在你最柔弱的姿勢間，有物圍繞我無限
那或是我所不能觸及由於它們來得太近

你的最輕微的一瞬會輕易地啓開我
從使我曾閉鎖自己一如羣指般
你總是一瓣瓣的展開我，像春天啓綻

（以輕巧的，神祕的指觸）她的第一朵玫瑰

抑或你的祈望乃是禁閉我，我和
我的生命將閉鎖得極美，極驟然，
如當這花朵的心竅想像雪片
悄悄地飄降於每一角落

並無一物在此世間我們所能默感
堪匹敵你底酣熱的嬌弱：她的綿密
窒壓我以母體的姿顏
奏出死亡與永恆以每一呼吸

（我不知你憑甚把我幽閉
或開啓；惟我中心有神，深悉
你雙眸的音波是深邃於所有的玫瑰）
再沒有人，甚至那雨，有着如此的小手

I

這一首譯詩的特點是，比較能把握住原詩的眞意，可是文白夾雜的句子也特多。可惜的是，因這種文白夾雜的句法，而在譯詩裏，常使意義變成模棱不清。

同樣以第四段爲例：

並無一物在此世間我們所能默感
堪匹敵你底酣熱的嬌弱：她的綿密
窒壓我以母體的姿顏
奏出死亡與永恆以每一呼吸

本來，原詩也以這一段比較不够明朗，一經這樣翻譯，變得更晦澀了。

另外，這一首譯詩，有些地方是「自由心證」的痕跡，如第三行的「無限」及末段的「惟我中心有神，深悉」便是。再如，「深邃於所有的玫瑰」也是很晦澀的。

此譯詩，大致比較能抓住原意。如 to perceive 一字，意思是藉色、聲、香、味、觸覺來認知，張譯的「默感」較近，較符合這一首內省的詩。但我喜歡用「感知」。

不可否認的，張譯可圈可點之處不少，如：

深深凝默的是你的雙眼

又如：

縱使我曾閉鎖自己一如羣指般
你總是一瓣瓣的展開我

——五四、八、七、南港

附註：

1：林以亮編選的「美國詩選」，便在序言裏坦承，因康敏思詩的難譯，而不得不放棄翻譯它。

2：刋於「藍星周刋」第四期，見四三年七月八日公論報。

3：刋於「詩、展望」第十四號，見五四年一月四日民聲日報。

4：嚴格說來、詩，都是不能譯的。「詩的翻譯，很容易流於詩的註解而已。」——見趙天儀著「詩與哲學」，抽印本。

5：刋於「藍星詩頁」第五九期，五四年二月十日出版。

曇花

白萩

峭壁突然站起來將我們的回聲踢回
擊碎盛開的心房而萎跪下來成爲
飄搖的花枝

夜

黑蝙蝠在盤旋在盤旋在盤旋
輪繞着我們的立足之點
而太陽已先我們在催眠中閉下倦睏的眼

牢

我們以砲彈的沉默怒視着前面的戰雲
厚重的天空壓着地平線成爲緊閉的嘴
孤獨地站着不讓倒去
而黑暗之後不能窺見世界的面目

爆

二十四時
爆亮的火柴燒破了夜的黑幕
我們以照明彈在空間燃燒自己的生命
吐放着白焰祗爲自由的喜悅！

葬

「以一百萬年的生命在一分鐘死去
死去使滿天的繁星不停地在夜空發亮！」

曇花。在夜間十二時盛開，過十二時則迅速萎去。因以寄意。

曇花盛開在深夜

桓　夫

願世界常爲夜而存在
一朵朵　貪慾的混合體
相偎的粉頰　卽將盛開的肚臍
喇叭出展瓣的心聲呵

太陽祗保持尊嚴
鄙視向日葵不斷回首的封建性
奔放的愛却不耐煩日出
到日落的火爛
寧可沉淪在夜裏認淸自己

爲了短暫的陶醉而潤濕而盛開
用恍惚的眼神擁抱赤裸
的神祕　或許
緊緊咬破夜的嘴唇也好
一朵朵　展翼如花的雌鳥！

蝸牛的太陽
永恆地佔據着夜的逆半球
因之黑暗重叠着我們的外殼
讓一切利慾垂吊而振盪而薰香
然後　急速地萎縮
萎縮　消滅也情願

一九六五、八、二八晚作

空茫

吳瀛濤

一對眼睛在夜的深處瞠開着
我走得很快，被追着
我走向靈魂的角落，被追着
爲何有那對眼睛，爲何追着
我已不知在走着什麽地方
像要倒下，可是沒有倒，也沒有停足
黑黑的影，黑黑的星，冷冷的夜
走着，被追着，遠遠的海音
空茫地在那邊一具屍體

四季變奏曲

趙天儀

春

杜鵑花舖滿沾露的草坪
冷鋒剛遠去　熱氣未來臨
我的心舒展着
是一隻展翼憇息在花蕊上的藍蝴蝶

夏

蟬兒鳴唱着熱門音樂
颱風的季節　沉悶一如蒸爐
柏油路上黏濕了的地面
地殼正膨脹着心靈的窒悶

秋

清爽如一條明麗的溪澗
島上樹葉依然蒼翠
而我在沒有午寐的暮色清醒着
讓晚風沁涼地觸着皮膚的毛細孔

冬

鳳凰木居然赤裸着枝椏
靜靜地守候着蕭瑟的街道
晨光透視着我嘴唇冒出的白烟
像霧醞釀着晴朗　我正蘊蓄着溫暖

曇花

林宗源

沒有不張開的蓓蕾
沒有不下露的夜

在花盆，在旅社的陽台上，我是一株俱有複眼的花卉，敲半夜的門，窺視每秒與每秒休息的房間，每一角度爆裂每一種聲響，我是一株不願撕碎夢的花卉，僅僅張開複眼，窺視旅社的神祕

熄燈了，就使睜大眼睛，所有的房間，不管是套房、單人房，都被黑染成一樣的夜，就使好奇催促所有的葉脈，也不能阻止我容易疲乏的複眼

只有閉起滿眼的露
思索
每秒與每秒休息的房間

沒有不下露的夜
沒有不張開的蓓蕾

不題

林煥彰

入暮之後
指南山依舊面南
依舊指向荒塚

而夜墨黑
耶路撒冷很凄凉
十字架　我們那里去找神

自祢歸去後　主哦
戰爭便像野火蔓延着
於是搖籃給掛在槍架上
歡樂就此痛哭

而母親老是長頸鹿那樣
樹都給張望成了電桿木
主哦　縱使祢還活着
我們又如何去骷髏堆中辨認自己

作品合評

本期參加人員（依發言順序）

·北·

吳瀛濤
趙天儀
杜國清
林煥彰
林郊
李子士
陳旭昭
楓堤
李篤恭
李子奇

·南·

忍冬
蔡英信
陳瑞雲
郭文圻
白萩
林宗源

曇花（白萩作品）

吳瀛濤：這一首詩以「夜、牢、爆、葬」四個小題來描寫，是一種很新奇的形式。但以詩本身來說，是太偏重了技巧，因此能給予我們讀者多少感動呢？實在有商榷的餘地。最近的新詩有過份偏重技巧的傾向，最會影響到感人的力量。

趙天儀：很注重意象，而且因此借題發揮，結果有拉遠詩與讀者間的距離的感覺。如：

我們以照明彈之空間燃燒自己的生命。

吐放着白焰祇爲自由的喜悅。

企圖表現新的意象，但還有些牽强。

杜國淸：整首詩，有一種雄辯的感覺。太着重於單個Image的描繪。但事實上，我們仔細一讀，便發現有很多問題。在夜間，根本看不到戰雲啦，地平線啦；以照明彈來描寫曇花，只是沒有詩意的比喻。還有，這首詩用了四個小標題，好像是長了四個蛇足。

林煥彰：作者似乎有意用小標題來點破，幫助讀者的瞭解。

趙天儀：詩的內容，大都是明喩，而且不切題。

吳瀛濤：作者只注意到表面上的意象，而忽略了背後連繫整首詩的東西。

杜國淸：而且這些Image太牽强，失去了眞實性。

林　郊：我以爲這首詩的描寫是精神的。如「緊閉的嘴」便有一種無法減出的苦悶。而整個內容在前面三行中說明了。在黑暗中的呼聲被踢回，然後又被擊碎，這些都是注重精神方面。又如照明彈代表的一種光亮，也是如此。

李子士：要以精神來說，前面三行與詩的內容也是互相矛盾的。如減聲之被踢回、飄搖的花枝，應是悲劇性的，那麽與詩的內容所描寫的便不連貫了。

杜國淸：「峭壁突然站起來將我們的減聲踢回」的峭壁，佔着主詞的位置，可是，「萎跪下來成爲飄搖的花枝」描寫的主詞，應該是曇花。這是文法上的疏忽，除非作者有意「搗亂」。

林　郊：這種主詞不淸的表現法是不妥當的。

趙天儀：作者的想像力是很豐富的，可是不能帶來親切感。

杜國淸：寫詩不單靠想像力；眞實體驗的詩較易令人感動。

陳旭昭：前面三行，互相矛盾，既然萎跪下來了，怎麽還有飄搖的花枝？

李子士：以「飄搖的花枝」來看，是具有悲劇性的。但整首詩，應該一氣呵成，中間不要再「橫生枝節」。

林煥彰：峭壁與曇花，應是現實與理想的象徵。

楓　堤：作者是借題來發揮對生命過程的看法。當他在描寫時，他只顧追蹤他心中的思路，而忽略了對曇花的連繫，因此產生了距離的現象。

× × ×

忍　冬：第一句「黑蝙蝠在盤旋在盤旋在盤旋」，是夜幕在啓開之前的一種訊號，一種形象的成立。這句是白萩的技巧的學習，並沒有什麽新進展

蔡英僖：，在第八期「暴裂肚臟的樹」就是句子的重疊法，而此首的第一句的運筆，只能算是我也會畫葫蘆哩！「孤獨地站着不讓倒去」的「去」字改爲「下」比較適合口語。

陳瑞雲：「倒去」是台灣語。「孤獨地站着不讓倒去」，「孤獨」用「堅忍」較能強調「不讓倒下」。

忍冬：嗯！是否「孤獨」不够氣魄？

郭文圻：我欣賞作者這句：「以一百萬年的生命在一分鐘死去死去使滿天的繁星不停地在夜空發亮！」代表詩人對生命的看法是樂觀的，以曇花象徵生命的短暫，但有價值的死亡，其光輝却永照不斷的。

白萩：此詩一個特出的地方，係四個小標題的運用，由於此種技巧的運用，帶有詩劇的精神，收到時間的移動、場所的變換，這一點絕不相同於一般抒情詩在某一段時間的單獨的告白，但亦不同於傳統的詩劇，是抒情詩和詩劇的結合品。由於這種「場」的分割，省略了許多不必要的轉接的敘述，這種分割法，是作者在一段時間的變動中，找出最有戲劇性和詩意之點，而予組揓成主題的需要，充分顯出藝術家的機心。

郭文圻：這種寫法是很新穎的。

白萩：「孤獨地站着不讓倒去」這一句，我認爲「倒去」和「倒下」相較，「倒去」在詞味上較有被迫被推動的感覺。

蔡英僖：但是在日常用法是倒下。

郭文圻：在日常的國語用法「倒下」是一定的。

白萩：不錯。正因爲日常是這麼用法，詩人爲了求得言語的新鮮而故意犯法。我們的決定標準，並不在它是守法或犯法，是在於何者較能貼切於表達詩人感受的需要。對於國語，當初制定的一些北大教授，都是住在北平的，是以北平話來制定國語的，在推行之初，這是不得已的強迫辦法，爲了鍜鍊國文使之更精確鮮活，每一地方的方言，均有權利以池的詩有組織方式，來加入國語的使用，擴大他的組配方式，這是自然的趨勢，在我看起來，所謂最純的國語恐怕就是最純的北平話兒吧？也是方言。

郭文圻：第一段第三行：「而太陽已先我們在催眠中閉下倦睏的眼」。想像力很強，說明人

忍冬：類仍清醒。表示現代人大都不可能與宇宙的物體同時休息，必須以雙倍的勞力去換取食糧。乃暗喻地揭開人生的布幕。

白萩：似乎沒有這種意思罷？

郭文圻：這一句表現得很有勁力。

陳瑞雲：這一句跟曇花沒有關係，實在是多餘。

白萩：這是一種烘托主題的寫法，當太陽已倦睏閉下眼睛，而曇花仍堅忍不拔地站着，這種烘托的比較，比直接敘述更表達了作者的意思。

林宗源：用曇花的題材來寫詩很通常，只是這一首的表現手法比較特別，「夜」、「牢」、「爆」、「葬」是此詩的骨架，好像古文的起承轉合。

白萩：此首詩的Image用得很大胆。花與砲彈相去有一萬八千里，作者刻意地將他們拉擁，有雄辯之感，「死去使滿天的繁星不停地在夜空發亮」，這觀念仍脫離不了「不朽」的老套。死去便死去，似不必強調什麼永垂不朽。

曇花盛開在深夜

林煥彰：最後二行：

　然後　急速地萎縮
　萎縮　消滅也情願

好像太偏重於說明了。

杜國清：頗有「殉情」的味道。

林　郊：「喇叭出展瓣的心聲呵」，用名詞「喇叭」來做動詞用，這是創意。然而超過了語言的性質，不大妥當。

杜國清：不過我們在中文裏能不能找到更適當的動詞，代替「喇叭」這兩字，來形容曇花展開成一喇叭狀的過呢？雖然不盡妥當，然而這是不得不如此的。

李篤恭：英文裏也有這種用法。把名詞當動詞用，有時可以得到比動詞更具體的效果。

趙天儀：在表現上常有這種痛苦，就是說不能找到很正確表達的文字。這裏的「喇叭出」，我們可以明瞭作者所要表達的意思。如果改成：「像……：」，「猶如……」，表現便弱了。往往我們把握了新鮮的意象，而語句却不很流暢；而語句流暢起來的時候，新鮮的意象却不容易把握住了。

吳瀛濤：用「原將盛開的壯臍」這種句子，是現代的代用法，在傳統的詩裏，是看不到的。

李子奇：我想，在批評一首詩的時候，作者看了，一定覺得很痛苦，如果一句一句的吹毛求疵，而且會不滿。我們應該首先要批判作者的思想，先指出一首詩的內容大小、深淺、和表現法。文法、字句、邏輯是次要的問題。我認爲這一首詩的作者，把世界分成了黑暗與光明，在他心目中，不只陽光下有美，在夜裏仍有美的東西，因此，他要謳歌曇花。

楓　堤：作者所歌詠的曇花，是在夜裏「用恍惚的眼神擁抱赤裸的神祕」，而「鄙視向日葵不斷回首」地張望着太陽。因此，我們可看到作者所鄙視的，是那些只能老是回顧一種特定的光明的象徵的「向日葵」，而欣賞寧願在黑夜裏認清自己的「曇花」了。

李子士：照這樣看來：「太陽祇保持尊嚴，鄙視向日葵不斷回首的封建性」，是太陽在鄙視，並不是作者自己。

林　郊：應該是作者在鄙視，他認爲「太陽祇保持尊嚴」。因此，實際上，作者既鄙視向日葵，又鄙視太陽。只是主詞容易使人誤會。再從末段的前三行看來，作者是表示對太陽的不滿；而夜，也有值得讚美的一面。

李子士：那麼在文法上應稍加改正。

吳瀛濤：第一段，「貪慾的混合體」，似與題目太隔離。

趙天儀：整首詩，有點受體裁的限制，以致無法全部發揮的感覺。

李子士：「展翼如花的雌鳥」句的「如花」是多餘的，本來就在描寫花的。又，最後三行也不妥當，如以「利慾」來作比，則全篇便不易懂了。

杜國清：這一首詩不無「性」的暗示，作者是在等慾，而借題發揮罷了。「但願世界只爲夜而存在」，多美啊！而最後「消滅也情願」，多令人心驚的殉情！

× × ×

忍　冬：「願世界常爲夜而存在」頗似教堂的祈禱文。

蔡英信：應擺在最後。

白　萩：沒有必要。就像電影的演員表或書的目錄，不一定要放

在前面，放在後面也可以，這祇是隨作者的意思。這首詩可與前首比較，前首充滿作者英雄氣概的反抗精神，而此詩的背後為一個平民的、充分坦率的表白，如：

讓一切利慾垂吊而振盪而薰香
然後　急速地萎縮
萎縮　消滅也情願

這種沒有假裝聖人，純然將心裏的意願眞實的坦白，是很令我喜愛的。

忍　冬：從第一段的意境架設，作者對這世界已失去願望。到第二段，他把曇花綻開的時間性，抓進不滿社會現狀的思緒，「寧可沉淪在夜裏認清自己」，「沉淪」兩字用得更顯明，係對生命的頹喪。

林宗源：這首詩表現得不够簡鍊。如第一段「相偎的粉頰」；「即將盛開的肚臍」；「喇叭出展瓣的心聲呵」，表現得不恰當，應當力求別種的構想。

白　萩：此首詩描寫的秩序有些紛亂，角度亦不一致，第一段的描寫，可以感覺作者係站在曇花之前，有花與我，第二段以後則是花即我或我即花的假設。前後有些不調合。

林宗源：形象亂。

白　萩：是的，這首詩一下子是「粉頰」，一下子是「盛開的肚臍」，一下子是「喇叭出展瓣的心聲」，單獨的看，並無不可，可是整體看來有紛亂的印象。「展翼如花的雌鳥」這一句，雌鳥為曇花的比喻，再把雌鳥比喻如花，是繞了一個圈子回來，沒有得到比喻的效果。

郭文圻：同一事物有不同的看法，前首是英雄主義，這一首是肉慾的沉落。

白　萩：雖然表現有些缺點，但作者所透露給我們的感覺很鮮銳、獨特的，完全沒有過去的曇花的影子。切實的屬於個人的眞實的體驗。

空　茫

趙天儀：我們讀一首詩時，可從作者的精神動向及表現技巧兩方面來看，而我們對作者的精神動向應有更多的要求。至於這一首詩，沒有通常要求的Image，作者很明白地在說明而已。而最後一句，容易被認為是觀念化。

林　郊：很有虛無感。在夜裏被追着，一直追到死亡。

杜國清：太散文化，顯得鬆懈。因散文寫詩是可以的，但要戲劇化。Stephan Crane 的 I Saw a man Pursuing the Horizon，是描寫一個人在追地平線，很有戲劇感。我記得吳瀛濤先生寫過一首「影子」，描寫死亡隨時隨地在後面追蹤，比這一首感動。這裏，如果「屍體」改為「骷髏」，「眼睛」變成凹陷的兩個洞，冒着烱烱青光，也許較有戲劇感。

趙天儀：詩在表現上，應有純粹的造型，或是說畫面也好。而這一首詩便缺乏這些，因此不能尖銳地襯托出來。

杜國清：題目太抽象，好像有些現代畫，故意再弄一些抽象的標題。其實，抽象的東西，應該具體來表現才好，不然，結果便一團糢糊。

李子士：不是一團糢糊，而是太簡單。只是描寫被迫走向死亡，

如不是太「空茫」，便是太簡單。

李篤恭：我感到陳子昂的「登幽州台歌」：「前不見古人，後不見來者，念天地之悠悠，獨愴然而涕下。」反而更像現代詩。

趙天儀：陳子昂的詩，因描寫很純粹，所以雖然沒有個別的意象，却能創造一種境界。純粹詩要求素色的表現，也許就是具有這種特色。

陳旭昭：句子都很明朗，很有消沉的感覺。

李篤恭：想起屠格涅夫的一首散文詩描寫一位老太婆在追逐，面目愈來愈恐怖。代表一種時間的消逝，或死亡，很有戰慄感。

林煥彰：而此詩，第一行只是「一對眼睛」，就顯不出力量。

趙天儀：屠格涅夫的作品，所以能達到那種效果，完全是作者的氣質問題。如果大家以同一起點出發，而氣質不足的作者，便不易達到那種氣味。

林　郊：「眼睛」在表示一種命運，使得他逃避。

李子奇：是代表靈魂吧！空茫中似有一個主宰，而且是超越靈魂的。

杜國淸：對於詩的解釋，那眞是見仁見智，根本沒有爭論的餘地。

林　郊：「欣賞」本來就是一種「創作」。

×　×　×

白　萩：可能作者的原始感受很好很深刻，可是這首詩却寫得很簡陋，不細膩不新奇，由此可以看出，雖然你有很好的感受，却不能保證寫出一篇好詩，沒有技巧即無法表達。

林宗源：讀這一首詩，有緊迫恐懼的感覺。眼睛初看起來好像是一種主宰，但從整首詩來說，作者實指死亡。

忍　冬：迷失和惶亂的感覺，作者只在提出感受，「空茫」的程度自然昇騰了。

郭文圻：感受不錯，表現和感受不切符。

陳瑞雲：散文的句法，回味不到詩素。

忍　冬：「黑黑的影」可以去掉。

白　萩：沒有造成追與被追的戲劇性，淡而無味。

四季變奏曲

李子士：這只是寫景的抒情詩。

李篤恭：作者以四季中代表性的景緻，來表達他的感觸。

杜國淸：四季的詩，和情詩一樣，因爲寫得太多，也就最難寫得好。這一組詩，只是小小的素描，談不上什麼大主題的變奏。

林　郊：只是描繪客觀的自然，沒有主觀的意見。

吳瀛濤：我喜歡這種淡淡的味道。世界已經太混亂，太苦悶了，詩人應予美，或心靈的安慰。這和風花雪月不同；這種抒情還是需要的。

杜國淸：在「冬」裏，「我正蘊蓄着溫暖」，是很有浪漫色彩的。

林　郊：有點跟雪萊（Shelley）的詩：「冬天來了，春天還會遠嗎？」同一個意味。

吳瀛濤：這一首詩可以說是素描，詩人在創作過程中，有時還是需要回頭複習一番素描。

杜國淸：詩，不該只是自然的謳歌，應該表現個性。

李篤恭：這位作者，必定是年紀較輕；因爲他只寫出杜鵑花，而如果年紀較大的人，他會通過杜鵑花，去探尋背後的東西。

杜國清：其實，這一首詩也可做一生的「四季」看。其精神是健康的、樂觀的。

林　郊：有「忘我」的味道。

李篤恭：苦悶會使人有思想，這位作者似未經歷過人生的苦悶。

吳瀛濤：年青人未受過苦悶，他能看到自然的美，給人以安慰。好像對童年的夢的回顧；雖然平凡些，但寧願平凡一點。詩素本身是不很強烈的。

杜國清：不易使人滿足。

吳瀛濤：當人們陷在苦悶中，我們寧願退幾步，來靜觀自然的美。

李子奇：現在，好像不需要再寫這種詩了。現代詩，其表現法，及其精神的追求，都應該超過現實的事物。

× × ×

蔡英僖：第一行皆以植物或動物去開頭。

白　萩：意象的描寫很老套，如春就是杜鵑，夏就是蟬兒颱風，秋就是溪澗，冬就是赤裸的枝椏，只屬於表面的點出，並且點出的事物很通俗，顯見作者的觀察力不够，很平淡。要嘛就選出奇的事物，如林亨泰的「雞縮起了脚」的秋，否則就在通俗的題材中，有獨特的發揮。

林宗源：此詩確如白萩兄說的有點兒老套，但是我們不能要求每一個作者每一首詩都有創意，都是傑作，在這一詩中，我最喜歡：「一集展翼甜息在花蕊上的藍蝴蝶」，作者留意於Image用展翼甜息在花蕊上表現了。

曇花（林宗源作品）

李篤恭：在三首詠曇花的詩中，以這一首較差，氣魄較弱。

趙天儀：這一首是以比較寫實的手法來表現，但這一首却是三首中第一個寫作者，似乎是有感而發的吧！

李子士：張開眼看看，然後又消失了。有一種淡淡的憂傷。

林　郊：好像是不得已而張開眼，結果又沒什麽可看的，生命也不新，所以又謝了。有悲觀的精神。

杜國清：倒很認命。「複眼」應該是想像的，因爲植物類是沒有複眼的。

陳旭昭：那是形容一瓣瓣的花瓣，有如複眼吧！

李子奇：好像是透過露來觀看世界，而更覺得美，所以有複眼的感覺。

杜國清：第一句「沒有不張開的蓓蕾，沒有不下露的夜」是很含蓄的暗示。而「每秒每秒」未免太緊張了。

林　郊：因曇花生命短促，所以用秒來計算。

杜國清：由這三首詩看來，作者的背景大不相同。

林　郊：我欣賞第一首的豪邁。

杜國清：第二首有諷刺意味，年青人是不容易寫出的。

× × ×

白　萩：這一首的曇花變成一雙窺視旅社的神祕的複眼，作者的生活背景很特別，因而對曇花的聯想也不同於一般人。

郭文圻：有趣。「沒有不下露的夜」，「沒有不張開的蓓蕾」，表示自然的趨勢。

白　萩：在旅社的陽台上，曇花張開眼睛窺探每個房間的祕密，

可是所有的房間，都被黑染成一樣的夜，千篇一律，人均是好色的動物，彼此沒有差別，所以複眼疲乏，而閉下而萎落……

忍　冬：這一首是以美的反面去描寫自然。「只有閉起滿眼的露，思索，每妙與每妙休息的房間」，乃呈現欲闖進祕密的境地，夜色孕育它儘速探頭觀望大千世界，而它恰巧被安置在陽台上，尤其是旅社裏，於是「性」的苦嘆從此宣洩，所以得了兩句：「沒有不下露的夜！沒有不張開的蓓蕾」，會是林宗源先生寫的？

白　荻：這三首詩都是利用曇花來寫詩的，可是三者所表現的是多麼不同，作者的生活、觀念、氣質不同，所寫的也就相異，作者不是在描寫自然，勿寧說是借曇花來描寫自己，所以詩的題材是不重要的，主要的是詩人的精神運作。

郭文圻：以前的詩人專找美自然去描寫，現在則是不管什麼題材，只要表達的好就是美！

不題

李篤恭：作者在寫這首詩的時候，有很多的內容要表現，然而表達不出，所以叫上帝！

林　郊：指南山面向繁榮的世界，可見作者之描寫成「荒塚」，有些批評意味的。

趙天儀：從「耶路撒冷很淒涼」與「戰爭更像野火曼延着」等句子，作者眼中的世界是很荒涼的。只是作者的表現還不夠把握他眼中所觀照的世界。

杜國清：「指南山」應是佛教之地，後面却出現耶路撒冷啦、主啦、似乎不連貫。又，第一段如不解釋爲指向台北的荒地，我幾乎認爲可以刪掉。

林　郊：「指南山」當不是指那特定名稱的山，可有另一解釋，即指向南，意指一方向。可做爲精神上的指南解。「搖籃給掛在槍架上」很有悲劇性。

李子士：好像過份簡單，只指出一些名詞，沒有什麼感動。

趙天儀：詩的重量感不够。內容範圍廣，是表現不够純淨和凝鍊，但作者是有意在追求一些什麼了。

李篤恭：最後一句很強烈，很有衝擊力，但前面只有空洞的叫喊。

林　郊：整個在表現生與死的掙扎。

×　，　×　×

陳瑞雲：「入暮之後，指南山依舊面南，依舊指向荒塚」，指南山可能是指台北的指南山。

白　荻：我覺得「指南山」是透露中國氣質，而第二段跳到耶路撒冷，很不調和，這是留在腦中的他人的影響，作者一不經心，便使他洩漏了。瘂弦的耶路撒冷、十字架、控制了作者的創造精神。「而母親老是頸鹿那樣」，在張望的運用上，也沒有逃出商禽的手中。「戰爭便像野火曼延着」這個形象也很老舊。

郭文圻：是的，太懶惰了。

作品欣賞

李篤恭

一、曇花

我經常覺得詩有時候要有「佈景」，有了佈景不但容易了解而且可以增加具體性；當然，惡劣的佈景反而折斷「詩翼底展開」就是自己扼殺詩的張力。這詩的前後兩段佈局和終局做得成功了。

這首是以曇花的一瞬的怒放來象徵人生；作者的氣魄大，想像力很豐富，而且思想又豐富，因此它的暗示力很足夠，是一首佳作。只是各段的副題，我認爲是多餘的，雖然它們增加明晰，却限制了張力。假如以心象的捕捉來暗示「夜、牢、爆、葬」，可能會增加本詩的深度和闊度。

這首詩的思想與沙特相反，是東方式的，「忘我的」，樂而且非消極的人生觀。「葬」一段就是如此的宇宙觀——一個人是永恆的時光中的一瞬間的「實存」，這「小我」出生而死滅了，可是他的生死並不是徒然而無意的，他對這宇宙的進化或多或少地寄與了一份東西。人生不是宛似「把一石塊推往山上，讓它滾下，再推上，再滾下，再推上……」在重重錯誤、失敗、重犯、愚昧當中，歷史却一直往眞理遞演着，現在不是蠻荒、專制、獨裁，而是民主時代。「葬」是大我的開始。

二、曇花盛開在深夜

這首詩與前一首有相似的深度，不過這首是「收斂性的」，而前首是「披散性的」。這首是比較地說明性的，比上首較差，又較「主情」一點。沒有宏大的宇宙觀，只有小乘的人生觀。不過，當然不失爲一首好詩。上首的作者「忘我地」在追尋，這作者在挖掘自我。

三、空茫

這首表現着悲觀的人生觀。「一對眼睛……」這意象很鮮烈，可是作者沒有把它「展開」，而却陷入了「獨白」，因而失去强固的內涵與外張力。第一句與最後一句之間，含有很深的思想，却沒有把那深度表現出來。

四、四季變奏曲

把四季的代表性的自然景物描述，以表現其感觸。是一首好的抒情詩，可是沒有深度和闊度，可以輕輕地唸過去而點頭稱讚一下，然後忘掉。

五、曇花

流於說明，陳述。比前面兩首「曇花」較差。的確地，如杜國淸所說，在描寫 Sex，然而，並沒有黃色感，可是又沒有生生不息的深宏的宇宙感；僅是由曇花掀起的聯想和一陣感觸。

六、不題

這消極的，依賴吶喊，不是現代詩人的態度。我們要自負起責任去追尋眞理。最後一句表示着這作者深奧而且迫切的追尋；可是他沒有勇氣去追求它，一開始就屈服了而去求神，因此沒能把那思想表現出來。連題目都放棄了。「心有餘却不肯出力」。可惜，這是好題材。

憂鬱的解剖

莊金國

擠上向晚的25路車
又一次拜讀週末難看的臉色

哦！車掌　我看出哪
是夕陽在妳疲憊的汗顏上
寫滿了濃濃的秋意的緣故

有人貪婪着眼光
儘盯住妳那低微起伏的胸脯
就在此時　啊！妳的眼皮
跳動得好不厲害
連那雙凝定了的小星眸
也靈活得向人翻起眼白來了

噢！車掌　我領會哪
縱然妳的血型不屬於O
而妳那坦率的表情早告訴我
妳的憂鬱只是不甘於寂寞

足球場

高峠

尖銳的哨聲怒冲牛斗
七月的艷陽天
貧血的孩子
踢着貧血的球
祗因那對瞪着的睜睜怒目
虛無的風遂揚起一片惆悵
貧血的戰火燃起
後援的維他命ABCD接濟不到
門遂有呢喃
(哈哈!使出你們的力氣吧!像火鷄那樣脖紅你們的鬥志,你們不但是跳躍的生命,而且是飛揚的生命。踢啊!踢啊!你們這羣空架子的混蛋,你們這羣忘八病夫!)
祗因那對銅鈴的眼,那副雷公的嘴的咆哮
對瞪的門　敵對的門

祗得揚起一片喧囂的啞聲
爲此雷公幾乎七孔流血

(哎哎！老師請原諒！我們已經是一架骷髏了，我們的肉已經販賣掉
了！我們的力也已經販賣掉了！我們的代價—貧血的！難道盤古開天
，人類便是這樣的！人之初！……噯唷！老師，請原諒，我們需要倒
在葡萄架下喘息，等待着另一場激烈的戰爭！)

貧血的孩子亦有呢喃
露着一對雛妓悽迷的眼光
遠方：月亮蒙上一堆缺乏遊行的雲
　一堆缺乏運動害着營養不良症的雲

貧血的孩子　絞刑着　寂寞的老師
寂寞的老師　絞刑着　貧血的孩子
貧血的孩子　絞刑着　寂寞的老師
寂寞的老師　絞刑着　貧血的孩子

七月的艷陽天
尖銳的哨聲怒冲牛斗

碉堡

高昭雄

凝重的氣氛
多少戰爭滲透的血
而組成的鋼筋無淚
多少憂鬱的掃蕩
鑑鏘的矗立

默默的鎗砲無言
默默的大兵無言
一切不是紙上談兵所能
(危言解決了的
危言問題)
當一切勢將湮沒埋葬
不必呼喊那淪落的淪落的淪落

淚洗滌不了血債深仇
淚洗滌不了蹂躪聖土
伙伴呀！拭掉你的淚
生命的火花衝擊開來了
這裏沒有弱者的名字
惟有錢，惟有血

公路上

瘂弦

高級公路上躑躅的
陽光　被演習的軍車隊
輾成支離破碎
沿路淌下黑色的
柏油的血

「虛無，啊，虛無！」
排氣管的哨吶不成調地鳴響着

風的黑髮
招魂的旆旛

聲響

古竹田

一系列的水珠躍動在躍動的岩石上
如那些穿紅短褲的少女們撐花傘的喜逐
如嘩笑的浪濤
如虹如架設在山與山之間彩色的長橋

是細雨的春天
是一季鼓鑼齊響的廟會
展示在我們西前的世界是這般的美麗
　　　　　　　　　這般的活潑
　　　　　　　　　這般的年青

年青如那跳動的日出
　如那活潑的花徑
　如那美麗斷崖的迴響

構築水晶色的夢，繽繽紛紛繽繽紛紛的飄落
海上，日出日沒
桅桿上海鷗標寫什麼？
三日之後，我們曬鹹鹹的光飲鹹鹹的風

冬

林哲敏

我們看雲
我們看海
　　想那年下山去流浪
　想那挑一夜燭光惜別的懷念
飄飄浮浮飄飄浮浮的形象很憂鬱

聽夜靜止，如死亡一未知的符號
　如新生的蠢動
一切躍跳而來，像風掠影而去

那個冷冰冰的老頭
條條的皺紋彷彿數支的寒暑表
雙眼的寒光指著三度攝氏

盧隱

偏頗

那湖水更加清澈了
早蟬的鳴聲也愈加高亢起來
而我的視覺聽覺可正淆混呢

沒人爲荆棘的茁長歡欣
我卻受用着
因爲世界的美我體會不到
我要躍過那道矮柵欄
讓微細的火種子重新嵌進我的眼瞳
或是心

也許有人會咒我
說矮柵欄後頭閃爍着的是陰陰的鬼火
那裏沒有一絲人味兒。
但那道矮柵欄卻在我要走的路上
不管結局，我得躍過去
然後殺盡受人歡迎的火螢

詩壇散步

柳文哲

還魂草　周夢蝶著　文星叢刊　54年7月出版

在台北街頭，有各種各樣的行業，不知一共有多少的行業？書攤只是其中的一種，而書攤，也因出售的書籍底類別而有所不同；有專賣舊書者，有專賣雜誌者，而以專賣詩刊、詩集爲詩壇所熟悉的，該算是周夢蝶先生那個獨創一格的書攤了。他白天在武昌街，夜晚在重慶南路，偶爾也休假一下，因此，所謂「街頭詩人」的雅號便不逕而走了。

從許多稱讚的詩篇，如余光中及其同道者的頌揚；從屢次報紙的介紹，如自立晚報與徵信新聞的報導；大家不約而同地，以讚賞的口吻來描述着作者的時候，我想直接從他的作品來瞭解他，那麼，我必須拋開這種團團圍住的霧般的籠罩，也就是儘量淨濾別人給我的先入之見，並且試着一種純粹的批評，來討論他的作品，分析他的作品。

余光中先生在其「中國新詩集錦」（New Chinese Poetry）中介紹作者的小傳上強調着，他是富有佛家與儒家的思想，而且是最具中國風味的詩人，那麼，現在我們就嘗試從這方面來談起罷！

一、中國風的建立　生爲這一代的中國人，有這一代中國人的體驗與感受，不可忽視的是我們會受四面八方衝擊過來的外來的影響，閉關自守的時代已老早成爲過去的了！不錯，在文學史上，我們曾經有過極豐富的詩的遺產，我們知道，所謂現代的中國風的建立，決不是一朝一夕的事。當「創世紀」在民國四十五年鼓吹着「新民族詩型」，當余光中先生留美歸國，曾經徘徊在古董店與委託行之間，這都表示我們這一代的中國人，還在摸索探求的階段，現代的中國詩，即不是中國古詩詞的再版，也不是外國詩的翻版，而是要靠我們這一代來作嶄新的創造。

因此，我認爲作者的中國風味，從整個詩壇的發展看來，並無顯著的獨創的跡象，所以，作者的某些古詩詞的調子表現出來的時候，就被誤認爲那就是中國風的作品，這跟用潑墨在現代畫上被使用的時候，就被視爲那是中國特產一樣；我認爲那是古老的中國風底迴光返照而已，眞正新的現代的中國風，在我們這一代是還待開拓還待實驗呢！

二、佛家思想的表現　在我們中國歷史上，佛家思想的影響，可以說是第一次大規模的外來思想的吸納與交流。而近世與現代西方文化的影響，可以說是第二次大規模的外來思想的衝擊與匯合。

禪宗該是佛家思想在中國最富於哲學意味的一支了，它對中國哲學、文學和藝術的影響，是不可輕估的；我們該曉得，禪乃是以心傳心，不立文字，這跟我們追求詩的境界一樣，不落言詮。佛家的修行，重在言行一致，收斂

情慾，雖識得紅塵，懂得凡俗，乃能超然灑脫，以身立道，具有出世的胸懷，而又有救世的衷腸。那麽，作者的禪味何在呢？我認爲在字面上使用一些佛家的口頭禪，是消極的，如何表現作者自己的精神動向，才是積極的！至少至少，從他那「關着的夜」，我認爲作者是非常沾戀着這個多彩多姿的人間世呢！

因此，以「孤獨國」而著名的詩人，並不孤獨。從他的第一詩集「孤獨國」到第二詩集「還魂草」，平心而論，作者是有着够水準的演出，但我乃不同意有些過譽的評論，事實上，作者的表現手法並未超脫我們同時代的一些作品之上。

倘若說詩壇好比一道潺潺的流水，有混濁的時候，也有清澈的時候，那麽，如果有所謂批評的話，便好像投下一顆明礬在水中，化濁爲清，使淸的更淸，甚至淸澈見底。

我常這樣想，一個詩的創作者，不但要感謝古代的先驅者，而且更要感謝同時代的拓荒者，尤其是創作方法與觀念跟我們背道而馳的創作者，我們更要感激。當一面念着古今中外的作品，且又咀嚼着我們同時代的作品，我常自動地調整自己的品味，爲何我不自我陶醉於自己的孤芳自賞？這是因爲我對於詩的創造，寄以更遠大的理想和希望的原故。

我坦白地承認，就是連我自已也不能逃出受別人的影響，但我曾經勞力掙扎，企望着解脫那種束縛到最低的限度。我相信，周夢蝶先生也會有這樣的自我期許，以作者這樣熱烈追求詩的精神，該能體會到創造的眞諦。

下列幾點，是我提出來跟作者共同研究的，也許我的話語率直了些，他當能瞭解我這種由衷的鑑賞。

一、詩的工具問題　我們自五四運動，胡適之先生提倡白話文，主張創作「國語的文學，文學的國語」以後；新詩運動也經過了好幾個階段，而今，我們常常深感五四時期的作品白話得不够徹底。而且，我們詩壇的所謂古典化，竟是文言文化，那豈不是重施故技？文白摻雜是因我們的懶惰？抑是缺乏創造的勇氣呢？

試看作者所使用的語字；例如：「怦然」、「姸暖」、「猖獗」、「魂夢飃起」、「湛然」、「瞿然」、「皎然而又寂然」、「蘧然」、「蹉跌」、「瞎然」、「輾然」、「嘩嘩然」、「沸然而又木然」、「灼然而又冷然」、「窘澁」、「幽愁」、「空碧」、「死海苦空」、「街衢」……。這些語字，無以名之，估稱爲新文言。

當然，語字運用適當與否，是要看文脈，要考察上下文（Context）才能決定。文言文有一部份還是被我們繼續活用着，但有一部份，無可否認的，老早被淘汰掉了。作者這種艱澀的用法；一方面是作者的癖好，另一方面是同時代的某些傾向的影響。

二、詩的意象問題　我們一個人的生活經驗，畢竟是有某種的限制，因而不得不借助於改造或融會別人的生活經驗。詩的意象底新鮮或陳舊，在行家，一眼就可以指出，的確，我們不能否認作者有許多原創（Original）的能力，可是，作者也極不易逃避別人的意象的影響，而且融化的工夫不够，好像物理作用，而不是化學作用，因此，顯露出明顯的痕跡。

㈠中國古詩詞的影響　以使用文言的句法，覆製古詩詞的意象，而被認爲是最中國味的話，實犯了食古不化症的結果。

試看下例的句子，例如：

「猶記去年來時
　榴花照人欲焚」（車中馳思）

這跟唐詩的意境非常接近，只是稍變了句法。又如：

「依然空翠迎人！
　小隱潭懸瀑飛雪
　問去年今日，還記否？
　花光爛漫；石亭下
　人面與千樹爭色。」（落櫻後，遊陽明山）

這簡直就跟詞差不多哩！可能有人會說，這有何不可？的確，作者如果自稱爲古詩詞，當然，沒話說，但以它當今日的新詩，或所謂現代詩，那就頗有商榷的餘地。

㈡中國新詩的影響　這是任何同時代的詩作者所不能免的，然而，互相影響，該是以精神爲重，如以句法的套用，意象的竊用，那就不能說沒有掠美的所在。這是作者有意，抑是無心，或者是抗拒力的缺乏呢？

試看下例的句子，例如：

「星子們正向你底髮間汲水」（守墓者）

看鄭愁予的「天窗」（註⑴），便有這樣的句子：

「每夜，星子們都來我的屋瓦上汲水」。又如：

「一莖搖曳能承擔多少憂愁？」（守墓者）

看瘂弦的「巴黎」（註⑵），便有這樣的句子：

「一莖草能負載多少真理」？

㈢外國詩的影響　在我們這個詩壇上，零星地，也翻譯了不少外國作品。在我們某些較少接觸外國作品的詩作者，翻譯的作品便成爲難得的補品了。但我們也要避免這些作品的消化不良症，尤其是翻譯作品底意象的班門弄斧，如果再把我們的中文作品翻譯成外文，很快地就會露出馬脚來的。

試看下例的句子，例如：

「你底名字是水」（晚安！小瑪麗）

「向水上吟誦你底名字」（孤峯頂上）

這種句子，不禁使我聯想起英吉利浪漫時期的詩人濟慈(Keats)的詩來。

又例如：

「枕着貝殼，你依然能聽見海嘯」（豹）

「貝殼是耳」（孤峯頂上）

這種句子，也不禁使我聯想起法蘭西現代詩人高克多（Jean Cocteau 1892—1964）的那一首「耳朵」（註⑶）的作品來。

也許讀者會認爲我不公平，只是吹毛求疵地指出這些受影響的地方，而不例舉作者較富於原創的意象，不錯，我認爲作者也有不少值得稱道的地方，但是，由於作者抗拒力的欠缺，使我不得不例舉一些我好生面熟，好像在什麼地方見過面的記憶來。

作者該能承認，創造總比模倣來得自然，來得生動而感人，所以，意象的創造，該是詩人學習過程中最需克服的；意象的模倣，却是詩人創作過程中最需警惕與放棄的。

我認爲作者也有不少極具原創的意象，這種句子就能令人深深地咀嚼。例如：

「當山眉海目驚綻於一天暝黑」（聞鐘）

「你是源泉
我是泉上的漣猗；」（行到水窮處）

「昨日你是積雪，
今日你是積雪下惺忪的春草；」（駢指）

「你在濃縮：
儘可能讓你占據着的這塊時空
成爲最小。你一直低着眼，
不爲什麼地摩玩那顆紅鈕扣
——頤靦而溫柔，貼伏在你胸口上的。」（失題）

「而泥濘在左，坎坷在右
我，正朝着一口嘶喊的黑井走去」……（囚）

以上所例舉的佳句，不難看出作者匠心獨創的地方。從整個集子看來，我認爲作者那些雕琢的痕跡，好像很少一口氣完成似的，所以，他的作品底張力，只有部份緊湊，不能一概而論。

三、詩的用典問題　古今中外的詩人，多多少少，都會使用些典故，以補助與或裝飾其表現的不足。但我們也可以反過來這麼說，使用典故，却不是造成所謂詩人的技倆。眞正的詩人創造詩，是在典故以外，還能賦予詩以一些東西，是那些使詩之所以成爲詩的理由。

作者也喜好用些典故，我想是受了瘂弦和余光中等人的影響，典故用得適當，固然也會增加某種裝飾的美；典故用得不妥貼，却令人有着劃蛇添足之感。

例如作者使用典故的句子：

「惠特曼、桑德堡底眼睛」（朝陽下）

「愛因斯坦底笑很玄、很蒼涼」（擺渡船上）

「飛入華爾騰湖畔小木屋中，在那兒
梭羅正埋頭敲打論語或吠陀經」（七月）

諸如此類的典故，一則並沒造成所謂異國的情調，二則也沒表現所謂古典的精神。只是使我發現，作者除了在書本上打滾以外，生活圈子愈來愈受限制；表現的純粹性也越來越顯得淡薄，這在我們的創作上，正是一種危險的信號，願作者注意詩創作的斑馬線，別讓典故造成意外的車禍啊！

也許我還沒完全掌握作者創作的方法上底種種難題，但我却嘗試着分析作者可能遭遇到的障碍，以一個愛好塗塗所謂新詩的筆者，深感作者所面臨的困境，也是我所希望克服的，因此，我對作者的微詞，彷彿也是對自己的一種批評，一種映照。

註(1)：鄭愁予的「天窗」，發表於民國45年2月1日出版的「現代詩」第十三期。

註(2)：瘂弦的「巴黎」，收在民國48年9月由香港國際圖書公司出版的「瘂弦詩抄」。

註(3)：高克多的作品「耳朵」，中文翻譯見「現代詩」第十三期，紀弦譯：高克多詩六首。他的翻譯如下：

「我的耳朵是貝殼，
懷念着海的音響」。

詩人手札

(1)

「密林詩抄」一冊，已敬收。

承時常惠贈貴重的詩資料，甚爲銘感。可惜我們這裏缺少具備充分欣賞貴國詩作品的語文能力的詩人，致尙未能將所贈的資料予以活用，甚覺遺憾。我們訂於明年二月下旬在靜岡市舉行「早春的詩祭」(有現代詩講演會，資料展、原稿、色紙(註)展，座談會等一連串的活動)。將另行通知邀請。這次詩祭，特請日本最權威的詩人團體「日本現代詩人會」支援。或許在地方的都市、圖書館舉行這種詩祭是空前的創舉，因此我們計劃，要有充實的展出。爲此除祈望貴社仍經常賜贈詩資料外，特在這次「早春的詩祭」展覽會中，設置中華民國現代詩的資料一目，若能惠贈下列的資料則感幸甚：

①貴國目前發行中的有份量詩雜誌。

②詩集。

③有成就的詩人及新進詩人的原稿、色紙、親筆書。

上記資料如能用日文附註解說，則更方便。

又本袖現代詩文庫所藏詩書，雖無甚優秀的，但在展覽會終了後，或可將詩書若干寄贈貴方。

上述很唐突的要求甚感抱歉，但願惠予特別協助。

「笠」誌中的村野四郎，北園克衛，西脇順三郎等譯詩，使我很感興趣地拜讀過了。

耑此即頌

詩安

靜岡縣立中央圖書館獎文庫內
靜岡縣詩人會事務局長
日本現代詩人會會員

高橋喜久晴　敬上

(2)

陳千武先生：

來信及貴誌「笠」均敬收，謝謝你。

以萬分興奮的心情拜讀了。能越過國境得到連結的詩心，令我感到無上的親密意義。

另郵寄上拙著二冊，淸查收，尙有其它拙著，想另再寄上。請代轉告諸位同人，敬祈　自愛並不斷的活躍。

日本東京都文京區林町五七號

村野四郎　上

本刊通訊

■本刊已經依法登記完成，正式成立「笠詩社」。社址設在台北市新生北路一段二十九號四樓。由黃騰輝先生担任發行人。

■本刊自創立以來，對促進我國與外國詩壇的交流，卽列爲重要工作之一。一方面把外國現代詩譯介給我國詩壇，另方面將我國優秀作品譯介紹給外國詩壇。前者，已在逐漸推展中，本期起增設「法國現代詩選譯」，商請胡品淸教授執筆，「德國現代詩選譯」也將在近期內與讀者見面；後者，也正在積極進行中。

■爲使譯介我國作品給外國詩壇的工作順利展開，我們籲請詩人及詩刊編輯人的協助，請將您出版的詩集及詩刊惠寄本社資料室。資料室收到是項資料後，一律編號，加以整理，妥爲保存。本社亦將回贈本刊，以爲交換，並表謝意。

■「筆談」專欄，下期起改爲「自由談」，特別歡迎這一欄的稿件。

■「作品合評」下期起改爲「作品欣賞」。當期選出作品不再舉行「合評」，而採取筆談方式，於下期刊載。參加人員不受限制，歡迎賜稿。本期刊出未合評作品，就是下期「作品欣賞」的對象，同時也歡迎對「合評作品」及「作品合評」的再批評。

■頃接日本靜岡圖書館來函，明年二月間於靜岡市舉辦的「早春的詩祭」展覽會，擬設置中國現代詩的資料一目，本刊特此徵求詩集、詩刊、手稿，書簡等，俾彙轉以供展覽之用。此舉可爭取國家榮譽，並有助於促進日本對我國詩壇的瞭解，深望全國詩人詩社特別協助，共襄盛舉。贈書詩人，如趁寄書之便，同時附寄郵資五元，以做運費，則本刊更爲感謝。請逕寄本刊經理部。

■笠叢書第一輯十册，除林亨泰著「攸里西斯的弓」尙在印刷中，其餘已全部出版。每册定價十二元。一次購買全輯十册，只收一百元。歡迎直接向經理部函購。請利用郵政劃撥中字第二一九七六陳武雄帳戶。

■笠叢書第二輯，編輯中。願參加本刊叢書出版的詩人朋友、請與編輯部連絡。

■本期因配合本刊新登記，又値印刷廠最忙碌時期，所以出版較遲，下期截稿日期：十一月二十五日。敬請賜稿。

笠叢書 第一輯

①林亭泰著　攸里西斯的弓（現代詩的鑑賞第一輯）
②白　萩著　風的薔薇
③杜國清著　島與湖
④林宗源著　力的建築
⑤吳瀛濤著　瞑想詩集
⑥桓　夫著　不眠的眼
⑦詹　冰著　綠血球
⑧趙天儀著　大安溪畔
⑨蔡淇津著　秋之歌
⑩陳千武譯　日本現代詩選

第二輯

編輯中。詳細目錄及預約辦法，請見本刊下期。

出版消息

1. 本省籍作家作品選集第十輯「詩選集」　文壇社
2. 人造花　胡品淸著　文星書店
3. 七人詩選　王幻主編　葡萄園詩社
4. 詩　第四期　中國靑年詩人聯誼會

中華民國內政部登記內版台誌字第2090號
郵政登記號碼2007號

笠 第九期

中華民國五十四年十月十五日出版
出版著：笠詩刊社
發行人：黃騰輝
社　址：台北市新生北路一段29號四樓
編輯部：台北縣南港鎮公誠二村216號
經理部：台中縣豐原鎮忠孝街豐圳巷14號
郵政劃撥中字第21976號陳武雄帳戶
資料室：彰北市中山里中山莊52之7號
定　價：每冊新台幣六元　日幣五十元　港幣一元　美金二角　菲幣一元
全年六冊新台幣三十元

10

笠 第十期 目錄

自由談

詩精神的建立
——如何解除現代詩的孤立

吳瀛濤

現代詩的難解，似乎已成定論，且由難解、晦澀所形成的混亂的局面，也已使它陷於孤立。不僅我們的詩壇如此，整個世界的現代詩壇也同樣地呈現着這種現象。但以我們的詩壇爲甚。

何至如此？

原因雖多，大致可分爲兩種。一爲外在的，一爲內在的。

外在的原因，卽指今日世界的日趨誤綜複雜。工業社會一面步入輝煌的太空科學時代，然而另一方面却仍停頓於黑暗的貧困和戰亂的不安的年代。人類的苦悶，不但尚未解脫，且更加深，也可以說，人類從未像在這一個世紀那樣失落自己。

在這失落的年代，對生存意義的摸索，失去了依據。而要挽救這現代的病患，使不毛的現代之沙漠成爲夢幻中的樂土，將是一項艱難的工作，詩人要有靈敏的良知、高度的智慧、純潔的信心，豐盈的感性，纔能寫出眞正屬於這一個時代的心聲；現代詩人的使命實則於此。再說，成爲「現代詩」的對象及其主題的「現代」，也卽今日之詩的外圍，旣然如此動盪不安，不易捉摸其爲詩之核心，文明對詩的冷漠及背離，同時是對詩的一種陷阱，詩更易墮落於虛脫的狀態，或者因彷徨與疲憊，僅止於表白無可拯救的不安那種世紀末的病態而已，於是這一時代的詩，遂成爲一堆精神的滓渣。原來，在這混亂的現代，純屬精神所產，代表現代精神的「現代詩」，應與同時代乃至可預見的未來的文明之危機相抗拒，然而它似尚未能抵拒而克服外在的困難，這一點當能視作「詩」在「現代」的未成

熱乃至其敗北；其缺陷則在於詩人應具有之詩精神的貧困，詩思想的稀薄。

現代精神應強烈地建立起來。它是傾盡現代人的良知及人類的靈性，藉以培養茁長出來的。以它豐富堅強的人性，消彌此一時代的不安與貧困，現代詩應從這一片精神的荒土懇拓，如是它始能擺脫「現代」的空洞，詩人也始有作爲。

內在的原因，則在於詩人本身對「現代」的主題，藉以表現的現階段的諸種表現實驗方式上的困擾。或云超現實主義，或云意象主義，其所依據的自動語言：或潛在意識、意識之流、心理分析等，表現方式多端，且由其性質上，時而走向囈語的世界。

尤其是我們現階段的詩壇，這種實驗的繁雜及其相尅較重，一方面由於現代詩所採用的新時代的白話語言，與傳統的舊時代語言及其詩法互相衝擊，他方面另有所謂橫的移植，則因西式表現技巧及其詩法未被充分消化吸取而用之不妥；於是乎僞詩、非詩之類盛行。諸如此種詩之走入歧途，詩人本身且甚少反省，反而咎責外界，實爲識者所不取。蓋須知詩爲心靈之所產，它並非僅憑技巧上的標新立異，而是由詩質的把握、語言的精鍊、知慧的領悟、生命的燃燒，所帶來的新的創造、新的宇宙的發現，永恆的建立、眞理的確認等爲基點而構成的。它當屬於人類廣大羣衆的，不應該也絕不許它的孤立。

現代詩的僵局，應由詩人們鼎力解開其癥結，而首先要建立堅固的詩精神，由是才能彌補其弱點及破綻，使能向詩的大路邁進，此當爲我們當前該努力的方向吧！

藝術與人生

古丁

在詩或藝術的討論上，一觸及「人生」這樣的字眼，立刻就會令人連想到「載道」的問題上去。而「載道」的思想，在現代詩人或藝術家看來，不僅陳腐，而且早爲大家所唾棄。事實上也確是如此，假如照大家所習慣與熟知的那種想法，所謂「爲人生而藝術」的藝術，即意味着爲宣傳，爲道德而假借了藝術爲由，當作一種工具來使用，是任何詩人或藝術家所不能忍受的。因爲將藝術的重點移轉到主義或道德的重心上去，是只見道德或主義，而藝術的生命一開始便爲這種先入的主見所扼殺了。藝術便已不再是藝術，而是道德或主義的東西了。

但是，如果我們爲糾正這種「載道」的思想，便否定了藝術與道德、政治等等與人生有關的事實，並進而否定人生，高調着藝術至上的主張，我以爲也是與「載道」的思想，犯了同樣的錯誤。因爲藝術的創造，決不是單純地

了藝術之本身。實是爲了人生，所不同的是：不是爲了人生中某一特殊的目的而藝術，而是包括在整體的人生中。

藝術的創造，其動機是基於人的意志、欲望與需要，然後才有藝術的活動，至於朝向某一個方向活動，乃是另一問題，是因時因地、或因人的意欲不同而產生某種特色或傾向。我們實不能因這種傾向，便據以說藝術是爲它而創造，捨棄全體而只追求部份。這是一種偏激的表現，凡眞欲創造藝術的人，是不會以部份爲滿足的。

某一時代，某一地域或某一民族，產生某一具有特色的藝術。卽源於認爲有其必要而後才能產生，故藝術的活動，可以求新也可以復古，完全視從事藝術工作者的意欲與時代之背景而定。至於最後的評價，是決定於它對時代與人類之影響而定高下了。

從人的觀點出發，便知藝術只可說是爲了人生，其他都是技節的問題。說藝術不爲什麼是不能成立的，卽以藝術之起源是爲了遊戲而言，遊戲亦正是基於生存與生活上的需要，若以現代人的觀點言，就尤其是如此。人的生活可分精神與物質的兩種生活，藝術的創造卽在於充實我們的精神生活，試想藝術不是爲了人生，是爲了什麼？

「爲藝術而藝術」之說法，是離開了根本，只觸及到枝節的問題，藝術之表現需要技巧，與人類追求物質的生活需要技巧是同樣的道理，沒有人會否認技巧的重要，但過份強調它便意味着其餘的都不重要，成爲一種捨本逐末的主張。藝術的創造是爲了美，但美是爲了什麼呢？這問題的答案便只有肯定的一個。至於進一步去追問人生又是爲了什麼？我以爲這自有哲學家去解答，不是藝術家的事。

「爲藝術而藝術」成爲錯誤的說法，主要的是它在人們心目中所造成的誤解，成爲與人生的對立；企圖使它單純到僅是一種形式的獨存。這種誤解，其淵源似乎可以推溯到康德的美學。康德將美與眞善分開，強調純粹美的價値。他之所以作這種主張，是有其時代背景的；是爲了反對御用或說敎，想將藝術從壓制與宣揚敎條之工具的厄運中拯救出來，這種動機是我們所能理解的。但是如果因此便據以強調藝術應脫離人生，不爲什麼而存在，就不切實際了。

藝術是想像的表現，這是爲大家所一致承認的觀點，藝術所以成爲想像的創造，正是說明人要從現實中所無的，企圖從想像的創造中獲得滿足的快樂。故藝術從現實出發，通過想像的創造，最後仍回到現實中來。因爲人生需要藝術的滿足，才創造了它，這便是爲了人生而藝術的理由。至於什麼樣的想像之創造，才是我們所需要的，誰也不能肯定，也不必肯定。因爲人的需要與欲望，根本上就無法加以肯定之故。

詩底語言

李篤恭

頭一個喊出了「啊」這感嘆詞的人就是大先知；第一個呼嘆出了「美麗」這形容詞的人就是大天才；頭一個創造了「寂寞」這名詞的人就是大詩人。在人智史上，這些語詞辭句都是不朽的詩！這些詩在人們的心智中固定了以後便成了我們日常實用的語言。今日的詩是明日的歌，是後日的話語。詩不是八股文式的文字遊戲。

詩是追求眞理的精神活動底樣狀最忠實的記錄。因而，詩是文明底尖兵，文化底先衞。詩領導着語言底發展。因此，一個語言底豐富，代表着使用着它的人們智慧底高度。並且，反過來說，有了優秀的語文的國度的人民便能够享樂一個更高度的生活，而得以發揮他們的創作力，以使自己的家鄉成爲富強的。試看世界歷史，每一社會或是國家的文藝底數量與質度不是同它的富強成正比例嗎？

現在，構成着我們生命底一個要素的「國語」，已經從那意義含糊曖昧的、沒有嚴格的語法的古語，進化而成了這較精確複雜的白話。這是符合於語言進化底原理的。

然而，現今有不少新詩詩人偏偏好用文白夾雜的怪文。這動機或者是由於：

一、誇耀自己的文才——這是最難超越的人性底弱點；

二、缺少表現能力，而又無法創作新言語；所以求救於文言文——這是詩人的懶惰；

三、誤以爲單純的古文方能保持詩的密度，純度或是張力——這是很大的錯誤，一首好詩用你所擅長的任何語文寫都是一樣的；用單純而模糊的古文寫，也許可以增加一些朧朦的含蓄，可是用現代文寫却有切實的活力；

四、不知道語言進化底原理——直到現在我們還沒有一本科學的文法學；目前林語堂先生正在呼籲要建立國語文法；

文人們應要努力地、有意識地創造語言，來寸進往眞理，不可懶惰地追隨和利用着文化遺產。一般大衆才可以放心地享用文化遺産。

不過，現代語當然是由古代語蛻變來了的，可以利用古文的地方，不必新造的地方，當然用古文。例如「於」這介詞是白話文裏所找不到替代者的；「然而」，「因此」是人人日常在使用的；總之，講出來便聽得懂的就是活的語言。如果你說：「當他去時」，可能會被誤認爲「去死」，這「時」便不是好的語言。「水之近樹」你肯接受這怪句嗎？

至於利用外國語音來造詞，是最愚蠢的，例如「的士」，「派對」，「密司」這些是崇拜外國月亮的阿猫阿狗們的玩意。國語所沒有的外語法可以嚐試輸入。

目前，此時此地的一些詩人們所犯着的另一個最大的錯誤，就是愛用「單音節語詞」，例如「你的眼」，「妳是忘」，「幻的消失」，「那島」，「那秋」，「我的力」，「她之姿」，「動的失落」，「夜的靜」等等。這是退化的想法！以爲用字少才會抽象一點，才會虛無一點，這樣會破壞國語。這也就是使得今日的詩跟今日的語言（讀者）脫節了的原因！我們的先人們好不容易地把我們的語詞改進成了多音節的，聽得懂的東西，他們却又要把我們的國語弄成爲古代漢語嗎？詩必須是可以吟讀的，以爲詩是不用讀而用看的人們，最好拋棄詩筆，拿起畫筆吧。連卡明斯（Cummings）的詩，讀久了以後，也可以讀得上口呢。林亨泰的詩也是如此。不要再讓你的詩跟現代語脫節吧。不要再讓你的現代詩聽來像「人之初，性本善」吧。連公文都要白話化的時代啦。這樣，我們的大學生將永遠要用原文書用功呢。我們的詩人在破壞國語，這是何等的諷刺！

詩如今已經進化到不再敍事或是直述法，而撞破了物象底外殼，衝進了心靈底深處，以捕捉心象底內容。雖然比古詩難懂，可是我讀了不少英文現代詩以後，發覺了大體上可以懂。使得我們的所謂現代詩被責難爲「晦澁」而被讀書人擯棄了的原因，就是「現代詩」用「古代文」寫。假如用明確的、人人聽得懂的語言寫的結果，你的詩的濃度和內質會減少，這是因爲你的詩質貧乏的原故。不要再用含糊朧朦的古文來欺騙讀者吧。或則，乾脆去寫「詞」或是「曲」吧。

今日的詩是明日一般人的實用語言。詩人們，以及每部門寫文章的人們應該對國語的改進和美化負起責任。何況詩的問題在於內容和表現法，而不在於工具底語文。

論詩的言語

周伯乃

詩的語言，要能逼人地在我們心靈中激起顫慄，像一把利鏃直接抵觸到我們心房的感覺。——令人痛苦。令人掙扎。令人無法抗拒。甚至令人窒息於它的抵觸。——因此他必須與人類的處境發生直接的關聯。卡夫卡（Franz Kafka）曾經在給他的友人奧斯卡、保爾克（Oskar Pollak）的信中論及文學時說：「我們需要的書，必須能使我們讀到時如同經驗到第一場極的不幸；使我們深感到爲心愛過於己的死亡的痛苦；使我們如身臨自殺邊緣，感到迷失在遠離人世的森林中徬徨——一本書應該是我們心中冰海的破斧。」讀者沒有理由拒絕詩句所造成的悲哀與苦痛，恰如一個人終將要死，而無法拒絕彌留時的苦痛的搥擊一樣。

我一向同意美國意象派詩人龐德（Ezra Pound）的主張，他認爲「詩是不折不扣的用文字做成的剪嵌細工，

二者都是需要極大的精確性的。」一首詩所給人的最深感受，就是它具有精確性的語言——它能使人哭，也能使人笑。它能使人悲哀，也能使人歡樂。而這些喜、怒、哀、樂、全賴於詩人運用語言的工夫。一個成功的詩人，他的詩句，一定能在每一字裏行間，都能緊扣住讀者的心絃，使讀者發出共鳴。因此，我認爲一個詩人，尤其是眞正具有詩的素養的詩人，不必去自築象牙塔。更不必抱着孤芳自賞，拒讀者於千里之外。應該設法如何能將自己的思想、心意透過詩句表達給讀者，讓讀者產生共鳴。因此，我一向主張一首具有價值的詩，它一定是能使讀者接受，雖然讀者不能用顯微鏡或其他屬於紫外線透視的手法去觀察一首詩，但他至少能用自己的良知去感受或接納一首詩。

語言是羣衆的。詩的語言，仍然是羣衆的，所不同的是詩的語言，羣衆必須經過苦心焦慮，始能發生的某種感受，或者說某種快感（Pleasure）。這種快感，不是具象的，它不一定能用文字形於紙上而已。

不過隨筆

沙　牧

常思索詩是什麼和應否界定這一問題。

如把古今中外詩人和詩論家們，對詩所上的界況和定義蒐集起來，可以印一本厚厚的大書。而你讀時，可能會贊同甲而反對乙。事實是：可以說都對；但也都不是眞理。藝術（當然包括詩啦）是一種永無止境的探索。如果有人問我詩是什麼？我不敢瞎扯；而在讀別人的作品或自己創作時我却好像知道它是或不是——這矛盾也許是導因於我恆在探索躍進中。一個假設：若你明確肯定詩是什麼，那又何必再寫下去呢？即使繼續寫，我敢說，你超越不出往昔的老調兒。

一流的詩人知道不斷把「我」打破再重新捏塑一個自己。

※　※　※

詩風不同是好的。

你有你的風格；我有我的面貌。你永遠不能變爲我；我也永遠不會變成你。我不願自己的作品像別人；也不希望別人的作品肖自己。

習作階段摹仿是不免的。可是你不能老是借他人的聲帶發音。一個稍具才氣的詩人，他會自覺的盡力去擺脫別人投在他身上的影子。所謂「青出於藍」，仍不過是藍的兒子而已。

作品格調之互異一如花草有不同的顏色和形貌，而「萬紫千紅總是春」。植物尚且有個性，何況文學精華的詩呢？

一味否定別人而只肯認自己，擺出不與我同行者是異端的狂妄姿態，貌似我者則捧，不類我者就貶，像什麼話

?!若此者，不獨跋扈，如查一下家譜，很可能是穆罕默德的後裔。人和作品爲什麽要相同呢？任何藝術假如趨向「大一統」的地步，也就到了降旗的時候啦。

※　※　※

對詩的觀點和見解不一致並非壞現象。要不，各人的作品豈不走向面貌一團糢糊的路？若果是純爲詩的探討和理論上的爭辯；而非出於私怨和意氣，或是你要打倒我；我要打倒你。那就是出之於筆墨的吵吵鬧鬧，或是私下的拍桌子打板凳式的激辯，也是好的。不過問題在你能不能說出點道理和對詩是否有益？不然，大可不必。沉默而嚴肅地寫詩比無謂的爭吵或磨牙更重要！

對一個有才氣而不願多發言的詩人來說，創作本身就是他最好的理論。

※　※　※

老並不等於好；名並非等於有成就。一個自覺而清醒的詩人應有警惕。

詩人憑作品而存在。決定一個詩人的身份和使其偉大與不朽的，是其作品。先賣老恃名是不行的，沒用的。老沒關係，但要作品好。而所謂有名氣不一定就能證明其創作上有何令人折服的成績。

※　※　※

人多少總不免爲名利所吸引所牽繫。而做爲一個詩人卻不能像一般「社會人」那樣急急趨就於名利。「名」這東西有時會把人的頭給沖昏，忘記自己是老幾。君不見某些稍有小成就也有名氣的詩人，因名而失去不應酬不交際不開會的自由？

我絕無勸詩人們遠離社會的意思，而且主張投身到現實中去！不虛飾，不逃避。但你應固持詩人的冷觀，雖寓其中而保持某種距離。

寂寞和孤獨對詩人非但無害而且有益；而對俗人來說則是一種苦刑。

※　※　※

如果一個詩人拿桂冠去換取什麽時，就等於把一朵高潔的梅花投進汚泥裏。到他的靈魂起皺時，繆斯便會開除他的國籍。

詩人的重要品格之一是：有所不爲，有所不取。生活是生活，寫詩是寫詩，你不可把二者混在一起。

比常人更像人的人才有資格做詩人。

有才有德是眞詩人；有才而無德是假詩人（因其缺乏實質上的完美與統一）；無才而有德是低能詩人；既無才而又無德是「混子」——設若眞有這種詩壇小丑，我願善意地說：詩人這頂帽子不是可以隨便亂「混」的！

※　※　※

中國近百餘年來，在政治上，除　國父所手創的救國救民的三民主義外，被外來的種種侵略性的歪主義給害得好慘！而在文學和藝術上，也被五花八門的各種主義給弄

得烏煙瘴氣！

一個人或是一個國家，要是失去信心、自己不爭氣，那是老天爺和什麼鬼神也救不了的。

詩人啊，少談些只知皮毛你視爲新奇而其實在它們的發源地已老到沒牙的什麼主義，多寫不自欺也不欺人的純屬係自己眞實而不怕時間的激流冲刷的好詩吧！

而我既非冬烘的國粹主義；也非媚外的崇洋主義。我只是從自我出發再回歸自我。也就因爲是自我的，所以是家族的、國族的和世界的。

詩人們，自迷霧中尋回你自己！

經驗和觀察

明台

我們所要寫的詩，到處都能選取素材，其思考和主題，也極爲自由地可向人心理的各種問題深入。但這樣的現代詩，因其所要表現的過於複雜，或許有人感到無所適從呢。或許有人祇努力於表現，卻忽略了成爲詩底基礎的主要東西，或徒然模倣先進詩人的外殼，喪失其本身的個性內容。

於是，我們必須重新回顧，平常的經驗和觀察。若忽視了這些單純的事，可以說詩是不會成立的。初看，似乎很新奇的詩，如經仔細欣賞，亦會感到那是立脚於銳敏的觀察所塑成的。例如阿保里奈爾的詩，誰都會知道它的非凡。詩人日常的努力，大部份就懸念於這些。知識的探求，也是一種經驗。詩是像立於那些經驗和觀察的底邊，而在氷山的頂點閃爍的東西。因此我們該要深刻地考慮詩作和詩作以前的那些。

詩是——

杜國清

1

詩是不知道什麼是詩的詩人，不知道爲什麼寫出來而有些讀者根本不知道寫些什麼的那種東西吧。

2

詩是什麼？古今中外可沒有人能給予一個絕對的答案，就像人生是什麼，誰也不能斷然加以肯定。這是一個終極的問題，因此一切詩的創作才成爲可能，也因此詩人才成爲可能。

3

詩起於感動。感動是相當情緒的。詩人的心靈受到「感動」時是顫慄的，醉意的，自戀且自虐的，因而陷入精神上不能自拔的深谷，由是發生的情緒就像谷中的霧。詩就是詩人從霧中摸索出來的足跡。

摸索意謂觸覺的試探，理智的思索。

詩世界的霧谷不是人人能身歷其境的。有人見霧不見雲。有人見山不見谷。也有人但見霧谷冮是一團糢糊。

笠下影 ⑩

黃荷生

紀德說：「不管去那兒，你所能遇到的只是神。」

又說：「我把一切我所愛的都叫做神。」

因此，我所尋求的絕不是唯一的過去，也不是單純的未來；我承認任何事情，同時我也懷疑他們。倘若僅由瞬間而能導出自我的存在，倘若我所把握的頃刻讓我接近神，那麼我所發現的可能是熱誠，以及生命，以及純粹的原始的愛。

I 作品

季節的末了（一）

我忽然感覺到——
這路的細細，這路的長長，這路的遙遠
路上舖築着輕輕薄薄的嚮往
感覺到方正握緊的力，自己的聲音
自己的位置；和那
緩緩地飄墜下來的寂寞
在季節的末了，憂愁的斜度像那山坡
憂愁的純度以那絕醒的湖
以那常常相遇的散步；像那
四月的風，大都無一定目的的

季節的末了（二）

所謂晴朗——把我的思念
拉得高高，拉得瘦瘦的
而我的聲音正洒脫地伸出
正沿拋線的弧度伸出；正脆弱地
留下了一個形態，一個點
留下了最輕微的一個重量

留下了最淺最淡的一個方向
在季節的末了，我的形象
亦微弱地顫動，反叛了重心的定律
我的形象亦默默地——
在無光的夜裏，宣佈了它的逃亡

戀之一

那美眞的一團火，投入我熱情的草原
那神秘的一道光，透過我淡泊的胸膛
那戀之歡欣的種子——
在我心上播下，在我眼中生長

啊，葡萄成熟的圓潤是妳
蕙蘭初生的清芳是妳
妳是白鴿，披聖靈的祥光
妳是青鳥，載我高飛，渡我遠航

戀之二

最後的一滴甘醇就像妳
初冬的一盆太陽就像妳
就像妳，戀之輕足輕體的薄霧
在我心上撒開，在我眼中張網
啊，陽春嬌羞的暖風如妳
靈感相擊的聲音如妳
妳是樹，伸展幻想的愛的枝葉
妳是詩，是白色，是渾然一體的神秘的宇宙

安眠

安眠吧。安眠
眼睛統治一切
在孤獨與孤獨之間
向煩憂招手
向病癒的煩憂招手，在最薄
最薄的邊緣上
我們將感到莫名的暈眩
——感到死一般
棕色的暈眩

啊，安眠吧。
安眠。像我們的呼吸一樣地
我們凝視着寂靜的眼
一個知己的眼
有一天你們終將明白：
像我們無由的納悶
我將圍抱着你們

II 詩的位置

一個詩人的誕生，一種文學運動的展開，往往是累積了無數的拓荒者們，做舖路的工程，做拓寬路面的基礎；飲水而思源，我們對這種拓荒者們，我們也許早就因時間而淡忘了。可是，倘若沒有這一批默默無聞的先驅者們作無名英雄般的獻身藝術，我們至今也還不能在詩上走向現代化；然而、在現代化的過程中，有的付出了革新的心血，有的却坐享其成。當黃荷生以新銳詩人的姿態出現，而其「觸覺生活」（註）却在一種喧囂之聲中，被指爲晦澀而難懂的時候，他沉默地接受着時間的考驗；而今，事實證明，那些寫着豆腐干的逢雙押韻的詩人，當他們搖身一變，而自命爲現代主義者的一羣，一面冷嘲熱罵，一面却悄悄地仿傚起他那種表現方法哩！他可以說是我們早期新銳詩人中，現代詩的拓荒者之一。

（註）「觸覺生活」爲黃荷生第一部詩集，民國四十五年十一月由現代詩社出版。

III 詩的特徵

說詩人是語言的提鍊者，極有語病；因爲望文生義的結果，那些表演着時裝展覽一般地，賣弄着大量華麗的辭藻，而詩味稀薄，甚至蕩然無存的僞詩製造者，却煊耀着所謂美麗的聲音，他們的面貌好比極爲平凡的女性，却濃裝艷抹地，令人嘔吐。

從黃荷生的創作活動看來，他並非沒有掌握着豐富的語言，但他很節制地運作着，他要在詩本質上做『一種更純粹的「詩活動」或「思考行爲」。』（註）他刻刻在自我磨鍊自我覺醒的掙扎中，企求着詩思的透明，他精細地用詩的聽診器，傾聽着自己的深呼吸，自己的脈膊底跳動；因此，他的銳敏性，表現得也許有點過份地激動，但他是眞正吐露了自己的聲音。

（註）請參看「現代詩」第二十一期，林亨泰作「黃荷生和他的詩集觸覺生活」一文。

VI 結語

寫詩，要在一種不得不傾訴，不得不吐露的時候，才去提起筆來。爲了所謂名利，爲了所謂強說愁，才去寫詩的人，我們不去談他；法國現代詩人梵樂希（Paul valery）曾經一度離開當時的詩壇好幾年，一旦重返詩壇，引起了極大的震動。我們的詩人黃荷生也沉默了好幾年，我們相信，如同他自己所說的：「我自己想，將來還寫詩的話，當不是這個面目。」（註）

（註）見「現代詩」第二四・二五・二六期合刊，黃荷生「四十七年餘稿」的附記。

笠下影 ⑪

林泠

是誰安排我脚下的風景
這這平原的廣袤，丘陵的無垠
哦，陽光鋪滿像荒草萋萋
我只愛林蔭的小路
我只愛迂迴幽曲和蔽天的覆蓋
詩於林蔭的小路罷
回憶也是
我常常流連，雖然
也厭常倦

——林蔭道

I 作品

未知的上帝

看哪，一個異端跪下了
匍匐在壇前的少女，深深地膜拜着
向未知的上帝

她祈禱什麼，有誰聽見？
她的虔誠—

靜

啊，炉香的灰燼碎落
她手中握着一枝紅花

漫步於荒草淹沒的山徑上
呼吸着綠色，有深深的憂鬱
爲什麼不長出蘆葦呢？
好讓我來採擷
讓我—創造出聲音

畢竟是來自塵世的
我如此不經意地
想踏碎太古的混沌
如此地忽略，一朵藍色的小花
仰望太陽時的默默…

實驗室

一

排列着
像排列着的骰子
那無數的燒瓶，玻管，電爐
大的和小的，空的和滿的

這兒我原應熟悉
而竟陌然

移植於岩層的變葉木
依然絢麗，依然有着柔柔的款擺
却輕輕地，未踏着土地……

二

水銀線在這兒
是和在赤道等高的
窗外飄過的藍裙子，從我們心裏
飄過的時候
是四月裏，唯一來自極地的灣流
白色的牆壁推進着，緊向空間壓縮
隨著那煙籠昇騰起來的，是我的
被映紅的視界
啊，正處理着燃燒——

陰與晴

泥濘的路面是深色的畫幅
躡足而過的女郎
投以最輕最輕的筆觸
她又在猶豫，脫下披着的紅衫子
啊，熱了——

這眞是美麗的猶豫哪
得自永恒的美麗
誰能猜到，待會兒是否晴朗
要不—是陰霾？

然而，女郎啊
請加重步履，走過
妳必需走過
—如同生與死一樣—
那過程

Ⅱ 詩的位置

從作者發表作品的園地追溯起來，早在她十五歲光景（註1），她已經是我們詩壇上最有希望的女詩人了！在「新詩週刊」時期，固然同時也出現了蓉子、童鍾晋、李政乃等等女詩人，但以林泠最惹人注目，雖然說她和鄭愁予在風格上有些相近，和楊喚在童話的意味上有些類似，但畢竟她是尋求着自己獨到的境界；除了在「現代詩」連載「四方城」，同時也在「藍星週刊」、「南北笛」和「復興文藝」等發表作品，由於她的詩，情意深遠，韻味自然，而且時時表現了創造性的才具，這是我們依其風格而歸納到「現代詩」系列裏的原因。

（註1）見民國四十二年六月二十九日自立晚報的「新詩週刊84期林泠的「生辰的禮物」一詩。

Ⅲ 詩的特徵

當一個情竇初開的少女，面對着自然世界，一面抱着科學實驗的精神，一面又帶着藝術直觀的態度，兩種不同的性格並存，而由衷地歌唱着心靈的聲音，透過一支流暢的筆觸，好像題材俯拾即是。

誠如詩人白萩所說的：「我以爲她的詩是把時間性的心靈活動，借空間性的物像塑造出來，她的詩有着時空的融和，雖然在她無數的詩中，其詩的空間型態（畫面）各自不同，我以爲其終究是寫心的。唯其詩是理想的，造境的，心才能不受物象的束縛，才能超然活脫，剪裁各種物象加以縫合，而貼切的盛容其心」。（註1）因爲她是自已心靈的主宰，透過知性的感悟，靈視的感受，使她的詩經常呈現着一種豐盈，一種英姿的煥發，讓我們深入其生活內在的深處。

（註1）參閱民國四十五年六月二十一日商工日報「南北笛」詩旬刊第九期白萩致江萍的「南北笛書簡」論林泠的詩。

Ⅵ 結語

當詩壇正以一片懷古的幽情，一陣異國的情調，來代替現代人眞摯的體驗時，所謂鄉愁的文學，是對於已不能重現的昔日之迷夢。作者在留美的浪潮中，也遠適異國，她已放棄少女時代詩的七弦琴了麼？當她堅毅地面臨着科學的經驗世界，我們希望那不僅僅是科學世界的探險，也是詩的新世界的開拓，讓我們忘懷鄉愁，爲明日的祖國而歌唱。

我們認爲她的作品，雖然是抒情味很濃，但她是清新的；不賣弄辭藻，不濫用典故，一直保持着相當的水準，這是因爲她有一顆靈活的詩心的原故。

詩性想像力

桓夫譯

鮎川信夫 詩論

「把門打開吧」。這是多麼明快的一句話呵——。但假使有人在荒野中講出這一句話，確實無法使人了解它的意義。不過，雖在這種場合，斷定那意義是比喻性的，就不會不了解了。

眞是梵樂希始能講出這種透明的語言。

若能了解詩的意義大部份都是比喻性的，那麼對於詩的難懂，便不會感到無所適從。要知道詩人就是在荒野中說「把門打開吧」的那種人就好了。

如此解說，對于現代詩難懂性的問題，差不多會消失了吧。但也許有人會再追問「爲什麼詩人就是那樣？」

要答覆這個疑問，寧可舉出一個實例來說明吧。

「給一個朋友」　高野喜久雄

不要說沒有甚麼
在岩石裏有一隻鳥
有一隻被挖出眼球的鳥
不要說沒有甚麼
那隻鳥在岩石裏飛翔
在岩石裏嚴厲的天空飛翔
朋友啊．可是
不要發問「爲甚麼」較好
已經
爲甚麼　在岩石裏有天空呢
爲甚麼　一隻鳥在那天空狂飛呢
發問是　痛苦的
發問是　會差錯而已
祇是　被剩餘的
行走在極端的路上踫着岩石　你我都是
而且　那岩石裏　一心一意　祇是
看一隻鳥吧
眞是　睜開了這被挖出的兩眼
朋友啊　我們都是
必須看淸一隻鳥

這位作者說，不要發問「爲甚麼」較好，發問是會差錯而已。也許這是眞的。那麼，寫這樣的文章似乎是毫無意義的啦。

這位作者不但是在荒野中要打開門，却說在岩石裏看一隻鳥。顯然整首詩都是一種比喻，而是向詩人的心施行說教的。看非實存的東西，是想像力的第一作用。這要說是詩人的，寧可說是藝術家的特技。事實上不限於藝術家，是在所有人的心理作用中，最活生生的部份。祇是在平常的時候，由於生活上的習慣與惰性，那些作用都被局部所限制而已。

可是，在岩石裏眞能看到一隻鳥嗎。那是可能的。最起碼，不是在幻想，而在現實的工作者中，便有彫刻家的存在。

這個時候，岩石是所有可能性的一塊，是混沌的宇宙本身。其創造的工作全被委於全能的藝術家。而能在岩石裏看見一隻鳥，亦即可能創造一隻鳥。

不過，從這首高野的詩聯想彫刻家，或許是爲了解釋的方便而已。說在岩石裏有一隻鳥，也許是爲了不能隨卽感應那些情緒的人纔想出來的說明。

另一方面，這位作者也對於爲甚麼在岩石裏要看鳥的疑問促請其解釋的吧。

行走在極端的路上，碰到偉大障碍物的岩石，等於走到盡頭了。但那時，想要飛翔的願望，讓作者在岩石裏看到一隻鳥。而在那兒站住的人，被強迫着那樣的想像，當會發現欲掀開被封鎖的對象與自我的關係才有一種意義。

像這種詩性想像力，才能產生解放那被封鎖的存在的根源力量吧。他所看到的岩石裏的鳥，於象徵性的意義上，不外就是要轉生的他本身的容姿。如果沒有意欲飛翔的強烈的願望，他絕不會在岩石裏看到一隻鳥。這首詩把常被誤以爲是曖昧的詩性想像力的性質，極其單純明快地展示了，這一點感到眞有興趣的作品。

像這樣解釋之後，這首也就成爲易懂的詩吧。解釋是否對，或是易懂能否增加詩的趣味，那是另外一個問題。

祇是，這首詩的主題，僅暗示了藝術家的苦惱，因而感到有點精神上的狹窄。當然所謂藝術家的苦惱並非特別的。可是這個時候，因所選取的素材並非社會性的，所以其主題的確實性，就不得不被限定了。又一看，所表現是Paradoxical）逆論的、似是而非的）的方法，因而不習慣於詩性的人或許會被這些矛盾摔倒。

「給一個朋友」雖是單純易懂的詩，但如果脫離了詩的Genre（類、屬），亦可以說不能成立爲詩了。又，在此人的想像力，近似無抵償的意義亦該注意的。

顯然「在岩石裏有鳥」是一種Paradoxical的表現，而支持着這種觀念的就是藝術家的價值觀。這是在新的意義上指示着「爲詩而詩」的方向。

那些暫時不論，而一般認爲Paradoxical的表現，常

使詩成爲難懂 Paradox的定義，依據牛津辭典解釋：「表面上似乎自行矛盾，不合理，異與常識，但仔細一看，或經過了說明，則知道其有充分根據的說法」。而這種表現亦有各樣的種類。「校長攀登樹木」那麼使俗人毫無措施且孩子氣的西脇順三郎底說法也可以說是 Panadox的表現，至於「虛心的人有福了，因爲天國是他們的」的耶穌的言語等Paradox也有其很多的類例。

飯田正志在「詩與 Paradox」裏介紹庫烈安、普魯賈斯的意見，而指摘 Paradox 的重要附隨物，有驚愕和挖苦的要素。也許近代的詩人喜歡用 Paradoxical 表現，是在那兒有附隨的衝擊之故吧。西脇順三郎的超現實主義詩論，其立脚點也在此。T、S、艾略特的「荒原」第一節暗示不毛的土地，也用衝擊性的Paradox開始着。

四月是最爲殘酷的月
從死了的土壤盛開了紫丁香花
攪混記憶和慾望
用春雨搖幌了笨重的草根

第一部「死者的埋葬」的開始

紫丁香花是用以幼年時代的追憶或春的象徵。把自冬眠覺醒，球根萌芽的再生的四月，說成最殘酷的月，那很顯明是一種 Paradox 的說法。是把第一次大戰後文明的荒廢視作無意義的死的狀況，那樣的作者思考的表現。以五部四三三行構成的「荒原」是利用關於解席・L・衛斯頓的聖杯傳說書「從祭祀到 Romance」或在民俗學者契穆斯・弗烈莎的「金枝篇」裏的原始民族的植物祭豐饒儀式等的觀念構成的骨架，那是大家所熟悉的。這種方法使添在詩句裏的Iniagery的象徵性效果，成爲非常複雜。

（摘自「鮎川淺夫詩論集」）

現代詩用語辭典（五）

吳瀛濤編譯

感覺

Sensation（英語、法語）。感覺，一般係指五官（耳、目、口、鼻、皮膚）因受刺激而起的生理反應。雖是同一刺激，但各人感覺的強度與質都不同，此即所謂感受性的差異。詩人應有銳敏的感受性。

惟於現實的具體的認識上，爲其重要因素之一的感覺，實爲認識的最初期的，素樸而更直接的形態。

對于藝術作品的形象化，感性的認識方法，雖然是不可缺少的，不過事物的眞正的認識判斷，僅以感覺上的經驗論是不可能的，要有論理上的認識，由這些因素的統一，對事物客觀的認識始能完整。譬如說，映入眼睛的天星雖很微小，然而依據科學，論理的認識，可知它是和太陽同樣大小東西。

現代詩，除言語的感覺性之外，其論理性，批評性均屬需要的。

感情

Emotion（英語）。人的精神活動，習慣上可概分爲智、情、意，其中，情則爲感情，係指因與事物接觸，所發生的喜怒哀樂等心理的活動。感情的本質都是主觀的，從這一點來說，它並非對于事物客觀意識，而祇是關于主觀意識的。感情係緊跟着感覺引起的心理反應，這一點也比感覺更顯得有其個人的差異。例如，皮膚觸水的冷感，有時候會是快感，有時候會是不快。實際上，我們所經驗的感情是無數的，而且極其複雜。

在文學，尤其是在詩歌裏，感情是很重要的要素，往往成爲擊發的最初因素。過去，詩歌主要是歌唱感情，通過讀者的感情的接受，惟由於社會生活的複雜化所引起的感情的多樣多端，已漸使它的歌唱及其接受變成困難。近年，則比作品的感情面，更多要求其具象的，論理的構成方法。蓋，感情的本質既爲主觀性的，此則爲當然的事。

又詩歌的韻律，有人說它是與感情的波浪合致的，這種直接訴於感情，特別是訴於悲哀媚於悲哀的感情的傾向，則謂Sentimentalism（感傷主義）。而比理論性（思想性）或現實性更強烈地純以感情爲主力者，謂之抒情詩：其間富於牧歌性的或憂愁之情的，叫做浪慢的抒情。

感性

Sensibility（英語）。一般地說，與感覺同義，如感覺的認識與感性的認識。可通用。據康德，悟性與感性爲構成知識的獨立的表象能力，悟性爲做判斷的自發的思惟能力，而感性爲被對象觸發因而產生表象的受動的能力。

詩人的感情係詩人從現實的世界接受的一切感覺認識，要把所醞釀的矛盾與眞實明敏地覺察，以燃起詩人的感情之意識。因此之故，感情並非理智的，論理的，而是感覺的，更爲直接的，可以說，感性的銳敏及激烈，實爲詩人的重要的生命。

感性的詩人會寫抒情詩，理智的詩人會寫主知主義的詩；不過二者都是對於詩人重要的因素。雖然如此，僅偏重感性則容易犯上世紀末的耽美主義或官能主義，或偏重情緒的象徵主義。

理性

Reason（英語），Vernunft（德語）。感性的相對語。通常，與精神，理智等同義。理性是由感覺所知的對象，予以論理的更加深入，以思考把握其本質的能力之謂。

所謂批判精神，批評精神，無非是現代詩裏的理性的一面，除非它，詩則不可能從現實世界取出眞實而使之典型化。理性常將詩人的感性提高至論理的思考。由此，於一篇詩裏纔能看出把詩人的理性和感性新統一的詩精神；不然詩如果僅強調感性，它不過是抒情詩而已，讀者讀其詩雖能滿足情緒，却不一定需要思考的。而倘若加以理性，讀者將會發現更加上一種思考的喜悅。法國象徵詩派的瑪拉美、梵樂希等，均爲理智的詩人，同時以其詩的難解並稱。

暗示

Hint(英語）暗示就是要間接地喚起人們在過去曾經有過的意識之謂，也是引起聯想的原因。它有一般的。社會的，和基於個人特定的經驗的。例如，有四個葉子的白爪草（Clover）如衆所知，它是暗示幸福的，這可以說是一般的社會的。較之，個人的，有如死了的妹妹喜歡小狗，則小狗就成爲想起妹妹的原因。由於抽象化，象徵化，或表象的換置等，暗示、聯想的作用所致的這一些，廣義地稱做象徵（Symbol）。且，暗示不僅如上述止於由一概念暗示另一概念，有時候甚至不構成概念的片言片斷會暗示着很龐大的概念。在未開化的人或小兒之間，由暗示所喚起的意念常被具象化（在未開化的人們，幻想與現實易被混同），由此可以看出具體的現實行爲之反應。

在詩作品中，不用直接的描述，而用比喩表明詩人的意圖時，有「直喩」和「暗喩」兩種方法。這種比喩，都是以暗示而使人判讀出其意圖的。

直喩

Simile（英語）亦稱明喩。所謂直喩，即以一事象來直接地與另一事象比較之比喩。參閱「比喩」項目。

暗喩

Metaphor（英語）亦稱隱喩，乃比喩之一種，爲詩之有力武器，於暗喩之特質中可以得知詩人之個性的特質。參閱本刊第七期「比喩」項目。

直觀

Intuition（英語）Anschaung（德語）亦稱直覺。不藉辨別、思惟、反省等，而直接把握對象的本質之作用。柏拉圖、費希德、柏格森等，都以直觀爲最高的認識能力，康德則把它限定於通過感性而被容納的經驗領域中。

詩作上，直觀雖重要，但以直觀認識對象的方法是非論理的，僅靠直觀則易犯上不能充分把握對象本質的危險。羅丹曾在他的創作活動裏，主張了「直觀精神」與「幾何學精神」的融合。

客觀

Object（英語）主觀的對語。一般則指不問物心何方，凡成爲主觀作用的對象之外部。換言之，即爲與主觀相對而與主觀可區別的一切的事實，又所謂客觀的一語通常意味着站在離開主觀的普遍妥當的立場。

詩裏的客體即爲現實，詩人周圍的現實情況，反映於詩人的心中（主體），始形成詩的世界。歌德曾謂：「現實要提供機會與素材。——我的詩均爲情況的詩。它們都是受了現實的氣息產生的，也棲憩在現實的上面。」「現實提供動機、出發點，則所謂核心。祇是以之形成美麗而有生氣的一個總體，則爲詩人的工作」。如是，在於詩人，現實與內部精神、客體與主體，應成爲互起作用的一個宇宙。

形式

Form（英語、德語）Forme（法語）對作品的構造、形方面的一種抽象的語法，亦即與內容有密切的關聯之概念。任何作品也有其形式，而它是內容被表現出來的形，在完整的表現的意義上來說，形式本身雖然可能會引起矛盾，但並不會與內容對立；所對立祇是新的內容與舊的形式。

從整個作品而言，形式與內容決不能分開，具備兩者，作品始能產生効果。形式固由內容所決定，然而形式更能使內容增強、豐富。

形容

祇說形容，即謂表示事物的形狀、情形、性質等，其包括的範圍甚廣，修飾語及比喻也可以包含在裏面。

形容詞，即爲表示事物的性質，狀態的語言，例如「靜默的心」、「憔悴的臉」、或者說「花一樣美」的某某種東西，這一類的直喻等，幾乎可以說沒有不用形容詞的文章，使用得很多。在此需要考慮到，在詩的場合，形容詞雖易於使用，但究竟它會表出如何的眞實感，這一個並不簡單的問題。詩僅將性質或狀態，通俗地表現出來是不夠的。例如說「靜默的心」，那不過是說出通用於每一個人的狀態而已，爲使那個人持有的「靜默的心」的狀態，能由讀者接受，要找出眞實的語言，這纔是對詩很重要的。普通慣用的「花似的容貌」、或「畫一般的風景」，其實是最空虛的，如此把輕易的直喻用於形容，對詩並無益處。爲要組合眞實的語言，寧可要把多餘的形容詞剔除。

有時候，因使用形容詞會破壞某一個言語本來的意象，乃或會把它限定於較小。例如，天空易使人家聯想青藍，因而形容爲「青藍的天空」，或同樣地形容爲「青藍的海」。當然這種形容，有時候是正確的，其實我們心目中的天空或海，平常是含有更複雜的形狀及更多的色彩所集積的。在這樣的時候，作者如果對天空或海，找不出適合於襯托出當時那種有特色的意象的言語，寧可使用於其內部包含茫然的意義的「天空」「海」這種單語，實爲較高眞實性。纔開始寫詩的人，無意識地會用着類型的形容詞，對這一點應該要注意。

德國現代詩選譯 1

賓恩作品 Gotifried Benn

李魁賢

一個字語 Ein wort

一個字語，一個句子——自密碼中
升起感知的生命，突來的知覺，
太陽停頓，地球沉默
萬物輻輳於此字語。

一個字語——一線光明，一陣飛翔，
一朵火花，一叢焰火，一場流星雨——
再度昏暗，恐怖萬狀，
在空無的空間圍繞着世界和我。

〔譯記〕還有什麼比「愛」更值得詩人吟咏的呢？古今中外，多少感人肺腑的故事與詩篇，都是愛的塑像。雖然僅僅是一個字語，却可包容萬物，且有雷霆萬鈞的力量。作者在這一首詩中已盡量刪去裝飾性的語辭，但並不減弱其本質的多姿多彩。

失落的我 Verlorenes Ich

失落的我，分裂自同溫層，
是離子的犧牲品——：伽瑪線的羔羊，
質點與磁場——：無止境的幻想
在聖母院你的灰色石頭上。

沒有夜晚和清晨的日子因你而逝去，
沒有雪花和菓實的年代
隱然脅迫着無窮——，
世界儼然在飛翔。

你終止的地方，你營宿的地方，你擴延
你的宇宙的地方——，失落，獲得——：
一場野獸的競技，永恒，
你逃出牠們的格欄。

獸類的眼光：天星似胃腸，

林中之死似存在與創造的動機，
人物、民族戰爭、卡塔勞尼古戰場
沉下獸類的食道。

世間以碎成片片。空間與時間
以及人類所能編織與秤量的。
只是一項永恒的功能——，
神話存焉。

何往，何來——，不在夜裏，不在清晨
沒有狂飲者的呼喊，沒有安靈挽歌，
你寧願借來一聲吶喊——，
可是向何人借用？

啊，當他們全體向中心頂禮
而思想家只思索着上帝，
當他們神向牧人與羔羊，
溢自聖杯的血液令他們潔淨，
而全部流自一處創傷，
擊破了人人取食的麵包——
哦，遠方逼而滿溢的時刻，
再一度把失落的我擁抱。

〔譯記〕科學的發展，常使人們對個人的價值做重新的估計。當科學進入到太空時代，除了少數第一流的科學家們有能力推進科學發展方向外，大部份羣衆都將有失去個人的自信，而感到失落的惶恐。因此，我們所能感知的世界，便顯得混亂，如果上帝也已死亡，則個人將更感到無所依靠。是故，個人的內心生活與現實的外界必然會形成一道無法彌補的鴻溝。雪萊在「詩辯」（A Defence of Poetry）中便預卜過，科學及物質進步的世界，可能變得和個人價值的中心分離。然而「如果文明要生存下去，再也沒有比應該在眞正的生活——體驗及認識個人的生活——與技術進步的外界之間的缺口上架橋更爲重要的了。」這種架橋工作，就是現代的藝術家們應該具有的新的message。（註）

註：參見史班德（Stephen Spender）的「連接的想像力」（Connecting Imagination from Adventnre of the Mind）。譯文刊「中華雜誌」，五四年十月號。

賓恩簡介

(Gottfried Benn，1835—1956)

柏林的一位醫師。在德國戰後的文學界有很崇高的地位。是一位虛無主義與孤立化的詩人。他認爲在混亂的世界中，唯藝術能永存。他的詩很獨特地常常省略了動詞，及漠視文法構造，而在悅順與騷擾的節奏中，造成簡潔且凝鍊的心智的宣述。

英國現代詩選譯 3

梅士菲爾作品 John Masefield

趙天儀

因蒼空的沉思我不能安睡
I could not sleep For thinking of the sky

因蒼空的沉思我不能安睡，
這無涯的蒼空，跟全部他無數的太陽，
如此運轉使他們的行星不斷地
在空無中，在那兒帶着火掃的慧星奔躍。
倘若我能航行於空無中，我將試煉
岑寂和空虛，跟着黑暗中的星辰通過去，
然後，在黑暗中，看見光澤的一點
燒成一個紅暈，以及閃耀以及保持聚積，
且跟流浪的紅星燃成一顆太陽
且使滴於後面，然後，我行進着，
看他最後光芒落在他最後月球的花崗石
死化爲一陣黑暗的確將是夜晚
夜深時我的靈魂將航行一百萬年
在空無中，不再滅亡，不再滴淚。

夜在草原上
Night on the Downland

夜在草原上，在這凄涼的荒野，
山嶺上那兒風吹着綿羊啃嚙的草地，
那兒有彎曲的野草敲着未耕犂的貧瘠的荒土
又有松林的咆哮如海浪的嘯音。
這兒曾住着羅馬人在風吹的不毛之地，
而今黑暗　且常被荒澤的野禽當棲息的所在；
而今無人來臨　只有野生的田鳧，
以及像飛蛾般地死在熬夜裏。
美曾駐在這甲蟲嗡嗡地嗚唱着的草原上，
一種凱撒的念頭在紫色的華彩中蒞臨，
來自宮殿那蒂波爾河畔的羅馬村鎮，
向着這風掠過的山嶺與沒有名稱的地域。

孤獨的美來臨 而這兒也在悲涼裏，
英勇當做一種思想在心靈的前線，
在野地營宿依着瘋狂的行進，
光耀的眼神是盲瞎的皇后。

而今美是在那風吹凋謝了的金雀花，
悲嘆像老者在山上疾厲的風裏；
飛逝的蒼天與跳躍的馬兒一般地在黑暗中，
而夜色彷彿是充滿了在過去的時辰裏。

當我們的舊詩界，爲了爭所謂「桂冠詩人」（Poet Laureate）的頭銜，而彼此互相攻擊的時候，一旦當局明令取消，那麽，我們倒希望提醒一下搞舊詩的人們，在爭得面紅耳赤之餘，你們是否仔細想過，「桂冠詩人」這個名稱是帕萊品嘛！依常情，按道理，對於這個橫的移植不該這麽熱心才對呀！

自一九三〇年英國詩人布立芝士（Robert Bridges）逝世以後，約翰・梅士非爾便繼任爲桂冠詩人；他以歌詠海洋的詩闖名，他的表現是較屬於傳統的，而且有寫實主義的傾向。他的名作「海之戀」（Sea Fever），「流浪者之歌」（Awenderer's song）「和西風」（The west wind）等幾首詩，都已有數種中文翻譯，可見他受歡迎

的一斑了。

〔因蒼空的沉思我不能安睡〕

這首詩，描述着作者在夜裏仰觀蒼空的瞑想，他沒有煊耀天文學的知識，但並非表示他沒有太空的認識。詩本身並非知識，詩是一剎那的感悟通過意象本表現詩人的情意世界。

〔夜在草原上〕

懷古的味道頗濃，也用了一些典故，然而，作者很自然地歌詠着消逝了的一切；我們所引起的共鳴，乃是因作者有所感而發的原故。

日本現代詩選譯 4

各務章作品

Kagami Akira

陳千武

出發

少女在水晶柱裏澄清了眸子
風不停地從那兒吹過
柔和的光下降着
時而有浪波清清淨淨地洗過
一個少年從季節的邊際看見那些
白雲令少年的心奮發了
一天重疊一天少年走着

有一個早晨必須到達那兒
黑髮被朝風洗散了
前額似被冷凍過那麽白白
然而有如正確的時刻少年到達了
不發一言
却想着要握起少女的手親吻
少年的嘴唇觸及透明水晶的肌膚了
那時
禱祝湧上來
肅靜的淚水充溢到指尖而不止住

我底荒野

向天飛舞的風
雪漩渦着
擁抱我底心

張大了青音
想思就
成爲尖銳的冷澈
從林中唯一的小徑
向閃耀着白色的山頂攀上去

穿過一個人的靈魂
穿過少女的靈魂
在緊縮了的肢體點起火
把黑髮浸在溪水洗洒

擁抱着那些的我底手臂
傷害了基幹
蹭過了枝椏
邊把痛疼的悔恨沾染大地
我邊跑過丘陵
而在未昏暗的夕暉下
像獨樂
停止那瞬間的永恒
祇成爲安靜地呼吸着的火焰
在荒蕪的大地裡
我邊把孤獨
正確地選別
而停止了計數日曆
想伴着偉大的夜和偉大的白晝
活下去

——摘自詩集「水晶的季節」——

各務章簡介

一九二五年生於日於福岡市，九州大學法科畢業後，入直方市鞍手高等學校服務。一九五六年起專任福岡縣高等學校教職員組合、教育文化情宣部長。先後爲「九州文學」「母音」「詩科」同人，並爲「福岡詩人協會」常務理事兼編輯。著有「水晶的季節」「地上」等詩集。

艾略特詩選譯 1

空洞的人

杜國清

密司打•客兹——他死了。

獻錢給老蓋吧

I

我們是空洞的人
我們被塡塞的人
依靠在一起
腦袋兒塞滿稻草。唉！
我們乾澀的聲音，當
我們在一起喃喃私語
是靜寂而無意義

像枯草間的微風
或碎杯上的鼠步
在我們乾燥的地窖裡

有狀無形，有影無色，
無勁之力，無姿之勢；

那些以直視的眼睛
已走向死之另一王國的人們
記得我們——要是記得——
不是永墮地獄的，暴戾的靈魂
只是一些空洞的人哪
被填塞的人。

II

一些眼睛在夢中我不敢相遇
在死之夢幻的王國裡
這些不會出現：
那兒，那些眼睛是
殘斷的圓柱上的陽光
那兒，有樹在搖動
有聲音
在風的歌唱中
比一顆消逝中的星子
更遙遠，更嚴肅

讓我不要更接近了吧
在死之夢幻的王國裡
讓我也穿上
如此精心設計的僞裝
老鼠衣，烏鴉皮，叉形的杖
在田野裡
舉止隨風吹動
不要更接近了吧——

不要在墓色的王國裡
那最後的相遇

III

這就是死了的土地
這是仙人掌的土地
這兒石頭的偶像
被豎起，這兒他們接受
死人舉手的祈求
在一顆星子消逝的閃亮下

可就是這樣的嘛

在死之另一王國
獨自清醒着
的時候我們正因
脆弱而顫慄
欲求吻撫的嘴唇
却向斷石申述禱詞

Ⅳ

那些眼睛不在這兒
沒有眼睛在這兒
在這衆星面臨死亡的谿谷
在這空洞的谿谷
我們失去的王國裡這破碎的咽喉

在這最後的相遇地方
我們一起摸索
集結在這潮湧的河岸上
我們避免言談

盲目的啊，除非
那些眼睛再出現
像那永恒的星子
在死之暮色的王國裡
那多瓣的玫瑰

空虛的人哪
這是唯一的希望。

IIII

嘿，我們圍繞着仙人掌
仙人掌啊仙人掌
嘿，我們圍繞着仙人掌
在五點鐘的早上

在觀念
與現實之間
在動機
與行動之間
陰影降落了
因那天國屬於祢

在受胎
與創造之間
在情感
與反應之間
陰影降落了
生命是很長久的

在欲望

與熱中之間
在能力
與存在之間
在本質
與血統之間
陰影降落了
　　因那天國屬於爾

因屬於爾的是
生命是
因屬於爾的是

　就這麼世界終結了
就這麼世界終結了
就這麼世界終結了
沒有砰響只是啜泣。

關於這首詩，首先我們注意到的是在題目之下有兩句題詞：「密司打・客茲——他死了。」以及「獻錢給老蓋吧」。艾略特的作品，很多都附有題詞。這是不可忽略的，往往對於詩的主題做了最含蓄或深刻的比喻。在這裡，密司打・客茲是喬慧夫・康拉（Joseph Conrad. 1857—1924）所著「黑暗的深處」（Heart of Darkness）那本書裡的人物。題詞便是黑人通報他的死訊時所說的話。而老蓋（The Old Guy）這傢伙是一六〇五年英國火藥陰謀（Gun—Powder Plot）的主犯蓋・福克斯（Guy Fawkes）。從前每年十一月五日有焚燒其肖像的風俗，那時孩子們藉着老蓋的紙貼像到處乞求獻錢買花爆。題詞便是孩子們所唸的文句。

進一步，我們注意到這兩句題詞與題目的關係時，將會發現：一、空洞的人與密司打・客茲成一對比。空洞的人生活在叫做「死之夢幻的王國」或「暮色的王國」——一個活着卻像死了一樣沒有信仰的世界。相對地，密司打・客茲死了，他在眞正的死亡的國度，即「死之另一王國」。二、空洞的人與老蓋可說是具有相同的命運，都是完全貧困而空虛的，有形無狀，有影無色的空洞存在而已。以此，艾略特這首「空洞的人」，可說是以被死亡所追迫到最後的人類的姿態，來表現現代文明的空洞和絕望。

Ⅰ表現空洞的人失去了信仰，生存在活着卻像死了一般的世界。

一開始我們像是老蓋，腦袋兒給塞滿稻草的芻像。我們可注意到字裡行間暗示着宗教的儀示：「依靠在一起……在一起喃喃私語」，而聲音是「靜寂而無意義」一如單調而低沉的禱告聲。搖着，是一些互相矛盾彼此否定的語詞，將稻草人的芻像變成抽象的，禮拜者的形體模糊而消失了，宗教的信仰被否定掉了，顯出一個眞空的世界。

接着，藉客玆與老盍間的基本對立，那些「以直視的眼睛」一心一意地尋求信仰的人們却是永隨地獄的，暴戾的靈魂——客玆與老盍都是！我們雖然不客玆已走到「死之另一王國」，却是面對着死亡的一羣空洞的偶像吧了。

Ⅱ表現空洞的人面對死亡的緊迫感。

這裏，那些眼睛讓人聯想到但丁在地獄篇裏所描寫的魔鬼察龍（Charon）那火輪似的眼睛，以及一切可能引起的情緒。而風由樹枝在搖動表現出來，聲音也只是風的一種幻覺。這似乎是地獄裏靈魂在狂風中飄蕩的景象；遠遠依稀地聽到從死亡的國度響出來的聲音，更加強了那份緊迫感。星子在消失中，顯示出脫離現實的距離。他不願再接近了。他寧可像個稻草人在田野裏隨風飄蕩。他怕看到那最後的景象了。

Ⅲ表現在死亡的國度裡對偶像的崇拜與受挫的情感。

一塊死了的貧瘠的土地，正像它的人民，豎起石頭的偶像接受死人的祈求。懸在死亡的兩個王國之間，忍受挫折的痛苦而清醒着；象徵愛慕的隻唇竟向斷石祈禱。顯然所有的情感都枯竭了，都凍結了。所謂「斷石」，將「殘斷的圓柱」與「石頭的偶像」兩個「意美如」（inage）聯在一起了。

Ⅳ表現空洞的人是奔赴死亡的一群，在摸索最後的希望

這時大地陰暗，有如死蔭的幽谷。「消逝中的星子」(fading)已多成「面臨死亡的(dying)」了。一切在崩壞；一切只是破碎的影象，有如舊約中所失去的國土。

這時空洞的人在一起摸索，集結在河水洶湧的堤岸上，暗示着地獄篇中的開龍河（Acheronte）——這是到死之另一王國所必經之地。空洞的人到此已面臨絕境。唯一的希望只是那些眼睛變成永恒的星子；而星子不再是「消逝中」或「面臨死亡的」了，星子像「在死之暮色的王國裏，那多瓣的玫瑰」。玫瑰暗示着教堂裏的玫瑰形窗，（Rose Window）在但丁的天堂集裏象徵着天堂。空洞的人從宗教之破滅到此似乎又從宗教裏找到了一線希望。顯然這是一種反說，諷刺地表現出懷疑和絕望的頂點。

Ⅴ表現空洞的人存在之眞實性，唯一的希望不是玫瑰，而是仙人掌。

一開始便以在仙人掌叢生的土地上圍繞着跳舞的兒童歌謠，來揶揄嘲弄空洞的人的希望。在內心的欲望是「圍繞着」仙人掌，却被掌上的刺所挫傷——「我們正因脆弱而顫慄」那種挫折。在人生的各方面欲望與現實間，永遠存在着受挫的恐懼的影子，疊句的童謠與片斷的主的禱文更加強了惶惑的氣氛。主的禱文將陰影聯到宗教，在用意上顯然是諷刺。生命的長久暗示生命的沈荷。一聯串的生命的挫折，正是人類存在的本質。

最後，故意將主的禱文切斷其補語，以造成補語與陰

影間懸疑和絕望的效果。而「就這麼世界終結了」一再重覆，無異宣告現代文明的破產，同時完全否定了宗教上，「世界直到永遠」（World without end）的信仰，帶有強烈悲痛的現實感的人，甚至不能壯烈的死去，只有悲哀而眞實的啜泣吧了。

里爾克詩選譯

李魁賢

壹、形象之書（一）Das Bnch der Bilder

入門 Eingang

無論你是誰：於黃昏步出
出自你的房間，於其中你無所不知；
你的房子在遙遠的末尾：
無論你是誰。
以你的雙眼，因倦極而少能
從破損的門口釋出，
無比緩慢地你升起一株黑色的樹木
且固定於天空：細長、孤獨。
而世界就此完成。她龐碩
有如一個字語，成熟於靜默。
而當你的意志攫住那意義，
就讓你的雙眼柔和地飄逸……

【譯記】詩人對天空升起一株黑色的樹，因此完成了他的世界。他的世界是如此純然，如此成熟地，一切在靜默中，就像一個未道出的字語。此處倦極的眼，是倦於看俗物；但觀察深邃的自然，仍然是這對心靈的眼吧！

騎士 Ritter

騎士穿戴貂黑的盔甲
馳入騷動的世界。
外面是一切：白晝以及山谷
友朋以及仇敵以及大廳中的餐食
以及五月以及侍女以及森林以及聖杯，
而上帝自己已有數千次
在每一條街上顯身。

然而，在騎士的甲冑中，
在凶鐘的鳴響之後
死亡蹲踞着思量復思量：
何時利劍躍起

越過鐵籬，
那陌生而又沒遮欄的劍口，
從我隱身之處攫住我，
於此，我就留無數屈膝的日子——
以致最後，我伸張
且遊
且歌。

〔譯記〕死亡蹲踞在甲冑裏，這是多麼令人戰慄的意象。這個意象，在「馬爾特手記」中，有幾度的出現，如「有人見過我的祖父，老布立格大臣，說他携帶着死亡」，又如「他們每個人都有一種特有的死亡。這些人，他們把死帶在盔甲中……」。然而，這種死亡的意象，對詩人來說，畢竟不是悲劇，因此仍有獲得「且遊，且歌」的自在與喜悅。

天使 Die Engel

他們都有倦極的嘴
明亮的靈魂沒有一線隙縫，
而一種渴望（如犯罪）
時常走入他們的夢中。
他們幾乎全部彼此相像；
沉默於上帝的園中，
好像無數無數的間隙
在祂的權力與旋律之間。
只有當他們展開翅膀時，
他們掮起一陣旋風：
有如上帝用他雕塑家
巨大的手掌在翻動
原始的黑色書的冊頁。

描寫這些千篇一律的天使，有一種犯罪的渴望，是很有諷刺意味的。犯罪，以括弧表明，有隱秘，不敢言宣之妙。天使翅膀強力的拍擊與上帝翻動原始的黑色書的冊頁，是很偉大的比喻。值得注意的是，里爾克已隱約描寫出羅丹（Roain）的雕塑家的巨大的手掌。

瘋狂 Den Wahnsinn

她必定時常思量着：我是……我是……
那麼妳是誰，瑪麗？
我是皇后，我是皇后
在我面前跪下，跪下雙膝
她必定時常啜泣：我需是……我曾是……
那麼妳會是誰，瑪麗？
無人收養的孩童，孤苦伶仃，

我無法向你說明詳情。

而這樣的一個孩童怎麽能够
變成受人跪拜的皇后？
因爲如今一切事物都已變樣，
不同於乞兒眼中所見的模樣。

事事已如此抬高妳的地位，
難道還不能說出那經緯？
某夜，某夜，某一個夜裏——
他們改變對我的態度。

我走出街道，而突然地
傳來一陣顫抖的琴絃；
瑪麗變成旋律，旋律……
人們焦灼地推擠向前，
挺直有如被栽植以雙足——

因爲，只有皇后可以
在市街上舞蹈：舞吧……

〔譯記〕這種瘋狂，給予讀者的印象，並不是滿目瘡痍的，有如惡魔附身。那種豪華的幻影對於她是一種快慰，毋寧比在收容所中有神志清明的一刻還要來得幸福吧！這純係一種戴奧尼西亞（Dionysia）式的瘋狂。

從小 Auseiner kindneif

瀰漫着黑暗的房子，
孩子很隱秘地獨坐。
當母親走進來，有如在夢中，
一口瓶在靜架上顫抖。
她感到，有如房間背棄了她，
且吻着她的孩子：你在此？
兩人在鋼琴後面羞怯地對視，
因爲每當黃昏她要唱一曲，
爲此，孩子出奇深深地着迷。

他靜坐着，張大的眼睛
瞪視她的纖手，因負載指環而彎垂，
移動在白色的鍵盤，
宛如艱苦地跋涉過深厚的雪堆。

〔譯記〕親情之愛，是世間最深刻且最令人感動的。「你在此？」襯托出母愛的偉大，讓羞怯的孩子以爲她不知道他在此。而最後一節，孩子張大的眼睛，隨着那戴着指環而負累的纖手，在鍵盤上移動時，啊，那種親情之愛，有如音符一般傾瀉而出，一般跳躍着。

談一首麥克萊希詩的翻譯

楓堤

A

麥克萊希（Archiald Mac Leish，1892—）一八九二年五月七日生於美國依利諾州的格倫柯（Glencoe）。畢業於耶魯及哈佛大學。一次大戰時，在法國境內的野戰炮兵隊中服役，戰後，執行短時期的律師業務後，一九二三年遷居巴黎。早年作品，頗受龐德（Ezra Pound）等人的影響，不過在「美國通訊」（Ameriean Letter）中，他宣稱決定返回美國，寫有關美國的體裁。「征服者」（Conquistador，1932）爲他贏得普立茲詩歌獎。一九三九年，任國會圖書館館長，一九四四年還當了助理國務卿，一九四六年前往巴黎，出任聯合國文教科學組織的美國代表團團長。一九五三年，以「詩選集」(Collected Poems）再度獲普立茲獎。一九五九年又以詩劇JB三獲普立茲獎。現任哈佛大學教授。

「詩藝」一詩，收在一九二六年出版的「月街」（Street in the Moon）中。

B

Ars Poetica

A poem should be palpable and mute
As a globed fruit

Dumb
As old medallions to the thumb

Silent as the sleeve—worn stone
Of casement ledges where the moss has grown—

A Poem should be wordless
Asthe flight of birds

A poem should be motionless in time
As the moon climbs

Leaving，as the moon releases
Twig by twig the night—entangled trees，

Leaving, as the moon behind the winter leaves,
Memory by memory the mind—

A poem should be motionless in time
As the moon climbs

A Poem should be eqnal to:
Not true

For all the history of grief
An empty dooyway and a maple leaf

For love
The leaning grasses and two lights above the sea—

A Poem should not mean
But be.

C

詩，要用具體的意象來打動讀者的心坎，如僅靠概念性的陳述，不如去寫散文。但這樣並不是說，詩就不能表現抽象的概念。抽象的 Object，如能用具象來表達，則仍然是詩的。麥克萊希的這一首詩，討論到詩的本質，而，它本身，便是很好的抽樣。

這一首詩，實際上可分三段來看，每段四節；每當他提出一概念性的指述，A Poem should be 如何如何時，緊跟着便以具體的意象來表達，而它的表現都很美。對於詩的本質問題，有二節值得我們特別注意的。

A Poem should be nordless
As the flight of birds

對於一位有良好語言訓練的詩人來說，他也常會有「可憐的語言」之嘆。「詩不是語言所能表達」，至少表示二種意思：詩，不在語言，而是先於語言而存在的；同時，詩不是用語言所能死板地建構或束縛起來的，應有空間，讓聯想的小鳥飛躍。所以，語言不是詩，意境才是詩。

A poem should not mean
but be.

詩的語言，是一種聯想的語言。一首詩，不在向讀者指出什麼，而應該讓讀者聯想到什麼。因此，詩，是因其本身而存在，而不是靠它所指出的是什麼。

D

詩　藝（註1）

方思譯

一首詩應當是可以撫知而默默
像圓熟的果實

啞然
像姆指上昔日的肖像章
靜似窗架的那塊石
青苔於此生長，衣袖於此磨損——

一首詩應當是不用字的
像羣鳥的悠然飛翔

一首詩應當是懸于時間之中而不動
像明月攀昇

捨離，像明日放過
一枝又一枝那被夜纏繞的樹木，

捨離，像月在冬天葉子的後面，
心靈，打發一個又一個回憶——

一首詩應當是懸于時間之中而不動
像明月攀昇

一首詩應當等于：
不僅眞實

所有這悲愁的歷史
乃空虛的門口與一片楓葉

亦就是愛
那依偎的青草與兩點燈光照明了海——

一首詩不應指明什麼意思
但本身卽是一個存在

詩的藝術（註2）　陳次雲譯

一首詩應可捉摸且沉默
如一隻球形的果

啞口
如舊勳章對拇指的觸摸

靜謐如被衣袖磨平
而又滋生蘚苔的窗檻——

一首詩應不著一言
像鳥兒飛行般悄然 ×

一首詩應靜止於時間之中

恍如月亮升空
留下，如月照照
一枝一枝被夜色糾纏的樹，
留下，如月在冬天木葉後面，
心靈一個又一個的憶念——
一首詩應靜止於時間之中
恍如月亮升空

×

一首詩應等于：
非近似
說到所有的傷心史
一個空的門，一枝楓的葉子
至於愛
偎倚的草，兩道光懸照在大海——
一首詩不應意指
但卽是。

詩的藝術（註3）　余光中譯

一首詩應該具體而且沉默
像一隻渾圓的水菓
緘口
像撫舊的獎牌之於大拇指頭
寂靜得有如窗臺的旁邊
被衣袖磨平的長青苔的石面——
一首詩應該不落言詮
像鳥羣的翩飛

一首詩應該靜止，在時間裡
像月月升起
離去，像月光解除
一枝接一枝，被夜色纏住的叢樹
像冬夜叢葉後的月光離去，
走出心靈，沿着一級一級的記憶
一首詩應該靜止，在時間裡
像月之升起

一首詩應該完全相等
不僅求眞
爲全部悲哀的歷史
一個空虛的門口，一張楓樹葉子
爲愛情
傾斜的草葉和海上的雙燈——
一首詩不應該示意
它應該全等

E

譯詩三首，都很近似。但我對此詩的看法，和三位先生都未盡相同。（註4）

這一首詩，雖可分爲三個段落，但實際上是一以貫之的。而每段的二、三節，作者都省略了 A poem should

be ，爲使詩不流於呆板。所以當我們讀此詩時，實際上應該這樣看法：

A coem should be dumb
As old medallions to the thumb
A poem should be silent as the sleeve—worn stone
Of casement ledges where the moss has grown——

第一段較單純，故雖然省略，意思大致還不會走樣。但第二段，爲求變化，把副詞子句插在句中，因此，在譯詩裡，我們讀來就有點曖昧。我的意思，這裡以下列的讀法，那就明顯多了：

A Poem should be，as the moon releases，
Leaving twig by twig the night—entangled trees
A Poem should be，as the mcon behind the winter leaves，
Leaving memory by mewory the mind—

但第二段的as與第一段的as，意思是不同的。第一段的as，在名詞前，是做爲準介系詞(Pseudo Preposition)用的，可解爲「如」、「像」；而第二段的as用在副詞子句的開頭，是做爲連續詞 (Conjuuction) 用的，可解爲「當……」。又，原詩 behind 之前，當係省掉一動詞或助動詞。

那麼，它的意思是：「一首詩應靜止於時間中，當明月攀外；而當月亮映照，它留下（顯現）一枝一枝被夜色糾纏的樹，當月亮在冬天木葉後面，它留下一個一個憶念在心頭。」這一段，以陳譯較近。余譯：

離去，像月光解除
一枝接一枝，被夜色纏住的叢樹

像冬夜叢葉後的月光離去
走出心靈，沿着一級一級的記憶

則原來的意思都「離去」了。

第三段提到，詩應該等於：Not true。詩不是眞實，因它是想像的。「不僅眞實」、「非近似」、「不僅求眞」，都不確。原詩不是 not only true，也沒有「求」(Search？) 的字眼及意味在內。

底下兩節也應該這樣讀法：

For all the history of grief
a Poem showld be an empty
and a maple leaf
For love，a Poem should be
The leaning grasses and two lights above the sea—

那麼，for 解爲「對於」，意義便一目瞭然了。詩，對於悲愁的歷史，是全能爲力的，但對於愛（廣義的愛）

，却能給予舒暢和引導。

我們讀方譯，「空虛的門」與「一片楓葉」，變成在描述「悲愁的歷史」，而無「所有這」三字，「悲愁的歷史」又好像不在指謂「人類的歷史」，再加上「亦就是愛」，顯得離題太遠了。

陳譯，「說到所有的傷心史一個空的門，一枚楓的葉子」句，也和方譯相似，把後一句當做描述「歷史」，不過他用了「所有的傷心史」，變成泛指，也與詩無關了。「至於愛」，筆鋒一轉，正好和方譯的「亦就是愛」背道而馳。

至於余譯，都用「爲」字譯出，也顯得前後不連貫，不知所指。

——五四、十、卅一、南港

附註：

1刊於「現代詩」第十三期，四五年二月一日出版。

2刊於「現代文學」第三期，四九年七月五日出版。

3見「美國詩選」，林以亮編選，香港今日世界社，五十年九月再版。

4另外有周伯乃先生譯本，曾刊於公論報本年某月三日，惜筆者找不到該項資料。

稿約

一、本刊園地絕對公開

二、本刊力行嚴肅、公正、深刻之批評精神

三、本刊歡迎下列稿件

▲富有創造性的詩作品

▲外國現代詩的評介

▲外國詩壇各流派基本理論、宣言的評介

▲精闢的詩論

▲深刻、公正、中肯的詩書評論

▲本刊發表的詩的批評

▲外國詩壇通訊

▲中、外重要詩人研究介紹

四、下期截稿日期

▲詩創作：一月廿日

▲其他稿件：一月卅日

五、來稿請寄臺北縣南港鎮公誠二村二一六號

李魁賢收。

北川冬彥詩的自剖

楊奕彥譯

愛情

有個將棄兒以牛乳與穀粉哺育的略識人家。

那個孩子，引起了重症消化不良。我的妻子，每天兩次，爲餵奶而外出。

是因吸得够猛，差點兒暈眩而歸來之日的事，妻輝閃着發青的臉說道。

「那孩子，我一去，總是笑瞇瞇的。太太就嫉妬似地說，對你竟會笑呢」

又

「我家的孩子，當那太太在時，雖然有大人掩護，一且沒注意時就拉孩子的袖口，把奶搾回去」妻說。

「不很可憐嗎」

「唉」

那邊的孩子是生後五個月。

這邊的孩子是一年又兩個月。

「好自斟酌吧」我說。

這邊的孩子經常說着「吃吃」取下櫃蓋，用手抓着，狼吞虎嚥着。是未曾有過的異常食慾。

不久，這邊的孩子也開始下痢，發出憤怒。

「肚子痛着吧」妻說。

「你看，趁早停止了如何」

「現在更不能停止啊。」一邊給那孩子餵奶時，想到至今從未有一次要求過母親的奶，這只是第一次，就可憐得……」

「我家的孩子究竟怎麼辦？」

「沒有辦法啊」

「傻瓜！瘋了嗎。停掉，到今天爲止」

「不能停止。像你這種薄情的人才說得出那種話吧」

「還說什麼，叫你停掉，就停」

眼裏盈淚的妻，默默地，抱起我兒，找小兒科醫師去了。以全身爲愛情一團的背影。

× × ×

妻以疲憊之身，橫躺仰臥之際，孩子爬過去，舐了一舐妻的嘴。然後，搔開胸脯吸住了奶。處於逆位，正好像狗仔。

離去，到食桌上搔了幾回，又爬近來，吸住了。這次以正常的位置。但依然感到恰似狗兒。

團栗的果實

七歲的兒子，將團栗的果子裝了滿滿的一口袋，一顆兩顆地散佈於庭石，旋卽用木屐踩爛。

「做着多麽可惜的事」

「掉下的不知凡幾呢」

由兒子引導去看時，意外地發現到原來是舍旁那經常出入時，以爲目標的一棵摩天大樹。

衝來一陣風，盲目擊打擱物的鉛板屋頂，紛紛落到我們的頭上。看脚邊，是一片團栗的果子陳落着。

默默地開始拾取時。

「要做什麽?」孩子訝異着顏色。

「等沒有東西吃的時候吃它」我以非侃非眞的樣子說。

「媽說過，吃了團栗的果子就會變傻，所以不可以吃」一似逼迫地說。

「沒有辦法的，如果一旦沒有東西吃」

「變傻了也不要緊嗎?」

「嗯」

我只顧繼續拾取時，兒子也跟着一起熱心地檢起來了。

「變成傻瓜也不要緊的，一旦沒有吃的東西時。變成傻瓜也沒關係的，一旦沒有吃的東西時」一如歌唱似的調調說着。

周圍漸漸昏暗起來。我突然感到凄涼。

「配給的粉裏頭，也滲着團栗粉的呀」我一說。

喚來可愛的聲音

「怪不得近來大家都變得傻了」

我一驚，停下拾取的手，抬起頭，眼前，不知何時，站着隔隣十歲的女孩，板着臉。

剖析

這兩篇是我的散文詩。

「感情」是想頌揚頑固到不混以私情的妻的，說得大些，是人類愛而寫的。

高村光太郎的詩中有這麽一段：

脫却萬有
只面向你
把既深且遠的人類泉之肌膚浸潤
你是爲我而生的
我有你
有你，有你

在我，這樣地放手爲妻禮讚，由於當衆獻醜，實非可能。這種當衆獻醜，却不能放着作品的位置不管。實在是應該在作者與作品之間造出距離來的。這種當衆獻醜，有一望而爲冷淡的門面。然而，「你眞偉大，你眞偉大」的說法不一定是能給讀者以近親感吧。光說「你眞偉大，你眞偉大」的話，我想一定有些讀者會因放手過度而跟不上去吧。

最後之描出趁着母親仰臥而偷偷吸奶的孩子，就是想藉此使作品有它適當的位置。使位置適切，就是使作品有

類似成品的感覺。

「團栗的果實」是寫戰敗後糧食缺乏時難以度日時的感懷。但我却不願沉湎於這難以度日的感懷。於是，就給作品以位置，使具幽默感、由此得以脫出沈湎於難以度日的感懷。

人有時不免寄興於知性遊戲。也有以知性遊戲終其一生的詩人。機智、幽默爲其武器。

合評作品

再見陌生的城市

李子士

看哪 看那個始終在踏上漂泊之途的陌生人

仍然不禁要抖落這一層薄薄的鄉土
驟然回首 那一縷歸思乃化作呻吟
繚繞於輪與軌之間 仍然是流離途
中 將隨着這鋼與鐵以及二十世紀
的餘韻 向前投入一片空漠 然而
鄉愁依舊 然而這鄉愁已不再是那
鄉愁

南向 時速八十公里 穿越佈景的原野城鎮
這一堆瓦特式的鋼鐵沿着鋼鐵

黑板

林宗源

房號	宿泊者芳名表	記事 五四年八月九日
1	酒鬼	酒精透入旋轉的旅社，躺在顛倒的牀， 蓋一張新聞，嘔吐所有的造物
	服務生	難於扶助的世界，爲了小費，不得不招 待的靈魂
2	老板	沒有醉？沒醉，死要面子的世界 明天盼望明天
3	妓女	不值錢的靈性，販賣我以爲完美的身體 ，用來支付食物以及房租以及，沒有什 麽下賤的話，能阻止我以身軀養活身軀 的行業
	服務生	不要張大饑餓的眼眶，旅客總需要你的 媚術
5	老板	只要不發生意外，只有閉一眼的嘆息 今天被旅客侮辱，明天呢？

拖着一溜銳吼 將我以及一縷歸思
投入一個陌生的城市 投入另一次決意的離去
又是一串三百六十五片落葉綴成的日子
又是那縷無可奈何的鄉愁
歸去 歸去 縱使要再唱一曲驪歌

車站依然張着半文明的惺忪的眼神
疲憊地大量吞吐着吐吞着
許多漂浮於年代紀的匆忙的影子
街道依然是街道 而腳印却是陌生的腳印
你我的跫音 於傳統的迴廊裏
已敲碎了昔日的回響
排水溝依然是排水溝 而汚穢不斷地浮起
從眼前的一無涯際流入往昔
那裏有不再屬於記憶的似曾相識
而道旁那些窒息的高聳建築
乃壓斃了一個倦遊的歸子的心
哦 那麼 故人呢 故人何杳杳
我焦灼的雙睛從不曾這樣慾望他們
「喔 借問老伯 故人爲何都不見了」
「阿金遠赴國外更求進修
阿木外島當兵去了

13

賭徒 賭具很快地開花，結果、分裂，那些賭博整個人生的魔術，最能引誘一日擠迫一季，一季迫近一年的日子

服務生 一秒偷偷地溜走，我就要賠償一夜的宿沼費，雖然，你們賭博一千萬一億萬每秒，而我必須要有一秒咬緊一秒的清醒

老板 賭愛，賭恨，不管賭什麼！不管鬼術橫行，我不是莊官，不是賭徒，我召是一個抽取時間的我

14

明天總不會寂寞吧！

靈性 被人類趕出門，在街上激動的鬼魂，似發瘋的市虎，輾過不願輾過的，以神經質的微笑，緊緊地進來，似野馬的蹄聲以微笑踢開房門，一聲震驚所有的房間的消息，讚歎難嚥的殺鼠藥

15

服務生 死鬼，沒有小費的死屍，滾蛋

老板 不要錄下旅社的名稱，記者，請不要登上新聞，這不是新的事件

阿水外鄉做生意跑碼頭
附火殺了人正在坐監牢
哦　哦日前曾見阿土和阿雄
像你一樣踯躅徘徊街頭
旋又跑得無踪又無影
咳咳　你們年青的小伙子都是一樣的
喏　你什麼時候又要離去
「哦　我——」

陣風捲起一抹烟塵　以及一股濃沁的柏油臭
隔絕了故鄉那淡淡的土息　又而
遮蔽了那壓在別人家的屋基下的
曾染色着我墜地時的哭聲和血腥的塊地　以及
那蒼老的雙眼未曾伸展出招徠之枯手的
不屬於這個年代紀的母親
哦　母親　您許是屬於那些有福之輩的
哦　母親　原諒我　我又將遠行

夕陽將墜　暮色從不曾裹住我的雙脚
沈思於剛踏上征途的時候　驟然悟覺
想我那被蹂躪於兵燹饑餓的先人
曾用血淚滌盡故土的山色和湖光
背負着肉的饑渴揚帆航向未知的希望

而船雖已碇泊　心仍然張揚着帆旗
而我的血脈洶湧着他們的紅液
而從墜地的初始　我便註定是異鄉人
而肉的饑渴已蛻化爲靈的渴饑
一個世代過去了　另一個世代又跟着到來
生命的舟楫從不曾調轉回頭
故人已都先我而行　脚跟不沾一絲回憶的鄉土
我的脚下乃不再有土壤　我僅擁有一個奔馳
奔馳奔馳奔馳奔馳奔馳奔馳奔馳奔馳

夜幕吞噬我以很任性的黑色
車站吞噬我　以一個很半文明的飽呃
輪與軌又嚎啕於速度的顫抖中
奔馳奔馳奔馳奔馳奔馳奔馳奔馳奔馳
哦　再見　陌生的城市　我曾誇說過
熟悉於它的每一道牆之罅隙的城市　再見
哦　又一溜銳吼　緊拖着一縷沒有着落的鄉愁的
餘韻　正在高呼另一次陌生的投入　以及陌生的離去
哦　北向　時速八十公里　這一堆瓦特式的鋼鐵
沿着鋼鐵　打從一片糢糊穿入一片空漠

你的一生

金源

你是一張死魚的皮。
你底臉
是一道
假的門牌
是死死
被貼在陋巷的
側房上。

女人的
眼睛　是
美麗的
諷刺。
你沮喪的
站在鏡前
看你。
懊喪的
摔摔自己
就像摔掉一根
鬍鬚。

而
廿世紀
底人類
是專撿便宜的
是渴望像條狗
搖尾的樣子。

於是　你的笑。
便被人成打的推出去再推回來。
任人兜售。……

而
你工作在六月。
你生病在六月。
六月不降霜。
六月不下雪。
你的情慾像藤蔓沿壁生長。……

(這就是你的一生嗎？)

這就是你的一生嗎？
你是一張死魚的皮。

作品合評

參加人員（發言順序）

北：
吳瀛濤
林煥彰
杜國清
趙天儀
林錫嘉
朱建中
洪文惠
楓堤（記錄）

中：
詹冰
錦連
羅浪
桓夫（記錄）

李子士作品
—再見 陌生的城市

吳瀛濤：這一首詩從現實中取材，是很令人注目的。可是文字太散文化，語句有些拘泥；在內容的表現上仍嫌不够深入。第三節單純的對話表現很有氣味，第四節寫出對母親的呼喚，以及第五節的最後表達那種不沾鄉土的土壤的悲哀，都是使人感動的。至於「奔馳」句的重疊使用，反會引起煩擾的感覺，宜避免。

林煥彰：詩雖嫌太長，還可見出作者的氣沛。第三節的對話，太淡，無詩味。人名的金、木、水、火、土，可造成一種鄉土氣息。但是拖出一位咳嗽的老人，嘮叨地說了一大堆話，有透不過氣的感覺。

吳瀛濤：對話，都用很具體的事實來表達的。

杜國清：這一首的句子和內容實在拖得太長了，因此顯得很散。每一節都只是糢糊的影像，表現不够緊湊，意象不够準確，一些比喻是很概略的。如：車站依然張着半文明的惺忪的眼神。「眼神」加在車站上，是無法引人想像的，這樣表達就顯得浮泛。下一句的「吞吐」就很能使人意會到旅客的進出。如龐德描寫的地下火車站。

吳瀛濤：整首詩的表現，很有些重覆的地方，顯得不够結實。

趙天儀：對於一首詩，可以從兩方面來看：即作者的感受和技巧的表現。一首詩，往往因爲作者的重視技巧的表現，而淹沒了他的感受。因此，問題在於如何通過表現技巧而還原到作者的感受。爲了要求詩的現代化，很多人就自喻爲 Stranger 或 Lost Generation 。我們讀這首詩，知道作者對都市的看法是有陌生的感覺。這樣一首詩，長篇累牘寫下來，似不易抓住詩素，而只流於說明。當然，不容否認的是，作者很注重意象的表現。至於剛才杜國清提到「眼神」的不安，使我想起有一次和白萩看臺中

火車站的夜景，興起一種車站如墳墓的感覺………

杜國清：這至少「像」多了，深刻多了。

趙天儀：作者也描寫了現實生活上的行動，但缺少作者的影子。這是作者生長于斯的城市，却感到陌生，足證作者是有感受的，但不够深刻。要強調現代化，光只重視技巧的現代化是不够的，這樣往往會與作者的感受造成距離。那麽如何拉近這種距離，應該是一項很重要的課題。至於「奔馳」的重疊是模擬火車的進行吧！

杜國清：倒不如前面所用的「歸去！歸去！」來得好。「奔馳奔馳………」使人想起白萩的「敗壞敗壞………」，而白萩的句子使人想起艾略特的「燃燒燃燒………」

吳瀛濤：這一首詩的主題，並非對現代的陌生，而是一種鄉愁，一種對鄉土的陌生。主題受到技巧的限制，未能表達得更美滿，可惜。文字的浪費，是太多了一點。

※ ※ ※

詹冰：這一篇如能寫得再凝縮一點，就更好。

錦連：語言的洗練似還不够凝縮。以奔放的感情直敍的。這感情很濃厚，把沒有故鄉而彷徨的現代人的悲哀，直接表現出來。無論任何時代這種抒情的詩是會使人感動的。但在技巧上似乎再需凝縮。

羅浪：對現代繁複生活中的青年的姿態表現得很顯明，很適切。

錦連：表現得很誠實，沒有那些造作戲弄文字的缺點。所表現的不僅是自己的悲哀，而是人類的悲哀。有親切的感覺。

詹冰：雖沒有特別留意詩的技巧，但寫得很眞摯。

桓夫：這種流浪，這種鄉愁是現代的。雖然也是抒情，但與過去那些哀愁的抒情不同。具有現代的迫力。

林宗源作品

—黑 板

吳瀛濤：題目宜用「旅社的黑板」給予特定，避免泛稱。

杜國清：這種表現方法一看之下是很新的，作者以「黑板」爲題，用在形式，却與內容無關。但以若干典型人物的話，來諷刺道德，諷刺現實的生活，很有戲劇性。

吳瀛濤：現代詩所追求的現代化是精神上的，而不是單純技巧上的，故內容如果不太新，光在表面上力求新奇，反而破壞了詩素。

趙天儀：作者大概天天坐在旅館的櫃臺上，面對黑板，因此好像記日記般把它記錄下來。而在表現上有強調立體化的企圖。

杜國清：這種形式上的追求，對內容並不能造成特殊或強化的效果。如果把形式上的外殼去掉的話，便流入中世紀道德劇的類型裏。以「靈性」當做人物，可說退化到寓言式的手法。

吳瀛濤：靈性所講的話裏，並未表明出靈性的什麽，這是作者沒有把握住的地方，所以這一首並非很好的

作品。

林煥彰：仍然給人以對現實諷刺的強烈感。如：難以扶助的世界，爲了小費，不得不招待的靈魂。

趙天儀：評作品時，最好避免下「好、壞」的價值判斷，應該設身易地以處地去體認作者的感受與動機，作者在力求探索中，我們應給予容忍。

吳瀛濤：作者已具有面對現實的眼光，應該再加一層深刻的表現。

林錫嘉：形式上雖不易使人接受，但表現上還是有感動人的力量。

林煥彰：第2、5、14號是空房，因此有「明天盼望明天」、「今天被旅客侮辱，明天呢？」及「明天總不會寂寞吧」的期待。

※　※　※

詹冰：形式特殊，把詩表現的領域擴大了。可記功一次。

錦連：可以說舞臺裝置的按排很巧妙。

羅浪：所表現的是家庭生活以外的世相。

錦連：很有諷刺性，在幽默之中也有令人感到流淚的。

桓夫：這種表現雖然是特殊，但似乎缺乏詩的味道。

錦連：可能作者被這種新奇的形式迷住了，就一口氣把它寫成。致使表現上有欠少迫力的感覺，當然詩非只講迫力的問題。

桓夫：用這種手法似可演變寫成詩劇。

詹冰：作者既提出了新穎的形式，是一種大胆的嘗試，似不必再過於要求抒情性或其他苛酷的條件了。不過這種詩祇能寫這一首。再寫這種詩，或許有人摸倣了這種形式，就無意義了。

羅浪：似有推理小說的味道。大概是林宗源的詩吧。從他生活中體驗出來的吧。

詹冰：「宿泊者芳名表」裏忽出現一「靈性」，頗感唐突。如能用具體的事象表現就好了。

桓夫：詩素的價值如何，姑且不論，單以作者能把社會病態的一面赤裸裸地搬上「銀幕」，這一點就值得記大功。

金源作品

—你的一生

吳瀛濤：分行太多，似不必要。

趙天儀：最近，很多人喜歡寫又長又……的詩，那麽，作者是否有意這樣變換一下，以一新耳目？至於，在表現上，如「廿世紀，底人類　是專檢便宜的　是渴望像條狗　搖尾的樣子」是會有令人痛心的感慨。作者似有一種企圖，要把高高在上的理想世界拉下來。只是，「一張死魚的皮」是否有過份誇張的感覺呢？

杜國清：不，表現一種憔悴，是很適當的。

林煥彰：「你」是有特定的限制，不是泛稱。

杜國清：指操某種職業的女人。那麽應該是「妳」而不是「你」。表現是很不錯的，其實到「任人兜售……

……」便該適可而止了。

趙天儀：我近日翻譯了Orrick Johns (1887—1946-的一首詩，叫 Wild Plum，其中是以植物來比喻墮落風塵的女郎，而此詩用動物來比喻。

林煥彰：第一段是指陋巷中的女人，第二段起便以女人的眼光來諷刺男人。誠然，自「而，你工作在六月」以後的句子是不需要的。

趙天儀：詩句雖很短，但很緊湊，只是後面拖壞了。

＝　＝　＝

錦連：對罪惡社會的副產物——妓女的觀法，予以平明的敍述，但最後他對自己的良心發問「這樣是行呢？」這一點是可佳的。

桓夫：表現得很巧，是一種輕輕的感觸。

羅浪：（這就是你的一生嗎？），這一句的疑問號，是否含蓄着深刻的東西？，但未顯明地表現出來。

詹氷：老實說我對這種詩，感不到詩味。所以無可批評。

欣賞作品

印刷機的哄笑

李篤恭

——而今，紙張與印墨是這世界底保障：

又是許久許久地，你浮游於文字底街路上，
躲避於書本底堵墻後，或者
惰眠於鈔票底牀鋪裏，而
以一堆證明書和紙幣計算着你的命數；
那巨大的印刷機在工作，工作着，不停地
轉輾着你和你的都市，把你們印成了文書；
你只是一張文書，許久許久地。

地板上的一顆龍眼種子睨視着你，
把你睨視住，那譏諷的眼神，譏諷得快要發芽了！
你逃跑去那沒有紙張與印墨的地方——

你的紅血同草原的綠葉紅紅綠綠地相擁舞起來，
狂喜着紙張與印墨給擯棄成了山河中的污點；
在這土壤底畫布上，鳥蟲們和草木們以那古老的筆調
躍繪了你所熟悉的圖案，活生生的；
你給孕成了一股強壯的筆觸，沿着這風景的血管底溪流
舞畫着，舞畫着，現在把大地畫鼓成了乳房底山丘；
你舞畫着，舞畫着，沿着這毛細血管底溪谷，
舞畫往這動血脈的源頭去！

看，你的前頭有揹渡了千萬年的黑色而露了出來的
一塊岩石在等候你，似乎只爲你而等待着；
你欣悅地畫往他去，往他那老哲學家那裏去，
你高興得滿身都在發癢，你似要發芽了，
這幅生命繪畫的主題是在望了！
然而，你停止！發昏着，酸痛着，

看，那不是哲學家，那是一張文書！
在那岩石底紙張上，刻印着很多印墨底文字和記號；
(那些愚蠢的遊山人！)
那面巨大的岩石底文書阻立在你的前路，
印刷機的轉動底哄笑聽見來着；
你是一張文書。

孤岩

奎弦

孤岩
是囚禁意志的鐵樹
根部深植入山的斷層
山，推掌
因而 晴日的平原
矗起一柱煙
因而 海以掀浪
在遠方爆開一朵花

黃昏底約會

石瑛

黃昏 我撒網於荊棘中
捕一尾火星跳的魚 分不清
是藝語還是嘆息 有烏鴉飛過
嘲笑着自網下逸去的純眞
祇星子的眼睛閃得玲瓏

黑色的風 吹亮圓弧的舞會
燈光的火焰浸在咖啡杯里
而熱潮的芬芳窒息一季的愛情
且有顫慄的乳房浮雕出一方的景緻
那是笑聲凝合着哭泣的日子
混濁的淚 洗不掉她心中的葡萄

死亡，誕生

葉日松

薄薄的月光 自玫瑰的花瓣
滴落時間的碎影 有心與心的憔悴
我立在廊外 貓啣着夜色輕輕走過
那守護夜的人啊 夢依然是夢
當一顆心與星子分離 誰是覺醒者
我要去驛站 鞭打遲步的鐵蹄

我自遠方歸來
在你的身邊小憩
當我仰望
仰望深碧的秋，苗條的秋
我看到你也在流淚
你也在低泣
回憶故園的默然的晚禱

豈祗是一種新生的祝福
我原也是一片落葉
一個無名的戰士
我將枯黃，我將死去
那時，我的遺言寫在明日
寫在明日誕生的戰士的臉上

無名的戰士啊
你應走出悠悠
走向你的世界去
將眞理的種子撒向生命的故園
將你的遺言寫在綠色的扉頁
當我們死去，才是我們的自我的完成
我們才能更完整更可貴
因爲更多的戰士就要誕生了

鏡中

逸氷

面立一具如此陌生的形象
這卽是一刹底我的存在嗎？
而觸覺的冷
　把一道玻璃變得那麼深厚
縱使儘力做出一個企望的手勢
也無法撫及
那遙遠的我底面龐

成人的一日

王勇吉

1 上午

從名詞以迄人生。
（朝霞蹉跎……）
欣賞一片人間的輪廓
一些可貴的伸展，以及
　夾雜性的凝視
窗外，不景氣的情侶
爭論着煙絲
　　白雲駐足
於其左角

2 下午

享受水滴的睡眠
我的存在
聆聽絮聒，乃引起了
兩隻蝴蝶迎着呻吟
就如當年厭惡荒塚的事蹟
我的那闋曲
越過星星的旅程
樹蔭微薄，不知是否
觸及頸上的茫茫？
不盡的茫茫？

上期作品欣賞

錦連：

○憂鬱的解剖

平鋪直敍，這是分行的散文。既缺乏技巧更沒有意象可言。讀完了，我們祇覺得在公共汽車上，曾經有過那麼一回小小的「事」而已。

○足球場

正在熱戰中的兇猛的足球比賽的描寫。萬分急促得幾乎要氣絕之前所發出的譫語（第三段、第五段）和過於工整的排列（第七段）使得被激烈的氣氛冲昏了的讀者的腦筋，不能分清白晝（七月的艷陽天）或夜晚（月亮蒙上一堆缺乏遊行的雲）。

○碉堡

一個善感的人來到古戰場（不管是實在的或歷史課本上的），面對可歌可泣的事蹟而發洩懷古之情的時候，我們不懷疑他是一個情感豐富的人。然而雖然他企圖不使自已祇沈溺於感傷而似欲進一步表達些什麽，但隨口喊出的卻是一些口號式的聲響了。

○公路上

這首詩使用的字彙並不算多，但可以說是一首成功的作品，要說作者是爲了不亂用非必要的裝飾性語句，始裝備着精緻的濾過器，倒不如說這種「有力的樸素性」是由不斷地凝視自己內在的那種誠實的用心而來的。前段鮮明的造形，後段結尾兩行的暗喻，我說這是相當成功的一首，它的意思當然可解釋爲與同一期所登載的「笠」同人的作品相比，其 Unique 的程度是毫無遜色的。

○聲響

作者是一個漠不關心於色彩的畫家。因爲他不顧配色的 Mecuanism，只是草率地以美麗的色料塗在畫布上，以致不能給讀者有一個統一的感覺。這種寫法或許會造出能使作者本身陶醉的一種甜蜜的氣氛（atmospuere），但由於沒有什麽突出的焦點，我們只是站在百花盛開的花圃裏不知所措。

○冬

這裏沒有潛意識或沙特爾的嚴肅的面孔，也沒有鮮明的意象，但在素材的處理上，能够看出他是有意擺脫陳腐的調子，這種也可以說是屬於現代的精神是可佳的。

○偏頗

作者對周圍的一切，覺得有一股不可名狀的反抗的衝動，雖然他沒有成功的講出些什麽，但對他的有所表達的意欲，我們是不應該有偏頗的。

林煥彰：

憂鬱的解剖

這是好朋友的一首詩。「擠上向晚的二五路車，又一次拜讀週末難看的臉色」，不難使人聯想及一般車掌小姐的服務態度，這是現實生活的一點反映，是不錯的。

這一首詩，的確也有一些可圈點的地方，例如：「我領會哪縱然妳的血型不屬於O，而妳那坦率的表情早告訴我」，祇是最後的一句「妳的憂鬱只是不甘於寂寞」我覺得把「憂鬱」剖得太白了，還是保留一點，讓讀者去尋找他所需要的什麽，來得好些。不知好友以爲然否？

碉堡

「碉堡」是一首戰鬪詩吧！歌頌着我們的「金馬」固若金湯，在烽火中「鏗鏘矗立」。

「伙伴呀！拭掉你的淚，生命的火花衝擊開來了，這裡沒有弱者的名字，惟有錢，惟有血」。這讎敵的正氣「震撼」我們「反共」的意志。只是「惟有錢」的「錢」字好像用得沒有力，若改個「力」字或什麽的，當更能撼動人心。

公路上

生是什麽？死是其必然的結局。詩人所悲哀的又是什麽？我想，該是全人類的，而不是個人。

無可諱言的，此詩，一開始便指出現代人所面臨的問題，「陽光被演習的軍車隊，輾成支離破碎」。而「風的黑髮，招魂的旂旛」該是「宇宙性」的悲悼吧！

至於「虛無，啊，虛無！」的確是對於「生」的荒謬的一種譏諷，試問「人」究竟是什麽？活着，不是很「虛無」嗎？

聲響

這首詩的「繽繽紛紛繽繽紛紛的飄落」「飄飄浮浮飄飄浮浮的形象很憂鬱」兩句，好似從誰的蛻變過來的，是其缺點吧！

不過，「一系列的水珠躍動在躍動的岩石上」的「躍動」這一意象的確用得很「躍動」，使我感到欣喜。

平心而論，這首詩還是極可愛的「現代的抒情詩」的佳作。

冬

當我朗讀完全詩後，有一種很強烈的氣魄就像浪濤洶湧不停地冲激着我的心的海岸，且發生「聲響」。

也許是個人的偏愛，我倒很喜愛這種「小小的」短詩。

這首詩，雖僅僅三行，却已將「冬」的「冷」，很具象地展示給我們了。且請再欣賞一次吧！「那個冷冰冰的老頭，條條的皺紋彷彿數支的寒暑表，雙眼的寒光指著三度攝氏上」。

只是深度不够，還不耐咀嚼玩味。

讀「世界各詩選譯」想起

奎弦

文化是一層層的波浪，不斷地追逐；同時，必要相互冲擊，而後掀起浪花。文學如此，詩，更是如此。德國自十七世紀開始重視並接受英、法等國古典的及當代的作品，經過數代醞釀，而有一七七〇年「狂飈運動」，而有歌德、席勒二代的興起，構成德國十八世紀的文藝復興，把德國文學推向巔峯。法國自波特萊爾於一八四六年發現並翻譯了美國坡（Eagar Allan Poe）的作品，竟使法國文壇大爲改觀；坡對波特萊爾、以及魏爾崙和馬拉美等象徵派的影響是不可磨滅，也使得法國詩壇盛極一時。這種國際間文學的交流、激盪以及互相影響之例，不勝枚舉。

我國自五四新文學運動開始重視並移植外國文學奇花異卉以後，使得我國文學界頓現一片蓬勃氣象。由於胡適之先生的提倡，詩，才結束幾世紀傳統的漩渦，而奔向江海。但由於我國地理位置、語文、民族保守性及其他多種因素，使詩一直在風雨飄搖中苦苦掙扎着。以目前我國詩壇而言，對於一顆邁向成熟的詩的心靈來說，再也沒有比因不能接觸到外國詩那樣更易使它枯萎的了。可是，外文素養到家，足够直接涵泳於外國詩的，爲數畢竟不多，而能精通二種以上外文的人，更是少數。因此，大部份詩的愛好者，只能依靠有心人翻譯進來的少得可憐的作品，做爲營養。

翻譯詩是一項很艱苦的工作，更加上對原詩意境的體會，用另一種語言來傳達的能力，種種限制，使得只有詩人本身才能勝任。在詩普遍受到冷落的環境裏，翻譯詩也只能維持一息尚存的狀態罷了。然而值得我們欣慰的是，依然有那麼多位詩人克服發表及出版的困難，而孜孜不倦於移植的工作。繼覃子豪的「法蘭西詩選」（四十六、十二），方思的「時間之書」（四十七、三）及胡品清的「胡品清（法國）譯詩及新詩選」（五十一、十二）之後，許世旭的「韓國詩選」（五十三、十）及陳千武的「日本現代詩選」（五十四、十）也相繼出版。如今，在菲律賓的施穎洲先生不遠千里地把「世界名詩選譯」交回祖國出版，更令人欽佩。

「世界名詩選譯」一共選菲、印、法、德、英、愛爾蘭、俄、美、加、立陶宛及匈牙利等十一國的詩人卅一位，作品百首，大都是傳誦不衰的名詩。其中如：拉馬丁的「湖」，波特萊爾的「冥契」，魏爾崙的「秋天的歌」、藍波的「醉舟」、歌德的「旅人夜歌」、海涅的「一株孤松」、雪萊的「詠寄西風」、濟慈的「詠寄夜鶯」和「詠希

臘甕」、葉慈的「湖心小島」、惠特曼的「啊，船長！我的船長！」、沙安堡的「支加哥」、以及裴多菲的「民族之歌」等，都是世界文學史上的名作。當然在浩瀚如海的世界詩庫中，要編成一部代表性的詩選，已經很難了，何況是一部譯詩選，決不是個人力量所能完成，也不是有限的篇幅所能容納。實際上，世界名詩，何止數百。因此，我們盼望大家都來重視譯詩工作，給中國詩壇介紹更多的佳作。

這一本詩選中，有一部份作品已被翻譯介紹給國人了，不過名詩不妨有數家的翻譯。我們讀此譯選，佩服施先生譯詩的忠誠與恒心。從很多譯後記裡，我們得知，施先生譯一首詩都參考了很多的譯本。尤其是非國父黎刹的「我的訣別」，除了根據西班牙原文外，又參考了十九種不同的英譯、四種中譯、一種法譯而譯出的。這種精神，正是詩人的執著。

這裡一部份的譯作，在「藍星季刊」及「皇冠」等刊物上發表時，我即曾逐字與原詩推敲咀嚼過，也有一部份與他種中文譯本對照過，我發現了施先生譯詩的精細與功力及忠實於原作的苦心。誠如譯者說：「譯詩在內容方面應該忠實地保持原譯的思想的本質，意象的整一，及情趣的實體；在形式方面，應該追踪原詩的字法、章法、風格、格律、音韻、節奏及神韻……」不可否認的，這幾點譯者都已盡可能做到了。

但以截然不同的語言結構，用同一的模式來表達是否必要，我的看法是：仍值得保留。譯詩，首推意境及表現技巧，其餘都是次要的，尤其格律，音韻等，只是詩的空骸。林語堂先生在「論譯詩」一文中說得好：「凡譯詩，可用韻，而普通說來，還是不用韻妥當。只要文字好，仍有其抑揚頓挫，仍可保存風味。因爲要叶韻，常常加一層週折，而致失眞。」

譯者似乎着眼在文學史上業已名垂不朽的詩人身上，因此，新銳的、前衞的一代詩人們的作品，幾乎均未選錄，當然一部詩選的選輯，其原則各有千秋。但我們現在的希望是，在介紹外國詩時，不只要有名的詩，而且要現代的詩。外國傳統詩和中國傳統詩一樣，只是我們母親的奶水，我們不但不反對它，甚且還需要它的營養，但經過一段時間的茁長後，就應該「斷奶」。唯有現代的詩，才能使我們與外國的現代詩壇密切連繫，不致於變成把頭埋在沙裡的澳洲駝鳥。

詩壇散步

柳文哲

人造花

胡品清著
文星叢刊
54年9月出版

當我們自由中國的詩壇，經過播種時期，而到繁榮時期；從自由詩而轉向現代詩的時候，因爲強調現代詩的結果，遂產生了現代詩的逆流；由於抒情與主知的優位底論爭，由於實存意識與超現實精神的追求，雖然產生了眞正具有現代精神與技巧的現代詩，同時也產生了僞現代詩的氾濫。尤其是原爲格律至上主義者們也打起了現代的旗幟，於是乎，所謂現代，不知多少人假其名，却反其道而行。

當詩壇在這樣一片混亂的時期，遠從海外，自那藝術的花都巴黎，胡品清女士開始把她的詩作和法蘭西現代詩的翻譯，陸續地寄回國內發表。原來她旅居法國期間，她早已完成了法文譯本的「中國詩選」(La Poesie Chinoise) 與「當代中國新詩選」(La Poesie Chinoise Contemparaine)，以及法文詩集「彩虹」(Arc—en—Ciel)。說實話，我們的詩壇所最感需要的人才；便是即有精湛的外文修養，又有相當的創作經驗，這種人才是傳播詩的使者。恰巧，她兩者兼而有之，她經常給國內的詩壇介紹法蘭西的現代詩，同時也介紹法蘭西、比利時、英吉利和德意志的詩壇情況，有時也討論到實存主義與超現實主義的思潮。

她說：「今天的社會是多面的，立體的，遼濶的。文學作品既然是時代的產物，今天的詩之本質應該是有別於古詩之本質的。既然一首詩是質重於形，那麼形隨質而變是無可異議的了。所以新詩不能套在古詩的架子上。不但中國如此，今天全世界都有同一趨勢，那便是把詩從格律中解放出來」。(註㈠) 她的話，一方面可以給國內保守人士知所警惕，另一方面也可以給國內詩壇打氣，從而提高創作的信念；中國的新詩發展到現代詩，不也是跟世界的詩潮一樣，正在探險搜索的過程中麼？

自胡品清女士返國，任教於中國文化學院，她的寫作更勤更賣力；已出版有「胡品清譯詩及新詩選」(詩集)，「現代文學散論」(文學評論)，「做『人』的慾望」(翻譯小說)，以及這一部詩集「人造花」，可說作品的產量相當可觀了。目前正撰寫英文本的「李後主傳」，其寫作的勤奮當刮目相看。

當我欣賞一首詩的時候，首先，我會注意到詩的題目，往往一首新穎的作品，同時就有一個相當新鮮的題目；我相信，我們的詩人早已脫離了國文老師出題，然後開始作文的習慣了；詩人在創作的過程中，常常是在一種飄忽的，稍縱即逝的況位裏，因此，當詩醞釀成熟時，作者才

命題，那是一種象徵性的，畫龍點睛的構成。

雖然，她也非常地重視詩題的命名，可是，由於類似的題目底使用，既使說詩本身並不相同，也會減低了詩的新銳底效果。例如：「雨天書」，向明使用過；「黑色的聯想」，「不題」，夐虹使用過；「仙人掌」，方思，白萩等使用過；我想用同一個題目，同一類題材，並非不可以，但最好能變化些，尤其是忌諱時尚的影響。

收集在「胡品清譯詩及新詩選」裏的作者的詩，洋溢着一種異國的旅愁。例如：在「夸父」中，她歌詠着「而我，永恆的不眠人」；在「鄉愁」中，她歌唱着「而我踟躕永恆的異鄉人」；在「日耀日」中，她也詠嘆着「我是永恆的異鄉人」。而今，我們這位旅居法蘭西的異鄉人，終於歸國了。她所謂的異鄉人，似乎是中國式的，一種鄉愁的文學，對於過往的憶念與思慕。當她沐浴在法蘭西晴空的陽光下，在塞納河畔，在巴黎街頭，雖然她深深地感染了法蘭西的詩風，但她畢竟是中國的詩人，那種濃重的中國詩詞的情調，時時流露於她的筆尖下；因此，她雖一面鑑賞着外國的現代詩，一面卻創作着中國的新詩。在「人造花」的「自序」中，她很坦白地自述着：「自然我不敢有那麼一個奢望把它稱爲現代詩。我只敢謙虛地說：我曾試圖以不陳腐的語言表現自己的感覺和永恆的情愫」。我認爲詩的創作，常會表現出一個詩人的限度，這是個性與觀念衝激的結果，也許觀念上已經佔在前衛的精神，而個性卻是傾向保守的一邊，那麼，我們不能勉強這種詩人立刻就成爲尖銳的現代主義者，那反而會變爲畫虎不成反類犬的四不像的畸形兒。

從「人造花」這一部集子看來，作者一旦歸國，似乎也難免呼吸到國內詩壇的空氣，而受到感染，作者在無意中也流露了被影響的痕跡。

也許作者也有過選擇的接受和批判，但遭遇到消化不良的結果，也有兩種困惑還待克服。且讓我分析問題的徵結所在罷！

一、意象的影響無法完全擺脫：這個困境不只是作者一個人的障礙，這是任何人都會遇到的困惑，但我們要努力去擺脫。

我們試比較下例兩首詩；我們先看一看李紅的一首詩「鷺鷥」（註㈢）：

在日沒後
仍未歸去的一隻
鷺鷥。
在不清楚了的空中
　在深處的一個
　　招喚。
猶之一個意志
在不寧的，未之分明的
　　回憶中

（一種煩倦）。

那麼，我們再看一看作者的一首「白楊與倒影」：

在長夏的烈日裏
溪岩上
一株高邁的
綠蔭煥然的白楊
及其投射於清淺之水底的
修長的陰影
宛若
一首光彩奪目的詩
及其用以形成的
潛藏於心靈深處的
未分明的意念

這兩首詩，在表現的手法上，在意象的處理上，後者都無法擺脫前者的圈子，我常這樣想，越是希望吸收別人的長處，越是需要吸納過程中的消化劑。

二、句法的影響無法完全變化：意象的影響是全面性的，句法的影響是片斷性的，套用已有的句法，容易失去詩本身的力量。例如作者在「皈依」中，這樣地吟詠着：

「有塵囂以紛紜來
有思潮以汹湧來
我的神
請與我偕行」

覔虹在「不題」中，也這樣地歌詠過：

「有顏彩以繽紛來，有江海以澎湃來
我的神，請上階石」（註㈢）

所以，不論是意象也好，不論是句法也好，我們要求創新，這是表現詩人創造力的所在，我相信作者「試圖以不陳腐的語言表現自己的感覺和永恒的情愫」；這種觀念是正確的，我非常希望跟作者共勉，朝向這方面來努力。批評不僅是在指出缺點，批評的責任乃是在一種創造的啓示和鑑賞的品味，換句話說，是在分析那神聖的一刻！

作者對人生、對自然、對愛情；處處流露着一種熱忱、一種執着、一種誠摯。「深山書簡」表示着她寧靜淡泊的胸懷；「月夜幻想曲」表現着她與自然默契的情操，有新鮮的意象，有濃郁的象徵；「愛戀」洋溢着羅曼的氣息，陷入愛的泥沼裏，一種無可奈何的無法自拔的告白；「華美的夜」有着中年人的若即若離的戀情，情意深遠。

我們從下例的詩句中，不難體會到作者是抒情的自由詩底選手，看似平凡，在平凡中有她那親切而平易近人的律動。例如：

『自淡淡欲溶的晨霧中駛出
自羞怯的霽光中駛出
旋轉旋轉
我們的車輪選擇了海的方向」（野柳行）

「啊神！

請引我同歸，自戀之窄門，渡一切苦厄
我欲尋索迷失了的智慧
此其時」（登指南宮）

「那時
我唯一的歡娛
將是反覆背誦你曾如何呼喚我的名字」（憧憬）

「我是那不愛面具的
我是那必戴面具的
終身的假面舞會
我之生存」（面具）

簡言之；作者對自己敢承認「假如有人強調現代詩人的聲音必需是冷酷的、悽厲的、枯寂的、晦澀的；假如有人肯定地說現代詩不是抒情的，只是主智的；或是現代詩所表現的只是現代人被物質文明分割後所感受的痛苦；那麽這本集子顯然沒有資格被稱爲現代詩」誠然，這種態度，比起冒牌的現代詩人，所發表的贋品，自然要可愛些，而且並不因爲不够現代，或不够前衞，就有落伍的自卑，現代詩人實在用不着打腫臉充胖子，這樣不欺瞞自己，而寫出自己眞實的心聲，豈不是更令人激賞，更令人尊敬麽？

註㈠：見收集在作者的「現代文學散論」的一篇「論新舊詩之分野與創作」。

註㈡：參閱張默與瘂弦主編的「六十年代詩選」：季紅的詩。

註㈢：參閱張默與瘂弦主編的「六十年代詩選」；夐虹的詩。

風的薔薇

白萩著
笠叢書
54年10月出版

文學當做一種創造活動的時候，是一種藝術；文學當做一種研究工作的時候，是一種科學。詩是文學領域中最精悍的藝術，也是最麻煩的科學。文學的墮落往往是詩精神的貧困；當詩人開始在詩的裝飾上玩花樣的時候，文學就開始走下坡路了；當文學研究者開始在美感經驗以外的所謂科學斤斤計較作者考證與作品年代的時候，文學也就開始變質了。我們並不反對語言學、文字學、音韻學、或訓詁學的研究，我們也不否定美學、詩學、文學史或文藝批評的研究，但這些科學如果要應用到文學活動的時候，他們也該遵守交通秩序，不得越過本份。

在我們這個國度裏，文藝批評壓根兒就沒眞正地生過根，也許在萌芽的階段，就又夭折了！固然我們不必寄望於整天埋首古籍，而毫無創作體驗的冬烘學究，來談所謂文藝批評；但是，我們一些實際從事創作的文藝工作者，就配談文藝批評麽？首先，我很懷疑我們是否眞正能把它當做一門客觀的學問來看待呢？我們是否眞正能調和主觀的愛好和客觀的態度呢？誰能跳出派別的圈子或門戶的偏

見，來做一種純粹的批評，不只是論及好或壞，不只是論及喜歡或不喜歡，而能提供美感經驗底本質的分析，讓我們更接近純正的藝術呢？

遠在民國四十五年六月二十一日商工日報的「南北笛」旬刊，詩人白萩在致江萍的「南北笛書簡」上說：『我以為詩人首要從書上從宇宙間的萬象，培養出一套人生觀，而用其有思想有感情的心來觀物象，像陽光伸探每一個角落，光線所及，萬物鮮麗。「心」，詩人要隨時隨地的用「心」，我感嘆目前詩壇上許多詩人都丟掉了「心」，因為只有懂得用「心」的詩人，才會寫出眞正的新詩，才會寫出「新意」。』

我想，創作固然要用心，批評則更要用心；用心去品味作品，用心去鑑賞作品，批評家要深入詩人內心的堂奧，然後，用精確的語言來分析他鑑賞的視覺，引導讀者體驗作者創造的歷程，批評不是捧場或謾罵，乃是批評家要負起自我省察的責任，也就是說對純粹的藝術負責，對眞正的詩負責。

也許做為一個詩人而言，白萩是相當早熟的；在他剛剛開始寫作不久，不但是因他的年齡，而且是因他的表現能力，由於廣泛的題材底嘗試，多樣的技巧底變化，時時呈獻新銳的風貌，難怪他會贏得繼楊喚以後，我們詩壇上一顆最亮的新星底榮譽了！（註十）

當他還是一個中學生的時候，他已經在我們這個詩壇上扮演了一個重要的角色。（註十一）從他那四百多首習作中選出了四十五首的第一詩集「蛾之死」；以及直到七年後的今日，他再推出這第二詩集「風的薔薇」；這是值得令我們玩味的。他除了詩作以外，也寫過詩論，繼林亨泰的符號論，而談圖象論；他的詩評，論林泠、夏菁和覃子豪的作品，都頗有銳利的眼光和獨到的見地。另外，他還嘗試練習翻譯英、美的現代詩，寫過一部未出版的散文集「紫色的花苑」；心有餘力時，還搞現代畫；雖然七年來，他一直是在商場中混日子，但是他也一直不能忘懷他那一支未生銹的筆。

「蛾之死」的出版，詩人白萩早期的創作活動就告了一個段落；而「風的薔薇」底出版，詩人白萩却表示是一個新的起點，他要整裝，從新出發！他底詩的創作活動，約可分為三個階段；這種分類法也許不十分妥貼，但是為了解釋他的作品底三種傾向，也不無幫助罷！

一、浪漫主義時期：這是指「蛾之死」前半部的作品而言，也就是他還未醉心於立體主義，還未主張以圖示詩以前的作品。所謂四百多首習作，大部份是這時期的作品；因為他的詩，意象奇特，想像豐富，我們不能視為素樸的浪漫主義者。在這時期，他有些模倣的痕跡，因消化得還够，沒有露出太明顯的跡象來。我嘗認為白萩很會偷詩，他極能溶化他人的經驗，所以，凡一首好詩給他一過目，他就極能加以品味，然後，再應用到他的創作活動上。

二、立體主義時期：白萩曾經自認爲他的圖象詩只發表了三首，就帶來了毀譽參半的騷動；大學教授如黎東方之流，搖頭騷腦地說；硬是看不懂！詩人覃子豪也頗有微詞，認爲白萩的詩觀未十分成熟；詩人林亨泰則認爲白萩對他的符號論只瞭解了一半；詩人季紅則以他的「流浪者」爲例，給予很高的評價。到底白萩的實驗是否成功了呢？就詩論詩，他那大胆地破壞已存在的詩觀，而令人感受到一種無法接受的痛苦時，他已給當時的詩壇打了一次強耍針了！這一點跟林亨泰的符號詩一樣，他們未必是成功的，但我們不能忽視這種實驗精神。論者嘗謂這是法蘭西現代詩人阿保里奈爾耍過的花樣，不錯，立體主義並非新奇的玩意，但有幾個人敢拿來在我們的中國文字上嘗試一下，革新一下呢？我們是否懷疑過我們所使用的工具底缺點，從而謀求改革的企圖呢？

三、現代主義時期：由於白萩自「蛾之死」出版以後，一沉默就是八年的時光，在這七年中，他從省教育廳和中興大學的辦公桌移到傢俱店的辦公桌，然後，自已當老板，然後，再改變生活的環境；在這期間，他並沒放棄寫詩，偶爾也發表一點，只是他有許多自已的看法，不能跟時尚苟同，不能隨流行改向，他要摸索，他要追求，他要建立起屬於他自已的現代詩的世界。

在「風的薔薇」底「後記」上，他說：「七年來的詩壇所籠罩的氣氛，令我極端地厭惡，似乎，有人可以沒有感動，而呻吟終天，沒有眞實的體驗，而做着知識的羅列，眞摯性一下子從我們的面前消逝了，我難得讀到不帶虛飾氣味的作品。其間，有一部份高唱着中國傳統，偷竊着唐詩宋詞的語句、形象。醉心於美文，造成新的宮艷體，滿篇軟巴巴的脂粉。出生在臺灣，而大寫江南風，身爲現代人，而迷戀於甄甄、洛神。江南到底成什麼樣子？他祗在古人的詩詞間抄襲，他的戀情，在一千多年前虛無飄渺的夢中！我一直這麼懷疑，江南與你的生活何干？洛神什麼時候活在你的身旁？他們有的是：在白天的街上碰到穿戲裝的那種造作的嘔味。另一部份却極端的搞時髦的超現實和存在，以資料這麼少的臺灣，以讀書這麼少的風氣，有才情的朋友們，或可寫出畫虎類狗的異產品，而大部份此類作品，全是漫天胡扯，造成一片囈語的世界」。他很沉痛地批判了一番我們的詩壇，並且隱約地啓示着什麼是眞正的現代詩，對於現代精神與技巧給予重新再認識。

當他潛心檢討各種詩風的流派，研討各種詩論的創作路線，他乃認爲詩是生活體驗的結晶，從而獲得意象，表現意象。在「人性的奠基」底代序上，他討論T·S·艾略特的創作觀，觸媒作用，以及所謂個人的才具與傳統的問題。他說：「個人的才具必需吸收傳統而見充實；必需接受傳統的砥礪才見光輝。沒有傳統的吸收與砥礪，才具是非常單薄，短暫，沒有依靠。才具必需投入傳統中鍛鍊，一面接受一面反抗，接受得越多，所付出堅忍困苦的反

抗力也必然越多，祇有在越多的情況下，詩人的創造越具深厚，心靈越見成熟」。

我認爲一個詩人的創作達到某一種水準的時候，想跨過那「無法跨過的距離」，是要費一大把勁的，而且要各種因素都醞釀到恰到好處，才有希望打開新的局面。詩人白萩以多年的創作經驗和生活體驗，重新再出發，對傳統，對個人才具都有一番再認識，這正是朝向現代的一個立足點。嘗有人謂白萩的才華已不若早期那麼才情橫溢了，我認爲這還是言之過早，當一個詩人要磨鍊他的心靈更趨成熟，收斂一點，脚踏實地一點，豈不是更隱健更有力量麼？

「風的薔薇」中的二十七首詩；的確，沒有「蛾之死」那樣的熱情，但在冷靜的觀照中，還是保持着白萩的本色。說起來，他是很難劃歸於某一主義某一派別或某一類型的，他一直有其獨到的表現方法，獨特的語言，他不斷地蛻變着，他對於未出現的美，具有一份探險的雄心。在這集子裏；「秋」表現了他對現實的憤怒，「山」流露了他對生命潛在的意識，「昔日的」坦白地陳述着過去的抱負，「叩門的手不再來」神秘地表現着流動的韻味，「夜的枯萎」在其律動中，有一種虛無感；「縱使」在其構圖中，有一片明淨的意境；而「暴烈肚臟的樹」，在豪邁的風格上，洋溢着一股雄渾的力量。

白萩的缺點也是難免的，往往就隱藏在他的優點上；因爲他對於意象的組成有其匠心獨創的本領，所以，就容易淹沒了他底生活的波紋，成爲一種空靈的世界，他有畫家一般透視的領域，使我們無法抗拒他所表現的世界，然而，我們將發現這世界也是有界限的，作者對這「無法跨過的距離」，他將如何來彌縫，如何來超越呢？

註㈠：參閱大業書店出版，墨人與彭邦楨主編的「中國詩選」，白萩詩選的短介文字。

註㈡：參閱大業書店出版，張默與瘂弦主編的「六十年代詩選」，白萩的詩底評介文字。

笠叢書

第一輯 業已出版

①林亨泰詩論 攸里西斯的弓（現代詩的鑑賞第一輯）
②白　萩詩集 風的薔薇
③杜國清詩集 島與湖
④林宗源詩集 力的建築
⑤吳瀛濤詩集 瞑想詩集
⑥桓　夫詩集 不眠的眼
⑦詹　氷詩集 綠血球
⑧趙天儀詩集 大安溪畔
⑨蔡淇津詩集 秋之歌
⑩陳千武譯詩 日本現代詩選

第二輯 編輯中

預定明年秋出版。願參加本刊叢書出版的詩人朋友，請與編輯部連絡。

中華民國內政部登記內版臺誌字第2090號
中華郵政臺字2007號執照登記為第一類新聞紙

笠　第十期

中華民國五十四年十二月十五日出版
出版者：笠詩刊社
發行人：黃騰輝
社　址：臺北市新生北路一段29號四樓
編輯部：臺北縣南港鎮公誠二村216號
經理部：臺中縣豐原鎮忠孝街豐圳巷14號
郵政劃撥中字第21976號 陳武雄帳戶
資料室：彰化市中山里中山莊52之7號
定　價：每冊新臺幣六元 日幣五十元 港幣一元 美金二角 菲幣一元
長期訂閱全年六冊收新臺幣三十元

11

笠　第十一期　目錄

「早春的詩祭」展覽資料

本社

籌備參加日本靜岡縣中央圖書館舉辦的早春的詩祭展覽，由於獲得我國各詩社及詩人們的支持與協助，得以順利完成。本社已將蒐集之各項資料，於去年十二月間寄出。本社並請同仁杜潘芳格女士趁赴日之便，往訪主持此項展覽的靜岡詩人會事務局長高橋喜久晴，適高橋氏因外出未晤。據杜潘女士稱，靜岡縣中央圖書館，頗具規模，建築甚爲氣派云。

我國送往參加展覽的資料計有：

一、笠詩社——

『笠』：1至10期。

『笠叢書』：白萩著「風的薔薇」、杜國清著「島與湖」、林宗源著「力的建築」、吳瀛濤著「瞑想詩集」、桓夫著「不眠的眼」、詹氷著「綠血球」、趙天儀著「大安溪畔」、蔡淇津著「秋之歌」、陳千武譯「日本現代詩選」。

二、創世紀詩社——

『創世紀』：12、14、16至22期。

『創世紀詩叢』：朵思著「側影」、洛夫著「石室之死亡」、張默著「紫的邊陲」。

三、現代文學社——

『現代文學叢書』：方莘著「膜拜」、桓夫著「密林詩抄」、杜國清著「蛙鳴集」、葉維廉著「賦格」。

四、葡萄園詩社——

『葡萄園』：2至14期。

五、野火詩刊社——

『野火詩刊』：1至4期。

六、其他——

『詩選』：張默及瘂弦主編「六十年代詩選」、笠詩社編輯文壇社發行「臺灣省籍作家作品選集第十輯新詩集」。

『詩集』：白萩著「蛾之死」、瘂弦著「瘂弦詩抄」、王憲陽著「走索者」、趙天儀著「菓園的造訪」、沙牧著「雪地」、黃荷生著「觸覺生活」、林郊著「消息」、陳錦標著「玫瑰底神話」、楓堤著「靈骨塔及其他」「枇杷樹」、吳瀛濤著「瀛濤詩集」、李果著「雨的故事」、許其正著「半天鳥」、李子士著「跋涉」、陳金連著「鄉愁」、綠蒂著「綠色的塑像」、黎明著「金陽下」。

『雜誌』：「青草地」。

七、作者親筆原稿——

沙牧作品「歷史的假面」、楓堤作品「秋與死之憶」、趙天儀作品「墜落的乳燕」、白萩作品「Arm Chair」「窗」、桓夫作品「殺風景」「咀嚼」、林宗源作品「旅社」、杜國清作品「復活」等，均由陳千武翻譯成日文。另有詹氷、吳瀛濤、林亨泰、錦連作品各若干首。

現代詩座談會

——笠詩社正式成立暨笠叢書第一輯出版紀念

時間：民國五十五年元月元日　地點：臺北市武昌街新光物產保險公司五樓

主席：吳瀛濤　紀錄：杜國清

出席：（筆劃順）

王詩琅、巫永福、杜國清、李文顯、李篤恭、李魁賢、林煥彰、林錫嘉、吳濁流、吳瀛濤、洪炎秋、施叔青、徐和鄰、陳千武、黃得時、黃荷生、游阜儒、喬林、葉泥、楊奕彥、趙天儀、錦連、魏畹枝

主席：今天是民國五十五年元旦，笠詩社請大家聚集在這裏舉行現代詩座談會，一方面懇切地希望大家對「笠」一年半來的努力給予批評和指教；另一方面針對着現代詩當前所面對的問題，不論是主題內容或表現技巧，希望大家發表高見，尤其最近有些老一輩的人往往對新詩有看不懂的情形，到底是表現技巧的問題呢，還是所表現內容的關係，希望大家藉這個機會提出個人的看法。

吳濁流：對新詩我沒什麼說的。不過有一位日本漢詩人イマセキ曾經對我說：用漢詩語言已有三千年歷史，但新的語言一兩百年就要改變一次，這是什麼理由呢？他要我想一想。我現在只介紹他的意思供大家

主席致詞

做參考。

趙天儀：吳先生認爲漢詩語言有其淵源，而白話詩與古詩一刀兩斷。事實上明朝以前就有用接近日常生活的語言表現精神靈魂的作品了。梁實秋先生曾說：新詩的成功才是白話文學的成功。受外來的影響之後語言需要轉變，如當初翻譯佛經時有些直譯的話如阿彌陀佛，至今已能上口成言。今天白話文受歐化的影響是不能否認的，但要眞正使詩命延續，還需要時間，不是四五十年的事。不久以前認識一位朋友林耀福先生剛從美國回來，他說有一次有一位朋友將中國的現代詩翻譯成英文，外國人說倒像外國詩，因此他提出要回到中國風的問題。今天的中國人已不是生活在古典的境界，要表現現代生活需用新的工具新的技巧來表現。而寫新詩的人最需關切的是——眞摯性。這也是笠同仁所一向強調的。

吳濁流：有許多教堂對現實的問題往往不談，像宗教失去約束力量等，只講將來的問題。新詩也一樣。現在的問題是：新詩是否中國的，沒有僞造的，是否模倣的，這些不講，只考究將來。不管將來怎樣計劃，我們這一代的人要寫現代人懂得的語言，表現此時此地生存的眞實性，否則語言不通，不能表現自己的感情，怎能寫詩呢。

李篤恭：有少數詩人的作品確是模倣的，但問題並不嚴重，將來一定會被時間淘汰的。現在臺灣，現代詩每一首可說都有眞實性。我有一位女學生寫的是：「姊姊我錯了，我很痛苦，請原諒我。」這幾句話表現雖然非常平凡，但很眞摯。現代詩之眞摯性，吳先生大可不必擔憂。每一位作者提起筆即在追求眞理，儘管寫出來的東西可能很幼稚，模倣的；追求哪有不是眞摯的呢？即使虛僞，在心理學上講也是眞實。至於古詩或新詩哪種比較眞摯的問題，我想都眞摯，只是古詩裏文字遊戲的成份太多。詩有新舊之分。新詩由外表描寫到內在描寫，外在形象破壞，進入內在階段。舊詩只寫外表，不能觸及內心。現代詩，像現代畫、現代音樂一樣！必須用感覺、想像、推理等，舊詩只是訴說寂寞，寂寞如此而已，不能令人感到眞正的精神活動。因此讀慣舊詩的不能了解新詩。有些人看不懂新詩而懷疑其眞摯性；我以前也看不懂新詩，但我不罵虛僞，我要先了解。寫舊詩的只知道二加三等於五的算術，怎能就罵起看不懂的微積分呢？那是無知。我以前看不懂黃荷生的詩，那是我的無知吧了。

趙天儀：關於鑑賞，我有一個問題，就是我們的整理工作做得太差。鑑賞前的基本修養是很重要的。繪畫或音樂有時我們雖然不知道眞正表現些什麼，但仍能承認不懂，因爲它較需專技的訓練；詩就不同了。然而很多人誤以爲懂得語言，就懂得詩，這是一個詩的再教育的問題。事實上，對西方各派作品和理

論的了解，我個人仍感涵養太少。舊詩不知經過歷代多少學者的研究、探討、註釋，大家才能了解，因此現代詩的鑑賞，需要這種學者的研究工作。

洪炎秋：昨天接到吳瀛濤先生的電話，我因血壓高，中午必須睡午覺，但想聽一聽各位寫新詩的對新詩的看法，也就趕來參加了。新詩雖然很多人看不懂，我想一定有它的價值，不然大家怎麼還在繼續寫，還有些人在看呢。八年前我得到 China Fundation 到歐美十個月當 Visiting Scholar，我到處去參觀，圖書館啦，博物館啦，美術館啦都去，對古代的一些作品還看出好處來，但近代的就看不懂了，可是 Picasso的畫可賣千萬美金呀。我想現代詩也一定有它的價值。任何一種文學演變必經相當困苦努力的階段。中國古詩從四言到離騷，從離騷到五言。五言詩在前漢末年就有了，但沒有好的，班固的詩簡直不通，要到建安才有好的五言詩，到六朝又變成律詩絕句，但也一直到唐宋之間才是大家所懂的。新詩的歷史才四十多年，太短了，非有一百八十年不能有好的作品，大家不要求之過急，其中也許有很好的新詩，但我們這代的可沒這份修養可以了解了。新詩一定要用白話，用新的精神表現，舊詩絕不是表現現代人的，再好也好不過李太白的了。已經千百年演變的舊形式一定不適合的；形式一定要現代的，不要怕模倣，語言雖不同，一定有共同精神在，將來互相影響，只要適合的都可吸收。總之，一、用白話絕對正確，二、用新的形式，即使外國形式也可以。

主席：洪先生對我們的鼓勵很大。從第一期起洪先生就是「笠」的訂戶了。

黃得時：自從笠成立後，我每期都收到，對各位在文化沙漠裏不斷努力的精神很感佩服。新詩，我是外行；年輕時雖也寫過一兩首，那是笑話。最近感到不知是腦筋落伍，還是整天埋在舊詩堆裏的緣故，有些新詩實在看不懂。就像一些現代畫，看不懂的只好說是「印象派」的了。現代的作品以從前的藝術觀是難以了解的。究竟新詩該不該令人看懂呢？到底什麼才是新詩創作的正確路線呢？舊詩中西崑派李義山的詩也是不容易懂的，但看後却有一種渺茫的感覺，好像抓到了什麼。當然詩也不必都像白居易的老少都懂。到底爲藝術而藝術呢或是爲人生而藝術呢？前者表現天才的藝術感，後者與人生該有關係。這個問題未解決之前，新詩的問題是不能決定的，各人有各人的看法，因此詩的風格也很不同。一個民族的語言文字不是一開始就發揮到最美好的地方。中國文字之美發揮到最高點是在什麼時候呢？我想不是漢唐的詩，而是五代宋以後的詞。詞的形式替代了唐詩，原因很複雜，但詞中描寫的都很現實，都是身邊的事物。形式我們當然不再延用了

，但詩之基本情感在舊詩裏是否可能學到？古詩人其作品流傳了幾百年，底下必有與現代詩人共同的東西（詩的感覺，或叫什麼的）可否供現代詩人參考。新詩由胡適的嘗試集之後，朱自清、徐志摩的作品可說有傳統文學夾在裏面再加上一些外國的東西。本地幾位先生所做的詩受傳統的影響較少，西洋或日本的影響較多，外國形式當然可吸收，但傳統中合乎詩的要求的詩精神是否可以保留發揮（並非意謂守舊），因中國人寫的詩該會有中國民族的特色在。

王詩琅：年輕時雖然也寫過詩，但可說是不知所云，黑亂寫的。詩是時代精神內心的表現，同一時代的每個人都會感應才對。我年輕時所讀的新詩，能感到感情澎湃，但現代的新詩感情是很薄弱的，我知道，這是時代不同的影響吧。

游卓儒：舊詩唸起來懷古是當然的。年紀較大的對舊詩還存懷念，因此反對新詩，這不必太討論。舊詩唸起來覺得沒有力量，而新詩容易引起物質文明的快感，像看現代畫一樣。

陳千武：現代詩不容易了解，可能作者也有同感。不但中國這樣，日本，西洋也一樣。問題主要的是在表現技巧方面。詩的本質古今中外都是一樣的。詩史的演變，主要的是在表現技巧的改變。現代社會科學相當複雜，因而影響到詩人的精神方面；要表現現代詩人複雜的精神感受，與以前的表現手法是不相同的。例如「這朵花是紅的，很美的」這是每個人都懂的表現，但現代詩人並不只表現外形，而是藉image以表現詩人的精神爲內容而說：「這朵花像我昨天被刀割的血那樣紅。」這種感受就不同了。刀割與花紅間之關聯在詩人的精神上有與其生活特殊的關係存在。在「笠」第十期翻譯有鮎川信夫的詩論，說「把門打開吧」這句話在房間裏說毫不新奇，而且大家可懂，但是在荒野中講出這一句話的不是詩人就是瘋子，含有特殊的複雜的精神動態。只能說出花紅那種表現的時代已經過去了：以種種image表現引人聯想，使人感動的才是好詩。

巫永福：我與詩可說隔離很久了，但詩的精神與本質古今是不變的；現代詩有許多人看無（不懂），該是技巧，語言用法的問題。有些是想說的「意思」與表現脫節；有些是過份賣弄文字這是觀念上的問題，有些表現的內容是大家都懂的，文字技巧却不能表現，例如做衣服，只要 design 好，則穿起來自然適身合時。

葉　泥：剛才各位發言的我大多聽懂。洪炎秋先生和黃得時先生說的完全懂，完全對，我無條件接受。前些時候我在中華商場書攤上買了一本日本昭和三年出版的武藏野的「星空」，其中的表現手法與我們的現代詩比起來，我們已經落伍了。主要的原因是我

們缺少批評，不是公說公有理就是婆說婆有理，有的人認爲只要說出作品「好」或「不好」，就是批評，這是根本上的錯誤。批評該是將作品放在什麽「位置」的工作才對，至於合不合自己條件的問題都是偏差。前幾年我爲「自由青年」選新詩稿，有一篇寫七月的作品用上「榴火」兩個字，發表後，有人指責說：古人說是五月榴花照眼紅，說七月則不行。本來「榴火」在從前詞章家中多有所見，而且古時用舊曆，五月差不多等於現在陽曆七月，未嘗不可。有些老先生從小讀千家詩開始的，看不懂新詩不足爲怪，而眞正能從舊詩中走出來的，當然不成問題，最怕的是那些似懂不懂的半調子，或有成見的人，這我們可以不必理會。

趙天儀：談現代詩，我們需注意兩個問題：一是詩學的問題：我們談「詩」(Poetry) 這個字眼，是否彼此在語意上有交通；比如說那風景很有「詩意」，但「詩意」並非詩，詩是表現了的。二是美學的問題：我們要注重美感經驗的本質，我們欣賞的「心理的距離」，過與不及，都不能使我們更逼進美感經驗的內容。

主席：關於新詩當前所面臨的問題，新詩創作的路線藝術與人生的問題，以及目前詩壇現況，對批評的提倡等都是「笠」一向所追求探討的問題。謝謝大家寶貴的意見，使得今天的現代詩座談會可說是很成功。

座談會後部份人員合影（楓堤攝）

前排右起—錦連、李子士、桓夫、杜國清、喬林。

後排右起—施叔青、李篤恭、林錫嘉、林煥彰、黃荷生、游阜儒、葉泥、趙天儀。

笠下影⑫

羅行

我想：詩即用簡單而恰當的字眼，表達純粹而完美的構想。而形式、韻律、文字的技巧和氣氛的形成，僅是詩之成爲表現藝術的各種現象，對詩之本質並沒有決定性的影響。故徒務形式，或搜索辭彙來炫耀學問淵博，或玩弄文字魔術來標榜曲高和寡，都是捨本逐末，無助於詩的創作。

I 作品

感覺

終於我也看見了，翩翩的天使之羣，
用了我的信仰，山的堅貞與海的深情。

然則，四月的夜迷魅而難描畫
（該有一顆星流過
　向遙遠的島沉落）
——寧靜如我，涼如水，
美的固定，冷漠且永恒。

鏡子

透過了小小的牢獄之窗
終於，和被深深禁錮着的
孿生的「我」相見了。
縹渺而又憔悴的呀！

伸手觸摸那分隔兩個世界的垂直平面，
於是掌與掌緊緊地貼着了。

於是，相對無語，淚落涔涔。
喧嘩正起自四方
——是風的笑聲。

贈歌之三

摩莎娜，別離多美。
我倚着青青的山坡看雲，
一隻水鳥撲翅而起，
淙淙的流泉從脚邊掠過。
白鳥飛過。雲在水中流過。
昨日亦在水中流過。
留下這隱隱的懷思，凝成
點點寒星從薄暮昇起。
便是北辰的明眸的感謝，也得八十六年
我把南窗的布帘扯起，山風進來
輕輕地吹熄第二十支小小的紅燭
我心像小羊的酣夢那般安祥
聽階前的音樂格外神往：
貝多汶交響樂NO. 5.

晨

畫眉鳥的歌聲閃爍在河邊的樹上
你慵懶地抖落羣星，抖落迷魅的夢
卸落朦朧的暗藍的覆披，乃現霞裳
你輕盈漫過，我神往你的豐姿
風景照耀着：花的感謝與草的歡愉
美麗的晨景展開在我的敞窗，我歌唱
那如畫的遠山籠一層薄霧，我讚美
讚美你披紗的黑髮，秀麗的黛眉
但是，我也常被聲音擾動，令我徘徊
哪，那正是你的深林裏鷓鴣的低鳴
鶯啼婉轉。你披一襲朝陽，亮澈了
這山，這樹，這草原和清溪
我佇立在獨木橋上，任微風掩蓋着
我變得很小，小如一滴露珠
小如一顆感謝眞誠的淚

Ⅱ 詩的位置

一個人的個性，是因多方面底發展而形成的，當某種氣質佔優位的時候，並不意味着就否定了其他的氣質。因此，詩人強調着知性的優位時，並不能抹殺其抒情的成份。以知性的覺醒來促進詩創造的活動，乃是使詩的表現更深沉更富於暗示作用。

詩人羅行曾經同時用兩個筆名發表作品；雖然說連他自已都不知道那一個才是屬於他眞正的自已，但我們從他發表作品主要的園地來看：在「現代詩」發表作品的路平，是較理智的，重視詩的表現技巧；在「藍星週刋」發表作品的江萍，是較情意的，富有詩的濃郁情愫。當楊允達和羅行都在臺大求學時，也曾經編過臺大當時的「青潮」詩刋。所以，由以上所述從羅行在詩壇上發表作品的傾向和情況看來，他該是屬於「現代詩」的系列裡，正如林泠、黃荷生一般地，同時他也是「藍星週刋」所推荐的重要作者之一。

Ⅲ 詩的特徵

人有感情才顯得可愛，有思想才顯得聰慧，可是，感情沒有想像的過濾，思想沒有意志的透視，詩不能醞釀成熟，而成爲創造性的藝術品。也許羅行在知性與抒情之間徘徊，在理智與情意之中掙扎，我認爲只要是感情眞摯，思想凝鍊，兩者總有個適當的融會。現代詩人也可以歌詠愛，也可以寫出屬於我們這一代的戀曲，只要不是落於俗套的情感的告白，熱情並不可怕，冷靜也並不怪誕。

從他的詩作上，彷彿映照着他少年時代的初戀一樣的純情，這種自然而然的抒情的調子，是一種眞摯性，而不是一種強說愁罷！

羅行也沉默好幾年了，也許沉默一點，更能使一個詩人在冷靜中反省，在靜觀中默悟，而提昇自已認眞生活。因此，天天想寫詩，而不在生活中反省的準詩人，是否也該沉默些呢？

Ⅵ 結語

事業是理想的寄託，職業是現實的安排；一個詩人，能學習其性之所近，來爲社會服務，固然不錯；而能學習性質不同的科學，反而能擴展其生活的領域。如果說詩是生活所啓發的產品，詩人而兼爲其他的工作者，更能使他保持一份反省的客觀精神。

詩是詩人所夢想的創造的事業，但詩人也有所謂現實生活的一面，在今日的社會，詩人也該守着工作的崗位，一旦心領神會時，詩興才會如流泉似地湧現出來。

笠下影 ⑬

薛柏谷

如果我們能深切地體會到我們需做到叫一個讀者在讀詩之餘也感到「我也一樣懂得以詩交談」—— I could talk in poetry too（見T. S. Eliot之 Poetry and Drama 一文）——那即是說使一般讀者在他們的生活裏對詩這一文學形式都已習慣而不陌生，則我們自有待於更多更大的努力。

I 作品

肖像

啊，麗莎，麗莎
誠然，麗莎可說是我昔日的
幻思的影姿，或者，也象徵
我的新生的意志
而終於你也長成，長成
一株樹，且以繁葉呈現

美

在夜裏，推開窗子
不藉燈光照臨，我也恆能認識
你隱約顯現，美如稻花
在那薄暈而有弦月微光的夜裏的
我亦恆能認知
在遠方微明的柔柔夜空底下
那將是一廣延的
廣延的城市

神聖的季節

—O listen, it's not a barren season.

有一朝醒來，聽見你的聲音來自河面，而
你在霧中
　我在岸上等待着，啊，我兒，我兒
在你誕生之前，我亦不知
創造對我有什麼甜蜜的慰藉，但
我喜於你的母親以暗黑子宮將你孕育
她亦來自霧中，來自冬季雨中沼澤那邊
當我們休息於古廟堂之前
　葉已落
　落盡的樹底，以一手抱擁濕淋淋的她
我知有人已將去年冬天整個吊殺在這棵枯去的樹
在這樹下我等着，你是將來的季節，我等着，你在霧
中
　我兒，我兒

逃亡

——我逃自一位不曾熟悉的朋友的婚宴
而雨珠，啊，雨珠
帶着凜冽滑過冬季
那雨天的空中
那好幻思的男子走過
水濕的繁街，頃刻之間
他已經逃逸，或許已經融去
在街上，黃橙綠藍紅紫青的
雨水
那好幻思的男子，或許在白晝
逃亡自教堂祈禱的時間
他也受難痛苦
一如我主耶穌
他　現在已經走過水濕的
街上——流着紅橙綠藍黃紫青的雨水
他　且以不安的脚步
蹣跚跑過雨的街上
還遲疑。他望着明日
像一隻鹿，以及
牠的可愛的頭，以及
牠的枝狀的犄角，而逃亡
在街上的，雨之林

Ⅱ　詩的位置

從「現代詩」的早期，薛柏谷便已斷斷續續地寫作着，但他之受我們詩壇的重視，也許要來得晚一些。他可以說是在「現代詩」的中期以後，才發揮出他的潛在力；一則他的詩逐漸地成熟，閃耀着他冷靜的光輝；二則他的翻譯逐漸地精練，顯示着他研究的熱忱。

也許是跟詩人方思親近的緣故罷，黃荷生和薛柏谷都頗受方思的感染，那種內心冷靜的觀照，使詩域在內省中擴展；方思曾經被指爲歐化，黃荷生也被視爲艱深而難懂，然而，由於他們的詩底潛移默化，不知不覺地就習以爲常了。薛柏谷的詩，因爲較爲流暢，也就沒有所謂晦澀的傾向了。

他除了詩的翻譯以外，也翻譯了不少英、美和日本的現代詩的理論，多半發表在「現代詩」、「筆滙」與「詩•散文•木刻」等刊物上，其中以「現代英詩的背景」（註）一書較爲完整。我們可以說他是「現代詩」這個系列中殿後的詩人兼翻譯者。

（註）薛柏谷用徐澂的筆名翻譯此書在「筆滙」連載過。

Ⅲ　詩的特徵

在中國現代詩的發展過程中，也許我們可以把方思、黃荷生、薛柏谷歸納爲一個獨立的系譜。中國現代詩人所面臨的困惑，便是在受外國現代詩的衝擊和影響之中，如何突圍，而創造屬於我們自己眞實的心聲；也許冷靜一點，多運用我們的感性，多發揮我們的智慧，在方法上革新，在本質上創進，才能使我們的現代詩逐漸地開展。

方思的詩是在內省的知性集中精細的表現，黃荷生的詩是在敏銳的感性探求意象的表達，而薛柏谷的詩呢？他在音帶上，似乎比方思流暢了些；在色感上，也好像比黃荷生明朗了些。他的詩也許沒他們兩位那麼尖銳而突出，而且更冷了些，但是也較容易引起共鳴。

由於他在詩中流露了較廣的生活的投影，詩篇雖然稍長，卻自有其流動性的節奏和明麗性的色彩。

Ⅵ　結語

我們認爲一個詩人沉默了一段的時間，也許有加深認識和反省的可能。可是，如果只是因爲洗手不幹而沉默下來的話，卻是頗令人遺憾的。曾經對創作和翻譯認眞地下過功夫的詩人薛柏谷，我們希望不久的將來會再聽到他心靈的聲音。

推荐作品

桓夫：

野鹿

野鹿的肩膀印有不可磨滅的小痣　和其他許多許多肩膀一樣　眼前相思樹的花蕾遍地黃黃　黃黃的黃昏逐漸接近了　但那老頑固的夕陽想再灼灼反射一次峰巒的青春　而玉山的山脈仍是那麽華麗嚴然　這已不是暫時的橫臥　脆弱的野鹿抬頭仰望玉山　看看肩膀的小痣　小痣的創傷裂開一朶艷紅的牡丹花了

血噴出來　以回憶的速度　讓野鹿領略了一切　由於結局逐漸垂下的幔幕獵人尖箭的威脅已淡薄

很快地　血色的晚霞佈滿了遙遠的回憶　野鹿習性的諦念　品嚐着死亡瞬前的靜寂　而追想就是永遠那麽一回事　嘿　那阿眉族的祖先　曾經擁有七個太陽　你想想七個太陽怎不燒壞了黃褐皮膚的愛情　誰都在嘆息多餘的權威貽害了慾望的豐收　於是阿眉族的祖宗們曾經組隊打獵去了呢　徒險涉水打獵太陽去了呢——血又噴出來

艷紅而純潔的擴大了的牡丹花——現在　只存一個太陽　現在　許多意志許多愛情　屬於荒野的冷漠　在冷漠的現實中　野鹿肩膀的血絲不斷地流着不斷地痙攣着　野鹿却未曾想過咒罵的怨言　而創口逐漸喪失疼痛　曾經灼熱的光線，放射無盡煩惱的盛衰　那些盛衰的故事已經遼遠

野鹿橫臥的崗上已是一片死寂和幽暗　美麗而廣潤的林野是永遠屬於死了的野鹿那麽想　那麽想着　那朦朧的瞳膜已映不着覇佔山野的那些猙獰的面孔了映不着夥伴們互爭雌鹿的愛情了　哦！愛情　愛情在歡樂的疲倦之後昏昏睡去睡……去……

試釋方莘、維廉的詩

張默

一、方莘及其「致孤獨」

從亞爾培．卡繆的「訪客」到Ｊ．駱賓士的「與韓馬修共乘一輛吉普車」，從「夜的變奏」到「睡眠於大風上的人」，再從急鼓般的「咆哮的輓歌」到浴於無限和諧的「致孤獨」，方莘滑行的步姿，頗有「衝浪曲」令人震顫而又極端驚愉的感覺。

要批評一個人的詩，必得要檢視他過往一串連續下來的創作的歷程，方莘一開始寫作時，即受到Ｊ．加洛克「搜索的一代」濃厚的影響與超現實主義異香的浸襲，他是以一己的感覺與時間作長距離的賽跑，他把一己的思想、觀念、意象、歧義等等置於現實的深處，且於適當際會作最尖銳的披瀝。如搜集在「膜拜」中的短詩「月升」。

黃昏的天空，龐大莫名的笑醫啊
在奔跑着紅髮雀斑頑童的屋頂上
被踢起來的月亮
是一隻剛吃光的鳳梨罐頭
遽然作响

這首詩非從習慣性的傳統觀念開始，而是利用一己的潛意識，捕捉月升時那種尖銳的感覺（詩人心中的景象）的，尤其是最後三句，把主題點得恰到好處，它給予人感悟的成份，絕不是傳統詩所能期企的，誠如Ｓ．史班德在論詩的創作時所說：「一個詩人最重要的莫過於有一個完整的目的，以及把握這目的，勿使喪失的能力」。方莘沒有輕易放棄這短短的幾行，足資證明他一開始寫作時就已具備了表現的而非傳達的才能。

自「月升」之後，方莘創作的運力如一隻圓圓的火球在現代詩的海平線上猛烈地推進，於是他寫了「夜的變奏」，「膜拜」，「去年夏天」，「咆哮的輓歌」……諸詩作，據他自己的解釋：「眞正的詩是一個生生的整體，把形、色、音、義於動中使其生出無窮的變化」。證諸他的這些詩作，是實驗多於模製，創造多於因襲，凡現代藝術（如電影、雕塑、音樂、繪畫等等）所可能運用的手法，他在「膜拜」中都大膽地嘗試着，前些時有人渾稱他爲中國的戴蘭．湯瑪斯（Dylan Thomas），不過我個人偏愛的是他有湯瑪斯的沉毅與機智而無湯瑪斯的晦澀與幽

默。

大略地檢閱他的過往的創作，現在我的渴於釋評的眸光，不得不落在他的近作十四行「致孤獨」上。

「每一天使是驚怖的狂喜」，在「致孤獨」中，一開始，他就觸到了里爾克在空大的「姆楚特」微辭中慢慢流去的時間，沒有難耐，沒有空漠，沒有記憶，……有的祇是觸及時間眞神所放射出來的驚喜，他樂於孤獨，在孤獨中一己生命在靜靜地展佈，其實他的心也許是分裂的，憂鬱的，可是他以反諷的口吻，而開始了異常瀟灑的第一行。「致孤獨」以接近和諧的調子開始，且亦在同樣的手姿下完結，它給予人的情趣與默想，遠不知超過文字數量的若干倍，接着他說：

在孤獨中　肌膚幼嫩
我是惟一的沐浴者

詩人的心是多麼的細膩與亢奮，細膩的是因他抛却塵世，獨自享受那在孤獨中的恬美，連他的肌膚也因恬美而變得幼嫩了，亢奮的是，惟詩人才是孤獨老人的朋友，所謂懂得孤獨的人是有福的短短兩行中，方幸連連捕捉精緻的語言，使其產生無窮的魅力。

讀了前一段，作者又把人引入到另一個情趣盎然的世界。

當你驀然降臨（多羽的巨掌
攪動一天迷離的大潑墨）
你的噓吸是一脈新磨的鋒刃
冷光瑟瑟獵過　百合
盈盈開遍我每一激渴的毛孔
讓我存在　獨對一盞醇美的怡然

這一節當較前面更爲精微而婉轉，什麼「多羽的巨掌」，「你的噓吸是一脈新磨的鋒刃」，「百合盈盈開遍我每一激渴的毛孔」……這些鮮凝的話語，實在是難以解述的，「多羽的巨掌」許是暗指孤獨來時頗使人駭然，但也是十分可親的，且隱隱放射無窮的生命的遍力，而「你的噓吸是一脈新磨的鋒刃」，卽展示孤獨的降臨是無法抵禦的與無法抗拒的，它的一呼一吸均與我們生命本體緊緊相連在一起。此地請不妨注意一下，「巨掌」、「鋒刃」、「冷光瑟瑟」、「激渴的毛孔」等等非常冷肅的字眼，它們全然在一種「矛盾的情境」中嬉戲着，眞所謂欲擒故縱，若卽若離，使我們在巔沛的意象中極欲一餐「孤獨之美」。

在偃臥之處　我是一枚微喘的
忻悅　一隻猶溫的卵

自這些句子的背面，我們復又體玩出作者一時興起的蒼勁與悲涼，前一段是極欲沐於孤獨中而飽餐孤獨之美，而現在是在孤獨裏浸得太久了，心裏微生不悒的感覺，可是一時又難於啓齒，而不得不（無可如何地）說出如上的句子，但在最後，他又不得不慷慨地指出——

飲者當你振翅攀升而去
你是橙紅色天空裏
飛翔的一隻白鷺

那種蠻不在乎的，那種悠遊低飛的，那種令人不忍驟

去的情愫，全在這最後一節中展佈出來了。「致孤獨」在語言的創新上，感覺的流動上，意象的放射上，以及富有抒情性的隱奧，是我樂於作此剖析的最大的理由。

「致孤獨」，不是方莘創作的「巨型建築」，而是一尊小小的素描，它沒有「睡眠於大風上的人」那麼勁頭十足，也沒有「膜拜」那麼森然不可侵犯，更沒有「去年夏天」的無可奈何之美，可是他畢竟是十分精緻的，如果沒有這些，中國現代詩爾後怎能建築起摩天大厦來。

二、葉維廉及其「仰望之歌」

葉維廉處女詩集「賦格」自五十二年八月出版以來，瞬已兩年有餘，我不知想要爲「賦格」說幾句話是多麼艱困的事，感於一個詩人創作的眞誠，我是常常被迫不得已時才去從事評述的工作的，況且迄今還未見過對它專門評介的文字，儘管李英豪有一篇見解極爲精闢的釋「河想」（見「好望角」十三期）。但是我們無法把它當作一本專著的評介看，而我今天，也祗能找出其中比較喜歡的一首詩「仰望之歌」來，略抒個人一些特殊的感受罷了。

要評釋葉維廉的詩，必先進入他的創作的領域，而像「降臨」那樣氣勢森然意象饒富的作品，個人思維的觸角實在難以抵達，我之放棄全面的評釋，無法克服對「降臨」的難題，這不能不說是一個最大的理由。

葉維廉的詩，氣勢有之，謹嚴有之，張力有之，深度有之，甚至「自身俱足」的意象也有之……初接觸它時，彷彿我們是在雲霧裏穿行，迷迷濛濛，等到一旦撥開眼前的魔障，你會驀然發現，他詩中精神綠洲實在遼闊之至。他從未逼着人們去讀它，但是當你一旦深入他的堂奧，你會愛不忍釋地苦苦去追探他的心靈的領空，我就是在此種初覺其怪異與晦澀的氣氛中而開始接觸與喜歡他的詩的。

「仰望之歌」不是葉維廉最好的作品，可能確是一首很重要的作品，論氣勢，他沒有「降臨」的壯闊，論進程，它沒有「赤裸之窗」的多變，論意象，它沒有「河想」的圓潤與繁富……但是，它自有其存在的價值，這價值就是作品本身，我們惟有深一層地去挖掘，才能體悟得到它的眞摯的美點。

「仰望之歌」是立基於現實，可是最後所呈示的風貌却是非現實的，它的秩序是嚴密的，也是舒放的，它的意象是繁富的，也是純淨的，它的進程是遲緩的，也是快速的……「仰」詩可說是作者苦悶心靈所展開的活動的紀錄的縮影，從前面的引語——「在一個荒落的小站上，一尊皺乾的佛像悠悠醒來」——就建立了一個十分美好的架構，以後一層一層地展開，非常奇特而穩定，直至我們一口氣讀完它，心中還餘留着它的那份難以捕獲的豐盈的影子。

丟掉的記憶把我承住，我就舒伸

因爲祇有舒伸是神的，我就舒伸

一個根基穩實的詩人，無不是掌握語言的魔術師，一開始，詩人就把我們引領至一個多麼安祥而又平和的世界，雖然我們無法界定「丟掉的記憶把我承住，我就舒伸」，究竟所指爲何，但是它給予我們心靈的感受却是異常的濃郁，讀時的喜悅已遠逾尋求解釋詩句的本身，這不能不說是現代詩最大的功能，如勉強給以解釋，此句係由「一尊皺乾的佛像」轉化而成，似無不可。

白翅的膽望入你們馱負習俗的長雲
而跟着清白的風河萬里在嬰兒
空無的胸間一再複述，你們進入光
一若一頭獅子走向水邊，聲音進入你們
樹便散開，扇形的記事就移出圍牆

詩人的願望自這幾句中可以隱約地透出，「白翅」，「長雲」，「風河萬里」，不但成一鮮明的對比，且暗示詩人的胸襟是何等壯濶，第二、三、四句宣洩生命本體所隱伏的力量，不然「在嬰兒，空無的胸間」怎能「一再複述」（注意此四字的動向）。接着「你們進入光」，「聲音進入你們」，這表示一切無往而不利，一切都在默默進行着。維廉詩中類似這種相尅相生的情境是隨他的筆觸以俱來的，詩人不是以肉眼去看視大千世界，而是以心眼爲之。所以「樹便散開，扇形的記事就移出圍墻」，「樹」與「圍墻」都不是形容現實的事物，至此，他已全然跳開龐雜的巢穴，他的心靈的舞步已經沒有一點點間阻，這種內在的氣勢，作者非具有最敏銳的感受力，是無法達到這種既堅實且澄明的境域的。

而孩提富庶的月光
忽然在衆多的竚立間穿出

這是詩人特爲製造的「動作」的高潮，以此而轉換一下情緒。「富庶的月光」，「在衆多的竚立間穿出」，是一種什麼樣的景象，童稚的幻想，記憶，以及一種與生命本身息息相關的希冀的追尋，由此而全部傾出。「穿出」一詞尤其佳妙，使人產生無限的驚喜。緊接着「一串裸浴女子的水珠在廣場上迎接」，「而擠滿了臉的窗戶敞開來歡呼」，可以看出維廉的世界是不斷地進變着的，這些原本冷峭的意象在詩人的心靈裏轉了彎，且彼此相互探觸，呼應與吸納，使其從語言本身衆多的歧義中，產生互相撞擊的迷人的音响。

接着詩人又把我們帶入另一個世界——

我的流行很廣的奧德賽，因爲
城鎮已依次自造
在盛夏鋸木板的氣味中
神與饑饉依次成爲典故
在梁桁間葉子不負責任的搖曳

開始我曾說過，「仰望之歌」是立基於現實而直指向非現實，但是從「在盛夏鋸木板的氣味中」以及「在梁桁間葉子不負責任的搖曳」當可察出詩人畢竟是不能完全摒棄現實世界而獨自生存着，祇是詩人的軀體不得不置於現實，而心靈的火箭則早已穿雲而去，所謂「神與饑饉依次成爲典故」，恐怕再沒有比這樣更犀利的觀察，而把一切的

俗務自詩人的心靈界剔去。

因爲是風的孩提
因爲是雲的孩提
（那些是新來的客人自花姿
那些是船隻自容貌
那些是藍自凝視
那些是糖
自山色）
因爲是風的孩提
因爲是雲的孩提

「風」與「雲」同是流動的自然的氣體，他以此而展示詩人視覺的幅度，好像「風與雲」一樣難以捉摸，刻刻生出無窮的變化，本節雖然所描述的是現實的事物，可見令人有超然物外之感，彷彿它們遠離事物的本身，獨自森然而突立，這不能不歸功於作者所掌握的那一些些奧妙的氣氛。所謂「客人」自「花姿」，「船隻」自「容貌」，「藍」自「凝視」，「糖」自「山色」，他把這些不相關的事物放在一起，以超越常人的想像暗喻着。這種切斷聯想系統的手法與配合中國語文的特色，我以爲作者是掌握得相當的成功。

我的木馬在凌波上
我的鈴兒在說話中

詩人雲遊了很久，所以偶而挿上兩句不是童話的童話，我覺得是無可厚非的，何況它們與上面的語句又是一脈相承，且「木馬在凌波上」，「鈴兒在說話中」其本身都富有高度的戲劇感。

下面一節詩以比較快速的語氣讀下去——

當欲念生下了來臨與離別
當疲色的形體逼向車站
當燃燒的沉默毀去邊界
風的孩提
雲的孩提
你們可知道稻田怎樣被新穗所抓住
我怎樣被故事，河流怎樣被兩岸
兩岸怎樣被行人，行人怎樣被
龍吞蘭的太陽？

這種連鎖的，近乎探詢的，一層緊似一層的意象的動作，實是全詩的精華所在，詩人的願欲在這一節中完全宣洩無遺，他是太激奮了，太迷惑了，太沉重了，甚至那種被逼迫與無可如何的進退維谷的情境，統統在這裏一股腦兒地拋出，存在的迷惘，生命的焦慮期盼的難耐，在在促使詩人不得不作這樣的詢問，也許那詢問是沒有什麼結語的，所以最後他又緊接上幾句：

花朵破泥墻而出，我舒伸
因爲祗剩下舒伸是神的，就舒伸
向十萬里，千萬里
十萬里，千萬里的恐懼

「仰望之歌」——難道眞是作者「向十萬里，千萬里的恐懼」所作的無窮的仰望嗎？

附記：「仰望之歌」，原刊「創世紀」十八期，後收入「賦格」內，全詩凡四十二行，是不分段的一氣呵成之作，但爲便於「釋」起見，乃不得不分割之，用特說明。

現代詩用語辭典（六）

吳瀛濤 編譯

主知主義

Intellectualism（英語）。哲學上，則爲將情慾統括於理智之下的立場，例如，笛卡爾、亞倫等是。文學上，則與主意主義，主情主義相對，在理論及實踐上，均以優越的知性及思惟，判斷爲其最高原理。它是處於第一次世界大戰後的社會混亂與思想的不安狀態中，要守護西歐文明的傳統，權威和美的主張，而對着偏重情感的感情，文學乃至向一切權威企圖了反逆的前衛藝術，曾主張知性的優越，強調精神的絕對性，並以由理智去求道德的，實踐的秩序爲文學的目標。

在第一次大戰後的社會不安和矛盾的環境之下，當年青的前衛藝術家們，或由達達主義，或由超現實主義，或由未來派等，正嘗試着對既成權威的激烈的反逆與破壞的時候，且另有一部份人從現實的混亂與矛盾逃避到以官能爲中心的耽美主義，享樂的主義的時候，他方面却自主知主義的提倡，它相反地把官覺，官能等所有的情欲置於知力之下，主張絕對的精神，固守輝煌的孤立主義，這也是時勢所趨的當然結果。

它又可以視作針對於大戰後發生的普羅文學破壞了既成的文學秩序，因而產生的純粹文學的底流，而成爲了對於西歐文明傳統的守護與對道德的憧憬，詩方面的保爾・梵樂希、T・S・艾略特，文藝理論方面的朱里安・彭泰、哈佛特・里特，小說方面的奧爾脫斯・哈克斯里、布爾斯特等，均代表此一傾向。

又當時所發生的 Modernism（現代主義）也是主知主義的一面，係稱於各種思想、文化、生活、風俗上所能看到的知性的尖端的傾向，所謂 Modernist 詩運動，係自十九世紀末到二十世紀初所發生的詩運動。始初，它是以浪漫主義的反動發生的，到了二十世紀，雪蒂維爾姊弟、哈佛特・里特、T・S・艾略特等參加，曾盛極一時。

實存主義

Existentialisme（法語）。聯繫於實存哲學的思想上的立場，第二次大戰，經過法國作家J・P・沙特的作品而普遍發展爲一種文學運動。實存哲學是以實存（主體的、自覺的生存之意）爲中心概念，以爲哲學的思索之目的，並不在於由抽象概念去認識對象事物，而是要追究自己本身的存在，解明實存的自己。它始於瞿爾結戈特，而承繼於雪拉、耶斯伯、海特格等人。

文學上的實存主義，被認爲從尼采、陀斯妥也夫斯基等，以迄普爾斯特、紀德、赫克斯里、香易斯、卡夫卡等，再到現在的沙特。要將人間於其主體性把握的這種文學追求，深入了人間心理的底奧，挖掘着不安、虛無、絕望，形成不少鮮活特異的作品。惟與一切的社會條件切離，祇求人間固有的自由與責任的此項運動，因其如此，乃面對着各種矛盾，不過它對於僅置重外部條件而容易輕視着內部問題的文學方法所給與的刺激，是不可否認的。

沙特本身，在他的主張的過程，乃與抑壓人間性的事物鬪爭，如參加抵抗運動，參加戰後的和平擁護運動等，加入於所謂社會政治活動，然而實存主義的今後的動向，正因其內部矛盾，將是一個未知數。

非形象主義

Non-Figurative（法語）。要表現思惟的形象者。抽象主義（Abstrakt）是從具象事物中棄其偶然的要素而表現本質的普遍的要素，也可以視作一種具象的變型（Deformation），但是非形象主義並不意味着任何具象的東西。

此種非形象主義，在造型藝術方面雖有很多作品，惟於像詩這種言語藝術，純粹取材於思考的作品是看不到的。此因詩與造型藝術不同，它的全部素材的言語，而言語皆帶有「意義」，而意義在某一點無不與具象有關聯之故。

抽象主義

Abstract（英語）、Abstrakt（德語）、Abstrait（法語）。一般「抽象性」即解爲「具體性」的對象觀念。具體的概念係基於直接經驗的個別的個體概念，反之，抽象的概念則被解做與直接經驗沒有關係的，所謂一般的概念。因此，抽象係指稱從事物表象中所包含的種種特徵、表象，切離其一部份，而僅以所切離的部份獨立地爲思惟的對象之精神作用；惟於這種過程，爲「切離」必有選擇的判斷作用，於是，由判斷如何，抽象性與現實間的關聯乃有深淺之分。二十世紀初在西歐展開的抽象藝術運動，則在這一點，否定了祇是排在具體的現實上之布爾喬亞的美的概念，而要把它破壞，謀求美的自由的再構成，以之產生眞正創造的美。自此，未來派、構成派、表現主義派等均帶着了合理主義的傾向。從這種志向，對象和作者的關係被追求的結果，產生出作者本身成爲一種機能的操作。因此，抽象主義，在於其根源既有激烈的人間精神，同時則又在使其機能化所成立的關係上，作者會抱着在從現實抽象的裏面，自己恐怕存在於其中的那種不安。在今日的藝術方法上，抽象與具象，將這一點會提出問題的岐路。

詩方面的抽象主義，不作生硬坦率的主張或批評而以記錄人間深奧的內部，在這種場合語言被使用爲一種記號

，構成其純粹感覺的世界。

傳統主義

尊重傳統的思潮。它過去是對於現代主義或現代社會的弊害，主張地方或者農村的風俗，生活的健康，如法國十九世紀末到二十世紀初，則有巴里斯・毛拉斯等人即站於此種立場。一般地說，革新運動發展到相當時期，如不充分地顧及該民族固有的特殊性，會有採取反動的一派穿起傳統甚至民族的衣裳，把現在的不滿，缺陷和古老事物的美化作比較，而將人們的希望傾向爲反動的。這種藝術上的動向，且多與政治上的絕對主義或法西斯主義的加強結合一起。因此，革新運動須要時常探求民族的優良傳統，將之把握。今日在資本主義發達的國家，國民的傳統顯著地表現於該國的現代史，自文學方面來說，則表現於現代文學，所以像在有一些國家把傳統僅解作祇指稱現代以前的文化及民俗藝術者，乃爲錯誤。

新即物主義

Neue Sachichkeit（德語）。第一次大戰後發生於德國的藝術運動。這一個藝術運動和其他的藝術運動不同，並非先有藝術理論而後才出現作品的，它是在某一時代先有特殊的藝術傾向出現之後，對其傾向始命名的。而這一命名，據傳當初係由曼海姆畫廊的哈爾託勞普托適用於繪畫的。

這一思潮是從過去的浪漫主義，或從表現主義所具有的唯心論的傾向覺醒後產生的新的現實主義，客觀主義；它以爲以過去那種膨脹的心臟是絕對不能抓住完整的現實，而主張應把自己當做與構成世界的其他事物同樣的一種與件，要用冷靜謙虛的態度去觀察物體本身。立於冷靜的精神基盤上，對其所能找覓的偉大的事物之畏敬與歸依，此正爲這一個主義的根源。亞羅維士・保華說：「新時代的青年已比表現主義較少興奮，而比以前更健康地即於事物與藝術思考、感覺」。赫爾曼・本克士則說：「當時代的危機由於表現主義破裂了之後，在其淨化的氣氛內部，乃有對即物性的新的要求抬頭」。

這一運動如上述是對表現主義的一種反動，又可以說是從它所脫出；而爲思潮的根源之對物的關心，實則深負於馬爾丁・海特格、尼古萊・哈托曼等的哲學，他面它也被視爲由美國文明的合理主義找出其方向。

這一種藝術理念，在各種藝術分別採取多樣的形式發展。因此，外表上一見甚有差異的藝術家，往往也以此主義統稱。例如從里爾克、葛奧格，包含到凱士托納、普萊赫托等。又其即物性發展爲合目的性，也推展建築美學。

再者，這一項主義具有的對事物的依據，在其取材的選擇、解釋、記述形式上，常對其作品要求科學的要約，由此「報告」的形式終於在這主義中產生了所謂報告文學，小說方面的新即物主義，即指報告文學。

德國現代詩選譯 2

㦝剌柯作品 Georg Trakl

李魁賢

喇叭 Trompeten

在剪頂的柳樹下，棕色孩童嬉戲以及
新葉萌芽的地方，喇叭吹響着。一位守墓人。
緋紅的軍旗呼嘯過楓樹的悲鳴，
騎兵沿着空虛的磨坊，裸麥的田地。

或者牧羊人在夜裏頌唱，而牡鹿奔踏
進入他們的火圈，林中最古老的悲鳴，
舞者從一面黑色的牆舉升；
緋紅的軍旗、笑聲、瘋狂、喇叭。

【譯記】這是一首值得玩味的詩。在紛陳與層出不窮的意象中，蘊含着生命與死亡，安祥與騷擾，頌揚與悲悼的交錯；而「緋紅的軍旗呼嘯過楓樹的悲鳴」，及「舞者從一面黑色的牆舉升」，這樣鮮活且令人戰慄的意象，使我們久久不能釋懷。

驪歌 Gesang der abgeschiedenen

鳥兒的飛翔充滿了和諧。黃昏時
綠色的森林聚集在寧靜的茅屋裏；
鹿之晶亮的牧場。

小溪的水潭撫慰着黝暗的某些，潮濕的陰影
以及夏季的花卉在風中鳴響。
沉思者的額上已聚滿了暮色。

點燃一盞小燈，善哉，在他的心中
以及膳食的安寧；因爲麵包與酒
是上帝親手奉獻，兄弟的夜眼
寧靜地凝視着你，從困苦的流浪中得獲安息。
哦，生活在夜之舞躍的藍色中。

屋內的靜默也可愛地擁抱着古老的陰影，

紫紅的煩憂，偉大家族的悲哀，
虔誠如今在孤獨的孫兒中消失。

由於忍耐在石化的門口，愈來愈光燦地
自瘋狂的黑色時刻醒來，
冷靜的藍以及秋天閃亮的斜坡
寧靜的房屋以及密林的傳說
還有法規以及離別的月光的小徑
用力地把他擁抱。

【譯記】唯「沉思者」能有這樣收斂的情愫。既不流於感傷或強說愁，也不落入概念化的俗套。這是從深刻體驗以及勤於觀察得來的。這不就是我們應該深思的嗎？而詩中意象之新鮮、有力、耐人遐思，更是值得再三咀嚼的。

格洛得克 Grodek

黃昏，秋天的密林響着
致命的武器，金色的地平線
以及藍色的湖口，凶相的太陽
自其上滾過；夜擁抱着
垂死的戰士，野性的哀號
自他們碎裂的嘴。
可是靜靜地在柳叢凝聚着
紅色的雲朵，憤怒的神住於其間，
流下的鮮血，月般的冰冷；
所有的道路滙於黑色的腐朽。
在夜與天星的金枝下
妹子的影像逡巡在寂靜的林叢，
去迎候英雄的鬼魂，濺血的頭顱；
而秋之黑簫在蘆葦中幽怨地響着。
哦，傲慢的悲鳴，你黃銅的祭壇，
今天靈魂的熱焰被飼以震顫的苦痛：
未出世的孫兒。

【譯記】描寫戰場的慘狀。我們再度可以見到忒氏捕捉意象的技巧，以及表達能力的自如，瀟洒。

忒刺柯簡介

Georg Trakl, 1887-1914

奧國人，深深意識着世界的破相與邪惡，常覺自己是被脅迫最甚的人，因其服藥成習。他的詩，意象特別豐盈，里爾克嘗稱他爲純粹意象主義者。他的文字也不全按照文法。格洛得克戰役後，在葛里西安（Galician）死於自手，亨年廿七歲。

55·1·11

英國現代詩選譯 4

勞倫斯作品

D. H. Lawrence

趙天儀

鋼琴 Piano

溫柔地，在薄暮時分，一個女子對我歌唱；
帶我回到往年的憶念，直到我看見
一個孩子於鋼琴底下，鳴奏的樂器在鼕鼕
一個母親微笑和歌唱般地按着小小平衡的雙脚。

不管我自己，伏待着歌曲的熟練
誘惑我返顧，直到我心裏充滿了悲愴
在家鄉老樣的禮拜日的黃昏，跟冬天在戶外
且哼着讚美歌在舒適的客廳，叮噹的琴音是我們的嚮
導。

因歌唱者打破而成喧嘩，如今已是徒然
以龐大黑色鋼琴的熱情。孩子們的日子底
迷人的神韻是依靠我，而我的成年時代却是拋擲
在記憶的汪洋之中，我像一個孩子爲過往而嘆息着。

冬天的故事 A Winter's Tale

昨日曠野只是以疏落的雪蓋着灰色，
而今最長的草葉好容易才顯露；
依然她深深的足跡印在雪地，且離去
向着那山嶺白色地平線的松林裏。

我不能再看見她，自這霧蒼白的圍巾
朦朧了黑色的森林和陰暗了橘黃的蒼空；
但她正等待着，我知道，急躁與寒冷，伴着
嗚咽掙扎在她霜冷的嘆息。

爲什麼她來得如此急速，當她必須知道
她只是更接近了這不可避免的再會？
山是絕崖，在雪地上我的脚步緩慢地—
爲什麼她來了，當她明知我會告訴她什麼？

D・H・勞倫斯（David Herbert Lawrence 1885—1930）不但是一位小說家，而且是一個詩人。在他四十五年的生涯中，一共出版了三十七部的著作，其中包括小說、戲劇、隨筆、遊記、文學評論以及詩集等。主要的小說：有自傳性的「兒子與情人」（Sons and Lovers, 1913），被禁的「虹」（The Rainbow, 1915）和「查達萊夫人的情人」（Lady Chatterley's Lover）等較著名；詩集有 Birds, Beasts and Flowers（1923），Pansies（1929），Nettles（1930），The Triumph of the machine（1930）.Last Poems（1932）等。

雖然羅威爾女士曾經把他的詩收進意象派的詩選，但不論是從一種詩的理論或是從一種詩的運動而言，他對於意象派並不眞正感到興趣，羅威爾女士還引用了他早年的詩句來證明，並堅持說他是位意象主義者。

現代文明的發展與知性的發展幾乎是同義的，因本能底肉體的忽視，使做爲一個人的全人的統一性失去了，而形成生命力的涸渴，因此，勞倫斯力主現代的危機底挽救，非恢復生命本能不可，他要靈肉調和的全人（The whole man）；因他憎厭近代的知性，而強調了本能的重要性，這很容易被誤解爲知性的否定，而爲官能主義的肯定之意味，其實，他的生命主義，是對於支配着當時的英吉利社會的知性偏重與既成道德的肉體輕視底反逆而產生的。

從他的生平，我們可以曉得，因他父母不睦，而母親底異常的愛影響他很深。又他跟其恩師威克萊（Weekley）教授的妻子，一個德意志貴族的女兒佛里達（Frieda）想戀，終於佛里達跟她的前夫離了婚，然後，他們正式結合。

勞倫斯是一位性的思想家，一個熱情的心理學者；他要把人的分裂，自然生命的顯露阻止，對於現代社會的本質底批判，從藝術作品中表現着。

做爲一個詩人的勞倫斯，自也有其不可忽略的藝術才能，他有純粹詩人的才情。且讓我們嘗試鑑賞他的作品底那種眞摯那種熱情罷。

【鋼琴】借此題材，而回憶着家鄉的情景，使我們宛若置身於家常的溫馨，雖然一切都消逝了，但琴音依舊伴着過往的嘆息；這種抒情是自然的流露，不是感傷主義的強說愁的產物罷。

【冬天的故事】當冰天雪地，那寒冷的時光，離別的時刻已經逐漸接近，前途茫茫，多崎嶇的途徑；但他的小戀人仍然不顧一切的困難，冒着風霜，踏着雪地前來，而且「明知我會告訴她什麽」？這種情景，即不是哭哭啼啼的離情，也不是殺氣騰騰的絕情，而是用一種堅毅的愛來表現着。

寫詩應有感而發，任何物象，任何情景，都能通過藝術的表現而成爲詩的世界，問題是詩人如何涵養如何訓練表現的技巧來表達他所能感受的領域。

日本現代詩選譯 5

黑田三郎 Kuroda Saburo 作品

陳千武

歲月

在鏡中
如一支蠟燭靜立着
歲月一下子就被刼去
過去再潛入我之中
且滲出在外氣所接觸的地方
凝結

設若犯了殺女人之罪
我就是我究竟我就是我嗎
唯一最喜歡的
穿起美麗的衣裳悲喜交集裏
說「yes」或「no」的事遺忘已久

似風乘隙潛來的喲
無目的的恐怖喲
在鏡裏我看着我
逃亡就是失敗究竟逃亡就是失敗嗎

而如一支蠟燭靜立着時
歲月一下子就被刼去
過去再潛入我之中
且滲出在外氣所接觸的地方
凝結

妳也祗是

妳也祗是
一個平凡的女人而已嗎
忽有個傍晚妳說過
「不願你心煩啊
讓我一個人辛苦不就好了麽」

妳也祗是
一個平凡的女人而已嗎
忽有個傍晚妳說過
「祗要你給我一句安慰
無論我有多大辛苦
不就是等於得到充分的報酬了嗎」

妳也祇是
一個平凡的女人而已嗎
忽有個傍晚妳說過
「你眞是
毫不關心我這麼多辛苦
你眞是」

黑田三郎：一九一九年生於日本廣島縣，東京大學經濟學部畢業。「荒地」「歷程」同人。日本現代詩人會會員。詩集：「喪失的墓誌銘」「時代的囚徒」「給一個女人」「渴望的心」「與細小的百合」「黑田三郎詩集」。評論集：「內部與外部的世界」。現就職於N・H・K。

關於愛情的詩

※單純的構成

自古以來，歌唱愛情的詩實無法計數。但可以說沒有比愛情詩更難寫的。因爲愛情是萬人共通的體驗，要創造出有個性的傑作確屬困難，同時充滿了愛情的心最容易失去正確的觀察力。所以被寫得最多而最缺乏傑作的，也許就是愛情詩。

由此，我們來分析黑田三郎的「妳也祇是」這一首詩的構成是非常有趣的。在這首詩裏從頭到尾沒有向對方的女人說過一句「我愛妳」。可是全首詩裏却流露着複雜而難能的愛情。這首詩分爲三節，而各節的前三行均用同樣的語言反復着。且所連結的部分，都用「辛苦」做中心展開了詩的意境。「辛苦」什麼，雖然不明白，但不管是什麼「辛苦」，詩人總是認爲自己的情人擁有其他一般女人所沒有的什麼好處。但事實上聽到情人說「讓我一個人辛苦」或是「祇要你給我一句安慰，我無論有多大辛苦」等極平凡，俗氣而痴情的語言，而感到稍些生氣並對情人要獨占辛苦的心情也有點嫉妒。因爲情人之間不但是要同甘，而且要共苦。

因而詩人纔不得不說出「妳也祇是一個平凡的女人而已嗎」的這種話來。在第二節的詩裏就隱藏着詩人的這種情緒，且表面上寫出似乎在批評日本一般女性的形式。第三節並繼續着那種情緒，同時表現着另一種東西。請唸唸詩裏情人所講的話吧。「不願你心煩啊，讓我一個人辛苦不就好了麼」。初時情人確是那麼說過，但是現在她竟拗強地說出「你竟是，毫不關心我這麼多辛苦」。從「不願你心煩」再說出「毫不關心我辛苦」這些話雖然是矛盾，但這不是相愛的情人日常所體驗的情緒嗎？詩人在此稍些打諢所愛的人，同時確是對那樣表露執拗的愛人感到加倍的愛情。這首詩就這樣把這種雙重的情緒，用單純的構成，巧妙地表現出來。

※創造直接的意義

此詩各節都以同樣問話的形式開始。凡愛情的詩一般都喜歡採用告白、對話或追憶的形式表現。而現在的愛情

很多却非用這種的問話的形式不能確認其情緒的程度。對這種問話，那位情人的女性的答復就是各節括弧裏的詩句。

在第一節引起我們感受的是，一種自我犧牲的愛。在此，女性把發自內心的愛，當做自己的問題予以接受。在第二節爲了愛的苦鬪而疲憊了的女性，終於要求安慰。該想想現代的愛情是不例外的一種爭奪，不像昔日那樣在甘美的薔薇色世界裏可以悠然地相愛。爲了愛一個人，多少在內心都得向外界有所抵抗的。在第三節我們就可看到經過苦鬪而覺醒了「自我」。

由三節構成的這首詩，各節的前三行都以完全一致的詩句表現，而續於下面的二行或三行也僅有少些變化。這些變化的部份和沒有變化的部份的對照，在此詩的構成上是很重要的。變化的部份展示着所謂現代的愛的小歷史，沒有變化的部份展示着像概念的女性觀那樣的事象。

這樣「沒有變化的部份＝變化的部份」的對比，事實上似乎深刻到如下的對比，即「羣衆＝個人」、「外部的世界＝內部的世界」。由於讀到這首比較單純的詩的反復句，可以說我們已觸及了現代的愛的型態。

這首詩的另一個特徵，是所使用的語言極爲具體，沒有一句像愛的悅樂或愛的悲哀那樣概念的語言。完全使用着近於日常用的具體的語言，而詩裏却洋溢着愛的喜悅和愛的痛苦。比祇用「喜悅」或「悲哀」等形容詞，更能給我們數倍複雜的感情。如此用具體的語言來表現，是近來的詩最重要的一種表現方法。要創造具體的直接的意義，才是詩人的任務。

※使用日常用語

各節的前三行是反復詞，而其餘的各行乍見也像是同樣的語句。所以較性急的人或許會看錯了這是一首毫無哲理變化的詩。尤其看慣了刺戟性的語言的人，或更會感到不過癮。但若安靜仔細地讀，一行一行愼重地欣賞，就會感到這首詩是淺易而含有深刻的意義。

唸過了前三行之後，就聽到一個女人（似他的情人）的話，那種話於二、三節依序地變化着。而男人對那些話祇有「妳也祇是」的一句詠嘆意味的語言而已。女人這一方面就以自己的辛苦爲中心向對方表明其態度。初是哀憐的，其次提出小小的要求，再後是怨言。這些語言好像在通俗小說裏隨時可看到的、極平凡的。但全首詩裏却漂流着不惰於那種俗氣的明暗。

人物是，並無具體的不知誰的男女。時間是有個傍晚。場所是不明的，可任讀者的想像。在這種狀況裏，交際過一段時期的男女相遇了三次。像假倚的影子囁嚅私語。男人從開頭就對她如一般平凡的女人持有詠嘆性的批判，但沒有表明自己的態度。因爲他持有苦楚比較女人的苦楚，更複雜，更大之故。而女人毫不察覺男人的心，天眞誠實地把自己的情愫表明出來。對這樣單純無知的女人，男人用善意擁抱看待。就是這種詩的大意。靜肅的抑揚，雖無申述任何感情，但能使人察覺特殊情緒的氣氛。並從單純語言的構成裏，令人感受到人生的一幕。

艾略特詩選譯 2

J・A・普魯佛洛克底戀歌

杜國清

假如我底回話是向着
可以回返陽世的人，
我這團火焰就不再搖幌；
既然沒人能從地獄活着回去，
假如這句話當眞，就是
回答你我也不怕染上惡名。

那麼我們走吧，你我
當黃昏擴展在天邊
像痲醉在手術台上的病人；
我們走吧，走過半荒凉的街道
走過不眠的夜在細語的偏僻地帶
那些只住一晚的下等旅館，以及
蠔殼散亂的鋸屑的餐館：
背後的街道像一場冗長的議論
帶着詭譎的意向
把你引向無可逃避的問題……
哦，別問我「那是什麼？」
我們走吧，我們拜訪去。

婦人們在客廳來回走着
談論着米開蘭基羅。

暮色的煙霧在窗玻璃上摩擦背脊，
暮色的煙霧在窗玻璃上摩擦鼻尖
在黃昏底每個角落，伸着舌頭，
在汪着污水的池塘上逡巡着，
背上承載着煙囪飄落的煤煙，
溜過了陽台邊，突然下跳，
看出這是十月柔謐的夜晚，又在
屋子附近捲起旋渦，然後沈沈入睡。

眞的啊還有閒暇
讓暮色的煙霧在街上溜跶，
在窗玻璃上摩擦背脊；
還有閒暇，還有閒暇
準備一張臉會見你所會見的臉；
還有謀殺與創造的閒暇
還有從事每日所有工作的手

抬起的疑問掉落在你底餐盤上的閒暇；
你有你底，我還有我底閒暇啊，
在拿起土司喝茶之前，
還有躊躇百次猶在躊躇，
幻見千回猶且幻見的閒暇。

婦人們在客廳來回走着
談論着米開蘭基羅。

眞的啊還有閒暇
懷疑：「我敢嗎？」「我眞的敢嗎？」
還有回身走下樓梯
看見我頭上禿出中間一塊的閒暇——
（她們會說：「他底頭髮長得好稀喲！」）
我底晨禮服，我底硬領穩穩地架住下顎，
我底領結華美而優雅，以一枚樸素的飾針扣住——
（她們會說：「可是他底手臂和腿好瘦喲！」）
我敢
我敢擾亂宇宙嗎？
在這瞬間還有幻見與決斷的餘地
在另一瞬間完全加以否定。

因我早就熟識了那一切，那所有的一切——
熟識了那些黃昏，早晨，午後，
我用咖啡匙量出了我底一生；
我熟悉來自那邊房間的音樂
所壓下去的卽將斷氣而消逝的聲音。
現在，我能怎麼表示呢？

而且我早已熟識了那些眼睛，熟識了那一切——
那些把你們安釘在公式化的套語裏的眼睛，
當我被公式化地奪住，趴在釘針上，
當我被釘在墻上掙扎時
到底，要我怎樣
把日常的生活方式像煙蒂般吐掉？
現在，我能怎麼表示呢？

而且我早已熟識了那些手臂，熟識了那一切——
那些戴着手鐲露出的雪白的手臂
（但在燈光下，有着淺棕色的茸茸細毛！）
一時使我心慌意亂的
是衣飾裏的香氣嗎？
在餐桌上伸直或卷着圍巾的那些手臂。
現在，我就得表示了嗎？
我該怎麼開始呢？

……………

我得說嗎，我曾在黃昏穿過狹窄的街道
望見了穿着襯衫探出窗外的寂寞的男人

從他們的煙斗冒起的紫煙？…………

我寧是一對粗糙（如蟹）的鉗鈎
在沈靜的海底急急橫行。

…………………

午後，黃昏，如此安寧地沈睡！
長長的纖指愛撫着的，
酣睡的……疲倦的……或許它在裝病，
四肢伸躺在地板上，就在你我底身旁。
到底在吃過午茶與點心與氷水之後
我有力量將這緊張的瞬間推進高潮嗎？
雖然我曾痛哭絕食，我曾痛哭禱告，
雖然我曾見過我底頭(微禿的)被放在大盤上帶進來，
我可不是先知——何況這兒沒有重大的事情；
我曾見過自己偉大的瞬間的閃耀，
而且我曾見過永恒的僕人拿着我底外衣吃吃地笑，
總而言之，我眞是害怕喲。

在咖啡，果漿，午茶之後，
到底是不是値得呢
是不是眞的値得：
在瓷杯之間，在你我底談話間，
露出微笑就將事情呑擔掉？
是不是値得將宇宙揑壓成球
滾到那個無可逃避的問題？
是不是値得說：「我是拉撒路，我從死裏復活，
我囘來做見證，向你們訴說一切」——？
要是有人在她底頸邊放個枕頭：
「我可沒那個意思哪，一點也
沒有那個意思。」——這麼說也是値得的嗎？

到底是不是値得呢
是不是眞的値得：
在日暮，在前庭，在洒了水的街道之後，
在小說之後，杯茶之後，長裙曳過地板之後——
這個，以及其他種種之後？——
我沒法說出我眞正的意思！
就像幻灯將神經做成種種模樣放映在幕上吧：
是不是眞的値得呢
要是有人放在枕頭或解下圍巾，
然後轉身向着窗口：
「我可沒那個意思哪，一點也
沒有那個意思。」這麼說也是値得嗎？

…………………

不！我不是哈姆雷特王子，也無意是他；
我只是隨侍的貴族吧了，一個只能
堆動情節的進展，客串一二場面，
對王子進諫的隨臣吧了；無疑的，爽手的用具

卑遜且樂於被用，
足智多謀，深思熟慮而且小心翼翼的；
能夠高談濶論，但有點遲鈍；
有時，實實在在是個笑柄——
有時，完完全全是個（小丑）。

我老了……我老了……
我該穿上捲起褲脚的長褲了吧。

我底頭髮該往後梳開了吧？我還敢吃桃子嗎？
我該穿上白法蘭絨長褲到海濱散步了吧。
我聽到了人魚在互相歌唱。

我想她們不會再爲我歌唱了吧。

風吹着，海水一黑一白幌蕩着
我看到了她們向海上凌波而去
梳着隨波披散的白髮。

……………………

我們留戀在海底深宮，身邊
海女裝飾着紅色棕色的海草底花圈
直到人類底驚醒聲音，我們沈溺。

……………………

這首詩底題辭引自但丁「神曲」地獄篇第廿七章61—66行。但丁在地獄裏遇到基獨將軍底靈魂，那只是一團「話句和火光一樣閃爍的」火焰。但丁要求那團火焰表明身份——「這樣你底名字便可以永留在世上。」於是那火光閃動了一下，便回答以題辭的話。這與普魯佛洛克底關係是顯然的。基獨以爲但丁也是被判入地獄永不能超生的了，因此向他訴說一切醜行不怕染上惡名。普魯佛洛克訴說的對象是「你」，以爲「你」也跟他同病相憐——同屬於一個失掉信心、沒有信仰、毫無生活意義的世界；生命只是自憐自嘲自溺自貶的過程而已。這首詩以戲劇性的獨白，寫出普魯佛洛克在這人間地獄裏所受的折磨，以及對生命抱着失敗者底看法。

第一行提出詩中的主人公「你我」：「我」當然是普魯佛洛克自稱，但是「你」是誰呢？普通是認做一般的讀者；在此我們姑且認爲是普魯佛洛克宣訴心中的秘密的對象。

時間我們可以看出是在黃昏。透過說話者底心境投射出來的黃昏，「擴展在天邊，像麻醉在手術台上的病人」。這個比喻，象徵企圖從痛苦中解脫出來；黃昏底世界不是白天，不是夜晚，是介乎生與死之間的。世界瀰留在手術房的氣氛中；靜，不是自然底沈睡，而是有所預兆的沈默。

其次我們注意到所走的道路是一條「半荒凉的街道」：沈悶，下賤，瑣碎而陰暗，像「一場冗長的議論」。街

道底盡端觸及一個問題，剛剛浮現腦中，馬上被壓抑下去——「哦，別問我『那是什麽？』」。這暗示情緒底挫折以及潛意識底流露，內在的我似乎給到外在的我擊退了。

拜訪底目的地是婦人們談話的客廳。她們談論的是英雄人物的雕刻家米開蘭基羅，一個不同於普魯佛洛克的，宏偉的、對怯懦的他具有誘惑力的世界。

從十五行到二十二行我們看到更多的黃昏的氣氛。霧將客廳與外在世界孤絕起來。那是桑德堡底霧，以貓的意象表現。

從二十三行到三十四行表現兩個主題（Motif）：一是時間底主題。那個「無可逃避的問題」似乎觸及某些重大的，決定性的事情。那是他已經躊躇百次猶在躊躇，已幻見千回猶且幻見的事情。「幻見」（Vision）是個重要的字眼，可能具有某種基本的洞察力（Insight）那是眞理底一閃，美底一瞥。聖人、先知、神秘主義者、詩人都曾經有所「幻見」；他已經預感到即將來臨的改變了。二是「表面與眞實間」底主題。敏感的他，懦弱的他，要爲這個世界準備面具；他不敢面對現實；他需要僞裝了。

婦人底世界，愛情底誘惑不時在他心中反覆呈現。從三十七行到四十八行表現爲什麽他需要僞裝。因他惧怕嘲弄。細瑣而膽怯地「我用咖啡匙量出了我底一生」多無聊的生命！世界那含有敵意的眼光暴露出他底一切缺點和懦弱——！「他底頭髮長得好稀喲！」。時間底主題繼續發展着。在前一段他還有時間猶疑，現在歲月催人老的感覺，更增加他底恐懼。時間底逼近，他敢「擾亂宇宙嗎？」——這只不過是恐懼的自我意識底表現吧了。

從四十九行到六十九行表現爲什麽普魯佛洛克不敢擾亂宇宙。一、他自已屬於那個世界；全然是那個世界底產物的他，憑着什麽騷擾已接受的秩序？二、他對那個世界帶着恐懼。那敵視的眼光又出現了。這個恐懼使他不能「把日常的生活方式像煙蒂般吐掉」；即使他像標本般被分類，被公式化的套語釘在墻上。他底掙扎越來越尖銳。

從六十二行到六十九行與前兩段一樣，憶及他所熟識的那一切。他因「雪白的手臂」而動心，因「衣飾裏的香氣」而「心慌意亂」。在描寫浪漫的誘惑的句行間，却插進一句寫實的觀察：（但在燈光下，有着淺棕色的茸茸細毛！）這一對照，暗示感情上的激變，「現在，我就得表示了嗎？」在此情況下，他如何「開始」？發展到此已進入高潮：藉着虛線的標點符號表現，暗示從「怎麽開始」到「我得說嗎」的轉變。他有勇氣說出在「半荒涼的街道」上那些男人的寂寞嗎瞬間又以海裏一雙粗糙（如蟹）的鉗鈎的意象否定了。

危機過後，又回到了客廳，那煙霧迷茫的世界。黃昏靜靜的躺在「你我底身旁」——顯然，「你」不再是另一個人；我們在此必須下了結論：「你我」事實上只有普魯佛洛克一個人。或說一是內在的我，一是外在的我。當普魯佛洛克說到「你」時，好像面向鏡子對自己呼喚一般。在那黃昏的世界裏，普魯佛洛克沒有力量迫使危機進入高

潮——那個無可逃避的問題。表現在這段的時間底主題是：身體底衰敗與迫在眼前的死亡的感覺。他承認他不是「在猶太的曠野傳道說：『天國近了，你們應當悔改』」的先知，施洗的約翰。這個典故暗示一件愛情的故事：「到了希律的生日，希羅底的女兒，在衆人面前跳舞，使希律歡喜。希律就起誓，應許隨她所求的給他。女兒被母親所使就說：『請把施洗約翰的頭，放在盤子裏，拿來給我。』」(馬太福音十四章六到八節)莎樂美要求施洗約翰底頭，因他拒絕她底愛。普魯佛洛克也拒絕了愛；雖然他不是先知，只是他底世界底產物。在這個世界裏，死——所謂「永恒的僕人」——隨時拿着他底外衣吃吃地笑。他底死毫不莊嚴，毫無意義。於是，羞恥增加了自卑感，膽怯征服了戀情的自我——那個被壓抑的「你」。「總而言之，我眞是害怕喲。」

從八十七行到一一〇行，普魯佛克懷疑是否值得推進高潮，給失敗相當的理由。「將宇宙揑壓成球」模倣 Andrew Marvell (1621-1678) 底詩：「給怕羞的她」中的句子。這對怨人將他們底力量和甜密凝成最高潮的瞬間，但對普魯佛洛克來說，那個宇宙却被滾到「無可逃避問題」。既使他有膽量推展高潮，他感到像似從死裏復活的拉撒路。在聖經中有兩個拉撒路。一、出自聖經路加福音第十六章：「有一個討飯的名叫拉撒路，渾身生瘡，被人放在財主門口，要得財主桌子上掉下來的零碎充飢，並且狗來餂他的瘡。後來那討飯的死了，被天使帶去放在亞伯拉罕的懷裏；財主也死了，並且埋葬了。他在陰間受痛苦，舉目遠遠的望見亞伯拉罕，又望見拉撒路在他懷裏，就喊着說：『我祖亞伯拉罕，可憐我罷，打發拉撒路來，用指頭尖蘸點水，涼涼我的舌頭，因爲我在這火焰裏，極其痛苦。』亞伯拉罕說：『兒阿，你該回想你生前享過福，拉撒路也受過苦，如今他在這裏得安慰，你倒受痛苦。不但這樣，並且在你我之間有深淵限定，以致人要從這邊過到你們那邊，是不能的，要從那邊過到我們這邊也是不能的。』財主說：『我祖阿，既是這樣，求你打發拉撒路到我父家去，因爲我還有五個弟兄，他可以對他們做見證，免得他們也來到這痛苦的地方。』亞伯拉罕說：『他們有摩西和先知的話可以聽從。』他說：『我祖亞伯拉罕哪，不是的。若有一個從死裏復活的，到他們那裏去的，他們必要悔改。』亞伯拉罕說：『若不聽從摩西和先知的話，就是有一個從死裏復活的，他們也是不聽勸。』」另一個拉撒路是馬大和馬利亞的兄弟，出自聖經約翰福音第十一章：「耶穌……大聲呼叫說：『拉撒路出來。』那死人就出來了，手腳裹着布，臉上包着手巾。」兩個典故都是敍述從死裏復活的事。「從死裏復活」，對普魯佛洛克說來，是從無意義的生活中蘇醒；「訴說一切」即訴說關於死亡的可怕的一切，掘開他那埋葬了的生命，只是更加暴露自己的恐懼吧了。幻燈的意象，將他底感覺赤裸裸地呈映在衆目睽睽之下。他又一次受到無所適從的困窘。

從一一一行到一二〇行表現普魯佛洛克另一次的猶豫，說他不是受盡猶豫和絕望哈姆雷特，只是反逆的諷刺吧了。哈姆雷特，正像米開蘭基羅的作品，都是歷史上偉大的創造時代的產物，與普魯佛洛克底世界正好形成對比。他以可憐的自嘲，自比爲劇中的角色，或許是足智多謀的侍臣普尼阿斯（Polonius），或許是拍盡馬屁的羅森克蘭兹（Rosenkranz）或許是不切實際但有點遲鈍的奧斯里克（Osric），或許就是許多伊麗莎白時代的悲劇中那個小丑，雖然「哈姆雷特」中沒有這個角色。

第一二一行起，表現不再是羅曼蒂克的中年的心情。極其嚴肅的，面臨死亡的恐懼的氣氛，到此轉變成玩世不恭的態度，他要「穿上捲起褲脚的長褲了」；他要把禿頂隱藏起來；他要偷閒學少年那樣，「到海濱散步了」：完全是對中年的反抗。可是，她們不再爲他歌唱了。

海，象徵生活的泉源。在這裏出現的海的意象，充滿了美和活力，與普魯佛洛克所居住的世界完全相反：一是海上人魚凌波，一是海底螃蟹橫行。從第一段「蠔殼」開始，海的意象，即暗示那被壓抑自我的。

從一二九行到一三一行關於海上人漁的描寫，我們注意到那與普魯佛洛克原來的情況是大不相同的。使他「留戀」的不是婦人們談論米開蘭基羅的客廳，而是「海底深宮」，身邊圍繞着象徵愛戀的海女。可是此情此景，只在夢中：「直到人類底聲音驚醒我們」於是回到人間，只有窒息：「沈溺」。

這個結尾的「意美如」說明了普魯佛洛克底性格和境況：只有在夢中，他才能將自己沈湎在賦予生命的海裏；即使在夢中那個我，只是被動的，否定的自我，不能隨着人魚「凌波而去」。他不能生活在浪漫的夢中，只好讓那乾竭的「人間」使他窒息：可憐的普魯佛洛克只是一條離水的魚！

普魯佛洛克底世界是個半明半暗的黃昏底世界，迷夢般的，逃避了現實，躲在象牙塔底地獄中嘲弄理想被擊敗的創傷，那樣的世界。我們可以看出艾略特如何利用現代心理學上的原理來處理他底作品。普魯佛洛克宣訴的對象——「你」，是個被壓抑的自我（ego）。因從來沒人能從「地獄」出來，所以他敢訴出一切，而沒有被暴露的恐懼。這個「你」是潛意識裏的戀情的自我，性的本能，却隨時被現實中那膽怯的「我」壓抑下去。普魯佛洛克底戀歌，便是這個膽怯的「我」對那個戀情的「你」低聲細訴的戀歌。整首詩的主題便是以這個戲劇性的「你我」表現情感上的挫折和掙扎。艾略特對機智（Wit）下過定義說是「輕俘與嚴肅底合併」這句話正是這首詩最適當的註脚。

里爾克詩選譯 2

壹、形象之書(二)
Das Buch der Bilder

李魁賢

鄰居 Der Nachbar

陌生的弦琴，你在跟隨我？
在多少個遙遠的城鎮
你在寂寞的夜裏對我絮語？
你已奏過千次？或僅只一遍？

是否在所有巨大的城市
找不到你的踪跡
因已經在河流裏把自己流失？
而爲何經常把我追擊？

爲何我經常有如它的隣居？
並且不得不惶恐地歌唱
還說：生命的負載
比什麽事都還要沉重。

【譯記】還有什麽比流浪人夜聽寂寞人的音樂更要悽楚的呢？詩中所表現的不是單純的感傷，而是一種抑壓的苦悶所欲發洩出來的情感。

隱士 Der Einsame

像有人，遠赴陌生的海洋，
我永植在故鄉的泥土；
長久的歲月在他們的桌上虛度，
只是遠方對我充滿了想像。

一個世界向前逼近我的眼前，
或許有如月亮無人居住，
可是並沒有孤寂的感觸，
他們所有的文字都是共通的語言。

我從遠方攜帶來的事物，
和他們比較，顯得多稀罕──
在他們偉大的故鄉，這些都是生龍活虎，
此處，却禁閉着呼吸，好似很羞赧。

【譯記】這種內心生活的禁錮，不能與外在環境和諧一致的處境，正是詩人不得不寫詩的動力來源。

挽歌 Klage

噢，一切已遠揚
已長久消失。
我相信，那星，
我們可望見其光亮，
已逝去千年。
我相信，在那
馳過的舟中，
我聽見一些焦灼的語言。
在房中有一口鐘
敲擊着……………
在何等的房中？…………
我要從我心中走出，
頂上是廣濶的蒼穹。
我要祈禱。
衆星中之一顆
必定眞正還存在。
我相信，我知道，
何者獨自
依然留存，
何者猶如白色的城市
於天幕下立在光線的末端………

【譯記】仍可望見其光亮的星，却已逝千年，這是何等茫然無所依靠而又惶恐的憂鬱。然而，畢竟我們都該從心中走出，去擁抱無涯的蒼穹。

孤獨 Eisamkeit

孤獨有如一場雨。
去迎接黃昏，從海上升起，
從朦朧而又遙遠的地平線
迎向她經常屬有的蒼天。
然後從此天空降落到城鎭。

有如一場雨下在曖昧的時辰，
當所有市街轉向清晨，
而當肉體，發現了空無，
徘徊在憂愁與覺悟；
而當，互相憎惡的人們，
不得不擠在一張牀上睡臥：

這時，孤獨就乘着江河東流…………

【譯記】雨與孤獨，常是孿生兄弟。而以雨與孤獨的合一，從而歸於末段單句的詩，那種澎湃的孤獨感，便油然而生了。

秋日 Herbstag

主啊：時候已到。夏日已太長。
使陰影掩過日晷儀，
讓秋風在草地上吹揚。

令最後的果實都成熟；
再給予兩天南方溫和的時光，
逼使更爲完美飽滿，
且獵取那濃郁美酒的終極芬芳。

如今誰無房屋，也不需要再建築。
如今誰無伴侶，亦將長期孤獨，
亦將淸醒、閱讀、而且寫長長的信，
而且將在甬道上來囘走步，
不休止地，當黃葉飄零。

【譯記】濟慈的「秋頌」（Ode to Autumn）寫一垂死的人，由於病患而興起淡淡的憂鬱。里爾克寫此詩，却充滿了活躍的生機，成熟而又飽滿。而魏爾崙的「秋日之歌」（Chanson d' Automne），則是一首自我憐憫的弱者的悲嘆。

囘憶 Erinnerung

而你等候着，等候那
使你的生命不休止地成長；
無上的權力，非比尋常
把岩石喚醒，
在深淵，與你相向。

金黃與棕色的書卷
從書套內透出一線光；
而你憶起遊歷過的地方，
再度消失的婦人
那些形象，那些衣裝。

而你突然明白：就在此地
你拉攏自己，在你面前
佇立着苦悶與幻夢與祈求的
不可挽囘的一年。

【譯記】秋天是夢想的季節，當他在書齋中囘憶起那遊歷過的地方，那婦人，她們的衣着以及那些藝術品。而突然地發現歲月逝去，不可挽囘。這種由等候而突然覺悟到消逝，給予我們多麼大的警惕。

合評作品

秋的樹

致——MH

喬林

在一切都平息下來的時刻
天空把龐大的身軀藏隱
用半隻眼冷視
我們暴露射口　把整個身軀
力張爲一隻手
欲抓住什麽的形態

它，如此看見
幾眨眼之後
我們由圓肥
消瘦爲長條骨頭的架構
依然是
欲抓住什麽的形態
我們固執於我們的姿勢
努力
高伸高伸高伸高伸
幾眨眼之前幾眨眼之後
我們止步死亡
依然是
欲抓住什麽的形態

。它，如此看見

冬季三章

吳瀛濤

1. 陰季

冬夜，這都市是多麽地暗澹
華麗的燈光掩不住人間寂寞的寒影
毛毛雨，仍然是去年的陰季
聖誕紅也紅不了貧血的血液
何來憂鬱的賀年片
天上的鐘聲且何其遙杳

2. 失愕

愕然，於自己的影子
黑黑瘦瘦地，被風切斷

多陌生的，生也像那樣
像那樣的生，空空洞洞的
也被風切斷，抖於地上
被分離，直至於死

3. 找覓

戰火依舊，在陌生的國度
在一些越過海的異域

在那些動亂的距離
人類又在測量着明天的光暗

雙子星的會合如夢如畫
又一次創造了太空的神話

眞正的神却永遠找覓不着
而祇生的失踪，死的蔓延

工業年代的人

林煥彰

工業年代的人
裝置着馬達的頭腦
儀錶的顏面，以及
鋼鐵焊接的肢骨
日光燈的鬼眼

工業年代的人
不休止的轉着馬達的頭腦
以征服時間
亦欺詐莊稼的人

而儀錶的顏面畫着抽象的情緒
紅、灰、黑、藍的曲線起伏着
仍擺不了喜、怒、哀、樂的無常

一聲怒吼，一個震撼
鋼鐵們的肢骨
便將地球玩具般地提起
搖擺搖擺

神嗎，別再瞪我以日光燈的鬼眼
我倒要懷疑
——你也不是自我主宰的人

淚珠的

詹冰

感情的露點，
球形的晶體就凝結。淚珠有
意志的表面張力。
眞情的全反射。球體中
回憶的風景在旋轉。
悔恨的鹹味在對流。我醉於
用我的公式計算——
淚珠的引力大小。
淚珠的汽化熱。
淚珠的愛格數。啊，透過
淚珠的凸透鏡，
看到的是——
正立的實像。
神明的實像。
微笑的實像。

前夜‧孤絕者

金源

在一陣孤獨的沉寂之後，他始發現眞正「自我」的他。

自從昨夜他們即是怎樣
隱去、消逝
而當我發現這不是白晝
他們的影子一個也走得不剩了
連他們那當時來的時刻也不甚記得了
僅記得他們很像鴿子
一羣在一塊紅沙地上孵着夢的
病夫
滿臉長滿甚麼現代的，超現實主義的，骯髒話
可能連一個羅馬字也不識的傢伙
而他們進入到夜的內部去工作，去
仔細分析解剖夜如一張的屍體
可愛的珠串
他們在一個虛無夢幻的領域裏去尋求他們眞實感的世
界
而他們的世界是全繆斯轄着
而當我發現這不是白晝
而當我發現這不是白晝
他們的影子一個也走得不剩了

作品合評

日期：一月卅日上午
地點：后里張彥勳宅
人員：桓夫 趙天儀 吳瀛濤 詹冰 杜潘芳格 林宗源 張彥勳 林亨泰（遲到） 廖春發 林良雅 柯錦鋒 林德連 陳培峯 周銘淵
記錄：楓堤

喬林作品

——秋的樹

桓夫：像「致MH」這樣的副題是不必要的。詩人如果寫詩給某一個人時，他可以這樣題。但是一旦拿出來發表，則是給大衆的，而不只是個人。

楓堤：這一首詩似太重視了技巧，而跡近賣弄。它主要的意象，可以說在第一段便發揮得淋漓盡緻了。而接下去，只是技巧上的變化，還是同一的意象在反覆，並沒有深一層的表現。

趙天儀：這是受到題材的限制吧！因爲近年來寫樹的詩太多了，除非有新創，否則很難寫得好。這一首除了「欲抓住什麼的形態」外，對樹的特性，一種生命向上發展的慾望，沒有表達得很生動。「高伸」這種重疊用法，似乎已是一種習用語，不禁又使我們再度想起「燃燒、燃燒」及「敗壞、敗壞」。不可否認的是，作者對中文的把握有很強的能力。

吳瀛濤：描寫不夠深刻，可以說是普通的作品。

桓夫：除了表現了「欲抓住什麼的形態」外，沒有抓住什麼。

廖春發：我覺得作者的描寫是很切題的。「在一切都平息下來的時刻」是描寫秋天，「天空把龐大的身軀藏隱」，我的知道是陰天，然後「力張爲一隻手，欲抓住什麼的形態」表現了落盡葉子的秋樹，並非死亡，而仍有奮鬪的氣息。

趙天儀：詩的內容，這樣解釋是對的。但重要的是，作者並沒有達到進一步的境界。

吳瀛濤：可以說只表現了慾望，因此有留下空的外殼的感覺。「它，如此看見」的重覆使用，應該是重要的句子，但沒有使人得到是重要角色的感覺。我知道這一首詩的表現是不錯的，但這一句是敗筆。

詹冰：我讀這一首詩的印象是，有一種雕刻的美感。

趙天儀：我想這是喬林的作品。他在追求意象方面，是很有一套的，文字也很活。但在追求意象之餘，仍不易使人獲得很大的滿足。

吳瀛濤作品

—冬季三章

趙天儀：這一首詩，我沒有給分，所以最好請桓夫先解說。

桓夫：這種詩，有如速寫，要很有經驗，很老練的人才能寫出來。它共分三段，表現都市的陰暗，失愕的影子，找覓世界的光，都很內行。但這種速寫式，可能失之於僅在外圍打轉，而不能擊中要害。

楓堤：剛才在合評以前和蘭心詩社的朋友們談天時，桓夫兄曾談到，詩的表現並不是單純在題目的意指上，這首便是例子。表面是在寫冬季，實際是在表達現代人在工業社會的環境及處境下的失落與迷茫。

廖春發：我的意見是，寫得太長，應當可以再縮短。因爲每一段都用很多的句子，而只表達了兩個字，如「陰季」等。顯得太吃力，太浪費。

趙天儀：對的，語言的緊湊度不够，因此集中性散失掉了。

桓夫：因爲沒能集中一點更深地挖掘，故顯得分散。

詹氷：「永遠」二字似乎用得太早，顯得沒有勇氣。應當到老年時，再討論是否「永遠」找不到。

桓夫：生、死是何等重大的問題，而在此却這樣簡單隨意地寫出了「生的失踪，死的蔓延」，所以失去了力量。

陳培峯：這是寫我們這一代對生命的迷茫吧！

杜潘芳格：剛才談到這一點，引起我一些題外的話。我們中年的一代，在年輕時，有上一代給我們留下的希望。現在你們年青的一代，常感到失望與迷茫，是不對的。你們沒有上一代的約束，應當更自由，更有希望去追求。如果感到失望，那是失去自信，自己的努力不够。

桓夫：這個看法是很正確的，人生除了失望與迷茫外，還有另一面的努力與希望。

趙天儀：詩人應站在時代的前端，應該有更積極的人生觀。眞正受過災難的人，在描寫生死問題時，態度是很嚴肅的。目前有部份年輕人，以失落的一代自況，多少是從西洋文學作品讀來的經驗，本身有悲劇性感受者是極少數的。

楓堤：「秋的樹」就比這一首更具有生的意志。雖然落盡了葉，仍然企圖要抓住什麽。

吳瀛濤：這是我的作品。剛才聽了大家的意見，都很對。只是詹氷誤以爲是年輕人的作品。說我年輕，我是很高興的。

全體：（笑）。

吳瀛濤：我在寫「永遠」二字時，便感到太重，但爲了強調，不得不用它。實際上，任誰，甚至連神自己都無法斷定是否「永遠找覓不着」。本詩是速寫式的，所以不易集中，我這種創作法是有一個意象湧現，就趕快寫下來，但中間可能遇到另一個意象出現，便另起一章，所以常分幾章寫出。我這樣嚐試過很多，如「死四章」、「神四章」等都是。

杜潘芳格：老年人能够寫出年青人的苦悶，是很成功的。

林煥彰作品

—工業年代的人

吳瀛濤：這一首我採用兩分的原因是，我很鼓勵以工業為題材的作品。當然這一首並不很特出，只有第一段寫得比較好。可是起先「日光燈的鬼眼」是形容人的，最後又是神的。前後不符，而造成混亂。又如「欺詐莊稼的人」，寫得太離奇，這樣表現是不適當的。

趙天儀：這種題材是很不易處理的。作者是有所體會的。重點在最後的「你也不是自我主宰的人」，處在工業社會中，有無法自我主宰的迷離。詩素不够濃。但開拓一種新領域，無論如何，該給予鼓勵。

杜潘芳格：開始第一段是很有幽默感的，到後來，幽默感却消失了，未能保持到底，這是很可惜的。

趙天儀：後面太偏向於說明。

桓夫：這種說明性，用散文照樣可以表現的。

趙天儀：因為新的題材，比較不容易有意象的表現。

楓堤：這是控制力不够的緣故吧，為了急於表現，却缺乏尋找更好的詩的表現方法的能耐。

吳瀛濤：這種詩，要能力強一點才有辦法寫得好。所以要下很大的工夫，假以時日，當有人會寫出好作品來。

桓夫：選擇這一種題目來寫是很正確的道路。

趙天儀：題材是沒有關係的，主要的是別人未到的新領域，我們要進一步去開墾。

詹冰作品

—淚珠的

趙天儀：由於我曾經跟作者討論過這一首詩的創作問題，因此我先朗讀一次。

楓堤：我初次讀到這一首詩時，很為它的形式着迷。我們知道水珠在空中滴落時，由於表面張力的關係，是成為球形下降的。中間一排的「的」字，就如淚珠滴落時的模樣。上方，就如淚珠在臉上滑下，由於摩擦力的影響，所以成長方形。下方，因已經在空間滴落，所以一條一條的長線。但這只是形式所引起的美感。如今聽天儀兄的朗讀，在「的」字的上下空格都頓一下，使得「的」字的音節更為清脆，有如淚珠滴落時的聲響，更增加了音樂的美感。

吳瀛濤：剛才我們讀到工業的作品，如今這是用化學名詞來表現的。這一首可以說是用Wet的手法來處理的藝術作品。它的形相及聲音是不錯的，但要經朗讀才能體會到，既然如此，用散文形式也可以，似不必太拘泥於每一行都用同一的方式。因為這樣排列，有被切斷的感覺。

趙天儀：作者認為這一首詩如果是一支曲子的話，「的」就是伴奏。如果跟「工業年代的人」比較的話，前者是概念化的，而這一首比較能把握住意象。當然這只是嘗試，不能算

是偉大的交響樂。

吳瀛濤：各種嘗試都是好的，我自己也很喜歡這一首，只是感到不必太拘泥。

桓夫：以淚珠來表現了人生的一切。「球體中，回憶的風景在旋轉。悔恨的鹹味在對流。」都是感覺性的描寫，這是很難的。

杜潘芳格：這樣特殊的形式，唯有中文能够表達，是不能用外文翻譯的。

趙天儀：詩，向音樂方面追求，和向繪畫方面追求，一樣會走向極端。當然，是無妨做多方面的試驗。

楓堤：我是很不喜歡用試驗及嘗試這種字眼的，除非我們認爲有一種需要確定的形式，等待我們去發現與完成，否則「試驗」這種字眼便無意義。我想可能這都是起於怕被人指責爲形式主義者，因此以嘗試做爲擋箭牌，實際上，詩即不應有形式限制，它已是多方面的。當詩人有一種衝動以某種形式來表達，則寫下來發表後，已成爲作品，已經存在了，便無所謂試驗不試驗。當然，如果以某種特殊的形式反覆使用，和以某種意象反覆使用，一樣地會使人厭煩。

詹冰：我寫此詩時，想試驗來表現音樂，但不是古詩裏的那種音樂。我想把水珠滴落紙上的音響表現出來。這「的」字有如音樂裏面的伴奏一樣，就像打鼓的聲音。至於固定於每一行用同樣的形式，是要提醒注意的。

杜潘芳格：淚珠與微笑聯想，是很美的，令人感動。

楓堤：我們讀詹先生的詩，幾乎每一首都是組成一個純眞的世界；而瀛濤先生近年的詩大多在描寫「一團糢糊」的世界，眞是一個對比。

金源作品

——前夜、孤絕者

吳瀛濤：這一首好像已參加過上期的評選？

楓堤：是的，上期評選時因數分之差，未能入圍，所以留着這一期再參加評選。對於詩，見仁見智，各人看法不同。爲力求客觀，每期都是以評選委員們總計的分數高低來做爲錄用的優先順序，同時因每期的評選委員可能略有變動，因此得分便有差異。

吳瀛濤：這一首描寫了那些專門創作超現實主義作品的作者，這種詩材是很特殊的，很少有人採用。

趙天儀：「他們在一個虛無夢幻的領域裏去尋求他們眞實感的世界」，這是很大的諷刺。還有「滿臉長滿什麽現代的，超現實主義的骯髒話」，簡直是在指責了。

桓夫：可是這樣的表現法是太直接了。

趙天儀：自從超現實主義介紹到我國詩壇後，很多人沒有完全弄清底細。我們詩壇所談的超現實主義是很曖昧的。

吳瀛濤：「鴿子」像「孵着夢的病夫」，以及「骯髒話」都是表現得不恰當。

趙天儀：這種價值判斷，確實是不恰當的。如果要諷刺，也應當以超現實主義的手法來表現。這位作者本身對超現實主義，似乎也不大瞭解的。

吳瀛濤：這一類的題目是太大了，不容易處理得好。

欣賞作品

尋覓

唐以莫

混凝土和石灰的死乾，玻璃和塑膠的死冷
貶黜着躲藏在其間的建築者們；
而今唯有死亡能夠讓他們憩息於母親底大地。

一個生命迷戀着土壤的溫潤，
它步行着，在一片生命中。

生命鍛成了枝莖底臂膊，
生命伸成了草葉底戰矛，
生命揮成了樹葉底旗幟，
那綠色的大軍駐滿了平野山嶽；
孤立的磚瓦底堡壘們沉默地低蹲着。

這生命在進軍，在這片生命中。

生命笑成了水牛底健康，
生命舞成了鷺鳥底優美，
生命奮成了螞蟻底勤勉，
那多彩的大兵奔馳於平野山嶽；
茫漠的電柱底骨架們寂靜地相繫着。

這生命在高歌，在這片生命中。

在那片生命底統治下，
一個磚塊收縮了銳角，躺臥了，
一個鐵罐呆開着嘴口，餓貪貪地，
一個石牌靜坐着，在省思，
不久生命將掩蓋它們的醜惡。

鋼鐵底火車噴出着怒烟，輾躪了生命而過，
它旋即小小地遁逸，連同那一聲悲鳴消失掉；
公路底束帶壓捆着大地，
幾枝草葉底戰矛撕裂了柏油底皮革，
招搖着笑迎這生命繼續步行。

生命築成了喬木底支柱，
生命展成了枝葉底天蓋，
生命佈成了綠茵底地毯。

這生命憩息於這家園；

他摸着了自我，
自我屬於那片生命中。

狂流季

石瑛

噴射火舌的柏油路
旋舞的輪子　旋舞不停
滑過玲玲瓏瓏的畫廊
他走入室內　室內是花世界
把相思揉碎拾起裙邊的夢幻

時間流着狂熱　流着污穢的柔情
霓虹的火焰　燃亮慾意的眸影
冷冷的髮絲繫着陌生的嘲笑
繫着潮濕的年華　潮濕的戀

此地是紅塵　繁華如夢
哪一顆心傾吐生活的淒楚
哪一顆心跳動於肉色的狂歡
看紅霧的黑潮昇起眸想
微光下的咖啡是如此迷惑
小喇叭的奏曲　繚繞着
西方的言笑與黑色的嘆息
誰在此探索生命的虛無
在酒綠中陶醉於罌粟的陶紅
而玻璃櫥窗　展示霧季的顏彩
展示眸子與眸子閃動的藝術
且以惑人的微笑　招喚過客

如果現代是幅抽象的風景
你冰涼的手　握多少霓虹
除了星星　除了月光
玫瑰的色彩是最動人的景緻
我啊　如何跨過一季黑潮的干擾。

白色的情感

姚家俊

活得如此美好，如此鬱鬱，如此超脫。乃感覺到許多早晨的存在猶如我室內一盆素花存在之必然，僅僅祗是一盆素花、一盆素花，和一個名字、一陣昏眩、一陣氷涼。
那人越過閃光的牆，於是以冷冷的手緊握着另一世界，抖顫起來。
宛如有股溫熱流入你內裏（你是多麼清楚的

感受着它），你撫慰它，眞巴不得將它擁在你懷裏，它是你的衣裳，它是你的陽光——但它什麼都不是，因你仍穩定不住方向，你仍祇是「假如有一天……。」

不是燃燒；一種莊嚴的感覺壓迫着我，我追逐你枯白的屍體，你恒靜默，

但你不是　神！

冲積岩之歌

李　春　生

負荷過太多的流浪
我乃冲積之後的冲積岩層
任泛濫的洪水
　在我底額上開鑿數不淸的河床
任北風凋枯森林　雕我滿面蒼茫
　而悼念們　卻開滿她的衣襟
　　開滿她的笑容

因此　那個掘開世紀之前的拓礦者
問我：「如今爲何只以沈默歌唱？」
微微聳肩　掀一波小小的地震
「我不知道　我是誰？」

舞場速寫

林　錫　嘉

在圓圓的銅板之上
我們舞着
聽俏笑自灰茫的彼岸湧來

以銅板購買你美麗的笑語
　以及鋁粉裝飾過的春天
我們是飢渴的蛾
歡樂是灯，我惑然撲去
銅板是灯，你惑然撲來

在這黃昏的林間的世界
　煙霧昇起
不去想明天太陽是否還會回來

　舞在圓圓的銅板上
我扼殺凄然的孤寂
聽俏笑飄盪看
圖畫上的笑容
而後，心裏不留一點什麼地走了

窄門

金源

——耶蘇說：你們是地上的塩。

窄門乍開乍啓（鏘）
窄門乍啓乍開（鏘）

天堂以雷音　壓下
地獄以陰火　碰擊
支撐於天地間的一根水晶柱
狼牙捧擱置於其間
野地轟直　暴然
團團火火狼娃煙……
——亞當與夏娃齊齊奔來……

窄門之門是無門之門
既不通地獄也不通天堂
窄門之外
有你。
窄門之內
無影　無踪
窄窄門之內外
你盲目地—奔入奔出……（噹）

—葛利格的日出，日落。

鐵樹與銀花
金錢豹與獅身女
單身男子與孀婦
壹個饅頭、兩碗豆漿
—這就是吾們的一生麼？

但丁荒誕之神曲
國王裸體的巡街禮
皇后的夜半更衣
……
眼眸—吞噬第三十張的洋裙子。

噹噹
下午牽馬車
走回古石器之城市（夢幻之國度）
牧馬拴在朱門前
摘下帽子走進門內
噹！來者
又是日落，月起時——

戲院

龔顯宗

逃出寂寞而空虛的斗室，
投身人海裏，化作一涓滴，
且以一張門票購買一晚的熱鬧。

貓王叫春似的聲音令人顫慄，
黃梅調使感情痲痺，
都馬調迫我無由地哭泣，
跋扈的耳朵不聽心靈的指揮，
容納這些擊潰神經的噪音。

男人的笑駡，女人的尖叫，
老人的絮聒，孩子的哭喊，
是一道道無形的牆
將我團團圍住。

團團圍住，我不是那熱鬧的一羣，
只是木然的塑像，定定地呆坐，
心靈發出不耐的吶喊。

啊，不如歸去！

我情願寂寞，我情願空虛，
莫待戲終人散時，
寂寞加上寂寞，空虛加上空虛。

NO. 99

白楚

我欲跨越——
我欲跨越一○○
我欲跨越一○○○
我欲跨越一○○○○
我欲跨越一○○○○○
我欲跨越——
數得清尾數的○○○○○○……

卻料倒
料倒在99
一個不穩定的方位
一個雙重捕獸器的數字

而一呢？
而二呢？

上期作品欣賞

詹冰：

○印刷機的哄笑

乍看，像是很費力的作品。然而細讀之，却找不到力點。雖然難懂的詩也有它的成因和地位，可是我還是希望能對讀者觀切一點而儘量寫出易懂的詩。不然，讀者無法欣賞，印刷出來的詩，眞的變成「一張文書」了。

○孤　岩

詩句簡煉而帶勁。描寫海岸及心裏的風景，明朗而燦爛。作者有力的一招「推掌」，也在讀者的胸中「爆開一朵花」。

○黃昏的約會

有化簡爲繁之感。其中也有可圈點的辭句，可是意象似乎太亂。題目也好像有些不適當。

○死亡、誕生

題材的處理老煉，明朗可喜。可是沒有什麽突出的表現，也沒有特異的詩想。所以，難引起讀者的強烈共鳴。

○鏡　中

在寫詩的時候，誰都有這樣的感覺；當寫到某一個階段，再想進一步時，往往是力不從心。這一首詩也有這樣的焦急的感覺。雖然有抓住實感，仍感有不足的地方。如能打破這一層障礙，即可進入妙境。

○或人的一日

技巧上，作者的用心艮苦，但效果似乎不大。並且意象的飛躍太大，恐怕讀者很難跟得上吧。「白雲駐足於其左角」是佳句。

楓堤：

○印刷機的哄笑

作者似乎企圖以螺旋式的表現方法，予以廻旋發展下去。但由於語言及意象的曖昧不清，掩蔽了作者的意圖，使得他的內心世界「躲避於書本底堵牆後」，而無能與我們溝通。

○孤　岩

這樣凝縮的語言，本是便是「囚禁意志」而後爆發的結果，因此顯得空漠與曠達。可是過份忍耐的結果，似乎只留下了一座座的橋墩，而不見其上的橋樑。

○黃昏的約會

未經選粹與凝鍊的意象，紛沓雜陳，成了一座蕪草叢生的荒蕪的花園。由於不能集中於點，而後向面擴展，因此顯示缺乏一種凝聚力，也就無法把讀者的心緊緊扣住。另外，比喻語言的使用，未盡妥切。

○死亡、誕生

這完全是語言的使用問題。它只發揮了低度的報導式的功能（reportive function），而沒有向更高的層次提鍊。因此，給予我們的感受是：它等於一篇箴言，或是一段墓誌銘。

○鏡中

寫詩，不必用既定的美的語言，不必用艱奧晦澀的辭句。作者能以平凡的字語來捕捉單純的意象，這一點是值得稱道的。但他淺嚐即止，未再深一層地挖掘。無論如何，它能給予我們一刹那的驚覺。

○或人的一日

意象隱藏在熟練的語言背後，而這種語言又是閃爍其詞的，因此往往會形成虛有其表，讀後也使人有「不盡的茫茫」的感覺。同時，既用「或人的一日」爲題，內容應更富戲劇性才好。

春天

西條八十作
郭文圻譯

去了又來
昨天也是，今天也是
在山頂
飄浮的白雲。

去了又來
依然如昔日
在房間的時鐘
生銹的鐘擺。

去了又來
花的節日
在窗下
來往的行人和車子。

去了又來
春天
在故母的房間
吹着的微風。

詩壇散步

柳文哲

七人詩選

王幻主編
葡萄園詩社
54年10月出版

在民國五十一年七月十五日創刊的「葡萄園」詩季刊，經過了三年的奮鬪，已經順利地邁向第四個年頭了！他（她）們是以中國文藝協會所舉辦的新詩研究班第一期結業的學員爲基本骨幹，加上陸續參加該社的同人，共同努力經營，才有今日的枝繁葉茂，雖然離開花結果的日子，尙有一段距離，還待努力，但由於該社同人的合作精神，以及追求詩的熱忱，「葡萄園」詩刊也在我們這個詩壇上，共同肩負了耕耘的工作，使詩壇的風氣蔚向明朗。

「七人詩選」是由王幻主編，選了陳敏華、古丁、張尙農、文曉村、宋后穎、劉建化與王幻的作品，每人十首，計有七十首。這一部詩選，顧名思義，只是代表了他們七人的風貌，讓我們窺見了葡萄園幾個蔭涼的所在，好像是品嚐了幾串酸中略甜的葡萄一樣。

一、陳敏華的作品：她是葡萄園詩社社長，又是教育電臺文藝櫥窗節目的主持人。她的詩，非常工整，循規蹈矩地寫作着，因此，頗受形式的束縛，缺乏變化，「珊瑚」與「珍珠」兩首，顯示了她玲瓏的詩情。

二、古丁的作品：他是葡萄園詩社副社長，五十三年詩人節，他以「獻給祖國的詩」榮獲詩聯的新詩奬；五十四年又以「革命之歌」榮獲紀念國父百年誕辰的國軍文藝奬長詩第一名，這些榮譽，作者謙虛地說好像是抽了奬一般。

古丁出過一本集子「收獲季」，富有時代的意識，而詩風却帶有寫實的傾向，惜藝術的濃度還不够。近作「征服時間的人」，正在「葡萄園」連載中，已頗有進展。選在本集的作品，也許是他較早期的作品，沒有很突出的創作技巧，但很樸實。他是很積極地研究者，從他發表過的一些評論的文字中看得出來。

三、張尙農的作品：作者在省立中興大學法商學院社會學系攻讀時，曾主編過「銀座」詩刊；他的詩，顯得頗爲散文化，缺乏意象的凝聚，因此，敍述的成分多於表現，在語言上不够簡鍊明淨。

四、文曉村的作品：五十三年十二月作者出版了第一部詩集「第八根琴弦」（註），其詩風亦有寫實的傾向，由於他的寫作幅度較廣，技巧也似乎較有變化。「鐘乳虹」一首，開頭五行頗佳，可惜後半部却變成了告白。

五、宋后穎的作品：在作品的技巧上，她還很生澀，

不十分圓熟，但帶有一種女性的輕柔。以「教堂的悲劇」一首較突出，頗能表現一種直覺的看法。

六、劉建化的作品：如果以劉建化爲意象派詩人的話，這種對意象派的看法，也許不是產自英美的那種意象派；可以說，劉建化的詩，在意象的表現上，由於語言方面，疊詞的重覆使用；比喻方面，不盡妥貼的聯想作用；而顯出了一片意象的曖昧，至少，不夠詩的明朗化。由於喜用典故，以及有些生硬的語法，已經使他面臨了在創作上極需重新檢討的時候了，不知作者以爲然否？

七、王幻的作品：他也是葡萄園詩社副社長，現任自由新聞採訪主任。他是這一部詩選的主編，曾出版過一部抒情詩集「情塚」，然後，由於他對新詩變調的失望，又回到古詩詞上，並在五十三年出版了一部「盲吟集」。

作者寫作歷史較長，但由於他對新詩變調的失望，再回到古詩詞這一點上，我認爲他傾向於保守，因此，他的詩也是較爲隱健而工整的。在這選集中；「十一年祭」頗有親情的繫念，「殘荷」較有意象的烘托；在最後兩行，他歌詠着：

「我是一株殘荷，像映在
波紋上一個休止符的投影」

這種淡泊寧靜的情趣，也看得出作者是一位從傳統詩的敎養中走出來的，我們希望這休止符只是片刻的，我們更希望能欣賞到他一連串跳動的音符。

簡言之：這一部「七人詩選」，雖不能代表葡萄園全體同人，却也表現了他們努力的一個收獲。該社一直提倡着所謂詩的明朗化，大體上他們做到了。但是，他們今後如何加深詩素的純厚，而從直接的詩情走向間接的詩想呢？這正是他們要更上一層樓的一個關鍵！

（註）文曉村詩集「第八根琴弦」的簡介，請參閱「笠」第五期。

夢幻集

歐陽柳著
曙光叢書
54年6月出版

作者歐陽柳是回國升學的僑生，現在就讀於師範大學；他在「後記」中說：「這裏所收集底不成樣子的東西，都是曾經在馬來西亞砂朥越州古晉底前鋒日報與中華日報兩副刊上發表過的，屈指算來，已是七、八年前底事了。」我很誠懇地建議作者，既然是回國深造，那麼，請先把祖國的詩壇認識更清楚些，廣泛地去接觸各種有關詩的作品，然後，才重新去提筆寫作，因爲每一行都有它的行情，詩亦不例外。

在楊正雄先生的「序」文中，楊君說：「寫詩並不困難，但要寫得好，那就不簡單囉」！這種話是最容易誤導人的了！寫詩本來就不簡單，要寫得好就更不簡單！但這並不意味着不能寫詩，凡眞能寫詩者，並非什麼散文寫不

好，才來寫詩的，而是眞能寫詩的話，他該有起碼的操縱語文的本領。一個詩人，他該能懂得分寸，知所取捨。

島　與　湖

杜國清著
笠叢書
54年10月出版

在我們新詩朝向現代化的途徑上，不論是主張現代主義，或者是其反對者，都刺激了年輕的一代知所覺醒了！然而，由於我們對現代主義，以及眞正能代表現代主義的作品底認識不够深刻，不够廣博，而產生了現代化上的種種偏差和障礙。曾經爲現代詩的開拓而組織過現代派的詩人紀弦先生，竟也提出新詩正名的問題，的確，我們需要詩的現代化，但千萬不要詩的僞現代化。

事實上，儘管在口頭上大談現代主義，骨子裏往往是羅曼主義在作祟。好比少年銳氣正高的時候，爲了醉心於現代化，反而顯得老氣橫秋，宛如年輕人留鬍子一樣。當詩人白萩在「風的薔薇」底「後記」上批評我們的詩壇，杜國清彷彿是不謀而合，他也沉痛地指出這種流弊所形成的不良風氣。一是崇尙虛飾成風，二是徒務虛無爲能。他在自序「我仍在摸索中」說：「我生活，所以我寫詩；不是爲了生活而寫詩，只是爲了詩而生活。我要寫的詩必與古人的，乃至自己昨日的任何一首完全不同。生於斯長於斯的詩人寫出一股江南風；活於今學於今的詩人推出一集千燈詞；在現代的雨傘下烘托幽古的微光，在回顧的絕望中，喚起歷史的回音；這在詩情上是揉造，在創作上該是怠懶吧」。寫詩，在今日世界，早已不是附庸風雅的事，更不是平步青雲的玩意兒了！在中古的中國；有隱居山林的騷人，有官拜大學士的墨客，但那種光景畢竟已經過去了。現代詩人，不但在詩觀上需要本質上的再認識，而且在生活方式上也需要實質上的轉變，這是不可避免的。那麽，我們就面對它，正視它罷！我們必須重新認識自我，在從事創造活動的刹那，做一種實存的選擇，我們要爲我們的創造負責。

我認爲追求詩是一種理想的嚮往，創造詩是一種理想的實踐，當我們要爲這種理想而奮鬪的時候，已經是不能跟現實妥協的了。我嘗認爲一個人，在青年時代，雖拙而率眞，倒是蠻可愛的；世故而投機取巧，反而是可憂的；做一個詩人，何獨不然？

就杜國清寫詩的歷史而言，並不算長，由於他那一股活潑的勁兒，好像單槍匹馬地在詩的原野上馳騁着，他說他受詩人桓夫的影響多於在學院裏所受的文學教育，學院訓練了他語文的工具，而他却在自我的訓練中，體驗了詩的眞諦。

他自第一部集子「蛙鳴集」問世以後，便更自覺於擺脫格律化的影響，試着朝向現代化的途徑走，一是實驗性的嘗試，一是創造性的追求。當然，不可否認的，他也是

從羅曼主義脫胎換骨的，究竟他的努力有幾份接近了現代精神呢？或者還沒撤底地變調呢？

「蛙鳴集」主要的作品是以他在臺大四年的生活爲背景，那是一個充滿了羅曼蒂克的夢幻世界，加上學院式的文學教育，更使他沾戀着格律化的表現。其中以「樓梯」和「旭日」兩首較具特色；前者刻劃出青春時期對於異性的欽羨，雖是霧裏看花，却自有其情趣；後者表現出大學時代對於光明的憧憬，頗有高邁而蓬勃的朝氣。

當杜國淸離開了學府，走向軍營，走向島外的島，那更遼廣的世界便呈獻在他的眼前，他並不因變換了環境而停止了寫作，相反地，因爲他從夢幻到現實，從學理到體驗，使他一面放棄了陳舊的氣息，一面却擁抱着新鮮的境地。當然，他乃有不能斷掉那羅曼的尾巴的苦楚，但無寧說這正是他的特色。他的感情澎湃，他的感覺率眞，所以，他要直接的吶喊甚於間接的象徵，這是因他有不得不呼之欲出的戀情，悶在心裏的緣故。

卽使說他的底子是羅曼主義的產兒，我想這並不碍於現代化，我認爲他也有點接近白萩的三個階段的傾向，然而，在時間上，沒白萩那麼長久；在方法上，也沒白萩那麼多花樣；不過，他還是有其獨自的個性，走着自己的途徑。

一、羅曼的傾向：以整個表現方法而論，他那說明性的詩情強於暗示性的詩想，意象不够凝聚，也許這正是羅曼主義的特色。

二、立體的嘗試：自「茉莉花的夜」到「行列的焦點」六首作品，是一種接近立體性的嘗試，也許會被認爲是問題詩。一個詩人的創作活動，到了某一個階段的時候，會漸漸地凝固而變成淸一色的調子，那麽，詩人必須求變，在變化中探索新的方向。以意象的表現而言，立體性的構圖，必須是詩的構想，而非僅止於繪畫的構成而已。希臘詩人西蒙尼笛斯(Simonides)說：「詩是有聲的畫，畫是無聲的詩」。中國詩人蘇東坡也說過：「味摩詰之詩，詩中有畫，觀摩詰之畫，畫中有詩」。不論是所謂境界，不論是所謂意象或心象，在詩素中追求繪畫性，跟追求音樂性一樣；我們既然要放棄古老的音樂性底格律，而創造新音樂——更內在的心靈的波動。同理，我們也要放棄過去的繪畫性底色彩，而創造新繪畫——更純粹的心象的造型。

三、現代的探求：從「司諾克的Chance」、「祭」和「行列的焦點」這三首實驗性的作品看來，他已經逐漸地逼近現代的邊緣了。「現代」(Modern)一詞，在時間順序上，應有別於「近代」，可是，在英文上常常是用同一個語字，這是極需辨別淸楚的。「現代」一詞，在時間概念上，也應有別於「當代」，「當代」有不少並非「現代」的，甚至是現代的逆流。因此，現代的探求應着重精神的脈絡和表現的創新；我認爲杜國淸在心底強烈地渴

望着讓自己現代化起來，雖然有部份的逼近，但尙有些落空的感覺，這也許是內省的工夫不够的緣故，因爲外在的描寫容易停留於一種詩情而已，我想感情的流露並非過錯，問題是如何使我們更能沉得住氣，而更富於一種純粹的詩想。

第一輯「駝鳥只愛在沙漠奔跑」；包括了他個人生活的感受性底領域，有友誼的歌詠，有生活的反映；他說：「我的足跡只要刻下浪人、情人、詩人，這輩子也就不算交白卷啦」。其中六首實驗性的作品，是他轉變過程中的變調罷。

第二輯「撕夢記痕」；是他嚐到愛的禁果底懺悔錄，他說：「我是挑琴的罪人」，可謂一語雙關。

第三輯「島與湖」；表面上是他在馬祖的風景素描，事實上是他的苦戀的延長。

第四輯「傳道者亞瑟的酒歌」；這一首詩是作者朝向現代化的一個努力，他引用霍桑的「紅字」和聖經的一些典故，描述着一種對性的渴求和體驗的瘋狂，恍如在醉後清醒的痛苦中自言自語着，有一種氣魄的表現。其節奏還不十分緊湊，似乎稍爲散而鬆了些，但這種坦白而純眞的表白，暴露自己的弱點，不掩飾他那脆弱的感情，是頗爲令人感動的。

正如作者在「後記」的自述，這是他對自己在二十五歲以前寫詩的考驗，也許那是少年人的夢幻，也許那是青年人的稚心，然而，他終究覺醒了，他要從感情的泥沼裏掙脫出來，在這茫茫的世途，追求詩，就是一種生活的探索，我希望，出版詩集對於一個詩人來說，不過是一個開端，是對於自己的歌聲重新省察和沉思默想，爲了使自己的聲音更結實而宏亮，更深沉而悲壯，我們應保持自覺的態度，才不會隨俗同流，才會讓這沉睡的世紀蘇醒過來。

總之，爲了要朝向現代化，杜國淸也頗受英、美和日本現代詩的影響，受影響本身是不錯的，但要超脫，不要陷入影響的圈套裏。「駝鳥只愛在沙漠奔跑」（註1），「茉莉花的夜」（註2），便是取自日本現代詩的詩句成爲題目，當然，能自己別出心裁，確實更能一新耳目。

（註1）見陳千武譯「日本現代詩選」，北園克衛作「春之頸」。

（註2）見陳千武譯「日本現代詩選」，江間章子作「初夏夜」。

更正啓事

本刊第十期「詩壇散步」討論白萩先生所著「風的薔薇」詩集，第六十一頁所說「黎東方」爲「孔東方」之誤，特此更正，並向黎先生致歉。

現代詩問答

吳瀛濤

A：「現在的詩，有人叫新詩，也有人叫現代詩，是不是有什麼分別？」

B：「新詩是一般人對現在的詩的稱呼，可是祗稱爲新詩，現代的詩人是不能滿足的，因爲新詩是指用白話寫的詩，它的含義僅止在這一點是新的，但這一種相對於過去的舊詩而言的新，到現在的新詩的階段已不適用了。現在的新詩，除了用白話寫之外，已發展到另一種高度的詩的世界，因此方才有現代詩這一種名稱的出現。」

A：「你說，另一種高度的詩的世界，到底是指什麼？」

B：「那是因爲現代的詩人所追求的詩的世界擴大了，它不像以前僅僅爲詩而寫詩，現代的詩人是更進一步地爲生活而寫詩，爲生存而寫詩，像這樣詩的意義已擴大得多。」

A：「這是什麼緣故呢」

B：「你要知道，現代這一個時代是經過兩次世界大戰，一方面二十世紀的文明雖然很發達，但是另一方面社會的不安和人類的貧困是不能否認的，處在這麼一種不平衡的狀態，人類的思想在第一次大戰後有主知主義的潮流，第二次大戰後也有存在主義的潮流，這兩種主要的思潮對現代詩的世界也很有影響，自此詩不但是爲詩本身的狹義的世界，它自然而然地已發展到關聯於全人類的，超絕詩本身而更廣義的詩的世界。」

A：「是的，我讀過現在的詩，覺得它似乎和以前的新詩有些不同，以前的新詩很單純，不像現在的詩這樣的複雜」。

B：「問題就是在這一點，現代的詩人寫詩的時候，總有一些時代意識，也可以說是對他所生存的時代抱有一種使命感，這就是現代詩人的自覺，他有這種自覺方能寫出有時代意義的詩，你讀現代詩的時候，最好仔細地玩味這一點，那就容易了解所謂現代詩的意義，也可以了解現代詩人的立場。」

A：「這麼說，現代詩眞不簡單，能不能再詳細的說明一下。」

B：「是啊，問題並不簡單啊，詩人要寫的是什麼，他追求的是什麼，爲何他要寫詩，爲解明這些問題，再加以說明一番吧。任何時代，詩是精神方面的所產，不過已如前面所說，這一時代的詩人的精神是最具有時代意識與人類意識的，這就是說，現代這一個時代的詩精神是比任何時代都更高更深刻，那麼成爲這種高度而深刻的詩精神

的主要因素是什麽，談到這一點，我們應該指出批評這一個字眼。現代是批評的時代，現代文學是批評的文學，現代詩也是以批評精神爲其精神的詩。批評是最高度的知性，也是最高度的創作之一種，總之，現代詩的世界也可以說是批評精神的世界，詩人一方面要面對着現代的極其複雜的外部世界，同時也要面對人間存在的極深刻的內部世界，批評精神成爲了詩人的依據，形成着他的世界觀，了解現代詩應從這一點的認識開始。」

A：「現在由你這樣說明更加明白了，不過現代詩是不是還有更多的問題，還要請你說明一下。」

B：「哈，哈，問題當然還很多，上面所說的，祇是關於詩人所採取的生存方式的問題，不過這是最基本最重要的問題，所以把它先說明弄清楚，因爲現代寫詩的人往往有不明白這一點，亂塗胡寫的，當然寫不出好詩，反而搞得一塌胡塗，像那種人非重新認清現代詩的課題不可，要知道詩不是寫得好玩的，特別是在現代，詩人寫詩是一種負起責任的工作，是人類良知的表現，一點也不能馬虎的。」

A：「很明白了，眞的，我也看過了很多太不像樣的詩，一點也沒有你剛才所說的什麽詩精神、詩人的自覺那種寶貴的東西。」

B：「這就是詩的墮落，也是現代詩低落的最大原因之一，我們應當要驅逐像這一類似是而非的所謂僞詩、非詩，悪劣的詩啊。哈，哈，談來談去，想不到和你談得這樣開心。有機會下次再談吧。」

稿約

一、本刊園地絕對公開。

二、本刊力行嚴肅、公正、深刻之批評精神。

三、本刊歡迎下列稿件：

▲富有創造性的詩作品

▲外國現代詩的評介

▲外國詩壇各流派基本理論、宣言的評介

▲精闢的詩論

▲深刻、公正、中肯的詩書評論

▲本刊發表的詩的批評

▲外國詩壇通訊

▲中、外重要詩人研究介紹

四、下期截稿日期：

▲詩　創　作：三月十日

▲其他稿件：三月廿五日

本社徵求駐校連絡員

一、各大專及中等學校學生均可應徵。
二、連絡員義務—介紹長期訂戶五戶以上。
三、連絡員權利—
①可長期免費獲得本刊。
②可按月獲得本社贈閱之「詩展望」詩刊。
③購買本社叢書五折優待。
④參加本社經常舉辦之詩活動。
⑤作品可由本社介紹在刊物發表。
四、應徵人只需用明信片書明姓名、住址及就讀學校通知編輯部即可。經收之書款逕利用劃撥滙寄中字第二一九七六號陳武雄。

中華民國內政部登記內版臺誌字第2090號
中華郵政臺字2007號執照登記爲第一類新聞紙

笠　第十一期

中華民國五十五年二月十五日出版
出版者：笠詩刊社
發行人：黃騰輝
社　址：臺北市新生北路一段29號四樓
編輯部：臺北縣南港鎮公誠二村216號
經理部：臺中縣豐原鎮忠孝街豐圳巷14號
郵政劃撥中字第21976號 陳武雄帳戶
資料室：彰化市中山里中山莊52之7號
定　價：每期新臺幣六元 日幣五十元 港幣一元 美金二角 菲幣一元
長期訂閱全年六期收新臺幣三十元

12

笠 第十二期 目錄

本刊通訊

▲在三月光輝的日子裡，我們參與了一連串的詩展。首先是「早春的詩祭」，於十二至十四日在日本靜岡縣中央圖書館展覽；接着是廿五至廿七日在台北市中正路中美文化經濟協會舉行的「現代藝術季」；最後以「現代詩展」壓軸，於廿九日青年節在台北市鬧區的西門圓環露天展出。

▲本刊創刊兩年來，已按月出滿十二期，下期起即進入第三年度。本刊竭誠歡迎詩友及讀者們的批評，所以下期擬以「我對笠兩年來的看法」爲題，敬請惠稿鞭策，使本刊能時時改進。

▲本刊鑑於中外現代詩的交流，有賴於我們自己的努力與主動推展，故首先籌劃「中華民國現代詩選」日文本的翻譯工作，將交由日本思潮社印行。本刊爲使此項有意義的工作順利進行，並能盡早完成起見，特此籲請詩人朋友們每人手抄自己的佳作五首，連同詩集、詩刊及個人資料，盡速逕寄本刊經理部陳千武先生收。

▲蘇維熊先生是台大外文系教授，早年留學日本東京帝國大學，對西洋文學，尤其是英美詩的研究，造詣很深。現在台大開英詩選讀、莎士比亞等課程。承蘇教授爲本刊撰稿，特此致謝。

▲詩人劉永讓於二月十五日逝世，本刊同仁深致悼念。本刊特此選輯詩人遺詩五首，並請趙天儀先生撰文介紹。

▲「野鹿」一詩爲詩人桓夫的傑作，本刊同仁一致推荐，發表於本刊上期。桓夫爲此撰文敍述寫此詩的動機及醞釀過程，對讀者及初學者都很有幫助，原擬於上期連同「野鹿」一齊刊出，因收稿較遲，延刊本期。

▲本期「艾略特詩選」僅刊出「荒地」的一小部份，然由此刊出部份及譯者的譯記裡，我們大致已可窺見此二十世紀偉構的風貌。杜國清先生已將全詩譯出，將於「現代文學」廿八期發表。又杜國清所譯艾略特的第一詩集「普魯佛洛克與其他的觀察」，除第一首「普魯佛洛克底戀歌」載於本刊上期外，其餘「婦人底肖像」等十一首，已在「現代文學」廿七期一次刊完，請讀者參考。

▲詩人白萩因工作繁忙，「美國現代詩選譯」曾中斷兩期，本期續介紹伊麗莎白·比秀的作品。

▲「里爾克詩選」第一部選譯「形象之書」十五首，已刊完。下期續刊第二部「新詩集初卷」，特此預告。

▲本期因稿擠，將楓堤的「談一首威廉士詩的翻譯」及吳瀛濤的「現代詩問答」續稿，臨時抽出，容下期刊載。

▲本刊銷路漸增，爲免向隅，希望愛好本刊的讀者朋友們，惠予長期訂閱，辦法請見本期封底。本刊對訂戶，均優先寄送，因此既可先覩爲快，又可獲得折扣及各項權利。

現代詩展

榕榕

有一批多事的人遇到另一批多事的人，他們都很年青，很天眞，很儍氣，很愛他們所存在的社會，也很不甘寂寞。於是他們湊在一起做了一件淸淸新新的事——

這是一次詩展，

這不是畫展，

更不是朗誦詩。

我看過很多次畫展，每看一次畫展，每次呼吸同樣發霉的、汚濁的、窒息的、道貌岸然的、打着中國旗號而把巴黎、紐約塞到褲襠裡的空氣。唯有這一次，我瀟瀟洒洒的進去，瀟瀟洒洒的出來，很瀟洒的看每一件作品。我很年青的呼吸，很年青的感動。在我眼前沒有用「藝術」兩個駭人聽聞的字砌成的牆，在我身後沒有戰戰兢兢的「藝術」家。這是年青人赤誠的王國，販夫走卒請進，九流三教請進，王孫公子請進，紅男綠女請進。

如果美不存在，你不能揑造美。黃華成赤條條的把一個洗手盆放在我們眼前。他認爲美和詩存在於每一件平凡的事物中，詩不一定存在於畫，存在於朗誦，存在於字裡行間。你洗手，你看到詩，你感覺到美。他曾有一個極淺薄但極動人的理論：一個畫家有一個石膏像，他天天畫它，撫摸它，天天臨摹，最後他幾乎不能感覺到它的存在。可是有一天，他發覺他的石膏像被放在超速公路中間，任各型車輛由旁邊駛過，那石像就會突然變得金璧輝煌，有一種驚心動魄的美。他這種扭曲時間和空間的想法和做法，產出了一種使我們心動的青春媚力。

龍思良認爲藝術本身是一種創造，創造的本身是一種安排和設計。所以他折服科學，折服邏輯而他每一件作品中都有很明顯的Idea。他拋棄深度，拋棄習慣。他多多少少有點兒狂妄但絕不玄妙，多多少少有點兒矯作但很幽默。他的幽默感很深，很尖銳。他把女人切掉一半關在鳥籠中，讓兩隻活生生的小鳥在她胸前跳來跳去。這種充沛的生命力強調了狂妄但一點也不玄妙。在題名「復活」的一幅作品中，他開了電插頭一個玩笑，他構想用電來使人復活，這種幽默感百分之一百是二十世紀的。他把那四根沾滿血跡的釘子從骨肉中硬拔出來，給觀衆一種衝激的力量，這是他的好心，而他却小心翼翼的不敢摻有一絲一毫玄學。學印刷的黃添進瘦癟得就像被印刷滾筒碾平了似的。他從早到晚對着印刷機，印刷機對他哭，對他笑，印刷機餓餓的時候吃他，發怒的時候揍他，忙碌的時候窒息他。可是現在，好不容易給黃添進一個報仇的機會。他反過頭來咬它一口，他用現成的版樣，印了又印，重覆了又重覆，惟有他是現代人，因爲只有他才敢

把煙視媚行的日曆女郎，從印刷滾筒的壓搾下油淋淋的抽出來，替她化裝。

只有侯平治是畫家兼設計家，他常替別人裝飾房屋，在需要掛一張畫的地方他就畫。因此，他的東西都很有條理，他常把所有的美感安排得天衣無縫。這次詩展的作品，他利用最現實的材料（如畫報圖片等），作超現實的表現，不為了別的只為了迅速和確實而已。他很熱心，很規矩，很有點豪傑之風。

我常覺得張照堂生活在憂鬱的天堂。他只有一部又破又舊的照像機，但是他却能拍出那麼多，那麼血肉模糊的東西。他鏡頭下全是被淩遲的肌膚，羸弱的軀體，無可奈何的眼神。他是屬於詹姆斯．狄恩一夥的。一頭蓬亂的粗髮，一派以才氣橫溢來壯瞻的犧牲精神，像黑白無常一樣愛管人間閒事。他悲壯的說：「藝術已經逐漸成為唯一的，也是最絕望的方法了，喂！你有火嗎？」語言也糊里糊塗的被他支解了，雖無莫明其妙，但却尖銳得使人受不了，而且，他在詩展開幕的緊要關頭結婚，眞是何其風雅，何其悲壯！

黃永松是最年青，最放縱，最天眞瀾漫的。他是標準的現代太保。如果他稍嫌粗，你們千萬要原諒他，因為他只不過是一個「唸藝術」的學生而已。這次詩展給了他一個自力更生的機會，他年紀最小，作品最大——最狂妄也最無憂無慮。他認為藝術觀是：不要賺錢是可以過活的。哈！江泰馨是一個工業設計家，他以設計神妙的Mark著稱。工業是現代的產物，現代是江泰馨的產物。我們希望他把詩和機器連接在一起，這種想法和作法是他獨門生意。

嚴格的說起來，他們七位都不是畫家，他們也從來沒有承認過自己是畫家。雖然他們大部份都是科班出身，但却能很可愛的拋棄了局限，揚棄了藩籬。我們再看看，二十世紀後期的畫家是什麼玩藝兒？難道還像中古世紀的矯柔作態麼？而達文西在蒙娜麗莎的微笑中凍結了。難道我們還要羞人答答的作印象派的日光浴麼？而梵高早隨旋轉的光影消滅得無影無蹤。野獸派狂亂的色彩早就大江東去，立體派的透明分割也是壯士一去兮不復返了。難道我們還要繼續野獸，繼續立體麼？我們早該把風花雪月交還給詩人，把纏綿悱惻的情節交還給小說家，奧妙艱深的玄理交還給哲學家。（如果他們仍願收回的話）因為，只是因為畫家是注定了要先知先覺，注定了不能重蹈覆轍的。

他們很愛國，雖然他們不高舉愛國的旗幟以虛張聲勢。他們從不高叫維護東方傳統的口號，因為他們刻骨銘心的了解他們是中國人，每一個細胞，每一根微血管都是中國人，中國就是他們的骨肉，中國就是他們的肌膚，中國的傳統就在他們血液中奔騰澎湃。他們熱愛國家，熱愛傳統，就像熱愛自己的軀體和靈魂。他們愛得那麼不八股，不口號，不宣傳，正如他們熱愛自己親人，自己的骨肉。

他們年青，他們滿腔都是熱望，他們急切的想把自己所有的，不自私，不玄學，不故作高深的貢獻出來。也許他們這次展出的作品不是第一流的，甚至是不堪入目的，但是我要很虔誠的說：他們的想法，他們的作法，他們的愛心，是絕對成功的。

三月的光輝

——現代詩畫聯合展

趙天儀

綿綿細雨，冷鋒來了又去，去了又來。台北的天空彷彿是充滿了拭不淨的灰塵瀰漫着，不讓蒼穹的玻璃窗透明起來。

三月，是雨的季節，是杜鵑花的季節，也是陽光閃耀的季節。春天的脚步，早已悄悄地踩遍了原野和山崗。

三月二十日和二十一日，是國大代表投下最神聖的一票底日子。

三月二十五日，是美術節，是藝術工作者慶祝活躍的日子。

三月二十九日，是青年節，緬懷革命先烈，是青年們狂歡歌唱的日子。

由前衛雜誌社和創世紀詩社主催；聯合了十幾個文藝社，詩社和畫會的「現代藝術季」，從三月二十五日起，在台北市中正路中美文化經濟協會擧行；節目有三天的「現代詩畫聯合展」，二十五晚上是揭幕典禮，二十六晚上是現代藝術座談會，二十七晚上是現代藝術季之夜；有朗誦詩，幻燈片欣賞，紀念詩人楊喚的演說，以及來賓致詞，痛苦與狂喜的遊藝節目等等。

「現代詩畫聯合展」，是詩人和畫家第一次合作的表現。展出的作品；繪畫有馮鐘睿、顧重光、江韶瑩、朱爲白、胡奇中、秦松、李錫奇、吳昊、姚慶章、韓湘寧、林復南、向明光、陳昭宏、李文漢等的作品；雕塑有陳庭詩、黃富雄、郭清治、黃明韶、胡永等的作品；而詩有覃子豪、鄭愁予、杜國清、王渝、辛鬱、景翔、張默、楓堤、洛夫、桓夫、梅新、趙天儀、楚戈、沈甸、青炎、林宗源、羅英、瘂弦、商禽、帆影、葉維廉、吳瀛濤、白萩、王裕之、管管、趙一夫、秀陶、黃荷生、詹冰、紀弦等的作品。

我們該承認我們的籌備欠週詳，雖然開了好幾次會，但有的單位通知得太遲；展出的作品，繪畫和雕塑方面早就作成的，倒還不成問題；詩方面，以我們笠詩社做得最不够理想，好像是在辦壁報似的，值得檢討，並加以改進。

我們相信，詩人和畫家團結合作是必要的，但我覺得我們熱心有餘，幹勁不足，我們應該更嚴肅些、更脚踏實地些。藝術的表現不是宣傳的問題，而是如何有效地去推廣與教育的問題，這是需要有心人不斷地努力和支援的；我們不要當面的捧場和背後的謾罵，我們要的是誠摯的指導和善意的

批評要能眞正地在這國度裡建立起現代藝術的信譽。

我們必需健全我們自己，尊重我們自己，表現我們自己，這個國度才會成爲我們所期待着藝術的國度。

我們得感謝畫家秦松、李錫奇、陳庭詩、林復南，姚慶章以及詩人辛鬱、商禽、楚戈等在這「現代藝術季」的熱忱與勤奮。

啊，三月，三月的光輝，照耀着詩人的心靈，透視着畫家的臉譜。

從象牙之塔邁向十字街頭

——現代詩展

趙天儀

三月，多雨的日子。

明天會晴朗麽？三月二十八日的傍晚，我們還這麽猶豫地凝望着，凝望着那鉛樣地垂懸在山崖的雲，濕潤的雲，水墨的雲。

這是由幼獅文藝社、現代文學社、笠詩社和劇場季刊社贊助的「現代詩展」。一群美術設計家和詩人，在不甘寂寞的日子裡，走出畫室，走出書房，走出了象牙之塔；來到這圓環，來到這西門町，來到了這十字街頭。

這不是警世嚇俗的一群，更不是玩世不恭的一群，而是充滿了衝勁的年輕小伙子的一群。藝術作品決不是博物館專利的，更不是畫廊專有的，而是屬於廣大群衆所能享有的。在巴黎街頭，塞納河畔，不知有多少畫家在露天開個展？在台北街頭，西門町上，這還是首次的「現代詩展」罷！這決不是媚洋，更不是一窩風趕時髦的玩藝，這是以青年的朝氣和理想，想來美化我們的社會，想來喚醒在忙碌中奔波的過客。

朋友，別忘了美感經驗啊！

朋友，別忽視了生活藝術啊！

在海水浴場的太陽傘底下，在不妨礙交通和違警的圓環之中，在最喧囂的平交道的邊緣，在最市中心的西門町的進出口，在天時、地利與人和融會之下，「現代詩展」終於在這圓環的廣場招待來賓了！

在「現代詩展」的小冊子上，我們印上這樣的「前言」：

「『詩中有畫，畫中有詩』是我們這群現代詩的寫作者和現代畫的工作者在這次『現代詩展』中所欲追求和表現的

。詩人與畫家心中一點靈犀的共鳴，足以證明一切藝術的精神活動是共通的。這種詩畫交流的藝術作品，我們相信，將使現代詩與現代畫開創新的境界。使藝術愛好者的心靈獲得新的滿足」。

現代詩在美術設計家的構想中，不是過去水墨畫上的題詩，也不是木刻配上的插圖，而是一種創造性的嶄新的追求。

我們的美術設計家龍思良先生的夫人榕榕女士寫了一篇很生動的「現代詩展」，很中肯地介紹了這幾位美術設計者的抱負和性格的特徵，其中有一句話，倒是值得提出來跟她商榷的。她說：「我們早該把風花雪月交還給詩人，把纏綿悱惻的情節交還給小說家，與奧妙艱深的玄理還給哲學家」。非常非常地抱歉！在有自覺意識的詩人，有現代精神的小說家，有科學頭腦的哲學家，恐怕都會不約而同地說：「恕我們也不能收回了」！所以，我在此提出修正。不過，我們仍然很欽佩她觀察的敏銳，刻劃的仔細，想像的週密。

當我們欣賞着；龍思良帶有油畫意味的設計，侯平治塗上水彩鮮明的意象，江泰馨嵌上報紙剪貼的畫意，黃添進濃淡滲雜的色彩，黃華成立體空間的聯想，以及張照堂的企求溫暖，以及黃永松的追求復活；我們深深領悟到這些美術設計家對於詩人的瞭解，好像在顯微鏡下觀察着細胞的色素一樣。

根據三月二十九日聯合報，三月三十日台灣日報，英文中國郵報（China Post），以及台灣電視公司拍成電視節目的報導，證明了這個國度這個社會對於不甘寂寞的重視。我們希望，這是推廣現代藝術一個好的開端。

這一次「現代詩展」，詩人的作品被構圖的對象；有張默、洛夫、瘂弦、周夢蝶、敻虹、鄭愁予、黃荷生、潛石、邱剛健、方莘、吳瀛濤、詹冰、桓夫、白荻、楓堤、林宗源、杜國清、趙天儀等的詩。

現代詩、現代繪畫、現代音樂；除了沉浸於創作的詩人、畫家和作曲家以外，如果想普及於社會，便需熱心的推廣工作者；而這需要創作者本身以外的支持和協助。這一次的「現代詩展」，還是初次的嘗試，然而，較能引人入勝！一則是龍思良、侯平治、潛石、杜國清等的埋頭積極籌備的工作，二則是「幼獅文藝」的主編朱橋先生的熱心贊助，所以，才能順利地在觀衆的眼中展出，讓社會給我們一個考驗的機會，熱烈批評也罷，吹毛求疵也罷，只要是一種出自衷心的話語，我想我們可以虔誠地接受。

當我們從象牙之塔邁向十字街頭，我們依舊要保持藝術的純粹性，這樣才能把鑑賞者帶上藝術的境域，提昇於詩的境界。同時，我們要有效地推廣到世界上社會上每一個有生命意志的角落裡。

遺詩選粹

本社

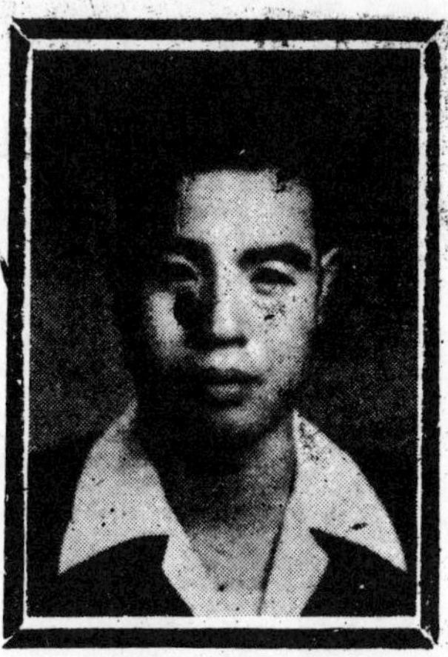

劉永讓

流浪之歌

兩次流浪，
竟埋葬了二十年的風光。
年齡寫在那兒？
也許是在匍匐的路上。

變幻的人世可哀，
少年的朋友早亡！
明知身形日漸消瘦，
逢人偏說我更健康。

別嘆世路崎嶇，
莫說人生無常，
災難的故鄉青山未改，
流浪的孩子生命力強。

我有無邊懷念，
也有滿腔憂傷。
爲什麼我還不死去，
因爲我守着一個希望。

針

生就的命運，
走狹窄的路；
爲別人做事，

却磨亮了自己。

永遠拖着一條
長長的、彩色的線；
像孔雀的尾巴，
顯明、美麗。

雖是辛苦，
却也幸福。
整日伴着，
多情而又溫柔的少女。

絳紅的燈下，
不斷的吻着，吻着：
她的秀髮，
她的纖纖的手指。

剪樹人

剪樹人，
揮動着紫血色的大鐵剪，
——這吃掉生機的鐵剪。
他運用理髮師的技巧
把他所不喜歡的
自由而旺盛生長着的
蓬鬆的葉，嫩的枝條，
毫無憐惜的剪除了，剪除了。
樹變成了一座座
圓的、正方的、長方的，
假的傘蓋，孤形的菌體，
僞裝的墻頭，象徵死亡的土丘。

不久，新的枝葉啊，
又密密茂茂的長出來。
他又來了，揮動起大鐵剪……

他爲這巧妙的工作微笑，
微笑裏有淡淡的創造的快慰。
我爲這拙笨的工作而嘆息，
這多麽拙笨的傢伙啊！
這永遠做不完的斬殺生機的愚事。

蒼蠅

搓着手，搓着脚，振着翅子，
睜大的紅眼睛：死亡的使者。
生命，毀滅，你是兇手。

腐敗與骯髒的，糜爛的渣滓裏，
你的家，你的樂園啊！
忽而，在我揮着的手旁旋飛，
忽而，在我明潔的窗上停留，
搓着手，搓着脚
你又要向那兒了？你這兇手。

建築

高高的木杆伸向天空，
長長的繩子垂着，
像蛇的舌從墻縫裏吐出。
那雲梯樣的板面上人在蠕動。
一片片閃着光的石頭，堆着，堆着……
砌成高大又廣闊的墻壁。
太陽，把人影凝成一點，墻上，
搖幌着，像無數隻蠕動的小黑蟲
汗滴和泥水交融，
磚瓦和斧頭鏘錚，
敲打着創造的旋律，
這旋律，在遠近的地面與高空迴響着。

劉永讓的「錘鍊」及其他

趙天儀

詩人劉永讓先生，筆名王岩，是山東省淄川縣人，生於民國九年正月廿九日；在大陸時期，即已印行「夜宵」與「刼灰」兩本詩集；來台時期，一面致力於中學的語文教育，著有「文章寫作講話」、「白話文基本作法」；另一面亦不斷地從事新詩與評論的寫作，除了在民國四十二出版詩集「錘鍊」以外，在「現代詩」、「創世紀」、「文星」、「作家」以及其他報章雜誌發表的餘稿均未整理出版。（據悉中部文協已整理遺著出版了）。劉永讓先生，不但是一位認眞寫作的詩人，而且是一位肯用心思的批評家。雖然我們不一定同意他的見解，但我們認爲他乃不失爲一個走着自己的路子的詩人。近幾年來不幸積勞成疾，終於在民國五十五年二月十五日逝世，享年四十六歲。

他在「作家」第五期『談「錦瑟」詩』一文中說：「眞正好的詩，就是難解，那也應該是讀者的責任，相反的，如果是難懂的壞詩，那責任却要由作者來負才對」。劉先生對於故弄玄虛，文白夾雜的僞詩，一向是頗不以爲然的。

他認爲寫詩乃是每個人生活中痛苦與希望的錘鍊，他承認男女間愛的力量，可惜他沒有那一份靈感，因此，他朝向世界上各個小角落，即使是一枚針或一個釘子，去尋找他歌詠的題材。他最強調的是那種爲人群服務的精神。

我們選錄詩人生前的作品，乃是表示我們失去了一位伙伴和諍友底追念與敬意。

笠下影 ⑭

張彥勳

我不願意寫出別人甚至連自己都看不懂的作品；縱然有一萬個理由，我也絕不！文學既是啓示人生的，那麼，寫出來的東西，何不使別人得到感染而獲得共鳴呢？因此，我的詩是平易的，沒有令人搖頭三嘆的艱澀之處。

這條路，我承認我走得很踉蹌，雖然折過荆棘與蔓草的小徑，前途仍充滿了崎嶇，但我會繼續走完它。朋友！在詩的國度裡，我永遠是個學徒。

I 作品

葬列

咚鏘　咚鏘
咚鏘　咚鏘
大鼓的雷鳴
銅鑼的狂響
和着嗩吶窒悶的悲咽
孝男抽噎着　哀號
一排龍長的行列
以樂社的鑼鼓陣作先鋒　而後
陌生人組成的素幛花圈在飄動
再後是紅色袈裟的僧衆
夢囈似的呢喃着
南無阿彌陀佛
一具好大的紅漆棺槨啊
麻衫下的孝男哭得死去活來
斷斷續續硬咽着的白頭巾
面龐上滿是矯揉的做作

鼓手是小丑的角色兒
哨吶是歷史的傳聲筒
一陣高　一陣低
隨着抑揚沿路上
招來萬千成群的觀客

隊伍的前端沒入了街頭
高樓上窗帷的啓開處
白齒的笑臉　搖搖
披髮的長頭幌幌

穿出街尾
殯儀的禮品分給了執紼者
孝男嚎啕地慟哭　下跪
靈柩總算找到了歸宿
這才擺脫了拘束似地
鬆了口氣　執紼者各自離去

咚鏘　咚鏘
咚鏘　咚鏘
一排龍長的行列啊
沿着彎曲的莊稼道路
吹吹打打進發
以牛步　指向墳場

蟋蟀

蟀蟋在叫喚。可露可露在草叢裡，奏着感人肺腑的旋律。

年幼時，安眠在母親的懷抱裡，被抱在母親溫婉的手臂中，聽到的夜之歌曲……

可露可露可露，那動人的聲響，柔媚的靜謐的流往我軀體，灌注於我生命裡。

呼醒了正在睡眠中的靈魂，喚起了即將忘却的回憶，蟀蟋啊，昨日而又今日，你因何要呼喚？

可露可露蟀蟋鳴叫的夜晚，令我憶起故鄉的家與山河，以及那親切的人們。

可露可露的響起在草葉時，那邊兒也可露可露，這邊兒也可露可露，可露可露可露的曲調逐漸大起，終而奏出了一支悅耳動聽的夜之交響曲。

可露可露可露可露可露可露可露的……

Ⅱ 詩的位置

在臺灣未光復以前，屬於戰時年輕一代的詩人們，因他們受着日本的語文教育，幾乎是在失去了祖國的語文教育底環境中成長着；由於日本瘋狂的侵略戰爭，使臺灣同胞陷於物質的缺乏與精神的苦悶之中，那時在臺灣中部，有一群愛好文藝的青年們起來自已創辦了同仁刋物「緣草」，銀鈴會便成爲當時中部文壇活躍的中心，張彥勳便是銀鈴會的拓荒者之一。

當臺灣光復以後，如吳瀛濤、詹冰、桓夫、林亨泰、蕭金堆、張彥勳和錦連，便從日文過渡到中文，繼續創作着（註1）另外尚有從日文轉到中文；有的跟前者同時，有的稍後的詩人；如羅浪、黃騰輝、葉笛、邱瑩星、何瑞雄、李篤恭、黃靈芝、謝東壁、李政乃等等。

從光復以前的「緣草」到光復以後的「潮流」，這是張彥勳做爲詩人在銀鈴會活動的時期；即自民國三十一年到民國三十八年，他的日文詩多半寫於此時（註2）。當民國四十七年他重整旗鼓，重新提筆寫作的時候，張彥勳却轉向小說的世界出發（註3）。所以，他的詩，除了少數是直接用中文寫作的詩以外，多半是他從前日文詩的翻譯。在歷史性的回顧中，我們對這些先驅者們的拓荒，應表示敬意。

（註1）詹冰、林亨泰、蕭金堆、錦連均爲銀鈴會同仁

（註2）作者著有日文詩集「幻」和「桐葉落」。

（註3）作者近著有短篇小說集「芒果樹下」。

Ⅲ 詩的特徵

靠腦筋的抒情，詩會僵化；靠脚印的體驗，詩才會趨向富有生命的律動。當我們發覺，在死亡送葬的行列中，彷彿不是在爲死者節哀，而是在爲生者哭泣。人要活得有意義，死得其時，那麽，視死如歸該是何等悲劇性的歸宿！然而，在鄉愿的陋習根深蒂固的社會裡，活者嚎啕大哭，往往只是對傳統習俗的再表演而已。像偉大的詩人屈原，衆人皆睡我獨醒，衆人皆濁我獨清，在迷茫的人間世，播下眞摯的情操的種子。我們對於「死亡」，如果眞能沉痛地感知其茫然而若有所悟，該會有更嚴肅的反應罷。

張彥勳的詩，多半是靠他早期那一股青春的朝氣寫成的，正是T．S．艾略特所謂的二十五歲以前的作品。因環境改變，使他的寫作生涯不得不中綴一段空白的時期；因此，雖已再出發從事小說的寫作，但在詩的創作上，似乎一直沒有多大的進展。

詩的創造；一則要克服詩的語言底工具，二則要克服詩的心靈底幅度，而張彥勳在強度上，好像一直沒有繼續增強。

Ⅳ 結語

眞正富有創造性的小說家，在文學精神的感受力上，該也是一種詩的精神底表現。在文學的本質中，即當做一種經驗的藝術而言；詩人和小說家，應同樣是充滿了創造意味的藝術家。也許做爲一個詩人而言，張彥勳是曾經努力過的，但未十分成功。但做爲未來的小說家而言，他還在克苦奮鬪中。詩人乎？小說家乎？他說：「我永遠是個學徒」。

笠下影 ⑮

羅浪

詩，我懂得太少了。我是無能做清醒的醫生或傳道工作者，我只逃避在自己小小的世界無為地沉思而陶醉。曾經在意境中思索過很多詩章，但我很少把它寫出來。忽忽飄渺的詩意，能超脫現實而得到一刻精神的生活的安寧與滿足，那我就够了。

作品 I

吊橋

古老的吊橋，
像挑着擔子叫賣的老人。
有穿着紅裙讓風打滾的，
少女騎着單車踏過了。
橋寂寞地在咳嗽……

妻

閉着眼睛的收音機，
夢幻曲，
被妻嘔吐聲給打擾了。
呆着口，
而流淚的賣唱女的悲哀。
我的手忽觸到孕婦的體溫。

章魚

我是章魚，
讓我吹起口哨來吧！
寂寞時請給我一個吻，
把生之熱情和智慧，
都流露出去。
因爲我這好大的腦袋裡，
充滿着，
尋求美好的生活之慾望。

山城

給山圍住的童話的城市，
玩具般的一切都向你打着親切的招呼。
如輕妙的爵士樂那樣可愛的鄉土語言，
露着肩膀的處女美，粗野的笑。
飲了過多的綠的醉者，
躺在草圃裡吸着煙斗睡了。

垂釣

癡於坐禪，
漁人，困於寂寞。
釣竿，投向閃動的倒影，
探索生命的訊息。
寡默的心靈，
以一種超然的嗜好，
點綴而餐食風景。
思索的喜悅，終而
衝破閃閃蕩漾的波光，
跳躍的魚，
反抗的旗。

Ⅱ 詩的位置

當一個人生活在都市裡，過着燈紅酒綠的日子，一陣陣的狂歡過後，可能是莫名的空虛和無言的悵惘。可是，倘若是生活在田園風味的山城，過着單純而淳樸的日子，而且能一邊垂釣，一邊吟詩，倒是別有一番情趣。

所謂現代化，如果不是在形式的擬似，不是在外表的有無，那麽，該是在精神生活的充實了！君不見家裡有冰箱、

有電視、有許許多多所謂的現代化的設備者，而意識裡根本沒有現代化的精神，過着非常迷信的生活者麽？眞正的現代化，不但要能篤實地研究科學，而且要能眞實地品味藝術，從建設精神生活的內容開始。詩的現代化，何嘗不是這樣的呢？

顯然地，羅浪的作品，發表在「現代詩」、「南北笛」以及「笠」等詩誌上，總共不過是七首而已。少是少了一點，但這並非意味着他不是詩人。英國意象主義的開山大師休姆（T. E. Hulme）的詩全集，也不過是五首短詩。寫詩的多寡並非品評詩唯一的標準，我們欣賞生活在詩境中的詩人，而不欣賞活躍在詩壇上的俗人。

羅浪也是屬於「超越語言的一代」（註），他的生活簡樸而篤實，詩如其人，充滿了山鎮鄉土的氣息。

（註）此爲林亨泰形容從日文過渡中文的詩人們。

Ⅲ 詩的特徵

如果寫詩像垂釣一樣，詩的醞釀，便需那一份耐心的等待。直到「跳躍的魚」，突出水面，舉起了一面「反抗的旗」。羅浪的詩，有他所熟稔的山城，有他所踏過的吊橋，有他所關切的妻子，也有他所垂釣的魚兒。爲了「尋求美好的生活之慾望」，他倒不在乎詩的構成；因爲詩不是商品，不是以生產量爲衡量的對象。就是因爲詩是藝術品，詩是詩人需要加以表現爲語言文字的時候，才去提起筆來的，一點兒也不能強求。

詩人的類型有二：一爲天生的詩人；如戀愛中的情人們，有時會有詩人一般的直觀精神，熱情而多夢幻。一爲藝術家的詩人；也就是有表現技巧的詩人，能依靠語言符號來言志來表達情意的。羅浪的氣質，似乎前者較濃；雖說他的詩，是一種單純意象的直陳，較少變化，但他卻是較能品味詩境的鑑賞者。

Ⅳ 結語

詩人在今日工商業激烈發展的社會裡，不能逃避名利的或世俗的誘惑；像魔鬼向浮士德試探一樣，詩人一旦出賣了靈魂，也只能獲得短暫的情意底滿足。詩人如不能以詩改造社會，改革人心，退而求其次，也該保持着一種審美的情操，過着一種淡泊而富有靈性的生活。

詩的自剖

我怎樣寫「野鹿」這首詩

桓夫

醞釀在心裡已久的一種不可捉摸的思想，經過一段時間的磨鍊之後，就逐漸形成一則較為具體的詩底主題。而詩的主題不外就是在自己周圍的事物或經驗中，發現了特殊意義的事象。

「野鹿」是從自己的經驗中發現素材，以『擬似故事』的構造寫成。乍見似具現實性的外殼，但實際是想像性的一場情景。在這種非現實性的故事裡，我發現與自己的經驗有所相同的感觸。可以說這是自己經驗的再發現的詩。並且意圖把自己的經驗推展更普遍，更一般性的經驗。

「野鹿」並無難懂的地方。是描寫一隻野鹿受過傷，於臨終瞬前沉入回憶的安靜。這些情景似乎每一位讀者都可以領略，很容易了解。但事實上野鹿並非這首詩的主題。我認為臨終瞬前的安靜是極為寶貴的情緒。配以追憶與現實的對比，要表現現實的苛刻與憧憬的美鮮明的兩面，並以生命的葛藤與大自然的對比，要強調生命的哀愁和貫串在其中一絲無可奈何的宿命。

死並不是可怕的。但我父親於去（五四）年五月二十一日逝世。我侍候在他臨終床前，眼看他為了癌細胞的毒發而痛苦掙扎了一個晚上，感到掌握人的生死之神實在太慘忍了。當時那無限的悲哀，使我想到給父親改換了一則安靜而美的，我所憧憬的臨終場面　。這是寫這一首詩的直接動機之一。

我出生於南投縣名間鄉的山頂，是八卦山脈的南端。在那山頂的地方，每天仰望着遙遠的玉山，渡過我底少年時代。黎明以及黃昏時的玉山形成優雅美麗的線條，展示着永遠的青春。

少年向琥珀色的玉山
直奔上去
在那兒　光的微粒捲渦逆流

玉山與我是那麽親近。是我理想的象徵。野鹿在臨終時仍抬頭仰望玉山的青春。是表示生命至最后的牧場尚不失去理想的堅強意志。而野鹿的生命，猶如人在這文明發達的社會裡，常受到 mechanism 的恐怖的生命，那樣脆弱的。

第二次世界大戰中，我被日本軍閥徵召出征到南洋帝汶山島去服役，帝汶山的人口稀疏，所住的土人仍過着原始的生活。男女都裸着上半身當日本軍的苦工。日本軍詐騙那些原住土人說：「日本是太陽國，你們若想反抗太陽，眼睛會瞎，所有的愛會被燒焦得比你們的黑褐皮膚還黑。」腦筋簡

單的土人們信以爲眞，在近代化的軍隊裝備牽制下，毫不敢謀反。但爲了役使他們，發出命令的部隊各階長官太多了。土人們便慨嘆地說：「那麼多的太陽……」。而我，在日本軍隊裡的一個不是日本人的我，深深了解土人們的苦衷。那些過多權威的太陽，使我聯想了阿眉族神話裡的故事。那有趣的故事。

當時帝汶山的日本軍已失去本國的支援。缺乏糧抹。不得不開始「現地自活」的方法，就地從事種植採取糧食。有些士兵被派進入原始森林裡打獵。密林裡野鹿特別多。平均二三天就有一隻野鹿被打死，放於隊部的廣場。那從肩膀流着血死去的野鹿，我看得太多了。而覺得同樣一個生命，人與野鹿的死有何差別？被一張召集令征召來戰地的我底生命，又豈不是很脆弱的嗎？強與弱，豈祇是立場的不同而已嗎？

這些故事，這些事實，佔據了我追憶的大部份，印象太深了。所以我把這些經驗編織「野鹿」詩。或許，讀者會覺得我所用的手法過于單調、欠眞摯、有些含糊。但我是儘量在野鹿的 image 上重疊着自己的影子，想造成 double-image的效果，以經驗的事象做樞軸而發展的想像力，希望讀者攝取強烈的共感。成功與否，或詩的暗喩，詩的標的，祇請讀者體會批評。但願人生的最後，脆弱的生命的死，能得到如「野鹿」的死那樣安靜和優美而已。

編者附註：「野鹿」一詩，是本刊第十一期的推荐作品。

稿約

一、本刊園地絕對公開。

二、本刊力行嚴肅、公正、深刻之批評精神。

三、本刊歡迎下列稿件：

▲富有創造性的詩作品

▲外國現代詩的譯介

▲外國詩壇各流派基本理論、宣言的譯介

▲精闢的詩論

▲深刻、公正、中肯的詩書評論

▲本刊發表的詩的批評

▲外國詩壇通訊

▲中、外重要詩人研究介紹

四、下期截稿日期：

▲詩創作：五月五日

▲其他稿件：五月廿日

湯瑪斯論

周伯乃譯

戴蘭・湯瑪斯（Dylan Thomas 1914-1953）去世的時候，年僅三十九歲，但在本世紀是一位極負盛譽的卓絕詩人。多年來他的詩就爲人們所頌揚和欽讚，讚美的呼聲迎接着他的詩集，一直到他死後，這呼聲不變，甚至有更多的讚譽付給他。然而，部份批評家，詩友和讀者却厭惡地嘲弄他的詩：罵它僅不過是女巫的囈語（sibyline raving）而已。相反的反應是說湯瑪斯是一位感情非常強烈的詩人，事實上也從此而求得解釋。他的感覺力量，對於他的讀者是這樣的，不是有力的吸引就是強烈的斥拒。

詩成爲感情的效果，初讀之際，那和分析後的效果，其位置將不變。拋開龐德（Ezra Pound 美國意象派詩人。譯者註）不談。湯瑪斯可能是本世紀最晦澀的（Obscure）的大詩人。至於他在詩壇上的地位如何，只能取決於未來的批評家給他的評價了。因爲在此王國裏，沒有一位同年代的人能強迫一個詩人的正確地位在特殊階層裏。無疑的，湯瑪斯的詩是被置在偉大的一類中，至於他的地位如何，將有待後人來決定。

一個詩人，他是在極度晦澀和極度通俗化的不規則中。而湯瑪斯的地位並不是由於他是屬於某個特別的詩派，也不是在一種公認的傳統因襲下完成的創作的，更不是屬於社會性或政治性的，他的詩，是一種人生的肯定：「這些詩是爲了對人的熱愛和神的讚美而寫的，如果他不是如此，我是一個儍瓜。」他詩集的序言中，這種肯定主張的眞實意義，幾乎表現在他所有的成功作品中。他早期的詩是自我爲中心的；他寫出他個人對出生、死亡，和性的感覺，在這些主題中所發現的讚美完全是他個人的。他的後期作品，却顯示出一種對人類的更廣泛的興趣，和對人類遞增的關懷。

他的作品極顯然的有着一種統一的觀察力。他透視出死亡是在出生之中，再生却在死亡裏。他注意到在所有的愛中的恨，以及從愛的力量中超越的苦痛。他理解到生命中同時存在的光榮和汚濁，以及在各種生活方式的相互依存與不可分離的事實。「我了解年青的一代」這是一種對白，在青年詩人看到未來的毀滅竟在今天，以及那群年青一代所抨擊的初度的愛情的狂熱。在所有詩句裏都特別強調光明和黑暗，熱和冷的連續意象的對比。詩裏充滿着快樂與痛苦的結合；和獲取與喪失，情感磁力是凝固於明晰的結局中，快樂的：

啊，領悟桅桿是撫觸一如他們的十字架。

「假如我是被愛情撫摸而發癢的」（If I were Tickled by the rub of love）是一首難懂的詩，如果我們僅仰賴於湯瑪斯的人生觀的洞察之記憶來理解它。在詩句裏的

“tickled”看起來意思完全是涉及與整個沉迷，但這種解說必須保存嬉遊與喜悅的意思。“Rub”含有感官的關連，也含有懷疑、困惑和緊張的意思。這首詩展示出；如果他是爲愛的撫摸而生快感，那末，他將不懼怕於跌入伊甸園或洪流之中；如果他是爲了一個小孩的降生而快樂，他將不懼怕死亡和戰爭。欲望是如同魔鬼似的演講而激怒——

一個少女吸着麻藥的香烟和樹叉間捲縮着她的眼睛的蓓蕾。

這類生硬的意象是隨着意識流的詩而陳述的恍惚不清。已在他老的一代和已經死去的一代中產生。

一個老人的脛骨一根骨髓隨着我的身體
而所有的青魚在海裏嗅出
我坐着而且守望我手下的蚯蚓
使其疲乏而軟弱。
這恐懼的感覺是堅強，既不是愛情、性、美麗的產生，
也不是「撫摸」而產生，是整體的或者唯一的崩潰。
我願被愛而胳肢那是：
人類是我的隱喩。

湯瑪斯的詩發展是極不尋常的，在他的後期作品中顯得較爲清晰，不再是含糊不清。而且這些詩也較少與實質相凝結，神秘的象徵亦減少了；觀念大大地展開，緊張的氣氛也鬆懈了，有關韻律和結構的愼密却一直被重視，且持續不變，洞察的語言的力量擴大了。戴蘭·湯瑪斯的才華展露於他的運用文字上，使他的深入的理解力得以溝通。他的語言的晦澀與他的意象的對等性質相平行。他喜歡運用相關語，一個或一個意象的種種意義經常在一節裏面反射出來。

二次世界大戰以後，湯瑪斯的創作手法，企圖從他童年的世界裏尋覓寶藏，這些詩的韻律比之早期的作品是更鬆弛和自由。而那些景色是鮮明的和充滿着異樣的色彩。這些抒情詩都是對世界的創造的讚美。湯瑪斯在運用文字和韻律的技巧上已嗅醒了整個威爾斯（Welsh）。他獨特的想像力使他佔有了一切，他溝通了人類對生命偉大的尊敬和熱愛，他保持着對人生的諧和的觀察力。湯瑪斯仍然注視着在生命中存在着的死亡，雖然這不再是一種痛苦的原因，如同早期的詩一樣。

在「羊齒墩」（Fera Hill）裏，湯瑪斯描寫他在田園中的青春，他再度建立了他自已的青春的感覺世界。沒有時間的觀念，是一種對時間的毀滅的意識之暫時休止，在詩中重新檢拾他對青春的感覺，並且表現之，並不是他對人性的否定。

戴蘭·湯瑪斯是一個高度的感覺性詩人，他的抒情詩表現出他對人生的一種統一觀。他的詩包含着生、死、懼、悲、樂、美……等多方面的。從他年青的強烈的情感和憤怒的詩篇中，他的力量是由於他的「聰明或者憂鬱的藝術」（craft or sullen）一直昇華到足以溝通他的特殊思維的形態，在這些方法內使之成爲大衆的呼聲：

醒來吧！從沉睡的國土裏，這個城市是世界上第一座城市。

你的信念如同那循環的太陽的不朽的叫喊。

（譯自 Masterpieces of World Literature in Digest Form, Edited by Frank N. Magill）

假如我是被愛情的撫摸而發癢

帆影 譯

假如我是被愛情的撫摸而發痒，
而一個壞女人把我偷去放在她的身旁，
洞穿她的草帽，搗碎我的綳帶繩，
假如那赤熱的胳肢猶如小犢
溫柔地搔我令人從肺腑發出笑聲，
我既不畏懼蘋果缺乏雨水
也不怕春潮的壞血氣。

細胞說，願意是雄抑或是雌？
而水滴入李樹就好像熱情來自情慾。
假如我一旦被纖柔的髮絲撫摸
或者脚後跟長出了翅骨，
人心底的發痒是始自女人的大腿，
而我既不怕絞枱上的斧刃
也不畏懼戰爭的礫架。

手指說：願意是雄抑或是雌？
白粉牆跟綠色女郎和她的情人。
我就不憂懼那些有力氣的人
如果我一旦被頑皮的慾望所撫摸
激動的演說被緊貼在陰鬱的厚臉上。
我既不怕惡魔纏在腰際
也不畏懼直言無諱的死

假如我是被情人撫摸而發痒
那眼角的縐紋，一綹捲髮亦不能抹去
虛弱的老人隨着深陷的下顎，
時間和窮朋友和情人的約束，
一如奶油遇着蒼蠅而無法揚棄
海裡的泡沫淹死我
猶如我死在情人的脚趾前。

這個世界一半是我另一半是魔鬼
一個少女吸着麻藥的香烟
和樹叉間捲縮着她的眼睛的蓓蕾。
一個老人的脛骨的一根骨髓隨着我的身體
而所有的青魚在海裏喚出
我坐着而且守望我手下的蚯蚓
使其疲乏而軟弱。

然而那些撫摸，那些發痒的唯一撫摸。
猿猴的短尾的搖擺是循着牠的性的衝動
從潮濕的情潮和奶媽的扭動
在嘻笑的午夜竟永不能豎起，
而當他發現一種美感
是始自情人和母親的乳房
而性慾是感觸於脚趾與人體的摩擦。

然而什麽是撫摸？死的羽毛仍在筋上？
你的嘴，我的愛，蔚在吻上？
而我的救世主的傢伙却長在多刺的林間？
死去的格言是比他的僵屍更枯燥
我的戀愛的苦痛是刻記在妳的髮間
我願被愛而胳肢那是：
人類是我的隱喩。

現代詩用語辭典（七）

吳瀛濤編譯

頹廢主義

Décadence（法語）。頹廢之意。藝術上的頹廢主義係特指隨着世紀末的懷疑思想而起的文學流派，始於法國，擴至英、德、伊各國。象徵主義爲其代表，具有自虐的、絕望的、形式破壞的、唯美的、等等傾向，其感受性則神經銳敏地異常發達，社會上而說，即爲反道德、反逆性的。也顯示批判性格。法國的波特萊爾、魏爾崙、藍波、拉弗爾格等，英國的斯文朋、威爾特等，均爲其代表詩人。一般說來，此爲社會的某一階段癱瘓沒落時常見的現象，除十九世紀末之外，希臘的亞歷山特利阿時代（前三—二世紀）、羅馬的帝政末期（三—四世紀）、法國的中世末期（十五世紀），均有此種現象。

頹廢主義，在今日，一面其唯美、偏重形式的方向遭受批判，他面於破壞中所隱藏的批評精神却受高度的評價。

新古典主義

Neuklassizismus, Neuklassik（德語）。出現於德國文學的一種傾向，於一九〇五年前後，保爾・埃倫士特、W・叔爾滋、S・留普林斯基等人，曾提倡過基於祖國文學傳統的古典主義的復活，因此得名。他們不再模倣外國，而回溯於列辛、哥德、席勒的古典主義時代，或希臘的古典戲劇，喚起理想。因此，對自然主義則對其題材或表現的形式激烈反對，又對印象主義、新浪漫主義所給予的感覺也表示否定。即解釋爲這些傾向，都是被宿命論左右的虛弱的意念之表白，而主張文學唯應描述跟命運打鬪戰勝的偉大人間。其作品甚求古典形式的完成，與以赫貝爾爲其起點的德國近代作家們的文學形式，顯有區別。但後來，埃倫士特趨向政治社會問題的關心，叔爾滋也移向精神生活暗黑面的描畫，均棄離了當初的立場。

英國T・E・休姆及T・S・艾略特倡道的「新的古典主義」乃與此新古典主義不同軌轍。

自然主義

Naturalism（英語）Naturalismus（德語）Naturalisme（法語）。與觀念論對立的實在論，立於自然科學的世界觀，以物爲唯一的實存。一般則指文藝上的近代寫實主義的一分派，而指稱始自解爲生理學或生物學會左右人間的左拉的實驗小說之主張。即如像自然本身，不加以任何選擇，盡量正確地企圖其再現。結果，所採取的素材易爲最通俗的日常事，由此造成了，一爲趨向偏重個人心理分析的私小說方面，他爲傾向社會方向，此兩種種類。

以左拉爲中心的法國，爲自然主義的發祥地，莫泊桑、都德、由伊斯曼等也屬同一流派。英國則有吉辛、哈代、沙穆爾、派特拉，美國則有•克萊因、諾里斯、福克納、杜斯巴東士等，自然主義的色彩均甚濃厚。此外，自然主義的影響曾波及德、俄、日各國。

散文詩

Poéme en Prose（法國）。按字義解，是稱用散文形式寫的詩，但如果解以詩的散文，問題則較複雜。原來，詩與散文，自散文形式的發生，發展以來，自成相對立的觀念，各其相對的場合雖易了解，然而在於使用同一語言的藝術，要解明詩與散文的交叉點是極不容易的事。

衆人皆知，梵樂希曾引例步行與舞踊，指出了散文與詩的語言之差異。此外，沙特爾說，散文是使用言語，惟詩並不使用言語而是奉仕於它的，以他的見解，詩人乃爲拒絕利用言語的人。因散文詩既爲併合散文與詩的概念，要正確地究明其實體，實不簡單。當然它的定義很明顯是指把重點放在詩的散文，惟於古代，詩則指文藝創作全般，故在這意義上而說，不能輕易而論。在最初下意識地考慮及實踐了散文詩這一個部門的波特萊爾的時代，詩與韻律學尙聯結在一起，因此，在那種情況下，他在序裏聲言，並非意味着含有音律的散文，而是「以散文處理的抒情性的主題」，不過如現在的自由詩的時代，關于散文與散文詩的相異，且尙缺明確的區別。

那麽散文詩是從什麽時代纔開始的呢，關于這一點，諸說難免紛紛，有以拉•方提納乃或拉•布留以厄爾爲其始源的，惟到寫了無韻律的散文形式的詩集「夜的卡斯巴爾」的阿雷朱士•貝爾特朗，散文詩的概念已顯得很明確。波特萊爾的散文詩的出現給予當時詩人的影響是非常深大，而同時代曾追求形式美的巴爾那斯詩派的一些首要的詩人們也極稱讚。它並非借用詩的韻律之散文，在這一點，散文詩的意義可見已引起重視。

世界觀

把世界整體地如何觀察，此即所謂世界觀，而同樣他把人生整體地如何觀察，也即爲所謂人生觀，不過或謂世界觀

或謂人生觀，並無任何差異。簡言之，它即謂世界與於世界的人間的地位，及關于生活意義的全般的見解。

世界觀，最初是無自覺的、直觀的，而且樸素的東西，及至進而為自覺而反省的，精密的東西，從此產生種種高度的世界觀，且漸具理論體系，逐成哲學的，科學的世界觀。它大別為觀念論的世界觀和唯物論的世界觀。

文學係基於各人的世界觀，把世界上或人生上所發生的事，用文學方法（創作方法）昇華為藝術形象，而從現實的世界，現實的人生，取出其性格，典型的詩人的明晰的感情裏所求者，恆為現實的表現。此同時也為，現實的世界反映於詩人的精神的、詩人內部世界的表現。此故，除非有正確的世界觀的把握，詩人是不能抓住客觀現實中的眞實。

十四行詩

Sonnet（英語、法語）Sonetto（意大利語）小曲，一般譯稱十四行詩的定型詩。由四・四・三・三行的四節形成，形式上分為四行四行的一節二節和三行三行的三節四節二部份，有獨特的韻。從歷史上看，十六世紀最盛，古典時代略衰微，到了十九世紀又興盛。在定型詩中，持有最長生命的詩型。莎士比亞、羅雪蒂、米爾頓、華滋華斯、隆沙爾、波特萊爾、魏爾崙、馬拉美等，均有優雅的十四行詩，這種形式至今尚廣泛被使用。

戀愛詩

自古歌頌戀愛的詩有很多。由於文藝復興，封建制度崩潰，市民社會勃興的結果，從中世被解放的個性開始活潑地躍動，戀愛感情也多被歌唱。但丁、貝多拉爾卡、薄伽丘等，都唱了情新的戀歌。

以古典主義的反動生起的浪漫主義，強調主觀，富於感情，空想，喜好神秘，象徵，力求形式的打破，因而有限多抒情詩的開花。

由此可見從陳舊的桎梏，感情被解放的時候，具有積極意味的戀愛詩會多產生。不過任何時代，戀愛是多數存在的，戀愛詩也不斷地被寫下去。青春是屬於任何人的，自然任何時候都會有優美的戀歌被產生。

朗誦詩

預先考慮到朗誦及其效果而作的詩。古時候，詩是朗誦、歌詠的，近代詩以後，因重視言語的形象表現，而強調知性操作的結果，現代詩已成默讀的東西，於玆另發生別種概念的朗誦詩。現在也有人主張，為使現代詩發展，所有的詩作應以朗誦為前提。其實，朗誦詩並完全特別的詩，有些詩人的作品雖非為朗誦而作的，却大部份均適合朗誦。

內在律

像押韻律或語數音律那樣詩型的外在音律以外的音律，

也即爲存於自由詩內部的韻律之謂。

這是在日本，由於明治年代末期棄用了詩的定型的詩人，在大正年代初期所使用的語句，當時是詩人們雖然不用音數律，但尙缺乏完全把詩從音樂解放的勇氣和自信的一種現象。

此因他們尙未能意識地確立了形象的美學之故。而以此內在律爲把詩從散文區別的唯一依據。他們以爲夢想的抑揚或感情的波浪，乃至呼吸的長短及其反覆等，會產生語數音律以外的節奏感，而以之爲內在律的本體。惟未能將此種音律，於法則上科學上解明。

內部與外部

我們在詩作品，經常統一表現心裏內部和外部的狀況、事物。我們的心，衝向外部，確認其存在，外部的狀況不斷地被帶回心中，如是以映照於心中狀態的獨特的東西發展。譬如說，雨僅止於悉悉的聲音，無需一個人的心理判斷。惟我們須以將雨按其獨自性，描出自己內部的觀感。而且如果僅將內心所受的感觸，坦率表現，它難免祗是單純的呼喊的或者是類型的感懷之表示而已。此實因感觸要用某種事物去表現，始能有給人以獨自而又普遍的意象的東西，存在於外部狀況之故。

詩人常受外部的規制而表現，也將內部的衝動率直表示，寫過了陳舊的抽象世界。問題要把這兩種缺點反省，而對內部與外部的對立及其相互的關聯予以追求，不斷地去探求自己的方法。

氣氛

Nuance（英語）。色彩、音調、情感、意味等等的微妙的變化，其明暗、濃淡。有些詩，富於氣氛的場合，讀後予人以深切的詩的氣氛，如象徵詩是非常重視氣氛的，不過如果始終只關心這一點，勢將難免淺白不足取。現代詩的分野其廣大，它甚至背棄氣氛而表現了即物性的記錄。雖然，由言語及行間自然會有氣氛，但對詩人而說，首先的問題仍在於強力推出即於內容的表現，也可以說，在作品上給人以鮮明的意象，是比着重氣氛更重要的。

認識

Cognition（英語）Erkenntnis（德語）。哲學用語。指稱主體的人間捕捉客體的現象，或通過現象把握其本質的精神活動，乃包含其間的感覺、記憶、思惟等所有意識過程。故或謂意識或謂認識，均係成立於思惟的主體之存在上面的。笛卡兒曾以爲「我思，故我在」，其所提出的認識上的命題，今日已改爲了「我在，故我思。」

我們說，一篇詩，使人認識某些事象，其意不外乎意味着意識或理解的強調。由此，也會產生關于詩的宣傳性質的問題。總之，認識爲人間精神的基本活動。

美國現代詩選譯 4

伊麗莎白 比秀作品
Elizabeth Bishop

白萩

異教徒 The Unbeliever

他睡在桅端。班楊

他睡在桅端
眼睛迅速地合閉。
在下面帆散開
猶似他床上的被褥，
將頭枕放在夜空之中。
忘却那裡地睡着，
蜷曲地睡着
在桅端虛飾的球裡，
或攀昇至
一隻虛飾鳥的內部，或盲目地坐在他本身的馬。
「我建立大理石柱的根基」
一朵雲說：「我從不游動。
看這海中的石柱？」
專一地在內省
他注視在他反映的水柱。
海鷗有翅在他之下
而說及天空
「如大理石」他說：「從這裡昇高
越過天空
以大理石的翅膀在我超越的頂端飛翔。」
但他睡在他的桅端
眼睛緊緊地閉着。
海鷗探索在他的夢裡
然而：「我必定不跌落。
閃爍的海在下面等待着，
堅實如鑽石；懷着殺戮我們的意圖。」

小練習 Little Exercise

想及風暴在天空逛蕩不安
像狗尋找着一個入睡的地點，
去傾聽它的咆哮。

想及他們爲何必需現在尋求，而紅樹回答
躺在那裡對着黑暗中的閃電沒有回應
粗鄙的家伙。

偶有一隻蒼鷺許將解放他的靈魂，
猛搖他的羽毛，寫出一個糢糊的詮釋
當圍繞的雨閃亮。

想及林蔭道，和小小的棕櫚
從行列中突出，忽然顯示
如曲柔的魚骨的跡像。

那裡雨落着。林蔭
和以雜草長在每一龜裂的破碎小徑
爲潮濕潤救着，海被清新。

現在風暴遠去逐漸地縮小
戰爭景像的粗劣的創作
在「田野的另一部份。」

想及有人睡在船排的底部
縛在紅樹的根部或橋樁；
想及地無損傷的，公然地反抗着。

評解

【異教徒】

這首詩的諷刺建立在作者的玄想上，這種玄想充滿着不實際，充份顯露了一個女性詩人的缺點……觀念狹窄，沒有深切的體驗，讀了這首詩後，從頭至尾，除了異教徒嘲弄外，還能給人一些什麽呢？費盡了一切形容，徒見汗流夾背之外，後面一無所見。

從異教徒的立場來看作者的觀念，這種形容焉不能成爲作者本身的描寫？誰能肯定自已的觀念爲唯一的觀念？何者爲異教徒？大約與自已不同的觀念便是異教徒了，果是如此，則何等的狂妄獨斷？何等的短識狹量？

【小練習】

頭三段寫來還算一回事，頗見才具，「想及風景在天空逛蕩不安，像狗尋找着一個入睡的地點，」聯想佳妙有意味，「偶有一隻蒼鷺許將解放他的靈魂，猛搖他的羽毛，寫出一個糢糊的詮釋，當圍繞的雨閃亮。」意境深遠，胸襟宛然可觸。可是第四段以後，心力見拙，失掉了控制之力，想像泛濫不可收拾，寫上了這樣平俗沒有深度的句子。尤其結尾這麽一條臭尾巴，呈了一點西方可笑的英雄主義外，對全詩有何必要的理由？又有何卓然的體驗？

晚近美國詩人的才具大爲喪退。因浮燥，已難有深刻無瑕的作品，比起法國詩人的敏銳，德國詩人的幽玄，英國詩人的雅美，美國實在是缺少詩意的民族。

德國現代詩選譯 3

赫姆作品 Georg Heym

李魁賢

水手 Die Seefahrer

陸地的前額，鮮紅高貴有如冠冕，
我們看見它在沉淪的日子沉落，
而森林颯颯的圓頂，在火焰
呼嘯拍翼下加冕。

一陣狂號的暴風，搖擺的樹因悲傷
而變成黑色。它們燃燒透紅如血液，
沉落，遠去。有如在垂死的心上
愛的萎落的熱焰再度升起。

可是我們已啓航，馳向海上的傍晚。
我們的手焚燃有如蠟燭。
對着陽光，我們看見裡面的脈管
和濃稠的血，遲滯地向群指間流入。

夜來臨。有人在黑暗中哭泣。我們
不適地向遠方歪歪斜斜馳去。
而我們無言地一齊站立在船緣，
凝視着暗夜。光亮已滅熄。

在夜開始進入永恒的地點之前，
只有一片雲還久久地停立在遠方，
寰宇中飄浮的紫色，有如一場夢景，
以美妙的歌聲在靈魂迴響的基地之上。

戰爭 Der Krieg (1911)

他站起來，長時的酣睡，
從深深的地窖站起。
龐大而未知，在薄暮中站立，
且把月亮放在黑手中壓碎。

異國黝暗的蔭影與冷霜，
迢遠地落入城市黃昏的喧嚷。
市場的圓輪停轉而成氷。

就將靜寂。他們環顧四圍，無人分明。

在巷街裡，他們的肩膀輕易就被逮住。
發問。無答話。一張臉變得蒼白。
遠方細微的鐘聲在震顫，
而鬍鬚震顫着纏滿他們尖細的下頦。

在山頂上，他已開始舞蹈，
且叫嘯看：你們所有勇士，起來對準他們！
而鐘聲響着，當他搖挩黑色的頭腦，
四周的千萬頭蓋絞成一條鏈。

鐘一般的，他從最後的火焰中踏出，
白晝已逝，河流已溢滿鮮血。
無量數的屍體已用蘆葦蓋覆，
白白的一片死亡的強悍的鳥類。

夜裡，他越野去狩獵烈火，
一頭紅狗發野地尖吠着。
從黝暗中，夜的黑世界躍出，
它的邊緣，火山恐怖地照耀看。

幽暗的平原廣佈着數千
高聳閃爍的尖峭笠帽。
在街道下蠢擁奔逃的人
擁入火林，火焰洶湧竄冒。

火焰熊熊地吞吃了一片森林又一片，
黃色蝙蝠把叢葉爪抓成鋸齒連連，
他有如炭窰奴工揮擊着棍棒，
衝入密林，搧起洶湧烈焰。

一座巨大的城市沉沒入黃色的烟氣，
無聲地深陷入無底淵的胃腸。
但他立在成長的廢墟之上，
三度把火炬揮舞入天堂

在暴風撕裂的雲朵反光的上方，
舞入死寂黑暗的寒冷沙漠，
他以一場大火，把夜迢遠地萎落，
向蛾摩拉傾降硫磺與烈火。

【譯註】根據『創世紀』第十九章，因爲「城內罪惡的聲音，在耶和華面前甚大」，因此耶和華差了兩個天使要去把這城毀滅掉。「當時耶和華將硫磺與火，從天上耶和華那裡，降與所多瑪和蛾摩拉，把那些城，和全平原，並城裡所有的居民，連天上生長的，都毀滅了。」（見第廿三、廿四節）。這一首詩，是詩人預言的戰爭，幸而不幸，因赫姆的早死，未親身經歷第一次世界大戰（一九一四——一九一八年）的慘狀。

赫姆，一八八七年出生於 Hirschberg，在烏玆堡（Würzburg）及柏林攻讀法律，於羅斯托克（Rostock）獲得學位後，即返回柏林，致力於出版事業。一九一二年死於 Schwanenwerder。比忒剌柯還短壽兩歲。

日本現代詩選譯 6

吉本隆明作品

Yoshimoto Takaaki

陳千武

「向異數的世界走下去」

向異數的世界走下去　他似乎戀
戀不捨對
在被遺留的世界底少女
未曾分讓細微生活的秘密的事
以及慾望的碎片
豐盈的麵包的香氣　或不知接受別人的
謙遜的敬禮
之時的快感的事

可是
那個世界和世界的袂別是
很簡單昏黑的靈魂在被燒焦了的
首都的瓦礫上向主宰者
做着厭惡的臉
而襤褸的戰災少年
敏捷地刼奪了他的錢囊逸去
那時他底世界也一起被刼去了呢
在那互不相關地被架起的樓厦和
樓厦之間
有如網目踩走的風　和像似快樂的
群衆　之中的朗爽少女
都　無可
彈響他底心
活着的肉體　漂洒似的愛撫
也無可決定他底靈魂
喪失了活下去的理由時
活着　近於死
且又尋覓不到死的理由
他底心
很敏速地向異數的世界走下去了　但
他底肉體是　十年

在華美的群衆裡濶步呢
被私事纏繞着 流過
胸裡的是或許無法告成的夢
飢餓着無精打彩的房事
被抹消的愛
他羞於寫在紙上的東西之後
向未來出發了

吉本隆明：一九二四年生。東京工大畢業。「荒地」同人。詩集「與固有時的對話」、「爲了轉位的十篇」。著書「文學者的戰爭責任」。

關于合乎邏輯的詩

※荒凉的內部世界

看了吉本的這一首詩，讀者便會對于「異數的世界」是甚麽，「向異數的世界走下去」是怎樣一回事，爲甚麽要走下去等問題發生疑問吧。但這些疑問顯然就是這首詩的主題的部份。「異數的世界」是由「被遺留的世界」反映着，並由那些袂別的世界、少女、瓦礫、群衆、樓厦等所表現的世界反映着。

「向異數的世界走下去」的理由，是被暗示在「喪失了活下去的理由時，活着，近於死，且又尋覓不到死的理由」的一節裡。這表示着一個人的體驗，同時展示着作者內部世界的動態，並把體驗貫串於內部的世界。是合乎邏輯的詩的很好的一例。

我們或可想像到日本於戰敗前後，有很長的一段時期他們都過着悲慘的生活。那個時候，人祇被視做一個數目，而未受到重視。例如一個士兵或配給米的配給人數，火車的乘客人數，一張衣服票的領受人數……等。在數字上不管哪一個人都是共通的。而人與人之間是一個數字和同一個數字以外毫無關聯。被納入數目裡的一個單位。不被認定的人性，祇以一個數字被款待的，這種屈辱，誰都會感到嫌惡和反抗的。在已經喪失了互相關聯的這種社會裡，不得不令人思考的是，每一個人都抱持有荒凉了的內部並界。這種非一般性類型能予捕捉的精神狀況，含有以「他」的論理上意志和判斷的形式描寫了「他」的狀態。可見這一首詩的主題並不是簡單的。

詩裡到處都可發見「心」與「肉體」的對比。如第一行至第二行的「戀戀不捨」那樣微妙的情緒就是。無論如何這首詩是，祇以「異數的世界」的抽象語言表現以外，似無可用其他語言能予比喻的世界。而詩本身亦具有讓讀者以自問自答的方式推展境界的力量。

※自我的再發現

能否了解這首詩的關鍵，是在以如何解說「異數的世界」這個問題上。作者不寫爲「未知的世界」，而寫爲「異數的世界」便是第一個問題。又不說進入那個世界，却說向那個世界走下去，便有第二個問題的特點。

異數的世界似乎亦可改稱「貧困」一語。戰後的荒廢，不管你喜歡不喜歡，全都零落化了……。然而你若不願意向那個世界走下去也似可以的。也許不一定以「貧困」做踏板。因那異數的世界並非單純的貧困。寧可改以「孤絕」一語較合意吧。或許說「疏遠自已」較爲適合。

總之，他底心向異數的世界走下去，另一方面，他底肉體是十年，在華美的群衆裡濶步着。這種自我的再發現就是這首詩的 motif。是一種裝飾，很抽象性的摘出了現實。比方說，在詩裡顯出的戰災少年或朗爽的少女等，都不是特定的存在。是用以引起確認作者位置的工具。雖然這些工具都非新奇而是平凡的，但作者的姿勢，從內面扶持着異數的世界這一語言，使那些平凡的工具活潑起來。

※排除圓潤的韻律

這首詩相當難讀。原因是作者意識地排除了圓潤的韻律，像似呼吸困難的樣子，把語言一句又一句推進的方法構成這首詩。究竟異數的世界是怎樣的世界呢。那是可以說，對我們日常生活中充滿了爭執和妥協的這個現實世界，以自已的意志而背反之時，能展現在眼前的世界吧。作者在此已經看破了社會上的成功或快樂的一切。又爲什麼要走下去那樣的世界呢。這以詩人本身來說，或許亦是一種秘密。有一天他忽然感到自已並不是位在這普通的世界，而竟向異數的世界走下去。在這被爆炸燒焦了的首都的瓦礫上，被戰災少年刼去了錢囊之時，確切地察覺了那些。事實上，也許那是一種事情的發端。簡單地說，有一天他感到了自已所處的現實完全變了。却認知對手自已唯一眞實的世界來了。就不得不向那異數的世界走下去。這不是他喜歡的踴躍的，反而他躊躇着感到懶得走下去。且對住慣了的世界的離別感覺戀戀不捨。因在現實的世界有自已所愛的少女，或許可和她結婚，過着二個人的生活，吃芳香的麵包，也有受到別人的尊敬感到愉快。但那些已是不可能，由那朗爽的少女也絕無法滿足的絕望的眞實，已捕捉了他。喪失了活下去的理由，却仍活着。然而尋找死的理由也尋覓不到。他的心已經十年之間與肉體離開了。分別在不同的地方，一邊苦悶着一邊繼續活着。而他那離別了的少女或許憎恨着他吧。而他是任其自已捕捉了的眞實所驅使，活在異數的世界。却對自已的行動並無抱持十分的自信。雖有無限的夢想，但不知能否告成。他將怎麽辦呢。誰都不知道。只知道的是，他在絕望的狀態中，連用紙寫上的東西也感到羞耻，變成完全的無一物，仍向未來出發，這一點而已。

艾略特詩選譯 3

荒地

杜國清

「在庫瑪耶我親眼看見那位女巫被吊在甕中，每當孩童們問她：女巫姑，妳想怎樣？她總是回答說：我想死啊。」

給更靈巧的名手
保恩德 (Ezra Pound)

I 埋葬

四月最是殘酷的季節
讓死寂的土原迸出紫丁香
摻雜着追憶與慾情
以春雨撩撥萎頓的根莖。
冬天令人溫暖，將大地
覆蓋遺忘的雪泥
讓枯乾的球根滋養短暫的生命。
從史坦勃爾格・熱湖那邊
夏天突然襲來驟雨一陣；
我們在柱廊裡避雨，太陽一出
又走進公園，喝了咖啡暢談一小時。
我不是露西亞人，我來自立陶宛，道地的德國人。
幼年住在我底堂兄
大公底宅邸，他帶我出去坐雪橇
我眞是害怕。他說，瑪琍亞
瑪琍亞，好好扶着呀。就這麽滑下去了。
在那山中，誰都感到逍遙自在。
夜裡我大半看書，冬天就到南方。

這些蟠纏的根鬚是什麽？從這亂石的
廢堆裡生出什麽枝椏？人子喲
祢能說什麽，祢有什麽猜想呢？祢知道的
只是一堆破像，曝晒在烈日下
那裡枯木不能成蔭，乾燥的岩石沒有水聲
聽蟋蟀的安慰也沒有喲。只有
影子在這紅色的岩石下，
（走進這紅色岩石的影子裡吧），
有個異樣的東西我將顯示給你
那不是早晨在你背後大踏步的，你底影子
那不是傍晚在你面前迎遇你的，你底影子

我要顯示給你的只是一把骨灰的恐怖吧了。

……後略……

艾略特底「荒地」表現第一次大戰後歐洲底荒廢，由戰爭殘留在人內部的爪痕，那種精神荒廢的強烈意象所構成。全詩共四百三十四行，分：埋葬、棋戲、火誡、雷聲四部。苦沒有相當的文學知識以及對歐洲原始風習或傳統的瞭解，是不容易看懂的。可是從頭「四月最是殘酷的季節」開始意象就那樣鮮明。又從「人子喲，祢能說什麼」開始，在廢墟裡，纏繞着死之影子的意象，大概誰都會感受到吧。艾略特把第一次大戰後歐州底荒廢，不是用詠歎，不是用悲調，而是通過人內部世界重新體驗戰爭殘留的爪痕來表現。「荒地」不但是艾略特底代表作，而且由於此詩發表，使英美詩壇對詩這種東西對文明，社會、人底存在等都具有批判的功能，得到自覺和覺醒。

詩一開始就把讀者引入荒地的風景裡。「四月最是殘酷的季節」，而「冬天令人溫暖」，這種表現是屬於逆說性的，但不僅僅是逆說，且明顯地表示了「荒地」全篇的一個主題：處於荒地的現代，眞正覺醒是如何困難。荒地上的人們，生實在是死；不過對於處在那種假死狀態裡昏昏沉沉的態度感到無限的魅力。因此萬物覺醒的春天「最是殘酷」，而將大地覆蓋在遺忘與睡眠中的「冬天令人溫暖」。在艾略特說來，宗教上的覺醒才是重要的問題。「荒地」全篇便是從這種隱藏在逆說性表現的背後，以絕望的敏銳的觀察做出發點。詩中的主人公用這種觀察，回溯昔日在德國療養地方史坦勃爾格・熱湖遇到的少女瑪琍亞，而墜入和她談話的記憶裡。那時夏天，突然襲來一陣驟雨……。驟雨——這在主人公所處的基地上該是沒有的東西。驟雨或是春雨，在無意義的假死狀態的荒地上是不存在的，只是在「追憶」中才有。主人公底回憶與現在那乾燥不毛的荒地比較起來，顯然具有幼年時代特有的一種豐富的情緒。

可是那些回憶忽又在現實荒地的風景之前消滅了。主人公從幻想中清醒而發問：「這些蟠纏的根鬚是什麼？」所看到的儘是烈日曝曬，一無蔭影的荒地。爲了逃避驕陽底肆虐，不得不隱蔽在紅色的岩石下；而在令人聯想到火刑紅岩底蔭影下能得到什麼呢？那不是隨時在你身邊出現的「戀」的影子；詩人以冷酷的表情說：「我要顯示給你的只是一把骨灰的恐怖吧了。」

荒地上的人雖然還沒死，但已經失去了生；生等於死。換句話說一切都是無意味的生。這個荒地，依艾略特說來就是失去宗教依靠的現代一般狀況，且以第一次大戰後的荒廢做象徵，繼續摸索從荒地可能被救的途徑。詩中許多表現，實際上以聖經做背景那麼愼重地處理有意思的生與無意味的生對立的主題。

里爾克詩選譯 3

壹、形象之書（三）

Das Buch der Bilder

李魁賢

秋末 Ende des Herbstes

我已經觀察了好一些時候，
看萬物如何在變換。
有些崛起而運作
而死亡而帶來悲傷。

園中的一切
逐日在改變模樣；
從微黃到深黃
緩慢地衰亡：
我的路程啊，多麼遙遠。

如今我依傍着空無
且放眼穿過一排排的樹廊。
幾乎綿亙到遠方的海口
我看到一片陰沉的天空，
有着不祥的預感。
【譯記】從一片肅殺景象，而想到自己路程的遙遠，最後引出陰沉的天空，有一種吐不出的淡淡的苦悶。

秋 Herbst

葉子飄落，有如飄落自遙遠的地方，
從遠在天上的花園凋零；
以消極的姿態飄落。

夜裡，沉重的大地也在飄落
自群星間到寂寞的地方。

我們都在飄落。這手也飄落。
環顧四周：這就是在一切之中。

當我們飄落，還有一個人
以柔和的雙手，永遠把我們拉住。

【譯記】這雙手，顯然就是上帝那「雕塑家的巨大的手

」。然而，也使我們想起降伏齊天大聖的如來那雙手。在此詩中，可見詩人在掙扎中，還是信賴上帝的。

黃昏 **Abend**

黃昏緩緩地褪換着衣裝，
用一圈古老的樹木縛綑；
你瞧：大地遠離你而分成兩半，
一半向天空攀升，一半沉淪；

留下你，到完全不從屬的烏有，
不像沉默的房子那樣完全黝暗，
不像那星子將在每一個夜晚攀升
那樣肯定地向永恒誓願；

留下給你（難以言喻地）
你的生命，巍峩且成熟且滿懷驚惶，
因此，立即圍繞立即緊握，
將在你心中轉變成石頭與星群。

【譯記】和『秋』一樣，是從懷疑到肯定。以石頭與星群，分別象徵着大地與天空的統一，取代了混亂與對人的存在的懷疑。

神聖的時刻 **Ernste Stude**

如今誰在世間的任何地方哭泣，
在世間不爲什麼地哭泣，
悲哭我。

如今誰在夜裡的任何地方笑着，
在夜裡不爲什麼地笑着，
訕笑我。

如今誰在世間的任何地方走動，
在世間不爲什麼地走動，
走向我。

如今誰在世間的任何地方死亡，
在世間不爲什麼地死亡，
凝視我。

【譯記】從哭泣、訕笑，到一步步緊逼着前來，而這一切過程都是沒理由的，這就是人類的荒謬而陷入重圍的一種苦悶與悲哀。最後，「在死亡」的誰「凝視我」，則造成悚然心驚的高潮。

合評作品

你聽這歌

沙　牧

無何牽掛奔流的時間
世界如隻破碎的蛋殼

風不搖樹寂寞
蝶不舞花寂寞
船泊岸海寂寞
雲消散天寂寞
月沉沒影寂寞
水流逝魚寂寞
燕飛走樑寂寞
琴絃斷瑟寂寞
臉憔悴鏡寂寞
手縛住菓寂寞
他背門伊寂寞
人跡絕路寂寞

（泡在酒液中的是誰
誰來把酒瓶子敲破）

寂寞的是人不是路
寂寞的是他不是伊
寂寞的是手不是菓
寂寞的是臉不是鏡
寂寞的是琴不是瑟
寂寞的是燕不是樑
寂寞的是水不是魚
寂寞的是月不是影
寂寞的是雲不是天
寂寞的是船不是海
寂寞的是蝶不是花
寂寞的是風不是樹

我笑李白爲何不回蜀
空中的飛鳥許會笑我

貓　作品1

白　萩

突有錦蛾被火烤燒的暴厲在心中迸開。一跳
而伏下來怒瞪着黑夜
檻外的世界癱瘓如墳墓一無所覺
而確實有敵人在移動

雙眼搜索着以槍眼的機警專注
搜索着。宇宙確如赤裸地躺在面前
一孔一毛，端視不遺

突然風驚起衝響門窗急速地逃逸。
尖利地以搏刺的一叫
抓向隱隱在地上滾動的時間的珠粒
繼而咪咪地暢舒的笑起來……

破鞋

喬林

路自你的面前走過
接踵的走過
戰車終成爲日子的形象
黑霧霧的
路揹負着它行軍

都成爲匆匆
你的和老年人的
頭皮

假如灰塵是金黃的
稻穀

你坐着嚥吞
你睡着覆蓋　埋你成山
都不成爲重要

路自你的面前走過
接踵的走過

啊，清明，清明！

龔顯宗

哦，是什麼聲音呢？
生人們走着，
談着喧嚣自四面八方洶洶而來
啊，清明，清明！

這使我想起昨夜，
昨夜伙伴們結隊到河中洗澡，
然後吱吱地磨着獠牙。

我又想起中元節。
和尙爲亡魂唸經，
生人替死者煮菜。
隨着祖先進入生前住過的房子，
母親擺滿一桌豐盛的酒菜

但我僅躲在屋角垂涎，
因爲餓鬼太多了。

母親和我生前的戀人來了，
在我墳前上香，祈禱，燒冥鏹，
錫箔像銀蝴蝶在空中飛舞。
她們在塚的四周鋪五彩紙，
張燈結綵似地輝煌我的房子；
歎息，流淚，
潤活了屋脊上的野蘭、雜草、小蕈子，
又說明年今日要移我的屍骨到山明水秀的地方去，
使我既高興復憂愁。

又是幽靈遊蕩的黑夜。
白揚樹沙沙作響，
風中：有吃喝聲，也有猜拳聲。
唉，我腐爛的屍體又受酷刑了，
蛇鑽進心窩，
樹根刺入眼眶，
螞蟻在頭顱築巢。
啊，清明，清明！

一場驟雨將屋頂的彩紙淋落
一陣狂風將斑駁的墓碑吹折，
一個孤魂將豐盛的菜肴搶走。

乳之憶

林錫嘉

猛感到母親的乳液在微細的血管奔流
母親，你的話語是那階梯的伸展
引我躍登
引我步向成熟

現在想你啊，母親
我將如何？當我失去了你的聲音
就讓思念的花在心中結果
結成你的容顏

投入你的子宮之內
回想形成我的個體的原始
血的凝結
痛苦的凝結

無論那一個方向，那一季節
我都會屬於你
都會感到你的乳液在我細微的血管奔流

作品合評

參加人員：

北

趙天儀
桓夫
羅明河
林錫嘉
陳明台
吳瀛濤
林煥彰
楓堤（記錄）

南

白萩（記錄）
林宗源
張明仁

沙牧作品

—你聽那歌

趙天儀：讀這一首詩，有一種音階的迴轉的那種感覺。

桓夫：是的，形式的行列，也有一種鋼琴鍵盤的形象。

羅明河：第二、四節表現的構想非常好，其餘各節則稍嫌偏於說明性。

林錫嘉：此詩在表現上，很是空靈。

桓夫：由「風不搖樹寂寞」等等，到反過來的「寂寞的是風不是樹」了，以這樣表現「破碎的蛋殼」內的寂寞，意象上是很緊迫的。

趙天儀：表現上有些超現實主義的味道。

林錫嘉：表現的意象，還算是保守的。

明台：每一組意象，都成爲對比，如風與樹，蝶與花，我覺得即意味着陰陽的對比。

趙天儀：詩人以其想像在詩中組立意象，讀者欣賞時，也有他自己的想像。因此，詩人是沒有必要在詩內表明一種固定的思想。

林錫嘉：第三段是針對着第一段而反應的。因爲世界已破碎，才有「是誰」的反問。

桓夫：人生的寂寞是很廣大的，有形形色色的寂寞；而對異性的寂寞，只是其中的一部份。

吳瀛濤：我感到這一首詩中描述的寂寞，很淡，難以給讀者引起趣味的感想。這種寂寞的解剖，有些空洞，很少作者的體驗在內。我認爲應該更進一步，把現代人的寂寞描寫出來才好。意象嫌凌亂些。

林煥彰：有點偏向於農業社會的寂寞。

趙天儀：不能要求作者在詩的題材與表現上應該如何如何，只看他有沒有達到某種境界。

吳瀛濤：批評時，應該要求到這一點，對現代人的心境要深切的表達。

桓夫：可以說，對詩的狀態是已把

握住，但缺少覺醒的東西表現，因此未能使讀者感動。一開頭，把世界喻做破殼是很好的意象。但接着，在寂寞的題上迴繞，遠離了好的開頭。

趙天儀：有很好的意象，而未再深一層表現，是受到形式的約束的原故吧！

※ ※ ※

白萩：作者所提供給我們的是一種洪荒期似的死寂，一種絕望無告的孤獨，一種割裂血管的自殘自傷，它給人的逼力非常龐大，初讀這首詩，有如上的感覺，因此曾回頭再仔細的研讀，第二次的印象却大不如前，感覺非常奇怪，又再讀一次，效果更差，對這樣的現象，我曾分析自己欣賞的心裡過程，覺得第一次的欣賞，毫無心理準備，因此給作者擊倒，第二次以後，因帶有理性分析的準備，這首詩便爲我找出它的缺陷來了。

林宗源：第一段作者既然對人生有透澈的領悟，就應該顯現出來，像風不動樹搖，蝶不舞花開，如此地表現。當然作者是不能要求作者如何地表現，這純祗是我一己的想法而已，因爲祗說寂寞，寂寞……是不能使我滿足的。應該表現出一些什麼，才能使欣賞者有所感動。第三段是第二段的註解，我覺得無聊，而使逼力感鬆懈。第一段第五段又不能使人有統一的感覺，句子文白交雜。

白萩：這首詩在整體上缺少「機體性的連結」，如風不搖樹寂寞」到「寂寞的是風不是樹」，這轉變的中間留下一部份空白，需要讀者以想像去補充連結，如果讀者不補充，這首詩便瓦解了，段與段之間亦是同樣地留有空白。感覺此詩之好，此好恐怕是讀者需要補充的去連結的。詩是否本身應具有征服的力量？強迫讀者依一定線索去從事精神操作，即使他不思不想，故意反抗，亦能給予領導。「張力」，「緊湊」的本意，恐怕是存在這中間的。

張明仁：不靜止的時間，確在「奔流」，然而因爲無「何牽掛」，在感覺裡時間彷彿靜止一樣，下一句：「世界如隻破碎的蛋殼」，使人的感受是悲觀，絕望，無可奈何，幻滅的感受。「泡在酒液中的是誰，誰來把酒瓶敲破」，是說作者以酒解愁。最後兩句「我笑李白爲何不回蜀，空中的飛鳥許會笑我」是說：我曾經嘲笑李白爲何不回鄉，因爲李白是落寞的詩人，同樣是以酒解愁的，現在我却羡慕空中的飛鳥，彷彿牠們的雀躍也是在嘲笑我的孤獨。

這首詩作者的各種不同的形象，托出本人內心的寂聊，所以這首詩使人有無聊的感受。

林宗源：第二段第四段，祗做形象的羅列，太囉嗦，太多了。

白萩：是的，並且在技巧上沒有變化，有單調感，觀照也太膚淺，止於表面的形象的例舉。

張明仁：「船泊岸海寂寞」，「日沉沒影寂寞」，「水流逝魚寂寞」，「臉憔悴鏡寂寞」，「手縛住菓寂寞」，「他背門伊寂寞」，這些句子仔細讀起來，在本身的意義上使人有一種不合理要求讀者予以連結，否則無法領略其寂

寞。像「臉憔悴鏡寂寞」這句，不照鏡那裡知道臉是憔悴的，既然照鏡子，鏡爲什麽會寂寞？倒不如換一個句子：「美人老鏡寂寞」較爲妥切些。

林宗源：月沉了，影也沒有了，那有寂寞？水流走了，魚當然要死了，那還會寂寞？哈哈。

張明仁：第二段轉變爲第四段的寫法是成功的，增添這首詩感人的力量。

白萩作品

——貓作品1

明台：我覺得只描寫了貓捕捉老鼠的過程而已，沒有很高深的表現。

吳瀛濤：描寫某種過程是很「強」的，但看不見什麽「借題發揮」的地方。描寫方面有些散文化。

趙天儀：波特萊爾曾寫過一首「貓」，以象徵女人。同樣這種題材，當然應有新的領域發現，就是要擴大範圍，並有所暗示。在這一首詩裡，作者把貓擬人化，但不夠明顯，因此，貓的性格，就沒有凸出。

林煥彰：描寫的貓是很「活」的，有新穎的語言表現，如「槍眼」等等。

趙天儀：那種憤怒狀，描寫頗動人，但僅止於那憤怒狀。詩在追求意象時，不能只停留在意象本身。目前，有很多詩，只碰上了意象的火花，而沒有對精神活動，或其生命有更進一步的追求。要進入現代詩的領域，精神掙扎是很重要的。

林錫嘉：這一首詩缺少了內在精神。

桓夫：什麽是內在精神呢？詩根本就是在追求內在精神，既然還在追求，如何知道內在精神是什麽呢？

林煥彰：最後「繼而咪咪地暢舒的笑起來……」似乎多餘。

楓堤：這一句是在點破。詩內所貫注的那種英雄色彩，因最末一句，而把氣慨烘托出來。

桓夫：像「一孔一毛，端視不遺」都是很活的語言。但由貓談到宇宙等等，雖由小喻大，但無深刻的挖掘，好像只是嚇唬讀者而已。

※ ※ ※

張明仁：這首詩的表現方法比較新穎熟練，這像白萩的作品？

林宗源：凝縮精練才能產生魄力，像第一首有魄力的感覺，是因爲第二段是用文言寫來，所以令人感覺有魄力，但若詩句有毛病時，就鬆懈瓦破了，是屬於文字的魄力感。這首詩是詩人內心精神所發出來的魄力。

張明仁：表現這隻貓有兩種方法，一種是屬於溫順的姿態，像波特萊爾把貓比做戀人一樣。也有另外一種寫法，它是捕捉一種形象，寫出貓捕鼠時的機警、敏捷、活潑、殘忍、銳利的特徵，前一種寫法是屬於柔的一面，後一種是屬於剛的一面，那麽這一首詩是屬於後一種的寫法，開始的時候，作者不直接把貓發現老鼠的狀態寫出來，祇利用「錦蛾被火烤燒在心中迸開」來描寫貓發現老鼠的心情，「伏下來怒瞪着黑夜」，因爲老鼠是躲在黑暗的洞中，「怒瞪」是待機而動，到了最後一段，「尖利地以

搏刺的一叫，抓向隱隱在地上滾動的時間的珠粒」是說這隻貓把握機會，在短促的時間內把老鼠抓到，所以「繼而咪咪地暢舒的笑起來」，寫出貓抓到老鼠的得意狀態。整個說來，此詩是描寫貓在捕捉老鼠的過程。

白萩：我感覺這首詩的連結性很好，以「突有錦蛾被火烤燒的暴厲在心中迸開」的打擊，「一跳而伏下來怒瞪着黑夜」的搜索，然後「抓向隱隱在地上滾動的時間的珠粒」的抓握，從被打擊，而搜索敵人，而捕住，發展自然緊湊。

林宗源：我覺得此貓異乎平常的貓。

張明仁：那麽是什麽貓。

林宗源：牠是捕風捕到時間而咪咪地笑起來的貓。

張明仁：那麽貓爲什麽要捕風捕時間呢？

林宗源：問作者吧？

白萩：我想這首詩可以有二層的讀法，一層是張明仁所說的，進一層是，詩人征服時間的慾望。

林宗源：我就沒感覺捉老鼠的味。

張明仁：我是說作者利用貓捕鼠寫出現代人適於工商社會對時間征服慾的強烈。是一種象徵性的寫法，所以我說是一種表現方法新穎熟練的寫法。

林宗源：好好，好，不就是這麽一回事。

白萩：此貓是人貓。

林宗源：對對，作者是貓。

張明仁：不對，不對，作者是人不是貓，人和動物一樣，也是弱肉強食，在生存競爭中。

白萩：恐怕此種錯覺是現代詩與往昔的詩不同處吧？在往昔是現象的描寫，現代詩人是我即現象，現象即我，世界是因有我而存在，可以這麽說：一些描寫現象的現代詩，還是詩人精神的告白。

張明仁：這是對的。這種融合主觀與客觀，物中之我，我中之物的寫法，不僅現代詩有這種寫法，過去我們舊詩也有這種寫法。

喬林作品

—破鞋

趙天儀「路自你的面前走過」，把位置顚倒，而發生出一種力量，因爲本來應該是「你（破鞋）自路的面前走過」。這有如電影的特寫鏡頭，在銀幕上沒有人像，而只映出了脚。

林煥彰：由「破鞋」而想像到「戰車」，愈加強烈。

趙天儀：這種對現實生活的描寫，很強烈，但象徵性可能較少。

明台：這首詩在暗示着現實生活的忙碌，爲生活而奔波的情形。

吳瀛濤：也表達了戰爭的緊張生活。第一節寫得最好，到後半有些鬆懈。

桓夫：到第二節仍是一氣呵成，那種引誘力是很強的，到第三節才眞冷淡下去。「灰塵是金黃的稻穀」比喻不甚妥切。

林煥彰：我覺得很妥當，因灰塵如

是稻穀，便可坐着吃等等，不需再奔波。但實際上不是的，所以注定要勞碌。

楓堤：在氣勢上，第三節是較弱，因爲到此產生了回顧的味道，有停頓的感覺。在進程上如能繼續前節，再予加速度的發展，氣勢便更加雄偉。

吳瀛濤：這也是一種詩的破綻。

桓夫：喬林的作品所選取的題材都很自然可喜，沒有造作的痕跡，這是很大的特點。

羅明河：喬林以往的作品，措詞較拙，目前則強多了。

※　※　※

林宗源：第一段較爲新鮮動人。

張明仁：破鞋這個題目給我的感受，應該是淒涼的，被人遺棄的悲哀。然而此詩沒有給我這種感受。

白萩：此詩表現年年戰亂的現代的悲哀，破鞋馱負我們無止境的奔波。鞋之破，是因走過多的路，破而不能換，是因爲時代的貧困與連續，所以作者慨嘆：「假如灰塵是金黃的稻穀，你坐着噉吞」的自嘲自哀，很能透露我們此時代的心聲。

張明仁：古話有一句：「踏破鐵鞋無覓處」，所以破鞋使人有一種行萬里路追尋的意味，但也可使人回憶起戰爭時期的荒亂。

白萩：第二段在此詩本身來說，沒有強烈的效果，是敗筆。

張明仁：但是「都成爲匆匆」這句還不錯，有一種消逝的感覺。

龔顯宗作品

—啊，清明，清明！

楓堤：以鬼魂爲題材的作品，我讀過的有瘂弦的「鬼劫」「棺材店」，帆影的「自祭」及靜修的「骷髏組曲」等，都別有風味。

桓夫：這種題材很特殊。此詩的描寫，能首尾相顧，很是清順。在內容的表現上，偏於說明性，不够凝鍊。

趙天儀：語言不够簡潔，失去韻味。喬林的詩就很有節奏感，白萩的作品也是的。

桓夫：詩的題材，具有風俗性，這是一大特點。

趙天儀：寫詩，應從此現實生活上去發掘，向無人表現過的領域去開拓。

桓夫：詩不應只侷限於表現苦悶啦等等，應從生活上去擴大領域。如林宗源的「黑板」，也是一例。這些作品都能使詩的範圍擴大，擴大後，再在表現上更加深一層去挖掘。

趙天儀：此詩深度的不够，是因訓練之不足。我認爲每人都能建立各人的詩的世界，端賴各人的努力。

吳瀛濤：這種風土性的詩，比造作的詩，更値得欣賞。

※　※　※

白萩：也許「在墓中死人講話」的詩讀過不少的關係，此詩給我的感受不太強烈。不過它是很東方的，很台灣味的。

張明仁：這首詩是作者以死者的身份寫出這首詩。「母親和我生前的戀人來了，在我的墳前上香」，讀來令人酸

楚，離別淒涼味，此詩很感人。

林宗源：你看連死鬼都對人生諷刺，我這個活的人該怎麼辦？

張明仁：生前不太平，死後也不太平。

白萩：在我個人的要求，此詩應更去蕪存菁，在意象的挑選，字句的組結都不太令我滿意。

林宗源：陽間不如陰間，死後連螞蟻都在頭顱築巢，究竟爲什麼而生，要怎樣生活呢？表現出現代精神的彷徨，當然在表現上能濃縮一點較好。

張明仁：死人也有活人的感覺，母親是世上唯一愛我的人，而戀人是被我愛的人，死後我還念念不忘她，所以被愛者化身爲愛者的靈魂，這首詩比起舊詩中，杜牧之的「清明」一詩較好。

林錫嘉作品

——乳之憶

明台：這一首也是說明性的，題材很普通，不容易令人有深刻的感動。

趙天儀：表現了親情，但沒有完全發揮。當然這種題材很難於表達得很好。

吳瀛濤：描寫很清順。最後一節的說明性較顯著，對全詩有妨碍。第一節「你的話語是階梯的伸展」，是好句。

趙天儀：「投入你的子宮之內，回想形成我的個體的原始」，有佛洛依德的性心理的象徵味道。

羅明河：「引我躍登，引我步向成熟」，以及「血的凝浩，痛苦的凝浩」，都是很好的表現。整首詩雖然平淡些，但有如熱天喝白開水，有舒服的感覺。

桓夫：以切題來說，描寫是很完整的，表現也不錯。而如果以第三節對母親的回念爲重心，以性心理的錯綜現象表現的話，則嫌太弱。讀者到此是很容易引起這種感受的，但此詩並末發展下去，仍在題目範圍內，所以可以說沒有什麼破綻。如果要進一步發展的話，則必定要更繁複的表現，才能盡善。

※　※　※

張明仁：當我失去了你的聲音
就讓思念的花在心中結果
結成你的容顏

此詩寫出一個失去母親的人，對母親的想念。

白萩：生命爲父母所賜，在已離開母親很久的時刻，即使自身已成年，老去。但在死去之前，某些時刻都會偶然興起父母血液在體內奔流的感覺，作者所捕捉此微妙的感覺，足見有相當內省。

此詩深受里爾克詩風的影響，獲有了里爾克觀照的精微與專一。

林宗源：我想不是在追憶母親吧，而是在追尋形成我的個體的原始。

欣賞作品

給生命之三

林錫嘉

森林被曦光射穿了，那小鹿跳入我的心坎蹦闖，於是有太陽
在心上鏗鏘

如果明天像個囚犯那樣地被牽來，又是襤褸的灰衣覆蓋，我
還是會告訴他我的生命是金色的

日子一天天沈重了，壓扁了我心的原野的小鹿；且使我鋼色
的軀體有風化後的乾癟。鬍鬚之矛刺死了我細嫩的青春

終要把往昔吊死在冬冬枯老樹上，戲才能終結。留下的只是
那紙上的名字

黃昏‧打電話撥叫夜

林煥彰

叮噹　五六點鐘的時候
他把一枚太陽投入公用電話
去撥叫夜

常常　只爲了一句晚安
他即如此浪擲一個白晝
倘若酒也是一種宗教
那女人又該是什麼　他想

悲哀就悲哀　在所有的
神都死了

如此　那年
他便將很多很多的太陽投入叮噹
去撥叫巴黎的夜
碧姬巴杜的

哦　那個浪蕩

寄妳以玫瑰

高　峠

愛的音符躍跳過了漩渦的洄瀾的
那一段縮不短的距離，縮不濃的情感的
蜜蜂狂追一片落葉，蝴蝶死吻一片紅唇的
公主盈盈秀目疊合星系隕石的神話的
玫瑰，已經不止一次的長笑了

渾渾然的觸覺感到很窒息
子宮道血腥狹窄的窒息
明日的黎明胎死於今日的黎明
薰風裡，妳的眼睛含有的酒精味提煉成黃昏
迷失在黃昏中錯覺迷失的一條路
哦！一朵玫瑰花的徘徊

妳蒼白的十指開始描摹
繪畫着摸索中摸索的明滅
妳纖弱無助的十指以顫抖及戰慄來哭泣
是意味着什麼？
妳抖散的長髮和足跡叫纏住椰林樹下的躑躅
又意味着什麼？
圓心不再，弧線不再，一切不再涅槃
妳憧憬的人生會是一場春夢的了無痕跡？

遺落的火種埋葬了多少年代，多厚地層
爲什麼第一次聖火的燃起沒有握住
爲什麼春風秋雨的彩虹沒有擁有
噩噩然的，呢喃在道德長鞭下喘息而不嚥氣
唯一能使支撐能使期待的第二次青春
迢遙無期，海鷗何時會啣機會空臨窗前的祈盼

窗前的凝望將是永恒如星
而且痴情如星，甚至死去如星
天堂也是一場輪廻的刼數呀！
愛人哦！妳翡翠別針跌落蹀躞的夢
我輕輕拾起，去量情感的距離
　　去點離別的淚滴
　去數重逢的日期
在逝水年華的韻味裡，愛人哦
在蹀躞虛無，羽化虛無的夢裡
就爲着一個緊密的吻嗎？愛人哦！

我們將在徬徨的那夜幻舞
舞渺渺須彌芥子的結合
日子雖然遙遠，夢寐祇是咫尺
接受我生命浮騰聚頂的一握吧！

擁有妳，寄予妳，一切皆是妳
雖然僅是一朵剷刺修美的玫瑰
沒有奇怪的吻，東方民族不希罕這些
臉是千古不揭的秘密
天是恒久不破的傳統

潮州生活

盧隱

一片光亮流逝
另一片光亮緊接着。
我的小小的心驚慴於
深井的黑潮湧昇
紅頭螞蟻咬過的昨日
看得見綻裂與久置的豆腐
看得見灰雲與霧
我的小小的心被圈進小小的寂寞的城
而就以抖顫的双手撫觸今天
這奇異的感受 擊打在
堅硬的圓石之上
使立成爲輾轆一團

而鴻雁的消息不再
望不透迢迢路遠沙漫漫
我撕裂的胸腔被棉絮緊塞
或許明天的街道上將一路響過
流浪者懶懶的跫音
我就緊閉着嘴站立
然後伸長脖子
然後豎起耳朵

指南宮

戰天儒

就把踐踏繁華汚穢的步履南指吧
微雨 穎悟地落著
那宮 那龍角 那鯉魚池會心地佛浴著
本無宗教
惟仰慕你底神話 你衆多底信徒
更緣我 及一靈魂病患者
步履姍姍 拂袖步陼以迎
泛濫著氤氳 泛濫著烟火的呢喃
你底莊嚴 和諧 使我由衷的敬仰

憑欄遠眺 是幅暮色朦朧的山水
厭世的憂鬱遂不再擁抱憂鬱
是誰？在夕陽山頭採掘金礦

踏下悾惚的塵梯 足跡北指
默念及空
默念及紅緣之風風塵塵
哦 淋我
指南宮的靈雨 淋我

屬於那液體的

周文輝

液體的，那流向屬於圈圈的回憶。

那季，有霧
是我們踐約的日子
霧很濃，妳的眉上有雨絲
妳說：存在有如虛幻。

擠於賞春的季節
遠山很模糊，路很逍遙
霧絲不時的下降；
還是有霧，投不出影子
影子僵凍於封建的櫃
路很滑，已不能併肩的走

夜晚是够凄涼的
星光極慘淡，月光够蒼白
流亡于白晝的靈魂還是漂蕩
尋不着妳底笑容，妳的笑容很陌生
妳的姿態存在于很遙遠，有如
虛幻

總是有霧。夜夜
我欲擺脫到遙遠的地方
到那季併肩的碎石路
但路很逍遙，且生著厚厚的苔斑

十二月二十五號

鬱林

隔着一窗被雨痕爬滿的毛玻璃
隔着門外的掙扎與門裏的予盾
隔着聖歌，隔着鐘聲

你底名字像一片楓葉被秋風喊落了
在夢裏，在夢外
當一盞佇立的街燈突然掩面哭泣時

上期作品欣賞

林煥彰：

△尋覓

創作是痛苦的，欣賞倒是一種享受。讀此詩，我們就可以看出作者在創作時，苦於表現的痛苦。

△狂流季

作者無疑是自由詩的能手。此作頗能引領我們走入那「玲玲瓏瓏的畫廊」，一種屬於狂歡而後又會感到落寞的「花世界」。

△白色的情感

這是「屬於「超現實的情感」吧！一種既否定那「未知的(神)，也否定「人」(不是神)，而感到隱隱被逼迫向那必然的歸宿「死亡」底淡淡的憂鬱。

△冲積岩之歌

「我不知道我是誰」這種近乎是故作迷茫的，該是多麽的荒謬！「沈默」應該是爲了證實「自我」的存在，而不是「我不知道我是誰」的「迷失」。

△舞場速寫

作爲「速寫」我們倒不必要求其太酷，或給我們更多。人生在這「舞場」實在是荒謬，一點也找不到眞實。我們（有自覺的人）是一群饑渴的蛾，不是「不去想明天太陽是否還會回來」，只因現實的煙霧太濃，舉目儘是一些裝飾過的笑容，只好「心里下留一點什麽地走了」。

△窄門

「窄門」乍看之下，頗窄有戲劇味兒。但使人懷疑，這些是否儘出自聖經的事蹟？還能引起我們多少感觸呢！不可否認的，作者是已盡了一番功夫，企圖於表現這荒誕的人生。但僅僅止於一種諷刺而已。

△戲院

這種告白式的煩燥，寂寞和空虛，就像那「擊潰神經的噪音」，一點也不能緩和一下我們現代人緊張的心緒，更難要求其給我們一點屬於「詩」的美感了。這是急就成章的吧！寫詩實在需要一種等待表現的能耐。

△№99

詩是不告訴我們什麽的，讀詩是一種心炙活動。此詩雖不明示作者所要告訴我們的一些什麽，却也有一個好處，讓我們在這裡找到了「詩」底特徵：「暗示」與「象徵」。

喬林：

△尋覓

用決定性而靜定的鏡頭（第一段），拉開其尋覓自我的旅程，而這路程大多在原野上。一路上作者把很多很多的事物都說成「生命」的動貌，在技巧上雖不爲過，但因無能善加應用和處理，就有雜蕪的過失。作者指定「生命」在此的角色，令人莫測，糢糊。

△狂流季

「黑潮的干擾」，作者把這首詩推進咖啡室里，也許有其原因，但分明作者並不肯如意的達到其原有的企圖，如霓虹燈一樣，展現給我們的是乍明乍暗的關於黑潮的一些些。在詞句的建造上也有不妥當的地方，如「燃亮慾意的眸影」，「眸影」等。

△白色的情感

這首詩純然生活在語言的流動中。依心理學的說法，詩的含意，往往在虛構與實構之間，在應用上大多數是由虛淡出實來，或由實溶入虛者。而這首作品却是居在虛構上，這寫法雖不是創舉，但無不否認此種方法較能顯出獨往的精神。作者在此應用第一段爲一點，且張開爲一域界，而後觸發另一點（第二段），並致張開爲另一域界，而後在冷視中結束（第三段），在一短短的時間中敢射並消失，如光之幻滅。雖在整體的建設上仍有不足之處（衝向讀者的迫力不足，有虛脫的感覺），但還不損其面目。最後一行，字體上的誇張，恰當而不做作。是首富有創作性現代性的作品。

△冲積岩之歌

這是首很佳美的短詩，作者對意家與語言都把握住了，且極準確有力量。最後一行表現強顏作笑無可奈何，有令人讀後抹不去的印象。

△舞場速寫

第一段寫得很够味兒。詩題可以叫速寫，但詩的寫作仍不宜於用速寫法，因如此意象不易把握，在架構上也易於鬆疏。

△窄門

戲劇性很濃，幾個聲音的注出很有效果，但幾個名詞與典故的引出很有搬弄的痕迹，不能自然合體。就形式（廣議的）而言仍不失爲一創作品。

△戲院

這是工匠式的寫法，流水帳的寫法，因而只是如此而已。作者不愼於就欲所表現的事物加以把握、和體察、和發現。

△№99

作者苦於用新的技巧和語言去求得表現一種思想，但確「絆倒」在自已設置的界線上，因而有展現不出的頽萎現象。這是作者在創作上潛力的不過。

另一個世界，永恒的

李篤恭

忘記了家的小雲雀呀，
忘記了家的小雲雀呀……

這一片段的歌詞是我生平所接觸了的第一首「詩歌」。

那大概是我兩歲的時候吧，我每次聽到姐姐在吟唱這段歌曲的時候——她似乎只會唱這段——記得，在我心園裡便浮現出一個荒凉的黃昏底草原，一隻忘記了家的小雲雀，吱吱地喊叫着，飢餓而疲乏地，絕望而瘋狂地飛來跳去，在尋找着她的媽媽以及兄弟姊妹們。我確確實實地體會到那無家底恐懼，我激烈地祈願着她能夠覓得她的溫暖的家園，或者飛來我這裡，我一定救起她，而讓她住在我家，愛護她如親妹妹。我很具體地體會家庭底可貴——不是我家的客廳、廚房或是圍牆的那些事物底家庭，而是那超越了現實形象的，那看不見可是感得到的更重大的家庭。

從那時候起，我深深地愛起音樂和詩歌，因爲它們可以把我帶進那無形的却是更實在，更深宏，更自由的世界。在那裡，不管是美好的、醜惡的，一切都是那麽純眞而美麗的！沒有了那個精神底世界，這個現實底世界將是多麽狹小而且齷齪得難於活下去呢！

在初中一年級有一天我來到了臺北的時候，忽然對前一年會經到過的淡水感到了一股莫名的嚮往；我不顧人生地疏，到淡水去。逍遙着在那裡初春底山區，一邊眺望那浩大的淡江，巍峩的觀音山，異國情調的街衢（映在那小孩眼睛中的），一邊我緬想於這奇妙的人生。如今，我站在這同樣的景色的同一地點，一切都沒有改變；我覺得那裡時間不曾挪移過，我好像一直站在那里而另一個我却去生活過了一年底光陰。我渴望把這股奇妙的感覺形成爲一樁具體的常新的東西，於是模倣着我所聽唸過的詩歌，把它表現出來：

這下着毛毛雨的
我正在徘徊的這條山徑
是去年我走過的同一條山徑

這就是，註定要拿筆桿生活的，我的第一首「詩」。這首詩（如果也可以算做「詩」的話），是很幼稚笨拙的吧，然而，它却很幼稚笨拙地表現着那小孩對那個另一個世界的好奇：他再度地立於人生底同一點上，可是在那同一的形象中却含蓄着一年底時光，一年底悲歡喜苦——我在人生底行路上，再度地來到同一位置，可是它內涵着我一年底生命——眞有「締綳重重，四大皆空」底感覺。

後來，我家是註定要行往一段漫長的黑暗險峻的途徑啦。在那凛烈嚴酷的考驗中，我唯一的生機，就是「逃往想像」，只有在那個世界我可以保持尊嚴。我經常把那些苦悶直地喊出，例如：

我常立在天空下

向地平邊際狂叫
叫到頭昏腦漲！
叫到心平氣和！
叫到行將銷魂！

這與其說是詩，不如說是「哀鳴」吧。然而，這些哀鳴竟把我心坎中的悲痛帶走了，消除我滿腔的憎恨，使得我不致於墮落。文藝使我安然地跋涉過那片荒原。

在我高中二年的春假，班上決定要到日月潭去旅行。一陣強烈的，對那我曾經遊玩過的名勝的嚮往，使得我放棄了購買那整個學期的教科書，我報名參加了。下面這首比較像樣的「詩」，就是我那三天的「心靈底遊記」：

遊日月潭

穿了春陽黃金色的衣裳，
正在跟南風玩着捉迷藏的漣漪
向我投來了一絲微笑，再繼續他們的玩耍；
那微笑刺傷了我的眼。

用我這雙鋼鐵底臂膊抓握着櫂槳
以渾身的惱怒划破了一條傷痕
在那平靜得惱人的湖鏡上；
它却溫柔地搖哄着我，搖哄得使我焦燥。

以整個身軀衝破那冷靜的水湖底世界，
我成了一個無畏的憎恨底武士，
把圍攻着來的冷水底敵軍
砍倒踢倒摔倒刺倒，我征服了日月！

屹立在剛泅戰過來的沙場的大將軍
他不敢回首看那必定是依然如故的背後，
以一堆淚水澆冷胸膛中的狂熱。

站在山頭，以拿坡侖姿勢俯視
那日月底世界彌流出黃昏底紅血；
淺水中無數的枯樹底黑奴們
伸張着削瘦彎曲的手臂在呼救着；
這大將軍的心靈跟他們一起祈禱着，
黑夜一定要籠掩來了。

次日早晨在光亮的山腹邊，
跟高山可愛的少女講話了！
我的微笑也一定是很可愛的吧，
那一刹那的戀愛使我壯胆起來；
我這股微笑佩上山刀和弓箭，
奔跑於原始林中一直追逐着山猪山鹿，
高興地，熱烈地，瘋狂，殘忍地

在歸途的車上一直責罵着玩得太任性的我心，
好不容易地抓住馴服了而
再鎖進胸膛底牢獄裡，
於是，我死死地走進寒酸寒酸的我家。

（民國三十七年四月作）

乍讀着這幼稚的詩，我對那個苦命的少年感到無限的愛憐和稱讚。

詩壇散步

柳文哲

百壽文

孫如陵　鍾鼎文　等編
中國青年寫作協會印獻
國父百年誕辰紀念出版

中華民國五十四年十一月十二日，是國父　孫中山先生誕生百年紀念日，中國青年寫作協會印獻「百壽文」來表示慶祝，是以一百篇作品代表了一百位作者的敬意；計有散文二十篇，詩四十首，小說四十篇。

詩四十首是上官予、王祿松、王愷、文曉村、古丁、羊令野、向明、李莎、李冰、帆影、宇彬、朵思、艾雷、宓世森、余光中、季紅、沈甸、沈臨彬、杜國清、周夢蝶、胡品清、洛夫、施善繼、畢加、高準、夏菁、亞歌、張默、張健、黑德蘭、葉維廉、葉日松、管管、趙天儀、鄭愁予、蓉子、瘂弦、綠蒂、鍾鼎文以及羅門等的作品。

在這部選集中，詩選着重積極的戰鬥性和眞摯的藝術性，同時也收集了不同風格的作者的作品。印刷裝訂精緻而美觀，極具紀念性。

綠瓦集

彭家駒著
重光文藝出版社
五五年二月出版

自由中國十幾年來新詩發展的動向；從新詩，而自由詩，而現代詩。詩的創作與表現，不斷地演進着，而且也對於五四以來的新詩運動，有着更嶄新的看法。

作者來自香港，也許還沒深入一點透視我們的詩壇，雖然作者有的是純情的意念，有的是羅曼的理想，但是就整個創作觀念而言，還是相當的陳舊，幾乎都是用平鋪直敘的方法來作情感的告白，缺乏詩的意象底錘鍊。脚韻不能代替詩的韻味，形式工整更不能代替詩的奧秘，有的只是給我們留下那也能用散文來表達的印象而已。

希望作者能把新詩與舊詩，自由詩與格律詩，現代詩與傳統詩的觀念澄清一番，從本質上省察詩的眞髓，然後，再重新出發還不遲。

星光下

程元白著
雲青雜誌社
五五年二月出版

在我們的詩壇上；熟悉的名字，往往使我們留下一種固定的反應。相反地，陌生的名字，却常常能激起我們一種清新的感受。一個詩人要不斷地塑造自己，革新自己，才會進步；一個詩壇也要不斷地輸進新銳，不斷地改造本身，才能有新的展望。

「星光下」的作者，對筆者而言，是一個陌生的名字。他那一股清新的氣息，已經顯示了他能對準了創作的焦點，也許尚有些許的瑕疵，但他那親切的白描：可以看得出他所拓展的路是開濶的原野，而不是崎嶇的峽谷。

白描是表現詩的意象底初步的基礎，正如素描是表達繪畫的基礎一樣。試舉一些作者的詩句來加以推敲：

「從詠嘆調的第一句
飛躍於狂熱的交響詩
在休止符的一點空間裡」（歌者）

這跟詩人白居易在「琵琶行」中所歌詠的「此時無聲勝有聲」一般地，有異曲同工之妙。

「來時輕盈
搖着裙上的花之碎語
去時倉促
留下滿沙灘的貝殼掩面而泣」（退潮的時候）

這種速寫，該是一種靜觀的回味，把潮的來去意象化了。

「紫藍色的光燄流瀉着
流自傾滿香檳酒杯的唇
流自燈光的朦朧
流自過度濃艷的眉梢」（跳舞者）

作者一落筆，就把舞女的特色拘引出來，讓讀者進入了情況。

作者自述不過是表現一種平凡人的喜悅與悲哀而已，正因其平凡，乃有其親切可愛處。作者只要不造作，不刻意去追求什麼虛無，這種靜觀的描述，這種經驗的抒懷，倒是一種健康而篤實的表現呢！從「與夜同在」，「街燈」，和「一九六六，現代」三首詩中，意味着作者朝向現代的潛力，當然，寫作上最可貴的一點，便是要從眞摯性着手，幼稚一點無妨，但最忌虛僞和浮華。這集子的封面，採用了詩人兼畫家秦松的作品，在銀色與黑色之間，暗示了星光的閃爍。

春安・大地

張健著
藍星詩社
五五年一月出版

一個不斷地追求新境界的詩作者，一個緊嚴地探索新世界的批評者，都不會完全滿足於陶醉在自己已有的天地裡。一個人的發展，雖可能會受到某種的限制，例如個性的傾向，愛好的彈性，以及所受的訓練，因環境的差異，因個人努力的差異，都會顯出不同的結果來。

在我們這個社會，有兩個重要的醞釀詩人的溫床；一是軍營，一是學府。誠然，社會上每一個崗位，世界上每一個角落，也都有出現詩的可能，只要我們肯去培養和挖掘。我們即使不可能使人人都成爲有表現能力的詩人，但也盼望使人人成爲具有鑑賞能力的詩的愛好者。

作者從學府走向軍營，再從軍營走回學府，一邊經驗，一邊研究，寫作的範圍居然包括了詩、散文、小說、評論以及翻譯，可說相當的勤勉，其中該是以創作詩爲作者最賣力最花心血的一環。

作者的處女作「鞦韆上的假期」，是包括了他四七、四八兩年間的作品；在詩的形式上，是蠻自由的；但在詩的語言上，却有點兒澀；而在詩的意象上，竟有點兒曖昧呢！

作者在這第二詩集的「自序」上說：「記得我第一次出版我的詩集的時候，我深深地相信我的周遭正是一片沃腴的田園。六年後的今天，該是由於進步，我的看法有了相當的修正：在中國新文學的範域裏，眞正的成熟和豐收都還言之過早；而每一方式的發展也都有着重作估量和自我批判的餘地。許多相對於此的論調和傾向使我困惑」。信然，作者的檢討的確值得我們加以反省和警惕！六年來，作者已經有了進步的跡象，這不僅是他個人的成熟，而且也是詩壇一部份的反映。

「春安‧大地」是作者的第二詩集，包括了他六年來主要的詩作，共分五輯；在風格上，大體是多樣而統一的；作者標明自己「是一個廣義的載道主義者」和「是一個開明的傳統主義者」。因此，他的詩，也是環繞着他的觀念出發，他要「爲生命、爲靈魂、爲理想而寫」；那麽，我們且先依他所分的五輯來品味罷！

一、逍遙路　這一輯的作品，帶有一點說理的意味；「送沛然」是一種少年純潔的情誼和夢幻的連繫；「塞納河畔的思念」則是一串時代的諷刺和批判的抒懷。

二、微端城　從友誼的傾訴到愛情的歌詠，作者表現了陰柔的一面，像小夜曲一般的旋律，溫柔而纏綿。

例如：

「你的微笑恍如低徊的夜曲
今夕，我是最快樂的一枚音符」（私語）

又例如：

「你是我最年輕的定義
當我化身爲你未來之殿宇的
第一塊階石」（投影）

在她的淺淺的微笑中，作者這樣地歌詠着：

「使我軒昂，使我低迴
東流的一江春水。
我是長空的一點寒鴉
自你的眸心出發」（你的淺笑）

作者有雄辯滔滔的時候，也有情意綿綿的時候；在友誼的場合，有點矜持；而在愛情的場面，却有點瀟灑呢！

三、陽光詩抄　從學府到軍營，作者離開教室，去曬曬陽光，去嚐嚐異域的風光。在「異地的陽光下」，他給共事數月的軍中老弟兄們的詩句中，這樣地吟詠着：

「酒後的衷情，紅土般的臉肌
他們的額上有風砂

他們是半壁江山的投影」

四、澎湖詩抄　這是作者當預備軍官駐守澎湖的描敍和抒懷，因敍事性濃了些，詩的密度也就冲談了許多。

五、鐘鼓輯　作者又恢復了一部份說理的氣氛，這一輯的作品可說較有思想性的批判，詩的意象也較顯著，因此，「給裴蘭卡斯特」、「文明」和「馬山賦」三首詩，在氣勢上，也較能扣人心弦。

我認爲作者企圖「恢復脚韻，以及不甚拘律的駢句之穿揷」；這一觀念是頗値得商榷的，詩的音樂性不就是語言的音樂性，固然，語言的音樂性可能補助詩的音樂性底表現，有時却也成了詩的音樂性底絆脚石；脚韻容易流於外在的裝飾，只有更內在的詩的節奏，用自然的語氣表現出來，才能使詩的韻味更豐盈。注重脚韻的結果，往往是詩質的鬆懈。

不錯，作者的第二詩集已超越了他的處女作，也展現了他有處理較爲廣泛的題材底能力。「鞦韆上的假期」的作品可說是隱晦的，採自由的形式，却有些玄思，有些謎樣的令人費解。而「春安・大地」的作品却可說是明麗的，採自由的形式，也採格律的形式，不但成熟了些，而且也固執了些（願這是種擇善而固執）。作者認爲「詩不是謎，不是一種腔調，也不是修辭學的遊戲。」那麽，究竟詩是什麽呢？作者心裡有數，我這樣一路讀來，發現作者的表現，尤其是在這第二詩集的表現，有部份沉滯的感覺，缺乏一種緊湊的律動，也缺乏一種緊迫的引力，因而，在詩的質素上，似乎有些觸近散文的邊緣，也許是詩的純粹性要避免太多說明或說理的味道罷！

力的建築

林　宗　源　著
笠　叢　書
五四年十月出版

一個旅社的經理，一個耕田的農夫，一個泥土氣息的詩人，這三位一體的作者，由於他的率眞和憨直，由於他的傻勁和勇氣，使他在詩的耕耘中，居然也堅立起了一座「力的建築」。他早期的「醉影集」，用稚拙的字體寫在稿紙上，我很痛苦地過目了；而他這近期的「力的建築」，用整齊的鉛字印在書頁中，我很舒適地閱讀着。

他即不是泡在學府裡，也不再是生活在軍營中，而是混在社會的萬花筒裡。因此，他沒有學府的那種書卷氣，也沒有軍營的那種粗獷味，有的只是熟稔旅社的經理相。詩是在任何角落裡都能着土生根的結實的種子，他說他「是以眼睛捕捉現象的，以經驗雕刻智慧的」（我應該是具象的）。

乍看他的詩，彷彿是一個不照規矩的學童在寫生一般，儘是依照他自己的意思塗畫，然後，慢慢地學乘一點，可是他那種稚拙的表現，也不失爲一種有力的表現罷！算起來，作者在覃子豪先生主持中華文藝函授學校的新詩批改的時候，已經很熱中於寫詩了，可是，作者一直在探尋着自己的路子，以這一部詩集而言，作者已經擺脫了受影響的拘束了！

這證明了眞正的詩，是難以傳授的；可傳授的，往往只是基礎的規矩而已。

為什麽我說作者不照規矩呢？那就是說，作者不依照成規，而要依靠自己的經驗，自己的形式，自己的習用語言來表現。他的經驗，就是日常生活的見聞；他的形式，就是不修邊幅的模樣；他的習用語言，就是國語加上閩南話（台語）的雜揉。我們且試着研討他的特點罷！

一、思想性的顯露　詩人不是思想家或哲學家，但詩人也要學習觀察的要領和思考的方法，即使沒有邏輯學家那麽專門的思想方法的訓練，也不能違背常識；我想，詩人不但要超越直觀的非合理性，而且要達到直觀的智慧為其究極目標。我認為作者略具這種直觀精神；例如他的散文詩「我們懷疑上帝的博愛」，雖陷於說理，却也是一種思想性的顯露。

二、幽默性的諷刺　眞正的諷刺，常帶有一種幽默感，在會心的微笑中，含着痛苦的淚滴。幽默而不流於俗氣，不流於無聊的笑料，要有正義感，富於同情心，這是幽默的妙諦。作者便極有幽默性的諷刺底表現，有些稍嫌粗俗，有些却很得體。例如：「倘若世界以旅社的名字呈現」；不僅把旅社象徵化，同時也啓示着人生如寄宿之感。「清早，我向愛情說：」以市場的見聞，加了一點糖，一把鹽，然後諷詠着。「泡一杯最濃的咖啡」；描繪得如身歷其境，他對現代社會畸形的色情底一種批判，却隱藏着。「為什麽我要拉客」；作者以神女為第一人稱的口吻說：「你看　紳士是最會玩花樣的」。簡直把道貌岸然的偽君子，寫得窘態畢露。「病了，又擱無錢」；貧病交迫者病了，最後竟說：「先生，先生　我的血很値錢　我的女兒很甜」。確實令人鼻酸。

又作者好像在向白萩看齊；將丈夫的行為，用一行詩象徵着；把妻子的秘密，毫不隱瞞地傾訴着；（當心呀！晚上擰着耳朶，罰跪在神的面前），什麽「妻的肚子　妻最瞭解」，什麽「妻的耳朶　最髒」，什麽「妻的眉毛　生在丈夫的眼上」；這些調皮的詩句，是够令人開心，也是够令人寒心的啊！

綜觀作者的詩；形式的自由固然做到了，却有些散亂；語言的淳樸雖然也表現了，却有些不够純淨。為了一種親切感，不妨融合臺語和國語而表現，可是，要用得妥貼，不然，是很彆扭的！我們並不反對消化文言，也不反對吸納方言，但我們要求做到國語的「清順自然」（註1）。林語堂先生在「國語的將來」底演講錄中說：「平淡而不流於鄙俗，典雅而不流於古僻」（註2）這實在是值得咱們寫詩時的參考。簡言之：詩的語言，不在文言與白話之爭，也不在方言與國語的分野，是在創造精神的貫注，是在融會貫通的自然的表現。

（註1）（註2）見「星島日報」的「中國文學週刊」第五期林語堂先生在香港筆會的演講錄　「國語的將來」一文。

瞑想詩集

吳瀛濤 著
笠叢書
五四年十月出版

在日據時期，臺灣的新詩運動已經萌芽；那時一方面是受祖國詩壇的影響，另一方面也是受日本詩壇的刺激。我們比較熟悉的中文詩集，有張我軍的「亂都之戀」；日文詩集，有王白淵的「荊棘之道」，楊雲萍的「山河」等等。然而，在中國對日抗戰以後，跟第二次世界大戰期間，臺灣較年輕的一代，雖有不少用日文寫作的詩人，由於戰爭的影響，却較少被人提到。尤其是在戰爭結束以後，他們必需重新開始學習祖國的語言文字，這是一種相當苦鬪的努力。因此，眞正開拓了光復以後臺灣的詩壇者，這一些如林亨泰先生所謂的「跨越語言的一代」，是不可忽略的。其中，該是以吳瀛濤先生爲長輩了。

二十年來，吳瀛濤先生對詩的熱忱，依然如故。他的寫作的傻勁，也依然如故。已出版有中文詩集「生活詩集」、「瀛濤詩集」，散文集「海」。現在他已整理了一部日文詩集「第一詩集」，六部中文詩集，稱爲「青春、窗邊、墾荒、都市、陽光、瞑想」等，從「瞑想詩集」先印行。

「瞑想詩集」是他的近作，他的詩風，從早期生活情趣的描繪走向近期瞑想觀念的感觸，意象的雕塑逐漸淡薄，說明的意味逐漸顯著，他往往以一點小小的感觸，未加以聚集和積畜，就立刻投射出來，因此，以經驗寫詩的方法被以瞑想寫詩的方法所取代。

他所表現的，大約可依題材而分爲下列四種領域：

一、都市的感觸　作者是生活在大都會的公務員，二十幾年來，對都市的變化，該有所感觸；在「我是這裡的陌生人」中，他歌詠着：

「我是這裡的陌生人
上下班，每天走於同一條路上
打滾在這生活的小圈裡
我有都市人莫名的悲哀」

因爲他生活在煙塵瀰漫和市聲喧囂的環境中，因而也會嚮往海或田園的風光。他歌頌「美麗島」，他詠嘆「海的招待」，他描敘「我走過鄉下」；也許是散文的氣息較濃，缺乏更濃郁的畫意，這是很令人惋惜的。

二、生命的瞑想　這是作者最用心的素材，他對死亡的瞑想，例如「死四章」：中間有一段是這樣的：

「徒具空骸
美的已不再美，醜的亦不再醜
都死了，死於一樣的一塊墓土
啊，何言之於死」

這種死後的平等，是對生活的一種警惕，對生存的一種啓示。倘若作者能在意象的表現上加強一點，可能把概念化減輕些。

三、藝術的愛好 在「詩人的日記」上，作者詠嘆着：

「如同靜物
——當我沉思
我像那尊古老的神像，青磁的花瓶
或那陽光裡的風景」

這豈不是中年人的作者的寫照麽？是一幅自畫像的素描罷！他對詩、音樂、繪畫的鑑賞，也許沒有獨到的心得，却有一種狂熱的愛好。

四、愛情的禮讚 作者所寫的「給瑪琍的戀歌」，因富於生活的體驗，頗能表現中年人對愛者的關切，例如沒有選進此集的，作者另一系列的「給瑪琍的戀歌」第八首，便有這樣親切的詩句：

「啊瑪琍，生活裡蕭條的背影，昔日的少女，
一夜又要過去，休息吧，瑪琍，
我們的夜床已安頓好，星光正映在那邊」。

這也很富於羅曼蒂克的情調罷！作者的近作，這種情調已逐漸消失，代之而起的是瞑想的生活；在詩底精神的追求上，哲理的探求並非過錯，但缺乏意象的烘托，缺乏體驗的含蓄，在創作上，會走上枯燥的危崖，願作者能重建敏銳的感受，在詩的藝術上，才可望獲得更深刻的表現。

總之；做為一個詩人的吳瀛濤先生是熱誠的，但熱誠要透過藝術技巧的錘鍊，才能完成做為一個藝術家的詩人的使命。

（文接62頁）「月本海詩人」的齊藤勇一兩位也各在雜誌上報告，諒對我國詩人、詩人會當有相當數的寄送。後來對「現代詩圖書館」也惠贈了不少詩集及詩誌。今年夏季，且預定由思潮社刊行日文本的「中華民國現代詩選」。

如此，中華民國的，尤其是現代詩的世界，介紹到我國，這當為首次，因而盼望能夠讀到一本切合期待的詩選集。

我說「切合期待」云云，原來我並不認定所謂服務於政治的文學，但是文學既然是描述人間，則不能與政治無關。而我的興趣與關心，比一國的政治或經濟社會機構本身，却更強烈地傾注於與那些因素有深切繫聯的，住在那個地方的人們的善樂或悲哀，乃至像如民族的心靈那樣的事物。我常自作品的背後讀取，對於生着的人間的懷念。

因此，我所「期待」的是，中華民國在現狀中，人之所以為人的尊嚴，以及關於存在的方式，如何歌唱如何追求這一點。

中日現代詩的交流

吳瀛濤譯

日本靜岡縣詩人會頃發行會報「靜岡縣詩人」第二十期，特予刋戴有關介紹中國現代詩壇一文，且由高橋氏撰文對中國詩壇寄予厚望，文中預告今年夏季將由思潮社出版日文本「中華民國現代詩選」一則，蓋為詩壇的喜訊，該詩選翻譯工作現在正由笠詩刋同人與日本有關方面積極進行中，對此深切期望詩壇人士的協力，以共襄盛舉。

以下把上記的兩文迻譯，作為中日詩壇交流的資料報告。

中華民國現代詩概況

陳千武

一、詩活動

自一九四九年國民政府撤退台灣以後，到一九五一年秋，由葛賢寧、紀弦、覃子豪等人創刋「新詩週刋」止，一直空白狀態的台灣文壇，已有自由形式的新詩對抗舊韻文詩醞釀活動，而成為了新文藝運動的先鋒。

「新詩週刋」續刋一年半即停刋，繼於一九五三年紀弦創設現代詩社，提倡新現代主義，翌年覃子豪創設藍星詩社，張默、洛夫創設創世紀詩社，各詩社分別發行了「現代詩」季刋「藍星」週刋「創世紀」，而由其「橫的移植」和「縱的繼承」，詩的傾向各自異別，也有走向極端的古典，也有走進極端的前衛，在過去十年間三大詩社保持着平衡的情勢，時而共同對抗舊韻文詩的頑迷思想，承繼五四文藝革命的新詩，將革命性的現代詩奠定基礎。

一九六四年「現代詩」「藍星」相繼停刋，「創世紀」亦變成不定期刋物，同年六月由吳瀛濤、桓夫、林亨泰等人物為中心創刋了詩誌「笠」双月刋，而基於公正的批評精神展開了新穎、健全的現代詩新銳運動。

上記主要的詩誌以外，尚有「南北笛」「海洋」「縱橫」「海鷗」「中國詩友」「葡萄園」等多種詩誌，其中「葡萄園」提倡明朗的詩風，一般大衆對它甚有好評。

二、詩誌「創世紀」

現在尚繼續活動的詩誌「創世紀」，創刋於一九五四年十月，係由張默、洛夫・瘂弦三個人共同編輯，經常有前衛的現代詩人作品刋出。

創刋十年以來，前後介紹梵樂希、艾略特、史班德、濮斯、里爾克、杭乃・沙以及日本的堀口大學，菱山修三等世界性的詩人，並為之出專輯。

創世紀叢書計有：洛夫的「靈河」、瘂弦的「瘂弦詩抄

」、林間的「綠屋詩抄」、碧果的「秋，看這個人」、李冰的「聖門集」、朶思的「側影」、張默的「紫的邊陲」、洛夫的「石室之死亡」等。

一九六四年美國的文學季刊「TRACE」出版了「中國現代詩輯」，其作品主要是從創世紀取材的。創世紀的同人葉維廉英譯的「中國現代詩選」近期中將在美國出版。歐美的年青詩人也有投稿「創世紀」，該誌都譯成中文與原詩一起刊載。

創世紀主編張默、瘂弦編纂的「六十年代詩選」可以說是台灣十年來的新詩選集。

三、詩誌「笠」

「笠」爲一九六四年六月，與「現代詩」「藍星」的停刊相前後，由台灣省藉的吳瀛濤、桓夫、林亨泰、錦連、白萩、趙天儀等二十多名結合所創刊的，總結了過去十年間由於詩派的分裂所派生的種種缺點，回歸於詩的本質，探求新的充實的現代詩而展開活動，以双月刊已發行十號。

始初以日本詩的翻譯介紹爲中心，現在已將英、美、法、德各國的詩做有系統地介紹，由其與世界詩壇的交流，盡力於詩水準的向上。

當一九六五年十月，台灣光復二十週年，自由中國的最大綜合雜誌「文壇」社，曾發行「本省籍作家作品選集」叢書十卷，其中「新詩選集」一卷，由「笠」詩社編纂，全書五百頁，爲戰後二十年來台灣新詩的集大成。

紀念光復二十週年，「笠」詩社也刊行「笠叢書」第一輯，內有白萩的「風的薔薇」、杜國清的「島與湖」、林宗源的「力的建築」、吳瀛濤的「瞑想詩集」、桓夫的「不眠的眼」、詹冰的「綠血球」、趙天儀的「大安溪畔」、蔡淇津的「秋之歌」等八本個人詩集以及陳千武的中譯「日本現代詩選」第一部。「笠」詩誌，目前陸續譯介日本戰後現代詩的主要作品，甚獲好評。

在舊韻文詩與古典文學的根深蒂固的對抗環境下，「笠」正指向現代詩的正確方向繼續努力，不惜很大的犧牲孤軍奮鬪着。對現代詩有了解的人士已認識了「笠」站在現代詩壇的指導性的立場，而給以熱誠的支援。「笠」將不畏於舊思想的壓力，逐漸茁壯吧。

——中華民國五十四年十二月於台灣豐原

關於中華民國、韓國的現代詩報告

高橋喜久晴

——節錄——

李沂東氏的「韓國詩壇報告」、陳千武氏的「中華民國現代詩概況」兩篇恰好同時寄來。

陳千武氏，記得是去年九月間，因寄來了中華民國的詩誌「笠」——報告中另有介紹，纔開始連繫。而此不僅靜岡縣詩人會一處，他如福岡詩人會的各務章、（文轉60頁）

13

本刊徵求啟事

I 長期訂戶

一、手續簡便：繳款三十元，存入郵政劃撥中字第二一九七六號陳武雄帳戶即可。各地郵局均可辦理。

二、長期訂戶的權利有：

①可獲得「笠」詩刊全年份六期。

②購買本社叢書，可享八折優待。

③可參加本社舉辦之各項詩的活動。

三、凡介紹訂戶三戶，本社贈送笠叢書一冊，滿二十戶，贈送叢書一輯全套。

II 駐校連絡員

一、對象：各大專及中等學校學生。

二、連絡員義務：介紹長期訂戶五戶，超過五戶者本社另贈叢書。

三、連絡員權利：

①可長期免費獲得本刊。

②購買本社叢書五折優待。

③參加本社經常舉辦之詩的活動。

④作品可由本社介紹在刊物發表。

四、應徵人只需明信片，書明姓名，住址及就讀學校通知編輯部即可。經收之書款逕利用劃撥滙寄中字第二一九七六號陳武雄。

中華民國內政部登記內版臺誌字第二〇九〇號

中華郵政臺字二〇〇七號執照登記為第一類新聞紙

笠 雙月詩刊 **第十二期**

民國五十三年六月十五日創刊

民國五十五年四月十五日出版

出版者：笠 詩 刊 社

發行人：黃 騰 輝

社址：臺北市新生北路一段廿九號四樓

編輯部：臺北縣南港鎮公誠二村二六號

資料室：彰化市中山里中山莊五一號之七

經理部：臺中縣豐原鎮忠孝街豐圳巷十四號

郵政劃撥中字第二一九七六號陳武雄帳戶

定價：每冊新臺幣六元 美金二角

日幣五十元 菲幣一元

港幣一元

長期訂閱全年六期新臺幣卅元

■福元印刷廠承印■

笠叢書

第一輯已出版

每冊十二元訂戶八折

①林亨泰著　攸里西斯的弓　（鑑賞）
②白　萩著　風的薔薇　（詩集）
③杜國清著　島與湖　（詩集）
④林宗源著　力的建築　（詩集）
⑤吳瀛濤著　瞑想詩集　（詩集）
⑥桓　夫著　不眠的眼　（詩集）
⑦詹　氷著　綠血球　（詩集）
⑧趙天儀著　大安溪畔　（詩集）
⑨蔡淇津著　秋之歌　（詩集）
⑩陳千武譯　日本現代詩選　（譯詩）

第二輯已付印

秋季出版每冊十二元　預約只收八元

⑪趙天儀著　美學引論㈠　（理論）
⑫白　萩著　以白晝死去　（詩集）
⑬林宗源著　醉影集　（詩集）
⑭林煥彰著　牧雲初集　（詩集）
⑮吳瀛濤著　陽光詩集　（詩集）
⑯喬　林著　象徵集　（詩集）
⑰葉　笛著　拾穗集　（詩集）
⑱楓　堤著　南港詩抄　（詩集）
⑲鄭仰貴著　蝴蝶結　（詩集）
⑳靜　雲著　生命的註脚　（詩集）
㉑桓夫、錦連合譯　現代詩底探求　（翻譯）

笠存書特價：

一　期	售罄
二至五期	每冊二元
六　期	每冊三元
七至十期	每冊四元

限直接向經理部函購。十元以上，請利用劃撥，十元以下請寄小額郵票。

英國古謠Thomas The Rhymer

蘇維熊

十八世紀中葉以來，蒐集並研究英國與蘇格蘭古謠的英美人士爲數不少。他們工作對後來英國浪漫派文學運動的勃興，貢獻不淺。當中最重要的爲 Thomas ·cy (1729-1811) 所編 "Reliques of Ancient poetry: consisting of old ·ic ballads, songs, and other pieces of our earlier poets(chiefly of the ·c kind) together with some few of later date" (1765)〔英國古謠拾遺集以及故 Harvard 大學英文系教授 Francis James Child (1825-96) 所編 ·e English and Scottish Popular Ballads" (5 vols. 1883-98)

Thomas The Rhymer (詩人 Thomas) 刋載於該集第一卷 (No. 37)。計有三種異本（以下簡稱爲 A. B. C.）：——

(A):—"Thomas Rymer and Queen of Elfland," Alexander Fraser Tytler's Brown MS., No. I. 此爲Thomas the Rhymer 的最舊版本。

(B):—"Thomas the Rhymer", Campbell's MSS. II. 83

(C):—"Thomas the Rhymer", Minstrelsy of the Scottish Border, II, 251 (Edited 1802), "from a copy obtained from a lady residing not far from Erceldoune, corrected and enlarged hy one in Mrs. Brown's MS."

(A)是1800年 Alexander F. Tytler (1747-1813)根據 Mrs Brown 的記憶所筆錄的，後來 Jamieson 於 "True Thomas and the Queen of Elfland" 的序文裡，頭一次付梓問世的；計有 16 stanzas。(B)從未出版，只由石碑留傳下來；殘缺很多，祇有十三節半而已。(C)是(A)與別的異本的湊合，計有20節。(A)(B)(C)三種異本，情節的發展次序與內容，彼此頗有出入。三種異本當中，後來有無改竄姑且不論，祇就現存的狀態而言，(A)(C)兩篇於結構上較爲完整，而(C)比(A)更具有現代性而且富於諷刺。下面引用的爲(C)。

THOMAS THE RHYMER

1.

True Thomas lay on Huntley bank;
A ferlie spied he wi, his ee;
There he saw a lady bright
Come riding doun by the Eildon Tree,

2.

Her skirt was o' the grass-green silk,

Her mantle o' the velvet fine;
At ilka tett o' her horse's mane,
Hung fifty siller bells and nine.

3.

True Thomas he pu'd aff his aap,
And douted low doun on his knee:
'Hail to thee, Mary, Queen of Heaven!
For thy peer on earth could never be.'

4.

O' no, O no, Thomas,' she said,
'That name does not belong to me;
I'm but the Queen of fair Elfland,
That am hither come to visit thee.

5.

'Harp and carp, Thomas,' she said;
'Harp and carp along wi' me;
And if ye dare to kiss my lips,
Sure of your body I shall be.'

6.

'Betide me weal, betide me woe,
That weird shall never daunten me.
Syne he has kiss'd her on the lips,
All underneath the Eildon Tree.

7.

"Now ye maun go wi' me,' she said,
'Now, Thomas, ye maun go wi' me;
And ye maun sërve me seven years,
Through weal or woe as may chance to be.'

8.

She' s mounted on her milk-white steed,
And she's ta'en Thomas up behind;
And aye, whene'er her bridle rang,
The steed gaed swifter than the wind.

9.

O they rade on, and farther on,
    The steed gaed swifter than the wind,
Until they reach,d a desert wide,
    And living land was left behind.

10,

'Now, Thomas, light doun, light doun,' she said,
    And lean your head upon my knee;
Abide ye there a little space,
    And I will show you ferlies three.

11.

'O see ye not yon narrow road,
    so thick beset wi' thorns and briars?
That is the Path of Righteousness,
    Though after it but few enquires.

12.

And see ye not yon braid, braid road,
    That lies scross the lily leven?
That is the Path of wickedness,
    Though some call it the road to Heaven.

13.

'And see ye not yon bonny road
    That winds about the ferny brae?
That is the road to fair Elfland,
    where thou and I this night maun gae.

14.

'But, Thomas, ye sall haud your tongue,
    whatever ye may hear or see;
For speak ye word in Elfin-land,
    Ye'll ne'er win back to your ain countrie.'

15.

O they rade on, and further on,
    And they waded rivers abune the knee;
And they saw neither sun nor moon,
    But they heard the roaring of a sea.

16.

It was mirk, mirk, night, there was nae starlight,
　They waded through red blude to the knee;
For a' the blude that's shed on the earth
　Rins through the springs O' that countrie.

17.

Syne they came to a garden green,
　And she pu'd an apple frae the tree:
'Take this for thy wages, Thomas,' she said;
　'It will give thee the tongue that can never lee.'

18.

'My tongue is my ain,' then Thomas he said;
　'A gudely gift ye wad gie to me'
I neither dought to buy or sell
　At fair or tryst where I might be.

19.

'I dought neither speak to prince or peer,
　Nor ask of grace from fair ladye!'--
Now haud thy peace, Thomas,' she said,
　'For as I say, so must it be.'

20.

He has gotten a coat of the even cloth,
　And a pair o' shoon of the velvet green;
And till seven years were come and gane,
　True Thomas on earth was never seen.

本詩因字頗多，故下面特附註釋。

ST. 1 Huntley： 自蘇格蘭 Tweed 河與 Leader 河合流處約二英里，有個小鎮 Earlston（古名 Erceldoune） 此爲居士Thomas Learmont的故鄉。Huntley（或Huntlie）爲 Erceldoune 的一支河流。 ferlie 〔fə:li〕＝n. wonder; 在此爲a wonderfully charming lady 。spied＜espied 。字首〔e〕脫落＝ found, saw. wi' his ee＝with his eye ，doun＝down. the Eildon 〔aildən〕 Tree:—Erceldoune 東南約五英里處有座小山，稱爲Eildon Hills（1385呎）。據說於該山東端山坡上，現有一座紀念 Thomas與仙女於樹下相遇的石碑。Huntley 河即在該石碑西方半英里處。

ST. 2 O'=of 表示材料之意的 preposition。grass-green. 妖魔平常畫成草綠色。ilka〔ilkə〕=each。tett=tassel 總。siller=silver。filty………and nine= 五十有九。宗教上三、七、九等奇數，特稱爲 mystic number參考「無三不成禮」「三牲」，三位一體等。

ST. 3 pu'd=pulled。蘇格蘭方言〔l〕常脫落；例如 a'=all'; ha'=hall等，aff=off。dout〔daut〕=bend, bow。True Thomas he：於民謠，人名後面常添加人稱代名詞。be=exist。

ST. 4 but=only。

ST. 5 harp=play the harp。carp=recite（吟詩）。of=some of; 文法上特稱爲 partitive 'of'（表示一部分之of）。

ST. 6 Betide〔bita'id〕me weal〔wi:l〕=Let weal（=prosperity）happen to me.（命令句）。weird〔wiəd〕=fate。daunten〔dɔ:ten〕恫嚇。syne〔sain〕=since, ago。在此=then, 。all underneath……=all（一切的事情）taking place underneath……

ST. 7 maun〔mɔ:n〕<OE mōste, mōt之過去式；=must。ye〔ji:〕=原來爲 you（Sg.）的pl. form; 但常當做Sg用。（cf. 德文 euch）。另一個第二身人稱代名詞爲 thou-thy-thee-thee（cf St 13, 17); 此字用於較爲親密的人。（cf 德文 du. 拉丁文tu;）。l, 4, as 後加 it。serve me seven yeurs. cf.徒弟期限爲七年（參閱Henry Carey作"Sally in our Alley" 最后節）。

ST. 8 rade〔rade〕=rode。gaed〔geid〕=gae〔gei〕的過去式。過去分詞爲 gane（cf. St. 20, l. 3). 現在 go 的過去式 went 是另一動詞 wend（=direct, proceed）之過去式。living land=the land where living people inhabited.。living原爲 people的修飾語，而移用於land, 故修辭學上這種形容詞特稱爲 Transferred epithet（移用修飾語）。英詩此種用法頗多。Wind 與 behind 押韻，故要唸爲古音〔waind〕。韻律學上此爲 Obsolete rime（古韻)。

ST.10 light doun 下來。a little space=for a little while.

ST.11 l. 2 =,which is best so thickly with…… 。but=only。

ST.12 braid〔breid〕=broad the lily leven=the open ground in the forest, which is overspread with lilies=遍地開滿着百合花的林間空地。由百合花美麗，意思轉爲易於令人墮落的豪華的生活。cf. a path strewn with roses; a bed of roses,都是奢侈淫樂的生活之意。

ST.13 bonny<F. bon.=good, fine 。brae〔brei〕=hill-side

ST.14 sall=shall。haud〔hɔ;d〕=hold。ain〔ein〕=own。

ST.15 abune 〔əbù:n〕=above。speak ye…=if ye speak。win back=win your way back。elf=fairy (oE. elf.)

ST.16 mirk=dark。nae〔nei〕=no.。blude〔blu:d〕=blood。rin〔rʌn〕=run

ST.17 frae〔frei〕=from. 。 lee〔li;〕=lie.

ST.18 gudely 〔gu:dli〕=goodly. wad=would.。gie〔gi:〕=give.。neither dought〔daut〕=neither could=should not be able to。fair or tryst〔trist〕 集。廟會。

ST.19 l. 3. Thomas前有個 compensatory pause.即吟誦時Thomas 前要稍爲停頓

ST.20 even=smooth。shoon〔ʃu:n〕=shoes.(cf. ee=eye 的 Pl. 爲een) were come and gane=had come and gone。表示運動的動詞come, go, leave等的現在（過去）完成式，Teuton 語系用 "be+come(go)" 的過去分詞，現在仍然如此使用。

Thomas of Erceldoune, 另稱 Thomas The Rhymer, 通稱 True Thomas, 是一位預言者（seer）。蘇格蘭人古來一直尊崇他，現在還保存着很多他的預言。他們認爲這些預言與 "dear years" 和社會國家事件有密切的關係。由諸種資料判斷，Thomas of Erceldoune是以預言者兼詩人的聲譽聞名於十四世紀前葉的。以後一直到法國革命爲止，不但蘇格蘭，就是英國，很多人借用他的名義揑造了不少預言。據說1603年出版的 Merlin與Thomas Rymour 等人的預言集"The whole prophecie", 蘇格蘭的農家都備存一本。

Child 教授依照諸種史料，判斷 Thomas Rymour 可能是生於1210年或1220年的實在人物。至於 Rymour 是否他的姓，尙未可知。Hector Boece〔boui:s〕(c.1465–c.1536. 蘇格蘭的歷史家）認爲 Thomas 的姓是 Leirmont.，但這個意見似乎不太可靠。Thomas 可能是1296—7間逝世的，或活到十四世紀初葉。

Thomas of Erceldoune 的預言術是 The queen of the elves（仙人國的女后）所賜的，可是(A)(B)(C)都沒提及此事。

本古謠計有四種異本。第一種是十五世紀以前的寫本；另兩種是1450年前后的寫本；第四種爲時更遲。四種異本或多或少都有殘缺。第二第三種異本另有屬於後代的原稿。本古謠雖然是蘇格蘭人的作品，但全部却是用英文寫作的，同時這些異本異口同聲地說是根據一個 "older story" 的。雖然現在本古謠大部分是藉着第三人者的話敍述的，但裏面有不少當事者的對白，這是値得注意的。

自從Elfland 女后顧愛Thomas以后，她即把 Thomas 帶到仙人國去，而讓他停留三年（七年）之久。接着按照描寫 Thomas與Elfland 女后的情史的Romance來說，當仙人國對冥府提供犧牲（tribute）時，冥府似乎特別喜愛壯碩而美貌的

Thomas, 所以女后即把 Thomas 帶回人間世來。離別時在 Thomas 請求紀念品的熱望之下，女后才把預言術傳授給他的。 Thomas 又強要她說些天下的奇聞，因此女后就說了不少預言（自 Falkirk 戰爭至 Otterbourn 戰爭，以及1401年 Henry 四世入侵蘇格蘭等事件）。

所謂 "the older rtory" 明白地是在描寫 Thomas 與女后的情史；當中關於 Thomas 的預言術却無詳細的記載。Child教授認爲這個故事是"Ogier le Danois"（丹麥人 Ogier）與 "Morgan the Fay"（妖魔 Morgan ）的翻版；所以按照這類民間故事的慣技來說，可能 Thomas後來再回到 Elfland去。就內容而言，本古謠可溯源於romance（以下簡稱爲R）。

下面就(A)(B)(C)(R)所提各提各種情節的異同，做個比較研究，用以明白民間故事於傳承過程中，會受到如何驚人的增刪。

(1) Thomas 與女后邂逅的地方，(B)(C)(R)都說是在 Huntley banks 與 The Eildon Tree。(A)却不提及這些地方。

(2) 關於女后的衣着與她所乘的駿馬，(R)描寫甚詳； 但於(A)(C)却變成草綠色的綢裙與絨製披肩；於(B)(R5) 爲一隻 dapple-gray horse; (A)與(C)還說該馬匹在每一股鬃毛上繫掛着五十有九個銀鈴。(B)說女后手裡帶着九個銀鈴。

(3) (A)(C)(R)說 Thomas 認爲仙女是 Gueen of Heaven; (B)說她是 the flower of this countrie"。

(4) (B4) 與 (R16)在新教的影響之下，說該仙女是打獵的。(A)(C)却說她是專減來拜訪 Thomas 的。

(5) (B)(C)說女后請 Thomas 彈琴吟詩；(A)並無提及此事。

(6) (C)說女后向 Thomas 挑情，要他親吻她，但並警告其危險的後果，可是 Thomas並不爲之害怕而終於吻了她的芳唇。這個情節與(R)完全相同。(R)還說Thomas擁抱了女后。

(7) 親吻以後，女后才勇敢地把戰戰兢兢的Thomas帶回Elfland。The original story 說，女后告訴 Thomas 說，如果她勇於與她交接即會損傷她的美貌，結果事後實際上女后瞎了，身體變成沈重如鉛，衣裳失色。

(8) (A)(B)(C)說 Thomas 爲女后効勞七年，但(R)說爲期祇一年。

(9) (A)(C)說女后讓Thomas疊乘在馬背上而奔馳如飛；(B)說女后騎馬，Thomas 走路。

(10) (B)(R)說 Thomas 渡過一條深及双膝的河流；(C)說他暗夜渡過幾條深及雙膝的河流以及一條地上所流下的血液所灌注的血河；(R)說該河在地下，除了河水淙淙以外， Thomas 三天並無看見什麽。(C)說他們看不到陽光與月光，祇聽到海洋在怒號。(R)說要渡河不費三天，但(A)却說四十天。

(11) 接著(A)(R)說他們來到一座果樹園。因女后看到 Thomas 勃勃欲試地想摘取果實，故警告那是被呪咀的禁果。(R)說如果他摘取的話，他的靈魂會墜落地獄。(A)(B)說女后爲 Thomas 準備了麵包與葡萄酒。(R)說他還要等一會兒。(C)少了這段情節；却說他們來到一片潦濶的沙漠而遠離人寰。接着女后請 Thomas 下馬，把頭枕在她腿上；稍爲休息以後，聽她指示並說明三條寬窄不同而爲意各異的道路。仙女自主地摘取一顆蘋果給 Thomas 當爲工資；而且說他吃了以後即不會胡言亂說。(A)也說女后自動地摘取果實，但又不準 Thomas 伸手去摸它。(R)說這顆蘋果是當Thomas與女后分手時，女后才給他的。(A)(B)(R)說女后請他把頭枕於腿上的，是在果樹園附近。(A)又說當 Thomas 飲食以後，女后才指示三條路給他看。(R)沒提及通到 Elfland 去的路，個却說一條通到山頂上的女后的城廓去的通路，並指示兩條分別可通到 Paradise 與 Purgatory 去的路。

(12) (A)(C)說女后禁止 Thomas 向人提及任何他所見聞的事，因爲說了一言半句就回不了人間世來。(R)說 Thomas 祗要對女后作答，並說當他們還沒到達城廓以前，女后恢復了以前的美貌。

(13) (C)18—19節可能是後人所增補的；反映着近代社會生活而極富於諷刺。

(14) (A)(C)說 Thomas 離開 Elfland 時，女后賜給他一襲美服與一双美鞋；並說以後七年間在地上看不到 Thomas 的踪影，如此當爲整篇的結尾。

依照本來的 romance 來說，Thomas在 Elfland 住過着三年間（Cambridge MS 說七年間），而以爲好像祗住了三天之短。然後當魔鬼來了要拉 Thomas 到冥府去時，仙女即帶他到Eildom Tree而請他趕快離開。那時候因 Thomas 請求紀念品，所以女后即給了他the gift of true speaking。接着女后說後會有期，而在樹下分袂了。依照民間傳說，如果仙女要召喚 Thomas 的話，他非再到仙人國去不可的。Thomas 冒險與仙女交接以後，必需保守秘密，這種禁制是有關 superhuman beings 的故事通有的特徵。

英國古謠有幾個特性就其重要的事項，簡單地列擧於下：—

(1) 關於民謠的起源，古來有兩種學說：—Individual theory（即認爲民謠係爲一個人所作的），以及 Communal theory（即認爲民謠是部落民全體合作的），本筆者認爲凡是某某主義某某學說多少都有過份的因素；所以民謠應該看做首先爲民間的一個無名氏創作，然後再由別人再三加以增删而成的。

(2) 民謠本來是舞蹈歌（dancing song）；是一種在歌唱故事的較爲樸素的抒情詩。就英國古謠來說，歌唱悲劇性的故事的佔多。

(3) 就描寫技巧方面來說，英國古謠是 impersonal 的，narrative 的。好

像講故事一樣把一個個情節逐次歌唱下去的。所以 Kittredge 教授說民謠是 "a song that tells a story", 或換言之 "a story told in song" (筆者註 in=in the form of)。

(4) 英國古謠的歌詞較爲簡樸直截；常常疊用字句（Repetition）以及 idiomatic expressions 所以有時候聽得很平凡。Repetition 是英國古謠的一個常套手法；可是有時候却把前一行（節）用過的字（句）稍爲修改以後而用於下一行（節）；這種較爲講究的疊用法特稱爲 incremental repetition。

(5) 本來英國古謠每一節爲兩行 iambic heptameter 的 couplet, 最後加添一句Refrain(或稱Burden即疊句，等於我國歌謠的"咿啊嗨呀，咿嗨呀")。英國歌謠最普遍的 refrain 爲 Heigh ho! 或 a hoy! 或 a ho!等，至於 Refrain 的起源意義、種類、位置、形式、演變等事項，筆者預定不久另作一篇專論。

(6) 兩行 iambic heptameter 各行後來折成爲 iambic tetrameter 與 iambic trimeter,（即輕重格四音步行與輕重格三音步行）。Refrain大都逸失了。所以英國歌謠於節式（stanzaic form）上，通常爲四行一節；第一第三兩行爲輕重格四音步行；第二第四兩行爲輕重格三音步行。韻式（Rhyming scheme）爲 abcb。重要的是行首常缺少一個輕音節；同時常用 anapaest（輕輕重音步）代替本來的 iambic foot。因有這種 substitution 或shift of meter,所以節奏才不致流於呆板而富於變化。雖然每一節（stanza）通常爲四行，但常有六行節或八行節等。

"Thomas The Rhymer"這篇古謠，當然是用 ballad meter 寫作的，但每一行的長短，音步的種類，常有不規則的地方。anapaestic substitution與compensatory pause頗多。

按照情節的展開（Development of poetic statement）來說，本篇古謠可分爲三節：第一部（st.1-8;）第二部（st.9-14） 第三部（st.15-20）。每當作者要從新歌唱新的情節時，他即說 "They rade on and farther on" 這種每一段落用同一詩行開始的手法，於英詩裡是時或可見的極其巧妙的技巧。上舉一行，一方面可使讀者於心目中明顯地看到 Thomas 與 Elfland 的女后如何挨坐在馬背上一路奔向仙人國去的情景，同時另一方面可使讀者預料到他們還要躍進另一個什麽別的境地去，而喚起讀者的注意。現代英國詩人 Ralph Hodgson 所作 The Bull，每一部首行也是疊用同一字的（本來沒有分成幾部；這是筆者按照內容劃分的）。相反地，雖然 T. S. Eliot 的 The Love song of J. Alfred Prufrock 的第四節與第五節，與第六、七、八節， 各節首行分別疊用一樣的詩行（即 And indeed

there will be lime與For I have known them already, known them already），可是這種叠用法於形式上與 Thomas The Rhymer以及The Bull不同。Eliot 是於前後相繼的兩節各自首行用叠用法的，換言之，是把前節裡所用的字眼與意象稍爲更改以後而用以再重新描寫同一個心境或情況的。這種爲加強語氣或意境的叠用法即是 incremental repetition，也是二十世紀這批詩人的一種値得注視的技巧。Thomas The Rhymer 第十一、十二、十三計三節雖然内容上不同，但每一節首行的叠句法於形式上可看做與 Eliot 的屬於同一種類。

叠用法於修辭學上是個很重要的描寫技巧；可分爲十幾種，而古來各有專門用語。於本詩除起上述的方法以外，另有同一行裡的叠用法（cf. 第六、十、十二、十六各節第一行）與前後兩行裡的叠用法（第五、七節各第一二兩行）等。

至於本篇每一段所描寫的情節，讀者一看就可瞭解，故不需贅言。就情節的展開次第來說，整篇成爲一段climax（漸層法）。

本篇的 poetic expression 雖然大體上是 narrative的，但因很多 stanza 是對話體，所以顯得格外富於戲劇性。

本篇古謠於内容上，是把 Thomas 爲人誠實的故事，基督教的精神與傳說，神人結婚的古代民間信仰，以及有關「水」的民族學上的事項等揉成在一起。主要的題旨（theme）可能在乎借用聖經的故事，同時在善有善報這種道德上的信念之下，來描寫 Thomas 爲何會爲人誠實。

Thomas 當爲工資所獲得的蘋果，當然是由於聖經裏的故事來的。不過所謂蘋果可能首先是女人乳房的象徵，接着轉爲fecundity的象徵。就本篇而言，apple 可能是 sexual love 之意。

我們由18—19兩節可看到本篇作者爲人如何富於幽默或諷刺。的確在菜場買賣時不能討價還價，或不能善用三寸之辯舌去求佳人的青睞，是個苦痛的事。Elfland 的女后又是如何美艷而勇敢的呢！爲了這些事情，本篇古謠才能如此富於近代性與無限量的人情味。

笠 第十三期 目錄

五五年詩人節及創刊兩週年紀念

敬重與自重

——對兩年來作品合評的一點感想

白萩

「笠」最令人側目的恐怕是作品合評這一欄吧？最殘忍的恐怕也是這一欄吧？在這一塊砧上，每一首詩人苦心的結晶，無告地在那裡被凌遲，割而殺戮之。被衆而伐之。兩年來，到底有那幾首能膚髮無損，安然地通過呢？回首省思，但見血肉淋漓，殺意冲天，不得不惋嘆再三。

「合評」是否良好的制度？或則執行「合評」時，合評人的態度是否良好？合評人的選擇是否良好？合評人的水準是否够格？恐怕都有重新考慮的必要。

文學藝術的批評，本來是見仁見智，難得劃一，但病不在見識的不同，而在修養的深淺。記得從前讀古詩時，曾看到某人（名字忘記）說；讀詩寫詩，因修養不同，體認亦時時而變，喻如山上、山腰、山下。山下之人，祇見山下之景，難窺山腰山上；山腰之人，祇見山腰山下之景，難窺山上；唯有山上之人，可窺全景。（當然分類並不這麽簡單，這祇是一種型態的提供。）一個人的批評，它的試金石，也就是評價水準，體認等等，都是來自個人的修養背景，換句話說；他是以自己去比較別人，或以別人比較自己，這種比較充滿荒謬難予信賴，不見眞理，但見暴力。批評在評價工作上，都是沒有道理，祇是一廂情願式的迷信，在這一點上，「批評人是該死的。」

但是批評仍能生存，或許有許多別的好處。但這些好處都存在分析之間的，決不在結論裡面的，我們可以不理會試金石所出來的什麽東西，而是這塊試金石是由什麽東西所做成的？好不好？它怎樣去從事試金工作？

無疑的，兩年來的作品合評充滿着許多有待改進的缺點，個人的感覺略述如下：

A：期與期之間的評價水準不同，前一期說差的，有時比這一期說好的好。

B：同一期裡，因合評人修養水準的不同，見解亂七八糟。

C：批評干預了作品思想的自由，因此造成了一個作者的人生觀，一下子是積極，一下子是消極，暴露了批評者的武斷。

D：部份合評人的論調，每一期都一樣的不着邊際，空空洞洞，浮浮滑滑。

E：對作品的體認時間不足或體認能力不够，因而曲解

甚或沒讀懂作品。

對於合評這一個公衆的論壇，實在有必要嚴選能上台人物的必要。否則讓一些投機的「文藝青年」，免票的衝上來亂說一場，發瘋的亂砍一頓，辱及了這個論壇的莊嚴。能經得起考驗的作品本不多見，如果能因合評而標示出來，該是何等的令人欣慰，如果因一兩者的幼稚無識，而予踐踏，該是何等的遺憾？「笠」本身又是何等的損失？

對予合評人的要求：我希望能對置放在面前的作品予以最大的敬重，對自己的言論，能量力的予以表示，將無知納入緘默裡，俾免在台上丟醜。

笠與「笠」

——我對「笠」兩年來的看法——

林郊

近來由於鄉居生活，每逢天雨，撐傘工作許多不便，於是，我買了一頂笠。

每當頂笠工作的時候，我常想起笠和傘有許多不同的地方。它擺脫了傘底華美的外形與優雅的豐姿的負荷，而以最簡樸的形式，擔負起最艱辛的工作。笠，象徵着一種脚踏實地，堅苦卓絕的工作精神！

笠，也使我聯想起一份與它同名，已經創辦了兩週年的「笠」詩刊，以及那些熱愛詩藝術，爲中國詩壇辛勤耕耘的朋友們；而他們工作的認眞，態度的嚴謹，以及堅毅不拔的精神，更令我感到衷心的欽佩。

目前社會，要創辦一份像樣的刊物，實在不是件簡單的事，它也許還不及開一家觀光飯店來得容易。我們的市民，寧可將成堆的鈔票，往餐舘、歌廳、戲院裡送，卻不屑一顧那寥落的書坊與貧乏的心靈。在這種條件之下，要想辦好一份刊物，尤其是純文藝中的詩刊，眞比在沙漠中培養一株仙人掌還難哩！

然而，很意外的，「笠」詩刊在這樣崎嶇的道路上，竟能循序漸進，內容日豐，讀者益衆，且保持了從不脫期的紀錄，向第三個年頭邁進！成爲自由中國詩刊中的後起之秀。其能有今日的成就，不能不歸功於「笠」詩社各位詩人那種爲藝術而奉獻的熱誠，毅力與恒心。

我曾經很榮幸的被邀參加過幾次「笠」的作品合評，從而對於「笠」詩刊各位負責編務詩人底那種忠於藝術的態度，有了更深一層的瞭解。

「笠」詩刊對於來稿處理的程序，是先將稿件略去作者的名字，重新謄寫，然後印發每位編輯委員，以投票的方式決定詩稿的取捨；而作品的合評也採同樣的原則，參加合評

的，因不知道作者的姓名，乃能無所顧忌，摒棄成見，對作品作較客觀，公正的評價。

我有一種想法，希望「笠」詩刊這種選稿的方式，將來能廣泛的爲一般文藝刊物所採用。老實說，目前我們文壇，出現了不少「明星式」的作家，他們的大名由於在報刊上（包括新聞）出現次數之多，也許具有某種廣告上的誘力，但發表的卻是些粗製濫造的作品。編輯之所以採用這類稿件，不外乎情面，或着眼於刊物當前的銷路，迎合部份不用腦筋的讀者底心理。殊不知這樣一來，無形中即放棄了編輯神聖的使命。因爲，一份刊物想要在讀者之間樹立信譽，在於它所提供的作品的本身，以及由是而形成的獨特的風格，而不僅僅是依賴幾位「名家」充充門面。何況，這樣的做法，不但使有些「名家」失去了在公平競爭中去認識自己，砥礪自己，以求百尺竿頭更進一步的機會；而且，亦將把一般讀者驅向不正確的價值觀念與盲目的崇拜之途。其結果，眞可說是「災梨禍棗」了！

「笠」詩刊的成就，自然不止一端。兩年來，它對於舊資料的整理，新作品的推薦，各國現代詩的譯介，以及批評的建立，已爲我們詩壇繁衍了一片生機；同時，它嶄新的姿態，獨特的作風，也爲今日文壇，開創了新的境界。

我相信有一天，這一群在自由中國文藝的天地，頂「笠」而工作的耕耘者，將會爲我們帶來一次豐收的季節。

稿約

一、本刊園地絕對公開。

二、本刊力行嚴肅、公正、深刻之批評精神。

三、本刊歡迎下列稿件：

▲富有創造性的詩作品

▲外國現代詩的譯介

▲外國詩壇各流派基本理論、宣言的譯介

▲精闢的詩論

▲深刻、公正、中肯的詩書評論

▲本刊發表的詩的批評

▲外國詩壇通訊

▲中、外重要詩人研究介紹

四、下期截稿日期：

▲詩創作：七月五日

▲其他稿件：七月廿日

笠的衣及料

——我看「笠」兩年來的詩創作

沙白

二年來笠的功勳在於「介紹詩及理論」和「合評」的灼見。創作詩也供給了詩壇不少的養料，但不甚精美，雖然有各式的荣銜。我們無須自滿，無須怨人，整個台灣詩壇就是在這樣的半貧血的狀態下發育蓬勃的。

詩人與詩誌都以創作爲主，爲始，爲終。

現在就讓我簡單的剖析笠下的詩人與大作吧。

林亨泰：沒落的皇裔

亨泰的詩：「風格單純而光滑，蘊涵獨創的詩意與詩想。」也就是「一個雅整的公園，一進大門，就會令人讚賞這位園丁有條有理的手腦和亨泰式的花木與爽氣。」

但是，一個偉大國際公園的含物與意象必須很貴而富。

「貴而不富是沒落的皇裔。」「富而不貴是豬樣的俗富豪。」亨泰的詩屬於前者。

「既富且貴，才是強國的盛皇。」

（編者按：林亨泰先生未在本刊發表詩作，此處所論，當係以笠下影作品爲依據）

詹冰：童裸的科學抒情詩人

似乎學過科學的詩人較富創造性。詹冰詩裡的新形象有很多是用化學藥品保存着的彫塑品。他本身的詩質濃醇。他的作品可以說都是詩了；可惜未臻很嬰兒的嬰兒始態，也未達很「悲美的距離」，誠摯的友誼，如瀑布一瀉直下，一覽無遺，就像鄉村的農婦哭悼亡夫一樣。

「透視法」是首好詩。

「蠶之歌」的「蠶食，蠶生」的人生，以「一線貫串法」講够了。但無鮮銳的感覺，因爲人們早已感膩了。

「那首歌」很天眞。詹冰四十幾歲了，依然童心裸裸。科學沒傷害你，反而增添了你的詩彩。你的歌無需什麼「張力」，孩童的可愛並不在於巨臂的肌力美。

「淚珠的」是一首實驗得很成功的科學抒情詩。

白萩：濃「藍」味的「青」詩人

白萩可能有點活得不耐煩。但他的求生性很強。

「窗」「孤岩」的自我觸覺性與時間的敏感性都很強。這種味道等於沙特的嘔吐十艾略特貓的舌舐十里爾克的內在透視十……十白萩的未臻甚圓熟的詩界。

「昔日的」末段詩味濃醇：

「於是你突然醒來，回顧
就像我現在移過里爾克的詩上——

望着夕陽鍍紅的山嶺
那樣高昂，那樣逼視
那樣地存着無法跨越的距離」。

「Arm Chair」原感性強烈，但被繁長的散文字破壞了。

「妻的肚皮」能使他夫人摔他一把。

「暴裂肚臟的樹」是較新的作品。乍看很濃縮，感覺與意象奇突，但冷眼觀之，偷工減料的痕跡不少。

「曇花」意象佳，模倣的味道濃。白萩是有「詩想」的詩人，青出於藍的模倣痕跡太粗。

由「貓」更可以看出白萩是現代詩壇最富感性而且意象較濃縮的詩人。但青出於藍的歐美藍味太厚，於是，青得不完全白萩。

楓堤：必須大瀟洒的詩人

「工廠生活」將文明放在原始的鍋子裡煮，文明的菜與鍋子的質結婚，生活得有小資產階級的瀟洒。希望楓堤兄除去蕪雜的沒營養的葉片，邁向托拉斯的大道前進。「焚山記」有朗爽爽的古琴調兒。第四行與最末段還必須春風又「綠」江南岸一下。

「工業時代」抓住巨力而沉雄的鋼索來貫穿工業時代的心是很適切的。但是整首略慊僵硬，所謂「拐着手杖彎柄兒，趣由中生」的味道不濃。

桓夫：使用小戰場武器的有我詩人

桓夫喜歡以皮肉的鋼索牽纏自我，並錘擊飽和點的悒鬱，像黑煙火藥，撲鼻薰人。他也看到美國原子能的驚人動力，但他似乎不想做原子能署裡的科學家，仍愛用小戰場上近於原子彈的武器。

他喜愛他的「我」的自身，像羅密歐喜愛墳墓的朱麗葉一樣。

「沉淪」第二段意象較新穎，整首詩略慊散弱，表達得不够尖銳、凝強。

「池的寓言」富「詩之純原性」，文字與意象若創造得奇突些，可能爲不朽。

「哀韻」依然是那種殞落的歌調。起首的

「不怕風雲掩蔽恬靜的放空
祇怕無風的晚上」較敏察。

「曇花盛開在深夜」較白萩的「曇花」重知性。但寫詩不一定重知性就較重感性好。詩人必須以浩淵的知性和敏銳的感性才能創造詩人的世界。

「假日」表現了詩人與凡人的性意識，「詩想」與「詩法」有點俗而懶。

錦連：醃肉缸必須蓋久些的詩人

他對空間與時間，顫動的觸覺性很強，這點很像白萩。

就像集中營裡的逃亡犯一樣，他雖然自信自己手腦的靈敏，但他也意識到敵人的機關槍在照明燈下是多麼的虎狼。於是以後的逃亡手段將更奇特而高強。

「夜空」是一首成功的作品，有八十分。

「軌道」詩的「臉上都是皺紋的大地痒極了。」多麼富有現代內在精神的誘惑挑逗性。

「某日」這種存在十破壞十重整的現在的氣氛，是一家專爲吉卜賽人開設的咖啡館。

「石碑」「修辭」「時與茶器」並不突出。

「寓言」前後效果較佳：

從「依靠着影子，樹木吸飽了水份而心安」

到「抱住着影子，樹木焦急於飢渴而心煩。」的變化感覺。

「挖掘」寫的動機（motive）很不錯，但這是一塊必須醃久一些的好肉，可惜還沒醃得入味香噴就拿出來請客了。

（編者按：錦連在本刊只發表「掘挖」一首，餘均係笠下影作品。）

吳瀛濤：平面的哲學詩人

瀛濤先生富有哲學性（中國詩壇少有類此者），很少獨創處。他的詩是用哲學的磚塊築起再塗上一些詩的色彩而成的房子。略慊平凡，希望瀛濤先生加濃詩的油彩。

如果仍喜歡哲理詩的話，請再深沉的冥想更深厚的哲學，最好能夠建立「瀛濤的詩之哲學與哲學之詩」。

「孤獨的詩章」可能是他早期的作品，效果淡弱，似乎平舖直述。

「神四章」仍然是感覺多而散，却沒有把握詩之形象的作品。

「失落」依然犯着缺乏詩意的叙述哲學的毛病。

「空茫」好像一位母親遽聞其子發生車禍而奔赴現場的感覺。因爲意象薄弱，於是沒有立體感。但現代詩似乎不願再回到平面上。

「冬季三章」的「陰季」較佳，以瀛濤先生的哲慧，若詩裡多寫些「聖誕紅也紅不了貧血的血液」必較成功。

「失愕」「找覓」不太可取。

杜國清

「行列的焦點」是夠75分的。整個氣氛不錯，但慊蕪雜。有些意象造得很突出。

「飛行思想」造的意象與感性都很強，「詩語」和「詩字」都不錯，可惜最後兩行把整首詩弄得很撇扭。

李子士

「再見，陌生的城市」作者似乎想眞摯得廣濶些，於是可取處甚多，相對地，必須「勒幾下野馬」的地方也有。

畢加

「黑街」有「創世紀」的挖肚臍的絕風。

沙牧

「你聽這歌」寂寞得很虛，像薄皮的空心球，也寂寞得有點胡湊。是一首實驗得不錯的詩。

○○

「八行書」的作者像一個失意的賭徒，早晨十時大家都上班工作去了，他還散懶地浪蕩着，無聊地虛過了一天，日就西沉了。逃課的學生大多容易有些感覺。

辛牧

「變形花」造了一些好意象，他想表現的詩想，並沒有什麼可取。

喬林

「配在鬼屋上的窗」有現代的感覺，形象慊薄。這首詩必須再凝煉成塊狀，雖然有「如果是月，就可以遮去一些，又露出一些」的「詩想」。但這種「遮」「露」的天眞瀟洒性，在舊詩裡表現過很多了，希望作者表現得強些。

「寫一音符」蘊涵得太空洞，超越得太簡單。胸懷大，「詩想」不足。

「秋的樹」調子有點兒舊。但仍不失詩味。

「破鞋」只有活路走過死鞋的簡單意象。第三段

　「假如灰塵是金黃的
　稻穀
　你坐着嚥呑
　你睡着覆蓋　埋你成山
　都不成爲重要」

這想法新鮮可取（雖然舊詩也有類些的天眞想法），但是寫法不高明。

趙天儀

「小鎭紀行」雖有詩意，但表達得太散，似乎較近於散文。但詩人與原始的詩性與詩質是有的。

「那年颱風」是散文化的描述，口號似的狂喊太多，詩的創意太少。希望作者能深刻的內省透入小鎭的心與神經裡，靜數觸驚你心的律動。

如果有興趣的話，可以在舊詩裡洗禮一下。

張彥勳

「無花果」蘊涵童心的脆弱的感覺，描繪了無花果徜徉於園子裡的氣氛。氣勢略慊單薄，只剖開了皮與果肉，忽視了果核深沉的生命眞諦。

「后里旅情」犯了「過份描述而無詩質」的毛病。沒有創意，不如拿畫板到后里去素描。

彭捷

「塔」首段較佳：

「日子壓着日子
故事重叠故事
積累成高高的
塔」

以後各段不寫還好。本來末行是不錯的：

「踩住那薄薄的影子啊
趁太陽還未落下」

但是這種境界，人家早看膩了。

「網」好像學生念了許多書，因爲沒背熟而寫出的不太完整的考卷答案。

「媽媽日記」母子愛表現得很自然。但第三段的表現法應以更詩的方法來重組。

瑞郇

「風景」是一首好詩。雖然意象刻劃得不強，但由「竹林原野→天眞的少女→作者心靈溶有現代精神以俯視，仰視現代畫」給人的感覺，是够七十分的。

古貝

「玩具店」作者似乎有想由凝神觀照內在精神，藉現代的手法來表現的動向。但「詩想」與意象顯得有點薄弱且不甚準確。

「旋動的年代」旋動得深沉。氣氛造得很成功，可惜意象不够新。

王憲陽

「遊圓通寺」浪漫時期的味道很濃。這種詩是「讓清晨的青草說出與露滴性交的快感」的詩。無論我們深入如何的超現實與象徵主義，但這種詩依然站立得起。

「千燈」依然是舊詩裡結出的現代菓子。舊詩的胚子過份明顯，但仍是一首詩。

文曉村

「雨季」的一些知性，略有可取之處。籠括言之，這是舊期之詩作。

林煥彰

「想起」有點強作現代，假作滑稽，是詩想與意象不够的緣故。

「工業年代的人」只寫第一段就可得七十分，何必加多

餘的四段。

張效愚

「商展」是接近成熟的作品，但不耐人尋味，殊爲可惜。

「因妳，我笑了」有點兒俏皮，但詩字的含力不够強，於是失去了詩味。

「十分鐘的空白」絕得可以拍他一下屁股。

金源

「你的一生」描寫陋巷女人已經厭倦得彈性疲乏而又必須無可奈何地在現代底社會混日子的一生，若凝煉些必爲好詩。

「前夜，抓絕者」可能是作者跟一批現代詩人混了一夜，混得很不滿意，妄斷現代詩人爲「病夫」而作的。這首詩並非超現實的作品，而是作者基於上面的偏激情緒，以現代詩的不甚成熟的技巧表現出的。

朱建中

「觀音山下」作者若有更多的

「奢想，以双眼的初陽，
把她的冰凝的血液溫融」

「風聲來自星之外」

則此作必有可觀。

游卓儒

「尼庵」是開始要形成詩的作品。觸覺泛而薄，作者若再內省，此作必成。

黃進蓮

「三月」有一種沒有經過大腦吃豆腐皮的淡薄快感。文字敲好一點，可以成爲歌辭。

林錫嘉

「乳之憶」以母乳與血管，切身地體會母子愛很可取。仍屬浪漫時期的作品，現代的技巧尙幼稚。

邱瑩星

「夜」是一首煩長而不需駐眼來欣賞的作品。

白浪萍

「春廊」的調子流行得沒有味道了。

許其正

「春天，海」作者把春天像一根粗糙的木棒寫帖子一樣，其貌不揚。

龔顯宗

「啊，清明，清明！」表現了文人對於現在台灣清明現象與眞諦的交錯性與一致性之距離。但詩意與手法都是剛從散文脫胎出來的。

王勇吉

「戰爭年代的鴿子」是穿單衣的形象，希望勇吉努力多賺一些「詩錢」，多買幾件衣裳，不然會傷風病倒的。

林宗源

「生命的建築是屬於植物的」題目不錯，整首詩，表現得太浮燥。

「旅社」很有味道，但應放得更酸更碱更辣一點。

「我是神」有俏皮味兒。是鄉巴老的俏皮味，缺少「詩的紳士」應有的凝煉。

「黑板」富戲劇性。形式在描述的內容實驗得不錯，但「絕」得太弱——這首詩要絕才妙。

劉郭婉容

「等待」另一世界相會之前的悲哀。做爲一個妻子，做爲一位母親，做爲一個有靈魂感覺的人直接吐露的哭聲。當然，缺少冷靜刻劃意象的機會。

羅浪

「垂釣」是首詩，像一個小尼姑。

本刊推薦

創世紀　台北內湖影劇五村二〇〇號

葡萄園　台北縣南港鎮公誠四村三號

星座　台北縣木柵鄉永寧巷九號之五

中國詩刊　台北市民生東路三一〇號

詩展望　豐原鎮忠孝街豐圳巷十四號

現代文學　台北市泉州街二巷一號

劇場　台北市中山北路一段五三巷七一號之一

幼獅文藝　台北市延平南路七一號

大學論壇　台北市羅斯福路台灣大學

笠下影⑯

黃騰輝

正如從情人的眸子看出她的心底，
我也想從我的靈感中呼出我的詩的名字。
因爲，我對我的情感是如此忠實，
所以，我珍惜地把它爲我的詩加冕。

——題

我的靈魂是孤獨的，
我的筆下，是一連串寂寞的話語。
我們是如此親蜜，却從不知你的名字，
但，有人把你的名字叫做詩。

——我的詩

I 作品

徘徊

追着晚風趕走的落葉；
靜聽叫化子胡琴的啜泣……
像一個夢遊狂者，踱一條又一條——
走不完的暮色的街道。

都市

生活在高速度地旋轉着
我爲緊張與污穢的空氣而窒息。
這用屋頂與足印密蓋的大地，
人類却緊追着幸福的夢。

少女

一朵鮮花，擁集着許多勇敢的護花使。
那醉人的馨艷啊！畢竟會凋謝的，
但，現在剎那間是綺麗的，
因爲，這是用青春裝飾的生命。

路

憧憬，是靈魂的圖畫，
我曾在皎潔的心版繪一座遠山，
山上塗以眞理與自由的色彩。
山下默默地走着的是遙遠的路。

肖像

攬鏡自照，我才被憔悴的瘦影嚇了一跳，
蒼白的臉頰被情感偷走了光輝。
沉默的聲音在額頰彫刻皺紋時，
我彷彿在傾聽墓塋輕聲的呼喚。

煙

白煙，連幾個岑寂而憂愁的圓圈……
消失時一縷縷理不清的情感。
吸一口又一口，最辣的……
一直到靈感的醉窒。

歷史

把許多朝代的皇帝，偉人……
集合在一起，
史學家在爲他們點名，
也在爲他們打着操行分數；
之後，
把他們的成績報告表，
交給下一代。

影子

與我成直角，一筆濃黑的水彩筆觸，
像垂死的老人，
孤單地把主人的輪廓投在地上。
瘦小的，彷彿一片凋零的落葉，
爲什麼老是跟着我？
也許你是跟我一樣的寂寞。

電影

你在描繪我的夢，用十彩的故事。
在夜的宇宙，
你以立體的姿態顯示我的眼前。
——一層薄薄的銀幕，
你用主角來導演着我的心。

II 詩的位置

在民國三十八、九年間，當政府撤退到臺灣，自力更生，勵精圖治的時候；在自立晚報的「新詩週刊」，便是使臺灣詩壇變成全國性的詩壇底播種時期。由於葛賢寧、紀弦、鍾鼎文、覃子豪、李莎等相繼主編該刊時，不論是大陸來台的新銳詩人，不論是本省出身的新進詩人，他們都很重視，因此，大家便紛紛以該刊爲中心而活躍起來，蔚成播種時期的盛況。

當時因臺灣光復不久，在臺灣早年受過日本語文教育的一代，國語的運用還未十分熟練，不容易一下子就適應語言轉變的新環境，有些便重新學習祖國的語言文字。而年輕的一輩，雖然在小學或中學便轉過來學習國文，但語文的訓練，也是還不够老練，而詩的教養；一方面雖尙能吸收日文的作品，另一方面却不能深入中文的作品，這是後期跨越語言的一代的悲哀！在「新詩週刊」出現的臺灣的新進詩人，便是以一種單純的語文能力，以及一種樸素的詩情，參加這個筆隊伍的行列。除了葉泥、陳保郁等翻譯林亨泰的日文作品以外，在「新詩週刊」出現的臺灣的新進詩人有；黃騰輝、葉笛、邱瑩星、何瑞雄、謝東壁、李政乃等等。

從「新詩週刊」到「藍星週刊」，黃騰輝的作品，有詩的創作、翻譯和評論，由於缺乏整理，一直沒有專集問世。他的詩，是單純而樸素的，正是播種時期的特色。

III 詩的特徵

黃騰輝寫了不少的四行詩，但他的四行詩；即不同於楊喚利用象徵性的典故寫成的四行詩，也不同於向明、蔡淇津等追求意象化的四行詩。他的四行詩，是比較單純而直接的，帶有寫實的傾向。

他說：「我的靈魂是孤獨的，我的筆下，是一連串寂寞的話語。」他這種直接地說明他自己的詩，就是一個好例子。但是，在這種近乎羅曼的、抒情味兒的作品上，他有其眞摯性的一面，不文飾、不誇張、不賣弄，而是老老實實地在鏡前自照，發現了他的「蒼白的臉頰被情感偷走了光輝。」

在「歷史」中，他領悟了史學家在點名，在打操行分數；他並非不懂造境的表現，也並非不知刻意地去追求意象，但他却深知「成績報告表」，是要「交給下一代」的。這不就是他也有着自我內省的一面麼？

IV 結語

離開詩壇已經有一段時期，而在工商界却頗有一番作爲的詩人黃騰輝，只是基於對「詩」的愛好，他便毅然地投進「笠」的行列。當他發現了今日一些新銳詩人的作品已不同於往昔時，他很虔誠地說要重新學習，這種好漢不道當年勇，不以昔日的成就傲視今日的詩壇，却肯回頭來珍視年輕的後來者，我們將誠摯地期待着。

笠下影⑰

葉笛

獻詩

眞摯的愛和祝福，
使我們接近上帝，
也使地獄變成天堂，
別以有色的眼睛鄙視任何人：
人類的血液祇有一種顏色，
最崇高的人性
　也祇是個「愛」。

——錄自「神女淚」

作品

幻覺的癖性

一、印象

秋裸露着熟透了的肢體
一片黃，一線黃，黃的點和線……
熟透了的秋有蘋果的香。

這顏色，點、線、交感，
秋有着三十多歲的成熟的婦人的肢體，
而這靜謐裡，埋着狂熱的心

像 Van Gogh 的彩色燃燒着，
　燃燒着一片麥浪

二、幻覺

我仰臥在靜靜的郊野，
秋深的荒漠的郊野。

鼻尖是支點
從鼻尖
上升到天心，下降到地心
是槓桿的兩距點。

支點挪動，宇宙旋轉：
靜，靜，靜化的刹那！
靈魂沉醉地死去了，而
幻覺顫顫地
　馳掣過神經的末梢。

黑色的女神

當黑色的女神姍姍地走來，
我放下最後一杯咖啡，一支煙，
仰頭凝望屬於我的
九月之夜天的那顆星……
她那溫馨的氣息
像透明的顫動着的網，
　籠罩在燃燒着的臉上，而
當她柔美底唇輕觸我底唇，
當我閉起曾好奇地
　搜索過世界的眼睛，
　埋首於她黑色雙乳的幽谷裏。
太陽變冷而走進我的心房，
時間凝固在我的眉睫間
所有的聲音成絕響，
所有的顏色還原於一片白，
跳動着的心臟成爲一化石。
一朵雲，滿載我的幻影的雲
　消失於她脚下無垠的「時空」
一絲風，帶走我一縷呼吸
　化入她謎樣的冷笑裏……

哦，女神，
妳柔軟有彈性的四肢沒有溫熱
妳沒有鮮紅而跳動的心臟，
妳抽象得不可思議，却
　神聖得令人流淚，然而，
妳知道——
我永遠不會爲妳的邀請哭泣，
我靜謐的微笑
　映現在妳黑色的瞳裏。

Ⅱ 詩的位置

從師範學校走上春風化雨的杏壇，葉笛是植根於現實生活來挖掘詩的領域來尋求詩的世界。他不是在溫室裡，也不是在象牙之塔中，而是放眼於現實的黑暗面，憧憬着光明的縫隙。

郭楓在「關於紫色的歌」（註1）中說：「一切溫室的

花朵不能存在於美的領域，正如一切匠工製造的花之不能存在一樣。存在是基於本質上的理由的。竊據形體，必然地會失去了精神；儘管以多麽炫目的色彩予以粉飾，結果仍歸於虛幻。這是可悲的！」

因爲葉笛早熟的心靈，在尼采的意識裡，在波特萊爾的戰慄中，他感受着神秘的象徵意味，也體驗着靈肉的掙扎。「紫色的歌」只是一種羅曼的吶喊，以後的發展，從「新詩週刊」到早期的「創世紀」，以及跟郭楓創辦「新地」（註2）的時期；是詩人葉笛最活躍最狂熱的時候了。從日文，他翻譯過堀口大學的詩，尼采和波特萊爾的散文詩等等。在民國五十四年六月，他翻譯布魯東（André Breton）「超現實主義宣言的第一宣言」；算是他再出發的第一顆照明彈罷！還有十幾年來的總結「拾穗集」，也將例入笠叢書出版，該是第二顆照明彈哩！

（註1）「紫色的歌」是葉笛第一詩集，民國四十三年九月，由嘉義青年圖書公司出版。

（註2）「新地」係郭楓與葉笛合編的文藝雜誌，創刊於民國四十五年間，不久即停刊。郭楓爲詩人兼散文家，著有散文集「早春花束」，由文藝生活公司出版。

Ⅲ詩的特徵

寫詩，一開頭，有的就相當地成熟，有的却從稚拙慢慢地成熟；前者往往是才華橫溢，後者却常常是質樸敦厚。初期的葉笛是較屬於稚拙的，然後逐漸地露出詩情的奔放。由於一種敍事性的抒情，使他的詩情濃於詩想。

但他的生活面，使他早熟，後來的詩作，加深了意象的效果，加強了象徵的氣氛。對於成熟的女性，他有一種異常的關懷，尤其是對於淪落在風塵中打滾的「黑色的女神」；他警告着世人「別以有色的眼睛鄙視任何人」。他認爲『最崇高的人性，也祗是個「愛」』。

詩，並非以社會群像爲題材，就是大衆化；也並非以貴族生活爲內容，就是古典化。詩人不必假猩猩地去同情神女，而是要眞切地去體驗她們悲慘的命運；詩人更不必自造封閉的空中樓閣，自我陶醉地在夢幻的深宮。詩人，是芸芸衆生中的自覺者。

Ⅳ結語

當詩壇走向濃裝抹粉的風氣時，如果做一個詩人是够清醒的話，自覺便等於是打了一種預防針；葉笛爲了免於患上流行性感冒，曾經在緘默中以無言的批判。一個詩人的可貴，在他能獨來獨往，而不在於做應聲蟲或傳聲筒。而今，他一邊執着教鞭，一邊握着詩筆，我們且等着他下一個樂章罷！

葉笛也是後期跨越語言的一代，從詩的散文化漸漸地走上詩的純粹性，當然，在這過程中，他的詩，也該脫離青春時期的夢幻，才能面對血淋淋的現實。

林煥彰　死之書

1

當時間被分秒的齒輪咀嚼喚痛　我便有被追逐的感覺
倘從衆多的碑石中躍起　而名字不再是一種符號　我便會固
執於　去認識睡眠在棺材中的奧義

2

自那棺木復活而成爲樹　日夜我便守望在墓地
看往來衆多的遊魂哭喪着的臉上　寫着病老戰爭等等走過
我便搖頭了　如此的復活也是錯誤

3

每有車輛擦身箭過　我便經歷一次死
而作爲現代人　死亡對我們該多親切　一如我們自己的名字
常有許多熟悉的聲音喚它

後記：由於兩次大戰帶來戰後的破碎與絕望感，以及現代都市生活的沖擊，人們對於自身的「存在」問題起了很大的懷疑，「活着，即走向死亡嗎?」無可諱言的「生」的確是走向死」。

「廿七歲的他」從「第五季」開始，便以「死」作爲自

作品合評

北部

林郊　林錫嘉　林煥彰　趙天儀　吳瀛濤　羅明河　黃騰輝　陳明台　楓堤（紀錄）

中部

錦連　桓夫　喬林（紀錄）

南部

白萩　葉笛　郭文圻　林宗源（紀錄）

已的名字，且常感激地說：願「舉生命與她碰杯」。

「死」詩祗在兩天的時間裡，先後寫成。第一天中午午寐時，心血來潮，草成「1、2」而後總覺得此詩未完，終於在第二天午後三時許，騎單車上班時突因一輛卡車駛過，遂寫出「3」，而成此「死」詩。

「死」詩這樣的表現不知是否就算現代？請勿追問。我本已不在乎現代不現代。我祗忠實地抒寫我對生死的矛盾觀——一種個人的對現代生活的懷疑。

我一向認為「一首詩的完成」，即如一個生命的誕生。是要求存在的。詩人或藝術家，當他創作詩，固可不必太清醒於要表現什麽，但作品既已完成，我則認為極需用心去追認『它是什麽？』，然而，也用不着去向讀者解釋。」（牧雲初集後記）

「死」詩既已寫成這個樣子，我想，我已够明白提示出我所要說的什麽。於此，要我再來個「自剖」，將會把它分屍得體無完膚。還是請您再看一次原詩，或讓我說說不關緊要的「死」：

「未知生，焉知死」，「死」的確是一個「未知數」。自來人類對此一未知之數，常以敬畏的態度而遠之。因此，有人說它是「異數」，是不吉利的；而宗教家則近乎騙子的說，死是「涅槃」，是「永生」。然而，我哦！我說「生死的矛盾」，活着，如僅為了觀看「那病老戰事等等」，復活該多錯誤！

李子士作品

——看呵，聽呵，所有跪倒的人們

林　郊：這一首詩有點像交響樂的形式，開始是序曲，到第三樂章是變奏。如果不以這種眼光來看的話，則第三段的表現就顯得太突然。

林錫嘉：整首詩的描寫，確有如交響樂的進行。標題很能吸引人。

林煥彰：讀這一首詩，會使人想到現代人無知的悲哀。

林　郊：整首詩在描寫從信仰到絕望的過程。第一段，神很得人望，是一全盛時期，第二段則「殿堂不再承載脚步，廊柱慘死於一聲轟響」，第三段表現了失去信仰、失去重心，因此一切散漫混亂，由文字直接表現了秩序的破壞，到最後一段則完全沒落了，宣告了上帝的死亡。

趙天儀：尼采所說的上帝業已死亡，是一種象徵性的。在詩中要表現這種意念時，也要以象徵的意味來處理，才能深刻。讀這一首詩，似乎作者的情緒很痛苦，有點過份奔放，而不易凝聚。

林錫嘉：整首詩雖有幻滅感，但在絕望中仍有一線希望，因此最後才有 The sun also rises 的出現。但第三段一點也不引起感動。

林煥彰：是在表現破碎感，雖然眞正意義不大明瞭，但這種表現還可容忍。

看呵！聽呵！所有跪倒的人們

李子士

若是諸神寂寂
不是風，不是雨
靈魂呵！是整個痙攣的海
那震顫着痛苦的低音的海

若是諸神死亡
不是雷電，不是覆地
軀體呵！是所有求助的樹
那高呼着啞默的悲慟的樹

1

而神呵！The sun also rises
每一閉眼，旭日便從瞳間浮昇
我乃向投，以露珠的情慾
且自展放成爲千頃金色的背地
你右掌豎立，揮灑而就一個成熟的視景
乃自龜裂的土地矗立仰首
一株望隨的向日葵
乃自一池無波的死水長頸拔起
萬朵翹臂待引的睡蓮

趙天儀：可以容忍的是新的題材，新的形式；但作者有沒有把要表現的表現出來，這是要加以討論的。

林錫嘉：序曲寫得最好，主題都已包含在內了。這一首詩還有不少語病，如「向投」「將且」等。

趙天儀：詩裡所要表現的，不是服膺於神，而是要把自己提升到與神同等地位，建立自己的神。如果連自己也破碎了，面對上帝，只好跪下來了。

林郊：對的，外面的上帝雖然已沒有了，但心中的上帝應仍能主宰一切。

※　※　※

白萩：這首詩，所欲表達的規模很龐大，但很費勁。技巧多方面，但效果不太好，有點虛玄。作爲詩人或以中國傳統詩的立場而言，詩人具有達到專一純淨，才是最高的境界。用最少的形象，最少的語言，來包容廣大的含意，才是最高超的詩，這是我們留傳下來的對詩的企求。

此詩從另外一種傳統來看，可能來自愛略特詩的背景，顯得繁複龐雜。

葉笛：有現代人的氣質，對生死有意義的探討。寫法如巴爾扎克的小說，有蔓延性，如能更加壓縮，可能更會吸引人。

白萩：我覺得詩人要表達深刻思想，並非說出或寫出來的。而是，由觀照和體驗中令人感受出來的。此詩，如不講那麼多，而由形象來表達思考，或許會是一篇令人滿意的詩。

你左掌拳握，僅只那麼一聲輕叱
如是渾圓，以萬鈞潛藏的意志
如是霞光，以萬種輝耀的展示
拍擊我而及一切而及欣狂
自是展現在前，一個突破的慾望
自是包孕在後，一縷氤氳的希冀
自是伏流在左，一閃瀲灩的歡樂
自是燃起在右，一點燎原的火苗
如是衆目所注，象立一個凝思的少女
乃有綻放，以完全的心顆以及美好的四肢
向你，一如一四射的十字
而神呵！The sun also sets

2

而神呵！The sun also sets
當所有的殿堂不再承載脚步
當所有的廊柱慘死於一聲轟響
如是這個日子到來
你拋擲我如拋擲一顆殞流星
將且神傷自語：此去更將迷失何方
如是你閉左目，灑落一滴瘖啞的嘆息
如是你開右目，攝照一齣剛始的悲劇
你便不禁嚎啕如一老童，以一聲長長的哀鳴
我便流產如一未成形的胎嬰

林錫嘉作品

——那一室翡翠的音符

趙天儀：怎麼這一首也是神啦，跪拜啦。？

林　郊：最高的境界，都是與神相通的。

吳瀛濤：像「神」這種字眼是不能亂用的，這好像也成了一種新的流行調，應該加以檢討。還有那一雙手，起先是蕭邦的手，怎麼又是女人的手呢？

林錫嘉：因爲那天女鋼琴家所演奏的全部是蕭邦的作品，因此她彈出來的音符，有如蕭邦親手彈出的，這是一種抽象的表現。

趙天儀：前一首表現的散，但不同於散文詩；而這一首就有散文詩的形式了。

羅明河：內蘊的衝擊力很雄偉，有如鋼琴奏出來的音符，流暢而出。

黃騰輝：整首詩很和諧。表現的媒介較淺出，因此也容易使我們進入。

林　郊：我認爲應用這種平易的文字來表現，更能動人，爲什麼要寫得令人難讀呢？

吳瀛濤：不錯，這種樸素的寫法，仍是多數人所喜愛的。

趙天儀：純粹抒情，會變成膩，而流於感傷，所以知性的強調在於使詩人深一層的反省。當然，創作上，也不必強調要主情或主知，各人應有各人的面貌。

而所有的手指觸及你將觸及黑暗
而所有的耳朵開向你將開向靜寂
如是你俯身及我，我遂茫然
而每一睜眼，黑夜便自額際滑落
我便被八方凌遲碎割
且自墮落成爲一片黑色的懸垂
如之奈何？又將如何
而神呵！The sun also rises

3

而神呵！The sun also rises
　你是　　　　　我是
光　我的　欲渙散的　雲
　情愛　　　　無奈
光　我的　欲渙散的　雲
　橋樑　　　一顆水珠
光與淵　**你的**　雲與土
　溝壑　　　一顆卵石
淵　我的　欲投入的　土
　恐懼　　　　意志
淵　我的　欲投入的　土
　你是　　　　　我是
而神呵！The sun also sets

黃騰輝：我記得「新詩周刊」時期，抒情性都比較濃，後來的「現代詩」，強調理性的啓發，才使詩的方向整個改觀。

吳瀛濤：現在我們需要的抒情，應該是一種新的抒情。

林　郊：我認爲詩人的組織能力是很重要的，詩人把他的感受組織才會和諧。前一首的第三段，就是只把凌亂的感覺寫下來，而沒有經過組織，沒有匠心的運用。

趙天儀：這一首是描寫欣賞音樂的心情，而前一首的作者只是強調着要寫出音樂的形式來，所以就顯得散。

陳明臺：我覺得第四段和第五段有些矛盾。第四段已表現了我與音樂的融化，但最後一段怎麽又有無法引渡之苦呢？

林煥彰：這種矛盾感是常常會發生的。當我們沉醉時，似一切已融化了，但一旦清醒，又感到一無所有。

林　郊：我覺得並不矛盾。由雨想到水，聯想到槳，由膜拜而無法引渡；那是作者的理想進入了化境，但現實就在門口等候，而無法達到。音樂雖美，仍難引渡。

趙天儀：以文字及表現法來說，還不能算是新抒情。

吳瀛濤：詩人能抓住欣賞音樂的題材寫下來，是難得的。

趙天儀：多欣賞繪畫及音樂，對詩的創作都是有幫助的。

※　　※　　※

葉　笛：比較純的抒情詩，借彈鋼琴的旋律、音符，來描述內心很纖細的感受，而沒有落入浪漫主義，一洩無餘的老套。

文　圻：他的注意力集中，第一段集中在手的表現，第二段集中在心的反應，使人讀起來清楚可懂。

4

而神呵！The sun also sets
儼然形象從皈依的巉岸走去
曾經是歸宿不再是歸宿
誰將是我的靜哪?!誰
我將是誰的動哪?!我
如是一面神秘的微笑，海將不可解
如是一連綿變形的色彩，山將未完成
靈魂呵！是整個痙攣的海
驟雨降落滿地枯萎的花瓣
群風掀起一天紛墜的殞石
如是不潔的舌頭便揮捲如蛇信
吞食淨盡每一個早晨的每一個太陽
呵呵！那震顫着痛苦的低音的海
軀體呵！是所有求助的樹
雷電擊碎滿天的雲彩
傾覆的大地靜躺而不再呻吟
如是謀殺的黃昏便肆虐無忌
將且塗抹一個世界的紅腥
呵呵！那高呼着啞然的悲慟的樹
如是世界躬身馱我育我，我遂混沌
如之奈何?又將如何
而神呵！The sun also rises

一九六六年三月三十日

白　萩：作者所欲表達的感受，我大約能領略，不過，我跟葉笛、文折兄的看法有點不一樣，不太好懂，很曖昧，有點浪漫主義過份想像的通病。

宗　源：其形象與意象，不能適當地表現出來，就構成曖昧

林素秋作品——銀行

吳瀛濤：以另一種場所的描寫，擴大了詩的範圍。這裡同樣又出現了「神一樣的跪拜」。

趙天儀：林宗源的「旅社」(請參見本刊第四期——編者)是把自己投入其中，主客合一了。而這一首則只在外表表現，因此偏於說明，這樣就不容易把詩投在焦點上，因此對人生並沒有什麼批判性。

吳瀛濤：這樣好的題材，沒有表現好，可惜。

趙天儀：我的意見剛好相反。題材是無所謂的，主要在於有沒有把他的感受很恰當地表現。

吳瀛濤：題材是重要的，因它牽連到表現的問題。如工業時代即應有其特殊的題材。特別是在現代詩裡，題材的關係很大。如在半空的飛機上所看到的山河，顯然與平地所看到的大不相同。如果不進入銀行，則無法瞭解現代人經濟生活形態的一面。

林　郊：我覺得這兩種意見並不衝突，總之，題材要廣，感

那一室翡翠的音符

林錫嘉

纖柔十指擁抱一室翡翠的音符，而妳凝視，神在指上。虹橋自葡萄酒的夜空昇起，我打橋上走過，穿過十九座長廊，我來探望妳的双手。

這一夜，我終於撥動那很久不曾撥動的心絃與妳和歌。且接受妳那浪的輕輕的拍擊。自我眼球撒落的視覺的網，儘是碰上汹湧的音之浪潮呵！撈起一網驚悸後的欣喜。

那双手是死了的蕭邦的手，然而在此滑動。那聲音是昔日蕭邦的聲音，然而在此桓旋。

音符握住我顫抖的手，握住妳顫抖的手。而在湖中央釀很多激動的熱雨。抓不到仰望的焦點，我只跪着，膜拜。

終究妳的双手不是槳，無法引渡我。而被割離的時間仍在門外等候，於是我又成了Meursault，在佈滿喧嘩和痙攣的貧血的空間，我等待受刑。

受要深刻。

趙天儀：總之，詩人是題材的主宰，而不是奴隸。

林錫嘉：這一首詩的表現很有諷刺味道，但語言太散了。

林煥彰：像「傭工進來咋天的灰塵出去」看似平凡，却很有戲劇感。

※　※　※

白　萩：像林宗源的徒子徒孫的味道。

葉　笛：可能利用各種比喻來表現銀行，在人的生活裡的位置，但是那些形象不太統一，有一種殘缺的感覺。

宗　源：是嗎？我什麼時候收徒弟，傳了徒孫。這首詩，的確很像我的詩。全首詩，自太陽憎恨夜侵佔太多的時間，發展到太陽憎恨黑侵佔太多的地方，到最後不得不承任夜只佔去他一半的時間，一半的地方。表現由於生活，而慢慢地改變了他對人生的看法。

林宗源作品

——媽祖出巡

趙天儀：本期作品不是提到西洋神，就是東洋神，如今馬祖出巡了。這一首詩使我想起曙光文藝月刊的詩展望第一號上刊載的桓夫作品「廟前大街」。

吳瀛濤：我對民俗很注意，因此不贊成這種寫法，因爲作者只把它當做迷信來寫，如果把宗教都看做迷信，當然很容易

銀行

林桑秋

百葉窗醒來，伸展四肢，呼吸最新的光線
而太陽憎恨夜侵佔太多的時間
而銀行開始深深地呼吸最純的氧

傭工進來昨天的灰塵出去
職員習慣地坐在自己的位置，而
還沒上班的經理席隱伏着職員的面孔，而
開始怨恨那些餵不飽的動作，而
饑餓的胃盛滿深黑的光線
太陽憎恨黑侵佔太多的地方

利用支票又擔心餓死未來的日子
死瞪着眼想捕捉職員突然鼓起的袋子
促使職員很想撕碎不屬自己的臭氣

那是無聊得不能再無聊
一張支票必須經過既定的位置
必須如神一樣的跪拜
這樣，所有的星球，動植物——
都是甲種帳戶了

寫。我們既然要寫出東西來，就不能以這種眼光。

趙天儀：在詩裡可以有幽默感，但不是滑稽；可以帶有民俗的氣息，但在幽默之間必須嚴肅。

黃騰輝：這一首詩所流露的並不是幽默感，而是滑稽。

吳瀛濤：我不希望把這一首詩刊登出來。（請特別把我這一句記錄下來。）

趙天儀：我認為還是可以刊登，因為有缺點，也才值得討論

吳瀛濤：如果這算是諷刺詩的話，實在是很幼稚的諷刺詩。

黃騰輝：對這種風俗的處理，還不够妥貼。

趙天儀：我也是不同意善男信女的行為的，但對此行為，應該更深刻地以同情的瞭解來寫，而不能出之於喜笑怒罵，這樣的批判才能打動我們，否則只感到油滑。

黃騰輝：這一首詩是寫得很好，這樣批評是要求達到理想。是不是好的作品方選出來合評的？

（**編者**補註：本期共收詩稿五十九首，初選卅七首，隱去作者名字後，油印分發評審委員，以採用2分，可用可不用1分，不用0分的計點方式。編輯部共收回十二張評分表，滿分應該是二十四分。其中「死之書」獲十八分，超過四分之三，另行以專欄處理。此外超過十二分，即2分之一者五首，列入合評。）

※ ※ ※

葉笛：是一首諷刺詩。用冷眼觀照世界的記敘方法，諷刺迷信。

這時太陽已經很疲乏了
不得不承忍夜只佔去了他
時間一半，地方一半

媽祖出巡

林宗源

一列奇形怪裝的紗票化裝
媽祖廟駐有富婆
而破舊的小廟仔有淋雨的王爺

從陽間來到陽間，神向我走來
去年的面孔正如今天的面貌
爆竹借神的嘴舌硬要我同意
今天的臉多少塗上一層香煙

這時城市活像香爐
擠滿了一簇簇的香
這些香隨着鑼鼓擠來擠去
而維持交通的警察吹啞了警笛

取得優先權的開山聖王要第一
府城王硬要第二
馬王爺奉命排在第三
再下去只有抽籤來決定位置的問題

白　萩：作者以童眼看世界。以童言來諷刺大人的世界。有童話詩的味道。有赤子之心的眞摯性。最後一句結語，具有小孩的想法和口氣，意味深長。

文　折：這首詩。是以臺語寫的童詩，表現地方風俗，但缺乏童謠的節奏。

葉　笛：這是林宗源的詩吧！已經定型了。

白　萩：他的詩型和氣質與別的詩人特別不同。

宗　源：詩型和氣質，由個性決定。所謂江山易改，本性難移。定型是多麼可怕的字眼。超越又是何等痛苦啊！我常想建立風格後是否有必要再去破壞它，是否能够破壞，這要看作者以後的遭遇，自然而然地改變，非企圖超越而能够成功地超越的。

白萩作品

——轉入夜的城市

趙天儀：很有氣魄。我覺得開頭五行，和後面有脫節的現象。這五行寫黃昏入暮時的暴燥感，很深刻，但夜來臨後的描寫，就沒有配合起來。

陳明臺：這是寫夜的誘惑，而到最後才有抵拒誘惑而獲得勝利的滿足。

趙天儀：我可以讀出這是白萩的作品，白萩的詩，都有個人英雄主義的色彩。

而媽祖總要殿後
而媽祖出巡
大道公總要採媽祖的花粉
可是今天啊！大道公不再生氣
是和解？是鬪法不再有意義？
我仍然不能了解出巡的問題
出巡，大鬼小怪，脚速四十米
入廟，脚速還不是四十米向後跑
我只知道人死了，當媽祖最好

轉入夜的城市

白　萩

似有一頭飢餓的狂獅在你的心中，來回走動
囚於檻牢早已難耐，在血腥的夕暮之前
因聞肉香而開始團團轉地暴燥
偶或張開血口急性地探視
當世界轉入暗夜片刻寂靜
那些毒蟒急地游奔
——夜色從四處的街街前來
在你的面前集合，昂首，叱叱挑戰
以他們龐大的隊伍擺開陣勢

黃騰輝：一語道破。

羅明河：文字很有勁力，是前幾首較缺乏的。

吳瀛濤：這種暴燥的詩，讀來只是暴燥而已，別無其他。

趙天儀：是的，暴燥——性的飢渴的暴燥描寫很成功，但除那暴燥感外，就沒有再深刻的東西了嗎？

林錫嘉：秩序上很完整的。從第一段的暴燥，進行到「一柄森冷的刀劍」，衝勁很大。

林　郊：這是一種誘力，與一種抗力的格鬪。

趙天儀：夜幕低垂時的心理的交替反應。

黃騰輝：讀來，好像在聆聽年輕人在講臺上激昂演說的雄辯氣概。

※　※　※

葉　笛：這首詩很形象化，頭二句就抓住人，表示一個人在黑夜時的煩厭的精神狀態。二、三段描寫夜的不安的罪惡感，我很欣賞第二段，形象活潑。

宗　源：形象組合成爲尖銳的意象，文字的節奏已經被情緒的節奏取代了，這是此詩的特點。由暴燥而接受挑戰，憤怒地將他們逐一撕碎似一面破裂的軍旗，而最後兩句，表現出作者的人生觀。

葉　笛：最後兩句寫抗爭後自負的靈魂。夜象徵檻牢，描寫靈魂的掙扎，有現代人掙扎被迫的感覺。

白　萩：這形象描寫得很具體。可能被誤會爲意象派的典型作品，其實有更高的象徵。

而頓然爆發了格鬪。你威武的
投入似一柄森冷的刀劍
向四處伸吐着憤怒
一面殘殺一面吞食
將他們逐一撕碎似一面破裂的軍旗
然後你自負而滿足地伏下
舐着滿身的創痕……

林煥彰：宜蘭礁溪人。民國二十八年八月十六日生。現任職臺肥六廠化驗股。詩集「牧雲初集」（五五年）。南港鎮南港路一段卅巷廿六號。

李子士：原名李文顯。彰化縣人。民國二十七年生。木柵景美高級女中教師。詩集「跋涉」（五十年）。

林錫嘉：嘉義人。民國二十八年七月三日生。任職臺肥六廠化驗股。南港鎮南港路一段三四號。

林素秋：臺南市和平街十五號。

林宗源：臺南市人。民國二十四年六月十三日生。旅社經理。詩集「力的建築」（五十四年）、「醉影集」（五十五年）。臺南市成功路八十四號。

白萩：原名何錦榮。臺中市人。民國二十六年六月八日生。現在臺南某大公司當裝璜設計師。詩集「蛾之死」（四八年）、「風的薔薇」（五四年）、「以白晝死去」（五五年）。臺南市民族路六巷一號。

※　※　※

錦　連：從這期的作品和以往的一些作品來看，這些詩里所用的語彙是够豐富的了。

桓　夫：確實讓人如此覺得。

錦　連：桓夫你最近常有作品發表，相信你對中文語彙的把握能力一定很強。

桓　夫：我看你也是。

錦　連：我請你老實的講，你的中文眞有把握嗎？

桓　夫：老實講我實在很沒把握。

錦　連、桓夫、喬林：哈哈。、

錦　連：我認爲文字語彙在認識上的豐富，並不是寫詩的主要條件，問題是詩人如何的來按排一個秩序的世界，當然語彙上的豐富能增廣其表達的幅度，但並不是主要的事項，詩人寫詩主要的是在按放那些位置。

喬　林：詩的位置問題是很重要的，例如畫上的空白，音樂中的停奏，都是強調位置的問題其間置的空白與停奏是有其價値存在。

錦　連：照這期來看，所用的語言很自然很通順，在語彙上也很豐富，但這並不就能肯定了它的價値，似乎另外還有問題，譬如兒童畫，其展露給我們的「稚拙美」，並不因其已具有了豐富的語彙知識，以此證明語彙的豐富問題並不很確切的關係詩的寫作。目前有此現象，很多詩人喜用哲學上的術語，人名，神語或名作中的人物等等語彙，乍看之下，好像

很有思想性的作品，其實詩的深度是如此就够嗎？

桓　夫：我想不是。

錦　連：在此我們並不願意說外國的月亮圓，但其所佈示給我們的見論當我們未能將其推翻時，我們不得不暫時給予信服。照艾略特的說法詩是思想的情緒底著作物，如花之香氾嗅到。梵樂希所說的思想如果實一樣的將營養藏在內里，一個果實是一營養物不錯，但我們吃食時所感覺到的是美意的快感，所以詩的據於存在，並不全乎思想，其給予的快感也是重要的。

桓　夫：詩不是完全將思想情感表露出來的東西，而是一種含蓄。

喬　林：詩如果僅止於說明思想和情感那完全是錯誤，詩應該說是在給讀者製造詩人寫作時持有的思想與情感。因而不使讀者局限於僅僅接受而木然毫無反應的地位。

錦　連：照這樣來看這五首詩，我們將發現什麽問題？「那一室翡翠的音符」是表現一個女人在彈鋼琴的情況，並沒有讓我們感覺到那彈琴或聽琴的情境是些什麽。「十九座長廊」「蕭邦的手」「Meursault」似有搬弄知識之嫌，在寫作一首詩來講，這些都是多餘的。我們再看「媽祖出巡」這一首，是諷刺愚民之膜拜，其結語是「死了以後當媽祖最好」，除了充滿着滑稽與幽默的語言外，我們並不能找出一些思想性來。

桓　夫：這首詩所用的語言，僅僅是描寫而已，而且並不是很重要。

喬　林：我認爲詩如涉及描寫，那就不用談了。因爲詩的價值不立足於描寫這一態度上。

錦　連：「轉入夜的城市」這首詩，是屬於比喻主義的寫法，是浮泛的，僅僅是借了動物與繁忙。

桓　夫：像「看啊！聽呵！所有跪倒的人們」，寫來就費力，而且詩的質素不甚濃厚。

錦　連：看這種詩，比較容易連想起里爾克的作品來，用知性控制了全詩，和前幾首比較起來，是較好的作品，也較有思想性。但試向我們對存在的「對決」是否有必要寫這麽長。

喬　林：這就是詩人之能爲詩人問題。

桓　夫：第三章，是因其有什麽企求而讓其變化成這樣。

錦　連：這是一種氣氛的破壞，一個年青人所受外力的負荷，而就此方式發洩，我想並不是壞。

「銀行」這首詩也是比喻主義的產物，不能看出詩人賴於存在底持續性的意志，所追求的永遠事物有任何關係。

桓　夫：統觀這五首，好像可以看出詩壇上有一種新的懶性（Mannerism）流行。相信笠的作者對這現象的發生與延續，應該有個警惕。

足跡

彭捷

匍匐於氷岩與氷岩之間
極地的長夜太長
伸融鬚探索
綿長非永恒
困不住往前的脚步

從長夜爬向黎明
馱着自我，馱着壳
連接細碎蹣跚的點
蝸牛履過自己的路

揉合氷層七彩的折光
凝煉在足尖
沿着幽暗的軌跡
繪一幅星圖
夜行人乃醉於氷岩與氷岩的圓舞

初醒的眼睫迎睇朝陽
輝煌的藍圖顯現
路線迂迴又迂迴

終點追逐起點
千年長夜裏盤桓的足跡
印下了銀河的畫像

五五、四月改寫

夜之外

佚名

1

想著，想著該有多少夥子可以製造黑暗的理由。
(黑暗不就是醞蘊嚮往緣邊的漣漪底同圓心？)
而我的捲眼竟停憇在妳的髮茨間，以至
久久迷失
而我們懶手去丈量的影子就給沒長成的月
蝕掉了。剩下一些喃喃的寧謐，一些
未曾捕入畫紙的星光
(不要忘記掬些許，就只那麼一些淡淡的
塗抹在妳的床笫
今晚)
然後，我們應該去睡一個既沒有夢又沒有烟火味的
眠。

2

突然，妳的髮結掉落在桌上

想起仍在手中的末張紅桃A
想起性躲在薄薄的衫後
蒼白的日光燈悸顫著　蒼白的臉悸顫著
看樣子，我不能等待去弄響床第的扣板聲
（除非賣春宵的太陽再擲給我幾個過去的日子
的紙幣）
輸了一整晚
（窗後的夜口欲吞沒我）
扔掉那張賭注，猛然地衝出去
衝出去　衝出去
懸盪在電線下的走索者正通示一則舊聞
（作者請示名字及地址）

台北

岩上

投入一百二十萬色相的花筒，不以麗陽迎我？
滿街交織着料峭霪雨，襲我四月南方的薄衣。
大厦與排水溝之間；汽車輪與電話亭之間——我覓回
在一個緊握着我暖暖鄉味的友誼。
這時代的木偶用鎳帶走路用鈔票充飢
用狐步談愛情用機械駕駛自己；

不知夜有多遠，東在何方？
紅綠眼發作着現代熱病。所以誰選擇睡眠？
而夜幕覆蓋你我以客棧的唯俗論
非吝惜避寒的代價，只因深夜二時仍未探究
心靈歸宿問題，而不得不迷迷入睡以待黎明……

風燈裡的串語

陳旭昭

夜在所有的車窗上擾攘
曳曳的密緻的柔波
我眼裡曾是缺乏曾是遺失的
盛開的甦醒
澎漲起春泉的慰籍
每一輪廻串點的四度空間
激流着一抹抹轉絮
將我錯落的琵琶挑起微語
暫且任奧秘的滴嗒上掛些星辰的飄逸
意念的屋宇
成幢的成幢的拌着青筆
轉踩那些奔馳着的
夢仙的魅眼
遁進山影。

蘇花公路

海羅列着
船
島嶼
羅列着
雄偉的太平洋是穿
藍衫的水手，剪彩
水天的無限；
懸崖峻壁以千仞的
筆力畫萬裏的雄奇
與壯麗。
鷹隼，俯眈着這疲憊的
鐵甲蟲，作依山傍
水之盤桓。
依仗着山岩，
我迷失了影子；
面對着太平洋，
我吶喊無聲。

岩上

踢石子

盧隱

從鐵軌旁受屈回來，我就想起那個踢石子的人。
不休歇地，勤奮地，工作着；像個傻子。
現在我也願試着去踢石子，試着去踢掉梗在人人心上的那些
冷漠的岩石。

夜之印象

石瑛

時間醒着　虹在十字架上織春
廊外展示透明的油彩
乳燕呢喃　傳播一階的陰晴
而彩蝶的企望　感覺於
夜底生活是一種抽象的藝術

時間微醇　春在室內燃燒
我的脈膊跳動於花季的繁華
憶及　夢幻之外猶有夢幻
在水彩繪出滿街的風景
屬於母親的年代染一身蒼白
華燈如繁星　酒杯盛不滿寂寞

春重寫她的故事　夢幻之外
趕赴約會的鶯鶯　於年輕的夜
在霓虹中走失　走失在
都市的墓園裡渡過春霄

窗之夜

什麼閃亮的利刃急迫地虐我
於是子宮流淚了
沒有契約的酷刑持續
只為眺望曩昔

吶喊之聲瀰漫
星子行過如夜之長辮的柔滑
蒙住我漆黑的視野
不知窗為什麼這般傷心

緊鎖住二十世紀的風城
而油垢厚得可以活埋
這證明我還存在
無論如何絕不能無端失去
苦悶蟄居千年

鄭炯明

大家擠看玻璃外的蟻群
蟬化影中陌生的臉譜
深邃而不可解

偶爾一隻癩狗拖過
便報以間歇性的痙攣
尖銳的按摩女笛韻嫋嫋
掌櫃的徐徐垂下斷垣

鏡前

鏡子是光滑的平面
映著戴上假面的臉
那個最醜陋的小丑面孔
　最無恥的諂媚
還有造作令人嘔氣的
都藏起來了　在鏡底下
喜歡照鏡子的朋友們
就這樣裝扮起臉面
而我的瞳孔擴張著
急欲突破太光滑的鏡面

明台

大家評

這裡所評的作品發表在本刊12期，請參閱。

喬林

▲給生命之三

作者把一張畫分割爲若干塊，而後又一張張擲給我們，然而似乎遺落了一二，叫人若收不攏來，這是處理上忙亂的失誤？不能讓這首詩不帶雜泥而不完整的起出來。二三段都是很美的，但都被孤立了。

▲黃昏，打電話撥叫夜

如此，作者就把被文明刺傷得血淋淋的心，猛的放置在我們的面前，使我們無暇去理會，那題目是如何的被作者扭叫出美來。這首詩應該是在失去了精神依靠後，虛無狀態中給踢出來的，因此那段失落的味兒特別濃。乍看之下，作者就用那麽「去撥叫夜」與「太陽投入公用電話」二劃手筆，寫出一張畫來，不免顯得孤零與清靜，可是那些呼應而來的空白，所叫人的感受已不只這些。「一枚太陽投入公用電話」做爲日落黃昏的意象是够迷人的，就因公用電話是紅色。顯然的自第二段以後，寫來較弱。

▲寄妳以玫瑰

有多繁雜的話語，壓得人透不過氣來，一首情詩最忌感情缺堤似的流放，作者雖分幾個層次的展露出呼喚，但並不眞的能連手而來，這是作者未能將思想穩定後，給于恰當的處置，就這麽詩的詩素被其冲激得四散淡失，我們所能掏回的就是那麽些些。作者似乎只注意到句段的建設，而疏忽了詩是渾然一體的創作，幾個句子的塑出和那樣子的塑造，似乎沒有多大的理由。

▲潮州生活

這首詩如因「被圈進小小的寂寞的城」，而激發出來的感受，就有點太誇張了，的確我們已震受到那寂寞以外的困惑。作者在營造意象上確實努力過，可惜並不如意準確。在此我們不得不承認，已完成在內里的詩，對你的體切，是同等的重要。第一段和第二段一至四行都是值得讚美的詩句。

▲指南宮

這是朝聖而來的。淡淡的一來了又消失了。這本是難於寫好的題材。在「創作」的要求下不能給予讚譽，但將其比之報紙副刊上所登出的詩作，則是一好作品。「是誰？在夕陽山頭採掘金礦」一句，寫來清新可愛，佳句也。

▲屬於那液體的

讀這首詩，就如看魔術師把一條布巾，攤開了又收起來，沒有什麽。作者期於用平柔的手段，來產生出詩來，然而除了雲還有霧，再也沒有什麽。

▲十二月二十五號

作者擺設給我們的是莫名的憂傷，我們實在無從問出一些爲什麽來。作者在佈陳憂傷上是很動人的，取材樸誠親切，而不失平俗。但是作者還是應該告訴我們爲了什麽來的。

桓夫

▲給生命之三

表現的技巧眞不錯。採用詩底方法很天眞自然。唯這是「給生命之三」，離「給生命之十二」尙遠。所以對於「刺死」啦，「吊死」啦，就未得到深刻的感受。這則生命正當金色年代時，豈不令人羨慕。

▲黃昏，打電話撥叫夜

巧妙。意象幽默輕鬆的方式處理某種生活的感觸。是屬於年青的。但，詩人啊，不要逃避。您還沒給我們解答，「女人該是甚麼?」。

▲寄妳以玫瑰

雖然，詩的題目有時可無意義的。但讀者欲從詩的行間抓住作者所要表現的意象時，感到「寄妳以玫瑰」這個題目與詩本身平衡不起來。也許作者過於注重了詩語各行單獨的心象，才忽略了詩整體性的意境。我們看過所謂極前衛性的詩很多墮入這種毛病。乍看，似乎很深刻有迫力的詩語，但事實上，這種難懂使讀者要費了很大的精神來閱讀，而所得到的詩意却很薄弱。甚至會連留一點印象都沒有。

▲潮州生活

我未曾體驗過「潮州生活」。因此感受不到「深井的黑潮」「紅頭螞蟻」「綻裂與久置的豆腐」等特殊的表現。而這首詩的寫法似乎很穩定，詩語又是很老成。但我體會不到詩的奧妙，眞可惜。

▲指南宮

挿進文言詩句，意圖詩的簡潔跳動，亦是詩的方法。若非踏襲人家流行底陳腐的話。此外這首詩表現神廟，有其恰當的批判性與諷刺性。給讀者一種優異的快感。

▲屬於那液體的

顯然爲了作詩才寫出來的詩。使我「聯想」在報紙副刊上，一些名詩人們得意傑作。讀起來無限優美的感覺，可惜找不到詩在何處。我不敢說，該脫離這種作風，或該深入。但我想說；詩人啊，回到自己的詩世界去。

▲十二月二十五號

是一首好詩。或許讀者也會「突然掩面哭泣」的。簡潔又令人感動。唯題爲「十二月二十五號」給讀者的印象不美。是否「鬱林」才是眞正這首詩的題目?鬱林先生。

詹冰

▲給生命之三

「金色」的詩句「跳入」讀者的「心坎」而「在心上鏗鏘」。因味道不錯，引起讀者想要再吃「之一」「之二」的食慾。

▲黃昏，打電話撥叫夜

這一篇詩，充滿現代精神與現代感覺。抓到的意象清新可嘉。但，可惜，品嘗後，口腔裏好像有留一點點的滋味

。

▲寄妳以玫瑰

恰如肥皂液的氣泡一樣，一面叢生的意象，一面隨着破滅。這叫做所謂「過猶不及」的道理吧。

▲潮州生活

作者纖細的神經，如同小提琴的弦般在顫抖着。我們在這喧囂的世界裡，可聽到這樣「小小的」小夜曲也是一種「奇異的感受」吧。我們也「伸長脖子「豎起耳朶」期待着作者的新作。

▲指南宮

詩一定要有「新」的地方，才叫做「新詩」。這首詩找不到「新」的地方。那麽我們叫它「舊詩」也不過份吧。我想，「淋我」們的雨不再是「靈雨」，應該是可怕的「原子塵雨」吧。

▲屬於那液體的

只有題目新。詩想，意象，技巧，詞句等都不新。作者現在所走的詩的路上，似乎也「生著厚厚的苔斑」。

▲十二月二十五號

聖誕節的，宗教「門外」漢的感觸吧。在現在臺灣，聖誕節確實「隔着」什麽那一邊的東西。所以作者不用「聖誕節」做題目，而用「十二月二十五號」的緣故吧。

羅明河

▲給生命之三

以簡潔散文詩形式來敍述生命，作者雖能握住主題，但其撞擊讀者心靈的壓力不够，似乎柔弱些。不能令人深深感觸。

▲黃昏，打電話撥叫夜

是對人生繁華感嘆，抑是向喧囂人類咒駡；我們總是有種難道的悲哀。整首讀來似乎有斷斷繼續的感覺。

▲寄妳以玫瑰

長詩最難以處理與表現。作者雖然儘力，但我們讀後就不能感覺出他所意欲的印象，冗長而空虛， 無味， 全詩只是糢糢糊糊的思想。有的字句也不通順。

▲潮州生活

在向生活的命運呼喚着，字眼的用詞上太平凡庸俗，實在無可取之點，也如前首所犯的毛病。

▲指南宮

有意在賣弄文言白話的詞句，使全詩流落於無病呻吟的味道。想爲禪或佛神，却是不能，不知他要告訴我們什麽？

▲屬於那液體的

這是富有羅曼蒂克的抒情，能够給予我們淡淡的芬芳醉意。開首够美的。如「妳的姿態存在於很遙遠，有如虛幻。路很遙遠，且生着厚厚的苔斑，影子僵凍於封建的櫃」幾句有優美的意境，可惜其他的字句也淪於太平實，而破壞情調，是非常遺憾中的遺憾。

▲十二月二十五號

用疊句來展現，頗有戲劇性的效果，而這三句的景緻又能表現這日子感受，第二段緊接地來呼應，使雖然簡單幾句却能發揮應所表現的印象。或許能令人滿意的。

現代詩選譯

四維三郎

(法)聖・波湖作品
Saint-pol-Roux

羊群之夜

血漬濺于地平線的這邊。
牛乳滴在地平線的那邊。

將自已沉醉在笛聲中，那個單純的人，有着黑狗般的德性；牧羊人，從山坡的妙齡走下來。
他的羊群跟着他。以兩枚葡萄籐作耳，兩束葡萄爲乳房。他的羊群跟着他：葡萄圓迎行。
多純的一群啊！在初夏的黃昏，就像兒童一般降雪在這平原上。
這些生命的小寶盒，在上面啃飽了香味，再回到平地來。

我的慾念也一樣，爲「希望」的笛與「忠誠」之狗所鼓舞，在早上，登臨神秘之山崗！在上面，我靈魂的羊群，比村子裡那些羊群還要來得高。
然而，在風信子的草原中，芬芳的星子，煽惑那些，想解脫自已肥碩的身軀的，貪戀的牙齒。
這就是爲什麽，我那狡黠的一群，在暮鼓時份，從失望的山坡，回到我處來。
羊群在羊棚裡，而那個單純的人，在他的笛子和黑狗間睡去了。

百靈鳥

剪刀剪剪登空。
已然，神秘的黑紗爲夕暮之幽靈擲于生命清涼的肉體之上；昏闇之黑紗已經揭起在城市與鄉村之上。

剪刀剪剪登空。

你曾否聽見那好上帝的溫婉之鐘，以其聲音的撥火棒挑撥那些眼睛，牽牛花，那些隱藏在夜之屍骸下的眼睛？

剪刀剪剪登空。

于是浮現，浮現自吾人死去般的假寐。啊，我愛，並在你的窗前飾滿百合花，桃果，以及你生存的覆盆子。

剪刀剪剪登空。

到山崗上來吧，那兒磨房使的都是亞麻布風帆，來吧，在山崗上人們看見，天穹碩大的盟約之神聖的鑽石，湧出不竭的動力。

剪刀剪剪登空。

自烟薰的脣形花之屋頂，歐薄荷與迷迭香之屋頂，我們將參加，我微風，你花朵，時間的明與暗之節慶，在住着命運之神的壁鐘上，我們會看見，世界的微笑及其痛苦之長影，在下面走過。

剪刀剪剪登空。

聖・波湖。Saint-Pol-Roux(1861-1940)是 Paul Roux 的筆名，一個長年居住英國的法國詩人。他的詩主題單純富足而意象繁複，最著名的詩集有「巡禮站」(Les Reposoirs de la processions)，和「古董」(Anciennetes)，並因之而被認爲是超現實主義者。一九四〇年在家屋附近爲一個酒醉的德國兵士所殺（譯者）

李魁賢

（德）普雷錫特作品
Bertolt Brecht

李樹 Der Pflaumenbaum

一株李樹生長在庭院裡，
細弱得令人難以想像。
四周圍起了藩籬，
預防受到無情的踩傷。

這微小的植物再也無法茁長。

是的，它盼望着茁長；
但無法獲得生機，
它只有太少的陽光。

令人難以置信它是一株李樹，
因爲它沒有結過一顆李子。
可是，它畢竟是一株李樹，
可以認得出，從它的葉子。

第一頌詩 Der erste Psalm

1. 在夜裡，那黑色陸地的凸出的面龐是多麼驚心動魄！
2. 世界之上是雲彩，它們屬於世界。雲彩之上是一片烏有。
3. 岩區的孤樹必定感覺，一切都是虛幻。他還沒見過一株樹。什麼樹也沒有。
4. 我常想：我們將不觀察。夜裡，孤星的疥癩，在沉落之前！
5. 溫暖的風仍醉心於連繫，教徒。
6. 我很孤立地衰敗。我沒有耐心。我們可憐的如此而已的兄弟，從世界傳話過來：她什麼也沒做。
7. 我們已極速馳向銀河間的一星球。地球的面龐是異常的寧靜。我的心跳激快。其他一切已納入正軌。

船 Das Schiff

1.

穿越透明的汪洋中浮沉着無數的海
我搖幌着放鬆自己，從目標及困境
跟着鯊魚的牽引，在紅潤的月下。
自從我的桅桿斷折，風帆破碎
自從繫我於岸上的纜索斷裂
離我遠去，而我的水平線也更蒼濛。

2.

而自從彼逐漸蒼濛，遠去的天空
把我留下給這一片汪洋
我深深感到，我該飄逝了吧。
自從我明白，非我所能阻止
我該在此海中沉沒了吧
我就把自己留給汪洋，毫無怨忿。

3.

而海水湧來，沖進無數生物
到我裡面，而在陌生的牆壁內

生物與生物之間互相嬉戲。
天空一度墜落，穿過敗壞的頂蓋
而在每一個角落，牠們能認出自己
而鯊魚在我內部仍然悠悠欣喜。

4.

而在第四個月裡，海草在我的木料
裡頭泅泳，而且在樑柱上長綠：
我的臉龐再一次變化着容貌。
內臟的綠苔與陣痛，令我
緩慢前行，不能承受太多
已重載着月亮與植物，鯊與鯨魚。

5.

鷗鳥與海草，我這棲身的處所
常是清白無辜，我沒有把牠們遣走。
倘若我沉沒，我已滿載且超重。
如今，在第八個月裡，滲漏的水
灌滿了我的內部。我的面貌變成死白。
而我懇求，該要終結了吧。

6.

陌生的漁夫宣稱：他們看到
什麼東西近了，在附近是一片模糊。
一個海島？一張破爛的木筏？
什麼東西飄流，自鷗鳥的海程
滿載海草、水、月亮與死亡
堅毅地疾馳向變得灰白的天空。

普雷錫特 Bertolt Brecht (1898—1956)，生於奧斯堡（Augsburg）。負笈慕尼黑（München）學醫。一九二〇年在慕尼黑劇場當戲劇演出人，一九二二年獲克萊斯特獎（Kleistpreis）。一九二四年動身前往柏林。一九三三年移居捷克，轉向法國，而丹麥，然後又到芬蘭與加里福尼亞。一九四七年經瑞士的朱黎西（Zürich）回到柏林，一九五六年在此逝世。

——五五、四、三〇

(日)北村太郎作品 Kitamura Taro

陳千武

墓地的人

嘎嘎地叩着鐵柵的人是誰
想以法術的手杖
令他回醒也沒益處啊

一邊吐着像臘腸的寄生蟲
一九四七年夏天　他死了。
（在寒冷的霧裡
無數傾斜的墓石潤濕着）
痛苦
和屈辱
和被撕破的希望反白眼睛他死了。
他那燦爛的徽章
未被溫柔的肉慾和
未被酸懶的咖啡的香氣污穢了。
狗的屍體
（在死去的建築家累悶的一日）
啊啊　誰說他的假面
常以青銅的眼睛凝視人類
在那笨重的墓石下
在那黑暗的土地下
祇是患腸結核而死去的他的骨頭纏住着
祇是在幼年時代
咬過柘榴的白牙齒腐朽着
然而
以沾染着血的尖爪堀翻鋪石的是誰
以生銹的 shovel 搜索影子的是誰
（載棺木的車輪輕輕軋轢着
　停在潤濕地上的夏天早晨）
啊啊，他死了
埋葬人在紀錄簿上塡寫了墓碑的號碼
一切都完了。
和狗一起
沈溺於黃昏霧裡的死者喲。
再見。

微光

沐浴冬天的斜陽
在石階上　伸出長長的
前肢
懶靠衰老的下顎
狗睡着。
是殘酷時代
笨重的銀色頸環和
笨重的鏈子在黑暗生涯的頭緒
已開始閃耀。
以指甲抓破了的 image 的連續就是我記憶的一切。
二月之後
　就是三月
（被投進火爐
繞紅紅的煤炭發響着

安靜地
主人翻開歷史書
向飄過屋上的寒風抬起火熱了的臉——）
四月
　而五月
不斷地搜尋地面
追踪尿味而奔走過街巷
六月
　而八月
眞的
我學會了許多卑鄙的演藝
爲了慾望的一片燒肉。
秋天清爽的水道
玻璃杯的水噴在我白牙的霧和緩了獸性
十一月
　而十二月
在無限的時間循環裡沐浴冬天的落日
那衰退了的鼻子
似乎糢糊地在嗅嗅一生的終點

北村太郎：一九二二年生於東京。一九三七年開始詩作，翌年參加鮎川信夫，中桐雅夫等的同人雜誌，並與田村隆一交友。一九四三——四五年在海軍從事暗號工作。戰後爲詩誌「荒地」的同人。

關於寓意的詩

請看北村太郎的『微光』。這一首詩使我們聯想到伊索寓言裡，現示着人的型態而講話的惡狼或狐狸。這是描畫一匹沐浴冬天的斜陽，把衰老的下顎懶靠於前肢貪睡着的老狗。在睡眠中嘟喃的話語，猶如已看透了老殘的人生，以一年十二個月換算爲一生的起伏，感到晚年的悲哀，而構成的詩。這就是寓意（allegory）詩的形式。

在狗所說的話裡，顯然可發見有一個人正耽於回憶自己的存在。以詩人來說：即將消逝的生命之光，仍然依稀地閃爍着，那是一幕極爲寶貴的狀態。這不但是狗，人也有衰老的現象。甚至歷史也有歷史的暮時和其衰弱的現象。因之由這一首詩可以想像到人或歷史的命運。

從反復無常的生活事態裡，得到一種無可奈何的安息，也許這就是覺悟到死之前的表情吧。平常一般人都不喜歡預感死滅的惡兆，而對衰弱現象予以反撥否定。這首詩似乎也包含有那樣否定的動機。

我們看到詩裡「以指甲抓破了的image的連續就是我記憶的一切」，這一句話會感到意外，同時了解詩人是從狗的囈語說到自己的問題來了。又「爲了慾望的一片燒肉」而學會了卑鄙的演藝，事實也是人類本身的問題。這裡所說的「我」是在狗的image上重叠着詩人的影子，以經驗做樞軸發展的想像力而得到共感。

若看一首詩，僅解釋詩裡的語言，或追求詩所象徵的是什麼。那顯然是不够的。應該就一首詩，視爲世界上的經驗而深刻於人心。好的詩必須具備這種能力。

貳、新詩集(一) Neue Gedichte

李魁賢譯

早年的阿波羅 Früher Apollo

有如千次穿過還是光禿的樹枝
早晨透視着，一切已經是
春季：在其頂部空無一物可阻止，
使得詩的光芒幾乎是
致命地把我們觸及；
因爲尙無陰影逡巡在他的凝眸，
他的殿堂冷得不要月桂，
而稍後就要從他的眉毛
升起玫瑰園，巍然聳立，
從它的花瓣，單一地鬆弛
將飄落在嘴的戰慄，
他的嘴仍然固定，不爲什麽而微露
一絲笑容，喝下的醇酒
宛然把他的歌聲在他裡面浸潤。

【譯記】在希臘神話中，阿波羅是天神宙士（Zeus）與勒酡（Leto）的私生子。這一首詩，可以說是阿波羅的發展史，先是太陽之神，接着是文藝之神，而後是音樂之神。這樣一尊冷肅得幾乎毫無表情的希臘塑像，在詩人眼中是如此深邃而豐富的蘊藏。里爾克很喜歡使用玫瑰花瓣的意象，此處又再度出現。

獻祭 Opfer

哦，如何我的肉體綻開，自每一條脈管
更加芬芳，從此我把你理會；
瞧，我走着，更加纖細而畢直，
而你只是等待——：然而你是誰？

啊：我感知，如何我遠離了我，
如何我遺落老朽的生命，一葉一葉地。
只有你的笑語似喧嘩的天星
在你的頭頂，而立刻也在我的頂上閃熠。

所有一切經過了我的童年
依然無以爲名而且光耀如水，

在祭壇上我將跟隨着你命名，
祭壇的光芒是來自你的髮上
而且輕易地以你的胸膛做爲聖冠。

【譯記】對童年的熱愛，與對基督教的崇拜，很巧妙地連繫起來。這種敬仰，引導生命時時更新，刻刻更加煥然。

佛 Buddha

他似在傾聽。寂靜：遙遠……
我們克制着直到再也聽不見。
而他是天星。其他巨大的星顆，
我們不能得見的，環繞在他的四邊。

哦，他是一切。確實，我們在等待，
他終能看到我們？他該會這樣需求？
倘若我們把自己投擲在他的面前，
他仍將深邃且怠惰如一隻獸。

你已經陣痛了百萬年，
因此牽引着我們到他的跟前。
他忘記了我們經歷的事項，
而明瞭什麼是加在我們身上的苦難。

【譯記】里爾克寫了三首以佛爲題材的詩。這一首詩寫於一九〇五年，描寫在 Meudon 的羅丹私家花園裡的一尊雕像（現存於巴黎羅丹博物館）。對於佛的禪定與參悟，有很深刻的表現。

豹 Der Panther

、在巴黎植物園

他的目光穿透過鐵欄
變得如此倦態，什麼也看不見。
好像面前是一千根的鐵欄，
鐵欄背後的世界是空無一片。

他的闊步做出柔順的動作，
繞着再也不能小的圈子打轉，
有如圍着中心的力之舞蹈，
而一顆強力的意志昏迷地立在中央。

只有偶而眼瞳的簾幕
無聲地開啓——那時一幅形象映入，
透過四肢緊張不動的筋肉——
在內心的深處寂滅。

【譯記】這是里爾克的一首名詩。詩人化身入豹中，從獸籠的欄後來窺看空無的世界，表達了他的苦悶與悲哀。他除了繞着小圈打轉外，別無他事可做。突然，一幅形象——可能是密林，或雌豹的影像，映入眼瞳中，經過緊張的四肢，而在內心深處化爲無形。諾頓夫人（Mrs. M. D. Herter Norton）曾謂：「這是詩中最最戲劇性的一刻。」在此詩中，物象不再是單純的物象，而變成詩人本身了。

瞪羚 Die Gazelle

魔術家：兩組選擇的語言
如何能完成和諧的韻律，
如像一個訊號在你之間來來去去。
從你的前額升起葉飾與琴絃，

你的一切確然和戀歌
相互一致，其語言，柔和
有如玫瑰花瓣，置放眼上，
不再閱讀，只把他的眼緊閉

爲了看見你：被帶走，有如
每足脛都裝塡着跳躍，
而不射發，只要頸子握緊了頭部
去諦聽：有如正在林中沐浴時
沐浴者受到了干擾，
林中湖泊閃現在她轉向的臉龐。

【譯記】原詩有拉丁文的副題 Antelope Dorcas。初看詩中意象似與羚羊完全無關，實際上詩人是以物喻意。一開始詩人便感嘆，兩種韻律的語字，根本無法將美麗的生命把握住。那韻律的來往波動，有如訊號在閃滅，這正是動物的足在交替行進的意象。葉飾指的是月桂樹葉，和琴絃都是樂神阿波羅所必備的。接着戀歌的出現，玫瑰花瓣落下，蓋在疲乏的眼上，於是魔術一般的，詩人把心靈解放了，透視入事物的生命裡。——正是由無奈而感悟的過程。因此，物象被逮住了。足脛，原句 Lauf，是足與鎗脛的双關語，難以譯好。此處，旣以羚羊的足爲意象，且以鎗脛的裝塡而不射發，來喻羚羊站立着蓄勢待發的警戒性。甚至最後一節，仍未失其懸宕的手法。少女在林中湖泊沐浴，正和馴養的小羚羊一樣，是一種本性的謹愼。以她轉向的臉龐，可見出那羞怯與矜持。這同樣是一種詩人的心理狀態吧！我們可以這樣說，這不是陸地上任何地方得見的羚羊，而是詩人里爾克心目中的羚羊。

「只把他的眼緊閉，爲了看見你」，不禁令我們聯想到里爾克另外的一首詩，「挖出我的双眼，而我依然能見你」。（參見方思譯「時間之書」卅七頁）。

堀口大學詩選

郭文圻譯

堀口大學：明治二十五年一月八日生於東京，學於慶應，留歐十四年。他是介紹西歐的新聲到日本的詩人之一。他的詩輕快暢達。詩集有砂枕、昨天的花、月光、寫在水上、新的小徑、堀口大學詩集。

我

我的心悲傷
我的靈魂貧寒
我的嘴裡嚐着自己的苦酸。

心喲，怎麼辦？
喜歡到哪裡？
喜歡什麼東西？

靈魂喲，
爲什麼得不到慰藉
書籍和愛人都在這裡。

雖然我有青春和健康
有金錢和才幹
雖然世界有優美的風光

我的心悲傷
我的靈魂貧寒
我的嘴裡嚐着自己的苦酸。

天氣

巴黎的天氣
東京的天氣
不知去向的女人喲
住在哪裡？

消逝的虹，遙遠的小鳥
雖然住在我的心裡
但我不知你們的地址
該投信在哪一個郵箱裡？

虹會消逝
小鳥會歸巢
但不滅的愛人喲，不歸的女人喲
到哪裡才能跟妳們相遇？

巴黎的天氣
東京的天氣
不知去向的女人喲
住在哪裡？

扇子

那邊的空氣
格外明亮
露出白牙齒
扇子微笑
背後隱藏着
妳的微笑

我歌唱

像水厭倦於流浪
不斷地低語
像風厭倦於飄蕩
不斷地嘆息
人生，我在這無聊的客廳
等着死而歌唱。

冰淇淋

像舔冰淇淋
少女喲，舔我的心
我這甜蜜的心
像檸檬冰淇淋
假如只有甜味會生厭
假如喜歡重重地舔
就像咬碎冰淇淋
少女喲，咬碎我的心。

五毛錢的笛子

算了吧，朋友
任地球旋轉
吹五毛錢的笛子
誰也不跳舞。
算了吧，朋友
誰也不跳舞
直到呼吸結束
笛子靜止。
五毛錢的笛子
我的笛子
任地球旋轉
誰也不跳舞。

譯詩研究

談一首威廉士詩的翻譯

楓堤

A

威廉士(William Carlos Williams 1883~1963)，一八八三年九月十七日生於美國新澤西州的魯瑟佛(Rutherford New Jersey)。他曾遊學於紐約、瑞士及賓州大學。廿四歲畢業於醫科，廿六歲出版處女作，此後畢生即一直兼操詩人及醫師的行業。他在賓州大學時，即結識龐德，其後並維持友誼，歷久不衰。除了寫過好幾卷詩集外，威廉士也寫小說、短篇故事及小品文。當他的「詩全集」(Complete Collected Poems)出版時，以五五高齡的威廉士很顯明地從早年的矯飾作風，推進到全面地接受美國的成語及旋律。他摒棄了華麗的修飾，而加強了物象的意含，及物象背後的情愫。

B

Red Wheelbarrow

So much depends
upon
a red wheel
barrow
glazed with rain
water
beside the white
chickens.

C

習慣上，我們對傳統詩的讀法是，每一行即自成一意義的段落，雖然不一定是叙述完整的句子。我們思量這種流傳下來的習慣，大致起因於古時印刷術的不發達，須以韻律（meter）或平仄來加強肉耳的聽覺，以利於詩詞的記憶。然而隨着印刷術的發達，這種需要是愈來愈被人摒棄了。現代詩人爲了免除詩行給予表現上的束縛，常漠視了這種約定的用法，而把一個句子攔腰截斷，組成新鮮的詩行。美國的康敏斯(e. e. cummings)甚至將字語都拆解後，再重新拼湊。

然而這種截斷的句法，並非隨意的，而是基於表現上的需要。本刊十一期發表的詹氷作品「淚珠的」便是一例。經過那樣的排行後，更能造成新鮮的視覺與聽覺的效果，而不同於那種沉滯單調的抑揚音韻。這樣的表現是輕鬆活潑的。而這種表現法，在印刷術不發達的時代，是無法存在與流傳的。

這裡所介紹的威廉士的作品，也是同樣的例子。這一首詩總共只有一個句子，但是它陳列了一種很特殊的形式。它幾乎是每個詞語都腰斷了，然而它因此造成了一種效果，它緊緊地扣住了我們的注意力，然後手推車、雨水、小鷄的意象，一件一件浮現在我們的眼前。布洛克(Cleanth Brooks）及華倫（Robert Penn Warren），在「詩的瞭解」（Understanding Poetry）一書中，曾說「讀此詩，有如從紙板的針孔中窺看通常的物象」（一三七頁）。不錯，此詩的優點和缺點都在此；因爲它（紙板的針孔）能把意象相對放大，然而它除了所窺見的物象外，空無一物，因廣大的空間無法攝進來。

這一首是很難譯的，由於它那種特殊的表現手法。此外，它的第一句，就使人迷糊，什麼東西 So much depends upon，我們無法知悉。

D

紅色的獨輪車（註1）　　**方思譯**

這樣多的
依靠

一輛紅色的
獨輪車

因雨
閃光

在白顏色的
鷄雛旁

紅輪手推車（註2）

如此依靠
着
一輛紅輪的
手推車
發光地帶了雨
水
旁邊是白色
鷄群

馬朗譯

紅色的手推車（註3）

如許多的
依靠
一輛紅色的
手推車
車被雨水
磨得閃車
車旁是些白色的
小鷄

帆影譯

E

上面我們已提到過，這一首詩實際上只是一個句子而已，是一氣呵成的。然而在三首譯詩裡，却都分成了段落，破壞了原詩的風格。

在語言的迻譯上，方譯是最近似的，如果它不分成段落的話，足可把原詩的風貌表露無遺。那樣簡潔的語言，同樣可以達成扣緊我們的注意力的效果；把它連串起來，同樣可以成爲一單純的句子。唯最後的「鷄雛」疑係「雛鷄」之誤植，又原詩爲複數，應爲「一群雛鷄」。

馬譯及帆譯都是偏向了說明性，因此與原詩的風格出入較大，且有部份語字的翻譯仍待斟酌。

如馬譯的開頭，「如此依靠着」，顯然忽略了 much。另外，Wheelbarrow 是可以連起來成爲一個字的，如題目所示，意爲獨輪的手推車。馬譯顯然把 wheel 及 barrow 分開，才有「紅輪的手推車」的譯法。紅色車身的手推車，却變成了「紅輪」的手推車，一字之差，相距很大。從意象方面來說，紅色車身與白色雛鷄群是一鮮明的大小與色彩的對比，以整個畫面來說，有和諧之感。如以紅輪與白色鷄群對比，則偏集於部份，使窺見的畫面失去平衡。又「發光地帶了雨水」，是很大的敗筆。

至於，帆譯開頭的「如」字，一下子就把原句的關係弄混了。其後接連兩次「車」字的出現，就是過份說明性的表現，失去了那種一氣呵成的魅力。

——55 2. 8.

附註

1. 刊於「現代詩」十五期，四十五年十月廿日出版。
2. 刊於香港的「文藝新潮」七期，1956年11月25日出版。
3. 刊於「葡萄園」季刊三期，五十二年一月十五日出版。

詩人訪問記①

檳榔樹的造訪

林錫嘉

在台北市龍江街，那美麗的住宅區，一幢小型公寓式的二層樓房，我找到了詩人紀弦先生。

那缺少水份的檳榔樹，精神抖擻地搖着煙斗，我仰面時，他嘎了一聲，奔下樓來。

樓上四張灰色的沙發在不太大的客廳中排成一列，端正的站立着迎接客人；已是上午九點多了，電視機還在睡覺，電冰箱像衛士守衛在厨房門口。幾張椅子圍着方桌引頸張望，還沒到吃飯的時候呢。

富於幽默感的紀弦先生敲去了煙斗裡的煙灰，撚了撚那兩撇長得很帥的小鬍說：「我的精神還很年青吧？」這位已當了祖父的詩人雖然已經白了幾根頭髮，落了兩顆門牙，但一點也不顯得蒼老，永遠是那麽曠達，樂天而又風趣。

他說：「生逢亂世，一再流亡，財產，家鄉什麼都失去了，就只有這一顆赤子之心，始終還保持着。而我最大的財富也就是這一顆不老的詩心了。」

在這浩大的宇宙之中，他仍然以詩來展示他的存在，且以詩來推動這進步緩慢的社會文化。

課餘之暇，除了看看電視，就以種花養狗做爲消遣。樓下的小院子裡，他在面積很小的土壤中手植了聖誕紅，鷄冠花，蕃石榴樹，珠蘭和曇花。詩人很欣賞和愛憐自己移植的番石榴和那小狗。

從事教育工作是清苦的，但他自得其樂，亦不怨天尤人。他說：「我除了教書，別的事幹不來，既不會做官，也不會經商。我的收入雖然不多，但是公家有房子給我住，也有足够的配給米，我一家人並沒有睡在露天底下，說怎樣也不會挨餓挨凍的，雖然在享受上不能同別人相比，但生活總算是安定的。」在從前窮困的時候，他曾身兼三校的課，風雨裡馬不停蹄的奔波，當時尚且不以爲苦，何況現在他的兒子們都按月量力的孝敬一點，如今不必兼課了。

「這還不舒服嗎？我還有什麼不滿足的呢？」以習慣的手勢，攤開手像檳榔樹的葉臂，他滿足地說。

知足常樂，無欲則剛，他是做到了，無所爭，無所求，亦無所動，此之謂寧靜。而詩人之所以終於進入了此一境界，固然是屬於五十歲以後的事情，但在他寫那屬於對完美的憧憬的「教師之夢」時，這個遠景已經可以望見了。從

煩亂到寧靜，這可以說是他這半生發展過程的一個總結論。他的生活如此，他的心境如此，他的作品也復如此。在他的詩集「摘星的少年」裡我們可以讀到像「我將吞天以忘憂」這樣的句子；但在五十四年元月裡的一首詩「人間」裡，豈不是充滿了愛與和平而又寬恕了一切麼？

他起身從書房拿來幾份剪報，然後點燃煙絲，然後微笑，我們就開始談有關「中國新詩之正名」問題。他表示：「新詩的再革命，在形式上是反對格律詩，在內容上是革技巧表現上的命，主要在發揚光大現代精神。我的現代主義，不是舊的，是健康而不是病態的，是有精神有內容的。當時我說了一句為詩壇所誤解的話：『我是用噪音寫詩，而不是用樂音。』其實大家不了解我在散文與韻文的對抗中的憤怒。詩壇的混亂，正是這些韻文的衛道者，以及把洋化誤當做現代化的一批人所造成。我提倡「現代詩」，那是有所表現的；而某一些人不深切了解所謂「現代主義」，也就一窩蜂的「現代化」起來，他們用一些洋文，就以為是新，是現代的，那是大錯特錯的，那是洋化而不是現代化。那是無所表現的。英國大詩人T・S・艾略特，他的詩是有所表現的，在他的名詩「荒原」「空洞的人」是非常之有所表現的，由於在表現上的深入，於是產生了難懂，並非不可懂。他的詩反應歐洲為戰爭所摧殘，人們的精神空虛，苦悶，幻滅，僅有的人們精神上所寄託的十字架都被掠走了，人們徬徨，絕望。難道我們不會被「在龜裂了的土地的間隙釣魚」這深刻的表現所感動？這當然不同於一些人的只一味「反傳統」，從詩的否定，音樂的否定到繪畫的否定，甚至連中國的傳統精神也一股腦兒的加以唾棄。他們不知道傳統是連綿不斷的，就如山脈的連綿一樣。新傳統就是舊傳統的繼承，乃至於發揚光大。現在中國的社會已邁進工業社會，再不是陶淵明的農業社會了；現代詩應該是現代社會精神的表現。可是詩壇上部份人的「現代化」偏差太大了，我很生氣，所以把「現代詩」取消。我不能帶給中國文學史一些錯誤，我怎能讓青年人走向偏差的道路，走向無所表現呢！」

這位詩壇自稱獨步的狼的詩人，對於此次「現代藝術季」的活動，以及中國台灣首屆「現代詩展」的展出，有這樣的意見：「在精神上我非常欽佩，非常支持他們，然而在中國這古老而又保守的社會裡，這樣做似乎是不太適合，我們檢討檢討，這一次的展出，發生了社會教育的意義沒有？對詩的帶進社會群衆發生效果沒有？擦鞋童，賣大餅的不要詩，三輪車伕也不要詩。詩永遠是少數人的文學，永遠不會變成大衆的文學。在中國如此，在西洋歐洲亦然。」

其實，「眞正的小說」也並不一定是大衆化的。美國大文豪海明威得諾貝爾文學獎的小說「老人與海」，就連拍成電影，其票房記錄都不高。「眞正的戲劇」的演出有時竟遭到人們的攻擊和諷刺。法國當代最偉大的劇作家尤乃斯柯（Eugene Ionesco），戲上演時，戲院裡竟只有寥寥幾個人，且在台下作着不滿的噓聲。然而現在，他的作品竟被法國大學生拿來研究，拿來做博士論文的題目。

他又表示，詩的運動是吃力不討好的，倒不如聽其自然。引用法國詩人馬拉美（Stephane Mallarme）的話：「我們要不斷地把卡片拿出去。」如要使詩為更多人所接受，我們應該不斷地把作品發表出去，不斷地開朗誦會，甚

至利用無線電廣播都可以。就拿你們「笠」詩刊來說，那些「作品欣賞」「作品合評」「譯詩的探討」，這些都能幫助人們去接近詩，去了解詩，（我說的了解不是詩表面意思上的了解，而是去了解詩是什麽。）這種貢獻是很大的，很值得一提的。希望你們再繼續做下去。

談到他創辦的「現代詩」，他感概系之的說：「我現在很窮，沒有能力再辦了。不過，詩我還是要寫的。看看，這兩首都是今年春天的作品，我很滿意的。」

「檳榔樹」和「五十歲的歌手」，詩人還是準備整理出版的。這跟目前光啓出版社為他出版的「紀弦詩選」並沒有衝突。

檳榔樹呵！檳榔樹，自你這缺少水份的，缺了牙的，但是枝椏恒久高擧向空宇在吶喊的軀體流出的那濃汁，是潔白年青的詩呵——。

再見，檳榔樹

祝福你，檳榔樹

附錄——詩人紀弦近作

迎春曲

於是我張開兩臂
做了個擁抱的姿勢蹦起來
以迎春

面對着東地平線上
冉冉升起的旭日
我猛呼吸這島國自由的空氣
並發出十分有個性的全新的音響
以迎春

我撚撚我的鬍子
以迎春

我浮一大白
以迎春

（民國五十五年三月作品）

大樹之歌

是站在陽光下
生根於大地的
而不是來自
暖房的盆栽

不是叫賣於街頭的
那些玲瓏的小擺攤

經得起暴風雨的考驗
乃發出暴風雨的音階

所以在這個樹幹上
被刻了許多的名字

（民國五十五年四月作品）

笠書簡 ①

葉泥寫給楓提

楓提：

你的覆信之快，同樣地出乎我的預料。

余光中在「藍星詩頁」上曾譯過里爾克的「豹」詩，讀後令人頗爲驚訝，無疑地，他所根據的是英譯本，如果不是他的技巧有問題，定然是他所根據的是一本最差勁的英譯本，我認爲以後者的成份居多。這件事我曾與方思討論過，當然，余光中對於里爾克的作品不像英美詩人作品之那樣熟悉也係因素之一。據說英譯的里爾克的作品，以李斯曼（是否此人，已記不太清楚，待查）譯得最爲傳神。「豹」詩爲里爾克有名之作品，馮至和方思都曾譯過。我曾以他們所譯的和我所藏的數種日譯本對照過，幾種日譯本也大都忠實可靠。此外，我尚有原文以及日人的英譯。

「致青年詩人書簡」有完整的中譯本，爲馮至所譯，以前商務印書館曾出版過。七年前香港的一家書店也曾出版過，書名及譯者均與商務所出版者相同。不知你曾讀過否？書名爲「給一個青年詩人的十封信」，第十封信後還附有一篇『論「山水」』。這篇論文是論達•文西的畫蒙那•麗莎的背景（山水）的。里爾克不僅是詩人，也是位繪畫的識者，他的畫評祇是沒有波特萊爾的畫評那麽具有權威性而已，但是他所寫給他太太論塞尙的書簡集却受到畫家們的重視。我國的畫家們，大多數是懶於讀書的，所以對於這本書可能根本就不知道。

「給奧費烏斯的十四行詩」和「杜依諾哀歌」是里爾克晚年，也可說是他一生中最重要的作品，也是最值得譯的作品，尤其是後者。存在主義者之把他列爲存在主義詩人，必得讀過後者以後，才能知道其原因何在。我因爲對於存在哲學沒有深刻的研究，所以迄今不敢加以介紹。「杜依諾哀歌」我有英德文的對照本，爲一九二六年出版，譯者記得彷彿就是李斯曼（此書未在手邊），且有龐德的序，該書業已絕版。在我於舊書店內購得該書後，曾寫信告訴了方思，他並覆信特地向我道賀，因爲該書在美國也已無法購到。

你打算譯「新詩集」等，甚好。我有一個建議，就是該集等內的作品，凡是已經有了中譯的，可以暫時不必譯它，而譯那些未經中譯過的。原因是我們現在對於里爾克的作品譯介得太少，譯得好壞與否尙是次要。此外就是要譯較好的作品，據我所知，方思就是盡量選擇具有代表性的或佳作，這樣才易收到影響的效果。目前就是由於譯介得太少，還談不上什麽影響。我所說的影響，並非詩壇上都一窩蜂地摹倣里爾克，而是說我們的作品也應該像他的作品那樣有深度，以及準確性等。換句話說，就是他之深度與準確性等是值得我們學習的。

雖然你對里爾克的思想，生平等尙未深入，但對於他的

作品之譯介能有如此成就，已甚難得。你對他某部份的資料如有所需，我願盡我所有地協助。我自民國四十年後就着手收集里爾克的作品及有關資料，目前已近百冊。由於我的時間一直地沒有自主權，所以對他的研究也是一曝十寒，說起來十分慚愧。可惜在日本我沒有較熟的朋友，否則我的收藏尚不止此。就我所知道的，我的日文資料已佔日本所出版的有關里爾克資料全數的十分之八以上。我因購買這些資料，曾經欠書店的債有一年多。這些資料已成爲我財產的一部份。其次是紀德的，紀德部份較諸里爾克部份要遜色得多。

你既諳英文及德文，我希望你能設法多購英德文的資料。我有一些英德文資料的目錄。日文的里爾克全集並不全，其中書簡部份譯得太少。他的書簡數量並不遜於他的作品的全數。我認爲如果研究里爾克，他的書簡爲僅次於他的作品的最好資料。有些重要的問題，都可從他的書簡中得到滿意的回答。

十幾年來我一直地在一個人摸索着，我曾對趙天儀等幾位朋友說過，除了方思遠在美國外，在目前如想找一位志同道合的朋友來討論一些有關里爾克的問題都極不容易。天儀是學哲學的，和他也祇能有限度的談，但已難得。可惜晤面的機會較少，且每次見面總受其他瑣事的羈絆，不能海濶天空地暢聊。曾有一位朋友，願意共同在這方面下功夫，無奈他陷進了愛的漩渦，現在雖已如願地結了婚，但在這方面却未如願而作罷，我尚有些資料被他取去，迄今連面都難見到。

我已於昨日繼續翻譯里爾克與紀德的往來書簡，如非讀到你的譯介，我可能就此半途而廢。此外，我尚打算把從前所計劃着要做的一些工作重拾起來，這些工作可能對你有些用處，我深自信，這部份工作我如不做，別人也未必有興趣做，雖然我做出後談不上萬無一漏。但願沒有使我氣餒的任何因素。願你也能够一鼓作氣一直地繼續下去，否則第一個受到影響的是我。更願你我能從此相互共勉！

我不知道你曾否讀過日文？假若你讀過日文，在里爾克之譯介方面（其實並不限於此）將會有更大之助力。因爲一方面可補英德方面能力之不足，他方面由於在此地不難購得日文書籍，無形中有許多方便。以英譯及日譯而言，有時從日譯中所獲得的尙較英譯爲多，甚至有時是從英譯中獲得不到的。

時已夜深，故止於此。此時你或已在夢中，我一向有着夜間工作的習慣，雖然我之睡眠不足已經影響及我的健康。

祝福！以及你的夫人與斯棻——一個雅緻的名字的持有者。

葉泥

五五・文藝節前夕雨夜

現代詩用語辭典（八）

吳瀛濤編譯

批評精神

由於現實的複雜化，在僅看事物的表面是不能解決問題的現在，我們的思考要不斷地分析現象，抓住它的本質，始能找出正確的方向。詩的方面，也是同樣。「有意即成詩」那種時代已經過去了，現在祇靠情緒的流露是不能表現現實的，對於詩人在根底支持其詩的機能者，即為批評精神。

當我們寫完一首詩時，縱令它是在情感昂揚時所寫的也好，往往會再用一種冷靜的態度去吟味作品，修改用詞以及回到主題，回想，再加以斟酌及考量。這已意味着對自己作品有批評精神的作用。它不僅是為作品的完成，而是具有更深的意義的。我們的感情並非僅以單純的感情作用，它是包含體驗、理性而動的。如果沒有理性判斷的基礎，感情不過是和原始人同樣的作用而已。

我們假如在詩創作上，把從對象所受的感動不放在判斷着對象的實態、本質的理性上面，它究竟能抓住什麽是很難予料測的。不但如此，祇以理性的被動的判斷還是不够的，除非對其對象有更進一步的積極作用，也就是要有批判及批評，否則不能獲到生動的東西。這就是批評精神。這對於詩裡所用的每一句言語，也是同樣的。詩，極力排斥陳舊的言語、概念語、慣用語之類。也就是嚴厲地反對這一類言語所帶着的惰性一般的精神。它不但是排斥，更是一種不斷地對現實的語言作用着，而揚棄陳腐的東西，去發現新的東西那種批評精神的作用。

如此，批評精神是生動而又積極的東西。抒情要立於這種精神上面，始能發揮機能。過去的抒情是僅僅關聯於某種調和、流利感，也即生理上的快感而已，和裁斷現實，表現了本質的美是迥然不同。到現在還有不少人把抒情用古老的方式去想，其實在現代其質已成問題，於是從批評精神追究抒情的傾向已逐漸顯著。

人文主義

Humanism（英語）。譯稱人道主義、人文主義。在歷史上，它是十五、十六世紀意太利為中心發起的，文藝復興的中心思想，對中世教會的神學的世界觀，標榜着復歸於希臘、羅馬時代的古典所表現的人間觀，係要再發現人間，解救人間的思想。貝托拉爾卡、薄伽丘等富于創造性的文藝復興時期的人們，不僅止於以古典為規範，而且造出了新的人間像。這種思潮的先驅者，可擧出「神曲」的詩人坦丁。這思想，係當時在封建制的當中正在勃興的新的布爾喬亞階級的思想前兆，導致了十八世紀的合理主義的啟蒙主義。

人文主義，除這樣的歷史上的思潮外，他方面還可以從其超越歷史性的，人間尊重的精神，人間性擁護的思想，觀其本質的一面。因此，對於壓殺着人間性的法西斯主義，另意味着文化的擁護，又對於反對人種差別，人文主義也是奮鬪的原理。在今日，對於原子戰爭的危機要擁護和平及保護人類的生存，這種新的人文主義的問題，成爲了戰爭反對的原理。

抵　抗

Résistance（法語）。指第二次世界大戰中，德軍佔領下抵抗納粹的法國文學家的政治與文學運動。

一九四〇年納粹侵入法國，六月十四日巴黎投降。當時，法國全國詩人、作家都超越各自的思想、政治、宗教立場，正如艾爾埃所說的，「詩人們都自法國領域的所有地方奔來」，而爲守護民族與文化，繼續了拼命的抗德運動。

阿拉貢所唱的「所有信神及不信神的人」，橫遭了法西斯納粹的逮捕、流刑、鎗斃等一連串的彈壓，復因維琪政府對祖國法蘭西的叛亂，衆多人被處刑，然而毫不怯退而歌讚着革命犧牲者，也歌唱憎恨，寫了新的社會解救的詩，這樣爲守護法國的名譽，詩人以詩戰鬪，作家也以其文學戰鬪。梵樂希在老邁之年，也一直到最後還留在巴黎，據着國民秘密作家協會繼續爭鬪，寫其「我的浮士德」。

以後，抗德運動潛入地下，陸續秘密出版了「深夜叢書」(Les Editions de Minuit)，計達四十二本，其中產生了魏爾可爾「向星走去」、伽布里埃・貝利的自傳「我的生涯」、阿拉貢「對精神的犯罪」、艾爾埃所編的「歐羅巴」等優秀作品，直到一九四四年八月廿五日終戰，艾爾埃唱着「優美的玫瑰又再開着八月的日子」，這一段期間展開了賭命的抵抗。

這一運動的文學產品，「深夜叢書」以外，有阿拉貢的妻子埃爾莎・托里奧俐的描寫山地反抗份子的小說等，通過抵抗，育成了新進詩人，產生了很多熱愛祖國的詩篇，從其體驗中發展了新的詩，於是爲民族自由、獨立的藝術復興，終於和人民解救運動的藝術結合。

阿拉貢一向從事抵抗運動的組織工作，一面寫了很美的抵抗詩。他對詩形加了意識而方法的反省，用說話的口調，即物而簡明地歌唱。其中有開拓了新詩風的「斷腸」「埃爾莎的瞳眸」「法蘭西的起床喇叭」「在祖國裡的異國」等詩集一貫地流落着對人間及祖國的愛。

艾爾埃和阿拉貢、莫瑞亞克等人共同組織了「國民秘密委員會」抵抗德軍，也寫了抵抗的優秀作品「詩與眞實」「打開的書」「不斷絕的詩」「政治詩集」等詩集；都是在逃避德方秘密警察的追蹤，屢次移居，躲藏在法國南部山中寫的

風景詩

雖然是指稱以風景爲對象的詩，不過在現代，不僅是單純地歌唱風景，而是多採取着風景中予以投入詩人的感動，以之描寫的方法。也就是不僅僅歌唱着從風景所受的感動，

要以被觸發的詩人的強烈的主觀，將之再構成，使風景有所表現及感覺。

諷刺詩

針對社會、人物的缺陷、罪惡、矛盾等，不從正面，而用種種的比喻來表現，機智地予以譏刺諷評、暴露的詩。這一類詩，在失去言論自由，被壓迫的黑暗時代較多。不過，諷刺詩不僅是現象的詼諧化或毒舌的吐露而已，須有激烈的批評精神抓出了現象背後的本質。那不僅是衝擊着現實的缺陷，其結果還要希求人間的幸福那樣的目的繫聯，始有生機

自古代希臘的亞里斯多巴尼士以來，德國的海涅、法國的拉普列、現代德國的開士多納、日本已故的小熊秀雄等，有名的諷刺詩人爲數不少，而雖非諷刺詩人，凡優秀的詩人無不對現實具有了尖銳的批評精神，如此說並非言之過甚吧。歌德、阿波里奈爾、現在法國很受歡迎的布萊貝爾等，也都寫了很多優異的諷刺詩。

現代的諷刺詩，比起諷刺本身的意味，更着重於詩機能充分的發揮，而在其中穿貫諷刺，可以說比過去採取更加一層複雜的構成。銳利地分析現實的他面，也許它會像小曲被歌唱，也許有的是有明確的意象和旋律的。它在於不失去詩的美，而以其詩能夠打動人心這一點，具其高度。

語彙

Vocabulary（英語）。詩人因爲通過語言，表現意志及感情，傳達對方，自然地言語要豐富。對新的情況、新的題材、主題，也要經常準備語句。

詩人最大的練習在於不依靠現成的語句，而去找尋最適合自己的題材的語句，因此作爲一個詩人，語彙的貧乏會影響其爲詩人的機能。但是語句雖然豐富，倘若僅用作修辭是失却意味的，問題仍然關聯於那人的詩精神。甚至單純的語句也能表現了深刻的意味的，基於這一點，我們要去考慮用語的聚集。

牧歌

田園詩的一種，描寫了素樸而無憂慮的生活或無煩惱的喜悅及滿足一類的詩，即所謂牧人之歌。始自紀元前，梯奧克利多士將故鄉敘蒂利亞的牧場生活及田園風景，依據祭禮歌所寫的歌類。後來中世的意大利宮廷詩人、十八世紀的法國俄國的宮廷詩人們，也模倣了古代詩情唱出了Pastoral（牧歌）。又，素樸而抒情的情景則稱爲「牧歌的」。

挽歌

Elegy（英語）。原來是在中國指喪葬時，由運挽柩車的人們所唱的悲歌，今則指稱凡屬哀悼死者的詩歌。希臘的Elegeion係以二行單位的詩形構成的送葬歌。在日本，「萬葉集」始用這種分類，錄有臨終的歌、悼死亡的歌，其中，柿本人磨的歌較有名。歷史上不乏優美的挽歌，這是由於悲悼死亡那種感情的流露，是很當然的事。

民謠

Ballade（法語）、Ballate（意語）。通行於法、意、德、英等國的詩型，有兩種不同的意義。其一係指中世紀在法國、意大利盛行的一種詩型，其二則稱民謠，意味着把傳說口碑用民衆的歌調所唱的小型敘事詩。

定型詩的 Ballade，始初自舞蹈歌發達，到了十四、五世紀成爲完全的定型。這種定型詩，於文藝復興時代被Sonetto（

小曲)取代了以後，已不被採用。譚詩的Ballade見於德國、英國的古民謠，並無嚴密的形式而祗是幾個詩節任意的重疊。這種古民謠由浪漫派盛用，德國即有繆爾卡、席勒、歌德、英國即有杜瑪斯・莫亞、潘斯等復活了古民謠，法國的雨果也常作。今日，Ballade 專用作民謠之意，保爾・賀爾「法蘭西的Ballade」、雷・阿拉貢「刑苦中歌唱的Ballade」等，多係創作。

民歌

或謂民謠，即民衆作唱的歌謠。世界各國，各有該國民衆共通的憧憬、感情、宗教、戀愛、詠嘆、勞働或休息的愉樂等，帶着各民族特有的色彩。反映着樸素而充溢眞實的生活感情。民謠，在其廣汎地被民衆歌唱的當中，有時候歌詞或被改變，或被删去了其多餘的部份。因集團的歌唱比較多，以致直接訴唱的形式佔多，由於感覺直接被唱出，具體的乃或空想的甚是生動。又其與勞働聯結者則多反映勞働的旋律，如挿秧歌、採茶歌、船歌屬此。另有婚禮、祭典時的祝賀歌、和着舞踊的舞歌等。

民謠因與民族的心靈深切結合，對於作詩，當有很好的幫助。海涅的多數有名的戀愛詩是繼承德國民謠的形態和精神，布列貝爾也寫了好多民謠的傑作。在日本，北原白秋、西條八十等曾努力於這一方面，也曾出了一本叫「民謠詩人」的詩誌。

童謠

爲兒童們所作的歌詞和歌曲。它也是民謠的一部份，古來世界各國都有。近代童謠，日本是在第一次世界大戰後的自由民主思想氣運蓬勃時，由於北原白秋和山田耕作兩人的作詞及作曲之很好的合作，產生了一群優美的作品。後來，反對其藝術至上的傾向，另有生活童謠的運動。現在，以兒童歌聲的名稱，童謠的創作也甚普及。

警句詩

Epigram（英語）。係簡潔地表現思想的諷刺性的短詩之意。始自古代希臘用在碑銘的短句，至紀元一世紀羅馬時代，由卡托爾士、馬爾帝亞里士確立其短詩型。直至現代，高克多、阿波里奈爾等，也用 Epigram 的形式寫過詩。

短詩

所謂短詩形文學，世界各國有警句詩之類，日本則有俳句、短歌、川柳。短詩的特徵乃在於凝縮的詩形中，廣汎而又深刻地抓握現實。日本從大正末期開始的短詩運動，係不滿足於向來平板的自由詩，而以發揮短詩的特色，想把近代詩從形式上變革。據詩誌「亞」活動的安西冬衛、北川冬彥、瀧口武士、三好達治等曾強烈地展開運動，使之發展到繼後的「新散文詩運動」。

短唱

也稱斷章。同爲短詩的一種，惟與Epigram（警句詩）不同性格。驚句詩是帶着諷刺的壓縮了的小詩形，短唱却不一定要有那種批評內容。它的性質似乎較類似小曲。

風物詩

詩裡歌唱着季節中的自然的特徵者。日本則有北原白秋的「柳河風俗詩」等。又如小野十三郎的風景詩，雖以風景爲對象，但經過詩人的主觀予以再構成者，因風景已被主觀捕捉而被處理，所以不能稱爲風物詩。

讚美歌

讚美神，感謝上帝，祈求其赦罪及賜恩惠的歌頌。舊約聖書的「詩篇」爲其始源，至中世隨着教會的興隆，於彌撒前後則唱這一類的歌。有巴哈、古諾作曲的名曲，又世界各地都有讚美歌的作詞作曲。

詩壇散步

柳文哲

新詩集

鍾肇政主編
穆中南發行
文壇社
54年10月出版

為慶祝台灣光復二十週年紀念，由鍾肇政主編，穆中南發行，文壇社出版了「本省籍作家作品選集」；包括了九冊小說集和一冊新詩集。這一「新詩集」的編選，是由詩人桓夫、林亨泰、錦連、古貝和筆者協助完成的。

「新詩集」可以說是一部大團圓式的選集；因此，水準參差不齊，但是，自光復二十年以來出現的本省詩人的作品，卻也儘量選入，遺漏當然是免不了的。入選的作者有方平等九十四名。

根據「二十年來的台灣詩壇」一文的報導，簡述了本省詩壇與整個自由中國的詩壇滙合發展的小史。在這一部詩選中，本省詩人大約有「跨越語言的一代」，以及「年輕繼起的一代」。前者如吳瀛濤、詹冰、桓夫、林亨泰、張彥勳、錦連、羅浪、黃靈芝、黃騰輝、葉笛、邱瑩星、何瑞雄等等；後者如白萩、黃荷生、蔡淇津、林宗源、薛柏谷、陳錦標、葉珊、楓堤、趙天儀、郭文圻、白浪萍、靜修、青芬、游曉洋、王憲陽、吳宏一、杜國清、瀋石、綠蒂、許達然，古貝、喬林、陳東陽、許其正、夐虹、朵思、艾雷、羅俊明、楊奕彥、潘熙瀚等等。

大學生詩選

孫鍵政主編
大學生雜誌社
54年12月出版

由國立政治大學大學生雜誌社出版的「大學生詩選」是以政大的一群詩人為中心骨幹編選出來的，是一部別具一格的詩選，證明了今日大專院校對新詩的熱忱。

該詩選的作者，有王潤華、佛立門、吳燕、林綠、若白、洪流文、陌上桑、梁潤成、舒希、葉曼沙、畢洛、趙秋實、溫健騮、劉國全、魯之、鄺萩、藍慰理、翱翱、周瓊華、淡瑩、黃懷雲、東陽、陳慧樺、吳宏一、王憲陽等二十五名。

「大學生詩選」的「發刊緒言」中，李少俊先生說：「一個人可以不懂作曲，但不可以不懂欣賞音樂，否則在其生活上，是多麼顯得枯澀而乏味；同樣的，一個人可以不懂做詩，但是不可以不懂得欣賞詩（尤其是新詩），否則其生活就顯得索然了」。這是值得我們重視的問題；詩如何才能成為生活的滋養，而不是生活的點綴或裝飾呢？

自由中國十幾年來，由各大專院校的學生創辦的刊物中；純粹詩刊，有台灣大學的「青潮」與「海洋」，政治大學的「縱橫」與「星座」，東吳大學的「大學詩刊」，中興大學法商學院的「螢星」，台北醫學院的「北極星」等等。小型詩頁，則有台灣大學「大學論壇」的「繆斯的世界」，世界新專「現代」的「現代詩選」，屏東農專「南風」的「南風詩選」等等。其中，政大的「縱橫」與「星座」，是由海外回國升學的僑生爲主，而且並不限於學校社團性的活動，有問鼎詩壇的抱負。

「縱橫」詩刊，有羊城、江聰平、帆影、陳菁蕾、黃懷雲、劉祺裕、劉國全、藍采、許其正、蔡茂雄、盧文敏等活躍過，出版了縱橫詩叢數種。目前，「星座」詩刊；有超越「縱橫」的氣象；「大學生詩選」主要的作品，便是以「星座」的重要作者爲核心，加上在「縱橫」、「藍星」、「文星詩選」等出現過的詩人的作品。

「大學生詩選」的作品，有些已自成一格，有些並未十分成熟，但都具有一種活潑的潛力，表現了青春時期的憧憬和夢幻。詩是屬於青年的，青年們能把握詩的眞諦，追求詩的生命，正是流露了其民族性的朝氣！正當一些大學教授在感嘆着我們的新詩是在新文學的創作中最沒成就底一環的時候，眼看着今日的大學生並不忽視詩的創造，我們該相信，新詩的前途正是方興而未艾呢！

患病的太陽

王潤華著
藍星詩社
55年3月出版

當代法蘭西的實存主義者兼小說家的卡繆（ Albert Camus），他的「異鄉人」（The Stranger），有兩種中文譯本，都是根據英譯本吉爾倍德（Stuart Gilbert）的重譯。在民國四十七年七月，由聯合報出版的，是國立藝專的教授施翠峰先生所翻譯的；而今，王潤華先生的翻譯，雖然是稍晚的翻譯，但其文筆的流暢，確實譯得更出色。

在『「異鄉人」的解剖』一文中，他說：『莫魯梭在含糊籠統的法庭的判決詞和可怕的處決之間發覺的「不合理」，就是卡繆所發覺的——當你老實地生活時，一定會遭遇到自然地蘊藏在人類生活中的「不合理」，這就是本質的荒謬（the absurdity of essense）』。他的確抓住了「異鄉人」問題的核心，透視着卡繆的實存意識。

以王潤華翻譯的工作和研究的工夫，我們已略微窺探出他底文學的訓練，在一種自我磨鍊自我表現的過程中，使他底詩的創作，漸趨成熟。他並非是什麽散文寫不通才來寫詩的傢伙，今日眞正有志於現代詩創作的新銳詩人，對於純文藝，都比較眞摯，而且較能在人性的邊緣上，探求新與的藝術精神。

「患病的太陽」是他的第一詩集，以他的風格而言，該

是綺麗婉約的一路。雖然，他也是面對着西洋現代詩的各種餘風流派，他在中國現代詩的耕耘中，爲了新的拓展與創進，在「樸實無華」與「華而不實」的水平線上，他該也有一番的掙扎與抉擇，而顯現了他底新銳的風姿。

他的詩，因風格頗爲統一，分輯只是表示題材傾向的差異而已。第一輯是「窄門」；有「出口」的含蓄，有「奔進花朝」的開朗，有「去年，太陽患上黃疸病」的苦悶，有「焚燒的一夜」底情熱；是一串情詩的系列。第二輯是「守潭」；有那孤獨的「黃昏」與岑寂的「守潭」。第三輯是「美麗的V凋落進曙光中」；他在時代的風風雨雨中飄泊着，「美麗的V凋落進曙先中」是一首極有感觸的詠嘆調，是悼消逝了的大英帝國象徵邱吉爾的輓歌。第四輯是「失落」；在「凌晨啊，穿黑夜的戰爭就會渡河」，他歌詠着「異鄉人是雨季下的蟻群」。

第五輯是「英譯三首」；入江恭子博士翻譯了「守潭」、祝德光教授翻譯了「今夜來到特洛埃」，Philip Huang 翻譯了「美麗的V凋落進曙光中」。把中文詩翻譯成英文詩，倒可以檢證一下，我們到底是一昧的在模倣呢？抑是我們也有屬於自己的特徵呢？

因爲作者的文筆頗老鍊，不容易看出是生長於馬來亞回國深造的僑生。從作者詩的表現方法而言，在抒情中有冷靜的觀照，略有古典的精神。他對於典故的使用，並沒流於濫調，對於辭藻的運用，也沒造成俗不可耐。但在我反覆的默讀中，我總覺得，他的詩，即不能說糟透，也不能說是精彩無比，而是在平隱的筆觸中，在虛無的意識裡，有着頗爲落實的表現。

過渡

翺翺著
星座詩社
55年3月出版

當我們探求着所謂現代意識和精神，試着透過現代技巧的表現；在詩的方法上，以知性喚醒感性的痲痺，以聯想切斷刺激固定的感受，以象徵性的典故壓緊累積的潛意識，也許也造成了一種新的戰慄，新的意味。雖然是取代了過去羅曼精神的表現，但因新鮮美感的渴望，異國情調的嚮往，却也造成了另一種新羅曼精神的傾向與昂揚。

所謂古典的與羅曼的精神，是互爲相對性的表現。同是在傳統的影響與現代的肯定，同是在本土的建設與外來的刺激，一個詩人之所以傾向古典的與或羅曼的，還得因個性的不同與表現的差異來加以觀察。

如果說王潤華的平實是古典的，那麽，翺翺的奔放是羅曼的；前者較隱重，後者頗自負；前者的表現，時而熱情，時而收斂；後者的發揮，時而狂熱，時而自嘲。

以寫作現代散文的翺翺，繼其「第三季」的散文集，又推出了這一部詩集。這是一種理想的過渡，一種青春的過渡，

一種詩思的過渡。在「第三季」中，對於所謂「現代」、「現代人」、以及「現代詩」，已經有他自己一貫的看法。而這一部詩集「過渡」，正是其看法的實踐。

究竟他的看法如何呢？我們試分別節錄比較一下：

對於「現代」；他說：「現代只能代表一個六十年代的你或我，處於這時代所感到的，所見到的，所意義到的，均屬現代，所以現代是一種容納，容納了現實主義，象徵主義，自然主義，意象主義……等等各大源流，而不是光是只有破壞，沒有建設的否定。」（見「第三季」的「自序」）

對於「現代人」，他說：「……而究竟在二十世紀你們創造了什麼，現代人啊，你那自眩爲上帝般的雙手究竟塑造了什麼？一些失望？一些悲觀？一些過早的懷孕？一些性病？」（見「第三季」的「柵裏，有陽光而大風的日子」）。他提出了一種問號！同時也就是一種懷疑的批判。

至於現代詩的條件，他在談「現代散文的表現技巧㈡」中說：「我們必須牢牢記着，一首好的現代詩絕非難懂的，它是一顆橄欖，讓你個人獨自去感受和回味；那些根本不懂現代詩的人往往不加思索而去批刊現代詩的晦暗，實在是可悲的錯誤……」。

我嘗認爲正因新詩尚未十分成熟，現代詩尚未全成爲過去，才值得我們去追求去努力去奮鬪！但我決不同意用價值判斷的字眼，來描述什麼五四以來新詩是最沒有成就的……等等不負責任的話，難道說中國新文學的領域裏；小說已經夠現代化了嗎？散文已經夠現代化了嗎？文學批評已經現代化了嗎？我們希望大學教授和雜文作者，用心去深深的思索一下，不要隨便下價值判斷。

翩翩彷彿是一匹小白馬，又好像是騎着他那一匹「小白馬」出發的。且聽他的聲音：

「　蹄聲已的的，還未裝鞍呢
　　騎士
南方的獵人正磨着鈍鈍的銹劍
（您竟出發了
一袋乾糧
一壺酒，）
連愛夜的螢蟲都怕作旅途的路燈。」

也許是因爲作者要朝向現代詩探險的途徑，所以「連愛夜的螢蟲都怕作旅途的路燈」。他是太早熟的，他這樣地發問着：「神，什麼才叫做生命，什麼程度才叫野心。」（Irony of Fate）的確，他的野心不小，在「風從石門穿越而來」中說：「我便張口吃盡一座山。吸盡一泊湖。」

他的詩也分成五輯；四輯中文詩，一輯英文詩，作者認爲這五輯「可以代表五種不同的感情」（見「後記」）。依他所表現的傾向，却可以說是集中在兩大領域：

一、這世紀給予作者的刺激：詩不但是反映了個人的體驗，而且也是啓廸了時代的感受。在夜總會，那在竹竿上表演絕技的小女孩，是「把死亡懸在足踝上」；在殖民地，那

異國教育的影響，使他深悟「掬一世紀的泉水飲盡」；而在回國攻讀西洋文學時，那古希臘的神話，也曾經使他在異國情調中思懷古的幽情，有着「啊！願歌亦能片片撕裂」的寂寞。

二、這世代給予作者的考驗：愛可能使一個人漸趨成熟，也可能使一個人走向沉淪。這世代給予我們年輕的一輩，在情感上，也有着異於往昔的負荷。正因爲戀愛的自由，婦女思想的開放，愛情的表現是更直接而坦白，更狂放而曲折。在文學作品的表現上，又加上西方文學的影響，歌詠愛情的題材，雖也有不少用旁敲側擊的方法，却也常常是成爲直接性的說白。作者深知此蔽，在「後記」上說：

「在這類情詩中，我曾嘗試用口語化的表現技巧，希望達到輕鬆的效果，但却不大成功，以致有時流於矯揉，造成意境上的輕浮而不着邊際。」

作者的情詩，在意象上較顯明；王潤華的情詩，則較隱晦。他在「林蔭道上的跫音」，抒懷着相識二年的感觸，而吟詠着：

「端午日，綠紗窗貼滿織女的眼神
柏油路比銀河還長」

在「一片露」，因離情的思念，使他這樣地渴望着：

「清晨總有一些雨。一些露。
南方雨露是午夜少年倚紗窗的眼神
對你，我常願作惱人的蚊
以「生付諸吻你的孽緣。」

當然，周夢蝶先生告訴作者所謂「命運，個性及環境爲成詩最大的幾個因素」；那是不可否認的。然而，寫詩不只是被動的由客觀因素所造成，而應是主動的由知性、感動與追求來促成的。翱翱的詩，在整個氣勢上，是熱情奔放的；在各別的意象上，也是警語閃爍的；可嘆，在詩的集中性上，却流於敍事化。

翱翱與王潤華的作品，在某一些血緣上，是頗受以余光中爲核心的「藍星」的影響，但他們顯然已經脫穎而出了，同時，他們也從西洋詩的影響中，企圖建立起他們自己現代詩的世界；與其說追求綺麗與浮華，倒不如企求豪邁與樸實，在現代化的過程中，他們都顯現了一種近乎新羅曼精神的發揮。

不眠的眼

桓夫著
笠叢書
54年10月出版

一個人，從搖籃到墳墓，在成長的過程中，在生活的負荷裡，如果說：「我要活下去」！爲了活下去的勇氣和信念，我們該能體會到一種「不眠的眼」的痛苦。

台灣同胞在日本的統治下，是處於一種殖民地的命運裡。不知有過多少豪傑多少志士，一面在反抗，一面在啓蒙

；我們試看作者的「網」中的詩句：

「於是年代的花紋皺起
台灣海峽的浪波湧起——
三百年前，我底祖先
呱呱誕生於海峽的戎克船上
族人的歡聲沸騰
把皺了的月光摺攏在潮上
三百年前，我底祖先
孕育民族精神，渡過海
海的對岸，八卦山脈伸向南方
於南方的紅土山巔
移植花，移植智慧，移植許多種子
——栽培我們綠色的命運」

在「戴起忠臣的假面具」的「鏡頭」，在「一個臉笑着，於搓揉着手」陷媚的「焦土上」，在一種不屈於命運，不甘被侮辱與被奴役的掙扎中，他的「童年的詩」，便這樣地透露自由的呼聲：

「赤裸的脚跟自由地跳躍
向茶園　向曠野　奔跑在燙熱的小徑
擁在族人的懷抱裡　自然的恩惠裡
我底童年　在紅土的山巔自由地跳躍
用祖母的語言灌溉我呵　母親！」

由於在第二次世界大戰期間，日本發動了所謂太平洋戰爭，台灣青年便紛紛被日本徵調海外，作者也像當時的台灣青年一樣，被調在日本的遠征軍裡，當他回憶往事而歌詠着：

「一直到不義的軍閥投降
我回到了，祖國
我才想起
我底死，我忘記帶了回來
埋設在南洋島嶼的那唯一的我底死啊
我想總有一天，一定會像信鴿那樣
帶回一些南方的消息飛來——」

作者認為昨日當敵軍的重機鎗手已死亡，而今日當祖國的小老百姓却已重生，所以，他的「信鴿」，便是給他帶回重見光明的消息，同時也是無數飄流南洋的台灣青年當日的寫照。

當他回到了嚮往已久的故土，回到了祖國的懷抱裏，不覺已將歷二十年的光陰了，在這些日子裏，他發現了自己同胞的不振作是一大弱點，他帶着一種警惕的口吻，在「咀嚼」中警告着：

「坐吃了五千年歷史和遺產的精華。
坐吃了世界所有的動物，猶覺饕然的他。
在近代史上
竟吃起自己的散慢來了。」

中國人該不再是一片散沙了！也不是東亞病夫了！更不是睡獅了！中國人該把這種敏銳的咀嚼放到利用厚生上去，去建設富強康樂的國家啊！

「不眠的眼」共分三輯；第一輯是以「時間」爲經，描述着他對於時序季節的感觸；有悵惘的「遺忘之歌」，有別離的「落寞」。第二輯是以「命運」爲緯，彷彿是他底童年、青年和中年的自傳，充滿了堅強的生存意志，洋溢着時代動亂的批判。第三輯是以「性」與「愛」的交織的組曲，有「殺風景」的描繪，有「映象」的照明，有「在路上」的諷詠，有「愛河」的感悟，有「故事」的曲折，有「女人胸脯的兩隻小鳥」底夢幻，還有「春息」的思念。他在性的描述與愛的表現上，有一種中年人的落拓不羈底瀟洒的風度，或許會使人有些不好意思的羞澀之感，他是敢說人家說不出來的話語的。

因爲他是有不得不寫詩的衝勁，所以，不斷地埋頭學習國文的表達能力，雖然還有些不十分圓潤的地方，不能很順嘴地表現出來，但是，由於一種詩的精神在狂熱地鼓舞着他，使他儘量地在克服着語言文字的障礙；我們知道，詩固然是以語言文字爲表現的工具，但懂得語言文字，不見得就能體驗詩本身，詩是在語言文字的幕後，在詩人精神生活底境界裡。因此，所謂新詩難懂的問題，往往不是「非詩」與「僞詩」的作祟，就是讀者鑑賞的心理準備與詩觀發生了偏差。

從「密林詩抄」到「不眠的眼」，顯然地，桓夫的詩，在詩的語言上，已逐漸地得心應手，瑕疵當然是免不了的，尤其是不經意地還會順嘴滑出台灣語式的國語或日本語調。在詩的意象上，因諷刺中有批評精神，抒情中有知性作用，使他的詩，有樸素而深刻的寓意，那是基於一種正義感，一種民胞物與的精神。

我總覺得桓夫的創作還沒發揮到淋漓盡致的地方，一則是中文的障碍，二則是觀念的限制。他的詩風，一直深受日本詩壇的影響，他翻譯「日本現代詩選」，只是其中一個小節目，在中學時代，他已開始用日文寫作，有自家藏版的日文詩集「彷徨的草苗」，「花的詩集」，以及跟賴讓欽合著的「若櫻」。我認爲創造需要透過深厚的傳統，要入乎其內，又出乎其外；因此，除了日本詩以外，中國詩以及世界各國的詩，都是我們吸納與消化的對象，在今日中國現代詩發展的途徑上，我們要開拓更深廣的領域，把眼光，從中國，從日本，移到世界上每一個國度的現代詩中，再來反觀我們自己眞實的自我。簡言之，在創作上，桓夫的潛在力是踏實而敏銳的，他該繼續克服他的障礙，詩人是要不斷地追求嶄新的世界，創造是沒有止境的啊！

綠血球

詹冰 著
笠叢書
54年10月出版

在時間的過濾下，眞正的詩仍然會在純淨的意境中閃耀

着，即使是從日文翻譯成中文，在語文的修飾上，還有翻譯上的痕跡，但就詩質而言，其鮮明的色彩，依舊是透明而可喜的。

劉慶瑞（已故台大法學院教授）、桓夫與詹冰是日據時期台中一中的同學，他們的青春是在戰火中渡過的，由於語文工具的轉換，使桓夫與詹冰在他們的詩歷上，幾乎都曾經留下一頁空白的時期。現在詹冰已將他早年用日文寫成的詩作選擇了一部份，定名爲「綠血球」出版，這是他個人創作史上的一個轉捩點。默默無聞地在台灣中部的一個山鎮裏，幾乎是跟文藝界隔絕了將近二十年的時光，我們可以聞得到他的作品有陳年老酒的香味。

在「後記」上，他說：「追求美的時候，我的血管裏彷彿在流着綠血球。充滿愛的時候，我的血管裏就感覺正在流着紅血球」。因此，他的作品也就分爲兩輯：第一輯「綠血球」；就是他追求着美，而以一些立體感的透明的意象來表現，那被推薦過的「五月」，那點點滴滴的「雨」，那「桌上有熱騰騰的太太今朝的作品」的「朝」，以及那「詩人要調節手錶的秒針」底「七彩的時間」等等，都是二十年前他以知性的機智計算出來的詩，在當時是頗爲流線型的，有潤色有光澤。第二輯「紅血球」，便是他尋求着愛，而以異國的情調歌詠着「春息」、「思慕」與「追憶之歌」，是一種初戀的純情的羅曼斯。其中，「理想的夫婦」與「悲美的距離」却是他的近作；前者用理化的科學術語來比喩愛情，充滿了恩愛夫婦的溫馨的理想。雖有說理的味道，我們不難體會到這位理化老師藥學詩人的敦厚，這對於婚姻如兒戲的現代社會的畸形現象而言，好像是空谷的迴音。後者是他追悼已逝的阿瑞之靈的輓歌，這一位在政治學、憲法以及詩頗有造詣的台大教授，是他中學的同窗，也是他留日時期的摯友，他們曾經在詩的鑑賞中互相砌磋互相砥礪，因此，他要把這一部詩集獻給他。

雖然，詹冰的詩，在目前再度推出，固然沒因時間而發霉，證明了他是經得起考驗的；但也有一些問題，値得檢討的。當台大教授蘇維熊先生第一次見過詹冰的詩以後，就跟筆者談到「視覺型」的詩人，他認爲詹冰就是一個例子，這種類型的詩人，以外在世界爲素描的對象，有其無法再開拓更深廣的視域的限制時，詩的創造也會受到限制，這眞是一針見血的中肯的評論，不愧爲是行家的話。

我嘗認爲詹冰的詩，在今日看來，有一種單調的感覺，這是說：詩的潮流是不斷地在向前邁進，詩人是不能與世隔絕的，在熱中與冷觀之間，在過渡與再出發之間，他應有適度的調節，我們期望着，在「綠血球」以後，詹冰能再以全新的姿態，在詩的地平線上出現。

韓國詩壇近況

李沂東文
吳瀛濤譯

——本文譯自日本「靜岡縣詩人」（靜岡縣詩人會會報）第二十期，韓國詩人李沂東的「韓國詩壇報告」。文中，對於韓國詩壇與日本詩壇的比較記述，甚值得我們一讀。按同期有陳千武的「中華民國現代詩概況」一文，已譯載本誌第十二期，請參閱。

譯者識

韓國開始有新的自由詩的嘗試，是一九〇六年以後的事，比外山卜山、井上巽軒等人對日本新體詩的發軔，約遲二十年。

墨守七五調的日本新體詩時期的那種傾向，除了童謠外，是沒有過的；概言之，韓國的新詩，自從誕生，就一躍踏進自由詩的階段，進入新的抒情詩，乃至具有實驗性的現代詩。可以說，受着新現實主義，或象徵主義，超現實主義影響的詩，相當流行，一面參與現實的詩也逐漸多起來。

在韓國，戰後雖曾有一時期現代主義的詩抬頭，不過僅僅不到十年就結束。當時參加了該項運動的七、八位詩人，都已轉向其他的文化部門了，現在他們都很少寫詩。韓國的詩的主流，到現在還是立足於傳統性的詩人佔多數。這好像和韓國的風土及體質有關。

韓國的女詩人，不能像日本那樣和男性詩人並肩而論，似乎依然固持着哀切的抒情詩，一般而論，尙欠乏現代性，詩的隱喩的次元也尙嫌低落。

在日本有不少人寫了思想上強調其問題性的所謂「傾向的詩」，而在韓國年青人中間，也可以看出來寫這種傾向的詩的惡劣的一面。而且年青人的詩，難解詩多，一般都槪評爲這是由於意象的明度不足所致。參與現實的詩乃至抵抗詩也不少，却受到了多數反對詩人的責難，以爲因其急於追求問題性反而疏忽了詩的本質。

追求藝術性的詩人，和標榜着目的意識的社會派詩人，兩者的詩觀，詩的論理等，難免有基本上的差異。各人有各人的詩論，詩壇這一方面，韓國也是相當煩雜。不過所發表的詩論意外地少，又因詩論家少，以致對於現代詩的價值的見解也紛紛不一。

詩論方面，着實比日本的詩論，其發展的程度較遲，這是韓國人自認的。而這都是根據了閱讀日本的詩、詩論，以及其他外國的詩論，那些詩人們所說的，大概不會有錯。寫詩而三十歲以上的人，因大部分能讀日語，關于詩的方面，韓國詩人對日本詩所採取的態度，是相當嚴格。兩者比起來的話，大家都認爲，不但不輸，尙且勝過日本。也認爲日本

的詩的語言，很受了西洋詩的侵犯。不過，韓國今日的現代詩，也同樣難免受西洋詩的影響。

至於這一兩年來韓國詩壇的消息，可以舉出戰後始有月刊詩誌的誕生一事。一爲去年四月一日創刊的「詩文學」，二爲今年二月一日刊行的「現代詩學」。發行部數各爲兩千左右，「現代詩學」比「詩文學」水準較高，因此今後的銷路不能樂觀。比之「詩文學」爲新人活動的園地，「現代詩學」即網羅了既成詩人的執筆陣容，而對詩人的資質向上予以盡力，是唯一的權威詩誌。

今日南韓擁有人口二千八百萬人，而正處在再建的苦難中，在這當中，不能賺錢的專門詩誌出現了兩種月刊，固然是由於不平凡的熱誠，同時也應視爲早自三國時代新羅的往昔，則有培育了豐富的文化要素和資質所致。又和日本同出一轍，購買詩誌的人也即是詩人本身，換句話說，在此地詩人同時也即是讀者。不過也有多少不同。買詩誌的並非僅限於詩人，發行部數的半數以上是文學愛好者買的。這一點比起日本，雖然是窮國家，但對於詩人來說，也是一件令人高興的事。

聞，日本的專門詩誌的發行部數約爲五、六千部，如此較人口一億的日本，經濟情況及教育就學平均率均較低劣的韓國，其購讀比率比日本高度。這大概是由於國民性較富抒情性，而有往昔新羅嗜好了風流的貴族影響，他面四季的區別很鮮明，風土美而富詩味，而且經過長久歷史的試練而負着單一民族的命運所致的吧。

像日本有短歌、俳句，韓國也有相當於日本的和歌演進以前的叫着「鄉歌」「時調」一類的東西，也尚有很多漢詩

其次，日本的詩誌和韓國的詩誌，其編輯方向是沒有多大差異，祇是韓國的詩誌是有支付稿費這一點，在此予以說明。雖不能像雜誌社報社付出的五百圓、千圓、二千圓的優厚稿費，但對每一篇詩現在付稿費三百圓。這在勞働的工錢一天僅兩百圓的國家來說，或許比日本的情形，韓國詩人是較幸運的。一般的雜誌每號均和各新聞同樣地有刊載幾篇的詩，尤其是文學雜誌每期刊登十篇乃至二十篇的詩。因此，詩人的發言力也相當大，詩人活動的範圍也可以說比日本更廣大。這些詩人均有他們特定的沙龍式喫茶店，晚上經常以這沙龍爲聚談和連絡的中心場所。而這種文化人聚集的喫茶店，在鄉下地方也有。

另一個消息是，幾年前解散的韓國詩人協會它於去年四月重新成立，會員數約有八十名，當然尚有很多未加入該會的詩人。在韓國寫詩的所謂詩人大約有一千名左右，其中較活動的詩人當有五十名程度。

主要同人詩誌則有「六十年詞華集」「現代詩」「新春詩」「詩壇」「新年代」等，另有女詩人的同人詩誌「石和愛」「女流」等，此外由無名詩人所辦的詩誌，中央及各地各有幾種，其確實的數量尚不明瞭。又去年一年間在韓國出版的詩集約有七十種，蓋爲過去六十年來罕有的現象，有人形容爲詩集的洪水，至於因作有這麼多的詩集出來，其原因也尚待考查。這些詩集除了少數，大部份是在窮苦的經濟環境中自費出版的，這點甚值得人們的注目。

詩壇漣漪

•論著•

※笠叢書⑪——**趙天儀著「美學引論」**(一)，四月出版。內分三章：「美學的性質與意義」「美跟美感經驗的探求」及「藝術：它的本質及其界說」。定價十二元，可向本刊經理部函購，或逕洽作者：國立臺灣大學哲學系。

•詩集•

※星座詩叢①**翺翺著「過渡」**，四月出版。收入「過渡」等卅七首詩。並附四首英詩。定價十元。臺北縣木柵永寧巷九號之五。

•詩誌•

※**創世紀二十四期**，四月二十日出版。瘂弦輯「朱湘詩抄」，辛鬱論梅新的詩，張默論鄭愁予和周夢蝶的詩，楚戈詩集自序；葉維廉、李英豪、胡品清、李魁賢及陳千武分別譯希臘、意、法、德及日詩人的作品；詩創作有許素汀、馬覺、管管、菩提、趙天儀、桓夫、施善繼、一夫、王裕之、蔡炎培、辛牧、林煥彰、彩羽、陳旭昭、碧果、陳民、沈臨彬及商禽的作品。

※**星座五十五年春季號**，三月出版。「英美詩人論現代詩」十篇；「梵樂希選輯」有論文「論純詩」、詩「水仙辭」「水仙底斷片」「海濱墓園」；詩：蓉子、淡瑩、林綠、鄭秀陶、胡品清、亞歌、沙陀、翺翺、王潤華、葉笛、葉曼沙、藍采、王舒、洪流文、蘇凌、姚家俊、陳慧樺、黃德偉、羅俊明；譯詩：李英豪。另刊「自由中國詩集目錄彙集」，惜缺失甚多。

※**葡萄園十六期**，四月十五日出版。專題討論「詩與道德」；周伯乃譯湯瑪斯詩，郭文圻譯堀口大學詩，李魁賢譯里爾克致青年詩人書簡第二、三封、楊奕彥介紹中原中也的詩；詩創作：王祿松、魯蛟、翺翺、王潤華、沙軍、亞歌、羅俊明、洪流文、林綠、古丁、劉建化、陳敏華、史義仁、姚家俊、桓夫、林煥彰、徐和鄰、盧隱、戰天儒、楊一言等。

※**中國詩刊五期**（由「詩」更名），四月八日出版。胡品清、白浪萍、鄭愁予、喬林、蓉子、翺翺、素跡、王祿松、綠蒂、林恒、吳夏暉、姚家俊、楓堤、清涼、林綠、林煥彰、趙天儀、宇彬、蘇凌、高準、亞歌等人的詩作；李魁賢、王銳的譯詩；瘂弦的詩人介紹、羅門的論文、張默論楚戈及羅門的詩。

※**詩展望八號**，五月二十日出版。喬林詩論，陳佳斐、李克英、黃進蓮、石瑛、謝秀宗、聞璟、金源、李春良、西丁、岩上、李弦及楊文夫的詩。這一份中國唯一的油印詩刊，已逐漸引起讀者的注目。

※**青草地第三期**，五月十五日出版。周伯乃、牧雲論詩；楓堤、奎弦譯詩；李魁賢譯介英詩人羅塞逖；双木、錫嘉、牧雲、林恒、晴天、吳夏暉及莊金國等人的詩。

•詩展•

※**青草地詩展**，於五月廿六——廿八日，在南港臺肥六廠展出。以同仁楓堤、林煥彰、林錫嘉、史義仁的作品為主。詩畫配合，相得益彰。

英美詩研究②

S. T. Coleridge: Kubla Khan.

蘇維熊

In Xanadu did Kubla Khan
A stately pleasure-dome decree:
Where Alph, the sacred river, ran
Through caverns measureless to man
Down to a sunless sea.
So twice five miles of fertile ground
With walls and towers were girdled round:
And here were gardens bright with sinuous rills
Where blossomed many an incense-bearing tree;
And here were forests ancient as the hills,
Enfolding sunny spots of greenery.
But oh! that deep romantic chasm which slanted
Down the green hill athwart a cedarn cover!
A savage place! as holy and enchanted
As e'er beneath a waning moon was haunted
By woman wailing for her demon-lover!
And from this chasm, with ceaseless turmoil seething,
As if this earth in fast thick pants were breathing,
A mighty fountain momently was forced;
Amid whose swift half-intermitted burst
Huge fragments vaulted like rebounding hail,
Or chaffy grain beneath the thresher's flail:
And 'mid these dancing rocks at once and ever
It flung up momently the sacred river,
Five miles meandering with a mazy motion
Through wood and dale the sacred river ran,
Then reached the caverns measureless to man,

And sank in tumult to a lifeless ocean:
And 'mid this tumult Kubla heard from far
Ancestral voices prophesying war!
The shadow of the dome of pleasure
    Floated midway on the waves;
Where was heard the mingled measure
    From the fountain and the caves.
It was a miracle of rare device,
A sunny pleasure-dome with caves of ice!

A damsel with a dulcimer
In a vision I saw:
It was an Abyssinian maid,
And on her dulcimer she play'd,
Singing of Mount Abora.
Could I revive within me
Her symphony and song,
To such a deep delight 'twould win me,
That with music loud and long,
I would build that dome in air,
That sunny dome! those caves of ice!
And all who heard should see them there,
And all should cry, Beware! Beware!
His flashing eyes, his floating hair!
Weave a circle round him thrice,
And close your eyes with holy dread,
For he on honey-dew hath fed,
And drunk the milk of Paradise.

(一) Meter: Iambic meter, Iambic pentameter 最多，計有24行。其次爲iambic tetrameter； trimeter只有三行（5. 41. 43）。注意 feminine endings 計有14行。

(二) 字句註釋：——

(1) l. 1. Xanadu〔zæ'nə dū〕，上都，在熱河省。即忽必烈汁之陪都所在地

(首都在今天津)。Purchas 於 His pilgrimage (1613) 拚成 Xamdu。Coleridge在此改爲三音節字係出於meter的關係。但實際上比 Xamdu 聽得加倍莊重。

(2) l. 2 Alph〔ælf〕流過元朝「上都路」之「上都河」,此爲一支內陸河,可能Coleridge 寫作時連想到 Alpheus 河〔ælfí(:)əs〕(=Alphaeus) 與 Nile 河之情形。

(3) l. 11. greenery 綠樹(林)之總稱。

(4) l. 13. a cedarn cover,一片杉樹的密林。

(5) l. 33. measure, 歌曲 (air, melody)。

(6) l. 35. a miracle=a miraculous building。

(7) l. 36. caves of ice,(地下的)氷窖。

(8) l. 37. dulcimer 〔dʌ́lsimə〕一種琴形的古代弦樂器(用兩枝小鍾打鳴;此爲 piano 的原型樂器。參閱圖解辭典 "I see All")。

(9) l. 39. Abyssinia, 即今之 Ethiopia (Nile河上流地域)

(10) mount Abora〔əbó:rə〕, cf Milton: Paradise Lost BK IV l. 280-3 (Nor where Abassin Kings their issuse guard, / Mount Abara ………under the Ethiop line / By Nolus' head……)

(11) l. 48. 49. should=would

(三) 解說與評論

(1) 關於本首詩的出版,資料,體裁內容,與完整性等問題,Coleridge 本人於其序文裡說明得頗爲詳細:——

(第一) 他說:本詩是在 Lord Byron 的慫恿之下出版的;

(第二) 他說:他自已認爲本詩與其說有什麼文學上的價值 ("any supposed poetic merits"),不如說 a psychological curiosity;

(第三) 他說:1797年夏間他爲健康不佳,於一座位於Porlock 與 Linton 間的農家隱居時,爲了身體不適服用一種鎮靜劑而熟睡三小時。其間他夢見入睡前所閱讀的有關忽必烈汗於上都所建造的歡樂殿的 Purchas's pilgrimage的一段文章 ("Here the Kubla Khan commanded a palace to be built and a stately garden thereunto. And thus ten miles of fertile ground were inclosed with a wall.") 實際上 Purchas 的這一段是較爲詳細的:——'In Xamdu did Cublai Can build a stately Palace, encompassing sixteene miles of plaine ground with a wall, wherein are fertile Meadowes pleasant Springs, delightful Streames, and all sorts of beasts of Chase and game, and in the

middest thereof a sumptuous house of pleasure'.——Purchas his Pilgrimage: London. fol. 1626, BK. IV, Chap xiii, P. 418.讀者不妨把這段與 Coleridge 詩作做個比較，用以明白彼此於文學價值上有何差異優劣。

（第四）他說：他於夢裡不經勉強的感覺或意識，而擬作了大約兩三百行之多。當他回醒後寫下到54行（即本詩）時，偶然從 Porlock 有人為 business 來訪問他；等約半小時訪客回去後，雖然他還模糊地記着夢幻的大意，但除起八至十行的 "scattered lines and images" 以外，其他一切都消逝無痕。本詩另有一副題：A vision in a dream. A fragment; 同時作者於序文裡說本篇是1797年夏間寫作的。

關於上舉幾個事項是否正確，本筆者擬先介紹古來對本首詩的研究，然後再就一些重要問題略述管見，以資讀者諸賢參考。

(2) 關於上舉幾個問題，古來研究家的意見，大體上可分為贊否兩派。

(A) 認為本篇短詩不過是 a mere fragment of word-music without any poetic logic 的意見如下：——

William Hazlitt 說（The Examiner 誌，440號，1816年6月出刊），雖然我們由於本篇可明白 Coleridge 不祇能寫作nonsenes verse，但本篇不算是「詩」，而不過是 musical composition；第二段前面五行，儘管不知其意為何，但由其富於音樂美，的確可反復吟誦云云。按所謂nonsense verse係因注重詞藻的音樂美，而特以rhythmical words寫作的另無意義的詩歌之意。

(B) 相反地，古來把這篇認為具有 poetic logic的佳作，而詳細地加以心理分析的評論家，於英美文壇即大有人在。

C. E. Vaughan 說本篇雖然是 "an opium dream," 但並非缺乏一脈明確的思想。可是 Vaugham 却沒說明本詩所表達的思想與心理為何（Cambridge History of English Literature 第十一卷）。

Robert Graves（1895——）於其著作 The Meaning of dreams（1924）最後章，依照 Freud 的精神分析方法，對 Keats 作 "La Belle Dame Sans Merci" 與 "Kubla Khan" 等加以詳盡的檢討。他認為本篇係1798年五月當 Coleridge正在琴瑟不和的時候寫作的；當時 Coleridge 的長子 Hartley 正出世；詩篇裡暗示着有關性交的問題；所謂 "caves" 是 Coleridge 為避開吵架而逃避的地方；最後 "ancestral voices prophesying war" 是摯友們諫勸他不要再吸飲鴉片，同時當英法戰爭期間不宜過着悠哉優哉的生活之意云云。

Graves 這種分析是否値得贊同，尤待商榷，似乎過於離譜；退一步說，儘管當時Coleridge 夫婦有如此不幸事件，但這種分析不但對本篇的瞭解毫無所補，而且無法否認本篇的詩美。Graves 對本篇短詩前後有無一貫的思想並無提及。

John Livingston Lowes (1867——1945)，這位美國學者雖然認爲 Kubla Khan要闡明這篇詩的意義，大體上是“wildly improbable”的，但他却反對本篇詩完全是由於吸煙的作用來的見解，同時認爲整篇有思想上的一貫性（參閱他的名著 The Road to Xanadu, pub. 1927)。一如衆所知悉，“The Rime of the ancient mariner” 具有極其明確的 poetic logic，可是 Coleridge 仍然附加一個副題說那是 “A poet's reverie”. 由此我們可知 Kubla khan 這樣的佳作，按理不致祇是幻想或夢想，或於思想上結構上支離滅裂的。

Maud Bodkin (1875——)。這位英國女流學者對 C. G. Jung 的學說特別有關心；她想要依據心理分析的方法來探求詩歌的 archetypal patterns。主要的著作爲 Archetypal patterns in poetry, Psychological studies of imagination (1934); Studies of type-images in poetry, religion and philosphy (1951); The Quest for salvation in an ancient and a modern play (1941) 等。儘管她的研究法如何精細無孔不入，但這種純然的心理分析不一定是眞正的文學研究法。所以 T. S. Eliot 於 “On poets and poetry” 裡說，她不見得比別人把 “The Rime of the ancient mariner” 瞭解得多，算是中肯的評論。我們一直主張詩歌應該當做詩歌來加以研究評論才對。Bodkin 是利用文學作品來研究心理作用的。

Elizabeth Schneider，儘管這位女流學者於其著作 “Coleridge, opium and Kubla Khan” (1953)，想要詳細檢討 “Kubla Khan” 的 “the coherent literal meaning” 的計劃如何 ambitious，但結果她爲闡明資料的好奇心所害而忽視文學上的考察。她雖然勉強承認本篇爲 a good poem，同時說本篇前半是在描寫上都的風光，後半是有關 poetic inspiration 的文字，但她對整篇於思想上的 organic relation 却沒有弄得清楚。

William Paton Ker (1855——1923). Ker 是英國中古文學研究的最高權威。他對 Kubla Khan 論可以說最簡潔又最正確的。關於 “poetic logic”，簡單地說，他認爲詩歌描寫上的發展雖要 logical，但詩歌的推論不一定要 logical。接着他提出兩個問題：——(1) Kubla Khan 的 logic 爲何？在證明什麽？(2)這首詩比 Coleridge 午睡時所閱讀的 Purchas 的航海記述，於脈胳上有何增補？（參閱其著作 Forms and Styles in poetry, Lectures and notes. 1928）。

J. B. Beer. 於其著作 “Coleridge the visionary” (1953) 說，Coleridge

是想要再建樂園與歡樂宮的失意的詩人；31——36行即是表示再建的計劃已告成功。第二段裡的 Abyssinia 的少女係爲樂園再建成功而感覺歡欣無比的。這個少女與第一段所描寫的那一位於幽明的月光之下低泣的怨婦成爲對照。至於第二段第九行行頭的"I", Beer 似乎認爲 Abyssinian maid 或忽必烈汗。Lowes 認爲是"the Tartar youth with flashing eyes"。筆者認爲"I"要看做Coleridge本身才好。

George Watson 於其論文"The meaning of Kubla Khan"("Review of English Literature，第二卷第一號，1961）認爲本首詩是兩篇詩歌；前半是descriptive poem，後半是creative poem。可是接着他又說本首詩是one of the best organized of all Coleridge's poems。（上擧諸家對"Kubla Khan"的評論，是把齋藤博士的論文括約介紹的；特此聲明並對這位恩師申謝致敬）。

(3) 本篇的 poetic logic。

筆者當然認爲"Kubla Khan"這首詩整篇於詩情發展上有一貫的 poetic logic。那麽作者本身究竟對這一點怎麽樣想的呢？他於自傳 Biographia Literaria 裡說，無論最高雅的，或乍看之下最熱狂的詩歌，都有科學那樣的logic。不過詩歌的logic比起科學的 logic，更爲難以捕捉（fugitive），所以比科學的 logic 更爲難以瞭解云云。無論"Kubla Khan"實際上是Coleridge 於夢裡所作，而於回醒後才筆錄下來的，或是好像近年來有些學者懷疑並非如此，Coleridge 絕非隨著筆勢所至輕便地寫作而立即發表那麽態度不愼的詩人。他說詩歌是"the best words in the best order"；可見他的作品除非再三推敲以後不會隨便發表於世的。那麽本篇是 poetic logic，換句話說，前後兩段間的 organic relation 爲何呢？簡單說，前半是 description，即在描寫上都的歡樂宮、庭園、以及周圍的風光如何偉大、浪漫、離奇。第二段是個轉變，又是勢所當然的演進發展，又是 aspiration。他所高唱的是他熱望能創造好像歡樂宮那樣（規模）宏壯又（環境）幽靜的詩歌的世界，以及作詩時所需要的靈感。有創造性的綜合性的想像力量的問題。

Coleridge 希望能以似乎那位 Abyssian maid 所彈出的那麽美妙迷人的富於音樂美的詞藻（"her symphony and song"; "music loud and long"），來創作一首歡樂宮的詩篇。這就是 Coleridge 寫作本篇的leitd motif。他相信自已一定會成功的，因爲他自任爲才氣高超。爲人浪漫的才子呀。現在一共僅有54行的本篇，前後兩半之間，的確如此有個緊密的organic relation。筆者不曉得另外或多少再添加一些詩行，對本篇的結構或完整性或詩美有何裨益。好比結構上完璧的劇曲，裏面具有兩種結構形

式（structural patterns），即 unfolding structure（展開結構）與 accretive structure(添加結構)一樣，"Kubla Khan" 可看做unfolding structure（前半）與 accretive structure（後半）所揍成的一首結構堅固而完整的詩篇。換言之，前半是 Observation 即 Description ，後半是由前所激起的 Desideration。

(4) 音樂美與浪漫情調（word-music and romanticism）本篇特別以歌調嘹亮悠揚見稱；這是古來大家毫不遲疑地所承認而讚美的事實。實際上不但是一支 word-music， 而且是一幅美妙驚人的 word-painting， 因其 images 極其醒目鮮美，他所刻描的是一片壯麗、幻想、離奇、幽邃的境地。用美國植物學者 William Bartram (1793——1823) 的言辭來說，那是 'wilderness plot, green and fountainous and unviolated by Man."

至於本篇的 musical beauty（詩語的律動與音韻所產生的音樂美），簡單地說是由於音量宏大的母音，纖細流暢的長母音，以及十四個陰性行末（feminine endings）來的；尤其陰性行末傳達著一種不可言喻的無限感。把第一行(In Xanadu did Kubla Khan) 當爲例子來說明吧。Coleridge 故意用 Kubla 而不採用古來所常用的 Kublai。雖然——la與——lai 一樣是一個音節，本來對整行的音節數並無影響，但短母音 ——la〔——lə〕與 Khan〔ka:n〕的長音節配合時，比兩個長音節（——lai 與 Khan）的結合，能產生一種特別響亮的聲調來。（趁便說，Xanadu這個地名可能是由 Purchas' his Pilgrimage 得來的）。於第一行他又故意用倒置法把副詞片語 In Xanadu 排在行頭，而把 Kubla Khan排在行尾，而中間加上加強語氣的助動詞 did，這宏壯的歌調有很大的關係。行頭 Xanadu 〔zæ'nədu`〕 的重母音與助動詞 did〔破裂音＋短母音＋破裂音〕，彼此協力地表達著忽必烈汗決心營造壯麗的避暑地的意志如何堅決。再由第一行以外，舉個例子來說。第五行行頭的 down，53行與54行各行末的 dread 與 fed 等三個單音節字（每字概有〔d〕音），不無千鈞之力，分別以聲音象徵着 Alph 湧然攢進海底去時的聲勢，可令人渾身畏縮那麽深厚的虔敬的態度，與Coleridge 自命不淺的信念。最后行行尾的 paradise〔pærədais〕與52行行末的 thrice 〔θrais〕押韻而當爲整篇的收尾，可說有掉尾之美。至於各行裡的長音節與短音節巧妙的配合，爲數不少的〔w〕〔d〕音，以及頭韻（alliteration）等所產生的音韻上的効果，讀者吟誦時當然自可領略其妙味。的確本篇不愧稱爲 musical composition。

(5) Coleridge 於 Biographia Literaria 第十四章裡說，他計劃創作一些 "persons and characters supernatural, or at least romantic"；接着又說他期望自己的作品能 "transfer from our inward nature a human interest and a semblance of truth sufficient to procure for those shadows of imagination that willing suspension of disbelief for the moment, which constitutes poetic truth"。就這點來說他的三篇代表作品：The Rime of the ancient mariner; Kubla Khan 以及 Christabel，都是成功的。

那麽 romantic 爲何？"Kubla Khan" 又是如何 romantic 的呢？Watts-Dunton 曾經於 Encyclopaedia Britanica (9th edition) 裡的 poetry 項目下，Chambers' Cyclopaedia of English Literature的序文，以及小說Aylbin序文裡，把 romanticism 定義爲 renascence of wonder。浪漫情調是我們對人自然感覺驚奇時發生的。以 Dunton 本人的話來說，renascence of wonder是"the impulse of acceptance——the impulse to take unchallenged and for granted all the phenomena of the outer world as they are——and the impulse to confront these phenomena with eyes of inquiry and wonder."

依照題材的種類來說，十九世紀英國浪漫派詩人分別特別注重描寫的題材，可分爲下列幾種。(i) Supernaturalism即對超自然的存在的關懷或景仰。Coleridge 筆下的 the ancient mariner ，曾經一度席捲歐亞兩洲的古代英雄忽必烈汗，遠在Abyssinia 的少女，在幽明的月光之下低泣的怨婦，Christabel 以及魔女的化身 Geraline 這一位美女等無非屬於 supernatural beings. (ii) Exoticism 即對遙遠的異邦文化的嚮往。"Tis distance lends enchantment to the view." (Thomas Cambcll: Pleasure of Hope)。"Kubla Khan" 整篇就是 exoticism的一個很好的例子。在這種 romantic exoticism 的刺戟之下，當時很多英國人士都遠游於法國、意大利、瑞士，甚至到東方諸國，而留下不少寶貴的遊記文學與詩歌。(iii) Medievalism即對歐洲中古社會生活的懷慕，尤其對Gothic arts、文學、與騎士等景仰愛慕。雖然 Coleridge 首先是位 Unitarian，後來再改宗歸信正統派的英國國教，但他筆下的老舟子與 Christabel 却充溢着天主教的情緒氣氛。(iv) Love for nature 即對自然美的純眞乃至虔誠的熱愛。Colerideg與W. Wordsworth 共著的詩集Lyrical Ballads (1798) 把18世紀以來的都市文化予以一筆鈎消了。

I love not Man the less, but Nature more.

——Byron: Childc Harold's Pilgrimaige.

一如 C. H. Herford於其名著 The Age of wordsworth 所說，英國浪漫派文學所以能超越外國文學的特點，主要地在乎巧妙精細的自然描寫，與透過自然現象的心理解釋。就 "Kubla Khan" 一篇來說，他所描寫的上都的自然風光十分壯麗、浪漫、離奇，令人一讀之後寤寐難忘。如此概述，Kubla Khan 這首僅有54行的短詩，差不多包含着romanticism的各種特色。同時重要的是，那麽又宏壯又聖潔的園地，就是 Coleridge 當時日夜所渴求不已的理想鄉、棲安之地了。

英國現代文壇的元老之一 Edmund Blunden，於其著 The Face of England 說，"Kubla Khan" 是 Coleridge 困於夏天悽熱，把他所夢見的深山幽谷寫成詩篇的。的確英國的夏天風景對生活在這個多霧的國土的人們，是美麗難忘的，但這種見解似乎過於膚淺，難得贊同。

(6) 最後所剩的重要問題是，Coleridge 如何能把諸多的資材，憑其Creative imagination, 或 'the operation of that shaping spirit of imagina tion' (The Roud to Xanadu. A study in the ways of the imagination. by John Livingston Lowes, p. 4. pub. in 1927) 從新編織一篇這麽驚人的佳作。Lowes這位碩學利用大英博物館所藏90頁的 Coleridge 的手冊，william Bartram (1739—1823) 的 Travels (1791), Samuel Purchas (c. 1575—1626) 著 Purchas his Pilgrimage (1613) 以及 Purchas his Pilgrim (8卷，1619) 等很多資料，以驚人的努力與精細的考慮，彼此加以比較，藉以用多至100頁的篇幅解明 Coleridge 如何運用他的創造性的想像力去從新創作 Kubla Khan 。有如此浩瀚精緻的研究在前，後人不會再胆敢隨便班門弄斧吧。讀者如對創作時想像力如何作用有特別關心者，最好請閱讀 The Road to Xanadu。關於這個重要問題，本人無意再費言。筆者生爲中國人，才疎學淺；雖一時也曾經窺見過異邦的國門，但究竟久年遠離英美文學所由於產生的社會環境與文化背景，常感鞭長莫及，苦痛萬分。日本學者常開座談會，談及外國人尤其我們東方人能否眞正瞭解英美文學；最後窮餘一策說日本人應該（或祇好）站在日本人的立場去研究英美文學，言外不免有感慨之情。聊表苦衷，藉以自慰自勉。

笠叢書目錄

I 已出版者（每冊十二元，訂戶八折）

②	白萩著	風的薔薇	（詩集）
③	杜國清著	島與湖	（詩集）
④	林宗源著	力的建築	（詩集）
⑤	吳瀛濤著	瞑想詩集	（詩集）
⑥	桓夫著	不眠的眼	（詩集）
⑦	詹冰著	綠血球	（詩集）
⑧	趙天儀著	大安溪畔	（詩集）
⑨	蔡淇津著	秋之歌	（詩集）
⑩	陳千武譯	日本現代詩選	（譯詩）
⑪	趙天儀著	美學引論㈠	（理論）

II 印刷中者（每冊十二元，預約八元）

①	林亨泰著	攸里西斯的弓	（鑑賞）
⑫	白萩著	以白堊死去	（詩集）
⑬	林宗源著	碎影集	（詩集）
⑭	林煥彰著	牧雲初集	（詩集）
⑮	吳瀛濤著	陽光詩集	（詩集）
⑯	喬林著	象徵集	（詩集）
⑰	葉笛著	拾穗集	（詩集）
⑱	楓堤著	南港詩抄	（詩集）
⑲	鄭仰貴著	蝴蝶結	（詩集）
⑳	靜雲著	生命的註腳	（詩集）
㉑	桓夫、錦連合譯	現代詩探求	（翻譯）
㉒	謝秀宗著	遺忘	（詩集）

本刊徵求啓事

I 長期訂戶

一、手續簡便：繳款三十元，存入郵政劃撥中字第二一九七六號陳武雄帳戶即可。各地郵局均可辦理。

二、長期訂戶的權利有：

①可獲得「笠」詩刊全年份六期。

②購買本社叢書，可享八折優待。

③可參加本社舉辦之各項的活動。

三、凡介紹訂戶三戶，本社贈送叢書一冊，滿二十戶，贈送叢書一輯全套。

II 駐校連絡員

一、對象：各大專及中等學生。

二、連絡員義務：介紹長期訂戶。超過五戶者本社另贈叢書。

三、連絡員權利：

①可長期免費獲得本刊。

②購買本社叢書五折優待。

③參加本社經常舉辦之詩的活動。

④作品可由本社介紹在刊物發表。

四、應徵人只需明信片，書明姓名，住址及就讀學校通知編輯部即可。經收之書款逕利用劃撥滙寄中字第二一九七六號陳武雄。

中華民國內政部登記內版臺誌字第二〇九〇號
中華郵政臺字二〇〇七號執照登記爲第一類新聞紙

笠 雙月詩刊 **第十三期**

民國五十三年六月十五日創刊
民國五十五年六月十五日出版

出版者：笠詩刊社
發行人：黃騰輝
社址：臺北市新生北路一段廿九號四樓
編輯部：臺北縣南港鎮公誠二村二六號
資料室：彰化市中山里中山莊五二號之七
經理部：臺中縣豐原鎮忠孝街豐圳巷十四號
郵政劃撥中字第二一九七六號陳武雄帳戶
定價：每冊新臺幣六元　美金二角
日幣五十元　菲幣二元
港幣一元
長期訂閱全年六期新臺幣卅元

■福元印刷廠承印■